As BRUXAS do ONTEM e do AMANHÃ

Obras de Alix E. Harrow:

As Dez Mil Portas

As Bruxas do Ontem e do Amanhã

ALIX E. HARROW

Tradução de ***Sara Orofino***

As BRUXAS do ONTEM e do AMANHÃ

ALTA BOOKS
GRUPO EDITORIAL
Rio de Janeiro, 2024

As Bruxas do Ontem e do Amanhã

ALTA NOVEL é um selo da EDITORA ALTA BOOKS do Grupo Editorial Alta Books (Starlin Alta e Consultoria Ltda.)

ISBN: 978-85-508-2237-2

Impresso no Brasil — 1ª Edição, 2024 — Edição revisada conforme o Acordo Ortográfico da Língua Portuguesa de 2009.

Dados Internacionais de Catalogação na Publicação (CIP)
(Câmara Brasileira do Livro, SP, Brasil)

Harrow, Alix E.
As bruxas do ontem e do amanhã / Alix E. Harrow. -- Rio de Janeiro : Alta Books, 2024.

ISBN 978-85-508-2237-2

1. Ficção de fantasia 2. Literatura norte-americana
I. Título.

24-194231 CDD-813.5

Índices para catálogo sistemático:

1. Ficção de fantasia : Literatura norte-americana 813.5

Eliane de Freitas Leite - Bibliotecária - CRB 8/8415

Produção Editorial: Grupo Editorial Alta Books
Diretor Editorial: Anderson Vieira
Vendas Governamentais: Cristiane Mutüs
Gerência Comercial: Claudio Lima
Gerência Marketing: Andréa Guatiello

Coordenadora Editorial: Illysabelle Trajano
Produtora Editorial: Beatriz de Assis
Assistente Editorial: Luana Maura
Tradução: Sara Orofino
Copidesque: Nathalia Marques
Revisão: Isabela Monteiro & Ellen Andrade
Diagramação: Rita Motta

Rua Viúva Cláudio, 291 — Bairro Industrial do Jacaré
CEP: 20.970-031 — Rio de Janeiro (RJ)
Tels.: (21) 3278-8069 / 3278-8419
www.altabooks.com.br — altabooks@altabooks.com.br
Ouvidoria: ouvidoria@altabooks.com.br

Editora **afiliada à:**

Para minha mãe, minhas avós,
e todas as mulheres que
foram queimadas antes de nós.

Apresentação

Não existe essa coisa de bruxas, mas costumava existir.

O ar era tão denso de magia que era possível sentir seu gosto na língua, como se fossem cinzas. Bruxas espreitavam em cada floresta emaranhada de árvores, e esperavam em cada encruzilhada à meia-noite, com sorrisos repletos de dentes afiados. Elas conversavam com dragões nos topos solitários de montanhas, e flutuavam em vassouras de sorveira-brava durante as luas cheias. Encantavam as estrelas para que dançassem ao lado delas no solstício, e marchavam para a batalha com espíritos familiares em seus encalços. Houve um tempo em que as bruxas eram selvagens como corvos e destemidas como raposas, porque a magia queimava, radiante, e a noite pertencia a elas.

Mas então vieram a peste e os expurgos. Os dragões foram assassinados, as bruxas foram queimadas e a noite passou a ser de homens com tochas e cruzes.

A bruxaria não desapareceu completamente, é claro. Minha avó, Mama Mags, diz que nunca conseguirão acabar com a magia, porque ela pulsa como a grande batida vermelha de um coração, do outro lado de todas as coisas. Que, se você fechar os olhos, é possível sentir a vibração embaixo das solas dos pés: *tum, tum, tum*. A magia só está muito mais bem-comportada do que costumava ser.

Nos dias de hoje, as pessoas mais respeitáveis nem conseguem acender uma vela com bruxaria, mas nós, os pobres, ainda praticamos aqui e ali. Como diz o ditado: *o sangue de bruxa corre espesso nos esgotos*. Em nossa terra natal, todas as mães ensinam às filhas alguns encantamentos, para impedir que a panela de sopa transborde quando ferve ou para fazer as peônias florescerem fora da estação. Todos os pais ensinam os filhos a enfeitiçarem os cabos dos machados, para impedir que quebrem, e os telhados, para prevenir goteiras.

Nosso pai nunca nos ensinou merda nenhuma, a não ser o que uma raposa ensina às galinhas — a correr, a estremecer, a sobreviver a um canalha —, e nossa mãe morreu antes de poder nos ensinar qualquer coisa. Mas tínhamos Mama Mags, nossa avó materna, e ela não perdeu tempo com panelas de sopa e flores.

O clérigo em nossa terra natal diz que foi a vontade de Deus que expurgou as bruxas do mundo. Que as mulheres são pecadoras por natureza, e que a magia nas mãos delas se transforma naturalmente em podridão e ruína, como aconteceu com a primeira bruxa, Eva, que envenenou o Jardim do Éden e condenou a raça humana; como aconteceu com as filhas das filhas dela, que envenenaram o mundo com a peste. O clérigo fala que os expurgos purificaram a terra e nos guiaram para a era moderna das metralhadoras e barcos a vapor, e que os povos indígenas e os africanos deveriam nos agradecer de joelhos por termos os libertado de suas próprias magias cruéis.

Mama Mags dizia que isso tudo é uma grande merda, e que a maldade é como a beleza: está nos olhos de quem vê. Que a bruxaria propriamente dita é apenas uma conversa com aquela batida vermelha, para a qual só são necessárias três coisas: a vontade de escutá-la, as palavras para falar com ela, e o caminho para libertá-la no mundo. A vontade, as palavras e o caminho.

Nossa avó nos ensinou que tudo o que é importante vem em três: porquinhos, cabritos rudes, chances de adivinhar nomes impossíveis de serem adivinhados. Irmãs.

Havia três irmãs Eastwood: eu, Agnes e Bella, então pode ser que nossa história seja contada como se fosse um conto de bruxas. *Era uma vez três irmãs.* Acho que Mags iria adorar. Ela sempre repetia que ninguém dava atenção o suficiente aos contos de bruxas e coisas do tipo, às histórias que as avós contam aos seus netinhos, às rimas secretas que as crianças entoam entre si, às canções que as mulheres cantam enquanto trabalham.

Ou, talvez, nem pensem em contar a nossa história porque ela ainda não terminou. Talvez nós três sejamos apenas o começo, e toda a confusão e a bagunça que fizemos foi só o primeiro golpe da pederneira, a primeira chuva de fagulhas.

Ainda não existe essa coisa de bruxas.

Mas vai existir.

PARTE

UM

AS IRMÃS EXCÊNTRICAS

Uma teia emaranhada deve trançar
Quando seu desejo for ludibriar.

Feitiço usado para distrair e amedrontar.
São necessários uma teia de aranha colhida
na lua nova e um dedo aferroado.

Era uma vez três irmãs.

James Juniper Eastwood era a mais nova, com cabelos tão revoltos e pretos quanto as penas de um corvo. Era a mais selvagem das três. A irmã perspicaz, a irmã feroz, aquela com as saias rasgadas, os joelhos ralados e um brilho verde nos olhos, como a claridade do verão que passa através das folhas. Ela sabia onde ficavam os ninhos de bacurau e as tocas de raposa, e era capaz de encontrar o caminho de casa à meia-noite, na lua nova.

Mas no equinócio da primavera de 1893, James Juniper está perdida.

Ela sai do trem mancando, as pernas ainda formigando do chacoalhar e da agitação da viagem, apoiando-se pesadamente em sua bengala de cedro vermelho, sem saber em qual direção seguir. O plano dela tinha apenas dois passos: primeiro, *correr*; segundo, *continuar correndo.* Agora ela está a mais de 300 quilômetros de distância de casa, sem nada, a não ser algumas moedas, uns truques de bruxa nos bolsos e nenhum lugar aonde ir.

Juniper oscila na plataforma, recebendo empurrões e esbarrões de pessoas que têm muitos lugares aonde ir. A fumaça que sai do motor sibila e rodopia, enrolando-se ao redor das saias dela como se fosse um gato. Cartazes e anúncios tremulam nas paredes. Um deles é uma lista de leis da cidade de Nova Salem e das sanções associadas à desordem urbana, profanação, libertinagem, indecência e vadiagem. Um outro mostra uma Estátua da Liberdade que parece irritada, com o punho erguido no ar, e convida TODAS AS MULHERES QUE ESTÃO CANSADAS DA TIRANIA a comparecerem ao comício da Associação de Mulheres de Nova Salem, na Praça St. George, às 18h do equinócio.

Um terceiro cartaz mostra o rosto borrado em preto e branco da própria Juniper, acima das palavras SRTA. JAMES JUNIPER EASTWOOD. DEZESSETE ANOS DE IDADE. PROCURADA POR ASSASSINATO E SUSPEITA DE BRUXARIA.

Inferno. Devem tê-lo encontrado. Ela havia pensado que, ao colocar fogo na casa, deixaria as coisas menos evidentes.

Juniper encara os próprios olhos no cartaz e puxa o capuz de sua capa um pouco mais para o alto.

Botas retumbam pesadamente pela plataforma: um homem em um impecável uniforme preto caminha na direção dela, batendo o cassetete na palma da mão, os olhos semicerrados.

Juniper abre seu melhor sorriso inocente para ele, a mão suando ao segurar a bengala.

— Bom dia, senhor. Estou indo em direção à... — Ela precisa de um objetivo, de algum lugar para ir. Seus olhos relanceiam para o cartaz com a Estátua da Liberdade irritada. — À Praça St. George. O senhor poderia me dizer como chego até lá?

Ela força seu melhor sotaque interiorano, unindo as vogais como se fossem uma poça de mel derramado.

O guarda a olha de cima a baixo: cabelo espevitado roçando sua mandíbula, nós dos dedos meio sujos, botas lamacentas. Ele resmunga uma risada cruel.

— Santo Deus, até as caipiras querem votar.

Juniper nunca havia pensado muito em votar, ou no sufrágio, ou nos direitos das mulheres, mas o tom do guarda a faz erguer o queixo.

— Isso é crime?

Somente depois que as palavras disparam de sua boca é que Juniper reflete sobre a própria imprudência ao contrariar um agente da lei. Especialmente quando há um cartaz com o rosto dela logo atrás da cabeça do guarda.

Com esse seu temperamento você vai acabar queimada na maldita fogueira, dizia Mama Mags para ela. *Uma mulher sábia guarda sua chama dentro de si.* Mas Bella era a irmã sábia, e ela saiu de casa há muito tempo.

O suor faz a nuca de Juniper arder, mordaz como a urtiga. Ela observa as veias no pescoço do guarda ficarem roxas, percebe os brilhantes botões prateados tensionarem no peito dele, e desliza as mãos para dentro dos bolsos de suas saias. Seus dedos encontram um par de tocos de velas e uma varinha de resina de pinheiro, o prego de uma ferradura e um emaranhado prateado de teia de aranha, além de um par de dentes de cobra que Juniper jura que não usará de novo.

O calor se reúne nas palmas de suas mãos. As palavras aguardam em sua garganta.

Talvez o guarda não a reconheça com o cabelo tão curto e o capuz puxado bem para cima. Talvez ele apenas grite e bata o pé como um galo encrenqueiro e deixe-a ir. Ou talvez ele a arraste até a delegacia, e ela acabará balançando num cadafalso em Nova Salem, a marca da bruxa desenhada em seu peito em um cinza viscoso. Juniper não quer esperar para descobrir.

A vontade. O calor sobe fervilhando por seus pulsos, movendo-se devagar, como se uísque corresse por suas veias.

As palavras. Elas queimam sua língua conforme ela as sussurra para o tumulto e o barulho da estação de trem.

— Uma teia emaranhada deve trançar...

O caminho. Juniper aferroa o dedão no prego e aperta com força a teia de aranha.

Ela sente a magia disparar pelo mundo, um chuvisco de brasas que vem de alguma grande fogueira invisível, e o guarda arranha o próprio rosto. Ele pragueja e balbucia, como se tivesse tropeçado de cara em uma teia de aranha. Transeuntes apontam e começam a rir.

Juniper consegue escapar enquanto o guarda ainda está esfregando os olhos. Depois de passar por uma lufada de fumaça, por uma multidão de trabalhadores da via férrea que estava de passagem, as marmitas do almoço balançando ao lado deles, ela consegue atravessar as portas da estação. Juniper corre em seu melhor estilo coxo, a bengala batendo contra os paralelepípedos.

Quando era mais nova, Juniper havia imaginado que Nova Salem fosse algo como o Paraíso, se no Paraíso houvesse bondes e lamparinas a gás — reluzente, limpa e suntuosa, bem distante do pecado da Velha Salem —, mas agora ela acha a cidade fria e apagada, como se toda essa existência imaculada houvesse drenado o brilho de tudo. Os prédios são cinzentos e sombrios, sem um *único* vaso de flores ou cortinas de chita espreitando das janelas. As pessoas também são cinzentas e sombrias, suas feições sugerindo que cada uma delas está a caminho de uma tarefa urgente, mas incômoda, com colarinhos engomados e saias abotoadas com firmeza.

Talvez seja a ausência de bruxaria. Mags dizia que a magia atrai uma certa quantidade de bagunça, e que era por isso que as madressilvas cresciam três vezes mais rápido ao redor da casa dela, e passarinhos de cantos melodiosos se empoleiravam debaixo do beiral do telhado independentemente da estação. Em Nova Salem — a Cidade Sem Pecado, onde os bondes saem na hora certa e todas as ruas têm nomes de Santos —, os únicos pássaros são os pombos, e o único verde *é o leve brilho do lodo nas sarjetas.*

Um bonde sacoleja a alguns centímetros dos dedos dos pés de Juniper, e o condutor pragueja contra ela. Juniper pragueja de volta.

Ela continua avançando porque não há onde parar. Não há tocos cheios de musgo ou bosques de pinheiros azuis. Cada esquina e cada escadaria estão repletas de pessoas. Trabalhadores e empregadas domésticas, padres e policiais, cavalheiros com relógios de bolso, damas com chapéus largos, crianças vendendo pães doces, jornais e flores murchas. Juniper tenta pedir informações duas vezes, mas as respostas são confusas e enigmáticas (siga pela Rua St. Vincent até a esquina da Quarta Rua com a Winthrop, atravesse o rio Espinheiro e siga em frente). Em apenas uma hora, ela já foi convidada para uma partida de pugilismo, abordada por um cavalheiro que queria debater a relação entre o equinócio e o fim dos tempos, e ainda recebeu um mapa que não possui nenhuma marcação a não ser as de 39 igrejas.

Juniper encara o mapa em sua mão — intrincado, estranho e inútil — e quer desesperadamente ir para casa.

Lar são os quase 10 hectares a oeste do rio Big Sandy. São os cornisos florescendo como pérolas rosadas nas profundezas das florestas, e o cheiro penetrante das cebolinhas sob os pés, o terreno repleto de vegetação onde o velho celeiro pegou fogo, e a encosta da colina tão verde, úmida e viva, que faz os olhos de Juniper doerem. Lar é o lugar que pulsa como um segundo coração atrás de suas costelas.

No passado, lar eram suas irmãs. Mas as duas foram embora e nunca mais voltaram — nunca enviaram nem mesmo um cartão-postal de dois centavos —, e agora Juniper também não voltará.

Uma fúria vermelha cresce em seu peito. Juniper amassa o mapa em seu punho e continua andando, porque as opções que ela tem são correr ou colocar fogo em alguma coisa, e isso ela já fez.

Juniper caminha cada vez mais depressa, tropeça um pouco com a perna ruim e empurra com os ombros para ultrapassar grandes alvoroços e pelerines elegantes, seguindo apenas as próprias batidas de seu coração e, talvez, um fio muito tênue de algo a mais.

Ela passa por boticários, mercearias e uma loja inteira só de sapatos. Uma outra só de chapéus, com uma vitrine cheia de cabeças sem rostos cobertas por renda, espuma e bugigangas. Um cemitério que se estende como se fosse uma cidade à parte, atrás de uma alta grade de ferro, com o gramado bem aparado e as lápides eretas como soldados de pedra. Os olhos de Juniper são atraídos para a enferrujada e estéril área das bruxas no canto do cemitério, onde as cinzas das que foram condenadas são salgadas e espalhadas. Nada cresce nessa parte, a não ser um único espinho-de-vintém, seu tronco tão protuberante quanto o nó de um dedo.

Juniper atravessa uma ponte que se estende sobre um rio da cor de molho de carne estragado. A cidade ao redor dela se torna cada vez mais alta e cinzenta, a claridade engolida por edifícios de calcário com abóbadas e colunas, e homens uniformizados guardando as entradas. Até os bondes se comportam melhor aqui, deslizando sobre suaves trilhos.

A rua desemboca em uma praça ampla. Tílias alinham-se em suas margens, podadas numa mesmice artificial, e pessoas se amontoam no centro do lugar.

— ...por que, perguntamos, nós mulheres deveríamos esperar nas sombras, enquanto nossos pais e nossos maridos determinam nossos destinos? Por que nós, mães amorosas, irmãs queridas, filhas preciosas, deveríamos ser impedidas de usufruir do mais fundamental dos direitos: o direito de votar?

A voz é urgente, incisiva e alta, erguendo-se acima dos ruídos da cidade. Juniper vê uma mulher de pé no meio da praça usando uma peruca branca ondulada, como se houvesse algum animal pequeno e infeliz pregado em sua cabeça. Uma estátua de bronze do Santo George a encara de cima, e mulheres reivindicam perto da moça, agitando cartazes e placas.

Juniper deduz que, no fim das contas, encontrou a Praça St. George e o comício da Associação de Mulheres de Nova Salem.

Ela nunca vira uma sufragista ao vivo e em cores. Nas tirinhas de domingo, elas são desenhadas com cabelos desgrenhados e narizes compridos, suspeitosamente semelhantes a bruxas. Mas essas mulheres da praça não se parecem muito com bruxas, e sim com as modelos das propagandas do sabonete Ivory, todas estufadas, brancas e sofisticadas. Seus vestidos estão passados e plissados, seus chapéus são ornados com plumas, seus sapatos elegantes estão lustrados.

Conforme Juniper empurra a multidão ao avançar, as mulheres abrem caminho para ela, observando de esguelha o ritmo mareado de seu modo de andar, a lama do Condado do Corvo ainda grudada na bainha de suas saias. Mas Juniper não percebe. Seus olhos estão sobre a pequena mulher estridente aos pés da estátua. Há um crachá no peito da moça, no qual está escrito: *Srta. Cady Stone, presidente da AMNS*.

— Parece que os políticos eleitos discordam da Constituição, que nos garante certos direitos inalienáveis. Parece que o prefeito Worthington discorda até de nosso Deus benevolente, que criou a todos nós igualmente.

Ela continua falando e Juniper continua escutando. A mulher fala sobre a urna eleitoral, a eleição para prefeito em novembro e a importância da autodeterminação. Ela fala sobre os tempos antigos, quando as mulheres eram rainhas, eruditas e cavaleiras. Fala sobre justiça, direitos iguais e cotas justas.

Juniper não consegue acompanhar todos os detalhes — ela parou de frequentar a escola de uma única sala da Srta. Hurston aos 10 anos, porque, depois que as irmãs foram embora, não havia ninguém para obrigá-la a ir —, mas entende o que a Srta. Stone está questionando. Ela pergunta: *Vocês já não estão cansadas? De serem deixadas de lado e descartadas? De se contentarem com migalhas quando, no passado, nós usávamos coroas?*

Ela pergunta: *Vocês já não estão com raiva?*

E, ah, Juniper está. Ela está com raiva da mãe por ter morrido muito cedo, e do pai por não ter morrido antes. De seu primo imbecil por ter ficado com as terras que deveriam ter sido dela. Das irmãs por terem ido embora, e de si mesma por sentir saudades delas. De todo esse maldito mundo de Santos.

Juniper se sente como um soldado com um fuzil carregado, para quem enfim mostraram um alvo no qual ela pode atirar. Sente-se como uma menina com um fósforo aceso, para quem enfim mostraram algo que ela pode queimar.

Há mulheres de pé dos dois lados de Juniper, agitando placas e preenchendo todas as pausas com *é isso mesmo*, seus rostos cheios de um desejo radiante. Por um instante, Juniper finge estar lado a lado com as irmãs de novo, e sente o buraco que elas deixaram para trás, aquela imensidão tão vazia que nem mesmo a fúria é capaz de preencher.

Ela se pergunta o que as irmãs diriam se pudessem vê-la agora. Agnes ficaria preocupada, sempre tentando ser a mãe que as três não tiveram. Bella faria seis dúzias de perguntas.

Mags diria: *Garotas que saem atrás de problemas geralmente os encontram.*

O pai delas diria: *Não se esqueça do que você é, garota*. Em seguida, ele a jogaria na escuridão carcomida por vermes e sibilaria a resposta: *Nada*.

Juniper não se dá conta de que mordera o lábio até sentir o gosto de sangue. Ela cospe e ouve um fraco assobio conforme o líquido cai, como banha em uma frigideira quente.

O vento se ergue.

Ele se lança pela praça, travesso, tão fresco quanto à meia-noite, agitando as anotações da Srta. Cady Stone. O cheiro do vento é selvagem e doce, meio familiar, como a casa de Mama Mags no solstício. Como terra, carvão e magia antiga. Como as pequenas rosas-silvestres que floresciam nas profundezas da floresta.

A Srta. Stone para de falar. A multidão agarra os chapéus e os cordões das capas, semicerrando os olhos para cima. Perto de Juniper, uma garota que parece um camundongo protesta com um guarda-chuva de renda, como se pensasse que essa é uma tempestade mundana que pode ser resolvida de maneira mundana. Juniper escuta o som feroz e agudo de corvos e gaios ao longe, e sabe que não é bem assim.

Ela gira, procurando pela bruxa por trás do feitiço...

E as costuras do mundo se rompem.

Açúcar e especiarias
E tudo o que há de maravilhas.

Feitiço usado para acalmar ânimos ruins.
São necessários uma pitada de açúcar
e raios de sol da primavera.

Agnes Amaranth Eastwood era a irmã do meio, com cabelos tão reluzentes e pretos quanto os olhos de um falcão. Era a mais forte das três. A irmã inflexível, a irmã imperturbável, aquela que sabia como trabalhar e continuar trabalhando, tão incansável quanto a maré.

Mas no equinócio da primavera de 1893, Agnes Amaranth está fraca.

O sino para a troca de turnos ressoa e ela se curva diante do tear, ouvindo o tique-taque e o assobio do metal que esfria, e o murmúrio crescente das tecelãs. A poeira do algodão cobre sua língua e faz seus olhos grudarem. Seus membros doem e estalam, exaustos de tantos turnos extras em sequência.

Uma daquelas febres horríveis está se espalhando pelas periferias tumultuosas de Nova Salem, e contamina as pensões e os bares da Babilônia do Oeste; um terço das tecelãs está tossindo sem parar em uma cama no Hospital Santa Caridade. A demanda também está alta porque uma das outras fábricas pegou fogo na semana anterior.

Agnes ouviu falar que mulheres haviam pulado das janelas, caindo nas ruas como cometas deixando um rastro de fumaça e cinzas. A semana inteira ela teve sonhos tingidos de vermelho, repletos do estalo úmido de carne humana queimada; só que a imagem é uma lembrança, e não um sonho, e ela acorda procurando suas irmãs, que não estão lá.

As outras garotas estão saindo, fofocando e se acotovelando. *Você vai para o comício?* Uma risada ofendida. *Conheço maneiras melhores de desperdiçar o meu tempo.* Agnes já trabalha na Tecelagem Unida dos Irmãos Baldwin há uns bons cinco anos, mas não sabe o nome delas.

Ela tinha o costume de aprender seus nomes. Quando era recém-chegada em Nova Salem, Agnes tinha a tendência de colecionar pessoas perdidas: as garotas muito magrinhas que dormiam no chão da pensão porque não tinham dinheiro para pagar pelas camas, as garotas muito quietas com hematomas ao redor dos pulsos. Agnes acolhia todas debaixo de suas asas mirradas, como se cada uma delas fossem as irmãs que ela deixara para trás. Havia uma garota cujo cabelo Agnes penteava toda manhã antes de ir para o trabalho — trinta escovadas, como costumava fazer com o de Juniper.

Ela havia encontrado trabalho como enfermeira noturna no orfanato Casa dos Anjos Perdidos. Agnes passava longos turnos acalmando bebês que não conseguiam ser acalmados, amando crianças que não deveria amar, sonhando com uma casa enorme, com janelas ensolaradas e camas o suficiente para cada anjinho perdido. Certa noite, ela chegou para trabalhar e descobriu que metade dos seus bebês tinha sido enviada para o oeste, a fim de serem adotados por famílias de colonizadores, ávidas por ajudantes.

Agnes ficou parada entre as camas vazias com as mãos tremendo, lembrando-se do que Mama Mags lhe disse: *Toda mulher desenha um círculo ao redor de si. Às vezes, ela precisa ser a única coisa dentro dele.*

Ela pediu demissão do orfanato, disse para a garota da pensão pentear a droga do próprio cabelo e começou a trabalhar na Irmãos Baldwin. Imaginou que não seria possível amar uma fábrica de algodão.

O sino ressoa novamente e Agnes retira a testa do tear. O chefe do andar lança um olhar cheio de malícia enquanto a fila de garotas passa por ele, esticando a mão para saias e blusas, com dedos que beliscam. Ele não tenta alcançar Agnes. Em seu primeiro turno, o Sr. Malton a havia encurralado atrás dos fardos de algodão — ela sempre foi a mais bonita, com cabelos lustrosos e quadris excelentes —, mas Mags ensinou às netas maneiras para desencorajar esse tipo de merda. Desde então, Sr. Malton reserva seus olhares lascivos para outras mulheres.

Agnes observa enquanto a garota nova se retrai ao passar por ele, os ombros curvados de vergonha. Ela desvia o olhar.

O ar do beco tem um gosto limpo e claro depois da escuridão úmida da fábrica. Agnes vira a oeste, subindo a Rua St. Jude em direção a sua casa — bem, não é uma casa, apenas o quartinho mofado que ela aluga na pensão Oráculo do Sul, que cheira a repolho cozido, não importa o que ela prepare —, até que vê um homem esperando na esquina.

Cabelo liso severamente penteado para o lado, mãos nervosas apertando o gorro. Aparência saudável, unhas limpas, queixo trêmulo que não se nota de primeira: Floyd Matthews.

Ah, inferno. Os olhos dele estão suplicantes, a boca meio aberta para chamar o nome dela, mas Agnes fixa o olhar nos cordões do avental da mulher à sua frente e espera que o rapaz apenas desista, que encontre outra tecelã para desejar.

Uma bota surrada aparece em seu caminho, seguida por uma mão estendida. Ela queria não se lembrar tão precisamente de como era sentir essa mão em sua pele, macia e suave, sem cicatrizes.

— Aggie, querida, fale comigo.

Por que é tão difícil chamar uma mulher pelo nome completo? Por que os homens sempre a querem dar algum nome menor e mais doce do que aquele dado por sua mãe?

— Eu já lhe dei minha resposta, Floyd.

Ela tenta contorná-lo, mas ele coloca as mãos nos ombros de Agnes, implorando.

— Não entendo! Por que você me rejeitaria? Eu poderia tirar você desse lugar — Floyd acena com sua mão macia, indicando os becos sombrios e os tijolos cobertos de fuligem do lado oeste da cidade — e torná-la uma mulher honesta. Poderia lhe dar qualquer coisa que você quisesse!

Ele parece desnorteado, como se sua proposta fosse uma equação matemática e Agnes lhe houvesse dado a resposta errada. Como se ele fosse um bom garoto que ouviu um *não* pela primeira vez em sua bela vida.

Agnes suspira para ele, ciente de que as outras tecelãs estão parando no meio da rua, virando-se a fim de olhar para eles.

— Você não pode me dar o que eu quero, Floyd.

Ela não sabe o que quer exatamente, mas sabe que não é Floyd Matthews ou o pequeno anel de ouro dele.

Floyd dá-lhe uma pequena sacudida.

— Mas eu *amo* você!

Ah, Agnes duvida bastante disso. Ele ama pedaços dela — o azul-trovão de seus olhos, o intenso brilho do luar de seus seios na escuridão —, mas Floyd nem mesmo conheceu a maior parte de Agnes. Se despisse a linda pele dela, nunca encontraria nada macio ou doce, apenas vidro estilhaçado, cinzas e a desesperadora vontade animalesca de permanecer viva.

Agnes retira gentilmente a mão de Floyd de seus ombros.

— Desculpe.

Ela desce a Rua St. Mary a passos largos, a voz dele erguendo-se atrás dela, suplicando desesperado. Logo os apelos dele se transformam em crueldade. Floyd a amaldiçoa, a chama de bruxa, de prostituta, e de centenas de outros nomes que ela aprendeu primeiro com o pai. Ela não olha para trás.

Uma das outras trabalhadoras da tecelagem, uma mulher larga com um forte sotaque, oferece à Agnes um aceno de cabeça quando ela passa, e resmunga "*humf, rapazes*", no mesmo tom que usaria para dizer "pulgas" ou "mijadela", e Agnes quase sorri para a mulher antes de se conter.

Ela continua andando, e sonha enquanto caminha: uma casa que seja sua, tão grande que terá camas extras só para hóspedes. Ela escreverá outra carta para sua irmãzinha: *Você tem um lugar para onde fugir, se quiser.* Talvez dessa vez a irmã respondesse. Talvez as duas pudessem ser uma família de novo.

É um sonho estúpido.

Agnes aprendeu muito nova que se tem uma família até não ter mais. Que é possível cuidar das pessoas até não ser mais capaz, até precisar escolher entre ficar e sobreviver.

Quando ela se vira na direção da Oráculo do Sul, a pensão está toda iluminada, barulhenta com a conversa noturna das trabalhadoras e das mulheres solteiras. Agnes descobre seus pés carregando-a para além da pensão, mesmo sentindo as costas aflitas, o estômago enjoado e os seios pesados e doloridos. Ela serpenteia pela Travessa da Fiandeira e desce a Avenida da Santa Lamentação, e deixa as fábricas, os cortiços e as três dúzias de línguas da Babilônia do Oeste para trás, atraída por um puxão estranho e meio imaginário atrás das costelas.

Agnes compra uma torta quente em um carrinho. Uma quadra depois, ela joga a comida fora, sentindo o ácido do estômago na garganta.

Ela segue em direção à parte residencial da cidade, sem realmente admitir tal fato para si mesma. Agnes atravessa o Espinheiro, e os prédios se tornam maiores e mais afastados, os anúncios desbotados e os cartazes esfarrapados substituídos por pôsteres de campanha recentes: *Vote Clement Hughes para uma Salem Mais Segura! Vote Gideon Hill: Nossa Luz Contra a Escuridão!*

Ela acaba ficando atrás de um grupo de mulheres de lábios cerrados, que usam faixas brancas com as palavras UNIÃO DAS MULHERES CRISTÃS bordadas de um lado e MULHERES SEM PECADO do outro.

Agnes já ouvira falar delas. Estão sempre perturbando bruxas de rua e tentando salvar garotas do bordel, quer elas queiram ser salvas ou não (na maioria das vezes, não). A líder do grupo é chamada de Pureza, ou Graça, ou algo parecido — uma dessas virtudes características de damas. Agnes imagina que é a mulher caminhando lá na frente — esbelta, de luvas brancas, os cabelos amontoados num penteado bufante, no perfeito estilo Garota Gibson, o ideal da beleza feminina —, com uma expressão no rosto que sugere que ela é a irmã puritana de Joana d'Arc. Agnes apostaria um dólar prateado que a criada dela usa um tantinho de bruxaria para manter aquele vestido desamassado e o penteado arrumado.

Ela se pergunta o que Mama Mags diria se pudesse vê-las. Juniper rosnaria. Bella estaria com o nariz enfiado em um livro.

Agnes não sabe por que está pensando nas irmãs. Ela não fazia isso há anos, não desde o dia em que desenhara seu próprio círculo e as deixara do lado de fora dele.

A rua termina na Praça St. George, cercada pela Prefeitura e pela Universidade, e as damas de faixas brancas começam a marchar ao redor do lugar, entoando versículos da Bíblia e olhando com raiva para as sufragistas no centro da praça. Agnes deveria dar meia-volta e retornar para a Oráculo do Sul, mas protela.

Uma mulher com uma peruca branca discursa sobre os direitos das mulheres, os votos das mulheres e a história das mulheres, sobre assumir o manto de nossas antepassadas e marchar adiante, de braços dados.

E, que os Santos a salvem, Agnes desejava que isso fosse verdade. Que ela pudesse apenas agitar uma placa, ou gritar um slogan, e entrar em um mundo melhor, um no qual pudesse ser mais do que filha, ou mãe, ou esposa. No qual pudesse ser alguma coisa em vez de nada.

Não se esqueça do que você é.

Mas Agnes não acredita em contos de bruxas desde que era uma menininha.

Ela se vira, voltando na direção da pensão, quando o vento açoita as laterais de suas saias e puxa seu cabelo até soltá-lo da trança.

O cheiro do vento é estranho, verde, nada parecido com o da cidade. Faz Agnes se lembrar do aroma do interior escuro da casa de Mama Mags — cheio de ervas e ossos de pequenas criaturas pendurados —, o de rosas-silvestres na floresta. O vento a puxa, procurando ou perguntando, e seus seios doem em uma estranha resposta. Algo úmido e gorduroso molha a frente de seu vestido e pinga nos paralelepípedos abaixo. Um líquido da cor de osso e pérola.

Ou... de leite.

Agnes encara as gotas salpicadas como uma mulher que observa uma carruagem desgovernada prestes a se chocar contra ela. Datas e números movem-se devagar atrás de seus olhos conforme ela faz as contas, desde o dia em que Floyd se deitou ao seu lado no escuro, a palma da mão deslizando suavemente pela barriga dela, rindo. *Qual é o problema, Aggie?*

Problema nenhum. Para ele.

Antes que Agnes possa fazer mais do que amaldiçoar, de todas as maneiras possíveis, Floyd Matthews e suas mãos macias, o calor começa a queimar sua espinha dorsal. Ele lambe o pescoço dela, subindo como se fosse uma febre.

A realidade se divide.

Um buraco irregular paira no ar, e o vento furioso move-se depressa por ele. Do outro lado, um novo céu cintila na escuridão, como um vislumbre de pele através de um tecido rasgado. E então, o buraco começa a crescer, rasgando-se largamente e permitindo que o outro céu se derrame pela abertura. O anoitecer cinzento de Nova Salem é engolido pela noite salpicada de estrelas.

Dentro dessa nova noite, ergue-se uma torre.

Antiga, meio corroída pelas rosas e trepadeiras que vão subindo, mais alta do que o Tribunal de Justiça ou a Universidade em ambos os lados da praça. Árvores sombrias e nodosas a cercam, parecendo as primas ferozes das tílias enfileiradas caprichosamente, e o céu acima da torre se enche com retalhos escuros de asas.

Por um momento, a praça cai em um silêncio sinistro e frágil, hipnotizada pelas estranhas estrelas e pelos corvos que voam em círculos. Agnes arqueja, seu sangue ainda fervendo, seu coração se erguendo inexplicavelmente.

Então, alguém grita. O silêncio se estilhaça. A multidão se lança na direção de Agnes em uma horda de gritos, saias e chapéus segurados com firmeza. Agnes retesa os ombros e envolve os braços ao redor da cintura, como se fosse capaz de proteger a coisinha frágil criando raízes dentro dela. Como se quisesse protegê-la.

Ela deveria se virar e acompanhar a multidão, deveria fugir daquela torre estranha e de qualquer que seja o poder que a invocou até aqui, mas Agnes não o faz. Em vez disso, ela cambaleia rumo ao centro da praça, seguindo um puxão invisível...

E o mundo remenda a si mesmo.

As irmãs excêntricas, de mãos dadas,
Nossa coroa roubada, amarrada e a queimar,
Mas o que está perdido, que não se pode encontrar?

Propósito desconhecido.

Beatrice Belladona Eastwood era a irmã mais velha, com os cabelos como penas de coruja: macios e escuros, raiados com mechas grisalhas precoces. Era a mais sábia das três. A irmã quieta, a irmã que sabia ouvir, aquela que conhecia a sensação da lombada de um livro na palma da mão e o peso das palavras no ar.

Mas no equinócio da primavera de 1893, Beatrice Belladona é uma tola.

Ela está sentada sob a luz salpicada de poeira em seu pequeno escritório, na Ala Leste da Biblioteca da Universidade de Salem, folheando furtivamente uma cópia recém-doada da primeira edição do livro das Irmãs Grimm, *Contos Infantis e Caseiros de Bruxas* (1812). Beatrice já conhece as histórias, e as conhece tão bem que sonha com o "era uma vez" e grupos de três, mas ela nunca havia segurado uma primeira edição com as próprias mãos. O livro tem um certo peso, como se as Irmãs Grimm tivessem guardado mais do que papel e tinta dentro dele.

Beatrice vai até a última página e para. Alguém acrescentou, em letras manuscritas e desbotadas, um verso ao final do último conto.

As irmãs excêntricas, de mãos dadas,
Nossa coroa roubada, amarrada e a queimar,
Mas o que está perdido, que não se pode encontrar?

Há mais frases depois dessas, mas estão perdidas para as manchas e a mácula do tempo.

Não é particularmente estranho encontrar palavras escritas no fim de um livro antigo. Beatrice é bibliotecária há cinco anos, e já viu coisas muito piores, incluindo um leitor que costumava usar uma tira de bacon crua como marcador de página. Mas o que é, de fato, um pouco estranho, é que Beatrice reconheça esses versos que ela e suas irmãs cantavam quando eram pequeninhas, lá no Condado do Corvo.

Beatrice sempre achou que era mais uma das canções sem sentido de Mama Mags, uma rima boba que a avó havia inventado para manter as netas ocupadas enquanto arrancava as penas de um galo ou engarrafava raiz de Jezebel. Mas aqui estava o verso, rabiscado em um velho livro de contos de bruxas.

Ela folheia várias páginas, feitas de um papel muito fino, e encontra o título do último conto impresso, em letra ornamentada, rodeado por uma obscura trepadeira entrelaçada: *O Conto do Santo George e as Bruxas*. Nunca foi um de seus favoritos, mas Beatrice o lê mesmo assim.

É a versão mais comum: "era uma vez três bruxas malvadas que lançaram uma terrível praga sobre o mundo. Mas o corajoso Santo George de Hyll se rebelou contra elas. Ele expurgou a bruxaria do mundo, sem deixar nada além de cinzas para trás. E, finalmente, apenas a Donzela, a Mãe e a Anciã permaneceram, as últimas e mais perversas de todas as bruxas. Elas voaram para Avalon e se esconderam em uma torre alta, mas, no fim das contas, o Santo queimou as Três junto à torre".

A última página da história é uma ilustração de crianças dançando em agradecimento, enquanto as Últimas Três Bruxas do Oeste queimam alegremente ao fundo.

Mama Mags contava essa história de um jeito diferente. Beatrice se lembra de ouvir os contos da avó como se eles fossem portas para algum outro lugar, um lugar melhor. Mais tarde, depois de ser mandada embora, ela se deitava em seu catre estreito e recontava essas histórias para si mesma, muitas e muitas vezes, esfregando-as como se fossem moedinhas da sorte entre seus dedos.

(Às vezes, Beatrice ainda conseguia ver as paredes de seu quarto no internato de St. Hale: pintadas com uma cor de marfim perfeita, fechando-se como dentes ao seu redor. Ela mantém lembranças desse tipo trancadas em segurança dentro de parênteses, como sua mãe lhe ensinou.)

Uma voz aguda ressoa da praça até a janela de seu escritório, assustando Beatrice. Ela não deveria estar perdendo tempo com contos de bruxas e rimas. Como bibliotecária associada júnior, deveria estar catalogando, preenchendo e registrando, talvez até transcrevendo o trabalho de verdadeiros estudiosos.

Neste momento, há várias centenas de páginas de caligrafia ilegível empilhadas em sua escrivaninha, vindas de um professor da Faculdade de História. Ela só datilografou a página do título — *O Bem Maior: uma Avaliação Ética da Inquisição Georgiana Durante o Expurgo* —, mas já sabe que será um daqueles livros sanguinários que apreciam cada detalhe sangrento dos expurgos: as surras e as marcas com ferretes, as rédeas de bruxa feitas de metal e os sapatos de ferro quente, as mulheres que foram queimadas com seus bebês ainda nos braços. Será um livro popular entre os membros do Partido da Moralidade, os que gostam de intimidar e os devotos; esses que admiram a campanha sangrenta do Império Francês contra as bruxas guerreiras de Daomé; esses que estão ansiosos para ver medidas similares serem aplicadas contra as bruxas dos povos Navajo, Apache e as teimosas dos Choctaw, ainda escondidas no Mississippi.

Beatrice descobre que não tem estômago para isso. Ela sabe que a bruxaria é profana e perigosa, que atrapalha a marcha do progresso e da indústria etc., mas não consegue deixar de pensar em Mags em sua casinha coberta de ervas, e se pergunta que mal há nisso.

Ela observa novamente as palavras na última página do livro das Irmãs Grimm. Não são importantes. Não significam nada. São apenas a rima de uma menininha escrita em um livro infantil, uma canção cantada por uma velha mulher nas colinas de lugar nenhum. Um verso inacabado, há muito esquecido.

Mas, quando olha para ele, Beatrice quase consegue sentir as mãos das irmãs nas dela novamente, quase consegue sentir o cheiro da névoa erguendo-se do vale onde ficava sua casa.

Ela puxa um caderno da gaveta da escrivaninha. É feito de um material barato — a tintura preta tornando-se um tom de violeta, as páginas descolando —, mas é o seu bem mais precioso.

(Foi sua primeiríssima posse, a primeira coisa que ela comprou com seu próprio dinheiro, assim que saiu de St. Hale.)

Metade do caderno está preenchida com contos de bruxas e rimas infantis, recortes roubados e sonhos inúteis — qualquer coisa que chame a atenção de Beatrice. Se ela fosse uma estudiosa, poderia se referir às suas anotações como pesquisa, poderia imaginá-las datilografadas e encadernadas na prateleira de uma biblioteca, ou sendo debatidas nos corredores da universidade; mas ela não é uma estudiosa, e as anotações nunca chegarão a isso.

Ela copia o verso sobre as irmãs excêntricas no caderninho preto, ao lado de todas as outras histórias que nunca irá contar e dos feitiços que nunca irá lançar.

Beatrice não pronunciara nem um único encantamento ou truque desde que saíra de casa. Mas algo no formato das palavras na página, escritas com a própria caligrafia, provoca sua língua. Ela tem o impulso violento de lê-las em voz alta — e Beatrice não é uma mulher muito dada a impulsos violentos. Ela aprendeu bem jovem o que acontecia quando uma mulher cedia a si mesma, quando provava frutos proibidos.

(*Não se esqueça do que você é*, dizia seu pai, e Beatrice não o fez.)

Ainda assim... ela entreabre a porta do escritório para verificar os corredores da Universidade. Está completamente sozinha. Beatrice engole em seco. Ela sente um puxão em algum lugar do peito, como se houvesse um dedo enganchado ao redor de sua costela.

Beatrice sussurra as palavras em voz alta. *As irmãs excêntricas, de mãos dadas.*

Elas ressoam em sua boca como sorgo no verão, quentes e doces. *Nossa coroa roubada, amarrada e a queimar.*

O calor desliza por sua garganta e serpenteia por sua barriga. *Mas o que está perdido, que não se pode encontrar?*

Beatrice espera, seu sangue fervendo.

Nada acontece. Naturalmente.

Lágrimas — tolas e absurdas lágrimas — ardem em seus olhos. Será que ela esperava alguma grande façanha mágica? Um bando de corvos ou uma revoada de fadas? A magia é algo lúgubre e repugnante, com mais utilidade para embranquecer as meias de alguém do que para invocar um dragão. E, mesmo que Beatrice tenha se deparado com um feitiço antigo por acaso, faltava-lhe o sangue de bruxa para manejá-lo. Livros e contos são o mais próximo que ela pode chegar de um lugar onde a magia ainda seja real, onde as mulheres e suas palavras tenham poder.

O escritório de Beatrice de repente parece tumultuado e abafado. Ela fica de pé tão abruptamente que a cadeira guincha contra o piso, e ela coloca, de maneira desajeitada, uma pelerine em volta dos ombros. Ela sai de seu escritório a passos largos, os sapatos ressoando pelos corredores limpos da Universidade de Salem, e pensa em como foi tola por ter tentado. Por ter tido esperanças.

O Sr. Blackwell, diretor da seção de Coleções Especiais, ergue os olhos da escrivaninha, encarando-a conforme ela passa por ele.

— Boa noite, Srta. Eastwood. Está com pressa?

O Sr. Blackwell é a razão pela qual Beatrice é uma bibliotecária associada júnior. Ele a contratou com apenas um diploma de St. Hale como referência, baseado puramente na fraqueza que ambos compartilhavam por romances piegas e jornaizinhos baratos.

Beatrice tem o costume de se demorar na biblioteca para conversar com ele sobre todas as descobertas e frustrações do dia, sobre a nova versão traduzida de *A Leste do Sol, a Oeste da Bruxa* que ela encontrou, ou sobre o mais novo romance da Srta. Hardy. Mas hoje ela mal lhe dá um sorriso rápido, e se apressa a fim de sair para a noite cinzenta, com os olhos preocupados dele a observando.

Ela já está na metade da praça, abrindo caminho aos empurrões através de algum tipo de comício ou manifestação, quando as lágrimas finalmente transbordam, formando uma poça diante dos aros de arame de seus óculos, antes de se esparramarem nos paralelepípedos abaixo.

O calor sibila em suas veias. Um vento sobrenatural açoita em direção ao centro da praça. Ele cheira a ervas secas e rosas-silvestres. Cheira à magia.

Aquela tola esperança retorna. Beatrice umedece seus lábios castigados pelo vento, e pronuncia as palavras de novo: *As irmãs excêntricas, de mãos dadas...*

Desta vez, ela não para — não *consegue* parar —, e volta ao começo, repetindo o feitiço num eterno círculo. É como se as palavras fossem um rio ou um cavalo desenfreado, carregando-a adiante. Há um certo ritmo nas palavras, uma batida que dá um salto ao fim do verso, gaguejando nas palavras que faltam.

O feitiço é lançado para a frente, meio cambaleante, não exatamente aprumado, e o calor aumenta. Seus pulmões estão chamuscados, sua boca, seca, e sua pele, febril.

Ela está vagamente ciente das coisas que acontecem do lado de fora de si mesma — a fenda aberta no mundo, a torre preta, cheia de espinhos e trepadeiras penduradas, projetando-se contra o céu salpicado de estrelas, os corvos oscilando acima dela —, de seus próprios pés carregando-a, avançando e avançando, seguindo a brisa da bruxaria até o meio da praça. Mas então, a febre embaça sua visão e a engole inteira.

A sensação era diferente de qualquer um dos feitiços de Mama Mags. Era como uma canção que ela não conseguia parar de cantar, como uma fogueira sob sua pele. Se continuar alimentando-a, Beatrice acha que poderia se transformar em uma pira.

Ela balbucia até ficar em silêncio.

O mundo estremece. As bordas descosturadas da realidade esvoaçam como tecido esfarrapado, antes de atraírem uma a outra novamente, como se uma grande costureira invisível remendasse o mundo, deixando-o inteiro de novo. A torre, a floresta emaranhada e a estranha noite desaparecem, substituídas pela comum e cinzenta noite de primavera na cidade.

Beatrice pisca e pensa: *isso foi bruxaria*. Bruxaria de verdade, tão antiga, sombria e selvagem quanto a meia-noite.

Tudo fica estranhamente inclinado na visão dela, e Beatrice tomba em direção à escuridão. Ela cai, meio sonhando que há braços firmes e acolhedores esperando para segurá-la. A voz de uma mulher chama seu nome, mas este não é mais o nome dela — é o apelido perdido que suas irmãs usavam quando as três ainda eram tolas e destemidas: *Bella!*

E começa a chover.

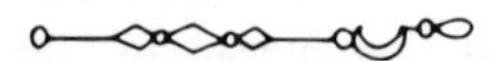

Juniper está uivando como um cachorro embriagado pela lua, deleitando-se com o doce calor do poder que percorre suas veias e com o bater de asas macio como penas acima dela, quando a torre desaparece.

A cena deixa a praça em um caos fervilhante e imerso em gritos. Todos os chapéus estão tortos, todas as saias estão amarrotadas, e todos os grampos de cabelo estão falhando em cumprir sua função. Até mesmo as tílias habilmente aparadas parecem um pouco mais selvagens, suas folhas mais verdes, seus galhos espalhando-se como galhadas de cervos.

Juniper está relaxada e entorpecida, completamente vazia, exceto por uma dor esquisita no centro de seu peito. Um *desejo* tão enorme que não cabe atrás de suas costelas.

Ela ergue o olhar e encontra duas outras mulheres de pé perto dela, formando um círculo silencioso no meio da estridente multidão da Praça St. George. Nos rostos de ambas, Juniper vê o próprio desejo refletindo de volta, uma profunda fome por seja lá que diabos elas tenham visto suspenso no céu, chamando-as para mais perto.

Uma das mulheres oscila e emite um "*ah*" em uma voz rouca, como se tivesse ficado parada perto de uma fogueira por tempo demais. Ela pisca para Juniper com olhos febris, antes de cair.

Juniper solta a bengala e segura a mulher antes que a cabeça dela rache contra a pedra. Ela é leve, frágil como uma pena em seus braços. E só enquanto

Juniper a deita no chão e ajeita os óculos tortos no nariz da mulher, só enquanto ela observa as sardas espalhadas por suas bochechas — constelações que Juniper pensou ter esquecido —, é que ela se dá conta de quem é essa mulher.

— *Bella.*

Sua irmã mais velha. E...

Lentamente, Juniper ergue o olhar para a terceira mulher, os primeiros pingos frios de chuva sibilando em suas bochechas, seu coração ribombando como cascos de ferro contra seu esterno.

Ela é tão bonita quanto se lembrava: lábios cheios, cílios longos e um pescoço esguio. Juniper imagina que ela puxou a mãe da qual ela não consegue se lembrar, porque não há nada do pai em sua irmã.

— *Agnes.*

E, de repente, Juniper tem 10 anos de novo.

Ela está abrindo os olhos na escuridão terrosa da cabana de Mags, logo chamando os nomes das irmãs, porque era assim que elas costumavam ser, sempre de mãos dadas, três partes iguais. Mags está lhe dando as costas, os ombros curvados, e Juniper se dá conta mais uma vez de que as irmãs se foram.

Ah, elas haviam conversado sobre isso. É claro que sim. Como fugiriam juntas para a floresta igual a João e Maria. Como comeriam mel-silvestre e mamões, e, às vezes, deixariam coroas de madressilvas na entrada da cabana de Mags, para que a avó soubesse que elas ainda estavam vivas. Como o pai iria chorar e praguejar, mas as três nunca, jamais, voltariam para casa.

Mas então o humor do pai se tornava mais leve, tão de repente quanto a primavera, e ele lhes comprava doces e fitas, e elas ficavam por mais um tempo.

Não dessa vez. Dessa vez, suas irmãs simplesmente fugiram sem olhar para trás, sem titubear. Sem Juniper.

Assim que entendeu isso, ela desceu a encosta da colina correndo, tropeçando, mancando — seu pé esquerdo ainda em carne viva e coberto de bolhas por causa do incêndio no celeiro.

Ela teve um único vislumbre da trança lisa e preta de Agnes, balançando na parte de trás de uma carroça conforme ela descia a estrada aos solavancos, e gritou para sua irmã voltar, "por favor, volte, *não me abandone"*, até seus apelos se transformarem em soluços sufocados e pedras jogadas, até Juniper estar tão cheia de ódio que já não sentia a dor.

Ela mancou de volta para casa. A construção tinha um cheiro úmido e doce como o de carne estragada, e o pai estava esperando o jantar. *Não tem importância, James.* Ele a havia dado o próprio nome, e gostava de se ouvir pronunciá-lo. *Vamos nos virar sem elas.*

Juniper sobreviveu sete anos sem as irmãs. Cresceu sozinha, enterrou Mama Mags sozinha, e esperou sozinha até que o pai morresse.

Mas agora aqui estavam elas, encharcadas e com olhos famintos, bem no centro de Nova Salem: suas irmãs.

4

Garotinha de azul, sua trompa venha soprar.
A vaca está no milharal, a ovelha, a pastar.
Ela dorme profundamente sob céus brilhantes.
[Nome do adormecido] acorde, levante-se!

Feitiço usado para acordar o que está adormecido.
São necessários uma trompa ou um bom apito.

Agnes Amaranth não sente o assobio gelado da chuva contra sua pele. Não vê as duas mulheres agachadas ao lado dela, cheias de sardas e de cabelos pretos, parecendo reflexos pairando em um par de espelhos.

Toda a sua atenção está voltada para dentro de si mesma, fixada na coisinha viva germinando dentro dela, tão delicada quanto o primeiro broto de uma samambaia. Ela imagina sentir a batida de um segundo coração sob a palma da mão.

— *Agnes.*

Ela conhece essa voz. Já a ouviu rir, caçoar e implorar por mais uma história — "por favorzinho". Já a ouviu persegui-la pela estrada esburacada, implorando para que ela voltasse. Já a ouviu em pesadelos nos últimos sete anos. *Não me abandone.*

Agnes olha para baixo e encontra sua irmãzinha mais nova ajoelhada no chão... só que ela não é mais assim tão pequena: sua mandíbula é firme e quadrada, seus ombros são largos, e seus olhos brilham com aquela dose de ódio de uma mulher adulta.

— J-Juniper?

De repente, Agnes se dá conta de que seus braços estão estendidos, como se esperasse que Juniper fosse correr direto para eles do jeito que fazia quando era criança, quando Agnes ainda dormia todas as noites com o cabelo de penas de corvo da irmã fazendo cócegas em seu nariz. Quando Juniper às vezes deixava escapar e a chamava de *mamãe.*

Os lábios de Juniper estão repuxados sobre os dentes, seu rosto tenso. Agnes observa com mais atenção e percebe as mãos da irmã cerradas em punhos. O formato delas — os familiares nós brancos das juntas de seus dedos, a tensão dos tendões em seus punhos — afugenta todo o ar dos pulmões de Agnes.

— Onde está o papai? Ele está com você?

Ela odeia a alusão ao Condado do Corvo que surge em sua voz.

Juniper balança a cabeça, o pescoço enrijecido.

— Não.

Uma escuridão perpassa a luz de folhas esverdeadas nos olhos dela, algo como tristeza ou culpa, antes que a fúria queime novamente.

Agnes se lembra de como respirar.

— Ah. Como... O que você está fazendo aqui?

Os punhos e a garganta de Juniper estão marcados por arranhões profundos, como se ela tivesse corrido pelas profundezas de uma floresta em uma noite escura.

— O que *eu* estou fazendo aqui?

Os olhos de Juniper estão furiosos, suas narinas dilatadas. Agnes se lembra do que acontece quando a irmã perde a cabeça — uma serpente da cor de sangue, chamas subindo cada vez mais alto, guinchos de animais — e se retrai.

Juniper engole em seco e respira fundo.

— Precisei sair de casa. Fui em direção ao norte. Não esperava esbarrar em vocês duas pavoneando pela cidade como um par de pombos, sem uma única maldita preocupação no mundo.

Sua voz é amarga e preta como café queimado. A Juniper da qual Agnes se recorda tinha um temperamento displicente e uma risada despreocupada. Ela se pergunta quem ensinou a irmã a guardar rancor, a alimentá-lo e a zelar por ele, como se faz com um filhote de lobo selvagem recém-capturado, até que ele ficasse grande e cruel o bastante para engolir um homem inteiro.

A atenção de Agnes se prende ao número que Juniper acabou de dizer.

— Duas?

Certamente ela ainda é apenas *uma*. Certamente o bebê em sua barriga é pequeno demais para contar como uma pessoa inteira. O cérebro dela está parecendo um tear emperrado, com fios emaranhados e engrenagens rangendo.

Juniper semicerra os olhos para a irmã, procurando pela zombaria, mas sem encontrá-la. Então, ela aponta para baixo com os olhos.

Agnes segue seu olhar e, pela primeira vez, vê a mulher deitada entre as duas, seus óculos salpicados de chuva. Agnes sente o mundo desmoronar ao seu redor, todos os anos de sua vida se dobrando juntos como uma sanfona.

A irmã mais velha. A irmã que a traiu e a quem Agnes traíra de volta, olho por olho. A razão pela qual ela teve que fugir.

Bella.

Juniper sacode os ombros de Bella, mas a cabeça da irmã mais velha está balançando, mole. Juniper coloca dois dedos sobre a testa de Bella e pragueja.

— Ela está ardendo em febre. Vocês moram aqui perto?

— Eu não vejo Bella há sete anos. Nem sabia que ela estava na cidade. — Agnes retorce os lábios. — Também não me importava.

Juniper ergue o olhar para ela.

— Então como é que...

Mas Agnes escuta um som que todos em Nova Salem conhecem bem, um som que significa *problemas* e *hora de ir embora*: o ressoar frio de cascos de ferro contra os paralelepípedos. A polícia na cidade andava com confiança, cavalgando garanhões cinzentos criados especialmente para o temperamento maldoso dos policiais com seus casacos brancos reluzentes.

O som deixa Agnes abruptamente ciente de quão vazia havia ficado a praça, abandonada por tudo e todos, exceto pela chuva tortuosa, pelas penas flutuantes e por elas três.

Ela deveria fugir antes que a polícia aparecesse procurando alguém para culpar. Deveria agarrar as saias em ambos os punhos e desaparecer por dentro dos becos e das ruas secundárias, ser apenas mais uma garota sem importância em um avental branco, invisível.

Juniper fica de pé, um dos braços de Bella sobre os ombros dela. Ela cambaleia com a perna ruim, tombando para o lado...

Agnes estende a mão para a irmã mais nova e segura seu pulso. Juniper, por sua vez, agarra o braço dela, equilibrando-se, e, por meio segundo, as duas ficam cara a cara, as mãos envoltas ao redor uma da outra, o calor da pele através do algodão fino.

Agnes solta primeiro. Ela se inclina e entrega a bengala de cedro vermelho para Juniper, esfregando a palma da mão na saia como se a madeira a tivesse queimado.

Sem ter de fato decidido, sem pensar muito no assunto, Agnes coloca o ombro embaixo do outro braço de Bella. A irmã mais velha cede entre elas como roupa molhada no varal.

Agnes ouve a si mesma dizer:

— Venha comigo.

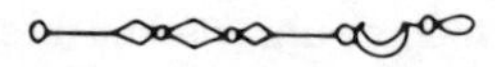

Beatrice está queimando, à deriva, flutuando como brasas acima de uma fogueira invisível. Vozes sibilam e sussurram ao redor dela. *Depressa, pelo amor dos Santos.* Seus pés vacilam e deslizam sob ela, revoltados. Seus óculos oscilam furiosamente de uma de suas orelhas.

Ela pisca e vê as paredes sujas de carvão dos becos do lado oeste da cidade passando de ambos os lados. Vê roupas lavadas penduradas nos varais acima de sua cabeça, como as muitas bandeiras coloridas de países estrangeiros, pingando sob a chuva. Vê o céu escurecendo e o brilho quente das lamparinas a gás.

Duas mulheres correm ao lado dela, meio que a carregando. Uma delas manca terrivelmente, seu ombro descendo e subindo sob Beatrice. A outra pragueja, sem fôlego, os dedos brancos ao redor do pulso de Beatrice. Seus rostos não são nada além de borrões reluzentes na visão dela, mas seus braços são quentes e familiares ao seu redor.

Suas irmãs. Aquelas de quem sentiu mais falta em St. Hale, aquelas que nunca vieram resgatá-la.

As irmãs que estão aqui agora, correndo ao lado dela pelas ruas molhadas e escorregadias de Nova Salem.

Juniper nunca pensou muito sobre a vida das irmãs depois que ambas deixaram o Condado do Corvo — elas haviam simplesmente saído da página e desaparecido, um par de frases inacabadas —, mas pensou bastante sobre o que diria caso algum dia as encontrasse de novo.

Vocês me deixaram para trás. Vocês sabiam o que ele era e me deixaram completamente sozinha com ele.

Então, suas irmãs chorariam e arrancariam os próprios cabelos por causa da culpa. *Por favor,* implorariam, *perdoe-nos!*

Juniper as encararia de cima para baixo, fogo e enxofre em seus olhos, como Deus quando expulsou a primeira bruxa do Jardim do Éden. *Não,* diria ela, e as irmãs passariam o resto de suas vidas mesquinhas desejando que a tivessem amado da maneira certa.

Juniper não diz uma única palavra conforme elas cambaleiam pelas ruas sinuosas, virando em becos sem sinalização e atravessando terrenos baldios. Ela não diz nada quando chegam a uma pensão de fachada sombria, com paredes de tábuas de madeira manchadas e cruzes de madeira penduradas nas janelas. Ela permanece em silêncio enquanto arrastam Bella para além do apartamento da proprietária, subindo dois lances de uma escadaria que range, e passam por uma porta com um número sete de latão e um versículo bordado (*Deixe que a mulher viva sossegada, Timóteo 2:11*).

O quarto de Agnes é escuro e mofado, com nada além de um colchão fino sobre uma estrutura de ferro, um espelho rachado e um fogão enferrujado que provavelmente apresenta dificuldades para esquentar uma xícara de estanho de café. Manchas amarronzadas florescem no teto, e criaturas invisíveis mordiscam e correm dentro das paredes.

O cômodo faz Juniper pensar em uma cela de prisão ou em um caixão barato. Ou no porão da antiga casa delas, escuro e úmido, vazio, exceto pelos grilos-das-cavernas, ossos de animais e lágrimas de garotinhas há muito derramadas. Um arrepio percorre sua espinha.

Agnes coloca Bella no colchão fino e fica parada de braços cruzados. As linhas de expressão em seu rosto estão mais profundas do que Juniper se lembrava. Ela pensa nos contos de bruxas sobre jovens mulheres amaldiçoadas a envelhecerem um ano inteiro para cada dia de suas vidas.

Agnes se inclina e acende um toco de vela encharcado. Ela dá de ombros para Juniper, irritada e meio envergonhada.

— Acabou o óleo de lamparina.

Por um instante, Juniper observa sua irmã tropeçar ao redor do quarto sob a luz bruxuleante, antes de puxar a varinha torta de resina de pinheiro do bolso e tocar sua ponta na vela caída. Juniper sussurra as palavras que Mama Mags lhe ensinou, e a varinha brilha em um fraco tom alaranjado, que clareia até chegar em um dourado laminado, como se o pôr do sol do verão inteiro tivesse sido capturado e comprimido.

Agnes encara a varinha, seu rosto banhado na luz melífica.

— Você sempre prestou mais atenção em Mags do que nós.

Juniper aperta o pavio derretido da vela entre os dedos e dá de ombros.

— Prestava. Mags morreu no inverno de 1891.

Ela poderia ter dito mais: como ela mesma cavou e depois preencheu a cova, para economizar com o gasto de um coveiro, e como a terra ressoava oca na tampa do caixão; como cada pazada carregava um pouco dela mesma com a terra, até que Juniper não fosse nada além de um amontoado de ossos e ódio; como ela esperou por três dias e três noites ao lado do túmulo, na esperança de que Mama Mags talvez a amasse o suficiente para permitir que sua alma protelasse a partida. Fantasmas representavam, pelo menos, sete tipos de pecados diferentes, e nunca duravam mais do que uma hora ou duas, mas Mags nunca havia se incomodado com o pecado antes.

O túmulo permaneceu quieto e silencioso, e Juniper permaneceu solitária. Tudo o que Mags deixou para trás foi seu medalhão de bronze, onde uma mecha de cabelo da mãe delas costumava ficar guardada, enrolada como uma lustrosa cobra preta.

Mas Juniper não diz nada disso. Ela deixa que o silêncio se solidifique, como banha em uma frigideira fria.

— Você deveria ter escrito para mim. Eu teria ido ao funeral.

Há um tom de desculpas na voz de Agnes, e Juniper tem vontade de mordê-la por causa disso.

— Ah, teria? E para qual endereço eu deveria ter enviado o convite? Sete anos, Agnes, sete *anos*...

Da cama ao lado delas, Bella emite um murmúrio suave e doloroso. Sua pele está úmida, com um tom de branco abatido e pálido.

Juniper cerra os dentes e se agacha ao lado dela, puxando uma das pálpebras da irmã.

— Febre do Diabo. — Juniper gostaria muito de saber o que diabos a irmã estava fazendo para ter ficado tão quente assim com bruxaria. — Agnes, você tem um apito de estanho? Ou uma trompa?

Agnes balança a cabeça e Juniper solta um muxoxo. Ela recita as palavras mesmo assim, e usa dois dedos para produzir um assobio agudo. Uma centelha de bruxaria se acende entre eles.

Os olhos de Bella tremulam. Ela pisca para suas irmãs, o rosto relaxado pelo choque.

— Agnes? June? — Juniper faz uma pequena reverência tensa. — *Santos me ajudem.* — Um medo repentino parece atingir Bella. Ela luta para se levantar da cama, seus olhos esquadrinhando o quarto e demorando-se nas sombras. — Onde está o papai?

— Não está aqui.

— Ele sabe que você está na cidade? Está vindo para cá?

— Duvido. — Juniper passa a língua nos dentes e expõe suas próximas palavras como se mostrasse um lance vitorioso de cartas, uma jogada impiedosa. — Homens mortos geralmente ficam onde estão.

Ela deixa suas pálpebras caírem pesadas conforme fala, na esperança de que as irmãs não vejam nada espreitando em seus olhos.

Agnes e Bella a encaram, quase sem respirar, seus rostos vazios.

Juniper sabe como elas se sentem. Mesmo logo depois do que aconteceu, quando ela estava esfregando a culpa e a fumaça de seus braços no rio Big Sandy, ela se lembra de pensar: *É isso?* A morte do pai deveria ter lhe causado uma sensação parecida com derrotar um inimigo ou vencer uma guerra, como no final de uma história, quando o gigante se estatela no chão e o reino inteiro comemora.

Mas o gigante já havia pisoteado tudo. Não havia sobrado mais ninguém para comemorar, a não ser Juniper, a Matadora de Gigantes, completamente sozinha.

Agnes se abaixa lentamente no chão, ao lado de Juniper.

— Então, por que você foi embora? — pergunta ela, depois de um tempo. — Quem está tomando conta da fazenda?

Juniper responde apenas a segunda pergunta.

— O primo Dan.

— Aquele idiota estúpido?

— Agora ele é o dono. Papai deixou tudo para ele. Até a casa de Mags.

Uma pequena cabana escavada na encosta da colina, com o chão de terra e um telhado de cedro, verde por causa do musgo — valia menos do que as terras onde estava acomodada. As pessoas da cidade cochichavam e soltavam muxoxos quando se tratava de Mama Mags, perguntando umas às outras como alguém era capaz de viver assim, completamente sozinha, mas, para Juniper, não parecia tão ruim. Ela nunca tivera qualquer interesse em garotos, ou noivados, ou nas coisas que vinham depois. Havia imaginado que passaria seus dias limpando urtigas-brancas e macelas do canteiro de ervas, conversando com os plátanos. No outono, talvez Juniper e sua bengala vermelha pudessem passear pelas colinas com uma cesta no braço, coletar dedaleiras e rosas-de-gueldres, peles de cobras e osso, e dormir sob a luz clara das estrelas.

O pai tirou isso dela, assim como todo o resto.

— E-eu sinto muito, Juniper. Sei que você sempre amou aquele lugar — diz Bella suavemente, como se estivesse tentando confortar Juniper, como se ela se importasse.

Juniper se afasta, esquivando-se do afeto da irmã.

— De qualquer modo, como é que vocês duas vieram parar em Nova Salem?

Nenhuma das duas olha Juniper nos olhos. Bella tira os óculos e limpa as lentes com o lençol da cama.

— E-eu trabalho para a Universidade, na biblioteca.

Agnes solta uma risadinha sem humor e imita as vogais curtas e a voz de professora de Bella.

— Bem, eu trabalho para os Irmãos Baldwin. Na fábrica de algodão.

Juniper vê os olhos das irmãs se encontrarem, frios e cortantes, e se pergunta que diabos as duas tinham uma contra a outra. Nenhuma delas foi abandonada na cova do leão. Ela se inclina entre as irmãs.

— E como é que vocês duas acabaram naquela praça hoje?

Agora, ambas olham para ela, espantadas e famintas. Bella toca o próprio peito, como se ainda houvesse algo alojado ali, puxando-a para frente, e Juniper sabe que elas também sentiram: a coisa que as arrastou para o mesmo lugar, o feitiço que queimou entre elas e deixou uma ausência terrível para trás. Ela quase consegue visualizar a torre preta refletida nos olhos das irmãs, iluminada pelas estrelas e tomada pelas rosas, como uma promessa a ser cumprida.

— O que era aquilo? — sussurra Bella.

— Você sabe muito bem o que era — murmura Juniper de volta.

Algo que desapareceu há muito tempo, algo perigoso, algo que deveria ter sido queimado nos tempos antigos junto das mães de suas mães.

Bella sibila "bruxaria", ao mesmo tempo em que Agnes diz "problemas".

Agnes fica de pé, a luz solar da varinha desenhando sombras profundas ao redor de sua testa franzida. Agora não há mais qualquer brilho de estrelas em seus olhos.

— Todo tipo de problemas. As pessoas ficarão assustadas e a lei vai acabar se envolvendo. Aqui não é como no Condado do Corvo, onde a maioria das pessoas ignorava quando o assunto era bruxaria. Você viu a área das bruxas no cemitério? Dizem que, antigamente, as cinzas das mulheres que eram queimadas nesta cidade cobriam o lugar até a altura dos tornozelos. — Ela balança a cabeça. — E agora tem essas mulheres da União Cristã zanzando por aí, e o Partido da Moralidade tem um membro na Câmara Municipal que, pelo que ouvi, está concorrendo a prefeito agora. O homem não tem a mínima chance, mas ainda assim. Ele e o seu pessoal vão abraçar o assunto dessa torre com uma facilidade maldita.

— Mas você não quer... — começa Juniper.

— O que eu quero é dormir um pouco. Tenho um turno amanhã bem cedo. — A voz de Agnes é afiada e fria enquanto ela vasculha um baú surrado. — A essas horas, a polícia já deve estar aí fora dando uma olhada. Vocês duas deveriam ficar aqui. — Ela joga para Juniper um amontoado de tecido de lã meio comido pelas traças, sem olhar para ela. — Só esta noite.

Só esta noite. Não para sempre, nem felizes para sempre.

É óbvio que não.

Agnes estende o próprio cobertor no chão e enrola uma saia sobressalente como travesseiro. Bella luta para se levantar, gesticulando para que Agnes fique com a própria cama, mas Agnes a ignora.

Ela se deita no chão com o corpo bem encolhido, e forma uma concha náutilo ao redor da própria barriga. Juniper lança um olhar ressentido para as costas da irmã, antes de sussurrar para a varinha de resina de pinheiro. O feitiço de luz enfraquece e o quarto escurece de um dourado de verão para um cinza de inverno.

Juniper se deita no chão ao lado de Agnes e tenta evitar que seus punhos se cerrem e que seus dentes ranjam. Seu corpo está muito tenso por ter passado uma noite e um dia correndo, dormindo apenas durante curtos períodos barulhentos no trem.

Ela se mexe e se vira, e pensa na velha cama de dossel que as três tinham no sótão. Juniper tinha problemas para dormir desde que era criança, contando os cantos de bacurau e esperando os passos instáveis do pai caírem no silêncio. Em noites ruins, Agnes alisava os cabelos dela e Bella sussurrava contos de bruxas no escuro.

— Está acordada, Bell? — O som da própria voz surpreende Juniper. — Ainda se lembra de alguma história?

A princípio, ela pensa que Bella não vai lhe responder. Que lhe dirá que ela está velha demais para contos de donzelas, anciãs e rodas de fiar. Mas a voz da irmã se eleva acima dos rangidos e ruídos da pensão, e Juniper quase consegue acreditar que ainda tem 10 anos, que ainda é uma parte de um terço, em vez de uma parte solitária.

— Era uma vez...

O Conto da Donzela Adormecida

Era uma vez um rei e uma rainha que ansiavam por um filho, mas que não eram capazes de tê-lo. Eles tentaram feitiços, orações e encantamentos, porém, depois de muitos e longos anos, o reino ainda não tinha um herdeiro. Em desespero, o casal fez um grande banquete e convidou seis bruxas para abençoar seu reino. As seis bruxas concederam seis belos presentes — paz e prosperidade, boa saúde e boas colheitas, clima agradável e camponeses obedientes —, mas, quando o banquete estava terminando, uma sétima bruxa chegou. Ela era jovem e graciosa, possuía o tipo de rosto esculpido em proas de navios, capaz de devorar corações. Havia uma cobra preta como carvão enroscada em seu braço esquerdo, e um sorriso de dentes afiados em seus lábios.

Ela disse ao rei e à rainha que, como eles não a haviam convidado para o banquete, ela trouxera uma maldição em vez de uma benção: um dia, uma jovem donzela espetaria o dedo em uma roca, e o castelo cairia em um sono sem fim, do qual ninguém conseguiria acordar.

O rei tomou todas as precauções racionais. Ordenou que todas as rodas de fiar fossem queimadas, e não permitia nenhuma mulher que não fosse casada dentro das paredes do castelo. Ele conseguiu manter o trono por 21 anos.

Até o dia em que uma estranha donzela chegou aos portões do castelo. Os guardas deveriam tê-la mandado embora, mas já fazia muito tempo desde que a sétima bruxa havia sido vista, e a Donzela conhecia os caminhos e as palavras para fazê-los se esquecerem de suas ordens. Ela usava seu espírito familiar na forma de um colar de vidro preto ao redor da garganta.

A Donzela caminhou a passos largos pelo castelo, sem ser vista, sorrindo conforme avançava, então subiu até o topo da torre mais alta, onde uma roda de fiar a aguardava. Ela estendeu seu pálido dedo até a roca.

Existem muitas versões desta história, mas há sempre um dedo espetado. Há sempre três gotas do sangue da Donzela.

Esse sangue tocou o chão do castelo e um feitiço se espalhou pela construção. Toda criatura viva caiu em um sono repentino. Tortas queimaram nos fornos e lanças retiniram no chão. Gatos dormiram com as garras esticadas na direção de ratos adormecidos, e cachorros deitaram-se ao lado de raposas.

No castelo inteiro, apenas a Donzela se movia. Ela roubou a coroa do rei e colocou-a na própria cabeça.

A Donzela governou por cem anos. Talvez tivesse governado para sempre — quem pode dizer quais maneiras uma bruxa pode encontrar para viver além de seus anos? —, mas um corajoso cavaleiro ouviu histórias sobre um reino amaldiçoado e cavalgou para resgatá-lo. A Donzela se refugiou na torre mais alta e fez espinhos de rosas crescerem ao redor dela, perigosos e afiados, tão grossos que nem mesmo o cavaleiro e sua espada reluzente foram capazes de cortá-los.

Em vez disso, o cavaleiro ateou fogo à torre. Enquanto a bruxa queimava, o feitiço foi quebrado, e o restante do castelo acordou de seu sono sem fim. O cavaleiro arrancou a coroa da bruxa das cinzas e, de joelhos, apresentou-a para o rei. O monarca o colocou de pé, e anunciou que ele e a rainha haviam finalmente encontrado um herdeiro apropriado.

O cavaleiro e o reino viveram felizes para sempre, embora nem uma única roseira tenha voltado a florescer nos quilômetros de distância que rodeiam do castelo, independentemente de quão rico fosse o solo ou de quão talentoso fosse o jardineiro. E ainda se contavam histórias sobre uma jovem mulher que caminhava nas profundezas da floresta, com uma cobra preta ao seu lado.

Irmã, irmã,
Dê uma olhada,
Alguma coisa se perdeu,
E precisa ser achada!

Feitiço usado para encontrar o que não pode ser encontrado. São necessários uma pitada de sal e um olhar aguçado.

Agnes Amaranth permanece acordada por muito tempo depois da história da irmã.

Ela pensa em bruxaria, em ausências e em tronos sem herdeiros, em bebês que ainda não nasceram. Pensa na segunda pulsação em sua barriga e na lembrança do poejo em sua língua.

Ela deve ter adormecido em algum momento, porque, quando abre os olhos, vê o nascer do sol entrando de fininho no quarto. A bile borbulha em sua garganta e ela vomita no penico o mais silenciosamente que consegue. Nenhuma das irmãs se mexe.

A boca de Bella está selada de maneira firme até durante o sono, como se seus lábios não fossem dignos de confiança. Da última vez que Agnes viu Bella, a irmã chorava em silêncio enquanto fazia as malas, observando-a com olhos grandes e tristes, como se não merecesse tudo o que lhe aconteceu. Obviamente ela deu a volta por cima, trabalhando em uma biblioteca chique com seus amados livros.

Juniper dorme esparramada, de um jeito infantil e desalinhado, toda desajeitada. Os dedos de seu pé esquerdo estão cheios de cicatrizes, a carne enrugada subindo pelo tornozelo em formato de mão com dedos esticados. Agnes se pergunta quanto tempo a ferida demorou para cicatrizar, e se ainda dói.

Seus olhos pousam no medalhão gasto de bronze disposto sobre o peito de Juniper. Ela se lembra do colar balançando no pescoço de Mags, lembra da maneira como a avó o segurava às vezes e olhava para o topo da encosta da colina com os olhos enevoados. Mags nunca falava muito sobre a filha que perdeu — a mãe delas, que deu seu último suspiro ao mesmo tempo em que Juniper deu o primeiro —, mas Agnes conseguia enxergar sua mãe na forma dos silêncios da avó: os lugares cobertos de cicatrizes, os dias feridos em que Mags ficou na cama com as cobertas puxadas até em cima.

Agnes acende o fogão e corta pedaços de manteiga em uma frigideira, deixando que o estalo e o chiado acordem as outras. Suas irmãs se espreguiçam e bocejam, observando-a quebrar ovos e ferver o café.

Elas pegam pratos de estanho em silêncio. Juniper come com a voracidade de quem não vê uma boa refeição há dias. Bella cutuca a comida, olhando pela janela. Agnes respira cuidadosamente pela boca e tenta não olhar para as gelatinosas e ensebadas claras dos ovos.

Quando terminam de comer, não há nada mais a fazer além de partir. Seguir caminhos diferentes. Acomodar-se de volta nas próprias histórias, e esquecer tudo sobre torres perdidas e irmãs desaparecidas.

Nenhuma das três se move. Juniper está inquieta, passando o dedo pela gema que escorreu conforme ela seca.

— Então... — Agnes finge estar falando com uma estranha, apenas mais uma garota de passagem pela pensão. — Para onde você vai agora?

Ela espera que Juniper diga: *Direto para casa*. Ou até mesmo: *Procurar um trabalho bom e honesto, como minha irmã mais velha*. Em vez disso, sua boca se curva em um pequeno sorriso imprudente.

— Vou me juntar àquelas donas sufragistas o mais rápido possível.

Pela primeira vez, os olhos de Bella se desviam da janela. Ela cobre a boca com a palma da mão e sussurra:

— Ah, Deus.

Agnes resiste à vontade de revirar os olhos.

— Por quê? Para poder usar um vestido chique e sacudir uma placa? Para rirem de você? Não perca seu tempo.

O sorriso de Juniper enrijece.

— Votar não me parece uma perda de tempo.

Ela ainda brinca com a gema do ovo, girando-a em círculos pastosos. O estômago de Agnes revira.

— Olhe, toda essa história de "voto para mulheres" parece muito nobre e tal, mas elas não estão falando de mulheres como eu e você. Elas se referem às damas refinadas dos bairros nobres, com chapéus grandes e muito tempo livre. De qualquer maneira, não importa para você ou para mim quem for eleito prefeito ou presidente.

Juniper dá de ombros para ela, emburrada e imatura, e Agnes abaixa o tom de voz.

— Papai está morto, June. Você não pode mais irritá-lo.

A cabeça de Juniper se ergue de repente, os olhos verdes fervilhando, o cabelo emaranhado como uma sebe preta de rosas ao redor de seu rosto.

— Você acha que eu ainda dou a mínima para ele? — O sibilar da irmã foi tão furioso e cruel, que Agnes imaginou que ela ainda se importava, pelo menos um pouquinho. — Alguém, ou alguma bruxa, lançou um feitiço ontem. Do tipo que não se via desde a época da nossa tataravó. Parecia... — A mandíbula de Juniper se contrai. Ela dá um tapinha no peito, e Agnes entende que ela está tentando encontrar as palavras para descrever a onda de poder, a doce rebelião da magia em suas veias. — Parecia impossível. Importante. Você não quer saber de onde veio aquilo? Você não acha que talvez tenha algo a ver com o bando de sufragistas perambulando pela praça?

— Eu sei que é isso que a polícia vai pensar. Metade dos jornais já as chama de bruxas. Por favor, June, não seja *tola*...

Agnes é interrompida por Bella, que, de seu lugar ao pé da cama, salta na direção do prato de Juniper e o agarra. Ela o aperta, olhando através de seus óculos para o trio de círculos de gema que Juniper desenhou na superfície.

— O que é isso?

Juniper olha meio confusa para os restos de seu café da manhã.

— Hum... ovos?

— O *desenho*, June. Onde você o viu?

Juniper dá de ombros.

— Acho que na porta da torre.

A cabeça de Bella se inclina, como uma coruja.

— Onde?

— Você não viu a porta? O lado da torre que eu vi tinha uma porta, antiga e de madeira, completamente coberta por roseiras, e havia três círculos sobrepostos entalhados nela. Também havia palavras, mas eu não consegui entender nada.

O rosto de Bella fica tenso, concentrado, de um jeito que faz Agnes se lembrar de sua infância, quando Bella chegava na parte boa de algum livro.

— Em que língua estavam? E por acaso os círculos tinham olhos? Ou rabos? Você acha que poderiam ser serpentes?

— Talvez. Por quê?

Mas Bella ignora a pergunta. Seus olhos começam a investigar o rosto de Juniper. Eles pousam nos lábios da irmã caçula, e Agnes repara no rubor escuro de um machucado e no rasgo vermelho da pele cortada. Bella ergue os dedos na direção da ferida, sua expressão repleta de admiração, ou talvez de terror.

— O sangue da Donzela — sussurra.

Juniper se contrai ao seu toque.

Bella deixa seus dedos caírem, frouxos. O prato de Juniper reverbera ao cair no chão.

— Se me dão licença. Desculpem-me. Preciso ir. Sinto muito.

Ela lança as palavras às suas costas como moedas para pedintes, uma confusão descuidada, conforme Bella estica a mão para a porta.

— O quê? Você já vai? — grita Juniper, as bochechas enrubescendo. — Mas eu acabei de encontrar você! Você não pode simplesmente *ir embora*.

Agnes ouve o "*de novo*" não dito pairando no ar, mas Bella já se foi, gritando de qualquer jeito para elas:

— Se precisar de mim, moro de aluguel em um quarto na Alta Belém, entre a Segunda e a Santidade!

Agnes a observa partir com um estranho vazio no peito.

— Muito bem. — Ela raspa os ovos que Bella deixou e os coloca de volta na frigideira com uma força desnecessária. — Já vai tarde.

Juniper gira na direção de Agnes.

— Por que diz isso?

— Porque Bella não consegue manter a maldita boca fechada! Só Deus sabe o que papai teria feito se você não tivesse...

Agnes treme violentamente, como se o inverno tivesse chegado mais cedo, como se tivesse 16 anos outra vez e o pai estivesse vindo em sua direção com aquele brilho vermelho nos olhos.

Juniper não parece tê-la ouvido. Há um vazio vítreo em seu rosto, que faz Agnes pensar em uma garotinha observando o pai gritar enquanto pressiona as mãos contra as próprias orelhas, recusando-se a ouvir.

Agnes desenterra as unhas das palmas das mãos e, cuidadosamente, evita olhar para a bengala de cedro escorada ao lado da porta.

— Meu turno vai começar daqui a pouco. Vou falar com o Sr. Malton e ver se precisam de mais uma garota no meu andar. Você pode... — Ela engole em seco, sentindo os limites de seu círculo se esticarem como costuras prestes a rasgar, e se força a terminar a frase. — Você pode ficar aqui. Até se estabilizar na cidade.

Mas Juniper ergue o queixo, o nariz torto apontado para Agnes com desdém.

— Não vou trabalhar em fábrica nenhuma. Já falei: vou me juntar às sufragistas. Vou encontrar aquela torre. Vou lutar por alguma coisa.

É um discurso tão clássico de irmãzinhas caçulas que Agnes sente vontade de lhe dar um tapa. Nos contos de bruxas, a mais nova é sempre a preferida, a mais exaltada, aquela atada a um destino mais grandioso do que os de suas irmãs. Estas, por sua vez, são sempre muito feias, egoístas ou chatas para conseguirem fadas-madrinhas, ou até mesmo feras que se transformam em maridos. As histórias nunca mencionam aluguéis de pensões, roupas para lavar ou nós de dedos doloridos por causa de turnos duplos em fábricas. Elas nunca mencionam bebês que precisam ser alimentados ou decisões que precisam ser tomadas.

Agnes engole em seco diante de todas essas histórias de merda.

— Tudo isso é muito bonitinho, mas, até onde eu sei, *causas* não pagam muito bem. Não lhe dão o que comer, nem um lugar para dormir. Você precisa...

De repente, os lábios de Juniper se contraem em um rosnado animalesco.

— Eu não preciso de porcaria nenhuma de você. — Ela dá um passo à frente, o dedo apontado como uma flecha para o peito de Agnes. — Você *foi embora*, lembra? Eu me virei sem você durante sete anos e, com toda maldita certeza, não preciso de você agora.

A culpa toma conta da barriga de Agnes, mas seu rosto permanece rígido.

— Eu fiz o que foi preciso.

Juniper lhe dá as costas, veste sua capa e corre os dedos pelos cabelos pretos, tão longos quanto samambaias.

— Tive a impressão de que Bella sabe de alguma coisa. Por acaso Alta Belém é um condado ou uma cidade?

Agnes olha para ela, meio confusa.

— É um bairro. Fica no lado leste da cidade, logo depois da Universidade.

— Não sei por que uma cidade precisa de mais de um nome. Então onde fica a Segunda e a Santidade?

— São ruas, June, e são *numeradas*. É só seguir o mapa.

Juniper lança um olhar aflito para a irmã.

— Como isso vai me ajudar, se eu não sei onde... — Seu rosto fica inexpressivo. Seus olhos traçam uma linha invisível no ar. — Não importa. No fim das contas, não preciso de uma droga de mapa.

Ela pega a bengala de cedro e manca até o corredor, como se soubesse precisamente para onde está indo.

E Agnes se dá conta de que ela realmente sabe. Ela também sente: um puxão entre suas costelas. Uma linha invisível de pipa, completamente esticada entre ela e as irmãs, vibrando com coisas não ditas e problemas não resolvidos. Causa-lhe a sensação de um dedo que chama, uma mão empurrando-a entre suas escápulas, uma voz que sussurra um conto de bruxas sobre três irmãs que se perderam e se reencontraram.

Mas contos de bruxas são para crianças, e Agnes não gosta que lhe digam o que fazer. Ela fecha a porta com tanta força que o versículo bordado balança no prego. Sozinha, Agnes escuta o baque irregular dos passos de sua irmã.

Três círculos entrelaçados, ou talvez três cobras engolindo os próprios rabos: Beatrice já viu esse padrão antes. Beatrice sabe a quem pertence.

Às Últimas Três Bruxas do Oeste.

É o símbolo que a Donzela deixou entalhado nos troncos de faias, o símbolo que a Mãe queimou na própria armadura de escama de dragão, o símbolo que a Anciã carimbou nas capas de couro de livros. Beatrice já o vira impresso em tinta borrada nos apêndices de histórias medievais, descrito em diários de caçadores de bruxas, e, de vez em quando, confundido com o Símbolo de Satã em panfletos de igreja.

Essa figura não pertence ao mundo moderno. Com toda certeza não pertence à Cidade Sem Pecado, entalhada na porta de uma torre que não deveria existir.

Beatrice consegue escapar do labirinto dos cortiços da Babilônia do Oeste, sua pele zumbindo e seus dedos tremendo. Ela faz sinal para o bonde e deixa que o zunido da eletricidade abafe a agitação crescente da cidade, os gritos dos vendedores nas ruas do lado oeste, a miséria das fábricas, e até mesmo a memória dos rostos de suas irmãs, fresca e nítida como folhas de hortelã em sua boca.

(Elas estão vivas e inteiras, e o pai delas está morto. O pensamento é ensurdecedor, uma inundação de esperança, medo e dor.)

Quando Beatrice chega à biblioteca, o Sr. Blackwell ainda não está em sua mesa. Ela fica aliviada. Não haverá ninguém para testemunhar seu rosto pálido e o mesmo vestido amarrotado que usara no dia anterior.

Ela deixou a janela aberta durante a noite, então o escritório tem um cheiro fresco e úmido, como se Beatrice tivesse entrado em uma floresta iluminada pelas estrelas, em vez de em um cômodo apertado. O livro das Irmãs Grimm permanece aberto em sua mesa, as páginas agitando-se suavemente sob a brisa.

Beatrice o folheia até a última página da última história e passa os dedos pelos versos em tinta desbotada. *As irmãs excêntricas, de mãos dadas.* Ela acha que, de algum jeito, o feitiço parece ainda mais apagado, como se ele tivesse envelhecido várias décadas desde que ela o vira pela última vez. Beatrice pensa que talvez esteja perdendo a sanidade.

Ela volta ao título do livro: *O Conto do Santo George e as Bruxas*. A versão de Mama Mags não era nem um pouco parecida com a das Irmãs Grimm, que é toda pura e alegre. Na narrativa que a avó contava, as Últimas Três não haviam voado para Avalon apavoradas, mas sim em uma tentativa desesperada de salvar do expurgo os últimos resquícios de seu poder. Elas haviam arquitetado algo — uma grande construção de pedra, tempo e magia — que preservou o coração malévolo da magia das mulheres, como sementes resgatadas após passarem pela peneira.

Às vezes, Mags dizia que o Santo George havia simplesmente incendiado o trabalho delas junto às Três. Em outras ocasiões, falava que a construção havia desaparecido junto da ilha de Avalon, vagando para além do tempo e da memória, perdida para o mundo. *Mas*, sussurrava a avó com uma piscadela, *o que está perdido, que não se pode encontrar, Belladona?*

(Mags sempre chamava as três netas pelo nome que lhes fora dado por sua mãe — os antiquados segundos nomes dados pelas mães às suas filhas —, mas St. Hale havia considerado essa prática uma blasfêmia. Por fim, Beatrice aprendera a esquecer a indulgência pagã do nome dado pela mãe, e tornou-se apenas Beatrice.)

Ao longo dos anos, ela já ouviu presságios e promessas similares, já até ouviu lhe darem um nome: o Caminho Perdido de Avalon. É um absurdo, ela sabe disso — as próprias Últimas Três em si são uma mistura de mito e conto de bruxas, geralmente levadas a sério apenas por oráculos, entusiastas, ou uma e outra estudante revoltosa —, e Beatrice não consegue entender como seria possível atar a bruxaria a um único lugar ou objeto.

Ainda assim...

No dia anterior, Beatrice esteve sob a luz de estranhas estrelas, na sombra de uma torre preta, onde sua irmã viu o símbolo das Últimas Três.

O que está perdido, que não se pode encontrar? As palavras que Mags lhes ensinou, com centenas de outras canções e rimas. Irracionais, bobas, totalmente insignificantes para a majestosa urdidura e trama do tempo.

A não ser que não fossem. A não ser que haja palavras e caminhos esperando entre os versos das crianças: o poder passado, em segredo, de mãe para filha, como espadas disfarçadas de agulhas de costura.

Beatrice retira seu caderninho preto da gaveta e escreve *O Conto da Donzela Adormecida* inteiro. Ela olha pela janela, pensando em donzelas e gotas de sangue, em torres altas cercadas por roseiras e verdades enredadas em mentiras.

Pelo canto do olho, Beatrice nota um movimento estranho e sinuoso. Seu olhar se volta para a escrivaninha: há uma sombra esquisita e cheia de dedos bem ali, lançada sobre o livro das Irmãs Grimm.

Com cuidado, ela afasta a página da sombra. A folha permanece inalterada, exceto talvez pela tinta, que parece um pouco mais clara, e pelo papel, levemente mais fino. Mais antigo.

A mão-sombra se recolhe enquanto Beatrice a observa, serpenteando de volta para um canto escuro do escritório e permanecendo imóvel, como se fosse uma sombra comum, lançada por uma estante de livros ou por uma escrivaninha.

Um augúrio frio percorre a pele de Beatrice. Ela sente uma urgência repentina de jogar o livro pela janela ou abraçá-lo bem apertado contra o peito, mas, antes que possa fazer qualquer um dos dois, há uma batida de madeira contra madeira na porta de seu escritório.

Beatrice se retrai, imaginando a polícia, ou caçadores de bruxas, ou pelo menos a Srta. Munley, a secretária, mas então sente um puxão silencioso e sabe, repentina e incoerentemente, quem está no corredor, batendo com uma bengala na porta.

Conforme Beatrice abre a porta, sua irmã caçula a encara, com sua boca fina e seus olhos fervorosos.

— Se você queria fugir, não deveria ter deixado uma trilha de migalhas de pão em seu encalço.

Juniper agita a bengala no ar, gesticulando para a coisa invisível entre elas.

— Ah! Deve ser um resquício dos... eventos de ontem. Alguém começou um feitiço, mas não o terminou, como um fio mal amarrado. — Pelo semblante de Juniper, Beatrice percebe que a irmã não se importa muito com o que quer que seja isso ou como chegou ali, e que ela está a apenas um passo de um ato de violência. Beatrice engole em seco. — Ah, entre! Desculpe por ter saído correndo esta manhã.

— É aquela torre, não é? Você sabe o que é.

Juniper lhe lança um olhar inquisitivo.

Acho que é o Caminho Perdido de Avalon. O pensamento é inebriante, atordoante, perigoso demais para ser dito em voz alta, mesmo nos corredores de sombras suaves da Universidade de Salem.

— Não sei. Estou considerando a-algumas... algumas possibilidades, só isso.

Juniper a observa com os olhos semicerrados, uma expressão que diz a Beatrice que a irmã não acredita nela e que está ponderando se vai ou não fazer um alarde a respeito.

— Está bem. Posso te ajudar a considerá-las.

— Não tenho certeza se...

— E, como eu disse, vou me juntar às sufragistas. Sabe onde posso encontrá-las? Elas têm um escritório em algum lugar?

— Fica três quadras ao norte, na Rua Santa Paciência. Mas... — Beatrice umedece os lábios, incerta do quanto deveria dizer para sua irmã caçula, que se tornou essa mulher sorrateira e perigosa. — Mas não sei ao certo se as sufragistas têm algo a ver com aquela torre, ou com o fei-feitiço que sentimos.

Ela tropeça na palavra, lembrando-se do sabor quente da bruxaria em sua língua.

Juniper lhe lança outro olhar de soslaio.

— Posso não ter muita dessa educação sofisticada que você tem, mas não sou burra. Ninguém tem febre do Diabo só por ficar parada observando, Bell. Mags disse que isso acontece quando se trabalha com bruxaria mais forte do que você mesma. — Beatrice está prestes a abrir a boca para confessar ou negar, mas Juniper já está bem adiantada. — Talvez tenha razão, e aquelas mulheres não tiveram nada a ver com a torre. Ainda assim. Para mim, parece tudo a mesma coisa.

— O que parece?

Os olhos de Juniper refletem o brilho da estátua de bronze de Santo George na praça.

— A bruxaria e os direitos das mulheres. Sufrágio e feitiços. As duas coisas são... — Ela gesticula no ar outra vez. — As duas são um tipo de poder, não é? Do tipo que não temos permissão para ter.

Do tipo que eu quero, diz o brilho faminto em seus olhos.

— Ambas são histórias para crianças, June.

Beatrice não sabe se está dizendo isso para a irmã ou para si.

Juniper dá de ombros, sem desviar os olhos da praça.

— São melhores do que a história que nos foi dada.

Beatrice pensa na história das três e não discorda.

Os olhos de Juniper encontram os da irmã, o verde faiscando.

— Talvez, se nós tentarmos, possamos mudá-la. Possamos pular para alguma história melhor.

E Beatrice percebe que a irmã fala sério, que, por trás de toda essa raiva amarga de Juniper, ainda há uma garotinha que acredita em finais felizes. Isso faz com que Beatrice tenha vontade de estapeá-la ou de abraçá-la, de mandá-la para casa antes que Nova Salem a ensine o contrário.

Mas, pelo contorno de aço da mandíbula de Juniper, ela sabe que sua irmã caçula não iria embora, sabe que ela traçou um percurso na direção de problemas e de meios para encontrá-los.

— Eu... Eu levo você até a Associação de Mulheres. Depois do trabalho.

— E preciso de um lugar para ficar.

— E Agnes?

Ao mencionar o nome dela, cristais de gelo estalam na linha invisível entre as duas irmãs.

— Entendi. Bem, eu moro de aluguel em um quarto algumas quadras a leste daqui. Fique à vontade para ficar até... — Beatrice não sabe bem como terminar a frase. Até as mulheres conquistarem o voto em Nova Salem? Até elas chamarem o Caminho Perdido de volta e devolverem a bruxaria para o mundo? Até que o vermelho taciturno desapareça dos olhos de Juniper? — Até tudo se acalmar — conclui ela, hesitante.

Sua irmã sorri de um jeito que faz Beatrice suspeitar de que as coisas, não importa quais sejam, não vão se acalmar de maneira alguma.

Nana, neném, morda sua linguinha,
Nada de cantar nenhuma palavrinha.

Feitiço usado para buscar o silêncio. São necessárias
uma pena cortada e uma língua mordida.

James Juniper gostaria que Bella faltasse ao trabalho e fosse diretamente até as sufragistas, mas Bella insistiu que tinha "obrigações e responsabilidades", e fez a irmã se sentar em uma pilha instável de enciclopédias enquanto trabalhava. A situação durou até Juniper ficar entediada e se esgueirar pela porta do escritório, a fim de vagar pelos corredores silenciosos da Biblioteca da Universidade de Salem.

Ainda é cedo, e há uma quietude no ar que faz Juniper se lembrar das caminhadas pela encosta da colina pouco antes do amanhecer, naquele instante sossegado depois das criaturas noturnas terem se retirado para dormir, mas antes dos pássaros da manhã terem acordado. Parece um momento secreto, roubado do próprio tempo, um momento em que talvez se veja a ponta esfarrapada do chapéu de uma bruxa, ou o cintilar das escamas de um dragão nas sombras. Juniper fecha os olhos e imagina que as páginas de celulose ao seu redor estão molhadas e vivas, bombeando seiva em vez de tinta. Ela se pergunta se sua irmã alguma vez já ficou parada assim — sentindo saudades de casa, saudades dela —, e sente um frágil brotinho de compaixão criar raízes em seu peito.

Ela escuta o rangido estrépito de um carrinho de biblioteca e abre os olhos para dar de cara com uma mulher, empertigada e dentuça, sibilando para ela em um sussurro que é mil vezes mais alto do que um tom de voz normal. A mulher continua seu discurso sobre os horários da biblioteca, as permissões e "as estantes de livros", embora, para Juniper, nenhum livro parecesse organizado na estante certa. Juniper está prestes a causar o que Mama Mags chamaria de "cena", quando um cavalheiro de aparência bondosa e tufos de pelos nas orelhas a resgata, guiando-a de volta ao escritório de Bella.

Bella ergue o olhar, encarando os dois através de seus óculos.

— O que... ah! — exclama ela. — Sinto muito. *Obrigada*, Sr. Blackwell. Minha irmã nunca foi muito apegada às regras.

Há uma breve pausa, enquanto Bella tenta encarar Juniper e a irmã tenta se esquivar, antes do homem de orelhas peludas dizer, suavemente:

— Não sabia que você tinha uma irmã, Beatrice.

Juniper sente aquele frágil brotinho de compaixão secar e morrer. A verdade é que suas irmãs fugiram e nunca olharam para trás, nem mesmo mencionaram o nome dela, e as três só estão juntas agora por causa de uma coincidência e de um feitiço lançado pela metade.

Ela percebe que Bella a está observando e faz o melhor que pode para impedir seus olhos estúpidos de se encherem de lágrimas estúpidas.

O Sr. Blackwell olha de uma irmã para a outra com rugas de preocupação dobrando-se em sua testa.

— Para ser honesto, eu também nunca gostei muito de regras — comenta ele. Então, o homem faz uma mesura para Juniper, como se ela fosse o tipo de dama acostumada a receber reverências. — Prazer em conhecê-la, Srta. Eastwood.

Ele deixa as duas sozinhas.

Juniper empoleira-se de volta na pilha de enciclopédias para esperar e não diz nada. Bella também fica quieta. Durante algumas horas, o escritório fica em silêncio, exceto pelo arranhar da pena de Bella e pelo bater dos saltos de Juniper nas lombadas dos livros.

Ao meio-dia, Bella fecha a tampa de seu tinteiro e fica de pé.

— Bem. Está pronta para se juntar ao movimento das mulheres, Juniper?

Ela dá um sorriso pequeno e pouco satisfatório para a irmã, o que Juniper imagina ser um pedido de desculpas, o qual ela nem aceita e nem nega. Em vez disso, fica de pé, derrubando as enciclopédias atrás dela.

Bella a olha de cima a baixo — da bainha enlameada até os braços arranhados por roseiras — e dá um pequeno suspiro.

— Tem um banheiro no fim do corredor. Pelo menos penteie o cabelo. Você parece uma criminosa que fugiu da prisão.

Juniper mal consegue suprimir uma gargalhada.

No fim das contas, pentear o cabelo não é o suficiente. Bella lhe dá um vestido formal de lã, tirado do armário de seu escritório. É uma daquelas roupas respeitáveis e sem bolsos, que obriga as damas a carregar bolsinhas idiotas, logo, Juniper não pode levar consigo nem mesmo um toco derretido de vela ou um único dente de cobra. Bella lhe diz que essa é precisamente a razão pela qual os vestidos das mulheres não possuem mais bolsos: para mostrar que elas não carregam nenhum truque de bruxa ou más intenções. Juniper responde que, muito obrigada, mas ela carrega os dois.

Por fim, Juniper vai encontrar as sufragistas completamente desarmada, exceto por sua bengala de cedro.

Ela não sabe bem como esperava que a sede da Associação de Mulheres de Nova Salem fosse — um acampamento militar pronto para o combate, talvez, ou um castelo de pedras pretas vigiado por cavaleiras —, mas acabou sendo um escritório de aparência respeitável, com janelas de vidro laminado, revestimento de madeira e uma secretária bonita que diz "*ah!*" quando a campainha toca.

A secretária tem a idade de Juniper, os cabelos da cor de estigma de milho e um nariz um pouco torto, que parece já ter sido quebrado ao menos uma vez. Os olhos dela deslizam de Bella para Juniper e retornam para Bella, aparentemente decidindo que ela era a mais civilizada das duas.

— Posso... ajudá-las?

Os olhos da secretária voltam-se para Juniper durante a pausa, demorando-se nas pontas curtas de seu cabelo.

Bella abre um sorriso educado.

— Olá. Sou a Srta. Beatrice Eastwood, e esta é minha irmã, a Srta. Jame...

É só nesse momento que Juniper se lembra dos cartazes de "procurada" soletrando seu nome completo em letras maiúsculas, em pelo menos metade da cidade, e intervém.

— June. Srta. June... West. — Ela olha de esguelha para Bella, que parece uma versão mais alta e mais magra da própria Juniper. — Somos apenas meias-irmãs, sabe? — Ela consegue sentir Bella lhe dando uma olhada de "qual-diabos-é-o-seu-problema", mas a ignora. Juniper estende a mão para a secretária. — Muito prazer.

Bella pigarreia propositalmente.

— *Enfim*, nós... bem, minha irmã... meia-irmã, quero dizer... tem interesse em se juntar à Associação de Mulheres.

A secretária sorri de maneira tão radiante que faz Juniper pensar que a associação não recebe novatas com tanta frequência.

— Ah, mas é claro! Vou buscar a Srta. Stone — diz ela, desaparecendo nos cômodos dos fundos.

Juniper captura um vislumbre de escrivaninhas e pilhas de papel, ouve o falatório prático das trabalhadoras, e sente uma solidão familiar subir por sua garganta, uma fome causada pela falta das irmãs, que a faz ansiar estar do outro lado daquela porta.

— Por favor, fiquem à vontade — grita a secretária conforme a porta se fecha.

As duas cadeiras frágeis do escritório não parecem ser capazes de aguentar nada mais pesado do que um canário, então Juniper permanece de pé, tentando não apoiar o próprio peso na perna ruim. Bella fica imóvel como uma estátua, as mãos educadamente entrelaçadas. Quando foi que ela se tornou tão respeitável, tão refinada? A lembrança que Juniper tem da irmã é a de uma criatura de suspiros, postura relaxada e cabelos macios e emaranhados.

Ela observa os ruídos da rua pela janela, as carruagens, os bondes e as ferraduras dos cavalos. Letras sóbrias e pretas pairam sobre a cena, pintadas de trás para frente do lado de dentro da janela: Sede da Associação de Mulheres de Nova Salem. Uma faísca de adrenalina percorre o corpo de Juniper.

Um dia atrás ela estava perdida e hesitante, e zanzava pelo mundo como uma marionete cujas cordas estavam cortadas. Agora aqui está ela: sentindo o cheiro de bruxaria no vento, a promessa de poder pintada na janela acima dela. E um bando de irmãs novinhas em folha esperando logo do outro lado da porta.

Juniper lança um olhar de esguelha para Bella, toda empertigada e nervosa, e espera que a politicagem se prove mais espessa do que o sangue.

A secretária volta apressada à recepção, acompanhada pela mulher de peruca branca que havia feito o discurso na praça no dia anterior. Olhando de perto, ela parece mais velha e mais cansada, com um rosto encovado e cheio de rugas de preocupação. Seus olhos são um par de balanças de bronze, pesando-as.

— A Srta. Lind me disse que a senhorita está interessada em se juntar à nossa Associação.

Juniper abaixa a cabeça, de repente sentindo-se muito jovem.

— É isso mesmo, senhora.

— Por quê?

— Ah. Bem, eu estive ontem no comício. Gostei do que a senhora falou sobre i-igualdade. — A palavra parece boba em sua boca, quatro sílabas de faz de conta e arco-íris. Juniper tenta de novo. — E o que a senhora disse sobre como as coisas funcionam. Como não é, e nunca foi, justo; como esses miseráveis só tiram e tiram de nós, até que não sobre mais nada, até que não tenhamos mais escolhas a não ser as más...

A Srta. Stone ergue dois dedos delicados.

— Não é preciso se afligir, mocinha. Eu entendo. — Seus olhos passam do bronze para o ferro batido, endurecendo-se. — Mas a *senhorita* deve entender que, quaisquer que sejam seus problemas pessoais, a Associação de Mulheres não é um lugar de violência ou vingança. Não temos nenhuma Emmeline Pankhurst por aqui. — Juniper não sabe quem é essa mulher. A Srta. Stone deve ter percebido isso pela expressão vazia no rosto de Juniper, porque esclarece: — Esta é uma organização respeitável e pacífica.

— ...Sim, senhora.

A Srta. Stone se volta para Bella.

— E a senhorita?

— Eu?

— Por que está se juntando a nós hoje?

— Ah, eu não... quer dizer, as senhoritas com certeza têm o meu apreço. Mas estou terrivelmente ocupada com o trabalho, e não tenho tempo...

Mas a Srta. Stone já havia lhe dado as costas, voltando a se dirigir a Juniper.

— A Srta. Lind adicionará seu nome na nossa lista de membros, e discutirá quais serão as próximas reuniões do comitê que a senhorita poderá participar.

Juniper tenta parecer ansiosa, apesar de achar a palavra *comitê* pouco promissora.

— E a senhorita fará uma contribuição para o fundo de nossa Associação?

— Uma o quê?

A Srta. Stone troca um olhar com sua secretária, enquanto Bella sussurra:

— *Dinheiro*, June.

— Ah. Eu não tenho nada disso. — Nem nunca teve, na verdade. Qualquer trabalho que Juniper fazia no Condado do Corvo era pago com mercadorias: jarros de mel, maçãs fritas, ervas-dos-gatos colhidas na meia-lua. E o pai delas nunca as deixava ver um centavo do dinheiro dele. — Estou desempregada, sabe?

— Desem...? — A Srta. Stone parece confusa, como se não estivesse familiarizada com o conceito de empregos, como se o dinheiro fosse apenas uma coisa que as pessoas encontram sempre que colocam a mão na bolsa. — Ah. Bem. Nenhuma mulher é excluída de nossa causa só porque é pobre.

Ela fala com muita nobreza e generosidade, mas seu tom de voz penetra sob a pele de Juniper como uma roseira-silvestre.

A Srta. Lind começa um discurso sobre os vários abaixo-assinados a serem organizados, subcomitês e organizações aliadas. Juniper escuta enquanto seu temperamento começa a ferver lentamente, borbulhando como uma panela deixada por muito tempo no fogo.

— E, é claro, em maio terá a Feira Centenária, e achamos que é uma excelente oportunidade para outra manifestação. Para desviar a mente das pessoas d-do equinócio. — A garganta da Srta. Lind se agita quando ela engole em seco. — Enfim, quais projetos lhe interessam? A campanha a favor do voto é fundamental, naturalmente, mas também promovemos a temperança, o direito ao divórcio, a posse de propriedades, e diversos projetos de caridade...

Juniper inclina a cabeça e diz:

— Bruxaria.

A palavra atinge como um tapa dado por uma mão sem luva: espalmado e alto. Ao lado dela, Bella solta um som baixo e aflito.

— O que *foi* que disse?

A boca da Srta. Stone fica muito pequena e seca, como uma maçã deixada por tempo demais no peitoril da janela, enquanto a da secretária está escancarada.

Juniper está cansada dessa dança, de medir as palavras, de evitar tocar no assunto para o qual todas elas deveriam estar correndo.

— As senhoras sabem. As senhoras viram: a torre, as árvores, as estrelas esquisitas. — As duas mulheres estão piscando para Juniper em uma sincronia horrorizada. — Aquilo era bruxaria de verdade, bruxaria *das boas*, do tipo que poderia fazer muito mais do que só enrolar cabelos ou lustrar sapatos. Do tipo que poderia curar os doentes e amaldiçoar os perversos. — Do tipo que mantém mães vivas e garotinhas a salvo. Do tipo que ainda poderia, de algum jeito, encontrar uma maneira para que Juniper pudesse roubar suas terras de Dan, aquele seu primo de merda. Juniper estende os braços, as palmas das mãos viradas para cima. — A senhora perguntou com o que eu queria trabalhar, e é com isso.

A boca da Srta. Stone se contrai ainda mais.

— Srta. West, temo que...

— Os homens foram os responsáveis — interrompe a secretária em um pequeno impulso de nervosismo. — Em Chicago, no ano passado, uns rapazes do sindicato... disseram que as máquinas enferrujaram durante a noite, e que o carvão se recusou a queimar...

A Srta. Stone lança para ela um olhar que poderia transformar as pessoas em pilares de sal, e a secretária se cala.

— A Associação não tem interesse no que alguns homens degenerados podem ou não ter feito em Chicago, Srta. Lind. — Ela respira fundo, mas não muito calmamente, e se vira para Juniper. — Temo que a senhorita tenha interpretado nossa proposta de forma completamente equivocada. Durante décadas, a Associação tem lutado para garantir que as mulheres tenham o mesmo respeito e os mesmos direitos legais usufruídos pelos homens. E é uma batalha que estamos *perdendo*: o povo norte-americano ainda vê as mulheres, na melhor das hipóteses, como donas de casa, e, na pior, como bruxas. Nós podemos ser amadas ou queimadas, mas nunca nos confiariam qualquer grau de poder. — Ela faz uma pausa, sua boca encolhendo como a menor e mais amarga semente de maçã. — Não sei quem foi responsável por aquela aberração na Praça St. George, mas eu mesma entregaria a pessoa às autoridades, antes de permitir que tais práticas destruíssem tudo pelo que trabalhamos.

A Srta. Stone pega na escrivaninha uma cópia amassada de *O Periódico de Nova Salem* e a entrega abruptamente para Juniper e Bella. A enorme manchete diz: A Mais Obscura das Magias, seguida de um subtítulo menor, logo abaixo: torre misteriosa aterroriza moradores. Algum artista criativo desenhou um esboço de um grande cone preto pairando sobre o horizonte de Nova Salem, e complementou com nuvens escuras de tempestade e pequenos morcegos voando ao redor do topo.

Juniper semicerra os olhos para os adjetivos e a histeria, passando os olhos por frases irritantes como "*o choro aterrorizado de crianças inocentes*" e "*aparição maléfica*", e pousando o olhar nos últimos parágrafos:

> **Embora o gabinete do prefeito Worthington tenha declarado que "não há nenhuma evidência de bruxaria perigosa", e tenha solicitado aos cidadãos que "mantenham o bom senso", outros estão menos otimistas. Há rumores de que as notórias Filhas de Tituba podem estar por trás da aparição, mesmo que o Departamento de Polícia de Nova Salem afirme que tal organização não existe.**
>
> **A Srta. Grace Wiggin, chefe da União das Mulheres Cristãs, chama a atenção para as recentes febres contagiosas que se espalham, desenfreadas, por Nova Salem, e relembra as antigas conexões entre a bruxaria e a peste: *"Certamente não precisamos esperar por uma segunda Peste Negra antes de agirmos!"***

O Sr. Gideon Hill nos deixou esta sensata reflexão: *"Temo que só possamos culpar a nós mesmos: por tolerarmos as exigências abomináveis das sufragistas, será que também não protegemos sua magia abominável? A população merece um prefeito que a proteja do perigo — e não há perigo maior do que o retorno da bruxaria."*

De fato. E o Sr. Hill, membro promissor da Câmara de Vereadores e candidato da terceira via à prefeitura de Nova Salem, pode ser o homem certo para o trabalho.

Juniper joga o jornal de volta na escrivaninha.

— Bem — comenta ela —, que merda.

A Srta. Stone a olha com severidade.

— De fato.

— Quem são as Filhas de Tituba?

Bella abre a boca, mas a Srta. Stone responde primeiro.

— Um rumor de mau gosto. — Ela crava um dedo sobre o jornal. — Escute, Srta. West, a senhorita é bem-vinda para ajudar a Associação em nossa missão. Os Santos sabem que precisamos de cada pessoa que pudermos reunir. Mas a senhorita terá que abandonar sua busca por essa, essa... — ela dá uma batidinha no artigo — *diabrura*. Fui clara?

Juniper olha para ela — essa senhora baixinha com uma peruca empoeirada e um escritório grande na parte chique da cidade — e entende tudo perfeitamente. Ela entende que a Associação de Mulheres quer um tipo de poder — desses que pode ser usado em público, ou discutido em um tribunal, ou escrito em um pedaço de papel e jogado em uma urna —, e que ela quer outro. Juniper quer o tipo de poder que corte, que possua dentes e garras afiados, o tipo que comece incêndios e dance com alegria ao redor das chamas.

E ela entende que, se tem a intenção de persegui-lo, terá que fazer isso sozinha.

— Sim, senhora — responde ela, e escuta três suspiros de alívio ao seu redor.

A Srta. Stone convida Juniper a comparecer ao comitê de planejamento da Marcha Centenária, na noite da terça-feira seguinte, e instrui a Srta. Lind a colocar seu nome na lista de membros e a levá-la para conhecer os escritórios.

Ela se vira uma última vez, antes de desaparecer nos recantos do escritório, sua boca de semente de maçã relaxando só um pouco.

— Não é que eu não entenda. Toda mulher inteligente alguma vez já quis o que não deveria querer, o que não poderia ter. Eu gostaria...

Juniper se pergunta se a Srta. Stone alguma vez já foi uma garotinha que escutava as histórias da avó sobre a Donzela cavalgando seu veado-branco pela floresta, ou sobre a Mãe marchando para a batalha. Se ela alguma vez sonhou em balançar espadas em vez de cartazes.

A Srta. Stone dá de ombros levemente.

— Eu gostaria que pudéssemos usar cada ferramenta disponível em nossa busca por justiça. Mas temo que a mulher moderna não pode se dar ao luxo de se deixar levar por raios de luar e contos de bruxas.

Juniper devolve o sorriso da maneira mais agradável que consegue, e Bella sussurra *"sim, é claro"* ao seu lado. Mas há algo nos olhos da irmã enquanto ela diz isso, uma centelha que faz Juniper pensar que Bella não pretende desistir de seus raios de luar ou dos contos de bruxas. Que talvez ela também queira outro tipo de poder.

Beatrice Belladonna deixa a sede da Associação de Mulheres de Nova Salem com a capa bem apertada contra o corpo, de forma a se proteger do frio da primavera e do nó ansioso em sua barriga.

Ela desce a Rua Santa Paciência pensando no jeito corajoso e insensato como a irmã acrescentou o próprio nome à lista de membros da Associação, e em como os dedos de Beatrice coçaram para imitá-la.

Também estava pensando nas palavras que encontrou escritas nas margens do livro das Irmãs Grimm, e em sua certeza crescente de que, ao pronunciá-las em voz alta, ela havia aproximado um fósforo de um detonador invisível. Havia desencadeado algo que agora não podia mais ser parado.

Como os olhos de Beatrice estão nos paralelepípedos de calcário e seus ombros arqueados em volta de suas orelhas como uma coruja aflita, ela não vê a mulher caminhando em sua direção até as duas se chocarem.

— Ah, minha nossa, perdoe-me...

Sem que se dê conta, Beatrice está ajoelhada no chão, tateando às cegas por seus óculos e desculpando-se para um par de botas bem engraxadas.

Uma mão quente a puxa para cima e limpa a sujeira da rua de seu vestido.

— A senhorita está bem? — A voz é baixa e divertida, o rosto um borrão de dentes brancos e pele negra.

— Sim, perfeitamente bem, só preciso dos meus...

— Óculos?

Ouve-se uma meia risada, e Beatrice sente seus óculos serem gentilmente colocados de volta sobre seu nariz.

O borrão se transforma em uma mulher de olhos cor de âmbar e pele como a luz do sol vista através de um jarro de sorgo. Ela veste um fraque masculino abotoado audaciosamente sobre suas saias, e um chapéu-coco empoleirado em um ângulo que Beatrice só consegue descrever como despreocupado. As únicas mulheres negras do lado norte de Nova Salem são empregadas e serviçais, mas essa mulher claramente não é nenhuma das duas coisas.

A mulher estende a mão, sorrindo com um charme tão profissional que Beatrice se sente um pouco cega.

— Sou a Srta. Cleópatra Quinn, e trabalho em *O Defensor de Nova Salem*.

Ela diz isso de um jeito relaxado, como se *O Defensor* fosse um jornal para damas ou um periódico de moda, invés de um jornal radical administrado por pessoas negras, infame por seu editorial indisciplinado. Até onde Beatrice sabia, seu escritório já havia sido incendiado e realocado pelo menos duas vezes.

Ela aperta a mão da Srta. Quinn e a solta rapidamente, sem notar seu perfume (tinta, cravos-da-índia e o óleo quente de uma prensa móvel), ou se ela está ou não usando uma aliança (ela está).

Beatrice engole em seco.

— B-Beatrice Eastwood. Bibliotecária associada na Universidade de Salem.

A Srta. Quinn olha por cima do ombro dela, para a sede da Associação.

— A senhorita é membro da Associação de Mulheres? Esteve presente nos eventos da praça no equinócio?

— Não. Quero dizer, bem, sim, eu estava lá, mas não sou...

A Srta. Quinn ergue uma mão apaziguadora. Beatrice percebe que seu pulso está salpicado de cicatrizes prateadas, sinais redondos que quase formam um padrão, mas não exatamente.

— Posso garantir que *O Defensor* não tem interesse em nenhuma daquelas bobagens de caça às bruxas publicadas no *Periódico*. A senhorita pode ter certeza de que suas observações serão apresentadas com precisão e compaixão.

Há uma vibração na Srta. Quinn que faz Beatrice pensar em uma atriz em um palco, ou talvez em uma bruxa de rua confundindo seu público.

Beatrice se sente excepcionalmente banal e boba ao lado dela. Ela sorri de um jeito meio desesperado, transpirando no sol da primavera.

— Receio não ter nenhuma opinião a oferecer.

— Que pena. As sufragistas são famosas por suas opiniões.

— Não sou, de fato, uma sufragista. Quer dizer, não sou membro formal da Associação.

— Nem eu, mas, ainda assim, insisto em ter todo tipo de opiniões e observações.

Beatrice segura uma risada antes que ela escape, empurrando-a de volta por sua garganta.

— Então, talvez a senhorita devesse se juntar a elas.

A julgar pelo sorriso contido da Srta. Quinn, Beatrice sabe que é a coisa errada a se dizer, e sabe por quê. Ela já ouviu conversas o suficiente na biblioteca, e leu publicações o suficiente no *Tribuna das Damas* para entender que a Associação de Mulheres de Nova Salem está dividida quanto à questão de mulheres não brancas. Algumas temem que a inclusão de mulheres negras possa manchar sua respeitável reputação. Outras acham que elas devem passar mais algumas décadas agradecendo por sua liberdade, antes de se inquietarem com algo tão radical quanto direitos. A maioria concorda que seria muito mais conveniente se as mulheres não brancas permanecessem na Liga das Mulheres Negras.

A própria Beatrice suspeita que duas organizações separadas, mas que buscam os mesmos direitos, são bem menos eficazes do que se estivessem unidas em uma só, e que o pai delas estava tão errado sobre escravos libertos precisarem voltar para a África quanto estava sobre as mulheres saberem o seu lugar — mas ela nunca se preocupou muito com isso. Ela sente uma desconfortável pontada de vergonha em sua barriga.

O sorriso da Srta. Quinn se torna mais agradável.

— É melhor não. Mas falando do equinócio, Srta. Eastwood, por que não me conta o que a senhorita viu?

— A mesma coisa que todos viram, é claro. Uma ventania repentina. Estrelas. Uma torre.

— Uma porta com certas palavras entalhadas e um certo símbolo embaixo delas — diz a Srta. Quinn com suavidade, mas seus olhos estão amarelos, felinos.

— Isso estava lá? — pergunta Beatrice, sem jeito.

— Estava, de fato. Um símbolo antigo, de círculos entrelaçados. Tenho... um interesse particular nele, assim como meus associados. Por acaso... A senhorita disse que é bibliotecária, não é? Por acaso sabe alguma coisa sobre aquele símbolo?

— Infe-infelizmente, não. Quero dizer, círculos são comuns em todos os tipos de símbolos e práticas de feitiços, e o número três tem uma importância tradicional, certo? Poderia ser qualquer coisa.

— Compreendo. Embora — a Srta. Quinn abre uma espécie de sorriso triunfante — eu creia que não tenha lhe dito quantos círculos havia.

— Ah.

— Srta. Eastwood, eu estava indo em direção à casa de chá na Sexta Rua. Gostaria de se juntar a mim?

Conforme fala, ela lança para Beatrice um tipo de olhar específico, ardente e secreto, através de seus cílios. É um olhar que Beatrice passou cuidadosamente os últimos sete anos sem dar, sem receber, e até mesmo sem desejar.

(Quando era mais nova, ela se permitia desejar tais coisas. Permitia-se admirar os lábios de pétalas de peônia de uma mulher, ou a concavidade delicada de sua garganta. Mas aprendeu a lição.)

Ela dá um passo ansioso para trás, afastando-se da Srta. Cleópatra Quinn e de seus longos cílios.

— Des-desculpe, mas preciso ir trabalhar. — Ela tenta assentir de forma calma. — Tenha um bom dia.

A Srta. Quinn não parece nem ofendida nem desencorajada por sua partida abrupta, apenas mais decidida.

— Até nosso próximo encontro, Srta. Eastwood.

Ela cumprimenta Beatrice ao tocar a ponta do chapéu-coco em um gesto solene, e estica a saia em um movimento que é metade reverência, metade mesura. Beatrice enrubesce sem qualquer motivo aparente.

Beatrice caminha as três quadras de volta até a Universidade com os olhos grudados nas botas, sem pensar muito nos raios de luar, nos contos de bruxas, ou na aliança fina ao redor do dedo da Srta. Quinn.

Ela mal escuta os sussurros cintilantes dos transeuntes ou dos jornaleiros, que voam pelas ruas como andorinhas, gritando as manchetes (*Bruxas à Solta em Nova Salem! Partido da Moralidade de Hill Cresce em Popularidade! Prefeito Worthington Sob Pressão!*). E, quando as sombras nas ruas se comportam de maneira esquisita, desgarrando-se das soleiras sombrias das portas, serpenteando para fora de becos, e arrastando-se atrás dela como a bainha escura de uma longa capa, Beatrice não percebe nada.

Meu bebê gorduchinho, adeus devo lhe dar
Mamãe vai sair para caçar.

Feitiço usado para terminar o que ainda não começou. São necessários poejo e arrependimento.

Duas semanas após encontrar suas irmãs há muito perdidas e perdê-las novamente, Agnes Amaranth está parada em frente a uma loja em um beco obscuro, perto da Rua Santa Coragem. Não há placa ou nome na porta, mas ela sabe que está no lugar certo: sente o cheiro silvestre das ervas e da terra, assim como na cabana de Mags, que parece um pouco deslocado em meio à calçada cinzenta de Nova Salem.

A proprietária é uma bela mulher grega, com cachos pretos e olhos pintados de uma cor escura. Ela se apresenta, com um sotaque que enrola e ondula, como Madame Zina Card: quiromante, espiritualista, cartomante e parteira.

Mas Agnes não foi até ali para que lessem sua sorte ou as palmas de suas mãos.

— Poejo, por favor — diz ela, e é o suficiente.

Madame Zina lança um olhar avaliador para ela, como se para checar se Agnes sabe o que pediu e por quê. Então, ela destranca um armário e enfia alguns ramos secos em um saco de papel pardo.

— Faça uma infusão de poejo com água do rio, mas não se esqueça de fervê-la bem. Depois, mexa sete vezes com uma colher de prata. Cobro as palavras por fora.

Os olhos de Madame Zina se demoram no pequeno inchaço em formato de casca de ovo na barriga de Agnes. Mal dá para notá-lo, mas apenas mulheres em um certo estado visitam a loja de Zina atrás de poejo.

Agnes balança a cabeça uma única vez.

— Eu já sei as palavras.

Mags as dissera para ela quando Agnes tinha 16 anos. Ela não as esqueceu.

Madame Zina assente amigavelmente e lhe entrega o saquinho de papel pardo selado com cera. A preocupação a faz franzir o cenho.

— Não precisa ficar tão abatida, garota. Não sei o que o seu homem ou o seu deus lhe disse, mas não há pecado nenhum nisso. É apenas o jeito que o mundo é, mais antigo do que as próprias Três. Nem toda mulher quer uma criança.

Agnes quase solta uma risada. *É claro* que ela adoraria ter uma criança. Adoraria deitar uma bochechinha adormecida sobre o próprio peito, sentir o cheiro doce de leite em sua respiração, tornar-se algo mais grandioso do que ela mesma só para proteger essa criança: um castelo ou uma espada, pedra ou aço, tudo aquilo que sua mãe não foi.

Mas, no passado, Agnes também queria cuidar de suas irmãs. Ela não vai trazer outra vida para este mundo só para falhar de novo.

Ela não sabe como colocar em palavras nenhum dos seus desejos tolos e irremediáveis, então apenas dá de ombros para Madame Zina, sentindo seus ossos rangerem.

— Deixe-me ler as cartas para você. Por conta da casa.

Zina gesticula para uma poltrona que parece já ter sido cor-de-rosa ou creme, mas agora é da cor gordurosa de pele suja. Cortinas vermelhas e esfarrapadas inclinam-se acima do braço da cadeira.

— Não precisa, obrigada.

Zina passa a língua sobre os dentes, seus olhos semicerrados.

— Posso ler as cartas para *ela*, se quiser.

Seus olhos estão na barriga de Agnes.

Agnes se senta como se alguma coisa pesada tivesse golpeado a parte de trás de seus joelhos.

Zina se acomoda de frente para ela e exibe um baralho de cartas enormes, com estrelas douradas pintadas no verso e bordas amolecidas por causa do uso.

— O passado.

Ela vira o Três de Espadas: um coração vermelho-rubi com três espadas atravessadas. Agnes pensa na separação de suas irmãs e nas feridas horríveis que elas causaram umas às outras — que ainda não cicatrizaram, mesmo depois de sete anos —, e se mexe desconfortavelmente na cadeira.

— O presente.

Zina distribui três cartas desta vez: a Bruxa de Espadas, a Bruxa de Paus e a Bruxa de Copas. Agnes quase sorri ao vê-las. A Bruxa de Espadas até se parece um pouco com Juniper: o cabelo como uma mancha selvagem de tinta, a expressão feroz.

— O futuro.

O Oito de Espadas, que mostra uma mulher amarrada e vendada, cercada de inimigos. E a Enforcada, oscilando de cabeça para baixo como um animal a ser sacrificado em um altar. Agnes evita o olhar da cartomante.

Zina coloca o baralho na mesa e dá um tapinha nele.

— Você tira a última carta.

Agnes estende a mão, mas um vento repentino entra pela janela aberta — frio e traiçoeiro, com um leve perfume de rosas —, e espalha o baralho pelo chão. O vento age como dedos embaralhando as cartas caídas, antes de se transformar em um sussurro e terminar em silêncio. Ele deixa uma única carta virada para cima: a Torre, sombreada e alta.

O sangue de Agnes ferve ao ver a figura.

— Aqui... — Ela pega as cartas do chão e as entrega para Zina. — Deixe-me escolher direito.

Zina franze os lábios como se achasse que Agnes está sendo um pouco boba, mas embaralha as cartas. Ela bate as bordas do baralho na mesa e o oferece novamente.

Agnes vira a carta e a Torre a encara pela segunda vez. Um pináculo preto de tinta cercado por pequenos pontinhos brancos. De perto, ela percebe que a margem é, na verdade, um emaranhado de trepadeiras entrelaçadas e cheias de espinhos, com pálidas manchas rosadas representando as flores, como pequenas bocas. Ou rosas.

Agnes fica de pé abruptamente.

— Desculpe, mas preciso ir.

Ela não quer ter nada a ver com aquela torre ou com aquele vento perverso. Ela sabe reconhecer um problema quando ele entra, esgueirando-se pela janela aberta, para puxar as pontas soltas do seu destino.

— Ah, não é uma leitura tão ruim assim. Ela vai enfrentar algumas provações, mas quem nesta vida não as enfrenta?

Agnes só consegue balançar a cabeça e cambalear para trás em direção à porta.

— Venha me procurar quando mudar de ideia. Sou a melhor parteira da Babilônia do Oeste, pode perguntar por aí! — grita Zina atrás dela, pouco antes de Agnes sair para o beco e dobrar à direita na Rua Santa Coragem.

Ela caminha com uma das mãos cerrada dentro do bolso e a outra palma suando sobre o papel pardo do saquinho, a imagem das cartas pairando atrás de sua visão, como presságios ou promessas: a torre; o coração trespassado três vezes; as três bruxas.

Agnes consegue sentir as bordas de uma história cutucando-a, transformando-a na irmã do meio de algum conto de bruxas sombrio.

Melhor ser a irmã do meio do que a mãe. Irmãs do meio são esquecidas, amaldiçoadas ou fracassadas, mas pelo menos sobrevivem, na maioria das vezes. Mães raramente passam da primeira linha. Elas morrem, tão suave e facilmente quanto flores murcham, e deixam suas três filhas expostas a toda a maldade do mundo.

Na vida real, suas mortes não são suaves nem fáceis. Agnes tinha 5 anos quando Juniper nasceu, mas se lembra da bagunça de lençóis manchados e da cor perolada da pele úmida de sua mãe. Do cheiro metálico de parto e sangue.

Do pai delas observando com uma expressão de maldade entalhada no rosto, de braços cruzados, sem correr para buscar ajuda, sem tocar o sino que traria Mama Mags e suas ervas e rimas.

Agnes deveria ter tocado o sino por conta própria, deveria ter se esgueirado pela porta dos fundos e puxado a corda meio apodrecida — mas não o fez. Porque estava com medo daquela faísca de maldade nos olhos do pai, porque escolheu sua própria pele em vez da de sua mãe.

Ela se lembra da mão de sua mãe — tão branca e pálida quanto as páginas em branco no final de um livro — tocando sua bochecha pouco antes do fim. Da voz dela dizendo: *Cuide de suas irmãs, Agnes Amaranth.* Bella era a mais velha, mas ela sabia que Agnes era a mais forte.

Naquela primeira noite, foi Agnes quem lavou o sangue da pele de sua irmãzinha. Foi Agnes quem a deixou sugar a ponta de seu dedo mindinho quando ela começou a chorar. Anos depois, foi Agnes quem penteou os cabelos de Juniper antes da escola e segurou sua mão naquela noite interminável atrás da porta do porão.

E foi Agnes quem abandonou Juniper para que se virasse sozinha, porque não era forte o bastante para ficar. Porque a sobrevivência é uma coisa egoísta.

Agora suas irmãs estão aqui com ela, na Cidade Sem Pecado, e seu pai está morto. Agnes deveria estar aliviada, mas já viu o suficiente do mundo para saber que ele era apenas um monstro entre muitos, uma crueldade em uma fila sem fim. É mais seguro ficar sozinha. O saco de papel pardo que está em seu bolso é uma promessa de que ela permanecerá assim.

Ela passa por um curtume, seus olhos lacrimejando por causa do ácido, ou talvez de outra coisa. Passa por um açougue, um sapateiro, um estábulo quase lotado de cavalos de polícia batendo ociosamente seus cascos de ferro no chão. Passa pelo Hospital Santa Caridade, um prédio baixo de calcário, que cheira a detergente e ferimentos, construído pela igreja para zelar pelos moradores imundos e ímpios da Babilônia do Oeste. Agnes já vira freiras e médicos caminhando pelas ruas, convertendo mulheres solteiras e brandindo promessas de pureza. Mas as garotas que dão à luz no Caridade saem dali cinzentas e curvadas, segurando seus bebês frouxamente, como se não tivessem certeza de que pertencem a elas. Na fábrica, a maioria das mulheres prefere mães e parteiras quando chega a hora do parto.

Agora, os sons cortantes da febre de verão ecoam do Santa Caridade. Alguém desenhou uma marca da bruxa na porta: uma cruz torta pintada com cinzas. Agnes se pergunta se os rumores são verdadeiros e há mesmo uma segunda peste a caminho.

Ela atravessa a rua e se distrai lendo os cartazes esfarrapados colados ao longo de cercas e muros. Anúncios e decretos; cartazes de criminosos procurados com fotografias manchadas pela chuva; folhetos da Feira Centenária do mês seguinte.

Na esquina da Vigésima Segunda Rua, os tijolos foram completamente cobertos por um único cartaz repetido, como um papel de parede sinistro. Está fresco e tem uma aparência de novo, a figura impressa em negrito e vermelho: um punho erguido segurando uma tocha acesa contra a noite. Fumaça espirala das chamas, e forma rostos macabros, corpos de animas e palavras distorcidas: PECADO, SUFRÁGIO, BRUXARIA. Uma tipografia menor e mais razoável no topo do cartaz instiga os cidadãos: *Vote em Gideon Hill! Nossa Luz Contra as Trevas!*

Três homens estão aglomerados à frente de Agnes, segurando baldes de cola e pilhas de cartazes; cada um deles usa um broche de bronze com a tocha acesa de Hill. Há algo vagamente desconcertante neles — a sincronia esquisita de seus movimentos, talvez, ou a ardência vítrea em seus olhos, ou a maneira como suas sombras parecem lentas, movendo-se com meio segundo de atraso em relação aos seus donos.

— Diga ao seu marido: *vote em Hill!* — fala um deles enquanto ela passa.

— Nossa luz contra as trevas! — diz o segundo.

— Não podemos arriscar agora que a bruxaria das mulheres está à solta de novo. — O terceiro homem estende um dos cartazes para ela.

Agnes deveria pegá-lo e assentir educadamente — sabe que não vale a pena arrumar briga com fanáticos —, mas não o faz. Em vez disso, cospe no chão entre eles, salpicando as botas do homem com saliva da cor de algodão.

Ela não sabe porque fez isso. Talvez esteja cansada de ser responsável, de saber o seu lugar. Talvez porque consiga sentir sua selvagem irmã caçula na mesma cidade que ela, arrastando-a na direção de problemas.

Agnes e o homem encaram juntos enquanto a saliva desliza pela bota dele, reluzente como o rastro repulsivo de um caracol. Ele fica paralisado, mas Agnes percebe vagamente que os braços de sua sombra estão se mexendo, estendendo-se na direção de suas saias.

Ela sai correndo, recusando-se a descobrir o que aquelas mãos-sombras farão com ela, ou que diabos de bruxaria está à solta em Nova Salem.

Agnes desce em disparada a Vigésima Segunda Rua e vira na Rua St. Jude, e então está de volta ao quarto nº 7 da pensão Oráculo do Sul, ofegante, abraçando sua barriga quase imperceptível. Ela retira do avental o saquinho pardo da loja de Zina.

Poejo e meia xícara de água do rio: tudo o que é preciso para manter aquele círculo desenhado com firmeza ao redor de seu coração. Para ela ficar sozinha e sobreviver.

Ela já fez isso antes — bebeu tudo em um único gole amargo, e não sentiu nada além de um alívio que reverberou por suas costelas quando as cólicas fizeram sua barriga se revirar —, e nunca se arrependeu.

Agora, ela se vê largar o saquinho de papel no chão, sem abri-lo. Agnes se deita em sua cama estreita, desejando que sua irmã mais velha estivesse ali para sussurrar uma história para ela.

Ou para a pequena centelha dentro dela, aquele segundo batimento cardíaco pulsando teimosamente.

8

Rainha Ana, Ana Rainha
Você senta no sol,
Formosa como o lírio, branca
como a luz da varinha.

Feitiço usado para irradiar luz.
São necessários durame e calor.

Beatrice Belladona sonha com Agnes naquela noite, mas, quando acorda, encontra apenas Juniper na escuridão sufocante de seu quartinho no sótão.

A julgar pelo brilho úmido dos olhos de Juniper, ela sabe que a caçula também está acordada, mas nenhuma das duas menciona a irmã do meio. Há muitas coisas que elas não mencionam.

Ainda assim, Juniper continua dormindo no quartinho e Bella continua permitindo que ela fique, pois supõe que a situação poderia apenas continuar deste jeito: Juniper passando os dias ocupada com a Associação e voltando para casa com broches, faixas e cartazes enrolados que precisam ser pintados; Beatrice passando seus turnos na biblioteca, seguindo sussurros e contos de bruxas em direção ao Caminho Perdido, sem nunca contar para sua irmãzinha o que ela sabe ou acha que sabe — talvez porque tudo pareça muito improvável, muito impossível; talvez porque não pareça impossível o bastante.

Talvez porque ela se preocupe com o que uma mulher como Juniper pode fazer se o poder da bruxaria for reconquistado.

A primavera em Nova Salem é uma criatura cinzenta e mal-humorada, e, em meados de abril, Beatrice se sente como um cogumelo alto e de óculos. Juniper adotou o hábito de acender sua varinha de resina de pinheiro à noite, apenas para sentir a luz do sol em sua pele, enquanto fala saudosamente sobre as flores dos jacintos-silvestres e das sanguinárias da terra delas.

Beatrice pergunta uma vez quando ela planeja voltar para o Condado do Corvo — ela tem certeza de que o primo Dan deixaria Juniper viver de graça, ou quase de graça, na velha cabana de Mags, mesmo sendo um completo imbecil —, mas o rosto da irmã se fecha como uma casa com persianas abaixadas. O feitiço de luz desaparece da ponta da varinha, deixando-as na escuridão fria. Beatrice acrescenta essa sugestão à lista de coisas não mencionáveis entre elas.

Na manhã seguinte, Juniper sai cedo para a Associação e Beatrice lê o jornal sozinha à mesa do café da manhã. Recentemente, ela se tornou assinante do *Defensor de Nova Salem*, além do *Periódico*. Tal ação, ela assegura a si mesma, faz parte apenas de seu interesse crescente no cenário político, sem qualquer relação com o formigamento nas pontas de seus dedos quando ela vê o nome C. P. QUINN impresso em pequenas letras em caixa-alta. Ela se pergunta o que significa a letra P, e se mulheres negras também possuem os segundos nomes dados por suas mães.

Naquela tarde, Beatrice é designada para ocupar o balcão de atendimento. Ela ajuda um monge de barba branca a encontrar a biografia de Geoffrey Hawthorn (*G. Hawthorn: O Castigo da Velha Salem*), e acende lamparinas para um grupo de estudantes exaustos, que parecem preferir mudar seus nomes e fugir para o interior do que terminar o semestre de primavera. Em seguida, volta ao balcão para, supostamente, verificar títulos recentes que haviam chegado — uma nova edição de *A Expansão da Inglaterra*, de Seeley, um relato sobre a luta da Companhia das Índias Orientais contra as bruxas tugue da Índia; e uma versão encadernada de *A Bruxa na História Estadunidense*, de Jackson Turner, que argumenta que a ameaça e a subsequente destruição da Velha Salem definiram o espírito virtuoso dos Estados Unidos —, mas, na verdade, Beatrice está observando o céu, sua baleia branca, através dos montantes das janelas, sentindo suas pálpebras se fecharem.

Ela acorda ao ouvir uma voz divertida, dizendo:

— Com licença?

Beatrice desgruda o rosto da capa de *A Bruxa na História Norte-Americana*, arrumando os óculos com um horror crescente.

Hoje, a Srta. Cleópatra (P.) Quinn está com seu chapéu-coco aninhado educadamente debaixo de um de seus braços. Seu fraque foi substituído por um colete com botões duplos, e seu cabelo está penteado em uma coroa de tranças. Deve estar chovendo lá fora, porque as gotículas de água formam pérolas sobre sua pele desnuda, capturando a luz de uma forma (luminosa) que Beatrice não consegue descrever.

— O que a senhorita está fazendo aqui? — pergunta Beatrice meio sufocada.

A expressão da Srta. Quinn é astuta e severa, apesar de uma certa irreverência reluzir em seus olhos.

— Eu tinha a impressão de que bibliotecas eram instituições públicas.

— Ah, sim. Quero dizer... pensei... — *Que você veio me ver.* Beatrice fecha os olhos brevemente, mortificada. Ela tenta de novo: — Bem-vinda ao acervo da Universidade de Salem. Como posso ajudá-la?

— Bem melhor. — A irreverência escapou de seus olhos e agora curva os cantos de sua boca. — Estou procurando informações sobre a torre vista pela última vez na Praça St. George, e sobre as Últimas Três Bruxas do Oeste.

A voz dela está alta demais. Beatrice faz um movimento frustrado, como se estivesse prestes a se lançar sobre o balcão e pressionar a palma da mão sobre os lábios da Srta. Quinn.

— Pelos *Santos*, mulher! Qualquer um pode escutá-la!

— Então me leve para um lugar mais reservado.

A Srta. Quinn lança mais um daqueles *olhares* bem inapropriados para ela, e Beatrice engole em seco, sentindo-se como um peão encurralado em um tabuleiro de xadrez.

O Sr. Blackwell concorda em assumir o balcão de atendimento no lugar dela, e observa as duas mulheres se retirarem até o escritório de Beatrice, com uma expressão hesitante. Ele vem de uma família quacre liberal, mas existem regras em relação a pessoas como a Srta. Quinn se demorarem por muito tempo na Biblioteca da Universidade de Salem. As regras não estão escritas em lugar nenhum, mas as regras importantes raramente estão.

Beatrice fecha a porta do escritório com um clique e se vira, e encontra a Srta. Quinn lendo as lombadas dos livros empilhados e espiando o caderninho preto de couro que está aberto sobre a escrivaninha. Beatrice o fecha com um baque.

— Como já lhe disse antes, em outra ocasião, sinto em informar que não sei nada sobre os eventos na praça, ou sobre as Últimas Três. Mas, claro, a senhorita é bem-vinda para pesquisar em nosso acervo.

— Ah, mas eu esperava uma visita guiada. De alguém que possua informações... mais íntimas.

Seu tom de voz é cordial demais, familiar demais, tudo em demasiado. Ela está fazendo o que Mama Mags chamaria de *puxar o saco*.

Por quê? O que ela sabe sobre três círculos entrelaçados, três bruxas perdidas e seu Caminho Perdido, não tão perdido assim? Beatrice assume um tom de voz frio.

— O que a senhorita quer?

— Apenas o que toda mulher quer.

— E o que seria?

O sorriso da Srta. Quinn endurece, e Beatrice acha que esse deve ser seu verdadeiro sorriso, escondido sob o deslumbre e o brilho de qualquer que seja o teatrinho que ela está fazendo.

— O que nos *pertence* — sibila ela. — O que nos foi roubado.

Há um tipo diferente de desejo em seu tom de voz, um em que Beatrice acredita porque, afinal de contas, ela também não o sentiu?

Ela hesita.

A Srta. Quinn coloca as palmas das mãos sobre a escrivaninha de Beatrice e se inclina sobre ela.

— Suponho que a senhorita e eu sejamos mulheres das palavras. Compartilhamos um interesse em buscar a verdade, em contar histórias. Certamente podemos compartilhar essas histórias uma com a outra, não? Posso garantir que sou muito discreta. — Sua voz está toda melosa outra vez, exalando sinceridade. — Seja lá o que me contar, ficará apenas entre nós duas. Prometo.

Beatrice consegue soltar uma risada ofegante, meio tonta com o perfume de cravo e tinta da outra mulher.

— A senhorita é jornalista ou detetive, Srta. Quinn?

— Ah, todo bom jornalista é detetive. — Ela endireita a postura, esticando as mangas da roupa. — E o que a senhorita é?

— Nada— diz Beatrice, porque é a verdade.

Quando nasceu, não era ninguém, e foi ensinada a permanecer desse jeito — *lembre-se do que você é* —, e agora é apenas uma bibliotecária magrela de cabelos já riscados pelo grisalho, uma premonição de que será uma solteirona.

A Srta. Quinn ergue as sobrancelhas e indica com a cabeça o caderninho surrado, ainda apertado contra o peito de Beatrice.

— E quanto ao seu trabalho? Não é nada?

Beatrice deveria dizer que sim. Deveria jogar suas anotações de lado e estalar os dedos. *Ah, isso? São só raios de luar e fantasias.*

Em vez disso, ela aperta o caderninho com mais força.

— Não é... muita coisa. Até agora são só conjecturas. Mas eu acho... — Ela umedece os lábios. — Mas eu acho que encontrei as palavras e os caminhos para chamar de volta o Caminho Perdido de Avalon. Ou, pelo menos, parte deles.

Ela se encolhe enquanto fala, meio que esperando pelo estalar dos nós dos dedos de uma freira ou pela corrente de ar frio do porão.

A Srta. Quinn não a despreza ou repreende.

— É mesmo? — pergunta, e espera.

Escuta.

Beatrice não é escutada com muita frequência. Ela descobre que isso faz seu coração flutuar da maneira mais distrativa possível.

— É uma rima que nossa avó nos ensinou. Achei que ela tinha inventado, mas então encontrei o verso no final de uma cópia da primeira edição de *Contos de Bruxas*, das Irmãs Grimm. A senhorita conhece as Irmãs Grimm?

Ela conta para a Srta. Quinn sobre irmãs excêntricas e o sangue da donzela, sobre sua teoria de que segredos podem ter sobrevivido de algum jeito em contos populares ou em rimas infantis.

— Isso tudo deve soar ridículo.

A Srta. Quinn dá de ombros.

— Não para mim. Às vezes, algo é muito perigoso para ser escrito ou dito de maneira direta. Às vezes, é preciso passá-lo adiante de um jeito torto, meio escondido.

— Mesmo que eu conseguisse completar o feitiço, duvido que qualquer uma de nós tenha sangue de bruxa o suficiente para lançá-lo. Todas as bruxas de verdade foram queimadas séculos atrás.

— Todas elas, Srta. Eastwood? — Há um toque de pena na voz de Quinn. — Como foi então que o Cairo conseguiu impedir os Otomanos e os casacas-vermelhas durante décadas, apesar de todos os seus fuzis e navios? Por que foi que Andrew Jackson deixou aqueles Choctaw no Mississippi? Por causa da bondade em seu coraçãozinho sombrio? — A pena em sua voz se aguça e se torna mordaz. — A senhorita realmente acha que os traficantes de escravos encontraram cada uma das bruxas a bordo de seus navios negreiros e as jogaram ao mar?

Beatrice já encontrou teorias extraordinárias de que havia bruxaria sendo feita perto do rio Stono e no Haiti, que Nat Turner e John Brown receberam ajuda de meios sobrenaturais. Ela já ouviu os sussurros cintilantes sobre conventículos de mulheres negras que ainda perambulam pelas ruas. Mas em St. Hale ensinaram-lhe que histórias desse tipo são rumores ilegítimos, resultado da ignorância e da superstição.

Quinn suaviza seu tom de voz.

— Talvez até o bom e velho Santo George tenha deixado uma ou duas bruxas escaparem durante o expurgo. Como a senhorita acha que a sua avó tomou conhecimento dessas palavras, para começo de conversa?

Beatrice não se permitira fazer essa pergunta em voz alta. Não se permitira imaginar quem fora a mãe de Mags, e a mãe da mãe dela. No fim das contas, *o sangue de bruxa corre espesso nos esgotos.*

— Com certeza vale a pena pelo menos procurar por essas suas palavras e caminhos desaparecidos.

— Eu... talvez. — Beatrice engole em seco com força para impedir a esperança crescendo em sua garganta. — Mas eles não parecem querer ser encontrados. — Ela gesticula para a escrivaninha, repleta de recortes, livros abertos e becos sem saída. — Já li o livro das Irmãs Grimm diversas vezes, em todas as edições que consegui encontrar. Até tive um começo promissor com as outras folcloristas, como Charlotte Perrault, Andrea Lang... Mas se há instruções secretas ou anotações escondidas dentro desses livros, elas estão desbotadas, manchadas ou... perdidas. — Ela não menciona a mão-sombra espalmada sobre a página, ou a sensação arrepiante de que alguém não quer que as palavras sejam encontradas, porque gostaria que a Srta. Quinn continuasse pensando nela como uma mulher adulta e sã. — Eu *estou* procurando. Mas até agora só falhei.

A Srta. Quinn não parece particularmente aflita. Ela assente para Beatrice de maneira sagaz, e coloca o chapéu-coco sobre a escrivaninha. Em seguida, desabotoa as mangas da blusa e as enrola para cima, revelando vários centímetros de seu pulso com cicatrizes de varíola.

— Bem, era de se esperar.

— Hein?

A Srta. Quinn se empoleira sobre a mesma pilha de enciclopédias que Juniper ocupou algumas semanas antes e estende a mão, a palma virada para cima, na direção de Beatrice e de seu caderninho preto. Sua expressão é de deboche, mas seus olhos estão sóbrios, sua mão, firme.

— A senhorita não tinha a mim.

Beatrice passa o polegar pela lombada do caderno, recheado de seus pensamentos e teorias mais particulares, de suas suposições mais loucas e de suas indagações mais perigosas. Seu próprio coração, costurado e encadernado.

Deveria ser difícil entregá-lo a uma quase estranha, até mesmo impossível. Mas não é.

Quando era mais nova, Juniper não tinha amigos. As meninas da escola não tinham permissão para visitar a fazenda Eastwood, seja por causa dos sussurros de bruxaria que cercavam Mama Mags, do cheiro do álcool que cercava seu pai, ou dos rumores horríveis sobre como sua mãe morreu (*muito suspeito*, murmuravam as pessoas, *ouvi dizer que ela estava se preparando para deixá-lo*).

De um jeito ou de outro, sempre fora apenas Juniper, suas irmãs e a encosta muito verde da montanha, e, depois do incêndio, sobrou apenas Juniper e a montanha. Mas, de qualquer forma, ela imaginava que não estava perdendo muita coisa. Seu pai dizia que as mulheres eram como galinhas: andavam em bando e bicavam umas às outras, e Juniper não queria ser uma galinha.

Mas, um mês depois de ter se juntado às sufragistas para acabar com a tirania dos homens, ela começou a suspeitar que seu pai estava completamente errado.

Ela não gosta de todas as damas da Associação — muitas são ricas e extravagantes, do tipo que usa capas feitas de pele e olha para Juniper como se ela fosse um cachorro amarelo que vagou para a vizinhança errada —, mas até as esnobes estão ali pela mesma razão, para emprestar suas mãos de luvas brancas em prol do mesmo trabalho. Isso faz Juniper pensar nos círculos de bordado de que Mama Mags costumava falar, onde mulheres de um vale inteiro se amontoavam na cozinha de alguém e todos os seus minúsculos pontos se uniam para formar algo maior do que elas mesmas.

E nem todas as damas são esnobes. Tem a Srta. Stone, que está sempre ocupada e nunca sorri, mas inspira uma lealdade contagiante e fervorosa entre suas tropas; a secretária, Jennie Lind, que, apesar de não deixar transparecer, tem um fraco surpreendente pelos contos de bruxas de Juniper; uma viúva gorducha e elegante chamada Inez Gillmore, que tem mais dinheiro do que o Papa, e está sempre oferecendo a Juniper inúmeros chapéus e toucas para cobrir seu cabelo espevitado; uma mulher mais velha, Electa Gage, que está sempre murmurando sobre se acorrentarem em prédios públicos como faziam as damas inglesas. Juniper não entende o que poderiam conquistar com isso, mas admira o espírito da ideia e gosta muito de Electa.

Às vezes, quando estão todas juntas, rindo e conversando, é como se Juniper tivesse irmãs outra vez. Ela quase consegue esquecer que Agnes é um silêncio fervente do outro lado da cidade, e que Bella é tão inflexível e reservada que é como viver com um manequim de loja. Todos os dias, Bella sai bem cedo e só volta bem tarde, pois está trabalhando em alguma pesquisa misteriosa que deixa suas mangas manchadas de tinta e seus olhos injetados. Ela chega em casa com um ar distraído e distante, seu caderninho preto apertado na mão. Quando Juniper lhe faz perguntas — O que ela está procurando? Ela sabe o que aquele símbolo significa? O que atraiu a torre para elas, e o que a mandou embora? —, a irmã se esquiva, posterga e nunca lhe responde.

Talvez Juniper não levaria tanto para o lado pessoal, não fosse pela semana anterior, quando apareceu no escritório de Bella sem avisar e encontrou uma mulher negra vestindo um fraque sentada em cima de sua escrivaninha. Bella corou e disse que a mulher era "uma parte interessada", mas não explicou no que ela estava interessada ou por quê.

Depois disso, ela decidiu que esperaria até Bella adormecer uma noite e roubaria o caderninho preto de debaixo do travesseiro. Assim, descobriria por conta própria o que é aquela torre e quem a havia invocado. Juniper tinha algumas suspeitas.

Enquanto isso, tinha Jennie, Inez, Electa e uma infinidade de comitês e subcomitês para mantê-la ocupada. Ela não achava que eram necessárias tantas reuniões para derrubar a tirania dos homens, mas aparentemente ela estava errada.

Depois da terceira ou quarta reunião em que deixa Juniper com o rosto enfiado em sua agenda, rezando pela doce liberdade de sua morte prematura, a Srta. Stone fica com pena dela e a designa para o trabalho prático de preparação da marcha da Feira Centenária. Não é nada glamouroso pendurar cartazes, passar faixas a ferro, ou pintar bordões, mas é melhor do que rodadas infinitas de *sins* e *nãos*.

Ela está agachada em um quarto nos fundos da sede da Associação, pintando o S final na placa VOTOS PARA MULHERES e xingando toda vez que as cerdas do pincel se quebram, quando a campainha toca.

— Olá? Com licença? — grita uma voz untuosa.

Juniper escuta Jennie perguntar:

— Como posso ajudá-lo, senhor?

Passos tímidos de botas entram no escritório, e então uma voz fala baixinho demais para que Juniper consiga entender. Ela supõe que pode ignorá-la — provavelmente é apenas mais um monge que veio reclamar do caminho pagão delas, ou um repórter que veio provocá-las com perguntas cintilantes —, até que a própria Jennie aparece na porta com o rosto pálido.

— Srta. Stone, venha depressa!

A Srta. Stone caminha até a frente do escritório com aquela expressão educada e fria como ferro, que Juniper passou a considerar como sua armadura de batalha. Juniper e as outras se enfileiram atrás dela como escudeiras ou soldadas.

No escritório da frente, elas encontram um cavalheiro acanhado e de olhos úmidos, acompanhado por seu cachorro acanhado e de olhos úmidos. Juniper acha que ele se parece com um tatuzinho-de-jardim de tamanho humano, pronto para se fechar em uma bola se algo o assustar.

Ele e o cachorro encaram as mulheres que agora lotam o cômodo.

— Perdoem-me por chegar sem avisar, senhoras, mas sinto dizer que venho lhes trazer más notícias. — Ele fala para ninguém em particular, seus olhos passando de testa franzida para testa franzida. — Venho em nome da Câmara Municipal de Nova Salem. Lamentamos informar que a Câmara decidiu, ahn, revogar sua aprovação para a marcha na Feira Centenária no dia primeiro de maio. Em virtude do clima atual.

Juniper não entende o que o tempo tem a ver com a história — úmido e cinzento, mas esquentando depressa, a promessa do verão evaporando dos paralelepípedos —, mas sabe reconhecer uma desculpa esfarrapada quando a ouve.

A Srta. Stone cruza os braços.

— E por que essa decisão, senhor? Nossa petição foi aprovada semanas atrás pelo gabinete do prefeito.

O homem sorri para ela. É uma expressão repulsiva: lenta e tortuosa. O cachorro lambe os dentes em um sorriso acanhado.

— Sinto dizer que a Câmara se sobrepôs ao Prefeito Worthington nessa questão. Não gostaríamos de alarmar ainda mais os cidadãos com tais... artimanhas.

Ele faz um gesto com a mão, que pode se referir à marcha, ou à Associação, ou ao conceito inteiro dos direitos das mulheres.

A Srta. Stone começa a dizer algo comedido e educado, mas Juniper a interrompe.

— E quem diabos é você para nos dizer o que fazer?

O homem e o cachorro giram na direção dela, seus olhos encontrando os dela no cômodo lotado. O animal ergue a cabeça cautelosamente, farejando o ar, e seu dono sorri novamente. Juniper gosta ainda menos do sorriso dele.

— Perdoe-me. Esta é Lady. — Ele dá um puxão na coleira e a cadela se retrai. — E eu sou um membro da Câmara Municipal. Estou concorrendo às eleições no próximo outono com uma candidatura independente. Sr. Gideon Hill, ao seu dispor.

Este é Gideon Hill? Juniper já vira seus cartazes colados por toda a cidade, já lera suas declarações nojentas no jornal. Ela imaginou que ele fosse alguém mais sólido — um homem bonito e de queixo quadrado, como seu pai, capaz de seduzir a tinta de uma cerca, caso quisesse. Mas ele é apenas um homem encurvado de meia-idade em um terno de linho amassado, com cabelos ralos e olhos dissimulados.

Uma agitação atravessa o cômodo conforme as outras mulheres da Associação sussurram entre si.

A Srta. Stone faz outra tentativa de manter a civilidade.

— Muito prazer em conhecê-lo, Sr. Hill. Nós gostaríamos de apelar da decisão da Câmara. Não queremos causar nenhum problema.

Ela ignora o "*fale por si mesma*" murmurado por Electa e a bufada de Juniper.

— Infelizmente foi uma decisão unânime. — Hill não soa muito infeliz com a notícia, apesar de seus ombros estarem curvados para a frente e de seu tom de voz soar contrito. — É o dever da Câmara proteger a cidade do pecado e da imoralidade. Nova Salem não pode seguir o mesmo caminho que sua homônima.

Juniper imagina que ele esteja se referindo à Velha Salem, a cidade tomada por bruxas e demônios nos anos 1700 e alguma coisa. O lugar agora não passa de ruínas queimadas, e só serve para histórias de fantasmas.

Hill continua:

— Portanto, a Câmara é obrigada a proibir...

— E se nós não dermos a mínima para o que a Câmara proíbe?

Juniper ouve a Srta. Stone dar um suspiro suave, mas não se importa.

Hill olha para ela novamente. Ela espera que o homem gagueje de indignação, que arfe diante de seu atrevimento, mas ele não o faz. Em vez disso, ele lhe dirige outro sorriso, ainda mais doentio do que os anteriores.

— Como é mesmo o seu nome, senhorita?

E, em um piscar de olhos, toda a resistência de Juniper a abandona. A maioria dos cartazes de "procura-se" já estão ficando esfarrapados e desbotados pelo sol, mas não todos, e ela sabe que Hill e seu bando adorariam encontrar uma bruxa ao vivo e em cores para enforcar.

Ela engole em seco.

— June W-West.

— E de onde a senhorita é, Srta. West?

A Srta. Stone a resgata, deslizando entre Juniper e Hill como um navio de peruca branca.

— Obrigada por nos informar sobre a decisão do conselho, Sr. Hill. A Associação vai levá-la em consideração.

— Tenham um bom dia, garotas.

O Sr. Hill inclina a cabeça em um cumprimento e se vira para ir embora, mas sua cadela não o segue. Ela permanece agachada, seus olhos escuros como tinta fixos em Juniper, a coleira de ferro apertando sua garganta. Hill dá um puxão violento na trela e a cadela segue seu dono porta afora. O sino tilinta alegremente quando eles saem.

Juniper manca até a janela para observá-los partir. O Sr. Gideon Hill se apressa pela rua, as mãos cruzadas atrás das costas, e a cadela trotando de forma obediente em seu encalço. Sob a luz lenta do entardecer, as sombras dos dois são pretas e compridas, maiores do que seus donos. Enquanto Juniper os observa, ela vê a sombra do Sr. Hill agitar-se de um jeito estranho, como se não estivesse diretamente sob o comando de seu mestre.

O medo escorrega por sua espinha. Ela se lembra que, tendo a torre preta como evidência, há pelo menos uma bruxa desconhecida na cidade, trabalhando para fins próprios. Mas por que ela enfeitiçaria um vereador detestável? E por que enfeitiçá-lo em vez de, digamos, envenená-lo silenciosamente enquanto ele dorme?

Ela escuta vozes alteradas atrás de si, mas só compreende palavras isoladas. *Desonesto! Injusto!* E então: *Não podemos fazer nada*.

Alguém se opõe, quase certamente Electa.

— Não podemos fazer nada *lícito*, você quer dizer!

Alguém arfa de leve. Juniper imagina que deve ter sido aquela Susan Bee, uma mulher estilo vitoriana mumificada, que usa um monóculo que ela jura por Eva que é verdadeiro, além de tratar Juniper como uma faxineira.

— Não somos *criminosas*, Srta. Gage!

Electa começa a responder, mas a Srta. Stone a interrompe:

— Nem podemos nos dar ao luxo de nos tornarmos criminosas, Electa. — Não há reprimenda em seu tom, ela apenas soa como uma senhora idosa e muito cansada. — Senhoras, temos o bastante para um quórum aqui presente? Vamos debater nossa resposta a essa decisão.

Ela guia sua tropa de volta para os escritórios dos fundos.

Apenas Jennie fica para trás.

— June?

— Hum?

Juniper observa a sombra de Hill desaparecer em uma esquina, tentando decidir se ela parece mais escura do que outras sombras, mais densa.

— Estão convocando uma reunião. Não acha que deveríamos nos juntar a elas?

— Não. — Juniper dá as costas para a janela. — Não acho. Acho que deveríamos marchar na Feira Centenária.

Para lhe dar algum crédito, Jennie não arfa ou guincha. Ela olha diretamente para Juniper, firme e sólida, e Juniper percebe uma faísca feroz em seus olhos. Pela primeira vez, ela se pergunta como foi que Jennie quebrou o nariz, e se ela alguma vez já foi outra coisa que não uma secretária de meio período com cabelos da cor do estigma do milho.

— A Srta. Stone não vai gostar — comenta ela.

— Não. — Juniper gosta da Srta. Stone, mas a mulher se acostumou demais a ouvir a palavra *não*. — Será bom para ela ver uma mulher pegar aquele *não* e enfiar de volta na garganta de alguém.

— A polícia nunca permitirá.

— Então vamos ficar disfarçadas até o último instante, e desaparecer antes que os policiais cheguem. Eu conheço as palavras e os caminhos.

Juniper percebe, pela maneira como Jennie se retrai, que ela entende de que tipos de palavras e caminhos Juniper está falando. E percebe, pelo brilho furtivo nos olhos dela, que não se importa, que ela também está cansada de *nãos*.

Juniper sorri, os dentes à mostra.

— Acho que você já tem a vontade.

9

Das cinzas às cinzas, do pó ao pó
O seu com o meu e o meu com o seu.

Feitiço usado para amarrar. São necessários
um ponto de costura apertado e a mão firme.

Na última noite de abril, Beatrice Belladonna está sentada na janela redonda de seu quartinho no sótão, lendo *Contos e Histórias do Passado e Suas Morais*, de Charlotte Perrault, sob um feitiço de luz. Ela deveria usar uma vela ou uma lamparina a óleo, como qualquer mulher respeitável, mas acabou se acostumando ao brilho dourado da varinha de resina de pinheiro de Juniper durante a noite. Na semana anterior, ela chegou em casa e encontrou um galho de azevinho e uma nota com a caligrafia torta de Juniper: VOCÊ JÁ DEVE SABER AS PALAVRAS A ESSA ALTURA.

Beatrice sabe. Quando ela lança o feitiço, a luz da varinha é prateada e fria, nada como a chama de verão de Juniper. Ela acha a luz relaxante.

Já está tarde. A lua é como uma pérola acima das fileiras organizadas de telhados no lado norte da cidade, e Alta Belém parece um relógio de cuco, correndo por trilhos ocultos, cada peça em seu lugar. Beatrice está pensando em deixar Perrault de lado, porque aparentemente não há rimas ou charadas secretas no livro, quando escuta o *tum-tum-claque* dos passos da irmã na escada.

Beatrice permanece encolhida na janela.

— Boa noite.

Juniper resmunga em resposta, deixa a bengala ao lado da porta e joga sua pelerine sobre o encosto de uma cadeira, aparentemente sem notar o pão e a sopa que Beatrice havia preparado horas antes. O caldo já estava frio, a superfície engrossada pela gordura.

Juniper se arrasta até a janela e faz uma carranca para a lua perolada. Ela está segurando um chapéu feminino nas mãos, elegante e apático, totalmente branco. Beatrice não consegue imaginar uma peça de roupa mais improvável de ser usada por sua irmã caçula.

— A feira começa amanhã — diz Juniper.

— Eu sei.

— Vamos marchar às 5 horas. Depois do discurso de Worthington.

— Você não disse que a permissão foi revogada?

Juniper dá de ombros de um jeito descuidado, como um corvo agitando suas penas.

— Achei que a Srta. Stone era contra... atividades ilegais.

Outro dar de ombros.

— Ela é.

— ...Entendi.

Juniper espera, girando o chapéu branco nas mãos.

— Então... Você vai com a gente?

— Para onde? — Beatrice demora um segundo para entender que Juniper está falando da bem evidente e, pelo visto não autorizada, marcha pelo sufrágio das mulheres. — Ah, n-não, acho que não. O que a biblioteca acharia disso?

Ela consegue ver os lábios de Juniper se curvarem, seus dentes afiados sob o luar.

— Certo. É claro.

Beatrice se abstém de mencionar que o emprego na biblioteca é o motivo pelo qual Juniper tem um teto sobre sua cabeça e uma sopa fria para ignorar. Também não convida a irmã a correr até a parte oeste da cidade e implorar por um emprego nas fábricas. Ela só gostaria de fazer isso.

Juniper ainda está de pé ao seu lado, girando o chapéu ridículo nas mãos.

— Você devia ir assistir, pelo menos. Vai ser um espetáculo e tanto.

Beatrice escuta a satisfação na voz dela e sente uma certa inquietação percorrer sua espinha.

As tábuas do assoalho rangem conforme Juniper lhe dá as costas.

— Convide aquela sua amiga negra, caso queira. Cleópatra.

— A Srta. Quinn?

(Cleópatra já lhe pediu diversas vezes para que a chamasse de *Cleo*, mas Beatrice não consegue se imaginar sendo ousada o suficiente para diminuir a distância entre elas para apenas quatro frágeis letras.)

No silêncio que se segue, Beatrice se imagina dando uma longa caminhada matinal até Novo Cairo — os bondes não vão até a parte da cidade onde moram as pessoas não brancas —, indo até o escritório do *Defensor.* Convidando casualmente a Srta. Quinn a acompanhá-la em uma marcha sufragista, provando que era mais do que uma bibliotecária tímida. Talvez até provocasse um daqueles sorrisos afiados e honestos da Srta. Quinn, em vez de suas mentiras encantadoras.

De repente, Beatrice está muito mais interessada na Feira Centenária.

— Acho que...

Mas ela ficou quieta por tempo demais. Ela sente o estalo quente do temperamento de Juniper percorrer o fio entre as duas.

— Deixa para lá. Não importa.

Juniper bate a porta, o mancar de seus passos desaparece depressa, e então Beatrice está sozinha.

Ela continua sentada na janela por mais uma hora, observando a lua, perguntando-se qual seria a sensação de voar com o luar sobre seus ombros nus, e logo fica de pé, abruptamente. Ela escreve uma nota para o Sr. Blackwell, explicando que não poderá trabalhar no turno de sempre no dia seguinte, porque contraiu uma febre repentina.

Depois disso, Beatrice fica um bom tempo acordada na cama, agitada e nervosa. Ela pega no sono pensando no lugar onde acabam as linhas do bonde.

Agnes não consegue dormir. Ela se revira na cama, descobrindo todas as novas posições nas quais seu corpo pode ficar desconfortável. A bebê dentro dela ainda é pequena — *"do tamanho de um broto de repolho"*, disse Madame Zina alegremente —, mas ela parece ter uma habilidade fantástica para encontrar cada nervo sensível e tecido mole de seu corpo. À noite, ela sente a filha arranhar e chutar, como se fosse uma gata presa em uma jaula minúscula. Ela espalma as mãos sobre sua barriga e pensa: *Continue furiosa, minha garotinha*.

Semanas antes, Agnes jogou o poejo fora na latrina da pensão. Fez isso sem qualquer drama ou discussão, como se fosse apenas um saco de papel pardo com ingredientes dos quais não precisava mais. Quando voltou ao seu quarto, ela se sentou no chão e traçou um círculo ao redor de si mesma com o dedo. Agora havia duas mulheres dentro dele.

Em algum momento depois da meia-noite, ela escuta passos irregulares no corredor e sente um fio invisível enrolá-la com firmeza.

Um papel farfalha. Os passos se retiram.

Quando Agnes se levanta, ela encontra um quadrado de papel branco embaixo de sua porta: VENHA ATÉ A FEIRA AMANHÃ, ÀS 4 HORAS DA TARDE, SE TIVER CORAGEM.

Agnes sabe, pelo formato trêmulo das letras maiúsculas e pelo posicionamento, que o bilhete é de Juniper. O que ela não sabe é o que vai acontecer na Feira Centenária no dia seguinte, mas, pelo zumbido vibrante no fio entre elas, como o ar carregado antes de uma tempestade, Agnes tem certeza de que será algo profundamente estúpido e possivelmente perigoso.

Ela amassa o bilhete nas mãos e se imagina jogando-o latrina abaixo também. Ela nem precisaria fazer uma viagem extra, já que agora está sempre com vontade de fazer xixi.

Em vez disso, Agnes desamassa o bilhete em cima da mesa. Ela o observa por um bom tempo antes de voltar para a cama.

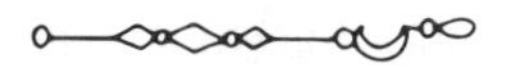

Um dia antes da marcha, Jennie Lind perguntou para Juniper se ela já tinha ido a uma feira. *É claro*, disse Juniper. No Condado do Corvo sempre havia um festival de bolo de fubá no outono. Jennie riu e Juniper bateu nela com um cartaz enrolado, o que fez Jennie rir ainda mais.

Só quando Juniper passa pelo arco de ferro da entrada da Feira Centenária de Nova Salem é que ela entende por quê.

A Feira Centenária faz o festival de bolo de fubá parecer um piquenique de igreja. É como se uma segunda cidade inteira tivesse surgido no lado norte de Nova Salem, cheia de tendas brancas elegantes, estandes pomposos e vendedores anunciando geringonças modernas. Luzes elétricas zumbem e balançam entre as tendas, chamuscando o topo dos chapéus e os penteados da multidão abaixo, e uma enorme roda-gigante de metal gira acima de todos. O ar cheira à riqueza e gordura, uma mistura de suor, óleo de fritura e dinheiro.

Inez compra sete ingressos na bilheteria e os distribui. Juniper, Jennie, Electa, Mary, Minerva e Nell. Cada uma delas segurando um chapéu branco nas mãos, cada uma delas com uma expressão adequada para invadir castelos.

Juniper esperava que houvesse mais delas, mas Jennie disse que não podiam arriscar convidar alguém que talvez amarelasse e dedurasse o plano para a Srta. Stone. Assim, elas abordaram apenas as mulheres mais insatisfeitas e rebeldes da Associação. Nos contos de bruxas, as coisas sempre vêm em sete (cisnes, anões, dias para se criar o mundo), então Juniper acha que elas serão o suficiente.

Elas passam o dia perambulando pela Feira, apenas sete moradoras que vieram comemorar a fundação de Nova Salem, usando roupas comuns em tons de verde-oliva opacos e cinzas sóbrios. Elas passam por tecelãs e vendedoras de flores, estudantes da faculdade e homens do curtume, e um bando de policiais cavalgando garanhões brancos e reluzentes. As garotas os observam enquanto passam, enganchando os braços e trocando olhares, talvez acariciando as abas brancas de seus chapéus. Juniper pensa em cartazes de "procura-se", em acusações de assassinato e no que aconteceria se ela fosse capturada, então decide simplesmente não deixar que aconteça.

O grupo se esquiva de vendedores de lembrancinhas que oferecem placas comemorativas e panfletos históricos. Compram espetinhos de salsicha e queimam os lábios com a gordura. Caminham por tanto tempo que a perna ruim de Juniper dói, e ela se apoia com mais força na bengala de cedro.

O pai dela nunca usou uma bengala, embora devesse. Ele dizia que era coisa para velhinhas e inválidos, não para veteranos imponentes da Guerra do Condado de Lincoln. Às vezes, quando estava muito bêbado, ele lançava um olhar cruel e tendencioso para a bengala de Juniper, como se ela fosse uma velha inimiga, mas nunca chegou a encostar nela.

As sete mulheres perambulam até uma tenda chamada: *"A Magnífica Exibição Antropológica do Doutor Marvel!"*, que apresenta vários nativos com expressões entediadas usando miçangas e penas. Juniper para por um momento para observar A ÚLTIMA CURANDEIRA DO CONGO, PRESERVADA PARA ESTUDOS CIENTÍFICOS, que na verdade é uma mulher africana ressequida, com uma gargalheira presa no pescoço. Sua pele sob o colar de metal está esbranquiçada e parece morta, como dedos congelados. Juniper descobre que não consegue olhá-la nos olhos. Ela sai mancando da tenda do Dr. Marvel, e joga sua meia salsicha fora, intocada.

Por volta das 16 horas, ela e as outras se dirigem para o palco central, onde uma multidão está reunida sob flâmulas vermelhas e brancas. Inez desliza para Juniper uma trouxa de tecido que poderia ser uma sombrinha, mas não é, e as sete se dispersam, intencionalmente evitando olhar uma para a outra conforme se movem pela aglomeração. Elas se posicionam ao longo do perímetro, formando um círculo premeditado.

Um homem de bigode em um terno cinza faz um pequeno discurso. Ouve-se um ruído contido de aplausos enquanto o prefeito substitui o homem no palanque.

— Preciso começar, é claro, com calorosas boas-vindas a todos vocês, cidadãos honestos de Nova Salem!

O prefeito é um cavalheiro meio curvado, com um nariz cheio de veias vermelhas e o carisma de um pão dormido. Juniper avista Gideon Hill sentado atrás dele com o resto dos vereadores da cidade, suando sob o sol de maio e piscando com muita frequência. Juniper se pergunta como um homem desses — todo rosado e úmido, como se tivesse sido descascado recentemente — conseguiria se eleger para qualquer coisa. Sua cadela está enroscada embaixo de sua cadeira, seus olhos encarando os de Juniper, cintilando vermelhos ao primeiro florescer do pôr do sol.

— Também gostaria de agradecer à Câmara pelo apoio incansável a este projeto e pela valiosa supervisão.

Juniper não está escutando. Ela observa os rostos de suas cúmplices — Minerva e Mary estão pálidas e parecem meio enjoadas; Inez alisa as pregas já lisas de seu vestido; Electa parece entediada —, e se pergunta se alguma delas já se arrependeu das decisões que as trouxeram até aqui. Também se pergunta se alguém na multidão notou os chapéus que elas estão segurando contra o peito, cada um deles em algum tom de branco: perolado, rendado, ou da cor de creme de leite, enfeitados com fitas ou cheios de cravos-de-amor.

Cada um deles enfeitiçado com um feitiço muito difícil.

Mas o que há para notar? São apenas chapéus. Não dá para sentir o cheiro de bruxaria neles a não ser que se chegue bem perto.

A própria Juniper carrega três deles. Ela sabe que nenhuma de suas irmãs virá — que Bella é muito covarde e Agnes, muito egoísta —, mas, ainda assim, ela trouxe três chapéus idiotas. Só para garantir.

Mais cedo, ela pensou ter vislumbrado uma trança elegante, o lampejo de um par de óculos, mas não consegue se forçar a sentir através dos fios invisíveis esticados entre elas. É melhor não ter certeza, é melhor continuar fingindo que elas ainda podem vir.

Worthington está inclinado sobre o palanque, suando de um jeito que sugere que seu discurso deve estar chegando ao misericordioso fim.

— E digo mais: vamos deixar de lado nossas mágoas mesquinhas e nossas diferenças e, em vez disso, comemorar o que nos une. Vamos aproveitar a Feira!

O prefeito gesticula para a banda de percussão que transpira em silêncio atrás do palco. A multidão aplaude com educação, e a banda começa a tocar as primeiras notas de *A Liberdade de Salem*, quando James Juniper ergue seu chapéu branco no ar. Seis outras mãos imitam o gesto.

Juniper e as renegadas da Associação de Mulheres de Nova Salem colocam os chapéus em suas cabeças e sussurram as palavras.

Capas brancas, limpas e reluzentes, vindas do desconhecido, caem sobre seus ombros. Elas cobrem seus vestidos e, em um instante, as mulheres se tornam uma coisa única em vez de sete partes separadas.

É um feitiço que a própria Juniper inventou — não é exatamente *bruxaria das boas*, mas também não é uma coisa à toa. Ela fez as capas desaparecerem com um feitiço de Mags, que a avó usava para sumir com as poções e as ervas quando a polícia aparecia. Só era necessária uma tesoura prateada para cortar o ar e uma rima para murmurar. Depois, Juniper precisou inventar uma forma de convocar as capas de volta do desconhecido. Ela perdeu várias das melhores capas de lã branca de Inez, mandando-as sabe-se lá para onde, antes de ter a ideia de tentar um feitiço de amarração.

Amarrações são bruxarias antigas e profundas, regidas por regras obscuras e estranhas afinidades. Nem mesmo Mama Mags mexia muito com elas. Ela ensinou a Juniper uma rima para amarrar uma costura rasgada, e prometeu ensiná-la mais coisas no futuro, mas, no fim das contas, a avó não tinha um futuro tão distante assim.

Juniper fez o seu melhor. Ela roubou linhas soltas de cada uma das capas e as costurou nas abas dos chapéus brancos, sussurrando as palavras enquanto trabalhava — *das cinzas às cinzas, do pó ao pó* —, espetando o dedo a cada quatro pontos e praguejando vigorosamente.

Ela testou primeiro em Jennie: enfiou o chapéu em sua cabeça e ordenou que ela dissesse as palavras. Jennie empalideceu.

— Não sei. Não acho que eu consiga.

Juniper a golpeou com um chapéu sobressalente. Jennie disse as palavras. Quando a capa se acomodou sobre seus ombros — branca como a neve, branca como asas —, Jennie parecia tão atordoada, tão obviamente alegre, que Juniper a golpeou de novo só para impedi-la de sair flutuando.

Agora, Juniper vê o rosto de Jennie brilhando na multidão, cheio daquela mesma alegria, apesar do pânico crescente ao seu redor.

O público corre para longe das mulheres de branco, gritando e guinchando. Há um tom estranho em suas vozes, de medo, mas também de admiração. A bruxaria é uma coisa pequena e vergonhosa, desenvolvida em cozinhas, quartos e pensões, em segredo. Mas aqui estão elas, em plena luz do dia, convocando capas brancas do desconhecido. Juniper consegue sentir os limites mudarem ao redor delas, as barreiras se dobrando. Ela consegue ver rostos — principalmente de mulheres, principalmente das jovens — observando-as com uma fome fascinada nos olhos. Juniper imagina que essas são as mulheres que querem, que ambicionam, que anseiam. As que se revoltam contra as histórias que lhes foram dadas e sonham com histórias melhores.

Ela desamarra a sombrinha embrulhada e a ergue bem no alto; só que não é uma sombrinha. O embrulho se desdobra em uma faixa extensa, com as palavras VOTOS PARA MULHERES pintadas em vermelho vivo.

A multidão entra em erupção. *A Liberdade de Salem* se transforma em uma série incoerente de sons enquanto o maestro as encara de queixo caído. O prefeito Worthington bate inutilmente no palanque.

— Mas o que é isso? *Muito* impróprio para...

A voz dele é abafada pelo baque surdo do sangue nos ouvidos de Juniper, pelo calor ardendo em seu peito. Ela quer gritar, cantar ou rir, quer sacudir a faixa nos rostos de todos e mostrar os dentes — mas Jennie achou que elas deveriam ficar quietas, manter a honra. Como sentinelas silenciosas, em vez de bruxas malvadas.

Movendo-se como uma só, as sete mulheres de capas brancas dão as costas ao prefeito e aos membros da Câmara. Juniper ergue a faixa vermelha com uma das mãos, segura sua bengala firmemente com a outra, e marcha para longe do palco, toda empertigada. Ela sente as outras se organizarem atrás dela, formando um único navio com muitas velas.

O público se abre como o mar. Mães puxam os filhos para perto e vendedores precavidos começam a empacotar as mercadorias, os olhos relanceando depressa, pressentindo problemas. Juniper joga beijos para eles, sentindo-se ousada e meio embriagada, com uma das orelhas atenta para o ressoar de cascos de ferro. Elas planejam fazer as capas desaparecerem e se esconder na multidão antes que a polícia apareça, mas não escutam nenhuma voz de homem, nenhum cavalo branco cavalgando na direção delas. Ainda.

Elas passam por baixo do alto arco da entrada da Feira e chegam às ruas escurecidas de Nova Salem. Juniper espera que a multidão se disperse, mas, conforme as ruas ficam mais estreitas, o público as pressiona ainda mais. As famílias bem-vestidas da Feira são substituídas por trabalhadores e jovens rapazes, e o escândalo inofensivo se transforma em algo pior e mais cruel. Um bando de bêbados sai tropeçando de um beco para observá-las com malícia, gritando propostas lascivas. Alguém ri.

Juniper descansa o mastro de ferro da faixa em seu ombro e toca o medalhão sob sua blusa, aquele que Mama Mags lhe dera em seu leito de morte. Ao lado do túmulo, Juniper fincou suas unhas sujas de terra ao longo do fecho e o abriu com um estalo, como se fosse um marisco de bronze, esperando encontrar uma mensagem, um bilhete, ou uma voz dizendo: *Está tudo bem, minha garotinha, estou aqui*. Tudo o que ela encontrou foi uma mecha do cabelo da avó, grisalha como a penugem do cardo.

Naquela manhã, Juniper acrescentou um par de dentes de cobra.

Ela não planeja usá-los, não de verdade. Mags lhe disse que eles serviam apenas para últimas chances e golpes finais, quando cada uma das escolhas possíveis significasse uma derrota — mas o vestido emprestado de Juniper é elegante e idiota demais para ter bolsos, e ela não gosta de ficar sem o par de dentes.

Por um segundo atordoante, ela ouve o arrastar de escamas vermelhas pelo chão, o sussurro da vitória, do ódio reprimido finalmente livre... Mas então alguém grita *olhe!*, e ela o faz.

Um outro grupo de mulheres desce a rua principal, marchando na direção delas. Juniper pisca duas vezes — será que estão vindo se juntar a elas? Será que é o restante da Associação de Mulheres? —, e então vê as faixas brancas cruzadas sobre seus peitos.

— Ah, *inferno*.

São aquelas mulheres da União Cristã, que estão sempre escrevendo cartas sórdidas para o editor e balançando placas com frases do tipo: MULHERES POR UMA SALEM PURA e MIQUÉIAS 5:12. Como elas chegaram tão depressa? Antes mesmo da polícia? Juniper meio que não colocou um anúncio da marcha nos classificados de domingo.

Uma das mulheres da União — esbelta e de luvas brancas, que Juniper reconhece dos jornais como a Srta. Grace Wiggin — coloca-se diretamente no caminho de Juniper, de queixo erguido e saia engomada. Há um certo brilho nela, uma perfeição de porcelana que faz Juniper querer esfregar na lama seu nariz cheio de pó.

— Nós, as mulheres de bem e íntegras de Nova Salem — Wiggin gesticula para as outras unionistas atrás dela, como se para esclarecer quais são as mulheres de bem e íntegras —, somos contra a incitação do pecado em nossas ruas! — A voz dela é alta e aguda.

— Ah, pelo amor de Deus — fala Juniper lentamente. — Vocês não têm nada melhor para fazer?

— Elas alegam ser inofensivas! Elas alegam querer justiça! Mas que justiça havia nos dias obscuros de nosso passado, quando milhares de inocentes sofriam com a Peste Negra?

— Tricotar, quem sabe? Ou trabalho voluntário.

Wiggin arqueia a mandíbula.

— Se permitirmos que essas mulheres, essas bruxas, marchem livremente por nossas ruas, o que vai acontecer depois? Nossas filhas vão querer vassouras e caldeirões em vez de pérolas e bonecas? Nossos filhos serão seduzidos por suas artes das trevas? Outra peste irá nos atingir? A União Cristã implora que vocês votem no Sr. Gideon Hill em novembro!

Ela continua seu discurso, a voz cada vez mais alta e estridente. A multidão pressiona ainda mais, assente, murmura e, às vezes, *concorda*.

Atrás dela, Juniper ouve Jennie praguejar suavemente, mas não se vira para olhar, porque está observando outra coisa: a sombra da Srta. Grace Wiggin.

É longa e escura sob o início do pôr do sol, o preto espalhado sobre os paralelepípedos. A princípio, ela imita os gestos da própria Wiggin, como uma sombra deveria fazer, mas, depois de um minuto, suas mãos caem de ambos os lados. Seus ombros se agitam, como se ela se espreguiçasse para afastar a rigidez, e então — como uma marionete que se desprende de suas cordas ou um trem que rodopia para fora dos trilhos —, ela se afasta de sua dona.

Juniper fica paralisada. Ela observa a sombra de Grace Wiggin se contorcer, esticando-se em uma criatura com muitas mãos e muitos dedos. Ela encontra outras sombras — dóceis, bem-comportadas, e em seus devidos lugares — e as puxa para si própria. A sombra incha e fica mais escura. Juniper pensa em coisas que foram deixadas apodrecendo sob o sol.

Quando era criança, ela se lembra de perguntar a Mags se a bruxaria era algo perverso. Mags gargalhou. *A maldade está nos olhos de quem vê, querida.* Mas então, ela ficou séria. Ela disse que bruxaria era poder, e que todo poder era capaz de ser deturpado, se a pessoa estivesse disposta a pagar o preço. *É possível identificar a maldade de uma bruxa pela maldade de seus caminhos.*

Juniper toca o medalhão cheio de veneno em seu peito. Mags nunca lhe contou como eram feitos esses dentes, mas Juniper encontrou na lareira os corpos queimados de três cobras e viu os curativos grossos envolvendo o pulso de Mags, e soube que o preço era alto e cruel.

Agora ela observa a sombra escoar pela multidão como tinta derramada, serpenteando ao redor de tornozelos e subindo por saias, e pensa que o preço para essa bruxaria deve ter sido mais alto ainda.

Conforme a sombra se espalha, a multidão muda. A mesquinhez se transforma em maldade, a impertinência se transforma em ódio. Juniper sente a mudança como uma ferroada de medo em seus braços, do tipo que significa que há uma tempestade com raios e trovões chegando, ou que seu pai está voltando para casa com a barriga cheia de álcool.

Juniper vê nós de dedos ficarem brancos, rostos franzirem a testa, olhos se tornarem vazios e turvos, como casas fechadas. É como se as almas das pessoas tivessem sido roubadas com suas sombras.

Ela volta a encarar Grace Wiggin. A mulher está com um sorriso tão largo e brilhante que Juniper entende duas coisas bem depressa. A primeira é que existe uma grande chance de que a bruxa perversa que está vagando por Nova Salem esteja bem na frente dela, usando uma faixa branca.

A segunda é que, pela primeira vez, ela está feliz que suas irmãs a tenham abandonado, porque pelo menos elas não estarão aqui para o que quer que aconteça depois.

Beatrice gostaria muito de ter abandonado sua irmã caçula. Ela gostaria de não ter convidado a Srta. Cleópatra Quinn para acompanhá-la até a Feira, gostaria de não ter assistido das margens enquanto Juniper erguia uma faixa, gostaria de não ter seguido atrás das sufragistas de capas brancas enquanto a multidão azedava como leite ao redor delas.

Porque, dessa forma, ela não estaria parada aqui nesta rua que escurecia, enquanto um bando de homens com olhos vítreos se afastava da multidão e cambaleava na direção dela, suas sombras se retorcendo e agitando-se atrás deles.

Seus olhos estão fixos na Srta. Quinn, uma mulher negra vestida um pouco bem demais, muito ao norte da cidade. Beatrice vê o formato de insultos nos lábios deles, a promessa da punição em seus punhos.

Ela escuta a Srta. Quinn sussurrar uma frase rude. Então, sente uma das mãos dela na sua — quente, seca e urgente. A Srta. Quinn a puxa para o lado, empurrando-a contra a parede de tijolos coberta de fuligem de um bar.

A jornalista tira um toco de giz branco do bolso do casaco e desenha algo na parede, uma figura feita de linhas e estrelas. Ela sussurra uma meia-canção em uma língua que Beatrice não conhece, depois agarra Beatrice pelos ombros e a pressiona com força contra o tijolo. A Srta. Quinn coloca uma palma da mão de cada lado de Beatrice.

— Não se mexa — murmura.

Beatrice sente o gosto de bruxaria no ar, sente o calor repentino de um feitiço irradiar da pele da Srta. Quinn. Ela permanece imóvel.

O bando de homens está bem próximo agora. Seus olhos, que estavam fixos com uma intensidade sinistra de cães de caça um minuto antes, agora deslizam inofensivamente pelas costas da Srta. Quinn.

Beatrice os observa arrastar os pés, grunhindo uns para os outros, apontando para a frente. Então ela olha para o rosto da Srta. Quinn (tão perto do dela que Beatrice consegue ver uma trilha de suor em sua têmpora, os traços de ferrugem em seus olhos amarelos) e arfa.

— Isso foi... Isso foi *bruxaria*, Srta. Quinn!

— Por favor, fale mais alto. Não é como se houvesse uma confusão aqui perto.

A Srta. Quinn se endireita e limpa o pó de giz das mãos.

— Mas onde... como...?

— Francamente, a senhorita achou que a sua avó era a única que sabia palavras que não deveria? Minha mãe as chamava de receitas da Tia Nancy. — A voz dela é leve, indiferente, mas Beatrice percebe uma certa tensão lá no fundo. — Eu agradeceria se a senhorita guardasse esse segredo, Srta. Eastwood. Não devemos... não sei o que me deu.

Ela balança a cabeça, irritada, como se Beatrice tivesse pessoalmente a forçado a lançar um feitiço no meio de Nova Salem.

— É-é claro. Não gostaria de lhe causar problemas.

A Srta. Quinn dá a ela um sorriso tenso e torto.

— Não mesmo?

E se há algo além de exasperação e ironia em sua voz, talvez um calor dissimulado, Beatrice não percebe.

Ela está distraída com os ecos de dor da sua irmã caçula. A dor é seguida pelo medo, e o medo é seguido por uma fúria terrível e mortal.

Que rochas e ramos quebrem seus ossos,
E serpentes parem seu coração.

Feitiço usado para envenenar.
São necessárias presas e fúria.

James Juniper nunca pensou que desejaria ver um policial na vida — em sua experiência, eles só aparecem para incomodar sua avó sobre um bebê natimorto no condado vizinho, e ficam tempo o suficiente para brindar com seu pai —, mas gostaria muito de ver um naquele momento. A multidão se aproxima cada vez mais; seus murmúrios se transformam em gritos, seus gritos se transformam em empurrões. A Srta. Grace Wiggin e suas seguidoras desapareceram, deixando as sete sufragistas cercadas por homens de rostos vermelhos e mulheres estridentes.

Juniper sente ombros serem pressionados contra os seus conforme as outras se viram, costas com costas, para encarar a multidão. Não era para ser assim — elas deveriam ser um espetáculo passageiro, aparecendo e logo em seguida desaparecendo, apenas uma manchete escandalosa para os jornais do dia seguinte. Elas deveriam ter medo de acusações leves e da Srta. Stone, não de uma sombra devoradora de almas e de uma multidão cruel.

Alguém puxa a faixa de Juniper e ela tropeça. Sua maldita perna — aquela com as cicatrizes enrugadas em volta de seu tornozelo, os sulcos prateados e fundos onde músculos e tendões nunca se cicatrizaram totalmente — se torce e ela se estatela no chão, as palmas das mãos esfolando-se no arenito da rua, a bengala tilintando contra o calçamento de pedra.

Ela ouve Inez gritar seu nome, mas há pessoas se empurrando entre elas, e as capas brancas desaparecem atrás de punhos expostos e costas largas.

Juniper ergue os olhos e vê um homem pairando sobre ela. Um rapaz, na verdade: esquelético e com uma aparência subnutrida, como as ervas daninhas compridas que brotam em becos escuros, o rosto salpicado de juventude. Os olhos dele são tão vazios quanto promessas.

Ele está segurando o mastro de ferro da faixa de Juniper. Ele o ergue de maneira quase que casual, como se não soubesse o que está prestes a fazer.

Mas Juniper sabe. Já houve muitas mãos erguidas contra ela, muitos machucados, muitas noites sem fim na escuridão solitária do porão. Esse homem vai machucá-la, talvez matá-la, porque não há ninguém para impedi-lo. Porque ele simplesmente pode.

Juniper mantém uma pequena chama bruxuleante em seu peito, uma coisinha amarga e faminta que fica só à espera de algo para queimar. Agora, essa chama arde com intensidade, algo imponente e terrível. Algo assassino.

Ela crava as unhas no medalhão em seu peito e o abre com um estalo. Um par de presas curvas chacoalham em sua palma e ela as esmaga, sentindo os ossos se estilhaçarem em sua carne. Ela estende a mão na direção da bengala de cedro e esfrega o sangue nela.

A madeira da bengala está lisa e escorregadia como óleo por causa de todas as horas sob sua mão. O natural seria o sangue formar gotas pela superfície da madeira, mas Juniper nunca se importou muito com a naturalidade das coisas. O cedro bebe cada gota de seu sangue.

O rapaz está olhando para ela, a cabeça levemente inclinada. Ele não está com medo. Por que estaria? Ela é só uma jovem garota manca buscando sua bengala, e ele é um homem com os nós dos dedos brancos ao redor de uma arma. Os dois sabem como essa história termina.

Mas, ah, não desta vez. Desta vez a garota tem as palavras e os caminhos para mudar a história.

Antes que isso termine, ele ficará com medo. O pai dela ficou.

As palavras aguardam em sua garganta como fósforos esperando para serem riscados. Juniper acha que deveria se preocupar com o preço de dizê-las: a vida de um rapaz, a vida dos idiotas gritando e empurrando ali perto, as outras seis garotas que a seguiram até esse caos, que não mereciam acabar presas em um cadafalso ao lado dela.

Mas todo o seu carinho foi surrado e queimado, e agora, em um piscar de olhos, ela é apenas ódio.

Que rochas e ramos quebrem seus ossos.

Agnes vê sua irmã cair. Vê o cabelo da cor de penas pretas desaparecer, a capa branca como uma asa sumir sob a multidão de corpos, mas ela não se mexe.

Ela está de pé em uma escadaria na esquina da Avenida Santa Maria do Egito, observando a multidão se transformar em uma turba, depois em um tumulto, pensando: *A maldita culpa é da própria Juniper.*

Uma de suas mãos está sobre a barriga, uma pesada meia-lua que carrega a promessa de uma pessoa que ainda está se formando, mas que já é preciosa para ela.

Preciosa demais para ser arriscada por causa de uma mulher que já é grandinha o suficiente para ser mais esperta.

Agnes agarra o corrimão de ferro da escadaria e olha para a multidão agitada, procurando por algum vislumbre de branco, algum sinal de sua irmã tola e selvagem. Assim que viu o bilhete, ela soube que aquilo significaria nove tipos de problemas.

Ainda assim: naquela tarde ela foi até o lado norte, sacolejando no bonde. Esperou do lado de fora dos portões da Feira, sem vontade de desperdiçar um único centavo de suas economias em um ingresso. Ela ouviu os gritos distantes da multidão, viu a faixa com as palavras VOTOS PARA MULHERES agitando-se brilhante contra o céu. Observou sua irmã mancar à frente de uma fileira de mulheres, como uma flautista de Hamelin vestida de branco, e sentiu em seu peito uma onda de algo suspeitosamente parecido com orgulho.

Agnes segue atrás delas, seus pés achatados e doloridos de carregar o peso da bebê. Talvez ela estivesse meio que esperando que Juniper olhasse por cima do ombro e a visse. Talvez estivesse apenas assustada com os murmúrios amargos ao seu redor, as curvas ressentidas nos lábios das pessoas e a curvatura de seus dedos em punhos. Nova Salem é uma cidade bem-comportada, como qualquer outra cidade, mas Agnes reconhece um problema quando o vê.

E agora aqui está ela, de pé no alto de uma escadaria, ao lado de um bando de mulheres com vestidos cavados e bochechas pintadas. Nenhuma delas parece muito preocupada com os desdobramentos do tumulto lá embaixo.

Juniper cai. Agnes não se mexe.

Até que ela sente a ira da irmã queimar através do fio entre elas.

Ela sabe o que Juniper vai fazer, porque a irmã já fez isso antes. Naquela época, Juniper era apenas uma garotinha, cheia do veneno que garotinhas têm. Ela não o havia *realmente* matado — talvez porque não quisesse matá-lo, talvez lhe faltasse a vontade —, e a verdade foi esquecida no incêndio que se seguiu. Muitas coisas podiam ser esquecidas no Condado do Corvo, deixadas de lado até que fossem totalmente perdidas.

Agora Juniper é uma mulher adulta, com a vontade de uma mulher adulta, e Agnes sabe que algum homem tolo morrerá.

Mas não é pelo bem dele que Agnes desce os degraus às pressas e se mete no tumulto. As cidades esquecem com menos facilidade.

Ela abre caminho pela multidão aos empurrões e arranhões, com um dos braços envolvendo a barriga. Alguém puxa seu cabelo. Um ombro golpeia sua mandíbula. Agnes não para.

Lá está Juniper, olhando para cima com olhos pretos e ardentes. Um rapaz está de pé diante dela, uma barra de ferro erguida.

Entre os dois, há uma cobra. Vermelha como sangue, vermelha como lábios, vermelha como o coração suntuoso de um cedro. A cobra se enrola em si mesma, o pescoço arqueando de um jeito que faz o rapaz recuar, sua arma tombando de seus dedos inertes. Em volta deles, um círculo de silêncio cresce conforme a multidão observa, meio hipnotizada pelo padrão delicado das escamas da cobra, pelo cheiro ardente de bruxaria.

Os olhos da serpente brilham como o sol através da seiva, fixos no rapaz, e Agnes sabe que ela vai atacar. Vai enterrar as presas emprestadas na carne dele, e o rapaz vai morrer gritando. E, em alguns minutos ou dias, sua irmã também irá. Esta cidade nunca suportaria que uma bruxa dessas vivesse por muito tempo.

Então, Agnes faz algo muito, muito estúpido. Ela não pensa enquanto o faz, não se pergunta por que arriscaria sua vida — e mais do que a própria vida, tudo que lhe importa — pela irmã que a odeia. Pela irmã que ela abandonou no passado.

Agnes se coloca entre o rapaz e a cobra. Ela encontra os olhos da irmã.

Por um segundo, ela pensa que Juniper não vai parar. Que ela está muito furiosa para se importar se a serpente vai atacar Agnes ou um estranho, desde que alguém pague o preço, desde que alguém sofra como ela sofre.

Os olhos de Juniper tremulam, como sombras de folhas se deslocando. Ela avança e agarra a serpente vermelha pelo pescoço. A cobra se retorce em sua mão, contorcendo-se como uma criatura viva, em vez de um fragmento isolado de bruxaria, antes de se enrijecer. Logo não há nada além de uma bengala de cedro vermelho nas mãos da irmã.

Agnes se dá conta de que parou de respirar há algum tempo. Ela fecha os olhos e oscila, sentindo o gosto doce do ar da cidade em sua garganta, sentindo que a centelha dentro dela ainda está segura, ainda está viva.

Então, uma voz atrás dela — o rapaz cuja vida ela acabou de salvar, o merdinha ingrato — grita:

— *Bruxas!*

Juniper é... ela não sabe o que ela é. Cinzas, carvão remexido. O que quer que sobra quando uma fogueira se extingue. Ela está olhando para sua irmã — e o que Agnes está fazendo aqui? Como ela pode estar de pé acima de Juniper, com olhos firmes e frios como seixos? —, quando alguém grita: *"Bruxas!"*, e o caos que já havia se instaurado fica ainda pior.

A palavra voa rapidamente, como um morcego pela multidão. Vidro se estilhaça contra pedra. Gritos ecoam pelos becos. Pés correm na direção delas, mas também na direção oposta. Juniper fica ali parada, exausta por causa da bruxaria e da vontade, até que vê mãos severas empurrarem as costas de Agnes. Sua irmã cai, a trança formando um arco, e Juniper escuta o baque oco do corpo dela contra os paralelepípedos.

Juniper fica de pé em um instante, girando a bengala em círculos furiosos, gritando:

— Para trás, saiam de perto dela! — Ela passa uma das mãos por baixo do braço da irmã e a puxa para cima. — Vamos, Ag, temos que correr.

Ela agarra a capa branca e a desamarra de seu pescoço, sentindo-a prender-se e enrolar-se nos corpos atrás dela. Juniper manca para desviar da multidão irritada pelas laterais, arrastando Agnes ao seu lado. Ela escuta um gemido fraco vindo de algum lugar, como um animal ferido. Só quando Agnes faz uma pausa para praguejar é que Juniper se dá conta de que o barulho vem da irmã.

O tumulto se agita e se intensifica em volta delas, erguendo-se como uma enchente, e Juniper não consegue encontrar Jennie, Inez ou Electa, nenhuma das outras mulheres que a seguiram para essa bagunça. Ela não enxerga nenhuma saída, nenhum lugar para onde correr.

Agnes aponta para uma escadaria alta onde três damas observam a rua através de longos cílios. Uma delas está fumando um cigarro fino.

— Ali!

Juniper se volta na direção delas, distribuindo cotoveladas e esmagando dedos dos pés com a bengala. Ela sobe os pequenos degraus, ofegante.

Uma mulher usando seda vermelha a observa com um rosto inexpressivo. Ela tira o cigarro dos lábios.

— Vocês estão encrencadas, senhoras?

Juniper verifica se a mulher de seda vermelha tem uma sombra embaixo dela, e se a sombra parece ter a quantidade correta de braços e mãos. Ela dá um sorriso torto e desesperado para a mulher.

— Talvez.

A mulher assente de um jeito maternal.

— Então vocês vieram ao lugar certo, querida.

Ela casualmente estende a mão atrás de si para destrancar a porta, e a empurra com o quadril. Uma doçura rançosa de perfume e álcool flutua porta afora, assim como algumas notas estridentes de jazz.

Juniper mergulha na escuridão segurando a mão da irmã.

Jane e Jill subiram a colina
Para um balde de água pegar.
Derrame-a três vezes, recite duas vezes,
Ou mais quente irá ficar.

Feitiço usado para queimaduras. São necessárias água cristalina e uma vontade poderosa.

O cheiro, forte e amargo em sua língua, lembra James Juniper de uma castanheira cheia de flores. Ele paira pesadamente no corredor sombreado e fica mais forte conforme elas seguem a dama de seda vermelha por dois lances de escada até um quartinho. O papel de parede é elegante e florido, e a cama é como um bolinho coberto com um glacê de travesseiros e uma colcha de plumas.

— Esse lugar é chique demais, não é, Ag? — comenta Juniper. Ela está pensando no quarto mofado da irmã na pensão. — Mas aposto que custa uma fortuna.

A dama de seda vermelha — que se apresentou, com um agitar casual de dedos, como Srta. Florence Pearl, proprietária do Pecado de Salem, nº 116, na Avenida Santa Maria do Egito — dá uma gargalhada. A fumaça do cigarro espirala de seu nariz.

— Custa mesmo.

Juniper a observa dar uma piscadela astuta para Agnes, que bufa e depois se retrai.

Os olhos da Srta. Pearl se estreitam.

— Vou mandar Frankie subir. Quando ela morava no Mississippi, a tia ensinou-lhe a língua das raízes. Ela é dez vezes melhor do que aqueles açougueiros do Santa Caridade. Quanto ao jantar... Você enjoa com alguma comida? Comigo aconteceu durante todos os nove meses.

Ela aponta o queixo para a barriga de Agnes, e, pela primeira vez, Juniper nota a protuberância contra o vestido, a maneira como a irmã a envolve em seus braços.

Ah.

Juniper revê a cena: sua irmã parada na frente dela, forte e firme, arriscando a si mesma para salvar um rapaz estúpido e cruel — e arriscando a vida de outra pessoa também.

Agnes balança a cabeça e se senta na cama, os lábios pálidos. A Srta. Pearl sai do quarto.

Logo as duas estão sozinhas com a cama cheia de travesseiros, o perfume de castanheiras floridas e o som comedido da respiração de Agnes. Um silêncio pegajoso paira entre elas.

— Então — começa Juniper —, quem é o pai?

A pergunta sai em um tom mais cruel do que ela pretendia. Ela quase consegue sentir os nós dos dedos de Mama Mags em sua nuca. *Cuidado com a língua, criança.*

Agnes balança a cabeça para o chão, ainda respirando fracamente pelo nariz.

— Não importa. — Ela ergue o olhar e encontra os olhos de Juniper. — Ela é minha.

— Ah.

Juniper sente uma chama quente, feroz e desafiadora no fio entre elas. Será que o amor de mãe é assim? Uma coisa que morde?

A mãe de Juniper nunca foi nada para ela além de uma história de segunda mão contada por suas irmãs, uma mecha de cabelo dentro de um medalhão. Juniper nunca sentiu muitas saudades dela. Sempre imaginou que se sua mãe valesse alguma coisa, teria deixado o pai delas ou derramado cicuta no uísque dele, mas ela não fez nenhum dos dois. Juniper tinha suas irmãs, e isso era o bastante. Até que não era mais.

Um segundo silêncio paira no quarto, mais denso do que o anterior. Agnes começa a falar no momento em que Juniper pergunta:

— Por que você foi embora?

Agnes franze a testa para o chão.

— Se me lembro bem, foi *você* que foi embora.

— Estou falando de antes.

Juniper já sabe por que ela foi embora. O pai delas era um bêbado cruel com os nós dos dedos duros, que nunca amou nada nem ninguém mais do que amava uísque de milho. E não havia nada por quilômetros além de depósitos de carvão, plátanos e homens exatamente como ele. Qualquer garota com uma única e solitária gota de sensatez iria querer partir para o mais longe possível do Condado do Corvo, a não ser que amasse as montanhas selvagens e verdes mais do que amava a si mesma.

Ela só é covarde demais para perguntar sua verdadeira dúvida: *Por que não me levou com você?*

Agnes ergue o olhar para ela, depois o desvia.

— Eu tinha que ir, não é?

— Acho que sim. — Talvez até seja verdade. Talvez todo mundo tenha que sobreviver da melhor maneira que consegue. Talvez suas irmãs não pudessem se dar ao luxo de arrastar uma garotinha selvagem de 10 anos com elas quando fugiram. — Mas depois. Você podia ter voltado depois.

Ou, pelo menos, ter escrito uma carta. Até mesmo um único endereço borrado teria servido como um mapa ou uma chave para Juniper, uma escapatória.

Agnes dá de ombros.

— Só se eu quisesse passar o resto da minha vida trancada no porão. Papai me disse que me esfolaria viva se me visse de novo, e acho que eu acreditei nele.

— Ele... O quê?

Agnes ergue o olhar mais uma vez, mas agora há um leve vinco entre suas sobrancelhas.

— Quando ele me mandou embora. Ele me disse que estava farto de mim, que fez o melhor que podia, mas que Deus o amaldiçoara com filhas excêntricas, então ele estava se livrando de nós.

Juniper não escuta nada além do começo: *Ele me mandou embora.* O pai *mandou* Agnes embora.

E se suas irmãs não tivessem fugido? E se elas a amassem, no fim das contas? É uma coisa grande demais para se pensar, perigosa demais para se desejar. Juniper sente sua própria pulsação martelar em seus ouvidos, seus dedos tremendo sobre a bengala de cedro vermelho.

— Por que... — Ela para e engole em seco com força. — Por que ele mandou você embora?

O vinco entre as sobrancelhas de Agnes se aprofunda um pouco mais.

— Você não se lembra?

Juniper manca até a cama e se acomoda ao lado da irmã.

— Eu me lembro de correr pela montanha naquele dia.

A inclinação dos raios de sol através das folhas, as mordiscadas das roseiras em sua pele, o chicotear dos sassafrás e das folhas das faias contra suas bochechas. Havia dias em que ela se deixava levar por isso, por essa necessidade animalesca de correr e continuar correndo. Ela se embrenhava na floresta em uma velocidade que teria matado alguém que não conhecesse cada pedra e cada barranco daquela montanha.

— Eu estava correndo e de repente senti... — Um puxão em seu peito, uma necessidade invisível que a fez dar meia-volta e correr ainda mais rápido. — Enfim. Eu me lembro de entrar no velho celeiro de tabaco, e estava escuro e quente. Você e Bella estavam lá, e papai também... — Juniper sente algo gigantesco deslizar sob a superfície de sua memória, como uma baleia embaixo de um navio. Ela desvia a atenção disso. — Fiquei um tempo doente depois do incêndio do celeiro. Mags fez o que pôde, mas meu pé deve ter infeccionado. Eu fiquei quente e tonta durante dias, e minha cabeça doía.

Está doendo agora, um aviso maçante. Agnes observa seu rosto.

— Nunca teve nenhum rumor a meu respeito, depois que fui embora?

É claro que houve rumores: as pessoas sussurravam que Agnes era uma prostituta e uma bruxa da floresta, que amaldiçoava as ovelhas para que parissem fora da estação e se deitava com demônios antes de correr até a cidade para fornicar.

— Não.

Agnes solta um grunhido, quase achando graça, depois dá um suspiro longo e lento.

— Bem, não é mais um segredo: eu engravidei. Você se lembra de Clay, o rapaz dos Adkin?

Havia um bando inteiro de garotos que costumava correr atrás de Agnes. Juniper e Bella gostavam de inventar apelidos para eles. Juniper acha que o rapaz Adkin era o Bosta de Vaca, ou talvez o Cérebro de Manteiga.

— Claro que sim.

— Bem, eu e ele... Eu me sentia solitária, e ele era razoavelmente legal; uma coisa levou a outra. — A voz dela se torna jovem e suave. — Mags descobriu antes de mim.

Juniper pensa em todas as mulheres que via se esgueirando pelo terreno dos fundos da cabana de Mags, procurando as palavras e os caminhos para se desfazerem dos bebês em suas barrigas. Nem todas eram jovens ou solteiras — algumas já eram velhas demais para gestar crianças, ou doentes demais, ou já possuíam muitas bocas famintas. Mags ajudava a todas, cada uma delas, e enterrava seus segredos nas profundezas da floresta. O clérigo dizia que esse era o trabalho mais obscuro do Diabo, mas Mags dizia que era apenas o trabalho das mulheres, como todo o resto.

Agnes acaricia a protuberância de sua barriga com o dedão.

— Ela... me ajudou. Doeu, mas foi um tipo bom de dor. Foi como trocar de pele e sair maior e mais brilhante. Mais tarde, eu o enterrei debaixo de um álamo-branco, no lado leste da montanha, e achei que era o fim da história. Falei para Clay sumir da minha vista e nunca mais voltar. Achei que ninguém nunca fosse descobrir.

Juniper se lembra de todos os sermões de seu pai sobre a maldição de Eva e o pecado original, que se transformavam em divagações arrastadas sobre mulheres de carne fraca e suas maneiras depravadas. Ela se lembra de seus olhos vermelhos brilhando na escuridão do celeiro, do branco dos ossos aparecendo através da pele tensa e esticada, e começa a entender.

— Como ele descobriu?

— Eu não contei para ninguém. Para absolutamente ninguém, exceto Mama Mags. — A boca de Agnes se retorce, e há veneno em sua voz. — E Bella, é claro. Naquela época, eu contava tudo para ela.

— Ela nunca...

— Ela contou. Eu estava dando água para os cavalos, porque Mags disse que ia fazer um frio de congelar os ossos durante a noite. — O Condado do Corvo volta a se esgueirar em sua voz, furtivo e arrastado. — Então papai apareceu e, pela cara dele, percebi que ele *sabia* sobre mim e Clay, sobre o poejo e o que havia enterrado debaixo do álamo-branco. Depois, vi Bella aparecer atrás dele, completamente pálida, e soube o que ela havia feito.

Juniper tem vontade de argumentar. Ela se lembra da sensação das mãos das irmãs nas suas nas noites de verão, do círculo que as três fizeram entre elas, da promessa que nunca foi dita em voz alta, mas que havia sido trançada em seus cabelos, escrita em seu sangue: que nunca se voltariam umas contra as outras. Com certeza Bella teria morrido antes de quebrar essa confiança.

Mas então Juniper se recorda do cinza frio dos olhos da irmã, dos segredos que ela guarda em seu caderninho, e fica quieta.

— Eu disse a ele que não era verdade, que Bella era uma mentirosa e uma... — Agnes engole em seco, e não conclui o que ia dizer. — Mas ele só continuou caminhando na minha direção. Ele nem estava bêbado, eu poderia jurar que estava sóbrio como um juiz. Mas ele olhava para mim como... como...

Juniper sabe exatamente como o pai estava olhando para a irmã: como se ela fosse um potro que precisava ser domado, ou um prego que precisava ser martelado, uma coisinha malcomportada que poderia ser colocada de volta no seu lugar à base de pancadas. Juniper já tinha visto aquele olhar. Ela entrou correndo no celeiro, o cabelo emaranhado, pegajosa de seiva, os braços arranhados pelos dedos esticados da floresta, e viu suas irmãs amontoadas contra a parede mais distante. O pai avança na direção das irmãs como um lobo, como um homem, como o fim dos tempos.

E então...

Aquela coisa invisível navega perto demais da superfície, e Juniper desvia o olhar, divagando. Ela vai para outro lugar, fresco e verde.

Agnes a chama de volta à realidade.

— Juniper. June, querida.

Juniper retorna ao quarto com papel de parede bonito, à irmã que a observa com os olhos arregalados. Ela se arrepia diante da pena naquele olhar.

— O que foi?

Agnes retoma sua história como uma mulher tricotando para além de um ponto solto, deixando para trás um grande buraco.

— Você se lembra do incêndio, não é?

Por um instante terrível, Juniper pensa que Agnes está falando do segundo incêndio — aquele que ela começou na noite em que fugiu para o norte —, antes de se lembrar do estilhaçar da lanterna de seu pai quando ele caiu, do óleo derramado sobre palha seca e madeiras velhas, e das semanas e mais semanas de curativos trocados e de tossir coágulos de cinzas e sangue.

— Claro que me lembro. — Ela hesita um pouco. — Mas não me lembro...

Como ela sobreviveu. Como era possível que ela se lembrasse do interior do celeiro conforme ele queimava — das vigas brilhando douradas acima dela, dos gritos horríveis dos cavalos, do estalar úmido da carne —, mas não se lembrasse de como tudo terminou?

— Quando eu era mais nova, sempre queimava os dedos quando tirava a panela do fogão. — Agnes parece estar pisando em ovos ao falar. — Mags me deu algumas palavras e caminhos para me proteger. Eu não sabia se elas iriam adiantar, mas papai estava bloqueando a porta, e eu ainda segurava a água dos cavalos... Eu fiz um círculo com ela ao redor de nós três e disse as palavras, e funcionou. Mais ou menos. — Os olhos dela se movem rapidamente para o pé esquerdo de Juniper, depois se afastam, turvos de culpa. — Papai esticou o braço na sua direção, mas não o deixamos levar você.

Juniper sempre achou que suas cicatrizes se pareciam com galhos partidos ou raízes espalhadas. Agora ela percebe que se parecem mais com os dedos de uma mão em chamas.

— Alguém deve ter ouvido os cavalos ou visto a fumaça. Eles arrastaram todos para fora do celeiro, e jogaram terra úmida sobre papai para apagar as chamas. Mags levou você. Você estava febril e trêmula, achei que estava morrendo... — Agnes faz uma pausa para engolir em seco outra vez, ainda sem olhar para Juniper. — Mandaram eu e Bella para o segundo andar, enquanto pessoas entravam e saíam da casa. O clérigo, o xerife, parecia que metade do condado estava lá. Depois, papai nos chamou à cabeceira de sua cama e disse que estava tudo arranjado. Na manhã seguinte, Bella iria para uma escola qualquer no norte, e eu iria morar com a nossa tia Mildred. — A tia Mildred era uma mulher tão amarga quanto uma maçã-silvestre, que vivia a dois condados de distância, ao norte, e passava o tempo colecionando minúsculas pinturas de Santos e reclamando dos muitos pecados de seus vizinhos. — Fugi assim que pude. Acabei aqui.

Juniper quer perguntar: *Por que você nunca voltou para me buscar?* Quer perguntar: *Por que você nunca nem mesmo me escreveu?* Mas ela está com medo das pontas soltas da história, das coisas que ela não quer ver.

— Juniper, eu...

Agnes estende as mãos na direção de Juniper, quase como se quisesse abraçá-la, e Juniper não sabe se vai permitir, quando alguém bate suavemente à porta.

As duas endireitam a postura, escondendo mais uma vez seus sentimentos rebeldes dentro do peito.

No fim das contas, Frankie Black é uma garota negra cheia de sardas, com olhos de belbutina e um sotaque que faz Juniper sentir saudades de casa. Ela pede que Agnes se sente direito e corre os dedos por suas costas, pressionando e sussurrando. Ela acende uma vela cor de mel e pinga a cera em um padrão de linhas e gotas. Ela canta um feitiço que tem o ritmo da batida de um tambor, arrasta os pés, faz um *tap-tap-tap*, e endireita a postura.

O feitiço não se parece em nada com os de Mags, e Juniper observa com os olhos semicerrados. Mas o rosto de Agnes relaxa conforme a dor desaparece, então Juniper imagina que deve estar funcionando. Pela primeira vez, o fato de que deve haver mais do que um tipo de bruxaria no mundo lhe ocorre. O pensamento é desconfortável, grande demais, e a faz se lembrar da viagem de trem pela linha do Condado do Corvo, de sentir o país se desenrolar como um mapa embaixo dela, plano e infinito.

— A Srta. Pearl disse que vocês duas deveriam ficar aqui até de manhã. A polícia está lá fora procurando por duas mulheres de cabelos pretos. Uma delas grávida — os olhos dela encontram a bengala de cedro na cama —, e a outra com uma cobra-demônio como espírito familiar.

Juniper diz:

— Não é um espírito familiar.

Ao mesmo tempo em que Agnes diz:

— Nós podemos pagar. Pelo quarto e pelo trabalho perdido.

Frankie emite um murmúrio, que é uma mistura de ofensa com divertimento.

— Você não teria condições de bancar o preço, querida. De qualquer maneira, a Srta. Pearl disse que ficaremos fechados esta noite. Os homens estão todos irritados, querendo provar do que são capazes. Eles podem fazer isso em outro lugar. Se estiverem com fome, tem carne enlatada e rocamboles.

Ela coloca uma cesta em cima da penteadeira e deixa as duas sozinhas de novo.

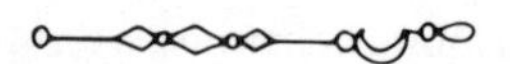

A vela cor de mel está dentro de uma poça de cera, e não resta nada da comida a não ser migalhas presas nos vales formados pela colcha embaixo delas, antes de qualquer uma das duas voltar a falar.

Agnes está recostada na cabeceira da cama, o corpo relaxado com a ausência da dor, a bebê nadando suavemente dentro dela.

Juniper envolve os joelhos com os braços. Seus olhos deslizam para a barriga de Agnes.

— Por que você foi até a Feira hoje?

Agnes dá de ombros, porque fazer isso é mais fácil do que falar sobre a culpa, o amor e as coisas que ainda se estendem entre elas depois de sete anos de silêncio.

— Por que você me convidou?

Juniper também dá de ombros, carrancuda, e retruca:

— Por que você salvou aquele garoto idiota?

Agnes quase dá risada. Para uma garota sagaz, Juniper às vezes consegue ser terrivelmente lenta.

— Eu não estava salvando o garoto idiota, Juniper.

A irmã semicerra os olhos. Sua boca se entreabre para rebater até que ela se dá conta de quem Agnes estava salvando. Seu rosto se suaviza. Juniper olha de relance outra vez para a frágil protuberância na barriga de Agnes.

— Mas... mesmo com...

— É claro. — Agnes arrisca um sorriso. — Mamãe me disse para cuidar de você.

Talvez Agnes estivesse em dívida com a irmã por todas as vezes em que havia falhado. Ou talvez não tivesse nada a ver com dívidas ou obrigações. Talvez ela apenas não quisesse ver sua irmã caçula ser enforcada na praça da cidade.

Aparentemente ela disse a coisa errada, porque Juniper voltou a ficar arisca e na defensiva.

— Não preciso que você cuide de mim. Eu estava prestes a dar uma lição naquele moleque. Eu ia dar uma lição em *todos* eles.

Os olhos dela fervem, cheios de sombras. Eles fazem Agnes pensar nas histórias de donzelas — aquelas sobre jovens bruxas que encantam navios, atraindo-os para sua morte; que caçam na floresta à noite com seus sete cães prateados; que transformam marinheiros em porcos e festejam toda noite.

Agnes quer ficar irritada com a irmã — por ser tão descuidada, tão cruel e tão terrivelmente jovem —, mas não consegue. Ela mesma já foi assim, e conhece a alquimia obscura que transmuta a dor em ódio. Ela se lembra de escalar a janela do sótão descalça, de encontrar um pobre rapaz qualquer na floresta e de rasgar suas roupas com um sentimento maior do que a luxúria, de enterrar as unhas na pele dele com muita força. Era tão bom ser aquela que causava a dor, em vez de quem a sentia.

Por isso, Agnes não diz para a irmã calar a maldita boca e parar para pensar.

— E então? Depois de lhes dar uma lição. Depois de atear fogo neles, ou mordê-los, ou amaldiçoá-los. O que acontece depois? — pergunta, em vez disso. A boca de Juniper se curva, petulante como uma criança. — Eu sei por que você quer machucá-los, porque, pelos Santos, toda mulher na face da Terra também quer fazer isso, mas pense nas consequências.

— Não me importo — sibila Juniper.

Nem nunca se importou. Quando ela os encontrou no celeiro naquele dia, não se importou com o que poderia acontecer se três garotas que não eram nada fossem encontradas ao lado do cadáver do pai. Quando conduziu as sufragistas para aquele tumulto, ela não se importou com que tipo de inferno isso começaria.

Agnes esfrega a protuberância de sua barriga com o dedão, pensando na pequena fagulha dentro dela.

— Sei que não se importa. Mas eu, sim. — A bebê chuta em resposta, o toque de uma borboleta, e Agnes inclina a cabeça para a irmã. — Quer sentir ela mexer? A bebê?

Juniper a encara como se nunca tivesse ouvido a palavra *bebê* em toda a sua vida. Ela estende a mão, com cuidado. Agnes a segura contra sua barriga e as duas esperam, quietas e paradas, sentindo seus corações baterem em suas palmas. A bebê fica imóvel por tanto tempo que Agnes está prestes a desistir, até que...

O rosto de Juniper se divide ao meio com o tamanho de seu sorriso, seus olhos assumindo um tom de verde que só se vê no verão.

— Maldição. Isso foi ela?

Agnes assente, pensando em como sua irmã parece jovem e radiante nesse momento, e desejando que ela pudesse continuar assim. Desejando que houvesse espaço para ela dentro de seu círculo.

— A parteira diz que ela deve chegar na lua cheia de agosto. Talvez antes.

Juniper parece chocada com essa informação, como se pensasse que os bebês seguissem uma programação ou o horário comercial. Pela segunda vez, ela pressiona a palma da mão na barriga de Agnes, e sua expressão é tão esperançosa e vulnerável, que Agnes diz:

— Ela vai precisar de uma tia.

Juniper ergue o olhar para ela, apenas um relance rápido, como se não quisesse que a irmã visse a esperança brilhar em seu rosto.

— Mas você tem que ser mais cuidadosa. A marcha de hoje... foi ideia sua?

Juniper retira a mão.

— Sim.

— Você viu o que aconteceu. A multidão enlouqueceu.

Agnes espera que Juniper fique arisca de novo, mas, em vez disso, o rosto dela se franze, pensativo.

— Não acho que aquelas pessoas estavam em seu juízo perfeito.

— Ah, não seja tão *ingênua*...

— Não, é que eu vi algo... esquisito. Sombras se movendo de maneiras que não deveriam, se retorcendo. Era bruxaria, só que mais sinistra e estranha do que qualquer outra coisa que Mags já tenha feito.

Agnes pensa nos homens sem sombra naquele beco, e sente os pelos de seu braço se arrepiarem.

— Mas que tipo de bruxa incitaria um ataque contra outras bruxas?

Juniper retorce os lábios.

— Aquela Wiggin seria capaz. Se algum dia houvesse uma pessoa que se esforçaria para acabar com sua própria raça, seria ela.

— Ouvi dizer que aquelas mulheres da União Cristã fizeram juramentos contra todos os tipos de bruxaria, até aquelas que afastam a poeira da cornija da lareira ou os carunchos da farinha.

— Bem, alguém estava mexendo com sombras.

— Mais uma razão para ser cuidadosa.

— Mais uma razão para estar *preparada*. Para nos fortalecermos de maneira decente. — Uma luz feérica surge nos olhos de Juniper, e Agnes sabe que ela está pensando na torre preta e naquelas estrelas estranhas, em magias muito antigas e poderes que desapareceram há muito tempo. — Escute, a torre que vimos naquele dia. Eu estive pensando... Você se lembra da história que Mags costumava nos contar? Do Santo George e das Últimas Três? E se aquela for *a* torre? A torre *delas*? De qualquer maneira, eu acho que é isso que Bella pensa.

Mas Agnes não quer ouvir falar de contos de bruxas e desejos, e muito menos de algo relacionado a Bella.

— Ah, por favor. É só uma história infantil. De qualquer forma, você me parece muito bem-preparada. Aquela cobra... — Agnes engole em seco. — *Era* um espírito familiar?

Juniper bufa.

— Você se esqueceu de tudo o que Mags lhe ensinou? Um espírito familiar não é um feitiço ou um animal de estimação. É a própria bruxaria vestindo a pele de um animal. Se uma mulher conversa profundamente e por muito tempo com a magia, às vezes a magia lhe responde. Mas somente as bruxas mais poderosas já tiveram espíritos familiares, e eu não acho que ainda haja alguma dessas linhagens por aí.

Juniper desvia o olhar, e Agnes educadamente não menciona todas as horas que a irmã passava na floresta quando era uma garotinha, esperando que seu espírito familiar a encontrasse.

Juniper balança a cabeça de leve para si mesma, e lança para Agnes um sorriso em forma de lua crescente.

— Talvez isso não importasse se tivéssemos o Caminho Perdido. Pense só no que poderíamos fazer.

Antes que possa lembrar a si mesma de que o Caminho Perdido de Avalon é uma história para crianças, Agnes pensa na possibilidade: pensa em turnos duplos e nas pulgas da pensão, e em todas as garotas que não são nada, cuja maior esperança é ter um marido como Floyd Matthews, só um homem estúpido de mãos macias, e em qual seria a sensação de desejar *mais*. Pensa nos nós dos dedos de seu pai e nos olhares maliciosos do Sr. Malton, e em qual seria a sensação de ser a pessoa perigosa, para variar.

Mas então ela pensa em multidões furiosas e cadafalsos, em todas as coisas que aconteceriam depois, e na menininha em sua barriga.

Agnes fita os olhos da irmã o mais firme que consegue.

— E o que acontece agora?

Juniper sustenta o olhar.

— Quando amanhecer, venha comigo. Venha se juntar às sufragistas e descubra por si mesma.

Agnes olha para o rosto dela, ardendo de esperança e avidez, jovem, selvagem e afiado, e descobre que não pode lhe responder. Em vez disso, ela pigarreia.

— Já está tarde. Acho que é hora de dormir.

Agnes consegue não olhar para a irmã enquanto elas se preparam para dormir, desabotoando e desamarrando suas roupas, se revezando para usar o penico. Somente no último instante de luz, logo antes de Agnes pressionar o pavio da vela entre os dedos, ela vê o brilho silencioso das lágrimas nos olhos de Juniper.

Juniper curva a coluna para longe da irmã, mas ainda assim consegue sentir seu calor, consegue ouvir o ritmo constante de sua respiração.

Muito depois da meia-noite, quando até mesmo o alvoroço incessante e os ruídos da cidade finalmente cessaram, e Juniper acha que talvez consiga ouvir os altos e baixos do coaxar distante dos sapos, Agnes rola para o lado dela.

— Apesar de tudo, eu deveria ter voltado para buscar você. Eu estava com medo.

De mim. Juniper não sabe de onde vem esse pensamento, ou por que ele soa tão certeiro e tão triste.

— Me desculpe, Juniper — sussurra Agnes para o teto, uma oração ou uma súplica.

Se Juniper disser alguma coisa, Agnes vai ouvir o aperto em sua garganta, o sabor salgado das lágrimas em sua voz. Então, ela não diz nada.

Há uma pausa, até que...

— Eu vou com você pela manhã, se quiser minha companhia.

Outra pausa enquanto Juniper respira com cuidado pela boca.

— Quero sim.

A resposta sai muito rouca e um pouco estrangulada, mas ela escuta Agnes suspirar de alívio.

Depois disso, a respiração de Agnes se torna profunda e lenta, mas Juniper está completamente desperta, pensando em veneno e vingança, e rezando a todos os Santos para que suas irmãs nunca descubram como o pai delas morreu.

Bella não está aqui — Bella, a traidora? Bella, a Judas? —, mas Juniper gostaria que estivesse. Ela pediria uma história para a irmã, e dormiria em uma cama de "era uma vez", "felizes para sempre" e erros corrigidos.

Em vez disso, ela sussurra uma para si mesma.

O Conto da Rapunzel e da Anciã

Era uma vez um lenhador, cuja esposa estava grávida. Um dia ela ficou muito doente, e seu cabelo dourado tornou-se grisalho e quebradiço. Desesperado, o lenhador foi até a bruxa da floresta e implorou por uma cura. A bruxa lhe contou sobre uma torre preta que ficava nas colinas, coberta de videiras verdes que cresciam até em pleno inverno. Bastavam três folhas dessa videira para curar sua esposa.

O lenhador encontrou a torre preta e as videiras verdes. Ele roubou as três folhas e fez uma infusão com elas, de acordo com as instruções da bruxa. Logo sua esposa tinha as bochechas rosadas e sorria outra vez, e seu cabelo era da cor do ouro mais brilhante. Quando a filha deles nasceu, deram-lhe o nome da erva que salvou sua mãe: *Rapunzel*.

Mas, conforme nomeavam a criança, um vento terrível veio do leste, cheirando à terra e cinzas. Nós de dedos bateram à porta, e o casal encontrou uma Anciã corcunda em sua varanda. Ela usava uma capa preta esfarrapada ao redor dos ombros e uma víbora em volta do pulso, como um bracelete feito de escamas de obsidiana.

Ela viera, disse, para pegar de volta o que lhe fora roubado. Quando o lenhador alegou que sua esposa já havia comido as folhas, a Anciã se arrastou para dentro da casa e espiou a menininha. A criança olhou de volta para ela, com olhos verdes da cor de videiras.

Quando a Anciã deixou a casa naquela noite, arrastando-se pela neve silenciosa, ela carregava uma trouxa com um bebê embaixo de sua capa.

A Anciã criou a menina em sua torre alta e solitária. Rapunzel cresceu amando a velha senhora, e, considerando até que ponto uma bruxa é capaz de amar alguma coisa, a Anciã amava a garota. Quando Rapunzel já estava grandinha, o único indício de que ela já havia pertencido a outra pessoa era o seu cabelo: de um dourado brilhante, longo e reluzente.

Certo dia, quando a Anciã havia saído, um bardo viajante viu o cintilar do cabelo de Rapunzel através da janela da torre. Ele cantou para ela:

Minha donzela, minha donzela,
Jogue seus longos cabelos,
De tranças resistentes e brilho potente,
Um caminho onde antes não havia nenhum.

Seguiu-se o que costuma acontecer quando um belo estranho canta para uma bela donzela, e logo Rapunzel descia a torre por uma corda dourada, tecida com seu próprio cabelo, e estendia sua mão para a dele.

A Anciã voltou justamente quando o casal dava o primeiro passo para longe da torre, de mãos dadas.

— Se você quiser me deixar — disse ela para Rapunzel —, deve me devolver o que me pertence.

Rapunzel ergueu o queixo e concordou em pagar o preço que fosse. A Anciã pediu que ela fechasse os olhos e tocou suas pálpebras com dois dedos frios. Quando Rapunzel os abriu outra vez, a cor verde de seus olhos lhe havia sido tirada, assim como sua visão.

A Anciã voltou para a torre e observou a donzela e o bardo cambalearem juntos pelas colinas. Rapunzel não se virou ou gritou por ela.

A Anciã chorou e, conforme suas lágrimas tocavam o chão de pedra, a torre tremeu e desmoronou. Ou talvez tenha desaparecido para além do tempo e da memória, e levado a Anciã junto. Talvez ela ainda esteja esperando que sua filha roubada a chame.

A única certeza que se tem são as próprias lágrimas.

Minha donzela, minha donzela,
Jogue seus longos cabelos,
De tranças resistentes e brilho potente,
Um caminho onde antes não havia nenhum.

Feitiço usado para escapulir. São necessários
três fios de cabelo e dedos ágeis.

Quando Beatrice Belladona foge do tumulto na Avenida Santa Maria do Egito, ela tem certeza de duas coisas: sua irmã caçula está viva; e sua irmã do meio está com ela.

Saber que Agnes está lá não deveria confortá-la — ela aprendeu há muito tempo que não podia confiar nela para coisas importantes —, mas mesmo assim se sente confortada. Se alguém era capaz de tirar Juniper da bagunça que ela fez e mantê-la a salvo durante a noite, com certeza esse alguém era Agnes.

— Se a senhorita já terminou de encarar o nada, eu gostaria muito de continuar correndo para salvar nossas vidas.

Antes de segurar as saias em seus punhos e segui-la, Beatrice faz uma nota mental de que a Srta. Quinn se torna mais seca e incisiva sob pressão.

Para uma mulher nascida e criada no Novo Cairo, Quinn tem um estranho conhecimento do lado norte da cidade. Ela conduz Beatrice por becos estreitos e ruazinhas sem identificação, seguindo um caminho sinuoso que as leva, de maneira um tanto misteriosa, até a respeitável casa geminada onde Beatrice aluga um quarto.

— Como a senhorita sabe onde eu moro?

A Srta. Quinn dá de ombros, sem qualquer remorso.

— Não saia de casa esta noite. A polícia está terrivelmente reduzida hoje, o que me faz pensar em quem de fato está por trás desta bagunça.

Beatrice quer lhe dizer: *Obrigada por me salvar,* ou *Tenha cuidado,* ou *Quem a senhorita é de verdade, e que segredos misteriosos está escondendo?*, mas Quinn já lhe deu as costas, descendo a Segunda Rua a passos largos.

Quando Beatrice chega em seu quarto no sótão e espia pela janela redonda, Quinn já se foi, já desapareceu completamente na rede organizada de ruas lá embaixo.

Naquela noite, Beatrice sonha com bruxas, bardos viajantes e uma garota de cabelos dourados sorrindo da janela de uma torre. Porém, na verdade, seu cabelo não é nem um pouco dourado, e seu sorriso é repleto de segredos.

Na manhã seguinte, Bella prende o próprio cabelo com uma severidade incomum e encara fixamente seu reflexo no espelho, lembrando a si mesma de que ela é magrela, grisalha e muito entediante. Então, sente o puxão de suas irmãs através do fio — ainda vivas, ainda juntas, movendo-se pela cidade —, e se pergunta se talvez ela esteja ficando menos entediante conforme James Juniper vai passando mais tempo em Nova Salem.

Beatrice sai para a rua logo após o nascer do sol, quando as sombras estão suaves e o ar reluz com o orvalho, e espera muito que o Sr. Blackwell a perdoe por perder um segundo dia de trabalho.

A sede da Associação de Mulheres de Nova Salem já está lotada de mulheres agitadas e sussurros urgentes. A Srta. Stone está de pé atrás da mesa da recepção como uma general baixinha supervisionando suas tropas, sua peruca presa de forma levemente torta. Ela está cercada por tantas pessoas — uma senhora muito nervosa usando um monóculo; uma mulher robusta com um vestido muito elegante; aquela jovem secretária, que exibe a mandíbula machucada e uma expressão taciturna —, que Beatrice acha que a mulher não nota o soar do sino quando ela entra.

Até que a Srta. Stone ergue os olhos e os fixa em Beatrice com um olhar de aço.

— Srta. Eastwood, não é? Achei que estava ocupada demais para o sufrágio.

— Ah, eu... quer dizer...

Mas a Srta. Stone já desviou o olhar para os papéis espalhados à sua frente.

— Se veio procurar aquela sua irmãzinha, ela não está aqui.

— Não, mas...

— E se ela tiver um pingo de senso de prudência, não ousará dar as caras aqui de novo.

Beatrice deduz que a Srta. Stone não estava sabendo do pequeno espetáculo de Juniper desde o início, mas que já tomou consciência de tudo, e que ela sofre de uma crença equivocada de que Juniper tem algum senso de prudência.

Ela também deduz que os próximos minutos serão bem desconfortáveis.

— Ah, Deus — sussurra ela fracamente, antes do sino soar outra vez e a própria Juniper entrar no escritório com toda a presunção e o charme de um pugilista após vencer uma partida, a bengala batendo alegremente no assoalho.

Agnes vem se esgueirando atrás dela, parecendo uma mulher com profundas dúvidas a respeito das próprias escolhas.

Os sussurros murcham e morrem. Uma dúzia de pares de olhos pousam em Juniper. Ela lhes abre um sorriso beatífico.

— Bom dia, senhoras. Bella! O que está fazendo aqui?

Juniper não espera por uma resposta. Ela pega uma das cadeiras altas perto da janela e se empoleira na beiradinha, ainda sorrindo, os joelhos bem separados e as mãos cruzadas sobre a bengala.

O sorriso enfraquece quando ela vê a secretária e o machucado inchado ao longo de sua mandíbula.

— Então você escapou a salvo. As outras também?

A garota assente, um brilho furtivo de orgulho em seus olhos.

— Achamos que Electa está com uma costela quebrada, mas ela vai ficar bem.

Ocorre a Beatrice se perguntar como exatamente todas elas escaparam ilesas, e se talvez as respeitáveis mulheres da Associação tenham algumas palavras e caminhos que não deveriam.

A culpa atravessa o rosto de Juniper, uma expressão que lhe é estranha, mas ela a afasta ao balançar de leve a cabeça.

— Bem, pelo menos espero que todas possamos concordar.

A Srta. Stone, que até aquele momento estivera perfeitamente imóvel, pigarreia.

— Com o que exatamente?

Pelo jeito, Juniper não escuta a tensão espreitando na voz da Srta. Stone como uma armadilha sem suspensão. Ela a olha nos olhos, diretamente.

— Que não vamos conseguir porcaria nenhuma se pedirmos com educação e usarmos as boas maneiras. Que precisamos usar cada arma que tivermos, ou seremos espancadas até termos nosso sangue derramado nas ruas. — Juniper se inclina para a frente, o sorriso presunçoso de volta ao rosto. — Está na hora do movimento das mulheres se tornar o movimento das bruxas.

O silêncio que se seguiu a essa declaração foi tão profundo, que Beatrice imaginou conseguir ouvir as veias pulsando nas têmporas da Srta. Stone.

Juniper fala para a quietude, sem perceber a tensão.

— Ontem, foi a bruxaria que me salvou na rua, e é a bruxaria que vai nos garantir o voto. Mais do que apenas o voto. Antigamente, as mulheres eram rainhas, pensadoras, generais! Poderíamos conquistar tudo isso de volta. Minha irmã... Bella, no caso. Essa é Agnes, nossa outra irmã. — Um olhar de genuíno terror cruza o rosto da Srta. Stone ao contemplar a possibilidade de outra Eastwood. — Enfim, Bella tem feito algumas pesquisas sobre aquela torre que vimos no equinócio. Eu acho que é... — Juniper e Bella trocam olhares, e Bella sabe que a irmã adivinhou o que a torre é, o que o símbolo dos três círculos deve significar. — Eu acho que é importante. Que isso poderia trazer a bruxaria de volta para o mundo.

Juniper olha para as mulheres petrificadas ao seu redor.

— O que me dizem?

Nenhuma delas responde. A Srta. Stone solta um longo suspiro no silêncio e se senta em sua cadeira. Ela se recosta, observando Juniper com uma expressão quase perplexa, como se não conseguisse entender como alguém tão jovem podia ser tão poderosamente irritante.

— Srta. West. A Associação de Mulheres não está interessada nestas suas teorias malucas ou em ideias perigosas.

O sorriso desliza do rosto de Juniper como glacê de um bolo muito quente.

— Bem, como membro da Associação, eu acho...

A Srta. Stone solta uma risada amarga.

— Ah, a senhorita com certeza não é mais um membro.

— Como é que é?

— Eu, como presidente da Associação, a expulso oficialmente de nossa organização, e tenho um profundo arrependimento de já tê-la aceitado como membro.

Juniper fica de pé, seus dedos brancos em volta da bengala.

— Como *se atreve*...

A Srta. Stone conta nos dedos, a voz muito fria.

— A senhorita organizou uma reunião ilegal contra a vontade da Associação. Fez uma demonstração pública de bruxaria. Colocou em perigo a vidas das seis tolas que a seguiram em sua traição. Só os Santos sabem o que mais a senhorita fez. Os rumores são quase insanos demais para se acreditar. Talvez a senhorita tenha um par de chifres pretos na cabeça. Talvez seja capaz de voar. Talvez tenha atiçado uma cobra-demônio contra uma criança inocente.

Beatrice se retrai. Ninguém percebe.

— Olha, a senhora queria chamar a atenção das pessoas, e nós conseguimos. Se vai ficar irritada porque eu *me defendi*, eu não...

A Srta. Stone ergue levemente o tom de voz.

— A Srta. Wiggin, chefe da União das Mulheres Cristãs e, devo acrescentar, filha adotiva de um dos membros da Câmara Municipal, foi ferida no tumulto. Ela alega que foi um ato de bruxaria, e não me agrada dizer que não tenho certeza se ela está mentindo.

A boca de Juniper se abre outra vez, mas a Srta. Stone a ignora. Ela se inclina sobre a escrivaninha, as mãos entrelaçadas.

— Eu dediquei a melhor parte da minha vida à ascensão das mulheres. Eu estive em Seneca Falls, lá no comecinho, na primeira reunião sobre os direitos das mulheres. — A fúria dela parece ter se dissipado sozinha, como uma tempestade de verão, deixando-a sem fôlego e cansada. — Eles riram de nós. Ridicularizaram-nos, zombaram de nós, imprimiram tirinhas cruéis em todos os jornais. Mas nós continuamos o trabalho. Construímos organizações pelo país inteiro, vimos leis sufragistas serem aprovadas em três estados, atraímos a atenção para as dificuldades do nosso sexo. Mas agora, Srta. West, eles não estão mais rindo de nós. Agora, graças à senhorita e a suas cúmplices, eles estão com medo. E nós podemos perder tudo.

Juniper avança e coloca as palmas das mãos sobre a mesa. Seu olhar é de uma intensidade tão ardente que Beatrice o sente queimar suas bochechas.

— Ou podemos conquistar tudo. Se pararmos de nos preocupar tanto com o que uma mulher deve ou não fazer, com o que é ou não respeitável. Se nos erguermos e lutarmos, todas juntas. Imagine se houvesse setenta de nós marchando em vez de sete! — A Srta. Stone parece um pouco abalada diante dessa ideia. — Tem um livro que Bella costumava ler para nós quando éramos crianças, sobre três soldados franceses... O que era mesmo que eles diziam? — pergunta ela de súbito para Beatrice.

Beatrice pigarreia, suas bochechas ficando rosadas.

— Um por todos, e todos por um.

— Isso mesmo. — O rosto de Juniper se ilumina com algum brilho interior, com uma paixão como o próprio sol. — Precisa ser *uma por todas e todas por uma*, Srta. Stone.

Cada par de olhos está pousado na jovem mulher de cabelos da cor das asas de corvo, com uma longa mandíbula e olhos verdes como o verão — meio parecida, mas não tanto, com a menininha selvagem de que Beatrice se lembra —, e por um momento insano ela acha que as mulheres lhe darão ouvidos.

A Srta. Stone começa a rir. Não é uma risada cruel, mas Beatrice vê que a reação atinge Juniper como um tapa.

— Adeus, Srta. West. Pelo bem da cidade, não posso lhe desejar sorte.

Juniper endireita a postura, o brilho desaparecendo completamente de seus olhos, o rosto contraído com firmeza, e faz uma mesura de zombaria para o escritório. Ela sai mancando porta afora, sem olhar para trás. Ela também nunca deixou o pai vê-la chorar.

Agnes a segue. Ela faz uma pausa para segurar a porta atrás dela e ergue o olhar para Beatrice, quase como se esperasse pela irmã. Como se elas ainda fossem garotinhas perambulando pela casa da fazenda, *uma, duas, três*, segurando a porta uma para a outra de maneira descuidada.

— E então? —Agnes soa aborrecida, mas Beatrice não sabe se é com ela mesma ou com a irmã.

Beatrice sente o olhar da Srta. Stone em seu rosto.

— Eu não a conheço, Srta. Eastwood, mas a senhorita parece ser uma mulher respeitável. Aquela sua irmã... Aquelas suas *irmãs* irão levá-la para o mau caminho.

Beatrice hesita. Ela pensa no destino de todas as garotas que seguiram pelo mau caminho nos contos, em sapatos de ferro quente, caixões de cristal e fogões de bruxas. (Ela pensa em St. Hale, uma prisão construída especialmente para garotas que seguiram pelo mau caminho.)

Mas então Beatrice olha para Agnes, que ainda espera por ela, meio irritada, e pensa no que mais aguarda essas garotas que seguem pelo mau caminho: fugas ousadas e danças selvagens, encontros à meia-noite e feitiços estrelados, todo um universo de prazeres indecorosos.

Beatrice inclina a cabeça antes de sair.

— Assim espero, Srta. Stone.

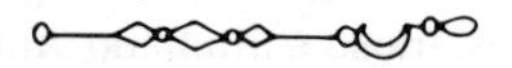

Agnes está prestes a desistir e fechar a porta atrás dela — Bella e as sufragistas que fossem para o inferno —, quando a irmã finalmente toma uma decisão. Ela passa por Agnes, a postura ereta, as bochechas rosadas com algum prazer particular. Os olhos das duas se encontram, depois se desviam.

Juniper já está descendo a rua, batendo os pés e a bengala no chão com tanta agressividade que transeuntes saem depressa de seu caminho.

— Aquelas bruxas *de merda* e lambe-botas *malditas*! Teimosas e covardes demais para formar uma droga de resistência. Vão para o inferno!

Ela se vira para encarar a janela de vidro temperado da sede da Associação e cruza os dedos em um gesto tão único de grosseria, que Bella se engasga.

— *June*.

Juniper se vira novamente para encarar as irmãs. Seus olhos brilhantes e verdes como cogumelos fosforescentes.

— E então? O que me dizem?

— Sobre o quê?

Juniper olha para Bella como se quisesse segurá-la pelos ombros e sacudi-la.

— Sobre *bruxaria*! Sobre o Caminho Perdido de Avalon!

Bella faz *shh* para ela, lançando olhares preocupados para o alvoroço educado da rua: mães com chapéus perfeitamente arrumados e crianças com roupas superengomadas, empregadas com cestas de roupas brancas recém-lavadas e cavalheiros conferindo relógios de bolso. De repente, Agnes se dá conta de como é ridículo que elas estejam planejando a segunda era da bruxaria no meio de uma rua ensolarada e organizada no lado norte da cidade, cercadas por escriturários, investidores e calcário limpo. Certamente tal situação exigia um pântano assombrado ou um cemitério enevoado.

— Juniper, eu não sei o que você sabe ou o que pensa que sabe sobre aquela torre, mas posso lhe garantir que eu não tenho a receita secreta para Avalon escondida nas minhas meias — diz Bella com uma voz baixa e urgente.

Juniper cruza os braços e passa a língua nos dentes.

— Eu sei que você sabe mais do que me contou.

— E-Eu... — Bella gagueja, e Agnes fica maravilhada pelo fato de ela ter crescido na casa do pai e nunca ter aprendido a mentir direito. — Certo. Tudo bem. Eu encontrei algumas... palavras, no dia em que a torre apareceu. Não sei o que me deu, mas eu as recitei em voz alta. Depois...

Ela ergue os braços, gesticulando para imitar a costura rompida do céu e a torre preta.

Juniper a encara com firmeza por mais um segundo, então abre um sorriso largo.

— Sua *cobrinha*. Eu *sabia* que tinha sido você. Por que não me contou?

Bella se atrapalha ao buscar uma resposta, mas Agnes entende perfeitamente por que alguém hesitaria em dar a uma garota selvagem e vingativa a chave para um poder misterioso e ilimitado. Antigamente, havia histórias sobre cidades inteiras adormecidas, reinos congelados em um inverno sem fim, exércitos reduzidos a ferrugem e cinzas.

Juniper dispensa os balbucios de Bella com um aceno de mão.

— Não importa. A verdadeira pergunta é: por que você não lançou o feitiço de novo?

— Porque ele não está completo. Está faltando algumas palavras e todos os caminhos.

— Então encontre-os! O que exatamente você e a sua amiguinha têm feito, passando todas aquelas noites até tarde na biblioteca?

Um rubor sobe pelo pescoço de Bella.

— Ela não é minha... A Srta. Quinn e eu estivemos pesquisando. Nós reunimos alguns fragmentos, algumas possibilidades, mas até agora não temos nada além de teorias.

— Então, vamos testá-las. — Bella parece em dúvida, mas Juniper a pressiona, imprudente. — Escute. Desde o equinócio, nós três estivemos ligadas uma à outra, não é?

Bella faz um muxoxo, endireitando os óculos no nariz.

— Eu já disse: é um efeito colateral de um feitiço inacabado.

— E por que nós três fomos atraídas para aquele feitiço, para começo de conversa? Depois de sete anos separadas, o que nos reuniu justamente quando nossa irmã mais velha deu uma de tola e leu algumas palavras em voz alta? — Juniper abaixa a voz. — E antes disso... Não sentiram algo puxando vocês em direção à praça?

Agnes se lembra: uma linha puxando-a, um dedo cutucando-a entre as omoplatas. Ela ainda a sente: a mão invisível que a conduz na direção das irmãs contra sua própria vontade.

— Mags sempre disse que qualquer coisa que se perca pode ser encontrada. Lembram-se daquela canção que ela nos ensinou? *O que está perdido, que não se pode encontrar?*

Bella pisca várias vezes.

— Sim, me lembro — murmura.

— Bem, eu acho que a magia talvez *queira* ser encontrada. E acho que somos nós que devemos encontrá-la.

— Como se fosse nossa *sina*? — É a primeira coisa que Agnes diz desde que elas saíram da Associação, e as irmãs se retraem ao ouvir o veneno em sua voz. — Nosso *destino*?

Destino é uma história que as pessoas contam a si mesmas a fim de acreditar que tudo acontece por uma razão, que este mundo terrível está todo conectado como uma máquina perfeita, com sangue no lugar de óleo e ossos no lugar de bronze. Que toda criança trancafiada em seu porão ou toda garota acorrentada ao seu tear está exatamente no lugar onde deveria estar.

Ela não dá a mínima para o destino.

Até Juniper parece um pouco intimidada por seja lá o que vê no rosto de Agnes.

— Talvez não. Talvez tenha sido pura sorte Bella encontrar o feitiço. Ou nós três termos acabado na Praça St. George. No equinócio. Uma donzela. — Ela bate no próprio peito. — Uma mãe. — Ela assente para Agnes. Bella lança para ela um olhar tão perplexo e tão arregalado, como o de uma coruja, que Agnes suspeita que ela não havia percebido o inchaço em sua barriga até aquele instante. Sua boca se abre em um pequeno e perfeito O. — E uma anciã. — Juniper aponta para Bella, que solta um murmúrio descontente. — Exatamente como as Últimas Três.

Por um momento, nenhuma delas fala. Juniper manca um pouco para se aproximar, até as três formarem um círculo apertado, suas cabeças quase se tocando.

— Talvez Agnes esteja certa e tudo isso seja uma grande merda. Mas e se não for? E se nós pudermos transformar cada mulher nesta cidade em bruxa, assim, num piscar de olhos? — Juniper estala os dedos. — Chega de ler contos de bruxas em livros, Bell. Você mesma poderá escrevê-los! E chega de empregos de merda por um salário de merda, Ag. Chega de ser um *nada*. — A voz dela se adensa na última palavra. Juniper respira fundo pelo nariz e pergunta pela segunda vez: — O que me dizem?

— Tudo bem. — Bella parece chocada ao ouvir o som da própria voz. — Sim.

Juniper se vira para Agnes.

— E você? Vai nos ajudar?

A mandíbula dela está rígida, seus olhos, brilhando, e Agnes fica maravilhada com sua irmã contraditória: olhos brilhantes e coração obscuro, perversa e vulnerável, uma garota que sabe tão pouco do mundo, mas que também sabe demais. Uma parte de Agnes quer dizer *sim*, só para ficar de olho nela.

Só que ela não pode mais escolher só por si mesma. Ela alisa a blusa sobre sua barriga.

— Não posso me meter em problemas. Pelo bem dela.

Juniper baixa o olhar para a mão da irmã.

— Ah, eu acho que você deve. Pelo bem dela. — Ela fita os olhos de Agnes, desafiando-a. — Você não quer dar a ela uma história melhor do que esta aqui?

Agnes quer. Ah, e como quer. Quer ver sua filha crescer livre e destemida, caminhando de cabeça erguida pelas florestas obscuras do mundo, armada e protegida. Quer sussurrar para ela todas as noites: *Não se esqueça do que você é.*

Tudo.

A garganta de Agnes está cheia de vontade de falar. Hesitante, Bella faz um comentário:

— Sabe, nas histórias, a própria Mãe começava todo tipo de confusão. Eu gostaria... — Ela abaixa a voz. — Eu acho que teria sido muito melhor para nós se nossa mãe tivesse sido mais caótica.

Agnes olha de uma para a outra: sua irmã feroz e sua irmã sábia.

Ela assente, uma única vez.

Juniper grita e dá tapinhas fortes demais nas costas de Agnes, e já começa a atormentar Bella com o Caminho Perdido, enquanto a irmã tenta fazê-la se calar sem qualquer sucesso perceptível, quando ouvem sons de passos atrás de si.

Agnes se vira e dá de cara com a secretária da Associação de Mulheres, com seu cabelo da cor do estigma do milho e sua mandíbula com o machucado roxo. Conforme ela se aproxima, Agnes percebe que ela não é tão dócil quanto pensava: seus olhos estão duros, brilhando com uma convicção recente.

— Jennie? — pergunta Juniper. — O que...

— Quero me juntar ao grupo — diz Jennie, muito depressa, como uma pessoa que mergulha na água fria antes que possa mudar de ideia.

— Que bom — diz Juniper. — E que grupo é esse?

Jennie franze a testa, como se achasse que Juniper está tirando sarro dela.

— O seu. — Seus olhos deslizam para Agnes e Bella. — À sua nova sociedade.

Bella está prestes a dizer algo sensato e conciliador, como: *Houve algum tipo de engano! Não estamos formando nenhuma sociedade. Desculpe desapontá-la*. Mas Juniper já está estendendo uma das mãos de forma convidativa, sorrindo com toda a alegria de uma missionária que contempla uma convertida.

— Ora, Jennie. Você pode ser nossa primeira afiliada.

Bella solta um chiado afiado.

— Não tenho certeza se... Eu não sei...

Mas Juniper estende um dos braços sobre o ombro de Jennie, e a garota lhe dá um sorriso tímido.

— Bem. — Bella suspira. — De qualquer forma, sempre houve quatro mosqueteiros.

PARTE

DOIS

DE MÃOS DADAS

Digo a verdade, mas com sinceridade,
Juro pela minha vida.
Se for mentira, que por um raio eu seja atingida.

Feitiço usado para guardar e contar segredos.
São necessárias corriola e sangue.

O Conventículo Calamitoso.

— Não.

— O Exército de Eva.

— Não! Tem que ser algo sobre, sei lá, *irmandade* ou *união*...

— A União das Mulheres Que Dão aos Bastardos o Que Eles Merecem.

— James Juniper, se você não sabe falar sério, pelo menos fique quieta.

Juniper se retrai, sentando-se no chão e encostando-se na parede. Ela havia esperado que, como uma sociedade clandestina de futuras bruxas, a primeira tarefa delas seria emocionante e mágica, como queimar o símbolo das Três no prédio da Prefeitura, ou transformar a água do rio Hawthorn em sangue.

Suas irmãs e a Srta. Jennie Lind aparentemente pensavam diferente. As quatro já estavam presas no quarto com cheiro de repolho de Agnes, na Oráculo do Sul, há horas, debatendo esconderijos seguros, juramentos para afiliadas e outros assuntos decepcionantemente livres de bruxaria.

Jennie está até fazendo *anotações*, sentada na cama de Agnes com o caderninho preto de Bella apoiado nos joelhos. Foi ela que sugeriu que a sociedade tivesse um nome, embora até agora só tivesse ignorado cada uma das brilhantes sugestões de Juniper.

— As Irmãs do Pecado.

A caneta de Jennie permanece imóvel.

— Que tal... — começa Bella, e então morde o lábio. — Que tal as Irmãs de Avalon? — Leva menos de um segundo de silêncio para que ela comece a se arrepender e retorcer as mãos. — Melhor não. Soa meio parecido com As Filhas de Tituba, não é? E não queremos ser confundidas com faz de conta. E é tão afrontoso nos associarmos tão abertamente com as Últimas Três...

Mas Agnes sorri, a caneta de Jennie se move no topo da página, e Juniper sente o nome pairar sobre elas, reluzindo em seus rostos. A pele de Juniper se arrepia em uma premonição de que o nome será impresso nos jornais e em cartazes de "procura-se", sussurrado pelos becos e pelas fábricas, e passado como uma lanterna de mão em mão. *Elas se chamam as Irmãs de Avalon. Você ficou sabendo?* As trocas de olhares, o lampejo de anseio em seus olhos.

— Excelente. — Jennie termina de escrever o último floreio do nome. — E quanto a títulos e funções? Vocês acham que deveríamos eleger cargos?

Juniper acha que isso, de alguma forma, abafou o brilho do novo nome da sociedade.

— Cargos?

— Bem, eu quis dizer: secretária, tesoureira, presidente e vice, assessora de imprensa, gerente de recrutamento...

Jennie vai contando cada cargo nos dedos.

— Pelos Santos, nós somos apenas quatro.

— Esse parece um problema para a gerente de recrutamento.

Juniper joga uma bola de fiapos em Jennie, mas ela desvia sem tirar os olhos do papel.

— E-eu poderia ser a assessora de imprensa — sugere Bella, hesitante. — Eu tenho um... contato no ramo jornalístico.

Bella não encara nenhuma delas enquanto fala, e Juniper se pergunta se ela está falando daquela mulher negra que usa um casaco masculino, e por que isso faria a irmã enrubescer em um rosa tão vívido. Com certa inquietação, ela se lembra que também havia rumores no Condado do Corvo a respeito de sua irmã mais velha.

Jennie escreve alguma coisa no caderninho.

— Nome completo?

— Beatrice Eastwood.

Jennie hesita.

— Por que suas irmãs a chamam de Bella?

— Porque esse é o nome que nossa mãe deu para ela — explica Juniper. — Beatrice *Belladonna* Eastwood. — Bella se remexe, desconfortável, e Juniper suspira para a irmã. — Francamente, se nós não poderemos usar os nomes da nossa mãe numa sociedade secreta de bruxas, quando poderemos?

Jennie termina de escrever e olha com expectativa para Agnes, que parece prestes a revirar os olhos.

— Acho que eu posso... perguntar por aí. — Ela faz um círculo com o dedo indicador, o que pode significar a pensão Oráculo do Sul, a vizinhança da Babilônia do Oeste, ou Nova Salem inteira. — Isso quer dizer que estou encarregada do recrutamento?

— Nome?

— Agnes Eastwood. — Juniper joga uma segunda bola de fiapos na irmã. — Ah, está bem. Agnes *Amaranth* Eastwood.

Jennie também registra isso, depois pergunta, alegremente:

— E quem vai ser a presidente?

Há uma breve troca de olhares entre as irmãs.

— O que exatamente significa ser presidente? — pergunta Juniper.

Jennie balança a cabeça de um lado para o outro, seu cabelo de estigma do milho se agitando.

— Não significa muito, na verdade, se nós concordarmos com um processo coletivo de tomada de decisões.

A frase faz Juniper se lembrar das reuniões intermináveis da Associação de Mulheres. Ela estremece, involuntariamente.

— Mas na Associação... A Srta. Stone era o coração da sociedade — continua Jennie. Seu tom de voz é meio triste, como se estivesse arrependida, e Juniper dá de ombros para afastar uma pontada de culpa. A maldita decisão de segui-la porta afora da Associação foi da própria Jennie. — Ela era nossa direção. Todas dirigíamos o navio, mas ela era nossa bússola.

Jennie olha para Juniper ao terminar, franzindo um pouco a testa. Juniper desvia o olhar.

— Bem, podemos fazer uma votação para isso mais tarde. Vamos falar sobre encontrar algumas garotas para se afiliarem, ó, gerente de recrutamento.

— Não tenho certeza de quantas deveríamos recrutar — diz Bella ansiosamente. — Para o *que* estaríamos recrutando-as, exatamente?

— Para tocar o terror — diz Juniper.

— Sim, vamos precisar de uma constituição e de uma declaração de intenções — diz Jennie, ao mesmo tempo.

Juniper reflete por vários segundos consecutivos, até sugerir:

— Para causar confusão?

As outras Irmãs de Avalon a ignoram. Ela tenta outra vez.

— Para promover a segunda era da bruxaria. Para pegar de volta o que nos foi roubado.

— Isso pode ser um pouco... excessivo, não acha? — Bella pigarreia para abafar o "*você é um pouco excessiva*", murmurado por Juniper. — Que tal: para restaurar os direitos e os poderes das mulheres?

Jennie escreve a frase enquanto Bella se martiriza, porque Bella sempre se martiriza.

— Sem o Caminho Perdido não temos nenhum poder para restaurar. Não acho que alguém se juntaria a nós por causa de raios de luar e contos de bruxas.

Suas mãos se retorcem em seu colo, rachadas e manchadas de tinta. Agnes está de pé ao lado da janela, observando o beco cinzento.

— Você está se esquecendo de que uma rua inteira cheia de gente acabou de ver uma mulher incitar uma cobra a atacar um garoto porque ele a incomodou um pouco.

— Incomodou *um pouco*?

— A essa altura, a cidade deve estar corrompida pelos boatos — continua Agnes. — As pessoas devem estar assustadas, escandalizadas... mas algumas delas podem querer saber mais. Elas *precisam* saber mais, se o que June diz é verdade.

Juniper havia lhes contado sobre as sombras no tumulto e o brilho doentio no sorriso da Srta. Wiggin. Ela não sabe o quanto as outras estão convencidas, mas já as viu desviando de sombras e olhando duas vezes para soleiras escuras em becos.

— E quem sabe? — acrescenta Agnes. — Talvez elas tenham um pouco de bruxaria própria. Toda mulher tem um punhado de feitiços herdados da tia, da prima ou da mãe.

— Nem toda mulher — contesta Jennie.

— Bem, a *maioria* das mulheres, então.

Há uma rigidez no rosto de Jennie, uma negação muda. Bella a observa.

— E como foi exatamente que você e as outras garotas escaparam do tumulto, se não foi com bruxaria?

A rigidez racha. Jennie morde o lábio, suas bochechas enrubescendo.

— Não foi nada. Só um pequeno feitiço. — Suas bochechas passam diretamente do cor-de-rosa para o vermelho. — Para... amarrar cadarços.

Juniper solta uma gargalhada, porque a imagem de dúzias de desordeiros tropeçando nos próprios pés é deliciosa.

— Isso me parece magia de homens — diz Bella, entediada. — Ou magia de garotos, pelo menos.

Jennie não olha para nenhuma delas, o rosto empalidecendo até se tornar uma mancha branca.

— Eu... tinha... um irmão.

Até Juniper escuta o verbo no passado e cala a maldita boca. Agnes quebra o denso silêncio.

— Bem, não importa onde você aprendeu, acho que suas amigas são gratas. — Jennie lhe dá um sorriso meio retorcido. — E até mesmo uma brincadeira de garotos tem alguma utilidade. Talvez nossas palavras e nossos caminhos não pareçam muita coisa por estarem espalhados do jeito que estão, mas se nós os reunirmos...

Agnes deixa a voz morrer, mas Bella continua, com um sussurro:

— Eu poderia reuni-los. Registrá-los. O primeiro grimório da era moderna...

Por razões que Juniper não consegue compreender, a perspectiva de tanta escrita e leitura faz os olhos de Bella brilharem, e todo o seu martírio desaparece.

O restante da noite é ocupado com uma série de debates e planos. Jennie se lembra que a Associação de Mulheres publicava anúncios regularmente no *Periódico de Nova Salem*, encorajando pessoas interessadas a visitar a sede da sociedade, e sugere que as Irmãs façam o mesmo. Agnes menciona, em um tom seco, que elas não têm uma sede e que, se tivessem, não iriam querer que ninguém soubesse onde fica, e que, de qualquer maneira, o *Periódico de Nova Salem* jamais publicaria anúncios de bruxaria.

Bella faz *humm* e murmura que talvez possa haver "outros jornais respeitáveis" na cidade, se elas tivessem meios para garantir que seu convite só encontrasse olhos simpatizantes. Um pensamento parece lhe ocorrer.

— Vocês acham que a expressão "jure pela sua vida" poderia ser alterada para atingir uma produção em massa?

Ela pega o caderno das mãos de Jennie e mergulha nas próprias anotações por algum tempo, murmurando consigo mesma.

Ao anoitecer, as afiliadas às Irmãs de Avalon seguem caminhos separados: Bella vai apresentar a proposta delas para a Srta. Quinn e para a redação do *Defensor*; Agnes vai preparar truques de bruxa com alguém de nome Madame Zina; e Jennie vai visitar Inez, Electa e as outras participantes da pequena rebelião de Juniper, e convidá-las a se juntar a uma muito maior.

Juniper se demora no quarto de Agnes. Pensando em Mags, ela rouba um punhado de sal de um pote em cima da mesa, e o derrama ao longo da soleira da porta e da borda da janela, sempre formando uma linha reta. *Mel para manter as coisas boas por perto, sal para manter longe as coisas do mal.* Ela também pensa naquelas sombras de formatos estranhos, deslizando e se agitando pelas ruas, espreitando através de persianas e escorregando por debaixo de portas meio frouxas.

Ela manca até a cama, onde o caderninho preto de Bella foi deixado aberto. Juniper folheia as páginas e semicerra os olhos para a caligrafia meticulosa de Jennie.

Beatrice Belladonna Eastwood, assessora de imprensa.

Agnes Amaranth Eastwood, recrutamento.

Jennie Gemini Lind, secretária/tesoureira, com seu nome da mãe escrito em uma caligrafia trêmula e indecisa, como se ela não tivesse certeza da grafia.

E, bem no fim da página, escrito com clareza e firmeza:

James Juniper Eastwood, presidente.

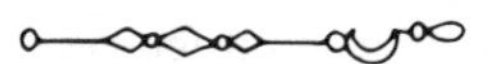

Geralmente, Agnes sai da Tecelagem Unida dos Irmãos Baldwin e continua caminhando. Ela não fica para conversar ou rir, não segue na direção de salões de dança, sermões noturnos ou mercados com as outras garotas. Ela fixa os olhos no chão e vai direto para casa.

Mas no dia 11 de maio, enquanto a tarde está derretendo como manteiga na noite quente, Agnes espera.

Ela deixa o túmulo sombrio da fábrica e se apoia no calor dos tijolos, trocando o peso do corpo de um pé para o outro, para tentar mover a bebê de cima de sua bexiga. O Sr. Malton não é o tipo de chefe que dá intervalos extras para o banheiro a uma garota, só porque, como ele diz: "*ela não consegue ficar de joelhos fechados*". Ele tem observado a barriga de Agnes conforme ela cresce, pressionando com cada vez mais força a barra do tear. Naquela mesma tarde, ele a cutucou com seu dedo vermelho de salsicha.

— Você ganha três dias de folga para o parto. Quando ela tiver 4 anos, pode trabalhar no quartinho das trapeiras.

Agnes fechou os olhos para que ele não visse o lampejo branco de raiva neles.

Sua filha não vai crescer na escuridão sem sol da fábrica, respirando sujeira e fumaça, aconchegando-se perto dos canos da caldeira no inverno para se aquecer. Sua filha não será um nada.

De volta ao beco, Agnes relaxa a mandíbula. Há grupinhos e fileiras de mulheres se reunindo ali perto, mas Agnes não olha para elas. Em vez disso, ela olha para a fina faixa do céu acima delas, para o verde faminto das ervas daninhas que esticam seus dedos por entre os paralelepípedos: gramínea, morugem e a triste urtiga-morta. Agnes não consegue se lembrar se havia tantas assim na primavera anterior.

Um grupo de mulheres está se formando no beco, uma cópia do *Defensor* aberta entre elas. Agnes imagina que nenhuma delas seja assinante regular do jornal radical de pessoas negras do Novo Cairo, mas as Irmãs de Avalon compraram várias dúzias de cópias extras dessa tiragem em particular, e as distribuíram pelas pensões e salas de correspondência do lado oeste.

Agnes capta uma voz mais alta.

— É uma besteira, isso sim. Pura fantasia. Alguém achou que seria uma boa piada.

— Ou — sugere uma outra voz, de maneira conspiratória — é uma armadilha. A polícia nunca encontrou aquela cobra ou a bruxa que a invocou, não é mesmo? Talvez eles achem que estão sendo espertos.

Seguem-se vários murmúrios baixos e duvidosos, e Agnes decide que essa é mais ou menos a deixa pela qual estava esperando. Ela gostaria de ter a sagacidade ou o entusiasmo para convencê-las, mas ela não é como suas irmãs, então apenas se aproxima devagar do grupo e espera elas que notem seus ombros quadrados.

— Não é uma armadilha — diz, calmamente. — Ou um truque.

Todas a encaram da mesma maneira que encarariam um gato de rua se ele começasse a cantar ópera de repente. Agnes entende o porquê. Nos cinco anos em que trabalhou lado a lado com elas, nunca lhes dirigiu uma única palavra extra, a não ser "*o carretel está quebrado*" ou "*cuidado com a lançadeira*".

Uma delas bufa alto, mas outra mulher a faz se calar. Agnes arrisca um olhar para o rosto da silenciadora, e a reconhece vagamente como a garota nova que prendeu o cabelo no tear na primavera anterior. A máquina a sugou para dentro de si mesma, de um jeito rápido e escorregadio, como se o corpo da jovem fosse somente mais uma linha. A garota gritava, e sob seu grito escutava-se o som úmido de cabelo se desprendendo do couro cabeludo — até que Agnes o cortou com uma tesoura. A garota caiu no chão, chorando e gemendo, gaguejando um "*obrigada*". Agnes lhe disse para prender o cabelo se quisesse manter o que sobrou dele. Ela nunca soubera o nome da garota.

Agora a jovem está um ano mais velha, um ano mais rígida. Seu cabelo está preso com firmeza sob um lenço cinza, e seus olhos são da cor de moedas.

— É mesmo? — pergunta ela em um tom firme e claro, como uma mulher pagando uma dívida.

Agnes encontra seu olhar.

— Alguma de vocês já tentou?

Pés se arrastam de forma envergonhada. Alguém faz um muxoxo. O farfalhar de um jornal dobrado apressadamente e enfiado dentro do avental de uma delas.

Na página seis desse jornal, na seção que costuma ser reservada a anúncios de pomada, tabaco e o Maravilhoso Unguento para Escalpo da Madame CJ Walker, havia uma meia-página com uma densa tinta preta. Em letras maiúsculas, largas e brancas, estavam escritas as palavras:

BRUXAS DO MUNDO,
UNI-VOS!

O texto abaixo da manchete convida mulheres de todas as idades e origens a se juntarem às Irmãs de Avalon, uma recém-formada sociedade sufragista, dedicada à restauração dos direitos e poderes das mulheres. Qualquer uma interessada está instruída a picar o dedo e esfregar o sangue no anúncio enquanto recita as palavras oferecidas, o que revelará — se o sangue pertencer a uma mulher, e se essa mulher não tiver nenhuma intenção de machucar as Irmãs — uma hora e um local.

A Srta. Inez Gillmore comprou o anúncio em nome das irmãs, assinando o cheque com um alegre floreio, do qual Agnes tanto se ressentiu quanto teve inveja. Bella e Juniper providenciaram o feitiço, mexendo por dias com corriola, sangue e tinta, as pontas de seus dedos ficando de um tom vermelho-arroxeado graças às repetidas picadas de agulha. E Agnes, por mais que o bom senso lhe dissesse o contrário, providenciou o local. Quem suspeitaria da velha e respeitável pensão Oráculo do Sul como um lugar de reuniões sediciosas?

Agnes gesticula para o jornal mal-escondido.

— Tentem. Digam as palavras. Sintam o valor delas. — Eram as palavras que elas três usavam quando eram crianças para deixar mensagens umas para as outras, aquelas que não queriam que o pai visse: *Me encontre no carvalho oco* ou *Vou ficar na Mags hoje à noite.* — É bruxaria de verdade, mais forte do que qualquer coisa que sua mãe lhes ensinou.

Uma das mulheres — Agnes acha que é a mesma mulher larga e de bochechas vermelhas que riu com ela de Floyd Matthews — solta um *humpf* baixo e duvidoso, como se sua mãe tivesse lhe ensinado uma coisa ou outra.

Agnes ergue as duas palmas das mãos como se estivesse se rendendo, mas continua a falar.

— E ainda tem mais de onde veio esse feitiço. Muito mais. — Bem, *um pouco* mais, pelo menos. — Pensem no que poderiam fazer com um pouco de bruxaria de verdade.

Agnes percebe as palavras fazendo efeito na multidão, puxando as linhas soltas nos corações delas. Essas eram mulheres que nunca haviam sido tentadas pelas sufragistas, por seus comícios ou por seus artigos idealistas no jornal. Ah, elas queriam o voto — que mulher não iria querer, além da Srta. Wiggin e suas colegas tolas? —, mas essas eram mulheres que sabiam a diferença entre querer e precisar. O voto não podia alimentar seus filhos ou diminuir seus turnos. Não podia curar uma febre, manter a fidelidade de um marido, ou evitar os dedos estendidos do Sr. Malton.

Mas talvez a bruxaria pudesse.

A garota de cabelo preso e olhos da cor de moedas ergue o queixo para Agnes.

— Então, você é uma delas?

Agnes se retrai um pouco ao ouvir o *delas*, ao ser uma parte de alguma coisa em vez de simplesmente *uma só*, mas ela assente.

A mulher larga emite outro murmúrio zombeteiro.

— Bem, que bom para você, hein? — Seu sotaque é frio e afiado, como montanhas cortadas pela neve. — Eu nunca colocaria meus filhos em risco dessa maneira.

Os olhos dela se demoram incisivamente na barriga redonda de Agnes, movendo-se uma única vez para o seu dedo sem anel. Algumas das outras murmuram em concordância.

A vergonha borbulha acidamente na garganta de Agnes, seguida muito rapidamente pela raiva. Ela observa a mulher grande: a boca fina e rígida, veias vermelhas correndo por baixo das bochechas brancas como leite, olhos como lagos cobertos de gelo.

— Quantos filhos a senhora tem?

A mulher estufa o peito.

— Seis filhas. Todas saudáveis e trabalhadoras.

— E a senhora acha que as suas filhas estão seguras?

Os olhos congelados se semicerram. Agnes a pressiona.

— Acha que elas crescerão sem conhecer a fome, ou a necessidade, ou a mão de um homem levantada contra elas? Acha que elas não ficarão cegas na fábrica ou perderão os dedos empacotando carne?

Agora os ombros da mulher pressionam as costuras de sua blusa, seu rosto fica vermelho.

— Bem, elas não ficarão... — ela diz uma palavra comprida e hostil, que parece ser russo para *prenha* — sem um marido, pode ter...

— E os maridos delas irão tratá-las com gentileza? — interrompe Agnes. — Será que eles não vão gastar o salário em bares e casas de apostas, não vão morrer jovens, não vão bater nas esposas só por retrucarem ou por um jantar queimado? — Agnes sabe que está passando dos limites, falando demais, mas parece ser incapaz de parar. — E, caso alguma dessas coisas aconteça, as suas filhas conseguirão manter as próprias filhas em segurança?

Sua voz se parte e sangra como um lábio rachado. Se a mãe delas tivesse sido uma verdadeira bruxa em vez de uma simples mulher, será que teria salvado suas filhas do homem com quem se casou? Será que teria pelo menos *sobrevivido*?

Diante do silêncio, Agnes engole em seco. Ela consegue sentir os olhares passarem por ela.

— Pela minha experiência, ser uma mulher já é um risco por si só. Não importa o quão saudável ou trabalhadora ela seja.

Ao dizer essas palavras, uma grande exaustão toma conta de seu corpo, um cansaço terrível que a faz querer ir embora e continuar andando até encontrar um lugar agradável, verde e seguro para ter sua filha. Mas tal lugar não existe. Uma voz muito parecida com a de Juniper sussurra *ainda* em seu ouvido.

Nenhuma das mulheres responde. Agnes está se virando para ir embora, sentindo que deveria ir atrás de Jennie e dizer que precisava de um novo cargo, porque era uma péssima recrutadora. Até que a mulher de lenço cinza pergunta:

— Qual é o seu nome?

— Agnes — Ela hesita por meio segundo, antes de acrescentar: — Amaranth.

Escuta-se um rápido sibilar ao seu redor. Os nomes dados pelas mães são coisas compartilhadas entre amigas e irmãs, e não oferecidos a estranhas em becos encardidos.

A mulher de lenço ergue o queixo.

— Annie Asphodel. — Ela indica as mulheres em volta dela com a cabeça. — E estas são Ruthie e Martha. A grandona se chama Yulia.

Yulia apenas cruza os braços com um pouco mais de firmeza, os olhos ainda semicerrados e frios.

Annie estala os dedos e estende a mão para Martha, que retira uma cópia amassada do *Defensor* de seu avental e a entrega para ela. Annie tira um grampo do cabelo, a ponta reluzindo afiada sob a luz amanteigada.

Ela assente breve e firmemente para Agnes, como um soldado faria para outro.

— Nos vemos por aí, Agnes Amaranth.

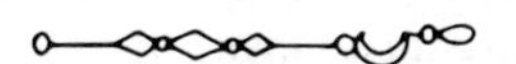

Beatrice e suas irmãs escolhem 21 horas, porque essa é a hora das mulheres. Os jantares já foram servidos, os pratos estão secos e empilhados, as crianças já foram para a cama, e os uísques já foram oferecidos aos maridos. É a hora em que uma mulher pode se sentar em silêncio, conspirando e sonhando.

Mas no dia 17 de maio, algumas delas fazem mais do que sonhar.

Beatrice as observa através do vidro sujo da janela da Oráculo do Sul, nº 7. Elas chegam sozinhas, aos pares e às vezes em trios, suas sombras como veludo macio sob os lampiões a gás, suas capas puxadas com força sobre os ombros. Não está frio, mas há um vento inquieto perseguindo-as pelas ruas, puxando suas saias e soltando fios de cabelos de seus grampos.

É difícil dizer na escuridão, mas Beatrice acha que algumas das mulheres são muito jovens, com seus cabelos trançados e passos ansiosos, e outras, bem mais velhas. Algumas caminham a passos largos, outras deslizam como ratos pelo chão da cozinha. Algumas têm cordões de aventais e cotovelos remendados espiando por debaixo das capas, outras reluzem com pérolas e anéis.

Ela escuta o ranger da porta da pensão, o ruído de passos nas escadas, a agitação de sussurros ansiosos no corredor. Um pânico incontrolável toma conta de Beatrice, e ela lança um olhar mudo e suplicante para sua irmã caçula. Juniper a aconselha a se acalmar e segurar as pontas, mas pousa uma das mãos desajeitadamente sobre o ombro de Beatrice ao dizê-lo. O calor úmido de sua palma diz a Beatrice que sua irmã está com a mesma sensação: que elas estão oscilando à beira de um precipício invisível, empoleiradas no começo de uma história ainda não contada.

Elam escutam uma batida incerta à porta.

— Pode entrar — grita Juniper.

E elas o fazem: a Srta. Electa Gage e a Srta. Inez Gillmore, seguidas por um bando de outras garotas roubadas da Associação de Mulheres; um grupo de tecelãs de aparência sombria, com lenços desbotados e expressões céticas; uma garota carrancuda com longos cabelos preto e pele cor de cedro; e um par de irmãs de aparência um tanto infame, que se apresentam como "*Victoria e Tennessee, espiritualistas, curandeiras magnéticas e médiuns*".

A Srta. Quinn aparece liderando uma delegação imponente de mulheres negras, que observam o quarto com expressões de profundo ceticismo. Quinn lança seu largo sorriso de gato para Beatrice, fazendo com que ela se levante, esqueça o que quer que tinha a intenção de fazer, e volte a se sentar, analisando as costas das próprias mãos por um tempo.

Ela não sabia ao certo se Quinn viria. Ela as havia ajudado com o anúncio, trabalhando com Juniper e Beatrice para colocar o feitiço na tinta e na manchete horas depois do horário de funcionamento dos escritórios do *Defensor*. Foi somente depois que a última página havia rodado na prensa que Quinn lançou um olhar de soslaio para Juniper.

— Por acaso estou convidada para essa reunião, Srta. Eastwood?

— É claro.

O rosto de Quinn permaneceu bem imparcial.

— Que... progressista da sua parte.

— Bem, uma por todas e todas por uma — declarou Juniper de um jeito nobre. Mas arruinou tudo logo em seguida, ao acrescentar com certa satisfação: — Papai se reviraria no túmulo se nos visse agora. Ele lutou pelos Ianques na Guerra de Secessão, mas só porque eles lhe pagaram cinquenta dólares e uma garrafa de uísque.

A Srta. Quinn inclinou a cabeça.

— Diga-me, Srta. Eastwood, o quanto de tudo isto — ela gesticulou para as pilhas de jornais ainda quentes, os truques de bruxa espalhados sobre as escrivaninhas — foi feito com a intenção de simplesmente irritar o seu falecido pai?

Juniper passou a língua sobre os dentes com uma expressão ardente, o que fez Beatrice se encolher em antecipação. Mas, no fim das contas, ela apenas disse:

— Venha para a reunião, Srta. Quinn. Traga suas amigas.

E Quinn trouxe.

Beatrice observa disfarçadamente o grupo conforme elas se acomodam em seus lugares. Há uma camaradagem entre elas, um respeito incomum na postura de Quinn, o que confirma algumas das teorias de Beatrice.

Depois do tumulto na Avenida Santa Maria do Egito, Beatrice passou a observar Quinn com mais atenção. Refletiu sobre a avidez do interesse dela nas pesquisas que estavam realizando, sobre as palavras e os caminhos que ela já possuía; as vezes em que ela saía abruptamente ou desaparecia por dias a fio, nunca explicando direito para onde fora; os sussurros levemente escandalizados sobre *"aquela jornalista negra"*, que era frequentemente vista entrando e saindo de todos os tipos de lugares improváveis na cidade inteira; as muitas ocasiões em que ela se referia acidentalmente a si mesma como *nós* em vez de *eu*.

Beatrice não é nenhuma detetive, mas até uma bibliotecária é capaz de consultar um volume encadernado das atas da convenção anual da Liga das Mulheres Negras. De correr o dedo pela lista de afiliadas no final e parar em *C. P. Quinn*, perguntando-se se talvez a Liga não estaria interessada em atividades menos respeitáveis do que seus folhetos sugeriam.

Beatrice se distrai com o alvoroço de novas participantes chegando: mãe e filha sussurrando em iídiche; Madame Zina, a parteira; e um trio de mulheres usando vestidos inquietantes, que cumprimentam Juniper e Agnes como se fossem velhas amigas.

Juniper sorri.

— Fico feliz que a senhorita e as garotas vieram, Srta. Pearl.

— Quem são? — sussurra Beatrice para Agnes.

— Prostitutas — murmura Agnes de volta.

Beatrice nunca tivera consciência antes de que o corpo inteiro de uma pessoa poderia enrubescer.

A Srta. Pearl e suas garotas se acomodam nas cadeiras da frente. Uma delas — com sardas e pele cor de mel — lança um olhar para a Srta. Quinn. As duas trocam um olhar intenso tão passageiro, que Beatrice está quase convencida de que o imaginou.

Às 21h10, há tantas mulheres abarrotadas no quarto de Agnes, nº 7, que, pela lógica, não deveriam caber todas ali. Beatrice sabe que, de fato, não cabem.

Ao longo da semana anterior, Agnes abordou as outras moradoras da pensão Oráculo do Sul. Descobriram que o quarto nº 12 era lar de um número verdadeiramente espantoso de irmãs, primas e primas de segundo grau, todas do Kansas, que haviam enfeitiçado o quarto para que ficasse bem maior do lado de dentro do que do lado de fora. Elas deram a Agnes os caminhos e as palavras necessárias, e agora o nº 7 é grande o suficiente para caber seis fileiras de cadeiras emprestadas e duas dúzias de mulheres. O quarto já não parece mais tão cinzento e infeliz, e o cheiro de terra molhada de bruxaria afugentou o cheiro de repolho cozido. No dia anterior, Beatrice até viu um tordo fazer um ninho no beiral do telhado.

Quase todas as cadeiras estavam ocupadas. Não se escutam mais batidinhas na porta. Os sussurros e o arrastar de pés das mulheres cessam em um acordo misterioso, substituídos por um silêncio expectante. Olhos se voltam para a frente do quarto, onde Beatrice e suas irmãs estão sentadas.

Beatrice vê Juniper engolir em seco ao se levantar, a mão apertando a bengala com força. Ela olha de relance para suas irmãs mais velhas, de repente parecendo jovem, desleixada, e nem um pouco parecida com a presidente de uma sociedade sufragista. Um calor percorre o fio entre Agnes e Juniper, uma torrente de força enviada de uma para a outra.

Juniper endireita os ombros e volta a encarar o quarto cheio de mulheres expectantes.

— Sejam bem-vindas — começa ela, a voz clara e animada — à primeira reunião das Irmãs de Avalon.

Juniper apresenta Beatrice, Agnes e Jennie. Ela agradece às mulheres reunidas ali por responderem ao anúncio e lê a declaração de intenções da sociedade, escrita em uma página amassada que ela segura na mão, gaguejando um pouco, soando como uma garotinha lendo a Bíblia na escola.

Ela dobra o papel e fixa seu olhar verde brilhante nas convidadas.

— É por isso que estamos aqui. — Sua voz está firme agora. — Que tal me contarem por que *vocês* estão aqui?

A pergunta é seguida de um silêncio ansioso. Ele se prolonga, aumentando até se tornar insuportável, quando uma voz monótona soa ao fundo:

— Meu irmão ganha cinquenta centavos por dia na fábrica. Eu ganho um quarto disso para fazer a mesma droga de trabalho.

— O tribunal me tirou meu filho — sibila outra mulher. — Disse que, pela lei, ele pertencia ao pai.

— Prenderam duas das minhas garotas por imoralidade, mas nem um único cliente delas — comenta a Srta. Pearl.

O final de sua frase se perde na súbita chuva de reclamações: empréstimos bancários que elas não podem receber e colégios que não podem frequentar; maridos de quem não podem se divorciar, votos que não podem dar e cargos que não podem ocupar.

Juniper ergue uma das mãos.

— Vocês estão aqui porque querem mais para si mesmas, uma vida melhor para suas filhas. Porque é fácil ignorar uma mulher. — Os lábios de Juniper se retorcem em um sorriso selvagem. — Mas é muito mais difícil ignorar uma bruxa.

A palavra *bruxa* estala como um raio atingindo o quarto. Outro silêncio se segue, tenso e elétrico.

Uma voz corta a quietude, dura e com um sotaque estrangeiro.

— Não existe essa coisa de bruxas. Não mais — diz aquela russa grande da tecelagem de Agnes, de braços cruzados como um par de pistolas sobre seu peito.

— Não — diz Juniper de maneira evasiva. — Mas vai existir.

— Como?

Juniper olha novamente para suas irmãs, e Beatrice sabe, pelo seu queixo erguido, que ela está prestes a dizer o que elas concordaram que ela não deveria dizer, pelo menos não na primeira reunião, e que não há nada que Beatrice possa fazer a respeito.

Juniper sorri de maneira benevolente para a russa.

— Convocando de volta o Caminho Perdido de Avalon.

Os rostos das mulheres reunidas se contorcem em duas dúzias diferentes de tipos de choque: ultraje, descrença, confusão, desejo. Então o quarto irrompe em uma confusão conforme aquelas que conhecem a história a contam para as que não conhecem, um punhado de mulheres segura suas saias e corre até a saída com expressões horrorizadas, e a Srta. Quinn ri baixinho diante daquele caos.

Juniper ergue a voz acima do barulho.

— Nós ainda não temos todos os caminhos e as palavras, mas logo teremos. — Beatrice se pergunta como ela consegue soar tão segura, tão confiante, como se elas talvez pudessem encontrar o mapa para um poder antigo enfiado nos bolsos de suas saias. — Enquanto isso, gostaríamos de propor uma troca. Cada uma de vocês sabe um, dois ou três feitiços, talvez mais. Compartilhem esses feitiços com as Irmãs, e juntas...

— Feitiços para lavar roupa e polir panelas! *Argh!* — interrompe a russa novamente.

— Eu sei um feitiço que pode fazer um homem cair morto — diz Juniper com suavidade. — Gostaria de ouvi-lo? — A russa não responde. — Aposto que algumas dessas damas aqui sabem mais do que disseram. E até mesmo feitiços pequenos têm seu valor. Já ouviu falar daqueles rapazes do sindicato em Chicago? Olha o inferno que eles criaram com nada além de um pouco de ferrugem.

Beatrice se abstém de observar que eles eram homens e, portanto, era bem menos provável que fossem caçados, julgados e queimados por um júri composto também de homens.

— Meu primo esteve lá, com Eugene Debs e a União Ferroviária. Ele já voltou para casa, pelo menos por um tempo. Eu poderia... conversar com ele, se você quiser — diz, inesperadamente, uma das outras tecelãs, uma mulher com um lenço na cabeça, mais ou menos da idade de Agnes.

— Magia de *homens* — zomba alguém. — Não nos ajudaria em nada.

Jennie se remexe na primeira fileira, seu cabelo loiro deslizando para esconder seu rosto.

— E quem lhe disse isso? — Juniper se dirige à pessoa que zombou. — E se o seu pai, seu clérigo e sua mãe estivessem completamente errados? — Ela assente na direção da garota de lenço. — Você... Annie? Converse com o seu primo. Por que não? — Ela percorre o resto do quarto com os olhos. — Por que não ao menos tentar? Juntem-se a nós. Aprendam conosco, nos ensinem, lutem conosco, por todo aquele *mais* que vocês querem. — Ela gesticula para uma mesa atrás dela, onde o caderno de Beatrice está aberto. — Coloquem seus nomes na lista e prestem o juramento, se estiverem interessadas. Se não... — seus olhos pousam na porta — podem ir para casa. Esqueçam que já sonharam com algo melhor.

No silêncio a seguir, a russa fica de pé. Um par de garotas se levanta com ela, de ombros tão largos e olhos tão azuis que só podem ser suas filhas. Há um longo momento de espera, e Beatrice tem certeza de que as três se dirigiram para a porta e que metade do quarto as seguirá, sem se deixar influenciar pelo brilho do sorriso de Juniper. Que as Irmãs de Avalon falharão antes mesmo de começar.

A mulher grande se aproxima silenciosamente da mesa. Ela segura a caneta com dedos desajeitados e assina seu nome na página, logo abaixo do cabeçalho escrito com a caligrafia elegante de Jennie: AS IRMÃS DE AVALON.

Logo Juniper está sorrindo ao som de muitas cadeiras sendo arrastadas, e muitas mulheres ficam de pé. Elas formam uma fila irregular que leva até a mesa e ao caderno. Com olhos brilhantes e queixos erguidos, suas vozes balbuciam as palavras do juramento: *Diga a verdade, mas com sinceridade, jure pela sua vida. Se for mentira, que por um raio eu seja atingida.*

Apenas a Srta. Quinn e suas companheiras permanecem sentadas.

Beatrice atravessa o quarto e se empoleira ao lado delas.

— Foi uma apresentação excelente, Srtas. Eastwood — diz Quinn, assentindo.

— Obrigada. Não vai... A senhorita não vai se juntar a nós?

Os olhos de Quinn encontram os dela muito rapidamente, um lampejo amarelo, e Beatrice não consegue nomear o que vê neles. Arrependimento? Culpa?

— Ah, acho que não.

Há um farfalhar ao lado dela quando a mais velha de suas companheiras se levanta: uma mulher baixa, de pele de um tom castanho-escuro, usando um chapéu de abas largas e um véu de renda preta. Há algo de familiar nela que Beatrice não consegue identificar.

— Sinto dizer, mas não estamos interessadas em — ela gesticula para as mulheres tagarelando e o quarto lotado — publicidade.

— No que estão interessadas, então?

Um lampejo de dentes surge por trás do véu.

— Poder, Srta. Eastwood. — Ela assente de maneira solene, e suas companheiras ficam de pé ao seu lado. — Por favor, avise-nos caso encontre algum.

A mulher ajeita a bolsa no cotovelo e, por um segundo arrepiante, Beatrice pensa ter visto um animal surgir de dentro dela — uma criatura de pelo lustroso e olhos cor de brasa —, mas então a mulher e sua bolsa desaparecem, deixando para trás o aroma fraco e picante de cravos-da-índia. Quinn as segue logo depois.

Beatrice as observa partir, perguntando-se o que exatamente acontece nas reuniões da Liga das Mulheres Negras.

Ela para ao lado de Juniper e observa a lista crescer. Alguns nomes maternos são do tipo comum: aliterantes e botânicos — *Annie Asphodel Flynn, Florence Foxglove Pearl* —, mas outros são estranhos e estrangeiros. *Gertrude Red Bird Bonnin. Rose Chava Winslow. Frankie Ursa Black*. Beatrice quer perguntar o que eles significam e de onde vêm, quer segui-las de volta aos caminhos e às palavras usadas pelas mães de suas mães.

A mulher russa caminha com passos duros até Juniper e cruza os braços novamente. Sob a carranca permanente de seu rosto, existe um pouquinho do mesmo brilho que Beatrice vê no restante do quarto: desejo, ou esperança.

— Não há muitas de nós — comenta ela asperamente.

Juniper lhe dá um tapinha nas costas, um pouco forte demais.

— Ah, mas haverá, minha amiga Yulia. Eu tenho uma ideia.

Beatrice ergue os olhos e encontra os de Agnes. Ela e a irmã ainda estão cautelosas uma com a outra, cuidadosas como gatas, mas, naquele momento, Beatrice tem certeza de que ambas estão se perguntando a mesma coisa: se há, no mundo, algo mais sinistro do que sua irmã caçula com uma ideia.

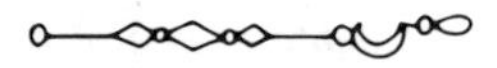

— Essa sua ideia... — começa Bella.

Já passa da meia-noite, e o nº 7 na Oráculo do Sul está finalmente vazio outra vez. Agnes estendeu colchas sobressalentes para as irmãs, e lhes disse asperamente que já era muito tarde para atravessar metade da cidade a pé. Juniper está deitada de lado, cansada o bastante para não se importar com quão duro e liso o chão é, pairando bem no limite turvo do sono.

— *Humm...*? — murmura ela de forma eloquente em resposta.

— É uma ideia perigosa?

— Que nada.

— Se você tivesse que calcular o tamanho e a escala do tumulto que essa ideia provocaria, ou o número de espectadores inocentes que ela colocaria no Santa Caridade...

Juniper arremessa um travesseiro em Bella, e fica satisfeita ao ouvir o grito que vem logo em seguida.

— Eu estava pensando em algumas demonstrações, só isso. Nada perigoso.

Com certa relutância, ela pensa em Electa, abaixando-se cuidadosamente na cadeira, agarrando a costela quebrada. Na mandíbula machucada de Jennie, que está passando do azul meia-noite para o amarelo da alvorada. Em sua irmã, perguntando: *o que acontece depois?*

— Demonstrações de... bruxaria? — pergunta Bella.

— Não, de tricô. É *óbvio* que é de bruxaria. — Juniper cruza os braços atrás da cabeça, observando o jogo de sombras através do vão da porta. Um par de pernas passando, depois voltando, e por fim parando no corredor. — Algo que mostrasse a eles do que somos capazes.

— Quem são "eles"?

Juniper dá de ombros, invisível na escuridão.

— As mulheres que pensam que estamos mentindo, ou que somos estúpidas, ou que estamos vendendo propaganda enganosa. Os homens que pensam que podem nos bater nas ruas. Todo mundo, eu acho.

Há uma longa pausa antes de Bella dizer, com um choque nada lisonjeiro:

— Essa não é... uma ideia tão ruim.

— Ora, obrigada.

— Com certeza ajudaria no recrutamento, e quanto maior nossa organização se tornar, mais conhecimento coletivo teremos nas mãos. É claro que teremos que ser bem espertas na hora de selecionar os feitiços...

A voz de Bella se aquece com o tipo de entusiasmo acadêmico que significa que ela poderia continuar falando por horas, ou possivelmente semanas, quando um segundo travesseiro a atinge com um baque.

— Vão *dormir*, suas ingratas — diz Agnes, irritada.

As ingratas adormecem.

Quem quer que estivesse parado no corredor deve ter ido embora, porque a luz agora brilha intacta. É somente nos confusos segundos finais antes de adormecer que Juniper se dá conta de que nunca ouviu seus passos.

14

Móli e raiva uma mulher irá usar.
Que cada homem sua verdadeira forma possa mostrar.

Feitiço usado para transformar em porcos.
São necessários vinho e uma intenção perversa.

É Beatrice Belladonna quem encontra as palavras e os caminhos para a primeira demonstração delas. Bem, quem mais poderia ser? Quem mais passa seus dias coberta de tinta e poeira? Quem mais sonha com três e setes, com "era uma vez" e contos de bruxas?

Ela encontra o feitiço em uma tradução desconhecida de Homero, escondida em meio a um verso sobre artes cruéis e ervas nocivas. Beatrice não é nenhuma Classicista, mas tem certeza de que nunca viu estas linhas em nenhuma outra versão da *Odisseia*. Ela presume que foram acrescentadas pela tradutora, a Srta. Alexandra Pope.

Juniper bate palmas e solta uma gargalhada quando Beatrice mostra para ela.

— Caramba, Bell. Quem será nosso alvo? O prefeito? Aquele idiota do Gideon Hill?

— Meu Deus, June, você é um perigo — diz Agnes.

— Eu estava pensando no Santo George, talvez? — sugere Beatrice, timidamente.

Suas irmãs concordam.

Assim, na última noite de maio, quando a lua é uma escuridão ainda mais negra no céu acima delas, e o ar cheira ao calor e à abundância do verão, Beatrice conduz as Irmãs de Avalon até a Praça St. George.

Elas caminham depressa pelos becos e ruazinhas de Nova Salem, sozinhas ou em duplas, desaparecendo rapidamente de vista. Em vez das saias e dos aventais de costume, elas usam vestidos feitos com retalhos e sobras, costurados pelas garotas que são mais habilidosas com agulha e linha.

Juniper agitava uma cópia ilustrada das Irmãs Grimm na frente delas enquanto trabalhavam.

— Queremos vestidos compridos e soltos, bem parecidos com os de bruxas. E, pelo amor dos Santos, coloquem bolsos em todos eles.

Beatrice acha que elas fizeram um bom trabalho. Com suas capas escuras e vestidos longos, as Irmãs se parecem com sombras ou segredos, como fábulas que ganharam vida.

Elas se reúnem na praça de pavimento branco. O Santo George paira sobre elas, alto, frio e de bronze, o herói que salvou a todos da peste e do reinado perverso das bruxas.

Beatrice encara seus olhos de metal e não tem dificuldade nenhuma em invocar a vontade.

As palavras vêm em seguida. Depois, a mancha vermelha do vinho derramado. E então, o brilho chamuscado da magia, compartilhado entre todas elas e mais forte por isso, que queima seu caminho no mundo. Beatrice cambaleia um pouco com a força do feitiço.

Quando sentem o cheiro forte e quente do bronze derretido, elas correm.

São os acendedores de lampiões que o encontram primeiro. Pouco antes do amanhecer, eles chegam com suas escadas e varas com esponjas na ponta, apoiando-se por um momento nas tílias, que nunca mais foram as mesmas desde o equinócio, todas sem folhas e retorcidas.

— Achei que eu tinha ficado maluco — contou um deles ao *Periódico de Nova Salem*, horas depois. — Achei que meus olhos estavam me pregando uma peça.

Mas seus olhos não estavam lhe pregando peças. No pedestal onde antes se encontrava o Santo George, orgulhoso e magnífico, agora havia algo grosseiro e atarracado, vagamente vergonhoso: um porco de bronze, portando uma marca de três círculos entrelaçados.

Na tarde seguinte, a Srta. Cleópatra Quinn invade o escritório de Beatrice na Universidade de Salem e joga três jornais na escrivaninha. ESTÁTUA AMADA SOFRE ATAQUE MISTERIOSO, diz uma das manchetes. AS BRUXAS ESTÃO VINDO!, declara outra. *O Defensor* oferece a chamada mais comedida: SANTAS OU PORCAS? AS IRMÃS DE AVALON LUTAM PELAS BRUXAS.

— Ora, ora, Srta. Eastwood. Não sabia que eu estava confraternizando com uma pessoa tão encrenqueira.

Beatrice assegura a si mesma que a Srta. Quinn não quer dizer nada de especial com a palavra *confraternizando*.

— Não foi nada — murmura Beatrice, mal enrubescendo.

— Dificilmente seria "nada". Vocês agora têm a atenção da cidade inteira.

De fato: a União das Mulheres Cristãs, a Sociedade das Damas da Temperança e a Associação de Mulheres de Nova Salem emitiram uma carta conjunta de reprovação na semana anterior, e o Sr. Gideon Hill está presidindo comícios todo domingo à tarde. Ele as chama de: um "*conventículo moderno*", que procura enfeitiçar jovens donzelas e seduzir maridos tementes a Deus. (*É justamente o contrário*, pensa Beatrice, e então passa vários minutos chocada com sua própria malícia.)

E o número de afiliadas das Irmãs está crescendo. Agnes diz que elas batem à sua porta a qualquer hora do dia e da noite: garotas jovens demais, que fugiram de casa; mães com olhares perdidos e bebês a tiracolo; avós com sorrisos maliciosos e truques de bruxa em seus bolsos.

— Juniper quer fazer outra demonstração antes da meia-lua — diz Beatrice. — Ainda não achei nada adequado, só os feitiços triviais de sempre, para remendar meias e polir prata. Mas Agnes acha que pode ter o que precisamos. Está naquele velho conto de bruxas sobre um menino que compra um feijão encantado da Anciã. Já ouviu falar? Uma das tecelãs contou para Agnes uma rima que faz parte da história...

Mas Beatrice se interrompe porque Quinn não está escutando. Ela está olhando pela janela com a testa franzida.

— Espero que a senhorita e suas irmãs saibam o que estão fazendo. Espero que entendam que este tipo de encrenca — ela aponta com a cabeça a praça, onde funcionários da cidade estão até agora reunidos em volta do pedestal do Santo George, coçando suas cabeças diante do problema de transferir toneladas, possivelmente amaldiçoadas, de um porco de bronze — exige uma resposta.

— De quem?

— Da lei. Da Igreja. De cada homem cuja esposa olha para ele de relance, sem rir propriamente, mas imaginando-o como um porco em vez de um homem. De cada homem que já fez mal a uma mulher, o que significa quase todos.

A voz de Quinn está tensa, seus braços, cruzados. Beatrice acha que é a primeira vez que a vê preocupada.

— Bem — diz Beatrice com uma alegria forçada —, é por isso que estamos procurando o Caminho Perdido, não é? Aqui está o material que solicitamos semana passada.

Gesticula para a pilha bamba de caixas atrás de sua escrivaninha.

Quinn desvia o olhar da janela, a preocupação afugentada por uma avidez infantil.

— São os jornais da Velha Salem?

Foi a própria Quinn que fez a ligação entre a Velha Salem e o Caminho Perdido. Ela estava folheando um antigo livro de canções de ninar quando um pedaço de papel deslizou das páginas. Parecia ser o fim de uma carta muito mais longa, apenas algumas linhas preciosas:

> *...é verdade. O que estava perdido foi encontrado. Até mesmo as estrelas não são as estrelas que eu conhecia quando menina. Venha depressa, meu amor. Se queimarmos, que façamos isso juntos.*
>
> *S. Good*
>
> *10 de outubro de 1783*
> *Salem*

Abaixo da assinatura havia três círculos entrelaçados, salpicados com gotas de tinta que poderiam ter sido olhos.

Quinn o mostrou para Beatrice, e ela sentiu uma grande onda mover-se por seu corpo ao olhar para o papel, um arrepio elétrico que foi de sua espinha até seu escalpo. Aquilo não era um mito ou uma história infantil. Era uma prova em tinta e algodão de que as Eastwood não eram as primeiras irmãs excêntricas a invocarem a torre e suas estranhas constelações.

Ela encontrou os olhos de Quinn, e eles estavam da cor de ouro derretido.

— Dez de outubro. Meras semanas antes da Velha Salem cair.

Beatrice gostaria de ter o talento de Juniper para profanações. Ela se contentou com um rouco e insuficiente:

— Ah, *Deus*.

A Velha Salem, onde a bruxaria se reergueu no Novo Mundo, apesar de séculos de grilhões e estacas. Onde Tituba, Sarah Osborne, Sarah Good e o resto delas haviam realizado suas maravilhas e terrores, caminhando pelas ruas com feras pretas em seus encalços. Onde os homens temiam andar livremente e as mulheres não temiam absolutamente nada.

Até que o ilustre Juiz Geoffrey Hawthorn chegou com suas tropas de inquisidores. Legalmente, eles deveriam ter se anunciado e feito suas prisões, separado as pecadoras das ovelhas, conduzido julgamentos longos, e permitido que cada bruxa confessasse seus crimes enquanto era amarrada à estaca. Hawthorn achou que seria mais eficiente se pulassem direto para a última parte. Ele e seus homens chegaram à noite, em silêncio, exceto pelo crepitar das tochas acesas.

A cidade queimou por dias, com cada mulher, criança e gato azarado dentro dela. Os jornais relataram que as cinzas caíram até na Filadélfia, onde crianças brincavam com montes delas como se fossem neve.

Agora, a Velha Salem não passava de uma área queimada a centenas de quilômetros ao norte, ocupada por corvos, raposas e árvores pretas. Beatrice ouviu dizer que turistas ainda passavam por lá, pagando um centavo cada para que carruagens assombradas passeassem pelas ruínas.

Beatrice olha novamente para as caixas empilhadas, que contêm a coleção inteira de documentos da Universidade relacionados à Velha Salem, os quais o Sr. Blackwell providenciou com apenas um leve erguer de sobrancelhas e uma suave pergunta:

— Suponho que seja para o manuscrito de Hawthorn?

Beatrice fez um gesto que poderia ser considerado um aceno de cabeça.

Nenhum dos arquivos foi realmente transcrito ou comentado, a maioria está chamuscada ou queimada, ou é apenas indescritivelmente entediante. Mas, em algum lugar entre todos os registros, recibos e receitas de donas de casa, talvez — *talvez* — estejam as palavras e os caminhos que irão conduzi-las àquela torre coberta de roseiras.

Beatrice ajeita os óculos no nariz e se prepara para um longo dia.

— Acho que deveríamos começar catalogando o que temos. A senhorita vai ficar? Eu cuido das duas caixas de cima, e a senhorita pode olhar a terceira.

Mas a Srta. Quinn não está olhando para as caixas. Ela está observando Beatrice, e várias emoções conflituosas perpassam seu rosto.

— Ou — começa ela, chegando a alguma conclusão invisível — a senhorita poderia me acompanhar até a Feira Centenária, e comprar para mim o máximo daqueles bolinhos fritos que eu conseguir comer. Nós merecemos um dia de folga, não acha?

Existem poucas coisas que Beatrice gostaria de fazer mais do que acompanhar a Srta. Cleópatra Quinn até a Feira e lhe comprar bolinhos fritos.

Um minuto depois, as duas passeiam no calor adocicado da tarde, atravessando a praça em direção ao norte. Quinn balança a cabeça quando elas passam pelo porco de bronze.

— Ah, por favor. A senhorita parece perfeitamente capaz de fazer bruxaria quando lhe convém. Já notei...

Mas Beatrice tem sua linha de raciocínio interrompida, porque a Srta. Quinn pega a mão dela com certa casualidade, quase sem pensar, e a aninha em volta de seu cotovelo, o que deixa Beatrice incapaz de falar qualquer outra coisa.

As duas sobem a Avenida Santa Maria do Egito a passos largos, atraindo olhares de relance e de desprezo, mas sem lhes dar muita importância. Elas compram um par de ingressos amarelos e passam sob o alto arco de ferro da Feira Centenária, onde Beatrice compra para Quinn um número realmente desconcertante de bolinhos fritos. Mais tarde, elas dividem uma cerveja aguada, se livram de duas cartomantes, e ganham um anel espalhafatoso de latão com um diamante de vidro no jogo de girar a roleta.

Beatrice o dá de presente para Quinn com um floreio bobo e Quinn dá risada.

— Ah, acho que um é o suficiente para mim. — Ela dá um tapinha na própria aliança. — Não cometo o mesmo erro duas vezes.

Beatrice, em vez disso, desliza o anel em seu próprio dedo, e não sente nada de especial (um peso de chumbo, digamos, ou um arrepio entorpecente) se revirar em seu estômago.

Quando ela volta a erguer o olhar, nota que Quinn parou na fila da roda-gigante, e está gesticulando para que Beatrice se junte a ela. Beatrice não tem muita certeza se está interessada em se enfiar em uma pequena gaiola de vidro e se balançar sobre a cidade, mas a fila começa a avançar e Quinn diz:

— Ah, depressa!

Logo as duas estão apertadas, quadril contra quadril, girando em direção ao calor azul do verão.

A cabine cheira a cerveja velha e tem alguma coisa inadequada manchando as janelas, mas não importa. A cidade está distante e alheia embaixo delas, como a superfície da lua, e o vento sopra limpo e alegre em sua pele. Beatrice fecha os olhos e se pergunta se é assim que as bruxas se sentiam montadas em suas vassouras, como falcões que escaparam de seus pioses e que talvez nunca retornem para a luva de couro de seus donos, que os esperam lá embaixo.

A roda-gigante range ao parar. Beatrice e Quinn balançam juntas no céu aberto, beijadas pelo vento. A mão de Quinn ainda está pousada de leve no braço de Beatrice, que não está dando a mínima atenção a isso (o brilho perolado das unhas dela, a mancha de tinta na manga de sua blusa, o cheiro fresco de cravos-da-índia que flutua de sua pele).

Beatrice gira o anel de latão em seu próprio dedo.

— Seu marido — diz ela, sem pensar, e sente Quinn enrijecer ao seu lado. — Ele... Ele sabe como a senhorita passa suas tardes?

O sorriso de Quinn é astuto demais, presunçoso como o de uma esfinge.

— Ah, duvido muito. Ele geralmente está fora.

— Entendo. E a senhorita...

De repente, Beatrice não consegue mais se lembrar de como pretendia terminar a frase.

Quinn ainda está sorrindo.

— Nós temos um acordo. O Sr. Thomas é um homem muito *compreensivo* — diz ela, colocando uma ênfase peculiar na palavra, como se estivesse passando um bilhete para Beatrice escrito em um código que ela não conhece.

— Bom. Isso é bom. Quer dizer, eu achava que não existiam homens compreensivos.

Seu tom de voz é muito amargo. O sorriso dissimulado de Quinn enfraquece um pouco.

— Seu pai realmente fez um estrago em vocês três, não foi?

As duas já conversaram bastante sobre o passado da Srta. Quinn: sua infância em uma casa geminada lotada no Novo Cairo, cheia de neblina, fumaça, sol e amarelinha; suas tias, que lhe davam carinho, a mimavam e trançavam seus cabelos; sua mãe, que ainda tem uma loja de temperos e volta para casa cheirando à páprica e pimentas; seu pai, que costumava recortar cada um dos artigos de Quinn do *Defensor* e colá-los em um álbum de recortes, com o qual ele perturbava clientes e vizinhos em qualquer oportunidade.

Mas Beatrice não havia falado muito sobre sua própria família, pelo mesmo motivo que alguém não falaria de carniça na mesa de jantar.

Beatrice tenta dar de ombros com casualidade.

— A-acho que sim. — Ela puxa o anel de latão do dedo. — Ele era... Ele conseguia ser bem charmoso. Certa vez havia dois homens prestes a brigar por uma rixa entre famílias, e eu o vi convencê-los a desistir só com um sorriso e uma rodada de bebida. Mas ele também era... — *Um demônio, um monstro, um lobo sobre duas pernas.* — Diferente.

Quinn solta um murmúrio cuidadosamente neutro, e Beatrice sabe que, se quisesse, poderia parar por aí. Ela poderia pular as partes podres de seu passado como costuma fazer, e continuar imaculada por mais um tempo.

Mas as duas estão sozinhas muito acima da cidade, e a mão de Quinn ainda está em seu braço, e com certeza uma mulher que transformou um Santo em um porco consegue ter a capacidade de falar a verdade, não importa o quão pequena e sórdida ela seja.

Beatrice umedece os lábios.

— O problema não foi só meu pai. Foi... o internato de St. Hale.

Apenas dizer esse nome faz com que seu estômago se revire, como se a cabine tivesse quebrado e se soltado das amarras, despencando em direção ao chão.

Quinn puxa o ar por entre seus dentes.

— Aquele lugar tem... uma reputação sinistra. Beatrice, eu sinto muito.

Beatrice mal consegue ouvi-la com a lembrança do sibilar da cera quente em sua nuca curvada, a dor de seus joelhos no chão da capela. Suas mãos amarradas juntas em uma oração forçada, as cordas cortando-a profundamente. Uma dúzia de crueldades bem pensadas que afastava todos os desejos de seu corpo, exceto um: fazê-las parar.

Beatrice percebe que está torcendo o anel de latão com violência. Ele escorrega de seu dedo.

— Ah, querida, me perdoe...

Quinn tenta alcançá-lo, mas o anel cai entre as fendas de ferro da cabine e cintila em direção ao chão. Ele desaparece com um último lampejo do diamante de vidro lapidado.

Um breve silêncio se segue enquanto Beatrice se recompõe, os parênteses erguidos mais uma vez, como um par de mãos em concha ao redor de seu coração.

— Desculpe-me. Eu não pretendia ficar tão histérica.

— Não sei o que lhe disseram em St. Hale, mas algumas lágrimas não tornam uma mulher histérica.

Beatrice não havia percebido que estava chorando. Ela esfrega as bochechas com muita força, e sente o vento violento secando-as.

— De qualquer forma, a senhorita está enganada. Meu pai não me mandou para St. Hale — diz Beatrice com calma, mas há uma acidez em sua garganta. — Foi minha irmã.

Ao lado dela, Quinn fica espantada.

— Juniper? — sussurra ela.

— Certamente não. June é a mais barulhenta de nós três, mas dificilmente a mais perigosa. E ela era apenas uma criança quando tudo aconteceu.

Quinn não se move, não fala e nem faz perguntas. Ela apenas escuta, como se todo o seu ser estivesse curvado com esse propósito, como se Beatrice fosse alguém que valia a pena escutar.

Beatrice engole em seco com muita força.

— Nosso pai estava bravo com Agnes porque... — Existiria um certo tipo de justiça se Beatrice revelasse os segredos da irmã, um maldito olho por olho, mas ela descobre que não consegue fazer isso. — Nosso pai estava sempre bravo. Ou talvez nem sempre. Mamãe dizia que ele costumava rir e levá-la para dançar, até que a guerra... enfim. Eu nunca o vi dançar. Certo dia, ele foi atrás de Agnes, e ela me jogou na frente dele como alguém jogaria um osso para um lobo.

Agnes havia olhado para ela com olhos exageradamente arregalados e dentes à mostra. No rosto dela, Beatrice vira a certeza repentina de sua própria morte: o vermelho de seu sangue, o preto do porão, o cinza de sua lápide. Agnes era um animal cuja pata estava presa em uma armadilha de arame, decidindo se cravava os dentes em sua própria carne ou se apenas se deitava e morria.

E Beatrice observou sua irmã escolher. *Eu vi Beatrice com a filha do clérigo domingo passado.*

Até aquele dia, até aquele último segundo antes de Agnes abrir a boca para trocar sua vida pela de Beatrice, elas sempre haviam protegido uma à outra. Mas não mais.

Beatrice olha para a cidade, mas sem realmente vê-la.

— No domingo seguinte eu estava em St. Hale. Acho que o clérigo do condado ajudou com os custos.

Quinn permanece em silêncio um pouco mais, talvez à espera de mais detalhes da história, talvez apenas aguardando que o vento secasse a umidade nas bochechas de Beatrice.

— E ainda assim... a senhorita confia em Agnes agora? — pergunta ela.

— ... Sim.

Ou ao menos confia que a irmã quer a mesma coisa que elas: mais.

— Apesar de ela já ter quebrado essa confiança antes.

— Certamente a confiança nunca é de fato quebrada, apenas perdida. — Os lábios de Beatrice se curvam. — E o que está perdido, que não se pode encontrar?

Ela sente o calor âmbar do olhar de Quinn em seu rosto, examinando-a.

— Talvez a senhorita não devesse confiar com tanta facilidade, Srta. Eastwood. — Sua voz possui um tom ríspido, mas ela entrelaça, de maneira nada casual, seu braço no de Beatrice ao dizê-lo, e Beatrice não se afasta.

A roda-gigante gira, levando-as de volta ao chão, o vento de cheiro fresco substituído pelo odor gorduroso da Feira. Conforme elas voltam a passar embaixo do alto arco de entrada, ainda de braços dados, Quinn pede alegremente:

— Então, conte-me sobre essa segunda demonstração.

E Beatrice, que talvez não devesse confiar com tanta facilidade, o faz.

Fe, fi, fó, fum,
Verde e dourado, veja crescer o gramado!

Feitiço usado para cultivo. É necessário enterrar sementes e jogar ouro de tolo.

É Agnes Amaranth quem encontra o segundo feitiço. Ela está conversando com Annie antes do sino da troca de turnos soar, sussurrando sobre caminhos, palavras e feitiços meio escondidos em contos de bruxas, e Annie zomba da possibilidade.

— Você acha que existe bruxaria escondida em canções de adoleta? Feitiços secretos no conto de João e o Gigante?

Agnes a observa com seus olhos cinzentos semicerrados.

— Talvez. Conte-me essa história.

Mais tarde naquela noite, Agnes passa em frente aos destroços queimados da Fábrica de Vestuários Quadrados, na Rua da Santa Lamentação. Ela leu nos jornais que 46 mulheres morreram no incêndio, e outras 13 pularam das janelas altas.

— Faz parte da política da fábrica trancar as portas — argumentou o proprietário no tribunal. — Para que as garotas não se dispersem.

Ele e seu sócio pagaram uma multa de 75 dólares.

Parada ali, olhando para a carcaça queimada da fábrica com o calor se reunindo nas pontas de seus dedos, Agnes percebe que há piquetes de demarcação espaçados ordenadamente ao redor do terreno. Terra revirada. O início de um cadafalso. Ela sabe que a fábrica será reconstruída, com portas trancadas e tudo — que as irmãs, primas e mães das garotas mortas trabalharão em cima de suas cinzas —, e ela sabe, então, qual será a próxima demonstração delas.

No dia 10 de junho, Agnes e as Irmãs de Avalon caminham em duplas pela Rua da Santa Lamentação. Elas usam suas capas pretas esvoaçantes, seus diferentes tons de pele — branco, oliva e preto-argila — reluzem sob os lampiões a gás, e elas carregam sementes em seus bolsos: centeios, roseiras, glicínias e trepadeiras.

Elas plantam suas sementes na terra cinzenta da Fábrica de Vestuários Quadrados, e jogam punhados brilhantes de ouro de tolo no terreno. Depois pronunciam as palavras. São palavras bobas, roubadas de um conto sobre um garoto que troca sua vaca leiteira por um punhado de sementes mágicas com uma bruxa, conhecidas apenas por mulheres, crianças e sonhadores: *fe, fi, fó, fum.*

As Irmãs sentem o doce fluxo da bruxaria em suas veias. E vão embora antes que o primeiro broto verde surja na terra preta.

Ao amanhecer, a carcaça queimada da fábrica está praticamente escondida por folhas, raízes e gavinhas, que se estendem pelo prédio como se várias primaveras úmidas tivessem passado em uma única noite. Ao meio-dia, não resta mais nada do edifício, a não ser um ou outro ângulo reto aparecendo entre as trepadeiras, e um punhado de pregos queimados espalhados entre a grama alta. Passarinhos se empoleiram no emaranhado verde, e as folhas se agitam com o bater de asas e pequenos animais que correm entre elas. Um símbolo foi riscado em um pedaço de terra descoberto: três círculos, entrelaçados como cobras.

Os trabalhadores se reúnem, nervosos, em volta da fábrica, murmurando, franzindo a testa e fazendo o sinal da cruz. Muitos deles inclinam suas boinas para trás, a fim de olhar para a coisa que um dia já foi um canteiro de obras: as três trepadeiras frondosas onde antes se erguia o cadafalso; os tendões das glicínias onde antes ficava o mesquinho relógio de segundos, com seu coração frio, miserável e de segunda mão. Os homens então voltam para casa, assobiando desafinadamente. Um deles — um homem grande e impetuoso, com um broche de bronze no peito — começa a cortar e golpear a viçosa montanha verde, abrindo caminho à força até conseguir entrar. Ele nunca mais voltou, e ninguém foi procurar por ele.

Na manhã seguinte, um policial de uniforme preto está esperando ao lado do Sr. Malton na fábrica. Eles mandam as garotas esvaziarem os bolsos e sacudirem seus aventais antes de entrar, "*considerando os últimos acontecimentos*". Agnes obedece sem hesitar, e um punhado de sementes cai no beco, algumas brancas e outras negras e brilhantes, como olhos de besouro.

— São sementes de flores — diz ela inocentemente. — Para o vaso da minha janela, senhor.

Agnes agita os cílios bem próximo aos olhos, de uma forma que sempre deixou os homens muito estúpidos. O policial acena para que ela entre.

Três dias depois, Agnes está suando na esquina da Rua Treze com a Rua St. Joseph, semicerrando os olhos para o pedaço de papel quadrado e dobrado em sua mão: *August S. Lee. O Amigo do Trabalhador.*

A princípio, ela pensou que "o amigo do trabalhador" fosse algum tipo de título ou um slogan tedioso, mas Annie explicou-lhe que era um lugar: um bar no lado noroeste da cidade, frequentado por socialistas, sindicalistas, populistas, marxistas, universitários libertinos com bigodes finos, homens barbudos desempregados, e qualquer outro tipo de rebelde.

— August vai estar lá, causando problemas. — Annie balança a cabeça. — Sua mãe costumava dizer que ele jogava tijolos nas janelas de bancos antes mesmo de aprender a falar.

— E ainda assim, ele se recusa a se encontrar conosco.

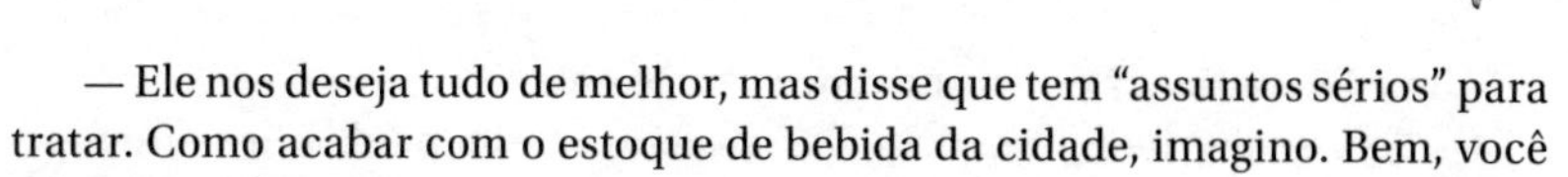

— Ele nos deseja tudo de melhor, mas disse que tem "assuntos sérios" para tratar. Como acabar com o estoque de bebida da cidade, imagino. Bem, você sabe como eles são.

Agnes sabia.

Mas ela também sabia que o Sr. August Lee possuía palavras e caminhos que ela queria muito, e que jovens rapazes em bares obscuros não eram conhecidos por sua hesitação, especialmente se houvesse uma moça encantadora olhando para eles através de seus cílios e dizendo "Ah! Que *chocante*!", em intervalos regulares. Agnes enrolou o cabelo como se enrolasse uma cobra preta lustrosa no topo de sua cabeça, deixando alguns fios habilmente soltos em volta do rosto, e escolheu uma pelerine da mesma cor de seus olhos, antes de sair para procurar O Amigo do Trabalhador.

No fim das contas, o lugar se parece pouco com um bar e mais com um porão sujo. Ela desce um lance estreito de escadas e encontra uma atmosfera deprimente de cigarro e fumaça, o sol de fim de tarde de verão substituído pelo zumbido amarelo das luzes elétricas.

Um ruído tranquilo de conversa circula pelo cômodo — o diálogo confortável entre homens com cerveja barata e nenhum lugar em particular para onde ir —, mas todos ficam em silêncio quando Agnes dá um passo à frente: uma mulher, jovem e sozinha, sua capa aberta em volta de uma barriga grávida.

Ela se aproxima do bar e pergunta pelo Sr. August Lee. Com uma expressão levemente desamparada, como um espião encurralado revelando a localização de seu camarada, o bartender aponta para uma cabine com encostos altos.

Quatro homens estão sentados à mesa, encarando-a com expressões que variam de um suave horror até um deleite malicioso. Agnes lhes dá um sorriso doce.

— Olá, rapazes. Eu gostaria de falar com o Sr. Lee. — Eles a encaram com diferentes graus de embriaguez, e Agnes acrescenta, com gentileza: — Se o seu nome não é Sr. Lee, *xô*.

Três dos homens saem na mesma hora. Eles deixam para trás um homem alto e magro, com um cabelo loiro ressecado pelo verão e um olhar desconfiado. O rosto dele é jovem, mas rígido, com a severidade de quem pulou algumas refeições: bochechas pontudas como flechas, nariz reto como a lâmina de uma faca, e uma mandíbula cheia de cicatrizes. Agnes talvez houvesse notado que ele era bonito, se tivesse tempo para homens bonitos.

O Sr. Lee ergue o olhar para ela. Agnes observa seus olhos percorrerem-na de cima a baixo, como de costume, parando muito brevemente em sua barriga inchada, antes de pousá-los em seu rosto.

Ele lhe oferece um sorriso com a clara intenção de ser atraente, mas a cicatriz ao longo de seu queixo o repuxa de um jeito torto e retorcido.

— Por acaso eu conheço a senhorita?

Ela abre outro sorriso doce.

— Posso me sentar? — Agnes se aperta dentro da cabine, sem esperar uma resposta. — Eu sou a Srta. Agnes Amaranth. Estou aqui para perguntar...

Uma desconfiança repentina cruza o rosto dele.

— Se a senhorita é uma daquelas abstêmias, está perdendo seu tempo. Aquela Wiggin já apareceu aqui duas vezes este mês, e não estou interessado na salvação.

— Ah! Não vim falar dos seus vícios ou defeitos, Sr. Lee.

Agnes imagina que essa seria uma conversa bem longa.

O sorriso atraente reaparece.

— Fico feliz.

— Estou aqui — começa ela, de maneira agradável — para falar sobre bruxaria. — O sorriso dele congela, parando pela metade em seu rosto. — Represento as Irmãs de Avalon. O senhor já ouviu falar de nós?

Ele precisa de dois segundos embriagados antes de arregalar os olhos.

— Ah, *inferno*. Aquele clube de mulheres sobre o qual Annie não para de tagarelar.

— Ah, o senhor já ouviu falar! Que adorável! Bem, estou aqui porque ouvimos uns rumores *fascinantes* sobre a greve da fábrica Pullman, em Chicago. — O rosto dele enrijece quando ela diz *Chicago*, e ele coça a cicatriz em seu queixo. Agnes finge não notar, movendo-se agitada, como uma garota inocente. — Algumas pessoas disseram que o trabalho foi paralisado por meios... esquisitos. Máquinas enferrujadas, fornalhas que nunca queimavam, madeiras que apodreciam da noite para o dia. — Ela se inclina para a frente de um jeito conspiratório, olhando para ele através de seus longos cílios pretos. — Tínhamos a esperança de que o senhor pudesse estar disposto a nos contar mais sobre o assunto. Compartilhar alguns de seus caminhos e palavras.

O Sr. Lee a observa por um longo instante, avaliando-a antes de se recostar no banco, com um dos braços estirados sobre seu encosto, e beberica o dourado espumoso da cerveja.

— O que aconteceu na Fábrica de Vestuários Quadrados foi coisa das suas garotas? — pergunta ele num tom imparcial. — E na Praça St. George?

Agnes, que tem a vaga sensação de que seria imprudente confessar crimes para um quase estranho, apenas sorri.

Ele ergue a cerveja em um brinde de zombaria.

— Bem impressionante. Ostensivo. Eu tenho visto o símbolo das senhoritas por toda a cidade.

Agnes também tem visto: três círculos desenhados com fuligem nas paredes de becos ou arranhados nas laterais dos bondes; três grinaldas de flores penduradas juntas em uma vitrine de loja, as bordas sobrepostas; três círculos bordados nas etiquetas de camisas de fábricas clandestinas. O Símbolo das Três havia se espalhado por Nova Salem como as raízes subterrâneas de alguma árvore grande e invisível, abrindo túneis sob os paralelepípedos e emergindo em cada tecelagem, cozinha e lavanderia.

— Sim, tem chamado certa atenção, não é? — comenta ela com um ar distraído, tentando esconder o sorriso impetuoso demais.

— E aí está seu problema, Srta. Agnes Amaranth.

O tom do Sr. Lee é de uma condescendência tão perfeita, que Agnes acha que ele deve ter tido algumas aulas. Ela imagina uma turma inteira cheia de homens jovens e bonitos, praticando sorrisos de pena.

— Sabe, em Chicago — continua ele —, não estávamos interessados em chamar a *atenção*. Não era uma maldita peça de teatro. Era uma *guerra*. Não uma performance.

Agnes se permite imaginar a expressão do Sr. Lee caso ela pegasse a cerveja e a jogasse na cara presunçosa dele. Ela curva os lábios em outro sorriso afetado.

— Ainda assim, Sr. Lee. Certamente não seria uma imposição *tão* terrível assim, se o senhor passasse uma ou duas noites conversando conosco, não é? Prometo que seríamos alunas muito gratas.

Agnes pensa em Juniper, que talvez demonstre sua gratidão ao permitir que o Sr. Lee deixe o recinto de pé e não de quatro, e segura uma risada.

O Sr. Lee ainda está esparramado no banco, imóvel. Ele inclina a cabeça para ela.

— Por acaso tudo isso — ele gesticula com a cerveja para ela, indicando desde os cílios até os cabelos amarrados — costuma dar certo para a senhorita? Olhares doces e artimanhas?

Agnes endireita a postura bem devagar, seu sorriso afetado se transformando em um frio olhar avaliador.

— Geralmente, sim.

Ele balança a cabeça com pesar.

— Sinto muito desapontá-la. Annie disse que a senhorita era muito atraente — Agnes sente uma onda súbita de ternura por Annie —, e tão inflexível quanto o prego de um caixão — a ternura diminui bastante —, o que francamente é mais interessante. Eu simpatizo com a causa das senhoritas, de verdade. Também havia mulheres nos trilhos de trem em Chicago, e ficamos gratos por isso. Mas, no fim das contas, o problema são as leis da natureza.

— Que leis, exatamente? — pergunta ela, sua voz agora sem qualquer traço de doçura.

O Sr. Lee toma outro gole, a espuma em formato de polegar marcando seu lábio superior.

— Mulheres não conseguem usar magia de homens.

Agnes sente invisíveis nuvens carregadas deslizando para mais perto.

— Não?

— Não é uma ofensa. Somos apenas feitos desse jeito. Um homem faria uma bagunça se usasse bruxaria de mulher, certo? Todos aqueles encantamentos complicados para cuidar da casa e manter o penteado no lugar...

As nuvens crepitam ainda mais perto, arrepiando os pelos de seus braços.

— O senhor alguma vez já tentou?

Ele parece levemente insultado, como se ela tivesse perguntado se ele às vezes usava espartilhos ou rendas.

— É claro que não.

— Então me diga um feitiço de homem para eu tentar, aqui e agora.

O tom dela corta a preguiça tolerante na expressão do Sr. Lee. Ele se endireita um pouco no banco, senta-se mais ereto, seus olhos encarando a linha de ferro da boca de Agnes.

— Seu pai sabe onde a senhorita está?

Ela dá de ombro friamente.

— Ele morreu.

— Seu marido?

Agnes ergue a mão esquerda e agita os dedos sem anéis.

— Hum. Mas e o bebê? Tem certeza de que uma mulher nas suas condições deveria...

Agnes abaixa todos os seus dedos, exceto um, o que faz o Sr. Lee bufar em sua cerveja.

Ele seca os respingos com a manga da camisa, sorrindo de um jeito indefeso e infantil, o que de repente o faz parecer muito mais jovem. Ele olha para ela e murmura algo que se parece muito com um "*minha nossa*".

Agnes sente um sorriso repuxando seus lábios em resposta, mas se força a interrompê-lo.

— Tenho uma proposta, Sr. Lee. — Há uma voz na cabeça dela dizendo que esta é uma proposta muito estúpida, mas ela a ignora. — Se eu conseguir lançar um feitiço de sua escolha, para a sua satisfação, o senhor concordará em nos ajudar do jeito que puder.

O Sr. Lee cruza os braços e adota uma expressão pouco convincente de relutância. Agnes apostaria uma semana de salário que ele era o tipo de garoto que nunca recusava um desafio ou desistia de um blefe.

— E se a senhorita não conseguir?

— Então eu o deixarei em paz.

— Que pena. Não gosto muito de paz.

— Então o que o senhor quer?

Uma centelha de malícia perpassa os olhos dele.

— Um beijo.

Agnes não está surpresa: ele gosta de flertar, e ela é uma mulher de morais ilustradamente questionáveis, e, em sua experiência, um homem quase nunca quer outra coisa dela. Mas fica surpresa ao sentir uma centelha de desapontamento. Talvez por ele ser tão previsível. Talvez por ela se sentir tentada.

Ela cruza as mãos afetadamente.

— Sinto dizer, mas meus beijos não estão à venda, Sr. Lee.

— Então o que a senhorita propõe?

Agnes finge pensar no assunto.

— Se eu perder, poderia me abster de dizer à sua prima que o senhor fez tal proposta a uma jovem dama de maneira tão rude.

A diversão desaparece ligeiramente de seu rosto. Annie já apareceu diversas vezes no trabalho com os nós dos dedos machucados. Agnes suspeita que ela esconde um pavio curto sob o lenço e o avental.

— Uma contraproposta atraente — murmura o Sr. Lee. — Eu aceito.

Ele termina a cerveja e fica de pé, colocando a caneca de volta na mesa com um floreio dramático. Em seguida, ele pisca para ela.

— Observe com atenção, sim?

O Sr. Lee vasculha o bolso sobre seu peito, tira um único palito de fósforo de ponta verde e o segura sobre a caneca vazia. Ele entoa uma série de palavras que parecem estrangeiras — Agnes acha que pode ser latim ou grego — e risca o fósforo.

Escuta-se um som delicado conforme a caneca racha e se estilhaça, as fissuras correndo pelo objeto como se estivesse congelando. A caneca permanece de pé, segurando-se mais por hábito do que por qualquer outra coisa.

Alguns homens estão observando do bar. Eles grunhem em aprovação. August entrega a caixa de fósforos para Agnes como se fosse um buquê.

Ela sai do espaço estreito da cabine e fica de pé. Seus dedos roçam os dele enquanto ela escolhe um fósforo.

Agnes pigarreia.

— As Irmãs de Avalon se reúnem na pensão Oráculo do Sul, Sr. Lee — diz ela, friamente. Os olhos dele brilham em admiração. — Bata no número 7 e diga a palavra *hissopo*.

É o código secreto que ela e as irmãs usavam quando meninas: *hissopo* significava que tudo estava bem; *cicuta* significava corra e se esconda.

Agnes segura o fósforo acima da caneca quebrada e tropeça nas palavras. Uma centelha de calor percorre sua espinha. Ela diz as palavras uma segunda vez, derramando sua vontade nelas: seus pés doloridos e sua barriga pesada, sua esperança e sua fome, seu profundo aborrecimento com rapazes bonitos que barganham beijos como se fossem moedas. O calor queima febril sob sua pele. Sua filha chuta com força em sua barriga — *Desculpe, querida.*

Ela fecha os olhos e risca o fósforo.

Um barulho de estalos e estilhaços preenche o bar, seguido de vários ganidos nada viris e uma boa quantidade de palavrões.

Agnes mantém os olhos firmemente fechados, oscilando de leve, e sente um cheiro repentino de plantas, como tabaco recém-cortado.

Quando abre os olhos, ela se depara com um colete de lã cinza a alguns centímetros de seu nariz, e com dois braços estendidos no alto, um de cada lado de seu rosto, protegendo-a. O calor se dissipa e ela se sente friorenta e atordoada, terrivelmente tentada a encostar a testa naquele colete quente de lã cinza.

O Sr. Lee recua e um leve estalar de vidro pode ser ouvido sob suas botas. Seus olhos estão muito arregalados. Uma linha vermelha cintila em sua bochecha, e outras duas ou três cortam seus antebraços. Gritos e resmungos se erguem ao redor deles, enquanto os homens agitam as asas quebradas das canecas de cerveja na direção deles, de um jeito nada amigável.

O Sr. Lee limpa os estilhaços de vidro de seu cabelo e a olha nos olhos.

— Muito bem, Srta. Agnes Amaranth. Qual era o endereço mesmo?

Ele sorri enquanto fala — um sorriso torto, retorcido e meio envergonhado. A presunção em seus olhos fora substituída por um brilho decidido.

— Na rua da Oráculo do Sul. Vá depois de escurecer, e não faça barulho no corredor. A senhoria desaprova a visita de cavalheiros.

Ela se vira para ir embora, abrindo caminho por entre os cacos brilhantes e a bebida derramada.

— Posso levar flores? — grita ele atrás dela.

Agnes não olha para trás ao sair, para que ele não veja seu sorriso.

— Tenho certeza de que pode levar o que quiser, Sr. Lee, desde que leve também sua magia.

Quando Agnes retorna para a Oráculo do Sul, Juniper está sentada de pernas cruzadas na cama, jogando uma maçã meio murcha de uma mão para a outra, enquanto Bella lê um de seus livros mais empoeirados e com a mais enfadonha das aparências.

Agnes está suada e irritada, com pontinhos cintilantes presos no redemoinho preto de seus cabelos.

— Teve sorte? — pergunta Juniper a ela.

Agnes dá uma risada sombria.

— Encontrei o Sr. Lee, se é isso que está perguntando. Mas não há nada de sortudo nisso. Ele é arrogante, fútil, provavelmente um criminoso, e *nem de longe* tão bonito quanto ele mesmo se acha.

Agnes franze a testa para seu próprio reflexo no pedaço quebrado que lhe serve de espelho. Ela desfaz o penteado e bagunça seu cabelo, insatisfeita de uma forma incompreensível.

— Que ele vá para o inferno, então — diz Juniper suavemente. — Nós vamos encontrar outro rapaz para nos ensinar a magia dos homens. Alguém deve ter um tio ou um irmão...

— Não! — A voz de Agnes está muito mais incisiva do que o estritamente necessário. — Quer dizer, o Sr. Lee já concordou em nos ajudar. Ele estará aqui em breve, talvez amanhã à noite.

Ela lança um olhar descontente ao redor do quarto, seus olhos se demorando nas pilhas desordenadas de papéis e livros, nos pedaços de tecido preto desfiado, nas ervas amarradas em pacotes para secar em frente à janela, e nos potes de conserva barulhentos graças às sementes e aos ossos. A Oráculo do Sul está cada vez mais parecida com a cabana de Mama Mags.

— Vou sair — anuncia Agnes.

— Para quê?

Agnes gesticula vagamente para as suas costas enquanto sai apressada.

— Um vaso.

Juniper a observa ir embora, seu queixo ligeiramente relaxado. Ela olha para Bella e vê que os olhos da irmã estão enrugados atrás dos óculos.

— Qual é a graça?

— Nada. É só que... nossa irmã sempre teve um péssimo gosto para homens.

Juniper acha essa afirmação tão desconcertante e absurda que não consegue pensar em uma resposta. Em vez disso, ela muda de assunto.

— Encontrei Cleo aqui mais cedo. O que ela trouxe para nós?

Bella fica corada. Juniper tem notado ultimamente que a irmã cora frequentemente com a menção do nome de Cleo Quinn.

— Ah, eu perguntei se ela poderia encontrar alguma coisa sobre a Srta. Grace Wiggin. Já que você continua insistindo que ela é uma bruxa perversa com poderes abomináveis.

— Ela *é* uma bruxa perversa...

— A Srta. Quinn fez umas pesquisas. Grace cresceu na Casa dos Anjos Perdidos. É um orfanato — explica ela, em resposta ao olhar inexpressivo de Juniper. — Até que foi adotada aos 16 anos por um cavalheiro mais velho, que não tinha herdeiros, apenas a generosa herança de um tio. Esse cavalheiro hoje é um dos membros da Câmara Municipal.

— Quem?

— Um certo Sr. Gideon Hill.

Juniper pensa nessa revelação por um tempo, se perguntando se ela esclarece alguma coisa ou se apenas deixa tudo ainda mais confuso.

— Então... ela está apenas fazendo campanha para o pai? Escrevendo para os jornais, balançando cartazes e aborrecendo todo mundo?

Bella dá de ombros.

Juniper volta a jogar a maçã de um lado para o outro, sussurrando palavras para si mesma, das quais apenas algumas são profanações. Às vezes ela para, a fim de inspecionar a maçã com atenção, como se procurasse por larvas, depois volta a sussurrar. Ela toca a maçã com objetos diferentes: moedas e ossos, fitas vermelhas e penas de corvo, mas nada parece mudar.

Quase uma hora depois, ela bate com o polegar na casca da maçã e sorri ao ouvir o delicado tilintar que ela produz.

— Bem, espero que nossa irmã esteja com a cabeça no lugar até a lua cheia.

— Hum? — murmura Bella, distraída, sem tirar os olhos do livro.

Juniper coloca um objeto pesado e pequeno sobre as páginas. Bella o espia através dos óculos e arfa de leve.

— O que... como...

— Electa me ensinou uma das antigas canções da mãe dela. Achei que podia ser um feitiço.

Juniper pega a coisinha pesada de cima do livro da irmã e a segura contra a luz. É redonda e lustrosa, brilhando em um tom de amarelo manteiga: uma pequena maçã dourada.

Juniper sorri para a maçã, para aquilo que saiu de um livro de contos e de uma canção, e que agora brilha na palma de sua mão, tão real quanto qualquer outra coisa.

— Acho que encontrei nossa terceira demonstração.

16

Ferrum rubigine, pernay o chronoss.

Feitiço usado para enferrujar.
São necessários sal, saliva e bastante paciência.

Na noite após Agnes Amaranth ter estilhaçado cada garrafa e caneca de cerveja do Amigo do Trabalhador, o Sr. August Lee bate à porta do quarto nº 7 da pensão Oráculo do Sul.

Agnes está debruçada sobre um mapa de Nova Salem junto a um punhado de outras Irmãs, debatendo as melhores rotas para se aproximarem de sua terceira demonstração, quando a voz rouca de um homem pode ser ouvida do corredor.

— Hã, *hissopo*.

O quarto fica em silêncio. Olhares preocupados disparam como andorinhas entre elas.

Juniper se levanta da cama, pegando sua bengala de cedro vermelho do mesmo jeito que um homem pegaria uma pistola carregada.

— Está tudo bem, June. É só o primo de Annie.

Juniper já tinha escancarado a porta, revelando o magricela e surpreendentemente elegante Sr. Lee. Sua camisa aparenta ter sido passada a ferro, e seu cabelo loiro, ressecado de verão, parece ter sofrido um encontro recente com um pente. Na mão esquerda, ele segura uma explosão de cravos vermelhos.

Ele toca sua boina de maneira educada.

— Boa noite, senhoritas. Estou aqui a pedido da Srta. Agnes Ama...

— Sabemos quem é o senhor. O que é isso? — Juniper agarra os cravos e os examina. Ela arranca algumas pétalas e as esmaga entre seus dedos, cheirando-as com desconfiança. — Acho que Mama Mags nunca usou isso aqui em suas bruxarias. Quais propriedades eles têm?

Por um momento, o Sr. Lee fica em silêncio, perplexo com a jovem rude e seu olhar verde brilhante.

— Isto não é... não são para um *feitiço*. São *flores*, para a senhorita... — O Sr. Lee olha meio freneticamente ao redor do quarto mais-largo-do-que-deveria-ser, e por fim avista Agnes, que está com o quadril inclinado contra a mesa da cozinha, lutando para não sorrir.

Mas não consegue evitar.

— Deixe-o entrar, June. Dê cá o buquê. — Agnes resgata as flores e as coloca em um vaso de porcelana lascado. Elas pendem desamparadamente da borda, parecendo claramente maltratadas. — Fico muito feliz que tenha se juntado a nós, Sr. Lee. Vejo que já conheceu minha irmã caçula, a Srta. James Juniper. Esta é a Srta. Beatrice Belladonna, e estas são as Srtas. Victoria e Tennessee Hull...

Agnes gira pelo quarto, apresentando tanto suas irmãs quanto as Irmãs de Avalon. Em uma tentativa de se recuperar do susto, o Sr. Lee lança um sorriso encantador para duas garotas do Pecado de Salem. O olhar que elas lhe dão em resposta é de uma frieza tão grande que Agnes quase sente pena dele. Ele redireciona o sorriso para Bella, cujo desinteresse educado, mas profundo, é de algum modo ainda mais esmagador. Desesperado, o olhar do Sr. Lee se volta para Agnes.

Ela gesticula para uma das cadeiras no quarto que não combinam entre si.

— Podemos começar?

No fim das contas, a primeira aula do Sr. Lee sobre a magia dos homens não chega a ser uma aula de fato, mas sim um interrogatório hostil. Bella está empoleirada na cadeira ao lado dele, com seu caderninho preto apoiado nos joelhos, interrompendo-o a cada seis ou sete segundos com inquirições e observações complicadas (*"Como a mecânica celeste pode alterar os efeitos do feitiço?" "Todos os seus feitiços são pronunciados no modo imperativo em vez do subjuntivo?"*). Enquanto o Sr. Lee se atrapalha com respostas que são, em sua maioria, longas pausas e expressões de dor, Juniper está sentada do outro lado dele, distorcendo as palavras a plenos pulmões e reclamando quando o feitiço não surte nenhum efeito óbvio (*"Mas como a magia dos homens é boa, hein? Como se diz* merda *em latim, Sr. Lee?"*). Fica claro que, qualquer que tenha sido o trabalho do Sr. Lee em Chicago — Annie disse que ele era um guarda-linha, que depois se tornou um dos braços direitos de Debs, e foi acusado, pelo estado de Illinois, de incêndio criminoso e incitação à desordem pública —, não o havia preparado para passar duas horas com as irmãs Eastwood.

Parecendo incomodado, Lee retira do bolso do colete uma pitada de sal e um prego torto, e entoa um feitiço para o prego em um latim grosseiro, até que o objeto pareça um pouco mais quebradiço e vermelho, como se tivesse contraído uma urticária repentina.

— Ótimo — zomba Juniper —, se você tiver um ou dois anos de sobra.

Lee bate uma das mãos na mesa, seu charme a um fio esfarrapado de desmoronar ao redor dele.

— Escute, esse mesmo feitiço destruiu quase dois quilômetros de uma linha férrea em Chicago, e me derrubou a ponto de eu ficar bem perto da morte. Quando se está nas linhas de frente...

Agnes acha que ele está se preparando para um discurso de verdade, cheio de uma paixão aflita e batidas no próprio peito, quando uma das garotas à mesa bufa baixinho, mas de uma forma rude.

— Você não reconheceria uma linha de frente nem se ela te mordesse, garoto — diz Gertrude Bonnin, uma mulher indígena de uma das Dakotas.

O Sr. Lee olha para ela, não tão ofendido quanto desesperado, e Juniper passa um braço ao redor dos ombros tensos de Gertrude.

— Nossa garota aqui lutou nas Guerras Indígenas no oeste, *Sr. Lee.* Ela e um grupo de outras garotas fugiram do internato, usando uma bruxaria que só os Santos sabem qual foi, porque ela não quer nos dizer, e se juntaram às suas mães e tias nas linhas de frente.

Gertrude dá um tapinha no braço de Juniper.

— Nem toda palavra e caminho pertencem a você — diz ela, sem qualquer vestígio de remorso.

— Mas e quanto à ascensão das mulheres ao redor do mundo? E quanto à união universal feminina e à camaradagem entre nós?

Agnes está absolutamente certa de que o estoque de palavras de três sílabas de Juniper acabou de se esgotar. Ela suspeita que a irmã está citando um panfleto que receberam da Liga do Refúgio das Bruxas no País de Gales. Ele veio acompanhado por uma doação abastada da Srta. Pankhurst para a causa das Irmãs, e um convite para o ritual do solstício de verão em Stonehenge.

Pela segunda vez, Gertrude bufa de forma rude.

— Quando eu te vir lá no oeste, lutando ao nosso lado contra a cavalaria estadunidense, vou nos considerar camaradas.

Juniper agita o prego torto para Gertrude em resposta, e murmura sobre garotas Sioux teimosas e homens inúteis. Àquela altura as irmãs Hull intervêm, insistindo que elas nem precisariam do Sr. Lee se, em vez disso, invocassem as almas de seus ancestrais mortos e pedissem instruções. Juniper dá uma sugestão obscena de onde Victoria poderia enfiar sua bola de cristal, e a partir daí o tom da noite vai de mal a pior.

O Sr. Lee observa o debate crescente com o queixo levemente relaxado e o cabelo loiro despenteado. Agnes se aproxima mais dele e baixa a voz sob o barulho do quarto.

— Qual é o problema, Sr. Lee? Não foi assim que o senhor imaginou nosso pequeno clube de mulheres?

— Eu... nem um pouco. — Ele esfrega uma das mãos no queixo. — O que é aquilo ali?

Ele aponta com a cabeça para uma pilha de retalhos pretos de feltro e de seda, espalhados como penas escuras.

— Ah, nada que poderia interessá-lo, tenho certeza. Só mais uma *performance*.

Por algum motivo, isso provoca outro de seus sorrisos brilhantes e joviais.

— Minha *nossa*, Srta. Eastwood, mas que língua afiada — murmura ele. — Por acaso as senhoritas farão crescer asas em si mesmas? Irão passear em vassouras ao longo do Espinheiro?

Bella, que pelo jeito estava entreouvindo tudo, começa a dizer algo sobre a ausência de evidências históricas de que bruxas especificamente preferiam *vassouras*, e que tais lendas talvez se referissem a uma variedade de feitiços para voar ou levitar, mas Agnes a interrompe, porque o assunto é chato e ninguém se importa.

— Essa informação é apenas para as Irmãs, Sr. Lee.

— Por favor, me chame de August. — Ele ergue o olhar para ela, e há um brilho de desafio em seus olhos. — E o que é preciso fazer para se juntar às Irmãs de Avalon?

Agnes também nunca gostou de recuar de um desafio.

— Bella, pode me passar a lista, por favor?

Bella hesita por um longo segundo, antes de deslizar seu caderninho preto pela mesa. Lee escreve seu nome, AUGUST SYLVESTER LEE, embaixo dos outros, e joga a caneta como se fosse uma luva de duelo.

— Agora o juramento, senhor. Espete seu dedo e desenhe uma cruz, depois repita comigo.

— Bruxaria? Tem certeza de que um homem é capaz de usá-la?

— Tem certeza de que o senhor é um homem? Parece mais um rato.

August dá uma gargalhada antes de espetar o dedo e dizer as palavras. Os dois sorriem um para o outro de maneira meio boba, até que Juniper semicerra os olhos para eles.

— Ah, pelo amor de Deus — murmura sombriamente.

Mais tarde, depois que a maioria das Irmãs de Avalon se esgueirou pelos corredores da Oráculo do Sul até a escuridão úmida e fresca daquela noite de junho, depois que August foi embora — inclinando o chapéu tão baixo que foi quase uma reverência — e Agnes o observou partir com uma das mãos sobre a barriga, lembrando a si mesma o preço que uma mulher pagava por seus desejos, Bella pigarreia.

Ela está parada à porta com seu caderninho preto enfiado debaixo do braço, encarando Agnes com profundas linhas de expressão em volta da boca.

— Tome cuidado, Ag. — É quase um sussurro. — Ouvi Annie dizendo que ele só vai ficar um mês por aqui para se esconder. Não acho que ele é do tipo que fica muito tempo no mesmo lugar.

— Não é... não é da sua conta, droga — sibila Agnes em resposta.

— Eu só não queria que você criasse um vínculo que pode ser... imprudente.

— E que tal a adorável Srta. Quinn? *Ela* é um vínculo prudente?

O rosto de Bella fica pálido, seus ombros curvando-se em volta de uma ferida invisível.

— E-eu não sei do que está falando — diz, saindo depressa do quarto.

Agnes fica sozinha, sentindo-se como uma cobra ou um caco de vidro, algo que machuca quando segurado muito próximo.

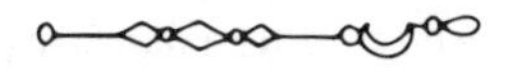

Na próxima reunião das Irmãs, Beatrice escolhe sentar-se junto à Srta. Frankie Black. Elas trabalham lado a lado, cortando tiras de seda e botões de uma pilha de saias velhas e blusas que foram doadas. Novas Irmãs chegaram, e elas precisam de mais mantos de bruxa.

Beatrice envolve Frankie em uma conversa leve sobre família e passado, apreciando seu tranquilo sotaque sulista, antes de perguntar casualmente se Frankie por acaso conhece a Srta. Cleópatra Quinn.

Frankie olha de esguelha para ela.

— Conheço.

— Ah, achei mesmo que conhecesse. E vocês duas são... próximas?

— Fomos bem próximas por um tempo.

A voz de Frankie é muito equilibrada, mas o coração de Beatrice bate duas vezes mais rápido ao ouvir aquele *bem*. Ela pensa em todas as coisas que Quinn não lhe contou, no trabalho que ela não compartilha.

— Bem — diz ela com leveza —, eu a conheci recentemente. Ela é bastante...

Beatrice deixa a voz morrer, sem ter certeza de que palavra gostaria de ter dito (*enigmática, persuasiva, fascinante*).

Frankie se vira para encará-la diretamente. Há um brilho inconfundível de pena em seus olhos.

— Olha, é melhor você saber antes que tenha seu coração partido: a Srta. Cleópatra Quinn tem... *outros* interesses, e eles sempre virão em primeiro lugar.

— Outros...? — Beatrice pagaria qualquer quantia em dinheiro se isso fosse impedi-la de corar. — Você quer dizer a Liga das Mulheres Negras? — pergunta, odiando o tom desesperado de otimismo em sua voz.

A pena nos olhos de Frankie se aprofunda.

— Não, não é a Liga das Mulheres Negras.

— Ela é afiliada à Liga, não é?

— Acho que ela não participa de uma reunião há meses. Se é que já participou.

— Então e-eu não sei o que quis dizer.

Mas Beatrice sabe.

Ela sente sua elaborada teoria — de que Quinn trabalhava clandestinamente para uma organização de direitos das mulheres — murchar como um pão encruado. Havia uma razão muito mais óbvia para que uma mulher bonita com um marido *compreensivo* pudesse fazer visitas particulares em lugares improváveis, pudesse desaparecer por horas sem dizer para onde ia. Beatrice se lembra de seu primeiro encontro com Quinn, do sorriso ofuscante, do ousado chapéu coco, do charme natural.

Uma mulher como essa poderia arranjar algo muito melhor do que uma bibliotecária magricela. Abatida, Beatrice se pergunta se ela foi a única mulher a acompanhar a Srta. Quinn à Feira.

Frankie respira fundo e estende o braço para dar um tapinha na mão dela.

— Não se preocupe. Você com certeza não foi a primeira.

Depois da conversa com Frankie, Beatrice fica mais cuidadosa. Ela não permite mais que a Srta. Quinn enlace o braço no dela e a acompanhe em lugares públicos. Quando seus olhos se encontram — cinza e dourado, a nuvem e o raio de sol —, Beatrice desvia o olhar após um único segundo (ela conta mentalmente: *um Mississippi*, estendendo as sílabas de maneira longa e vagarosa).

Da última vez que Quinn visitou a biblioteca, Beatrice sugeriu firmemente que não havia necessidade de ela vir de lá do Novo Cairo até ali com tanta frequência, já que elas tinham terminado de examinar os documentos sobre a Velha Salem e não haviam encontrado nada mais interessante do que algumas pétalas secas de rosas e um trapo desbotado do que pensaram ser renda, mas que, na verdade, era a troca de pele de alguma cobra morta há muito tempo. Todo o resto — as transcrições do tribunal, anotações de diários, registros e cartas — era dolorosamente mundano ou misteriosamente fragmentado. Um diário promissor cujas páginas finais foram arrancadas; a carta de uma menininha para sua tia, com passagens inteiras desbotadas; um relatório de um dos inquisidores que queimou a cidade, que terminava com: *Depois que as chamas morreram e os gritos cessaram — e posso garantir que os ouvirei até o dia do Juízo Final —, o Juiz Hawthorn nos fez vasculhar as cinzas durante dias. O que quer que ele estivesse procurando, não encontrou.*

— Se o segredo para chamar o Caminho Perdido existe, podemos ter a razoável certeza de que não está na Biblioteca da Universidade de Salem. — Beatrice encontrou os olhos da Srta. Quinn (*um Mississippi*). — Estou certa de que seu tempo seria melhor aproveitado buscando... outras possibilidades.

Quinn abriu a boca como se fosse contestar, mas a expressão no rosto de Beatrice a fez se calar.

— Como quiser, Srta. Eastwood.

Somente depois que ela foi embora é que Beatrice notou que Quinn esqueceu seu chapéu coco.

Beatrice passa o resto da semana trabalhando sozinha. Ela transcreve os capítulos que lhe foram atribuídos; acrescenta mais contos de bruxas e rimas ao seu caderninho preto, e preenche páginas e mais páginas com anotações, teorias e experimentos que deram errado (*Solstícios e equinócios tornam o feitiço mais potente? Sangue da Donzela e lágrimas da Anciã — e quanto à Mãe???*); ela semicerra os olhos para sombras inocentes conforme deslizam pelo chão, e mantém a linha de sal na soleira da porta. O Sr. Blackwell pisca ao passar por cima do sal e pergunta com delicadeza se Beatrice tem se sentido bem.

Se um certo aroma permanece no ar, Beatrice não percebe (cravos-da-índia, papel de jornal, óleo de máquina).

Ela vê a Srta. Quinn algumas vezes, em reuniões das Irmãs de Avalon, entrando e saindo da Oráculo do Sul conforme elas planejam a terceira demonstração, mas de algum modo nunca se lembra de devolver o chapéu coco. Quinn também não o pede.

No dia 18 de junho, o calor do verão finalmente penetra o calcário e os painéis de madeira da biblioteca, e ficar sentada em seu escritório é como estar sentada dentro da boca úmida de um animal. Até os livros parecem amarrotados e desgrenhados, as páginas inchadas.

Beatrice trabalha até o meio da tarde, suada, desanimada e solitária. Seus olhos deslizam para o chapéu coco em sua mesa.

Ela fica de pé e o enfia debaixo do braço. Pode até ser imprudente ter um vínculo especial com a Srta. Quinn, mas certamente Beatrice pode desfrutar de sua companhia. De vez em quando. Ela avisa ao Sr. Blackwell que está indo mais cedo para casa e sai a passos largos para o brilho enevoado da praça.

O bonde a deixa no extremo sul da Segunda Rua, onde os paralelepípedos bem-cuidados dão lugar à terra compactada, onde casas imponentes são substituídas por cortiços feitos às pressas, e volta a seguir para o norte. Beatrice continua seu caminho a pé, pisando sobre a linha invisível que separa um bairro do outro — apesar de o Novo Cairo não ser bem um bairro dentro de Nova Salem, mas sim uma investida contra a cidade.

Em vez de um conjunto organizado de ruas, há uma confusão a esmo; em vez de cortinas e janelas fechadas, há sacadas cheias de vasos de flores, roupas penduradas e toldos reluzentes. Até as igrejas são suspeitosamente alegres, cantando a plenos pulmões em vez de fazer badalar os sinos e entoar cânticos tristes. A cidade revidou — aprovou pequenos decretos exigentes e distribuiu multas por janelas quebradas, forçando o bairro inteiro a se tornar um único e esquisito distrito eleitoral —, mas o Novo Cairo insiste em crescer. Com um sorriso amargo, Beatrice já ouviu o bairro ser chamado de *A Selva*, ou *Pequena África*. Ela acha que as pessoas têm medo de dizer *Cairo* em voz alta, como se a palavra pudesse invocar tumbas douradas e rainhas bruxas instantaneamente.

O escritório do *Defensor* fica seis quadras ao sul, em um prédio vermelho fuliginoso que zumbe com a constante agitação da prensa. O secretário ergue os olhos quando Beatrice entra.

— Cleo não está aqui, Srta. Eastwood. Dê uma olhada na loja da Araminta, na Rua Noz.

Ele pronuncia *noz* de um jeito estranho, quase como se dissesse *nôs*.

Mesmo depois de várias curvas erradas e de pedir informações para dois transeuntes confusos, Beatrice ainda passa em frente a loja duas vezes: a Rua Noz é um beco comprido e tortuoso, repleto de sombras, frio até mesmo no calor da tarde. Portas pintadas de vermelho e janelas escuras se alinham nas paredes, exibindo placas discretas: ALFAIATARIA LESLIE BELL; REMÉDIOS DO M. LAWSON; ESPECIARIAS E VARIEDADES DA ARAMINTA. Beatrice bate à porta. Depois de um longo silêncio, ela gira a maçaneta.

O cheiro de especiarias a atinge primeiro: centenas de nuances de canela e sálvia, cravos-da-índia e cardamomo. A própria atmosfera do lugar tem um brilho vermelho-dourado, salpicado com pó de pimenta e páprica. A loja é repleta de fileiras de minúsculas gavetas de madeira e pacotes de papel pardo, sacos de alho e jarros de pimentas vermelhas. Ao atravessar as tábuas do piso, pequenas lufadas de açafrão e sal são lançadas no ar. Beatrice sente um outro aroma sob as especiarias, mais fraco, estranho e silvestre, mas não consegue identificá-lo.

Ela vai em direção ao balcão nos fundos, que está vazio, exceto por um pequeno sino de cobre. Beatrice estende a mão para tocá-lo, quando escuta seu próprio nome, seguido de:

— ...certeza de que ela não está escondendo nada de mim. Ela não suspeita de nada. Só é... cautelosa.

Beatrice fica paralisada, a mão esticada, a respiração presa nos pulmões. Ela conhece essa voz.

Outra pessoa diz mais alguma coisa, em um tom baixo e indistinto. Deve ser uma pergunta, porque a primeira voz responde:

— Amanhã à noite. Na lua cheia de junho. Eu avisei a elas que a lua cheia era um momento idiota para se passar despercebido, mas elas estão ficando atrevidas, descuidadas. Tolas.

Amanhã as Irmãs de Avalon iam fazer sua terceira demonstração de bruxaria. Neste exato momento, há vestidos pretos pendurados e prontos em uma dúzia de toucadores e pensões. As palavras e os caminhos esperando em uma dúzia de línguas.

A segunda voz faz outra pergunta, baixa demais para que Beatrice possa compreender. A voz que ela conhece tão bem, aquela que a provocou e a desafiou, que debateu com ela enquanto liam livros comidos pelas traças e cartas manchadas, responde:

— Na área das bruxas, no cemitério da cidade. Três horas depois da meia-noite.

Parece um relatório, como o que um soldado daria a um general. Ou o que uma espiã daria a uma chefe.

Beatrice já foi traída uma vez. Está familiarizada com o frio que se espalha desde seu peito até as pontas dos dedos, deixando a pele dormente, a pulsação abafada. É como naquele antigo conto sobre uma bruxa tão monstruosa que transformava homens em pedra apenas com o olhar, só que Beatrice é o monstro e a estátua ao mesmo tempo.

Ela só se dá conta de que seu corpo está se mexendo quando escuta um estrondo. Beatrice recuou até esbarrar em uma estante, derrubando os jarros. Grãos de pimenta se espalham pelo chão, como chumbo grosso.

As vozes no cômodo dos fundos se calam abruptamente. Ela escuta alguém praguejar baixinho, depois passos apressados...

Mas Beatrice já começou a correr, desviando de uma série de ervas penduradas para secar e de colares de flores murchas, derrubando mais jarros em seu encalço. Ela está com uma das mãos na porta quando escuta seu nome ser chamado de novo, então olha por cima do ombro.

Atrás do balcão, obscurecida por cordas de ervas balançando e nuvens amarelas de temperos derramados, o rosto retorcido e tenso, está a Srta. Cleópatra Quinn.

(Ela está linda. Mesmo aqui, mesmo agora — as mangas arregaçadas até os cotovelos, as veias em seu pescoço rígidas sob a pele, a traição tingindo seus lábios —, há um brilho nela, como se ela carregasse uma vela acesa no peito.)

Seus olhos se encontram. Beatrice não consegue dizer quantos segundos se passam. Certamente, mais de um.

— Beatrice, por favor...

É a terceira vez que ela escuta seu nome ser pronunciado por Quinn, e todos sabem que a terceira vez é a última. Beatrice deixa o chapéu coco, ainda enfiado tolamente sob seu braço, cair no chão.

Ela sai correndo. Ninguém a segue.

Juniper escuta enquanto Bella conta toda aquela história lamentável. Quando a irmã termina, ela fica quieta por um tempo, passando a língua sobre os dentes, observando Bella andar de um lado para o outro, aflita.

— É tarde demais para cancelar.

Os ombros de Bella estão curvados, formando um U em volta de seu peito, o rosto pálido e frio.

— Eu deveria ter pedido que ela fizesse o juramento, nunca deveria ter confiado nela. Ela praticamente me disse para não fazê-lo. — Ela retorce as mãos. — Se sairmos agora, podemos conseguir alcançar Agnes e as irmãs Hull, talvez até mais algumas garotas antes da meia-noite... Ah, o que deveríamos fazer?

Se sua irmã retorcer as mãos com um pouco mais de força, Juniper acha que a pele dela vai sair todinha.

Ela cruza os tornozelos.

— Depende.

— De quê?

— De com quem ela estava falando. — Juniper fixa seus olhos nos de Bella e pergunta sem hesitar: — Você acha que a sua amiguinha nos dedurou para a justiça?

Bella para de andar. Ela fica cercada pelo brilho redondo da janela, seus olhos encarando as estrelas cobertas pela neblina e pela fumaça.

— Não — sussurra.

Juniper não sabe dizer se ela realmente acredita nisso ou se apenas quer acreditar.

Mas ela não se importa. Juniper quer sentir o vento frio da noite em suas bochechas, o calor da bruxaria em seu sangue, quer ver o esvoaçar de mantos escuros atrás dela. O perigo que vá para o inferno.

Ela fica de pé e dá um sorriso largo e perverso.

— Então, está na hora de nos prepararmos.

17

Vermelho, dourado, folhas e madeira,
Sementes de maçã e espinhos de macieira:
Cinco penas, um tesouro
Transforme tudo em ouro.

Feitiço usado para criar uma maçã de ouro. São necessários cinco penas e um polegar aferroado.

Na maior parte do tempo, James Juniper é apenas uma garota. O restante das Irmãs de Avalon são apenas empregadas, tecelãs, dançarinas, cartomantes, mães ou filhas. Todos os tipos de mulheres comuns com vidas comuns, que não vale a pena mencionar em nenhuma história que valha a pena contar.

Mas esta noite, sob a lua cheia de junho, elas são bruxas. São anciãs e donzelas, vilãs e sedutoras, e todas as histórias pertencem a elas.

Juniper gosta mais da cidade à noite do que à luz do dia. À noite, o barulho e os estrondos se suavizam o suficiente para que se escute o vento correr pelos becos, o caminhar de gatos errantes, o trinado e o bater das asas dos morcegos. A terra parece se aproximar por debaixo dos paralelepípedos, e as estrelas brilham teimosamente através da fumaça e da luz dos lampiões. Juniper quase consegue fingir que está correndo pelas florestas do Condado do Corvo, seu cabelo embaraçado e seus pés descalços. Talvez seja apenas o solstício se aproximando. Mags sempre dizia que nos dias sagrados a bruxaria queima de um jeito mais vivo, e até os ratos e os homens conseguem sentir o pulsar quente da magia sob a casca do mundo.

O cemitério fica trancado depois de escurecer, e os portões são altos e afiados; mas esta noite elas são bruxas. Juniper joga a bengala de cedro sobre o portão, depois trança três fios de cabelo e sussurra as palavras. As Irmãs escalam a corda de seda preta, comprida e maleável, e, uma depois da outra, pousam com um baque surdo na terra macia do cemitério. Elas deslizam como sombras entre os túmulos.

A área das bruxas fica escondida na extremidade leste do cemitério: menos de meio hectare, com ervas daninhas e um gramado minguado, sem uma única lápide quebrada ou mesmo uma cruz de madeira. Uma bruxa nunca era enterrada sob o próprio nome. Em vez disso, suas cinzas eram misturadas com sal, para impedir que sua alma se demorasse neste mundo mais do que deveria, e espalhadas sobre um solo profano. Juniper olha para aquela terra estéril e ácida, e sente um peso inerte em seus membros: talvez seja luto por todas as mulheres que foram queimadas antes dela.

A cerca ao redor da área das bruxas não chega a ser uma cerca em si, apenas a sugestão de uma. Suas saias engancham no ferro enferrujado e nas estacas soltas conforme passam. Elas se reúnem no centro, onde um único espinho-de-vintém atrofiado ergue suas garras para o céu.

O silêncio recai sobre as Irmãs. O cemitério está quieto, exceto pelo farfalhar do vento nos tecidos tingidos de preto.

Juniper olha para cada rosto prateado sob o luar: Agnes, com sua barriga firme e arredondada; Bella, com seu olhar preocupado; Frankie Black e Florence Pearl, com seus braços longos e desnudos; Jennie Lind e Gertrude Bonnin; e uma dúzia de outras garotas, com olhos como lâminas expostas e promessas sangrentas, de pé sobre as cinzas de suas ancestrais.

Sentindo seu estômago se revirar como se tivesse ingerido veneno, Juniper deseja que o pai pudesse vê-las. Uma garota é algo tão fácil de machucar: fraca, frágil, sozinha, sempre pertencente a alguém. Mas elas não são mais garotas e não pertencem a ninguém. E não estão sozinhas.

Venha nos pegar agora, seu infeliz.

Sua mão aperta com força a pena em seu bolso e, por um instante de raiva, ela tem vontade de quebrá-la. Para que servem maçãs douradas? Elas deveriam estar fazendo chover enxofre ou envenenando poços, deixando cada homem em Nova Salem tremendo de medo. Na semana anterior, haviam encontrado um feitiço para invocar tempestades, uma rima de marinheiro sobre céus vermelhos pela manhã e céus vermelhos à noite, mas Agnes balançou a cabeça, recusando a ideia.

— Achei que você quisesse recrutar mais mulheres para nossa causa.

— Esse feitiço seria o bastante para me recrutar — disse Juniper com sinceridade.

— Sim, bem, você é uma praga e uma calamidade, e deveria estar presa pelo bem da cidade. — Agnes ergueu a maçã contra a luz da janela, e a fruta brilhou com mais força, num intenso tom de amarelo. — Todas nós crescemos ouvindo histórias sobre bruxas malvadas. Os vilarejos que elas amaldiçoavam, as pragas que lançavam. Precisamos mostrar às pessoas o que temos de *diferente* a oferecer, dar-lhes histórias melhores para contar.

Agora, ao lado de Juniper, Agnes pigarreia. A irmã dá um passo à frente e enterra cinco sementes de maçã ao pé do espinho-de-vintém. Ela se ajoelha na terra, o cabelo solto e reluzente sobre seus ombros, os lábios formando as palavras que trarão o crescimento e o verde. Outras Irmãs as sussurram com Agnes. *Fe, fi, fó, fum.*

O espinho-de-vintém racha. Ele geme e choraminga de um jeito bem parecido com Mama Mags em uma manhã fria, quando a geada branca cobre a encosta da montanha. Então, ele cresce. Os galhos nodosos ficam mais grossos, as raízes se retorcem pela terra, e as curvas secas das folhas transformam-se em um tom de esmeralda lustroso. Botões de flores brotam, se desenrolam, florescem, murcham e caem — uma primavera inteira em um único segundo. As frutas crescem, duras e verdes, depois se tornam de um vermelho maleável, prontas para serem colhidas.

Quando Agnes para de falar, há uma macieira na área das bruxas onde o espinho-de-vintém estivera antes, a coroa de galhos espalhando-se alta e orgulhosa, os ramos pesados com os frutos diferenciados.

Juniper leva o polegar à boca e o morde até sentir o gosto quente do cobre. Ela estende o braço na direção de uma maçã e espalha seu sangue sobre a casca, vermelho contra vermelho. Ao seu lado, vê as outras a imitarem, as mãos erguidas, o sangue escorrendo por seus pulsos, as penas apertadas com firmeza.

Elas dizem as palavras juntas, e tudo acontece exatamente como Bella disse que seria: o feitiço fica mais forte por todas o compartilharem. Maior, mais furioso, mais quente — a bruxaria vem ao mundo queimando, e as maçãs se tingem de dourado. Mas não são apenas as maçãs: o amarelo sobe pelas suas hastes, se enrola em volta dos galhos, e percorre as nervuras ramificadas das folhas. Juniper e as Irmãs continuam dizendo as palavras, a magia continua queimando, e o dourado continua se espalhando até que a árvore inteira esteja reluzindo como o metal, como se a própria Rainha Midas tivesse saído do conto e passado seus dedos ao longo da casca do tronco.

O coro para. O silêncio recai sobre o cemitério, interrompido apenas pelos pios das corujas e pelo tilintar do vento nas folhas douradas. A árvore parece emitir sua própria luz amanteigada, como uma tocha queimando noite adentro, e Juniper vê seu brilho refletir nos rostos erguidos das Irmãs de Avalon. Cada uma delas tem a expressão relaxada e admirada de uma mulher que testemunhou o impossível: um milagre, uma revelação. Uma história melhor, brilhando como ouro na escuridão.

Juniper olha de soslaio para Agnes, que parece mais jovem e mais gentil sob a luz dourada. Sem pensar, Juniper estende a mão para ela, como fazia quando eram crianças, só que desta vez sua palma está pegajosa graças ao próprio sangue.

— Acho que você estava certa — sussurra ela.

— É óbvio que sim.

Agnes entrelaça seus dedos nos dela e os aperta uma vez.

Juniper dá um passo à frente, mancando. Com a ponta desgastada de sua bengala, ela desenha um símbolo na terra: três círculos entrelaçados um ao outro.

Ela está prestes a dizer às outras para irem para casa, quando algo farfalha às suas costas, na escuridão repleta de lápides. *Uma raposa*, pensa ela, *ou um gato*.

Mas o farfalhar se espalha. Ele ecoa de todas as direções, uma onda repentina de som. Juniper gira e vê sombras paradas, figuras em capas pretas erguendo-se de trás das lápides com distintivos prateados reluzindo no peito. Ela vê mãos estendendo-se, tecidos escuros sendo afastados, e então a área das bruxas é inundada com a luz ofuscante de uma dúzia de lanternas.

A luz as atinge como se o bater da meia-noite quebrasse algum feitiço invisível. O brilho da árvore dourada se transforma em um amarelo doentio, e as constelações de estrelas se tornam pálidos pontos acima delas. O vento cessa, as corujas ficam em silêncio. As bruxas são transformadas em meras mulheres mais uma vez.

Juniper pragueja, os olhos ardentes. Ao seu redor, ela escuta os arquejos e os gritos das outras: suas irmãs e Irmãs, as garotas e mulheres que a seguiram até essa...

Armadilha. Ela pensa na palavra e sente a mordida de ferro conforme ela se fecha em sua volta.

Juniper ainda está em choque, cega pelas lágrimas, quando escuta a voz de um homem ecoar estranhamente das lápides. É uma voz familiar — ensebada e alta demais —, mas é somente quando Juniper escuta o ganido suave de um cachorro que compreende a quem ela pertence: ao Sr. Gideon Hill.

— Em nome da segurança de nossa bela cidade e do bem de seus cidadãos — ela consegue ouvir o sorriso em sua voz, enjoativo e insípido —, eu declaro que James Juniper Eastwood e suas cúmplices estão presas, a serem julgadas pelo crime de assassinato por meio de bruxaria.

A primeira coisa que Beatrice sente é uma onda de alívio muito tola: deve haver algum tipo de engano! Quaisquer que sejam seus pecados e erros, certamente nenhuma delas é uma assassina.

Então, Beatrice vê o rosto de sua irmã caçula — pálido e rígido, seus olhos assumindo todas as expressões, exceto surpresa —, e acha que pode estar errada em fazer tal suposição.

A segunda coisa que ela sente é o familiar resfriamento da pele se transformando em pedra, a dormência que acompanha uma traição. Estes homens estavam amontoados no cemitério depois da meia-noite, esperando. Alguém os informou.

Uma das figuras avança a passos largos, a lanterna erguida no alto: um homem comum de meia-idade, com um cachorro em seu encalço, como se fosse uma sombra hesitante. Levando em consideração que o rosto dele está impresso em cartazes de campanha em mais da metade da cidade, Beatrice demora muito tempo para reconhecê-lo. O Gideon Hill dos pôsteres e dos jornais é nobre, até mesmo atraente, com bochechas coradas e um cabelo muito louro. Sob o forte brilho da lanterna, ele parece não ter cor alguma.

Os olhos dele se voltam para a árvore dourada atrás das Irmãs, e seus lábios se retorcem num simulado sorriso paternalista.

— Muito impressionante, senhoritas. — Seus olhos baixam até o chão, onde Juniper desenhou o símbolo das Últimas Três, e o sorriso desaparece. Sua voz se torna mais alta. — As senhoritas macularam nossa bela cidade com seus pecados. Mas isso acabou!

Beatrice está ocupada se transformando em pedra e se afogando no pânico, mas consegue reservar um segundo para pensar: *macularam*? Ela se pergunta quais romances ruins o Sr. Hill tem lido, exatamente.

— James Juniper, queira nos acompanhar, por favor. As outras senhoritas serão levadas para interrogatório.

Beatrice sabe o suficiente sobre julgamentos de bruxas para escutar a violência que se esconde sob a palavra *interrogatório*: o sibilar do ferro quente na pele, o estalar de um chicote.

A fileira de homens atrás de Hill parece hesitar. Eles trocam o peso de um pé para o outro e murmuram, talvez um pouco relutantes em colocar as mãos em mulheres de vestidos pretos que se encontram sob a lua cheia, talvez se lembrando de todas as histórias que ouviram quando eram meninos.

O Sr. Hill bate o pé no chão.

— Sargento, diga aos seus homens...

— Vai com calma, Hill — interrompe Juniper. Sua voz é lenta e descuidada, quase amigável. Faz Beatrice se lembrar de quando o xerife mandava o pai delas se poupar de algum discurso bêbado: *vai com calma, James*. — Não precisa ficar histérico.

Juniper se afasta da árvore dourada e manca até a cerca, apoiando-se pesadamente na bengala ao passar por cima dela — apenas uma jovem garota coxa de cabelos curtos. Ela levanta uma das mãos, em uma rendição sarcástica.

— Acha que trouxe rapazes o bastante, Sargento? Ou o senhor gostaria de ir correndo buscar mais alguns?

A expressão dela é desdenhosa, meio entediada, como se tudo isso fosse apenas uma grande confusão e bagunça, mas Beatrice sente o terror da irmã gritar pelo fio entre elas, e sabe que o que a mantém de pé não é nada além de teimosia e coragem.

Juniper deveria se lembrar de que existem lugares onde a coragem não importa. Porões escuros, quartinhos brancos onde você fica trancada até perder o perigoso hábito de ser corajosa.

Beatrice dá um meio passo na direção dela, mas Juniper se vira para encarar as mulheres que ainda formam um círculo em volta da árvore.

— Senhoritas... — diz ela, e sorri.

É um sorriso tão característico dela — louco, tolo e perigoso, como um animal girando para encarar um caçador, presas à mostra —, que, abruptamente, Beatrice sabe o que a irmã está prestes a fazer. Ela escuta Agnes gritar:

— *Não*!

— *Cicuta*.

Juniper lança o corpo para trás, na direção de Gideon Hill. Os dois caem — ele pragueja, ela berra e esperneia, balançando a bengala —, e as Irmãs de Avalon se dispersam como um cordão de pérolas arrebentado.

Beatrice as observa correr em uma dúzia de direções diferentes, gritando, tropeçando, deixando para trás retalhos pretos presos às estacas quebradas da cerca. Elas se esquivam por entre as lápides, algumas capturadas por mãos esticadas, presas contra a terra, outras desaparecendo como fumaça na noite.

Beatrice sabe que deveria estar correndo com as outras, mas ainda se sente como uma pedra: imóvel.

Há uma confusão de corpos onde Juniper antes estava de pé. Beatrice captura o brilho de botas, o baque doentio de punhos contra pele. Hill luta e consegue se libertar. Ele fica de pé, arfando, o sangue escorrendo de seu lábio cortado e uma expressão distraída em seu rosto, como se ele não sentisse nada em particular ao ser violentamente dominado por uma bruxa.

Dois policiais caminham pesadamente em direção à árvore, onde Beatrice está parada como calcário. Com certo distanciamento, ela pensa que seria bom queimar, porque pelo menos nunca mais terá de ver o sorriso felino da Srta. Quinn e se perguntar por que ela as traiu.

Alguém a empurra pelas costas com força.

— *Corra*, maldição! — sibila Agnes.

E Beatrice corre.

Agnes deveria ter começado a correr assim que ouviu o primeiro roçar de capa na pedra, assim que entendeu que elas haviam caído em uma armadilha.

Mas ela ficou. Enquanto Juniper se jogava em Gideon Hill, enquanto Bella ficava ali parada como uma maldita estátua, enquanto o sangue de sua irmã caçula ficava denso e gélido em sua palma.

Na última vez em que Juniper se meteu em problemas, Agnes fora correndo salvá-la sem hesitar. Mas, desta vez, os homens têm distintivos no peito. Desta vez, Agnes vai terminar em uma cela de prisão, e ela sabe o que acontece com mulheres grávidas que vão para a cadeia: elas perdem os bebês. Seja antes do nascimento, graças ao tratamento bruto e à comida parca, ou depois, quando algum médico determinado arranca o bebê de seus corpos e o leva embora, ainda chorando. A filha de Agnes acabaria na Casa dos Anjos Perdidos de Nova Salem. Se ela não morrer asfixiada porque deitaram em cima dela, ou não for mandada para o oeste, Agnes talvez possa vê-la às vezes, brincando nos becos, cheia de cicatrizes de varíola e abaixo do peso, com amargas pedras pretas no lugar de olhos.

Não. Ela não vai deixar isso acontecer por nada. Nem pelo voto, nem pelas Irmãs, nem mesmo por suas irmãs de sangue.

Ela dá um bom empurrão em Bella e corre sem olhar para trás, um dos braços envolvendo sua barriga com firmeza. Mãos se esticam em sua direção e Agnes desvia delas. Elas se engancham em sua capa comprida e ela procura o fecho, fazendo-a voar solta atrás dela.

Cada passo é como um soco em seu estômago, a dor vibrando em seus quadris. Seu cabelo suado e bagunçado se agarra em seu pescoço. Ela se esconde atrás de uma coluna branca de pedra e se encolhe, arfando, engolindo a tosse.

Ela escuta passos de botas e vozes altas atrás de si, cada vez mais próximos.

Agnes tateia dentro do bolso, pega um cotoco de vela e desenha, com a cera na pedra, um x trêmulo e desesperado. Magia dos homens.

— É ótima para uma fuga rápida — dissera o Sr. Lee com seu sorriso torto.

Ela lhe lançou um olhar divertido.

— E o senhor costuma precisar de muitas fugas, Sr. Lee?

— Ah, toda semana, Srta. Eastwood.

— *Argh!* — retrucara Juniper do outro lado do quarto.

Agora, Agnes recita, sem fôlego, a sequência de palavras em latim que ele lhes ensinou. Uma leveza preenche seu corpo, como se seus ossos estivessem se esvaziando. Um cacho negro de seu cabelo se desgruda do pescoço e flutua preguiçosamente no ar, como se a gravidade tivesse esquecido por um breve instante de sua função.

Ela volta a correr. Desta vez, ela é uma pedra que quica sobre as águas de um lago, uma gaivota planando sobre as ondas do mar, à vista de todos até desaparecer outra vez. Os sons da perseguição desaparecem atrás dela.

Agnes trança três fios de seu cabelo, cria uma corda para si mesma e escala novamente o portão do cemitério. Ela corre sozinha pelas ruas tranquilas, seus pés leves e silenciosos. Ela pensa na carta da Enforcada, estendida sobre a mesa de Madame Zina, em Juniper desaparecendo sob uma onda de punhos e botas.

Ela desacelera o passo, encarando a palma de sua mão onde o sangue da irmã está coagulando e esfarelando. *Não me abandone,* implorara Juniper para ela. *Cuide das suas irmãs,* dissera sua mãe.

Mas aquele não havia sido o trabalho de sua mãe primeiro? Ela falhou com as filhas. Agnes não falhará com a dela.

Ela cerra os punhos e continua correndo.

Beatrice está ciente de que não vai conseguir escapar. Está muito escuro, e o cemitério é cheio de montículos de terra, buracos e lápides inclinadas, e ela não consegue enxergar através do borrão das lágrimas em seus olhos.

Ela escuta o baque de passos atrás dela, o som de uma respiração pesada.

Beatrice se esconde atrás de um mausoléu de mármore e pressiona o corpo contra a porta, as aldravas de ferro afundando-se na carne de suas costas. Não é um esconderijo muito bom — a qualquer momento um policial irá cambalear ao fazer a curva e verá o reflexo de seus óculos sob o luar, e ela queimará ao lado da irmã por um crime que não cometeu.

Atrás dela, a porta cede. O interior cavernoso se abre e mãos se estendem em sua direção e a puxam para dentro. Beatrice tem tempo de pensar, calmamente, que esta deve ser uma alucinação induzida pelo medo, porque apenas em folhetins ilustrados é que os mortos ganham vida na lua cheia e puxam os pecadores para suas covas...

Até que uma mão quente e ressecada pressiona sua boca. Tem cheiro de cravos-da-índia e tinta.

— Fique quieta. E pare de me morder, mulher.

Juniper sabe que não deve provocar um cachorro louco ou um bêbado, e pelos olhos vítreos nos rostos dos policiais, ela sabe que eles são um pouco dos dois. Mas também sabe que existem momentos em que perderá, não importa quais escolhas tenha, quando se pode apenas avançar e esperar sobreviver.

Ela mantém os golpes da bengala e os chutes, enredando os policiais no longo alcance de sua capa enquanto luta. Em um sussurro sem fôlego, ela entoa o feitiço: *Uma teia emaranhada deve trançar*, esmagando a teia de aranha no bolso de sua saia e se deliciando com os gritos e as injúrias dos homens, que acabaram de sentir o fio sedoso grudar em seus olhos e bocas.

— É ela! — grita um deles. — A bruxa! Ela já me pegou uma vez...

Algo atinge sua coluna com força o bastante para lhe arrancar o ar dos pulmões. Um punho esmaga sua orelha e o som é como o de uma melancia oca. De repente, seu rosto está contra o chão.

Juniper sorri para as cinzas. *Corram, garotas.*

Botas e cassetetes atingem seu corpo inteiro em uma saraivada ansiosa, ambos se misturando em uma única dor pulsante. Ela escuta o som terrível de algo se partindo, e por um momento se preocupa com seus ossos, até ver os pedaços lascados de sua bengala de cedro vermelho caírem diante dela.

— Ah, já basta disso, não acham?

Juniper escuta o sorriso na voz de Hill.

Ela abre os olhos copiosamente úmidos e vê o rosto dele acima dela, duplicado de maneira estranha, pálido e grisalho na escuridão da noite. Juniper sorri para ele, sabendo pelo gosto de cobre em sua boca que seus dentes estão sujos de sangue. Deitada no chão, ela faz um gesto de lado, como se tirasse o chapéu para o homem.

— Que surpresa encontrá-lo de novo, Sr. Hill.

O tom de sua voz poderia ter passado por indiferente e tranquilo, mas Juniper precisa engolir com força a bile que sobe por sua garganta. Ela fecha os olhos ao sentir as chamas vermelhas da dor.

Juniper sente dedos suaves segurarem seu queixo, puxando-o para cima, e abre os olhos, só para ver Hill sorrindo para ela. Sua expressão parece... errada. Satisfeita, relaxada, nada parecida com a de um burocrata repugnante caçando bruxas depois da meia-noite.

— Ah, Srta. Eastwood, a senhorita é um deleite.

É a sinceridade na voz dele que atinge Juniper, cortando sua ousadia e fazendo-a sentir, pela primeira vez, um medo real.

Hill ergue os olhos para os homens reunidos a sua volta, ofegantes e machucados, um deles segurando as metades da bengala de Juniper com um olho roxo e uma expressão ressentida.

— Levem esta aqui para as Profundezas, rapazes.

Pelas portas do Inferno que ela me venha sequestrar
E para baixo me leve para com ela morar.

Feitiço usado para abrir certas portas.
São necessárias estrelas e cicatrizes.

Parada na escuridão bolorenta da tumba, cercada pelo som de passos abafados e pesados de botas, e segurada com firmeza contra o corpo da mulher que ela tem quase certeza de que é sua inimiga, Beatrice Belladonna pensa em várias perguntas que gostaria de fazer. *O que você está fazendo aqui?*, parece ser a mais lógica para se começar, ou talvez: *Por que você nos traiu?*

Em vez disso, ela murmura algo parecido com um grunhido, porque a mão da Srta. Cleópatra Quinn ainda está segurando sua boca. Ela se contorce e Quinn afrouxa um pouco o aperto, erguendo sua palma um único centímetro cauteloso dos lábios de Beatrice.

— Cle... Srta. Quinn! — sibila ela. — O que... como... por acaso tem *caixões* aqui dentro?

Beatrice não consegue ver a expressão de Quinn porque suas costas estão pressionadas contra o peito dela — e também porque a tumba é de uma escuridão tão profunda quanto o espaço entre as estrelas. O ar parece denso e ácido em sua pele. Uma brisa rançosa sopra de algum lugar.

— Não.

— O que a senhorita...

— Aqui não — interrompe Quinn com um sussurro rouco em sua orelha.

Beatrice não entende onde mais as duas teriam a oportunidade de conversar, já que o cemitério está repleto de caçadores de bruxas brandindo cassetetes e o sol logo nascerá. Ela se imagina passando um dia inteiro na tumba, uma mulher adulta reduzida a uma garotinha trancada no escuro outra vez. O pânico sobe por sua garganta.

— Escute, eu n-não posso ficar aqui. Preciso sair.

A brisa sopra de novo, úmida como uma respiração em seu pescoço.

Quinn retira o braço que envolvia o peito de Beatrice, e uma de suas mãos descansa levemente sobre o ombro dela.

— Espere um minuto.

Beatrice escuta o farfalhar de tecido e o riscar de um fósforo, e então seus olhos ardem com a luz repentina. Quinn encosta o fósforo na ponta estreita de uma varinha de madeira. Ela sussurra as palavras e a varinha reluz com um brilho intenso e dourado, como os olhos de um tigre. O rosto dela surge da escuridão como um sonho iluminado pelas chamas, uma superfície amarelada como o mel e cheia de cavidades obscuras, a luz de bruxa queimando em seus olhos.

O clarão se espalha, preenchendo cada cantinho do mausoléu coberto por teias de aranha, e Beatrice descobre por que sentiu uma brisa soprar dentro da tumba de pedra.

— *Escadas*? — Sua voz estava uma oitava acima do que ela gostaria.

Quinn coloca um dedo sobre os lábios dela e se vira para a porta. Ela canta um hino curto e pressiona o pulso — aquele com as cicatrizes, cheio de cortes brancos e círculos — na madeira envelhecida. O calor queima com mais intensidade, repelindo o frio úmido da tumba. Um trinco range ao ser colocado em seu lugar.

Então Quinn segura a mão de Beatrice e a puxa, fazendo-a descer os degraus estreitos na direção do longo e sinuoso túnel que se estende por baixo do cemitério de Nova Salem.

Durante muito tempo depois de terem descido, Beatrice não escuta nada, exceto o arquejar ansioso de sua própria respiração, o farfalhar de suas saias sobre a sujeira e, às vezes, uma ou outra criatura de muitas pernas correndo para se esquivar da luz da varinha de Quinn. Ela bate, diversas vezes, a cabeça no teto inclinado, ou arranha o cotovelo na parede, mas nenhuma sujeira se solta. As paredes do túnel parecem lisas e inflexíveis, como se tivessem sido entalhadas em granito em vez de no barro e no solo esburacado pelas raízes. Não há escoras ou vigas, nem treliças de madeira sob seus dedos. Beatrice cresceu no Condado do Corvo. Ela sabe o suficiente sobre minas e desabamentos para entender que isso é impossível.

— Que lugar é este? — Sua própria voz soa alta demais, ecoando de volta para ela das paredes muito próximas.

— Ora — responde Quinn, gesticulando com a varinha como se fosse a apresentadora de um espetáculo —, é a Ferrovia Subterrânea, é claro.

— Sério? Quer dizer que esses túneis chegam até...

A risada de Quinn ecoa pelo túnel.

— Não, não é sério. Pelos Santos! Ninguém cavou um buraco até o Canadá. — A sombra dela se agita conforme balança a cabeça. — Esses túneis só se estendem sob Nova Salem.

— Ah — disse Beatrice, de forma bem inteligente.

— Esta cidade foi construída com muita pressa, sabia? — Beatrice sabia. Depois que a Velha Salem queimou, houve uma grande agitação para reconstruí-la, como se as ruas recém-pavimentadas fossem cordas que amarrariam o passado rebelde. — A Prefeitura e a Universidade foram construídas em um único ano, assim como meia dúzia de igrejas e todas aquelas casas quadradas entediantes no norte da cidade... Quem você acha que construiu tudo aquilo?

Beatrice já leu inúmeros folhetos e textos históricos sobre a fundação da cidade, mas não se lembra de nada que falasse dos trabalhadores.

— Não sei. Imagino que deviam ser...

— Escravizados. — O tom de Quinn é perfeitamente estável, mas suas costas se enrijecem. — Escravizados, em uma nação que há muito pouco tempo lutou pela liberdade. Escravizados, construindo a Cidade Sem Pecado.

Beatrice sente uma pontada nauseante de vergonha.

— Eu não...

— Mas o trabalho deles foi prejudicado por atrasos e contratempos, ferramentas faltando e erros. Tudo isso porque eles estavam ocupados em construir outra coisa sob todo aquele mármore e dinheiro. Algo que os permitiria transitar pela cidade sem medo, sempre que tivessem vontade. — Quinn gesticula com a varinha para o túnel interminável ao redor delas, liso e oco como a toca de uma longa cobra. — Eles ensinaram para seus filhos e filhas, e o segredo foi passado para nós.

Beatrice fica em silêncio por alguns passos, antes de perguntar delicadamente:

— Quem seria "*nós*"?

Quinn para de andar. Seus ombros sobem e descem enquanto ela suspira para se estabilizar.

— As Filhas de Tituba.

Se a voz dela não estivesse tão estável, tão completamente desprovida de humor e zombaria, Beatrice pensaria que Quinn estava rindo de sua cara. É como se ela tivesse declarado que é uma vampira ou uma valquíria, um monstro saído de um mito. As Filhas de Tituba eram um rumor, um sussurro, uma história para jornais de fofoca baratos. Elas eram o motivo que levava maridos a se perderem e túmulos a serem roubados. Nos jornais menos respeitáveis, eram desenhadas com ossos amarrados nos cabelos, dentes pendurados ao redor do pescoço, lábios vermelhos e uma aparência selvagem. *As Últimas Descendentes Vivas da Bruxa das Trevas da Velha Salem*, lia-se nas manchetes, *Ainda Têm Fome de Vingança?*

Até onde Beatrice sabe, a Srta. Quinn não possui um colar de dentes ou um grampo de osso, e se ela tem fome de algo, é apenas da mesma coisa pequena e impossível que a própria Beatrice deseja: a verdade, nua e crua. A história contada de maneira honesta.

— Achei que elas fossem uma lenda.

— São bem reais. — Quinn ainda está parada de costas para Beatrice. — Eu queria lhe contar. De verdade, queria mesmo. Mas nós juramos silêncio pelos túmulos de nossas mães, e das mães delas do outro lado do mar. Eu não podia.

— Mas Frankie disse... ah.

Beatrice se lembra da expressão *outros interesses*, e de tudo que achou que isso implicava. Ela percebe que seu constrangimento foi derrotado por uma felicidade repentina. No fim das contas, não era a Liga das Mulheres Negras, nem uma sucessão de amantes.

Quinn se vira.

— Frankie Black?

— Nós duas conversamos. Eu entendi... quer dizer, pensei que a senhorita e ela eram...

As sobrancelhas de Quinn se erguem mais alto do que o normal.

— Nós éramos. Mas eu deixei claro que as Filhas vinham em primeiro lugar, e ela não concordou.

— Ah.

— Beatrice... eu sinto muito.

Beatrice acha que nunca ouviu Quinn se desculpar antes.

Ela estende a mão para a jornalista, mas, no meio do caminho, se lembra pelo que mais Quinn deveria se desculpar.

— Alguém nos traiu. — Ela garante que seu tom seja frio e duro, fingindo mais uma vez que sua pele é feita de pedra. — Eles estavam esperando por nós, e J-Juniper está... — Beatrice perde o fôlego. — Agnes e as outras fugiram, mas eu não sei até onde conseguiram correr.

Ela sente a centelha distante de sua irmã do meio, e sabe que pelo menos Agnes está segura.

A boca de Quinn está rígida, seus ombros pesados.

— Eu sinto muito — repete ela.

— *Foi você*? — As palavras saem rasgadas e sangrentas, como se tivessem atravessado roseiras no caminho até seus lábios. — Você contou para a polícia? Fez alguma barganha ou acordo com eles?

Os olhos da Srta. Quinn se arregalam. Ela respira fundo, lenta e cautelosamente, e com muita seriedade, diz:

— As Filhas estão interessadas no Caminho Perdido de Avalon há muito tempo. Grande parte do nosso poder foi roubado de nós, embora tenhamos guardado mais do que você imagina, e a ideia de que ele poderia nos ser devolvido em um único instante, bem... Quando a torre foi invocada na praça, me mandaram investigar as sufragistas. E então encontrei você: uma bibliotecária com um rosto esperto e olhos famintos, que sabia mais do que deveria. Eu ajudei você. Segui você e a encorajei.

Os olhos dela perpassam o rosto de Beatrice, furtivos, culpados.

— Porque foi o que mandaram a senhorita fazer.

— Sim.

Essa descoberta deveria lhe dar uma sensação de vitória — a heroína obrigando a espiã a confessar seus pecados! —, mas Beatrice não sente nada a não ser uma vergonha traiçoeira. E pensar que ela acreditou que a Srta. Quinn estava interessada em sua... amizade (ela nunca achou que a Srta. Quinn estava interessada em amizade).

Sem muitas esperanças, Beatrice deseja que o túnel desabe e a soterre antes que ela caia no choro, mas, em vez disso, escuta Quinn praguejar suavemente, e sente os dedos dela envolverem seu pulso com força.

— Eu espionei você. Menti para você. Contei para as Filhas tudo o que você descobriu, planejou e até mesmo suspeitou. — A voz de Quinn fica mais densa, baixa e urgente. — Mas, Beatrice, eu juro que não fui eu quem traiu vocês.

Por fim, o túnel não desaba, e Beatrice chora.

— Então quem... — começa ela, sua voz em um sussurro engasgado, mas para abruptamente.

Ela pensa em Agnes, com seu olhar duro e seu coração mais duro ainda, que faria qualquer coisa para salvar a própria pele. Mas, se a irmã as traíra, por que veio ao cemitério esta noite? E quanto ao juramento que todas fizeram, com dedos aferroados e promessas de sinceridade, e que se alguma delas quebrasse certamente teria efeitos óbvios e bastante terríveis?

Beatrice engole um nó de sal e muco em sua garganta.

— Por que você veio?

— Pelo mesmo motivo que fui às duas primeiras demonstrações de vocês. Porque você... as Irmãs estavam trilhando um caminho perigoso, e eu queria estar presente para o caso de... elas precisarem de mim.

A Srta. Quinn — a mentirosa insolente, a espiã que maneja seu charme como uma arma afiada — não consegue fitar os olhos de Beatrice ao dizer isso.

— E para onde você está me levando agora? Para as suas superioras? Por acaso sou uma prisioneira?

Quinn solta o pulso dela bem depressa.

— Não. Nunca. Eu não sou... — Ela parece cansada e triste, completamente exposta. — Pelos Santos, eu estraguei tudo. Estou tentando dizer que estou arrependida, e que não vou mentir para você de novo. Eu continuo sendo uma Filha leal. — Beatrice consegue ouvir o F maiúsculo, o peso de um século de segredos e bruxaria. — Mas espero me tornar uma Irmã também. Se vocês me aceitarem.

Beatrice apenas fica parada ali, fitando os olhos amarelos de Quinn (*um Mississippi*). Ela se pergunta se a confiança, uma vez perdida, poderia ser recuperada de verdade outra vez, e se está sendo tola (*dois Mississippis*). Mas decide que não se importa, que talvez a confiança não possa ser nem perdida e nem recuperada, nem quebrada e nem reparada — ela pode apenas ser *dada*. Estabelecida, apesar do risco (*três Mississippis*).

— Infelizmente, deixei meu caderno no escritório — murmura com uma voz um tanto profunda. — Mas acredito que haja espaço na lista.

Quinn dá um sorriso largo e aliviado, a luz da varinha dançando em seus olhos. Beatrice pigarreia e pergunta:

— Este túnel sai em algum lugar próximo à Universidade?

A malícia volta ao sorriso de Quinn, curvando os cantos de seus lábios e acrescentando um par de covinhas diabólicas ao seu rosto. Ela se vira e avança a passos largos, cada vez mais fundo na escuridão.

— Não diretamente. A senhorita já ouviu falar do mercado noturno do Novo Cairo, Srta. Eastwood?

O túnel se ramifica e se espalha como a raiz de uma árvore oca. Elas viram à direita, depois à direita novamente. Ao longo do caminho, Quinn para duas vezes a fim de cantar para que atravessassem portas trancadas ou outras barreiras menos visíveis; e, depois, uma única vez para espetar o dedo de Beatrice e espalhar o sangue dela em uma pedra clara antes de continuarem. As paredes se tornam escorregadias e molhadas por um tempo, frias como o fundo de um rio, até que elas começam a subir outra vez. As duas passam por degraus que levam a todos os tipos de entradas possíveis: grades de esgoto, armários estreitos, alçapões, e placas de granito que só poderiam ser movidas com bruxaria. As passagens estão marcadas com símbolos estranhos: composições de estrelas e traços em vez de palavras.

Beatrice sabe que deveria estar investigando e fazendo perguntas, talvez até tomando notas, mas ela se sente entorpecida e pesada, como se o fio que leva até Juniper fosse uma âncora puxando-a para baixo.

À frente dela, Quinn começa a subir, e Beatrice a segue por uma escadaria estreita. Os degraus são feitos de pedra, suavizados e escavados pelos anos de uso, e levam até uma porta de aparência comum.

Quinn hesita diante da passagem, olhando de soslaio para Beatrice com uma expressão calculista. Então, desamarra sua capa e a joga sobre os ombros dela. Com muito esforço, Bella tenta não notar o calor das pontas de seus dedos conforme Quinn puxa o capuz sobre sua cabeça e esconde fios soltos de cabelo embaixo dele.

— Esconda suas mãos dentro das mangas, por favor. E não há motivos para puxar conversa.

A porta se abre para um beco de um azul aveludado, com um aroma fresco depois de uma hora nas profundezas abaixo da cidade. Ainda não amanheceu, a lua ainda é como uma moeda prateada acima delas, mas o beco está abarrotado de gente. Mulheres com lenços brancos nos cabelos e braceletes de ouro reluzentes nos pulsos, homens usando capas de linho e bengalas elegantes, o lampejo branco de dentes e o brilho azulado da pele. Barracas se alinham em ambas as paredes, transbordando de produtos e tilintando com o barulho de moedas: um mercado, montado sob o luar.

Beatrice está ocupada demais encarando e piscando para escutar o que Quinn está dizendo. Ela dá um puxão firme em seu capuz.

— As Filhas já devem ter descoberto o que aconteceu no cemitério esta noite. Posso fazer outro relatório?

Beatrice assente, e Quinn chama a atenção de uma mulher parada bem perto da porta, de braços cruzados.

— Ela está lá dentro?

A mulher faz uma meia reverência que deve significar que sim. Quinn vira à esquerda e Beatrice segue em seu encalço, a cabeça curvada para esconder o branco leitoso e sardento de seu rosto. Durante suas visitas diurnas ao Novo Cairo, ela se sentira observada, talvez um pouco deslocada, mas nunca antes se sentiu tanto como uma completa estrangeira. Ela se pergunta se é assim que Quinn se sente no norte da cidade, como se sua pele tivesse se transformado em um mapa duvidoso, destinado a conduzir as pessoas a tirarem todos os tipos de conclusões erradas.

As barracas pelas quais elas passam parecem vender tanto o contrabando comum — licores e remédios caseiros em jarros de vidro marrom, caixotes de cigarros que parecem nunca ter conhecido um agente da alfândega —, quanto mercadorias muito menos comuns: folhas curvas e raízes brancas; pelos e penas; besouros pretos com asas reluzentes e ossos com um brilho marfim. Truques de bruxa, vendidos por avós enrugadas e garotas sorridentes; mulheres com aventais impecáveis, saias compridas, ou ainda bebês embrulhados e amarrados contra seus seios, dormindo sem se incomodar com o mercado iluminado pela lua.

Quinn circula com facilidade pelo beco, recebendo acenos de cabeça e de mãos, e cumprimentos de mais de um chapéu. Ela parece sutilmente diferente, mais alta e grandiosa. Nada no jeito dela jamais levou Beatrice a considerá-la medrosa, mas Quinn sempre caminhava pelo norte da cidade como se vestisse uma armadura. Aqui, ela é uma rainha, e a realeza não precisa de armadura.

Quinn dá um passo para o lado e entra por outra porta. Somente quando Beatrice a segue e lê a placa — ESPECIARIAS E VARIEDADES DA ARAMINTA — é que percebe que é a mesma loja que visitou apenas algumas horas antes.

Sob a luz do luar, a Especiarias e Variedades da Araminta é um tipo bem diferente de loja. Há velas de cera preta pingando em pires de bronze e garrafas verdes alinhadas nas prateleiras, com rótulos do tipo: *Heléboro, colhido depois da chuva* e *Iguarias raríssimas*. Aquele outro cheiro que ela sentira antes está mais forte agora, mais selvagem e obscuro, e não há como confundi-lo com outra coisa, a não ser com o que ele realmente é: bruxaria.

— Isso acontece toda noite? — sussurra Beatrice, mesmo sem saber por que está falando tão baixo.

— Meu Deus, não. Apenas em luas cheias. — Quinn apoia um cotovelo sobre o balcão e toca o sino de cobre três vezes. — O mercado é famoso em certos círculos sociais. As pessoas viajam grandes distâncias para vir até aqui, estocar mercadorias e ingredientes de receitas para o mês inteiro...

Uma mulher baixa e suntuosa arrasta os pés até o balcão, usando um chapéu de abas largas com um véu de renda pendurado. O rosto por trás do véu é bem magro, com o queixo marcado e ossos pronunciados e angulosos, mas suas bochechas se erguem em um sorriso quando ela vê Quinn.

— Boa noite — cumprimenta Quinn.

Ela cutuca Beatrice, que ergue a cortina escura de seu capuz.

A mulher a encara por um longo e silencioso segundo, depois suspira, de um jeito bem parecido com o de uma mãe cuja filha trouxe para casa um animalzinho particularmente desagradável e implorou para ficar com ele.

— Ah, *Cleo*.

— A terceira demonstração foi uma emboscada — responde Quinn com uma formalidade incisiva. — Eu vi pelo menos quatro Irmãs serem presas, incluindo a líder. A irmã de sangue dela. — Ela indica Beatrice com a cabeça. — Quando percebi o que estava acontecendo, eu... me intrometi.

A mulher atrás do balcão — Araminta? — murmura algo parecido com *obviamente*.

— Se nos der sua permissão, ficaremos aqui até o amanhecer. — Os olhos da mulher deslizaram de uma para a outra, com um pouco de astúcia demais. Beatrice se encolhe. — Depois, pela manhã, vou levá-la para... onde ela preferir.

— Para o Palácio da Justiça, eu acho. — Beatrice suspira, e percebe que dois pares de olhos amarelos idênticos a encaram. — P-para resolver todo esse problema.

Araminta começa a rir, uma gargalhada retumbante, e não consegue parar por um longo tempo.

— Ah, que os doces Santos nos salvem! Você vai marchar direto para a cova do leão e fazer o quê? Pedir com gentileza para que eles lhe devolvam sua irmã? *Este* — ela acena com um único dedo dobrado para Beatrice, mas é para Quinn que a mulher se dirige — é exatamente o tipo de tolice da qual eu estava falando. É por *isso* que é melhor nos mantermos em segredo.

— Perdão — diz Beatrice, rígida —, mas minha irmã foi presa sob falsas acusações — bem, provavelmente falsas —, e eles não podem deter uma mulher indefinidamente sem evidências concretas.

Sua declaração apenas provoca uma risada mais longa e mais extravagante em Araminta. Quando por fim se acalma, ela está secando lágrimas reais de seus olhos.

Araminta se vira para encarar uma gaiola dourada que está atrás do balcão. Ela estende dois dedos por entre as barras para fazer carinho na criatura ali dentro: um coelho, com o pelo de um preto tão profundo e fosco que parece engolir a luz da vela, como se fosse uma boca aberta.

Araminta se dirige a Beatrice por cima do ombro.

— Eles podem fazer tudo o que quiserem, criança. Eu apostaria qualquer coisa que sua irmã já está nas Profundezas. — Ela capta a expressão no rosto de Beatrice e as linhas esculpidas ao redor de sua boca se suavizam levemente. — Sinto muito por isso. De verdade, sinto mesmo. Mas já é tarde demais para ela.

Não é a severidade das palavras que faz Beatrice desabar, é a pena espreitando sob elas. O medo cai como um balde de água fria sobre ela.

Se Quinn ou Araminta dizem mais alguma coisa, Beatrice não escuta. Com um certo distanciamento, ela sente mãos envolverem seus ombros, guiando-a para trás do balcão, depois por uma escadaria estreita, até chegarem a um quarto confortável que cheira a especiarias e couro, e a uma cama com colchas cor de açafrão espalhadas.

Ao se deitar, permanece acordada, escutando o burburinho de vozes na rua e o tique-taque de um relógio em algum lugar da casa — *tarde demais, tarde demais* —, até que a voz de Quinn lhe diz para dormir e ela obedece.

Beatrice sonha com porões e portas trancadas, e acorda com os próprios dedos arranhando seu pescoço.

Partículas de poeira dançam acima dela, suspensas na luz do sol. Pombos arrulham na janela. Ela está sozinha, embora sinta um calor no vazio ao lado dela na cama, como se alguém tivesse se deitado ali durante a noite. Seus óculos estão cuidadosamente dobrados sobre a mesa de cabeceira.

Beatrice olha para eles, imaginando as mãos que o colocaram ali, e sente uma perigosa ternura percorrer seu corpo, até se dar conta daquilo que *não* sente: sua irmã caçula. O fio entre elas está frouxo e inerte como um tendão rompido.

Ela encontra a Srta. Quinn em uma cozinha estreita no primeiro andar, moldando uma massa redonda de biscoito com dedos cheios de farinha. Quinn escuta o balbuciar choroso de Beatrice com muita paciência, enquanto corta círculos perfeitos de massa com uma lata de estanho e coloca-os dentro do forno, com um arranhar do ferro. Então, põe uma caneca quente nas mãos de Beatrice, dobrando seus dedos sobre ela, e gentilmente se recusa a acompanhá-la até o Palácio da Justiça.

— Depois de todo o trabalho que eu tive para salvá-la? Não posso. A senhorita vai comer uns biscoitos, tirar esse manto de bruxa e ir para casa. E amanhã irá trabalhar como se nada tivesse acontecido.

— Mas...

Quinn toca as costas de sua mão com muita gentileza.

— A senhorita não vai ajudá-la se estiver trancada na cela ao lado da dela. Por favor.

Beatrice come os biscoitos e tira o manto de bruxa. Ela segue a Srta. Quinn até um salão de beleza de azulejos brancos, duas quadras a leste, cheio de mulheres tagarelas — que inclinam a cabeça em uma reverência para Quinn, e erguem as sobrancelhas para Beatrice —, e até uma porta nos fundos, na qual se lê ESTOQUE. Um cheiro fresco e intenso penetra pelas dobradiças. Beatrice não fica surpresa quando Quinn pressiona o pulso com as cicatrizes na porta e sussurra as palavras.

O túnel serpenteia para o norte, o eco retumbando às vezes, conforme bondes ou cascos de cavalos se movem acima delas. Beatrice continua tentando sentir alguma coisa no fio que a levava até sua irmã caçula, como uma mulher cutucando com a língua o buraco onde antes havia um dente.

— P-por que o lugar é chamado de Profundezas? — pergunta, quando Quinn faz uma pausa para rabiscar algum símbolo complicado na parede do túnel.

— Porque lá embaixo a água chega até a cintura. Ao menos depois de uma tempestade forte.

Beatrice solta um som que é algo entre uma lamúria e uma interrogação, e Quinn explica melhor a situação.

— A prisão foi construída às margens do rio, onde a terra era macia e pantanosa, e ela afunda um ou dois centímetros todo ano. É por esse motivo que nenhum dos nossos túneis leva até a margem leste. Tem sempre água parada nas celas dos níveis mais baixos. Não há como ficar seco ou limpo. Eu conhecia um homem que foi preso por vadiagem e que saiu com os pés completamente descorados, porque estavam apodrecendo dentro das botas... — A voz de Quinn vai morrendo na escuridão do túnel.

— A senhorita e ele eram... próximos?

— Éramos primos — responde Quinn, a coluna empertigada daquele jeito firme, característico dela.

Beatrice se cala depois disso.

O túnel termina numa escada em espiral e numa porta estreita e arqueada. Beatrice tropeça atrás de Quinn, cegada pelo sol, e descobre que estão paradas no alvoroço distinto da Alta Belém, a meio quarteirão de distância de seu quartinho alugado. Ninguém parece notá-las, e Beatrice se pergunta se Quinn lançou um de seus estranhos encantamentos sobre elas, até compreender que a porta pela qual passaram está escondida discretamente na esquina de uma bela mansão: uma entrada para empregados. Em seus vestidos bem passados, ela e Quinn são apenas um par de criadas, quase invisíveis — *nada*. Pela primeira vez, ocorre a Beatrice que existe certo poder em ser um nada. Ela se lembra daquele velho conto em que a Anciã esperta diz para um homem que o nome dela é Ninguém. Quando perguntam quem o amaldiçoou, o homem grita:

— Ninguém!

E assim, a bruxa escapa.

— Vá para casa. Irei encontrá-la na biblioteca amanhã.

Quinn lança um último olhar âmbar para ela e desaparece.

Com muita calma, Beatrice conta até vinte, então dá meia-volta e segue em direção ao oeste, até o Palácio da Justiça de Nova Salem.

Como não é tão tola quanto Quinn e aquela Araminta parecem pensar, ela para primeiro em um certo estabelecimento de má reputação na Avenida Santa Maria do Egito. Ela pergunta pela Srta. Pearl e a arrastam até um toucador simples e prático no primeiro andar. Os olhos de Pearl estão inchados e azulados, as unhas ainda encardidas da terra do cemitério. Ela acende um cigarro fino enquanto escuta o pedido de Beatrice e assente uma única vez.

— Os desgraçados levaram Frankie também. Pode perguntar por ela, por favor?

Quando Beatrice deixa o Pecado de Salem, ela é uma verdadeira anciã: seus olhos são de um azul turvo e seu cabelo é como o marfim amarelado de um dente arrancado. Sua pele fina e frágil se estica sobre suas bochechas. Parte desse disfarce foram pós e tinturas aplicados engenhosamente, e a outra parte foi um pouco mais: as palavras e os caminhos que uma prostituta pode usar tanto para atrair atenção quanto para desviá-la. Ela meio que esperava se disfarçar de uma loira de seios fartos ou de uma Jezabel provocante, mas a Srta. Pearl recomendou rugas.

— Os homens param completamente de nos enxergar depois de uma certa idade.

O oficial na mesa da recepção do Palácio da Justiça de Nova Salem nem ergue os olhos conforme ela se aproxima, então talvez Pearl estivesse certa.

Ele permanece inclinado sobre uma pilha de documentos, coçando distraidamente seu queixo cheio de espinhas e, pelo jeito, indiferente ao cheiro repugnante que sobe do assoalho: um fedor podre, parecido com água parada e carne velha.

Beatrice dá pancadinhas na mesa com os nós dos dedos, e o oficial ergue seus pálidos olhos rosados e entediados para ela.

— Procuro informações sobre uma mulher que foi detida no comecinho desta manhã. Uma Srta. James Juniper Eastwood.

Uma centelha sombria de interesse brilha nos olhos dele.

— Ela é uma das bruxas que prenderam?

Beatrice lança seu mais severo olhar de bibliotecária para o oficial, e fica satisfeita ao vê-lo endireitar a postura automaticamente.

— O que ela é ou não ainda precisa ser provado no tribunal, senhor. O que eu gostaria de saber é para onde a levaram, sob que acusações e em que condições específicas ela se encontra. Também estou interessada no paradeiro da Srta. Frankie Ursa Black e da Srta. Jennie Lin...

— São informações confidenciais, senhora. — Ele dá de ombros. — Mas ela não parecia lá muito bem quando a arrastaram para cá.

O frio se derrama no estômago de Beatrice, mas ela se recompõe.

— Eu gostaria de falar com o seu supervisor imediatamente, rapaz. Uma garota foi presa e, pelo visto, está machucada, sem ter recebido o devido processo legal ou um julgamento justo...

Sua indignação chama a atenção dos policiais que descansam no escritório dos fundos. Um deles caminha com tranquilidade até a recepção.

— O que isso tem a ver com a senhora?

Beatrice transfere seu olhar turvo para ele.

— Eu sou a senhoria da Srta. Eastwood, se quer saber. E fico bastante ofendida quando uma das minhas inquilinas é detida sob falsas acusações.

O policial grunhe para ela.

— Não tem nada de falso nas acusações, senhora.

Ele procura preguiçosamente entre a bagunça da mesa da recepção, e lhe oferece um cartaz com a frase Procurada por assassinato e suspeita de bruxaria impressa em grandes letras maiúsculas, sob o desenho do rosto de uma mulher. O cabelo dela é uma bagunça de tinta espalhada, em vez do ninho curto que Beatrice conhece, mas é, sem sombra de dúvidas, Juniper. O desenhista capturou a linha desafiadora de seu longo maxilar, o brilho selvagem de seus olhos.

Beatrice engole em seco.

— Não tenho certeza do que exatamente isso prova, mas...

O policial desliza outro papel pela mesa — uma página amarelada do *Mensageiro de Lexington*, na qual se lê: ASSASSINATO POR MAGIA: VETERANO DO CONDADO DO CORVO É ENCONTRADO MORTO.

Beatrice não precisa ler a matéria, porque já sabe o que está escrito. Há sete anos, ela descobriu o que Juniper era, o que estava enrolado sob sua pele, esperando para atacar. Seu pai também deveria ter se lembrado, mas talvez tenha ficado mole ou tolo ao longo dos anos. Talvez num certo dia ele tenha roubado muito de Juniper, algum último resquício precioso, e a deixado sem nada a perder.

Beatrice passa os olhos pelo *Mensageiro*: *morte prematura*; *sinais do sobrenatural*; *a filha foi vista fugindo da propriedade*.

Ela desliza o papel de volta sobre a mesa e o policial balança a cabeça.

— Que tipo de mulher mataria o próprio pai, hein? — Ele dá dois tapinhas no jornal. — Esta matéria vai estar no *Periódico* logo pela manhã. Se eu fosse a senhora, não sairia por aí dizendo para as pessoas que alugou um quarto para uma assassina.

Beatrice repara no distintivo de bronze reluzindo estupidamente no peito dele — uma tocha erguida bem alto —, e percebe que a Srta. Quinn estava certa. Que não haverá fiança ou o devido processo legal, que o Estado de Direito foi substituído pelo Estado dos Homens e das Multidões. Que é tarde demais.

Ela se retira, e observa os homens se esquecerem dela assim que sai do campo de visão deles. Do lado de fora, o ar está denso e cinzento com a promessa de chuva. Beatrice se esforça para não pensar em Juniper lá embaixo nas Profundezas, completamente sozinha enquanto a água sobe. Pelo menos o porão era seco na maioria dos dias.

Beatrice não sabe para onde está indo até estar parada no saguão revestido de madeira da Biblioteca da Universidade de Salem, piscando vagamente para a porta de seu escritório. Seu santuário, seu único lugar seguro.

Mas tem alguma coisa sutilmente errada. Ela leva um instante exaustivo para perceber que a placa com seu nome — o cartão cor de creme com seu nome escrito em uma caligrafia elegante — não está mais no suporte de bronze.

Sua porta está trancada.

Ela a encara por muitos segundos antes de se afastar e ir até o banheiro lavar o disfarce de seu rosto. Seus próprios olhos são nuvens indistintas que a encaram de volta no espelho.

A Srta. Munley é quem está trabalhando no balcão de atendimento hoje, movendo pilhas de papéis de um jeito a deixar claro que ela está muito ocupada e atormentada, e que não tem tempo para estorvos como Beatrice.

— C-com licença, senhora? — (Depois de St. Hale, as palavras de Beatrice desenvolveram uma tendência de coagular e grudar em sua garganta, como leite coalhado. Levou anos para fazê-las fluírem livremente outra vez.) — Meu escritório parece estar trancado.

A Srta. Munley não ergue o olhar para ela.

— Sinto dizer, mas não é mais seu escritório. — A voz dela é tão clara e incisiva quanto a curva da armela.

— Por quê?

Ela bate a pilha de papéis no balcão para arrumar as bordas e encontra os olhos de Beatrice.

— Porque, devido às recentes informações trazidas até nós por um cidadão aflito, a senhorita não é mais uma funcionária da biblioteca.

A dormência percorre seu corpo de novo, o frio da traição. Alguém revelou mais do que apenas a hora e o lugar de sua demonstração fadada ao fracasso. Alguém sussurrou nomes e cargos. Mas então por que Beatrice não está nas Profundezas ao lado da irmã?

— Compreendo. — A voz de Beatrice soa como se estivesse saindo de uma vitrola especialmente quebrada: trêmula e fina. — Posso recolher meus objetos pessoais?

O que a polícia pensaria de sua coleção de contos infantis e folclóricos, de suas palavras e caminhos rabiscados, de seu caderninho de couro preto rodeado de sal?

— Não. Na verdade, recebemos instruções para informar as autoridades se a víssemos nas imediações da biblioteca. — A Srta. Munley lança um olhar de soslaio indecifrável para Beatrice, e acrescenta: — Sendo assim, eu a aconselharia a deixar este lugar imediatamente. Antes que eu a veja.

Beatrice deixa a biblioteca. Ela fica na Praça St. George, parada e confusa.

Ela quer desesperadamente ir para casa, mas o quartinho no sótão nunca foi seu lar. Seu lar sempre foram os contos de bruxas e as palavras, as histórias para as quais ela podia escapar quando a sua própria se tornava terrível demais para suportar. Era a quietude suave das estantes de livros, o seu escritório minúsculo e o arranhar da pena sobre uma página. Tudo isso estava perdido.

A chuva começa a cair suavemente.

Beatrice está bastante familiarizada com o desespero. Ele a seguiu desde St. Hale, andando como um fiel cachorro preto atrás dela, às vezes mordiscando seus calcanhares. Agora, ela o cumprimenta com tranquilidade, quase com alegria, como se ele fosse um amigo de infância.

Agnes conhece o desespero. Ela o conheceu pela primeira vez na noite em que sua mãe morreu — um cão de caça preto que se enrolou em seu peito, curvando suas costelas para dentro —, e costuma escutar seus passos surdos com frequência, seguindo-a pelas escadas da pensão.

Agora, ela sente os olhos dele a observarem das sombras do chão da fábrica.

Ela está de pé, aglomerada com as outras garotas, murmurando e sussurrando. Annie está ali, pálida e com os olhos inchados, e Yulia, com os lábios brancos e finos. Sua filha mais velha está ao seu lado, mas a segunda mais velha está desaparecida. Será que foi capturada enquanto fugia da área das bruxas? Será que foi acometida pela febre do verão, como tantas outras garotas?

O Sr. Malton as encara com olhos de grãos de pimenta: pequenos e secos. Agnes percebe que ele não tomou sua dose matinal de bebida, e quase consegue sentir o sangue pulsando rancorosamente nos ouvidos dele.

— As senhoritas já devem ter lido os jornais a essa hora.

Elas não leram, porque algumas delas não sabem ler, outras não sabem ler inglês, e nenhuma delas tem condições de pagar as edições especiais e extragrandes que os jornaleiros estão vendendo para cima e para baixo pelas ruas, mas a fábrica já está zumbindo e sibilando com os rumores. Somente Agnes e as outras Irmãs mantiveram as bocas fechadas e os olhos baixos naquela manhã.

— Existem bruxas circulando entre nós outra vez. A líder do grupo foi capturada no comecinho desta manhã, uma doida que veio lá do sul, pelo que eu ouvi. Mas algumas delas ainda estão livres, perambulando por aí.

Malton agita no ar uma página amassada de jornal. Agnes impede seus olhos de acompanharem-na. Ela consegue sentir o calor agradável de Bella em algum lugar ao norte da cidade, mas não sente nada além de uma ausência fria onde Juniper deveria estar.

Malton se vira, fitando-as com seu olhar raiado de vermelho.

— E eu tenho uma fonte confiável que diz que algumas delas podem até mesmo estar bem na minha frente, posando de trabalhadoras boas e honestas, só para persuadir outras para a causa delas.

Agnes não se retrai, não respira. *Que fonte?*

— Então, estou aqui para lhes dar um aviso: se eu sentir sequer o *cheiro* de bruxaria, ou de sindicalização, sufrágio, ou qualquer porcaria dessas, não se enganem: vou levar tudo direto para a polícia.

Os olhos dele examinam cada uma delas, e Agnes captura o brilho úmido do medo sob toda aquela bravata. Ela deseja terrivelmente fazê-lo sentir mais medo.

— Por causa desta situação — conclui ele —, todas as senhoritas perderam uma semana de trabalho.

Arquejos e insultos agitam-se entre elas. Uma semana sem salário significa crianças com fome, fogões frios e talvez maridos enfurecidos.

— O senhor não pode fazer isso! — grita alguém.

— O diabo que não posso! — grita Malton de volta. O nariz dele lateja em um tom de roxo doentio. — Os Baldwin já concordaram. Podemos nos virar com fura-greves e temporários por uma semana, enquanto as senhoritas tiram um tempo para pensar na situação. Para decidir de que lado está a sua lealdade.

A tecelagem ferve em volta de Agnes. Mulheres trocam olhares mordazes de culpa e suspeita, observando umas às outras como se fossem capazes, com prazer, de amarrar a bruxa a um poste por si mesmas caso a encontrassem. Annie e Yulia permanecem completamente paradas, evitando olhar uma para a outra ou para Agnes.

Por fim, as mulheres formam uma fila ressentida do lado de fora da porta, os cordões dos aventais pendendo, frouxos. Agnes caminha até o fim da fila, tentando parecer estar apenas preocupada com o aluguel atrasado.

Pouco antes de sair para o beco, as mãos do Sr. Malton se estendem para detê-la, pressionando a concavidade de sua barriga.

— Espere um minuto aí, garota. — Ele está perto demais de Agnes. Ela sente o cheiro azedo do suor dele, sente o hálito dele em sua bochecha. — Não vá achando que eu me esqueci daquele seu truquezinho.

Foi um dos primeiros feitiços que Mags lhes ensinou: bastava uma folha de urtiga e uma agulha afiada, e um homem estaria ocupado demais gritando e praguejando para continuar a querê-la.

O suor da palma do Sr. Malton atravessa o seu vestido.

— Acha que eu deveria ir até as autoridades? Será que eu deveria contar à polícia quem a senhorita é, Srta. *Eastwood*?

Os dedos dele se cravam como pregos na carne inchada da barriga dela, apertando-a profundamente, só porque ele pode. Porque ela não pode detê-lo. Porque ela é um nada e ele é alguma coisa.

A raiva quente e vermelha devora seu corpo, seguida por uma onda doentia de vergonha. Como ela foi tola ao pensar que a bruxaria poderia mudar alguma coisa. A mãe delas conhecia muitas palavras e caminhos, e que bem isso lhe fizera?

Agnes engole a raiva e a vergonha — e, ah, ela já está cansada do gosto delas.

— Não, Sr. Malton — responde.

— Boa garota.

Ele dá um tapinha firme e despreocupado na barriga dela, como um homem faria com um cavalo.

Agnes caminha às cegas pelo beco, a chuva fazendo o cabelo grudar em seu pescoço, e o desespero a segue. Ela quase fica aliviada quando sente seus dentes morderem seu pescoço.

Juniper nunca conheceu o desespero. Ela já capturou vislumbres de uma certa criatura preta cercando-a, cada vez mais próxima — quando suas irmãs a abandonaram, quando ela se deitou sobre a terra recém-revirada do túmulo de sua avó —, mas, todas as vezes ela conseguiu afastá-la com fogo e fúria.

Mas agora ela escuta suas garras retinindo nos paralelepípedos das ruas atrás dela. Chegando mais perto.

Ela sabe que não é sensato permitir que o medo transpareça em seu rosto. Os policiais ao seu redor estão famintos, esperando para beber de seu pavor como gatos em uma tigela de leite.

Juniper se recusa a alimentá-los.

Ela mantém as chamas em seus olhos e os dentes expostos enquanto eles a colocam na frente de uma câmera de fole. Enquanto um punho se entrelaça em seu cabelo e a força a encarar o olho apático da câmera.

Ela mantém o queixo erguido enquanto eles arrancam o medalhão de seu pescoço e o vestido de suas costas, e a deixam tremendo em sua combinação. Enquanto olhos percorrem o branco espinhento da pele dela, esfolando-a.

Ela mantém a postura ereta enquanto eles a arrastam pelos degraus de pedra, para além dos olhares maliciosos e dos rostos esverdeados de bêbados e vagabundos, batedores de carteiras e prostitutas. Enquanto eles a atiram em uma água que cobre seus tornozelos e cheira a merda e a óleo.

Juniper fica de pé, a combinação molhada meio grudada ao corpo, e a lama fria espalhada em uma de suas bochechas, encarando-os sob o brilho fraco de um lampião a gás com os dedos cerrados em punhos.

— Este é o melhor que podem fazer? Seus fracotes e covardes, filhos de uma...

Mãos caem sobre ela outra vez, torcendo seus braços em suas costas. Juniper prepara sua barriga para receber o golpe e reza rapidamente para que eles não acertem nada importante. *Que as Três me abençoem e me protejam.*

Mas o golpe nunca chega. Em vez disso, ela sente um metal frio pressionar sua garganta. Pragueja e arqueia o corpo contra os homens atrás dela, mas escuta o raspar e o clique da tranqueta enferrujada girando na fechadura, e um frio cortante e mortal corre por suas veias.

Os homens a soltam. Sua perna ruim cede sob seu corpo e seus joelhos mergulham de volta na água fedorenta. Com dedos trêmulos, ela estende os braços para seu próprio pescoço e encontra um colar de metal, trancado com firmeza.

Nos tempos antigos, as bruxas eram punidas com rédeas, para impedir que suas línguas pronunciassem as palavras; com algemas, para impedir que suas mãos trabalhassem nos caminhos; e... com colares de metal. Para destruir sua vontade.

O pulsar quente da magia desaparece, assim como os fios que a conectam com suas irmãs. Mas, apaticamente, Juniper imagina que isso não importa. Elas não virão atrás dela, agora que sabem a verdade.

Ela escuta os sons indistintos de botas e de uma risada baixa e cruel.

Por fim, Juniper está sozinha na escuridão. Quando seu pai morreu — quando ela o matou e incendiou o que sobrou dele, para que nenhum fantasma ou espírito se demorasse um único segundo a mais que o necessário neste mundo —, ela pensou que, pelo menos, nunca mais seria trancafiada no escuro.

Ela estava errada.

Da cor da noite, o desespero surge das profundezas da escuridão e se esgueira na direção dela, mas Juniper não o deixa levá-la. Em vez disso — com a voz entrelaçando-se ao gotejar da água e ecoando na pedra úmida —, ela lhe conta uma história.

O Conto da Bruxa que Transformava Palha em Prata

Era uma vez um moleiro tolo, que se gabava ao dizer que sua filha era uma bruxa e podia transformar palha em prata na roda de fiar. O rei, que era ainda mais tolo do que o moleiro, enviou seus guardas para buscar a garota e a jogou em uma cela cheia de palha. Ele ordenou que ela transformasse tudo aquilo em prata antes do amanhecer, senão enfrentaria a fogueira, e a deixou chorando sozinha.

Pouco antes da meia-noite, uma voz áspera perguntou à filha do moleiro:

— Por que está chorando tanto?

— Ah — respondeu a jovem —, porque meu pai é um tolo e eu certamente irei queimar amanhã, pois não sou nenhuma bruxa.

Uma mulher muito, muito velha saiu das sombras cambaleando, vestida com trapos esfarrapados e carregando uma bengala de madeira preta. Um par de rubis fora colocado no punho da bengala, como se fossem os olhos vermelhos de uma cobra.

— Ah — disse ela para a filha do moleiro —, mas eu sou. O que você me dará se eu transformar toda essa palha em prata?

Com o cordão de ouro da jovem preso em volta de seu pescoço, a Anciã se sentou à roda de fiar.

Ao amanhecer, o rei ficou muito satisfeito ao encontrar o cômodo repleto de prata fiada, o suficiente para se construir uma estátua ou um navio. Ele ficou tão satisfeito — e era tão tolo —, que trancafiou a garota em uma cela ainda maior na noite seguinte, ordenando que ela repetisse o truque.

A filha do moleiro chorou, e logo ouviu o farfalhar de uma capa esfarrapada pelo chão. Ela e a Anciã negociaram brevemente e, desta vez, quando a Anciã se sentou à roda, ela usava em seu dedo o anel de diamante da jovem.

Pela manhã, a cela estava cheia de prata e o rei, que agora começava a sonhar com armadas inteiras, trancafiou-a em uma terceira cela, ainda maior.

A filha do moleiro chorou, de forma um pouco superficial, e a Anciã apareceu. Mas não havia mais colares ou anéis para barganhar. Em vez disso, a Anciã pediu a criança primogênita da jovem. A filha do moleiro — que não queria queimar na fogueira, que considerava sua própria vida mais valiosa do que a de uma criança que sequer pensou a respeito ou desejou — concordou.

A palha foi fiada. O rei ficou satisfeito. Tão satisfeito, na verdade, que fez da jovem a esposa de um rei, em vez da filha de um moleiro.

Com o passar do tempo, a esposa do rei se tornou a mãe de um príncipe. No dia do Santo cujo nome a criança carregava, a Anciã apareceu para cobrar sua dívida. O rei, ao ver a Anciã com sua bengala de madeira preta, percebeu o segredo por trás da milagrosa fiação da esposa e a desprezou. E foi assim que a esposa do rei perdeu sua coroa e sua criança na mesma hora.

A mulher chorou, e a Anciã ficou com pena dela.

— Se conseguir encontrar minha torre dentro de três dias, perdoarei sua dívida — disse ela, e desapareceu.

Durante dois dias, a mulher caminhou pelas altas colinas de seu reino — descalça, maltrapilha, o vestido manchado de leite. Na noite do terceiro dia, os resquícios do leite escorreram dos seios e caíram como pérolas sobre a terra. As pérolas correram juntas, formando uma linha que se transformou em uma cobra pálida e leitosa, com rubis vermelhos no lugar de olhos. A mãe — ou, em algumas histórias, a Mãe — seguiu a cobra para as profundezas da floresta.

Talvez, entre as árvores mais obscuras e mais antigas, ela tenha encontrado uma torre. Talvez houvesse fogo queimando em uma lareira, pão esperando por ela sobre a mesa, e seu filho estivesse envolto em farrapos pretos, dormindo tranquilamente. Talvez ela e seu bebê tenham vivido na torre felizes para sempre.

Mas nem a Mãe, nem a Anciã foram vistas outra vez naquele reino.

Espelho, espelho meu,
Diga a verdade, mostre um segredo teu.

Feitiço usado para ver. São necessários
um espelho e um pertence emprestado.

Beatrice Belladonna espera que o desespero a machuque, mas não sente nada muito diferente. Ela pensa em Jonas dentro da barriga da baleia e na bruxa da Chapeuzinho Vermelho dentro do lobo, e se pergunta se algum deles se sentiu levemente aliviado ao ser devorado, ao ser retirado do mundo e poder se enroscar na escuridão sufocante, sozinho.

Beatrice dorme. Sonha — com celas trancadas e prata fiada, com cobras brancas e torres pretas —, e acorda suando no calor abafado do meio-dia. Ela se força a voltar a dormir, encarando a escuridão pulsante de suas próprias pálpebras, até que cai num sono entorpecido e sem sonhos.

Quando acorda pela segunda vez, o sótão está repleto de sombras oblíquas e janelas obscurecidas pelo crepúsculo, e a Srta. Cleópatra Quinn está sentada na ponta da cama.

(De súbito, Beatrice se dá conta de que sua bochecha esquerda está grudenta de saliva, e de que está usando sua camisola mais antiga e mais vergonhosa, com patinhos de touca bordados na gola.)

— Se não me engano, é um beijo que acorda a Branca de Neve na história, mas sempre achei essa atitude meio insolente. — A voz de Quinn é leve, mas seus olhos estão pesados de preocupação ao fitar Beatrice. — Hoje tentei visitá-la em seu escritório na biblioteca.

Beatrice umedece seus lábios pegajosos do sono.

— Não é mais meu escritório.

— Foi o que me disseram. — Depois de uma pausa, ela acrescenta: — Sinto muito.

A próxima pausa é muito mais longa e vazia. O interior da cabeça de Beatrice parece turvo e cheio de teias de aranha, como um armário que ela prefere não abrir.

Quinn acaricia a aba do chapéu-coco em seu colo.

— O *Periódico* relatou cinco prisões: Frankie, Gertrude, Jennie e a mais velha das Domontovich, todas foram acusadas de confusão generalizada, incitação ao pecado e bruxaria pública. Juniper tem... acusações extras, é claro. Até onde pude descobrir, a maior parte das garotas foi colocada a bordo de um navio e mandada para uma casa de correção para mulheres, seis quilômetros ao sul da cidade. Exceto por Jennie, que eu não consegui encontrar até agora, e Juniper, que está nas Profundezas.

Beatrice se pergunta vagamente o que Quinn espera que ela faça com esse relatório. Chorar, talvez. Mas até mesmo chorar parece confuso e desagradável se comparado ao alívio completo do sono.

— O julgamento da sua irmã está marcado para o meio da semana que vem — continua Quinn com uma voz profissional e clara —, mas as Profundezas não são um lugar saudável para ficar muito tempo, e o solstício já é depois de amanhã. Acho que não podemos nos dar ao luxo de esperar.

Beatrice permite que a frase ressoe por um tempo pelo armário de teias de aranha em seu cérebro, antes de perguntar, com cautela:

— Esperar?

— Para reaver sua irmã da custódia do Departamento de Polícia de Nova Salem — esclarece Quinn. — Para resgatá-la.

Beatrice demora bastante tempo para identificar que o som rouco e áspero que sai de sua boca é uma risada.

— A senhorita e a Srta. Araminta me garantiram que era tarde demais, e me mandaram para casa como se eu fosse uma aluna desobediente. Agora está me propondo algum tipo de resgate ousado?

Quinn franze a testa em uma expressão de pena.

— Se bem me lembro, nós apenas desencorajamos sua visita ao Palácio da Justiça para lhes perguntar se, por favor, poderiam devolver a sua irmã. Nenhuma de nós deixaria uma irmã, ou uma Filha, apodrecer nas Profundezas. Não se pudéssemos evitar.

Beatrice se senta depressa na cama, os músculos rígidos graças a um dia inteiro de um sono persistente, sem mais se importar com sua camisola vergonhosa (ela ainda se importa).

— Mas nós *não* podemos evitar! Não temos qualquer recurso legal. Nenhum recurso financeiro. Eu não tenho nem mais um emprego! Muito menos bruxaria o bastante para influenciar o júri, ou para construir um túnel, ou para fazer uma mulher desaparecer de uma cela trancada. — Bella faz um gesto desesperado para o quarto. — Eu gostaria de s-salvar a minha irmã. Mesmo sabendo o que ela fez, o que ela é. Mas não é possível.

A pena no rosto de Quinn se transforma em sarcasmo.

— Bem colocado, Beatrice. Então não acha que está na hora de considerarmos o impossível?

— Eu não...

— Ah, pelo amor dos Santos, mulher. — Quinn bate com o chapéu-coco nas pernas cobertas de Beatrice. — Saia dessa cama. Use o que quer que tenha restado do seu bom senso. Passamos o verão inteiro chegando cada vez mais perto daquilo que pode virar o mundo de ponta-cabeça. Que pode nos devolver o que perdemos, tornar o impossível possível novamente.

A esperança se esvoaça no peito de Beatrice, as asas quebradas. Ela machuca muito mais do que o desespero.

— Mas nossas teorias são tão tênues. São meros... raios de luar.

Quinn bate nela outra vez.

— Elas são perfeitamente acadêmicas! Foram estudadas, documentadas, e são baseadas em fontes confiáveis...

— São histórias para *crianças*! Rimas infantis! Não são nada respeitáveis, nada verificáveis!

— Será que uma coisa precisa estar encadernada e disposta em uma estante para ser importante? Algumas histórias nunca nem foram escritas. Algumas foram repassadas através de sussurros e canções, de mãe para filha e para irmã. Tenho certeza de que pedaços e fragmentos se perderam ao longo dos séculos, de que detalhes mudaram, mas *nem todos*. — Quinn fica de pé, andando de um lado para o outro. — Torres e roseiras. O sangue da Donzela. As lágrimas da Anciã. O leite da Mãe. Vai realmente negar suas próprias descobertas, Beatrice? Com certeza você não é tão covarde assim.

— Ah, posso garantir-lhe que eu sou.

— Não *é*...

— Mas mesmo que eu concordasse com a senhorita a respeito dos caminhos, nós não temos todas as palavras. — Bella vira as palmas de suas mãos para cima num gesto de rendição. — Nós nem temos mais as minhas *anotações*.

Uma gentil batidinha na porta a interrompe.

— Srta. Eastwood? — chama uma voz educada e familiar. — Peço desculpas pela hora, mas a senhorita deixou seu caderno na biblioteca e achei que seria melhor devolvê-lo.

Há um breve momento de silêncio enquanto Quinn ergue as sobrancelhas e Beatrice sai de debaixo das cobertas, vestindo um roupão sobre sua camisola horrorosa.

— *H-Henry*?

Beatrice desfaz a linha de sal, destranca a porta e encontra o olhar bondoso do Sr. Blackwell na escada. Em suas mãos, ele segura um livrinho surrado, encadernado em couro preto.

Ela o pega e acaricia as dobras e as fissuras familiares da lombada.

— Ah, obrigada! Considerando as acusações dirigidas a mim, pensei que ele seria confiscado pelas autoridades. — Beatrice se lembra de com quem está falando e acrescenta: — Não que as acusações sejam verdadeiras. Elas são completamente falsas.

— São mesmo? — pergunta o Sr. Blackwell suavemente.

Beatrice está prestes a lhe dar alguma combinação confusa de negação e confissão, quando a Srta. Quinn aparece ligeiramente atrás dela.

— Não. Embora eu não ache que nossa Beatrice venha tendo reuniões com demônios. O que o senhor acha?

— Ah, Srta. Quinn, que prazer em vê-la. — O Sr. Blackwell não parece nada surpreso ao ver Quinn naquele quarto. — Bem, peço desculpas por interrompê-las, senhoritas. Eu só queria devolver o caderno — Beatrice o aperta com mais força contra o peito — e lhes desejar boa sorte.

— Com... o quê? — pergunta Beatrice.

— Ora — o Sr. Blackwell tosse, meio envergonhado —, em trazer de volta o Caminho Perdido de Avalon, imagino.

Ocorre a Beatrice que ela pode ter ficado ligeiramente louca. Com certeza ela não acabou de ouvir o Sr. Henry Blackwell — diretor da seção de Coleções Especiais, dono de orelhas cabeludas e de uma coleção bem grande de gravatas-borboletas — desejar-lhes sorte na restauração da bruxaria.

Quinn estende o braço por cima do ombro dela e abre a porta um pouco mais.

— Por que o senhor não entra e se senta, Sr. Blackwell?

O Sr. Blackwell se senta à mesa bamba da cozinha de Beatrice, evitando encarar o roupão e a camisola dela, e sorri educadamente para os próprios polegares.

— O senhor estava escutando o que dizíamos?

— Ah, por favor, Srta. Eastwood — zomba ele, com gentileza. — Eu aprovei todos os seus pedidos de material. Eu mesmo enchi os carrinhos, conduzi-os até o seu escritório e, logo depois, risquei-os do registro. Contos de bruxas e folclore. A Velha Salem e Avalon. Cada caso de magia expressiva depois da Inquisição Georgiana. Eu montei o quebra-cabeças. — Ele dirigiu seu sorriso educado para Beatrice. — Posso não ser um bruxo, Srta. Eastwood, mas sou um bibliotecário bem razoável.

Algo no rosto dela — o arrepio entorpecido da traição — faz com que ele acrescente, ainda mais gentilmente:

— Eu não contei a ninguém, nem pretendo contar. Meus ancestrais romperam com a Igreja depois de testemunharem as atrocidades do primeiro expurgo. Minha própria avó abrigou bruxas que fugiram da Velha Salem, e escravizados que fugiram do Velho Sul. Minha mãe se levantaria de seu túmulo para me assombrar para sempre se eu, pelo menos, não lhe oferecesse minha ajuda agora, por pior que seja a sua situação.

Não confie com tanta facilidade, havia aconselhado Quinn. Mas Beatrice nunca aprendeu como fazer isso.

— Estamos tentando salvar a minha irmã, mas não sabemos como. Ela está trancada nas Profundezas e será julgada pelo crime de assassinato por bruxaria.

O Sr. Blackwell considera o problema com uma expressão pensativa.

— E ela fez isso? Quero dizer, ela matou alguém?

— Eu não sei — mente Beatrice. Mas então: — Provavelmente. — E, ainda mais baixinho: — Sim, acho que ela matou, sim.

— Foi um ato necessário? Justificável?

— Eu não sei. — Ela pensa no sorriso charmoso e nos olhos vermelhos do pai, no guincho das dobradiças de ferro do porão. — Sim.

O Sr. Blackwell assente cordialmente para os próprios nós dos dedos.

— Como um homem de Deus, eu desaprovo tal ato, mas como um simples *homem*, bem... Às vezes, eu me pergunto de onde veio a primeira bruxa. Se talvez Adão não mereceu a maldição de Eva. — O sorriso dele se retorce. — Se por trás de cada bruxa, há uma mulher injustiçada.

Beatrice está muito ocupada encarando-o para protestar quando Quinn retira o caderninho de couro preto de suas mãos e o abre na página de assinaturas, logo abaixo do título AS IRMÃS DE AVALON. Quinn pega uma pena e acrescenta três palavras no fim da página, depois desliza o caderno sobre a mesa até o Sr. Blackwell.

— Ainda temos lugar, se o senhor quiser se tornar um afiliado formal.

— Ah, quanta generosidade. Quero dizer, eu não gostaria de me intrometer...

Com certo assombro, Beatrice percebe que as orelhas dele ficaram rosadas de satisfação.

— Não seria uma intromissão — murmura ela. — Quanto mais, melhor.

E, com a sensação de que está vivenciando um sonho muito vívido e improvável, Beatrice conduz o Sr. Blackwell e a Srta. Quinn em seus juramentos, e lhes introduz ao que quer que tenha restado das Irmãs de Avalon. Quinn não se retrai ou hesita ao dizer o feitiço. Seus olhos, do mais brilhante dourado, fitam Beatrice como um par de promessas.

— Bem... — diz o Sr. Blackwell após um instante silencioso. — Presumo que haja uma razão para a senhorita não ter estalado os dedos e convocado o Caminho Perdido para salvar sua irmã.

Beatrice aperta o roupão com mais firmeza ao redor de seus ombros, sentindo-se cansada, acabada e nem um pouco parecida com alguém capaz de restaurar o antigo poder da bruxaria ou organizar um resgate ousado.

— Nós temos a vontade, e pelo menos algumas suposições a respeito dos caminhos. Mas nos faltam as palavras. — Ela folheia seu caderninho preto, passando os dedos sobre as rimas como se pudessem brotar linhas e versos extras. — Examinamos todos os livros de contos de bruxas, todas as coleções de canções infantis, todos os recortes relacionados à Velha Salem. Se as palavras algum dia existiram, estão completa e verdadeiramente perdidas agora.

O Sr. Blackwell não parece muito descontente ao se deparar com um quebra-cabeças sem solução. Em vez disso, ele parece um homem que acabou de receber um presente de aniversário antecipado.

— Bem, as senhoritas sabem o que dizem por aí: se quer encontrar algo que perdeu, deve procurar onde o encontrou pela última vez. — Ele sorri para o outro lado da mesa. — Senhoritas, tenho uma ideia.

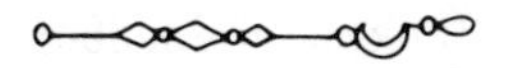

Fazia bastante tempo que Agnes não se sentia solitária. Quando chegou à Nova Salem pela primeira vez, a solidão era como um grilhão frio ao redor de seu tornozelo, pesando-lhe os passos, puxando-a para trás. Mas, com o passar do tempo, ela parou de sentir seu peso.

Agora, conforme caminha, quase consegue ouvir o retinir e o arrastar das correntes em seus calcanhares. Seu quarto na Oráculo do Sul continua sobrenaturalmente espaçoso, cheio dos ecos fantasmagóricos de mulheres rindo, provocando e sussurrando umas para as outras.

Às vezes, seus passos são interrompidos por batidinhas hesitantes na porta e sussurros que dizem: *hissopo*. São garotas que querem saber quando será a próxima reunião, se Juniper está bem e se Agnes conhece alguma boa maldição para os homens de Hill, que rondam a cidade com distintivos de bronze no peito.

Agnes deveria lhes dizer para queimarem seus vestidos e se esquecerem da bruxaria para sempre, mas as palavras ficam presas em sua garganta como pão seco. É a maneira como as garotas olham para ela — assustadas, mas não o suficiente para irem embora, ainda desejosas e esperançosas —, ou talvez seja o brilho em seus olhos quando dizem o nome de Juniper.

Ela lhes diz para irem para casa. Para ficarem escondidas. Ela as permite manter a esperança por um pouco mais de tempo, e as garotas a deixam em paz.

Só que ela não está realmente sozinha. Agora, nunca está. Ela sussurra para sua filha enquanto caminha, canções e rimas meio esquecidas, promessas que ela sabe que não pode cumprir. *Vai ficar tudo bem. Vou mantê-la segura.*

No cinza cada vez mais escuro da segunda noite, seus passos são interrompidos por três batidas firmes na porta e a voz de um homem.

— Olá? Hissopo.

Só havia um único homem que sabia essa palavra. Agnes fica imóvel.

O Sr. August Lee bate novamente.

— Srta. Eastwood? Agnes? — Ele faz uma breve pausa. — Estou vendo seus sapatos na entrada.

Ela se move rigidamente até a porta e abre uma fresta pequena e limitada.

O amontoado de feno que é o cabelo de August está todo em pé, seus olhos arregalados de alívio.

— Ah, graças aos Santos. Seu nome não estava nos jornais, mas eu não tinha certeza se... — Sua voz falha diante do olhar vazio de Agnes. — Posso entrar?

Ele ergue um jornal manchado de gordura, e ela sente o cheiro quente de molho e carne.

Ela se afasta da porta e se acomoda na beirada da cama, engolindo o choro de gratidão preso em sua garganta. Uma mulher forte não choraria somente porque alguém estava preocupado com ela.

August pega um prato de estanho e desembrulha o jornal, revelando duas tortinhas em formato de pastel, ainda quentes. Ele as entrega para ela, mas Agnes também não chora por causa disso, nem menciona que não comeu nada nos últimos dois dias, a não ser ovos cozidos e café frio. Ela nunca conheceu nenhum homem que tivesse lhe trazido tortas quentes, ou que tenha pensado em seu corpo como algo a se tomar conta, em vez de simplesmente algo a se tomar.

Ele fica de pé, indeciso, até ela dar uma mordida e soltar um murmúrio involuntário e animalesco, algo entre um rosnado e um gemido. Então, um sorriso torto surge no rosto de August e ele se senta ao seu lado, um pouco perto demais.

— Eu deveria ter vindo antes. Eu sinto muito, Agnes.

O tom de sua voz e o ângulo de seu corpo dizem a ela que August gostaria bastante de abraçá-la. Agnes enrijece.

— Estou bem.

Ela não está bem: está com fome e deprimida, assombrada pelo fio frouxo que antes a conduzia até Juniper, e parece não conseguir lavar o sangue da irmã de sua mão. Mas a preocupação na voz de August faz seus dentes doerem, como se tivesse tomado um chá doce demais.

— Eu deveria ter ido com vocês. Ou simplesmente tê-las impedido.

— O que o faz pensar que poderia ter nos impedido? — Agnes escuta a frieza em sua própria voz e tenta, sem muito esforço, torná-la mais gentil. — Não teria feito diferença se você estivesse lá. Eles estavam esperando por nós.

August balança a cabeça.

— Uma das suas Irmãs deve ter dado com a língua nos dentes.

A frieza retorna para sua voz, duplamente mais forte em sua ausência.

— Elas não fizeram isso.

— Bem, talvez não tivessem tido a intenção. Mas você sabe como garotas gostam de uma fofoca.

A frieza fica *quatro* vezes mais forte.

— Elas não fizeram isso — repete. — Se tivessem feito, sua própria língua teria se partido em duas assim que as palavras deixassem seus lábios, e a cidade inteira reconheceria a traidora pela cobra que ela é.

August a encara com seus olhos arregalados e pueris.

— Mas como... ah. O juramento. — Sua mão se ergue em um gesto preocupado até seus lábios, como se quisesse checar o estado de sua língua. August se recupera com visível esforço. — Ainda assim. Eu gostaria de ter estado lá para protegê-la.

Ele lhe dirige um olhar tímido e sedutor. August é caloroso e belo, e talvez esteja um pouco esperançoso. Agnes não diz nada.

Quanto mais ela demora a responder, mais perturbado se torna o olhar dele, como um ator em uma peça cuja atriz principal está saindo do roteiro, recusando-se a interpretar seu papel. Este é o momento em que ela deveria se jogar nos braços dele, chorando. Ela deveria estar transtornada, frágil e perdida, e ele deveria confortá-la agora, quando ela mais precisa, e em sua gratidão, ela... bem, quem sabe?

Agnes se imagina aproximando-se dele e enterrando os dentes em seu lábio, mordendo-o até que o gosto de sangue dominasse o gosto das lágrimas em sua língua. Ela fora tão dominada por ele, tão seduzida pela admiração em seu olhar. Mas Agnes deveria saber que nenhum homem é capaz de amar a força de uma mulher — eles só conseguem amá-la quando essa força acaba. Amam uma vontade poderosa quando ela é finalmente destruída, uma postura ereta que, por fim, se curva.

A mão de August se move para cobrir a dela sobre a cama, e Agnes se afasta.

— Acho que é melhor você ir embora. — Sua voz já está tão fria quanto uma pedra de gelo.

— O que foi que eu... por quê...?

Ele recua, seu rosto tão confuso e magoado que um medo familiar ressurge na barriga de Agnes. Será que August irá realmente embora agora que ela pediu, ou vai se demorar, cheio de adulações e exigências?

Ela umedece seus lábios ressecados e deseja ter um punhado de urtigas.

— *Vá embora*.

Ele o faz, parando apenas para assentir de maneira arrependida. Trêmula, Agnes suspira de alívio.

Ela pega o prato e o leva de volta para a mesa. Somente quando estende a mão para pegar o jornal, a fim de embrulhar o que restou das tortinhas, é que ela vê o rosto que a encara da primeira página: dentes afiados e olhos selvagens; uma trilha dupla de tinta escura escorrendo do nariz; o punho de um estranho emaranhado em seu cabelo, expondo sua garganta diante da câmera, como um animal diante de uma faca.

Juniper.

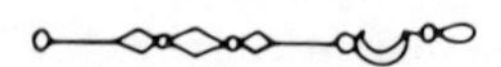

Juniper dorme. A princípio, seus sonhos são sobre contos de bruxas e torres, mas então, eles simplesmente se transformam em sua casa: o gosto das madressilvas no ar e as sombras da floresta no meio do verão; o estrondo surdo do trovão do outro lado da montanha, e o sabor limpo da água do riacho em sua língua. Ela não sabia que a limpeza tinha gosto até vir para Nova Salem e ver o barro do Espinheiro correndo, suas águas coalhadas com uma espuma cinzenta e lixo.

Agora, essa água se infiltra pelas paredes de pedra de sua cela e pinga em seus sonhos. Juniper está na casa de Mama Mags, a luz refratando nas fileiras de potes de conserva, o cheiro da bruxaria em sua língua. Mags está ali, seu cabelo o mesmo ninho habitual de samambaias cor de osso, os olhos como os seixos de um rio. A avó está fazendo uma pergunta para ela — *O medalhão, garota, onde está o meu medalhão?* —, e então há água ao redor dos tornozelos de Juniper, fria e ensebada, subindo depressa...

Juniper acorda. Por um instante confuso, ela acha que foi seu próprio sonho que a despertou, ou o chapinhar e a agitação de criaturas vivas nas sombras da cela, até que ela vê o brilho: a luz de uma lamparina, cada vez mais forte. Alguém está descendo as escadas.

Seu coração dispara no peito. Não pode ser que já estejam de volta. As horas passam de maneira estranha nas Profundezas, mas pelo peso do silêncio acima dela, Juniper consegue perceber que já é muito tarde, muito antes do amanhecer. Certamente ela tem mais tempo.

Mas a luz cresce como um grito. Alguém está vindo.

Juniper não está pronta. Da primeira vez, dois policiais seguraram seus braços enquanto um terceiro desferia golpes tímidos e aleatórios por seu corpo, parecendo meio amedrontado que ela pudesse se transformar em uma serpente ou uma harpia. Eles lhe fizeram perguntas — Quem eram suas cúmplices? Onde elas se reuniam? Quando foi a última vez que ela se deitou com o Diabo? —, e pareceram espantados com seu silêncio.

Da segunda vez, trouxeram consigo um profissional: um homem sem expressão em um avental de couro, e que parecia não ter medo de nada. Ele colocou um dedo na coleira de ferro em volta do pescoço dela e sussurrou uma palavra. Depois, o homem simplesmente esperou enquanto o ferro ficava cada vez mais quente, fumegando na umidade, desenhando fileiras vermelhas de bolhas ao redor do pescoço de Juniper. Ele só parou quando ela implorou.

O homem foi embora sem lhe fazer uma única pergunta. Depois disso, o cheiro de carne queimada de sua própria pele permaneceu no ar por bastante tempo.

A luz da lamparina dobra a última curva da escadaria. Botas chapinham no charco de água. Um rosto se move na direção dela, sua palidez brilhando na escuridão das Profundezas.

Gideon Hill. Sozinho, exceto pela cadela que caminha como uma sombra de coleira atrás dele.

Ele para do lado de fora da cela, uma das mãos erguendo a lamparina, os olhos aquosos observando-a. Juniper o encara e se recosta de maneira propositalmente relaxada contra a pedra úmida da parede, apoiando sua perna ruim sobre o estrado enferrujado da cama.

— O senhor me deu um susto — diz ela, a voz arrastada. — Por um segundo achei que fosse alguém importante.

Ela espera que ele seja ríspido, que cuspa no chão ou a xingue de pecadora. Juniper não consegue imaginar por que outro motivo um vereador sujaria seu terno na escuridão fétida das Profundezas.

Mas ele ri. É uma risada genuína, baixa e prazerosa. Como um aviso, um arrepio percorre a espinha de Juniper.

— Perdoe-me o atraso. É tão difícil encontrar tempo para visitar os condenados no meio de uma campanha.

A voz dele é muito mais forte do que ela se lembrava, clara e intensa. Talvez seja apenas o eco das paredes em volta deles.

Juniper cruza os braços atrás da cabeça, dirigindo-se ao teto que parece prestes a ceder.

— Meu pai me ensinou que é falta de educação procurar alguém depois do jantar.

— Eu estava preocupado que a presença dos seus carcereiros pudesse inibir a honestidade da senhorita. Eu gostaria que falássemos mais... francamente.

— Bem, *francamente*, Sr. Hill — Juniper não desvia o olhar do teto, não altera nem um pouco seu tom de voz —, o senhor pode ir se foder.

Outra risada baixa. Então, há um murmúrio sibilante, baixo demais para ser compreendido, e o tilintar de uma coleira sendo puxada.

Ela leva um susto ao ouvir o repentino chapinhar de botas ao seu lado: Gideon Hill e sua cachorra estão dentro de sua cela. A porta permanece fechada e trancada atrás deles.

Juniper sente os pelos finos de seus braços se arrepiarem. Toda aquela arrogância mordaz desaparece de seu comportamento.

Hill chega tão perto que ela consegue sentir o cheiro fresco do luar em seu terno e o calor da respiração de sua cadela contra sua pele nua.

Ele sorri para Juniper. Não é o sorriso covarde e apreensivo que ela se lembrava de quando o vira na Associação de Mulheres, ou mesmo aquele amigável e falso que ele irradia nos milhares de cartazes de campanha. Este sorriso é cheio de caninos expostos e gengivas vermelhas. Parece ter sido completamente roubado de outra pessoa. Juniper gostaria muito de saber de quem.

— As senhoritas fizeram um bom trabalho. — Juniper quer escrever a palavra *senhoritas* em um laço e estrangulá-lo com ele. — Escolheram alvos bons e visíveis, ideais para incitar um rebuliço. A propósito, a cidade vai gastar uma boa quantia para substituir a estátua do Santo George.

Juniper pensa que nunca se importou tão pouco com algo. Ela o observa com olhos semicerrados, cautelosa como um gato.

Diante do silêncio dela, ele dá de ombros.

— Honestamente, não posso dizer que sinto muito. A semelhança sempre foi terrível. Mas o que eu quero saber é...

— Não vou lhe dizer nenhum nome. Então, por que o senhor não poupa o seu tempo e toma o caminho de casa?

Hill balança um dedo indiferente, indicando que não. O gesto tem mais autoridade do que Juniper pensava que ele possuía em seu corpo inteiro.

— Não estou interessado em nomes. Suas amigas são muito mais úteis para mim ao brincarem de bruxas e despertarem o temor a Deus no povo. Se eu quisesse, elas estariam aqui, trancafiadas com você.

As unhas de Juniper talham luas crescentes em suas palmas.

— Como o senhor sabia sobre o cemitério? Quem deu com a língua nos dentes?

Hill solta um som suave de pena.

— Ninguém, James.

Ele ergue uma das mãos na frente da lamparina, que projeta uma sombra, perfeitamente comum, de cinco dedos na água espumosa entre ambos, até que as beiradas se agitam além de seu limite. As pontas dos dedos alongam-se como garras ou raízes. A cadela gane em seu encalço, e ele lhe dá um chute brusco e cruel.

Juniper encara a sombra com a crescente e incômoda sensação de que entendeu tudo terrivelmente errado. De fato, há uma bruxa à solta em Nova Salem — do tipo que lida com sombras e pecados, com caminhos e palavras tão perversos que nem Mama Mags os teria tocado, nem mesmo com uma vareta de três metros —, mas com certeza não é a Srta. Grace Wiggin.

É o homem junto a ela na cela daquela prisão, sorrindo aquele sorriso esquisito, sem qualquer semelhança com o burocrata encurvado que Juniper conheceu no começo do verão. Seu cabelo ainda é ralo e seus olhos ainda são rosados e muito úmidos, mas é como se seu corpo fosse uma casa com um novo dono. Tudo está sutilmente reajustado: seus membros se movem de um jeito diferente em seus encaixes, e seus músculos estão presos de uma maneira distinta aos ossos. A única coisa que permanece inalterada é o lampejo furtivo de seus olhos.

Hill sorri para ela outra vez, flexionando os dedos de sua mão-sombra.

— Tudo projeta uma sombra, Srta. Eastwood, e toda sombra me pertence. Não existem segredos nesta cidade.

A mão dele continua parada, os dedos separados, mas sua sombra se retorce em um formato que Juniper reconhece: três círculos, entrelaçados. Os traços são irregulares, interrompidos por protuberâncias que parecem ser cabeças de cobras engolindo suas próprias caudas.

— Acredito que esta seja a assinatura que vocês deixaram nos seus feitos mais grandiosos. — A voz dele está mais suave agora. — Hoje em dia, poucas pessoas conhecem esse símbolo. Diga-me: onde o encontrou?

Juniper dá de ombros de forma obstinada, atitude que costumava levar seu pai a beber.

— Achei que o senhor soubesse de tudo.

— Havia certos lugares protegidos, certos materiais que eu não consegui... sou um homem ocupado. Não consigo vigiar tudo.

Sal para manter longe as coisas do mal. Ela abre um largo sorriso para ele.

— Acho que temos um segredo nesta cidade, então.

— Alguém o ensinou? Por acaso ele estava desenhado em algum lugar? — Aquela coisa furtiva em seus olhos está se contorcendo logo abaixo da superfície, como uma larva sob a terra. — O que mais a senhorita encontrou?

— Talvez tenhamos encontrado um pergaminho antigo. Talvez uma fada tenha nos contado. Talvez sejamos as próprias tataranetas das Últimas Três.

A pele do rosto de Hill se retesa, o sorriso doentio transformando-se em uma careta.

— As Três morreram gritando, junto de suas filhas. Eu quero a verdade, criança.

Juniper se inclina para a frente e cospe na água entre eles, produzindo um respingo satisfatório de sujeira e ranho.

Hill dá uma batidinha na perna de sua calça e suspira de leve. Juniper não vê a sombra até que ela a agarra.

A mão-sombra desliza pela perna dela como se fosse uma aranha líquida. Juniper pragueja e tenta esfregá-la dali, mas seus dedos atravessam a sombra como se ela não existisse. A silhueta sobe por sua barriga depressa, passa por seu peito e envolve sua garganta com dedos frios. Um calor entorpecente se acumula em sua coleira, aumentando conforme o aperto das mãos-sombra se torna mais forte.

Hill a observa ofegar e arranhar a própria garganta.

— Essas coleiras são muito engenhosas. Elas abafam a magia, mas não impedem sua presença, apenas reagem a ela. Foi uma invenção do Santo Glennwald Hale, nos anos 1600.

As bolhas de Juniper sibilam e estouram contra o metal quente. Um grito se forma em sua garganta, mas ela encontra os olhos de Hill e cerra sua mandíbula para contê-lo.

Ele solta outro suspiro curto, como se tudo isso fosse um tanto cansativo e desagradável, e Juniper sente o rastejar escorregadio da sombra dele erguendo-se cada vez mais alto. A silhueta sobe por seu pescoço e desliza os dedos frios por entre seus lábios, separando seus dentes e deslizando como óleo por sua garganta. Juniper se engasga.

— Pela última vez, garota: onde você viu o símbolo das Três? O que mais vocês encontraram?

A sombra desliza ainda mais fundo, procurando e arranhando, e Juniper sente as palavras serem arrancadas de dentro dela, subindo como vômito por sua garganta.

— Nós o vimos na porta da torre.

— No *Alban Eilir*? — Juniper o encara, confusa, engasgando-se com as sombras, e ele acrescenta: — O equinócio. A torre que surgiu no equinócio?

— Sim. — A palavra é roubada dela, arrancada por entre dentes relutantes.

— Foram você e as suas irmãs que a invocaram, não foram?

— Sim.

— E vocês vêm tentando encontrar os meios necessários para tentar uma segunda vez?

— Sim.

— E conseguiram?

Juniper escuta a mudança em seu tom de voz, percebe o pálido indício de medo nos olhos dele, e entende que Hill quer que ela responda a essa pergunta mais do que a qualquer outra, que essa é a verdadeira razão de ela estar trancafiada nas Profundezas com uma mão-sombra entre seus dentes.

Ela luta enquanto a confissão é arrancada de dentro dela, sente as pontas da palavra cortando a carne macia de sua garganta. A palavra deixa seus lábios com um respingo de sangue.

— *Não.*

Ela quase consegue enxergar a tensão se dissipar do corpo de Hill. A sombra recua, serpenteando para fora de sua boca como uma cobra, deixando Juniper impotente, vomitando na água a seus pés. O problema não é somente o sabor obscuro da sombra em sua língua — é a invasão que ela sofreu, a traição nauseante de seu próprio corpo. Mesmo em seus piores dias, seu pai conseguia encostar apenas na parte física de Juniper. Sua vontade permanecia somente sua.

Em algum lugar acima dela, Hill endireita os punhos de sua camisa e envolve metodicamente a coleira da cachorra em volta de sua palma.

— Como eu suspeitava. Mas alguns de seus feitiços foram... substanciais, e eu me perguntei se de alguma forma... mas não.

Ela sente a mão dele, fria e úmida, em sua bochecha, e lhe falta até mesmo a energia para girar o pescoço e mordê-la.

— Obrigado, Srta. Eastwood. A senhorita me tranquilizou bastante.

Ele caminha com dificuldade até a porta da cela, a cachorra em seu encalço. Os dois atravessam o ferro como fantasmas.

— O que você *é*? — pergunta Juniper, desejando que sua voz não tremesse enquanto fala, que não houvesse bile secando em sua combinação.

O brilho quente da lamparina dele já está subindo outra vez os degraus em espiral.

— Apenas um homem, Srta. Eastwood! — grita ele. — E talvez, se a senhorita e as suas irmãs continuarem causando problemas, serei um prefeito. Veremos em novembro.

Juniper se curva em posição fetal no estrado de ferro, tentando esconder sua pele desnuda das sombras. Ela sonha que está no Condado do Corvo novamente, mas, desta vez, corre sem parar pela estrada de terra batida, gritando por suas irmãs. Elas não respondem.

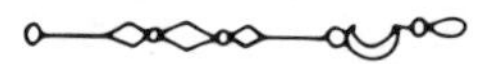

Agnes não está sonhando. Ela está acordada, andando de um lado para o outro de novo, quando escuta uma segunda batida em sua porta.

Ela já sabe quem é. Sentiu sua irmã se aproximando cada vez mais através do fio entre elas, como um peixe sendo puxado até a margem pelo molinete de uma vara de pesca, e somente Bella é capaz de bater tão timidamente em uma porta.

Mas quando Agnes a abre, encontra duas mulheres no corredor: Bella, acompanhada pela mulher que a irmã insiste em chamar de Srta. Quinn, embora o restante das Irmãs já a chame de Cleo há semanas.

Cleo atravessa a soleira da porta rapidamente, como se não gostasse de ficar exposta do lado de fora. Bella entra logo depois, deslizando a fechadura atrás delas.

— Estamos no meio da noite — observa Agnes. Um pouco contra a própria vontade, acrescenta: — Ouvi dizer que a polícia estava assediando mulheres que circulavam pelas ruas à noite.

Bella acena com a mão, dispensando essa preocupação.

— Ah, não estávamos nas ruas. E estamos com um pouco de pressa. Vamos pegar o primeiro trem da manhã para o norte, e eu precisava lhe entregar isso antes de partirmos.

Ela retira um frasco de vidro de sua manga e o estende para a irmã.

Agnes não o pega. Ela consegue enxergar três gotículas grudadas no vidro, límpidas como água.

— O que é isso?

— Lágrimas da Anciã. Você vai precisar providenciar o leite da Mãe, é claro, e encontrar um jeito de conseguir uma ou duas gotas do sangue de Juniper. Nós realmente deveríamos estar juntas para conduzir o ritual apropriadamente, mas teremos que torcer para que o Caminho Perdido de Avalon não seja tão minucioso em relação aos detalhes.

— O Caminho... — Somente então Agnes compreende o que sua irmã pretende fazer, qual é a loucura que veio bater em sua porta no meio da noite. — Achei que não tínhamos as palavras.

Cleo dá de ombros um tanto casualmente.

— Sua irmã e eu estamos embarcando em uma expedição de pesquisa.

Bella assente de forma rápida.

— Podemos contar com você para estar com tudo pronto na noite do solstício?

Agnes considera a proposta por um longo momento. Sua filha está perfeitamente imóvel dentro dela, como se também estivesse esperando por sua resposta.

— Não.

Bella solta um muxoxo para a irmã.

— Bem, com certeza você pode ignorar o que quer que tenha planejado. Vale a pena perder um turno por causa disso.

— Não — repete Agnes, e descobre que seus olhos se desviam dos de Bella ao dizê-lo. — Eu quis dizer que você não pode contar comigo.

Ela escuta Cleo arquejar, mas não Bella. Talvez ela não esteja tão surpresa assim ao ver Agnes desapontá-la.

— Estamos falando da nossa irmãzinha — diz ela suavemente.

— E você sabe o que a nossa *irmãzinha* fez? O que ela é?

Agnes leu a matéria abaixo do rosto ensanguentado de Juniper, e entendeu por que ela fugiu do único lugar que já amara na vida.

— Sim. — Bella a observa com aqueles olhos firmes e tempestuosos. — Para sobreviver, todas nós somos aquilo que precisamos ser. Covardes. Traidoras. — Seus olhos lampejam: um raio passando atrás das nuvens. — Até mesmo vilãs, às vezes. Você realmente não pode odiá-la por isso.

Agnes desvia o olhar outra vez.

— Não.

— Agnes, ela *precisa* de nós...

— Ah, não finja que isso é sobre qualquer coisa além de você mesma, de seus livros e sua inteligência. Você só quer estar *certa*, só quer estalar os dedos e ver uma de suas preciosas histórias ganhar vida.

Ela dispara as palavras como flechas. A julgar pela angústia fria no rosto de Bella, Agnes sabe que acertou todas elas com habilidade.

Bella dá meia-volta e caminha a passos largos até o espelho rachado pendurado na moldura. Ela sussurra para ele — *Espelho, espelho meu, diga a verdade, mostre um segredo teu*; uma rima que Agnes conhece bem, roubada de seu conto de bruxas preferido de quando era menina —, e esfrega algo sobre a superfície de vidro. Ela acha que pode ser uma mecha de cabelo da cor das penas de um corvo.

O calor preenche o ar. Ela sente o cheiro selvagem da bruxaria. Então, Beatrice retira o espelho do prego e o leva até Agnes.

— É só um pequeno feitiço que aprendi em uma história — zomba ela, inclinando o espelho para que a irmã possa ver a imagem dentro dele.

Agnes deveria estar olhando para o teto da Oráculo do Sul — o gesso caindo, as manchas marrons espalhando-se como o mapa de um país estrangeiro —, mas não está. É o corpo deitado de uma mulher, duplicado ao longo de cada rachadura do espelho, pálido e imóvel como um osso. Seus olhos estão fechados, as pálpebras azuladas, translúcidas, como os olhos das criaturas das cavernas. Ela está quase nua, com ferimentos escuros aparecendo através da combinação esfarrapada, o pé esquerdo cheio de cicatrizes retorcidas e pálidas. Uma coleira aperta seu pescoço com firmeza, e a pele ali debaixo é da cor de carne crua.

Agnes prefere a Juniper que dá um sorriso largo no *Periódico*, cheia de dentes e rebeldia. Essa Juniper é só uma garota: jovem, frágil e meio subjugada.

A respiração de Bella embaça o espelho.

— Eu sei que você sempre escolheu sua própria pele em vez da nossa. Sei que nunca deu muita importância para o que acontece conosco, mas...

— Eu sempre me importei, Bell. Sempre. — Agnes engole em seco a promessa salgada das lágrimas e endurece a voz. — Mas me importar nunca significou merda nenhuma. Eu não consegui impedi-lo, não consegui proteger vocês... não consegui nem proteger a mim mesma...

As lágrimas a ameaçam de novo, e Agnes se interrompe. Há uma pausa e, depois disso, a voz de Bella se suaviza um pouco.

— Quem sabe dessa vez não conseguimos fazer com que signifique algo? A Srta. Quinn e eu encontraremos as palavras. Juniper sempre teve vontade de sobra. Precisamos que você reúna os caminhos. Você poderia fazer isso?

Agnes não quer que Bella fale com suavidade com ela. Quer manter aquele carvão da amargura queimando intensamente entre as duas, porque quando ele esfriar, ela não sentirá mais nada além de uma culpa terrível. Ela não queria ter traído a irmã, nem ter revelado os segredos de Bella para seu pai, mas a sobrevivência sempre cobra um preço.

Ela olha outra vez para a garota no espelho, seus olhos percorrendo a vermelhidão escura dos ferimentos, o brilho das cicatrizes antigas. Os lábios de Juniper se movem enquanto ela dorme. *Não me abandone.*

Em sua palma, Agnes sente a crosta retesada do sangue seco da irmã caçula. Ela fecha os olhos.

— Sim.

Bella assente friamente e coloca o espelho sobre a mesa.

— Aguarde o meu sinal.

— Mas depois disso, acabou. Se nós... depois que a salvarmos, não quero mais saber de bruxaria, de direitos das mulheres e de todo o resto. — Ela descansa a palma de sua mão sobre a barriga tão redonda quanto a lua cheia. — O preço é alto demais.

— Tudo bem. — Os lábios de Bella se curvam um pouco antes de ela lhe dar as costas. — Que engraçado. Mamãe sempre disse que você era a mais forte das três.

Ela destranca a porta e retorna para a escuridão mais profunda do corredor. Cleo faz menção de segui-la, mas Agnes estende o braço e segura a manga de sua blusa.

— Para onde vocês estão indo? Onde irão procurar pelas palavras?

— Ora, no último lugar em que temos certeza de que as palavras foram ditas. — Cleo retira sua manga da mão de Agnes, os lábios se curvando. — Na Velha Salem.

Atenção, atenção,
Os cães latem de montão,
Quando as bruxas chegam à cidade.

Feitiço usado para fazer soar um alerta. São necessários um osso roído e um apito poderoso.

Beatrice Belladonna sempre quis visitar a Velha Salem. O lugar aparece regularmente em seus jornaizinhos favoritos — uma cidade queimada, cheia de ossos carbonizados e fantasmas lamuriosos de bruxas —, e, mesmo em textos mais acadêmicos, é preservado um certo drama Gótico. Ela é sempre desenhada com moitas densas de ruínas hachuradas e árvores sombrias, as formas pretas obstinadas de corvos espreitando nos cantos, como se o artista tivesse tentado, sem sucesso, espantá-los da página.

Assim que o Sr. Blackwell pronunciou o nome da cidade, Beatrice sentiu em seus ossos a certeza de que ele tinha razão. Certamente elas não falhariam em encontrar as palavras perdidas em um lugar como aquele — imerso na mais antiga e selvagem bruxaria, transpirando mistério e memória.

Mas, quando ela e a Srta. Quinn chegam à Velha Salem, a certeza de Beatrice hesita.

Talvez seja a própria jornada. É difícil se sentir particularmente mágica depois de passar oitenta quilômetros com a testa encostada na janela de um vagão de trem lotado — observando a paisagem passar em um borrão, como se alguém tivesse girado um globo terrestre —, seguidos de mais trinta quilômetros sufocantes na traseira de uma diligência. Por causa do absurdo cruel das leis de Jim Crow, a Srta. Quinn é obrigada a ir na frente com o condutor e, sem ela, Beatrice sente que está ficando aborrecida e indecisa.

Elas passam os últimos seis quilômetros sacolejando na traseira de uma carroça preta como carvão, com a frase EXCURSÕES LEGÍTIMAS DE LADY LILITH À VELHA SALEM pintada na lateral, em uma imitação de caligrafia medieval. Lady Lilith é uma mulher entediada, na casa dos 50 anos, com o cabelo artificialmente pintado de preto e um hábito desconcertante de pigarrear e cuspir a intervalos regulares. Os outros passageiros também não são nada mágicos: uma família de Boston que está de férias e lança olhares reprovadores para a Srta. Quinn; um casal em lua de mel que não se interessa por nada, a não ser um pelo outro; e um trio de alunas de um internato, do tipo que usam gargantilhas pretas e veneram as irmãs Brontë.

O céu é de um azul tão puro que parece estranhamente inacabado, como se um pintor descuidado tivesse se esquecido de acrescentar nuvens, pássaros e pequenas variações de cores. Beatrice tem a sensação sombria de que o dia deveria estar cinzento e invernal, com o vento uivando enquanto elas se aproximam do lugar que é o túmulo das últimas bruxas do mundo moderno.

As mulas de Lilith fazem uma curva e saem da estrada esburacada, começando a descer por uma via que parece ainda mais abandonada, feita de lama e paralelepípedos cobertos de musgo. A floresta se ergue como água em volta delas, fria e silenciosa. Até mesmo os recém-casados interrompem suas risadinhas. O ar tem cheiro de grama e de segredos, surpreendendo Beatrice com uma rara pontada de saudades do Condado do Corvo. Ela supõe que não é necessário amar o seu lar para sentir falta dele.

A carroça se move quase em silêncio, e Beatrice se pergunta, preocupada, se ainda falta muito para chegarem e se a busca delas tem alguma chance de ser bem-sucedida, até que a Srta. Quinn aponta para uma parede baixa de pedras enegrecidas, coberta de líquen, dentro das sombras da floresta. Outra parede corre ao lado daquela, projetando um quadrado na vegetação rasteira. Para além dessa estrutura, Beatrice vê os resquícios apodrecidos de uma soleira de porta, o fantasma de uma viela, e então compreende, abruptamente, que *já* chegaram na Velha Salem. Estão atravessando suas ruínas naquele exato momento.

— Com licença, senhora. — A Srta. Quinn interrompe lady Lilith no meio de um pigarro. — Será que poderíamos explorar um pouco por aí sozinhas?

Lady Lilith faz suas mulas pararem e olha para Quinn, coçando os três pelos brancos e enrolados em seu queixo enquanto considera a pergunta.

— É assombrado — comenta ela. — É perigoso deixar os turistas saírem vagando por aí. Posso acabar me metendo em problemas.

Beatrice começa a explicar que ela é uma ex-bibliotecária e que a Srta. Quinn é uma jornalista, e que elas pretendem tomar o máximo de cuidado possível em suas explorações — que é, na verdade, uma questão de vida ou morte para uma pessoa que elas amam muito —, mas Quinn exibe uma cédula perfeitamente dobrada e a pressiona na palma da mão úmida de lady Lilith.

— Se a senhora puder voltar antes do anoitecer, ficaríamos muito agradecidas — diz Quinn, saltando da carroça e estendendo a mão para ajudar Beatrice a descer também.

Lilith sacode as rédeas, deixando Quinn e Beatrice sozinhas nas ruínas verdes e macias da cidade.

Elas vagam em silêncio pela floresta, parando para esfregar o musgo das paredes ou varrer folhas de estradas de pedra. Beatrice acha que as árvores em volta delas são inacreditavelmente antigas, certamente com mais de um século de idade. Corvos e estorninhos as observam com olhos zombeteiros, como se soubessem o que as mulheres estão procurando e onde está escondido, mas não estivessem dispostos a ajudá-las.

Beatrice já não sabe ao certo o que estão procurando — talvez uma placa de sinalização apontando para o Caminho Perdido de Avalon, um livro intitulado: *Como Restaurar o Poder das Bruxas e Resgatar a Irmã de Alguém da Morte Certa*, ou alguma instrução ou feitiço que tenha sobrevivido a um século de chuva, sol e turistas mórbidos. O absurdo repentino dessa ideia faz Beatrice se sentir nauseada. Ela olha de relance para Quinn, imaginando se a jornalista se arrepende de ter assinado o nome naquele caderninho.

Elas caminham em silêncio. Às vezes, Beatrice encontra um trecho de musgo que cresce em um padrão improvável de espirais, ou uma pedra que carrega uma semelhança inquietante com um homem de braços erguidos, protegendo-se de algum golpe invisível. Em algum lugar no meio da cidade, elas encontram um círculo exposto de pedra preta queimada, intocado pelo musgo, pela grama ou até mesmo pelas folhas que caem. O vento frio e traiçoeiro açoita a bochecha de Beatrice, mas não há letras úteis esculpidas na terra, nenhum livro escondido sob paralelepípedos soltos.

Quando a carroça de lady Lilith volta sacolejando pela estrada estreita, a floresta está dourada e azul com o começo do crepúsculo, e lágrimas se acumulam nos olhos de Beatrice. Ao piscar, ela vê o corpo de sua irmã nadando na escuridão de suas pálpebras.

— As senhoritas irão se hospedar na Estalagem de Salem? — pergunta Lilith para elas, sem qualquer interesse. — Oferecemos duas refeições no salão de jantar histórico, sem cobranças extras, e ingressos gratuitos para cada uma visitar o Museu do Pecado, reinaugurado recentemente após uns probleminhas com mofo na primavera.

Beatrice sente uma tênue centelha de esperança. Quinn começa a dar uma desculpa educada para a mulher, sobre ter assuntos urgentes a tratar em casa, quando Beatrice dá um passo à frente e pergunta:

— Quanto custaria apenas a visita ao museu?

Nas Profundezas, Juniper espera.

Ela já não sabe mais pelo que está esperando, mas continua a fazê-lo mesmo assim.

Às vezes, ela recebe visitantes, mas nunca os que gostaria de ver. Um policial aparece duas vezes ao dia para pendurar um balde com alguma coisa esbranquiçada e congelada dentro de sua cela. *Farinha de aveia*, pensa Juniper, ou o fantasma ofendido que uma farinha deixaria para trás se tivesse sido assassinada a sangue frio. Quando ela pede água, o homem aponta para baixo, para o cinza fétido da água a seus pés. Ele ri.

Toda manhã, uma mulher usando galochas aparece para retirar o penico. Na primeira manhã, Juniper a atormenta com perguntas — Onde estão as outras? Quantas aqueles cretinos capturaram? Por acaso ela não sente pesar ou vergonha de ajudar o inimigo de todas as mulheres? —, até que a mulher calmamente despeja o conteúdo do penico na farinha de Juniper. Na segunda manhã, Juniper mantém a maldita boca fechada. Na terceira manhã, a mulher lhe traz um biscoito duro e um copo d'água.

Seus torturadores não retornam. A princípio, Juniper fica aliviada, até se lembrar de que o tempo também é um torturador. Quando ficava trancada no porão, as horas costumavam ganhar vida ao seu redor, espreitando e rondando na escuridão.

Na noite do terceiro dia, Juniper está com frio e com fome, e com tanta sede que sua garganta parece estar cheia de espinhos, como se ela tivesse engolido uma roseira. Ela se senta na cama e observa a escadaria, ainda à espera. Talvez seja um hábito adquirido durante os sete anos em que esperou que suas irmãs voltassem para casa.

Ela já desistiu da esperança, mas não parece conseguir abandonar o hábito de esperar.

Beatrice suspeita de que o Museu do Pecado de lady Lilith — que contém *Mais de Cem Relíquias Legítimas de Bruxaria* — não conseguiu eliminar o problema do mofo tão completamente quanto Lilith afirmou. O lugar tem um cheiro úmido e vivo. Beatrice imagina brotos crescendo sob as tábuas do piso, trepadeiras cravando seus dedos verdes no reboco.

O museu é uma série de salas de teto baixo, decoradas com veludo remendado e tule pintado de preto, repletas de prateleiras e expositores de vidro com Relíquias Legítimas. Pelo menos mais da metade dos itens são fraudes evidentes — Beatrice está confiante de que as bruxas da Velha Salem nunca empunharam varinhas com rubis falsos colados em seus cabos, e que o esqueleto coberto de poeira, com uma etiqueta que diz *Dragão Americano (Jovem)*, talvez seja um crocodilo pequeno com asas de urubu presas em suas costas com arame —, e tudo que é aceitavelmente autêntico é insignificante demais para ter importância. Há um jogo de dedais de prata, chamuscados e iridescentes por causa de um calor intenso; uma caçarola de ferro que contém os "restos queimados da última refeição de seu dono"; o pedaço do bordado de uma garotinha, amarelado pela fumaça.

— Bem — Beatrice suspira —, valeu a tentativa. Imagino que lady Lilith não irá nos reembolsar.

Quinn espia dentro de expositores, lendo etiquetas de bronze com uma expressão de completa fascinação.

— Por que razão pediríamos um reembolso?

— A senhorita está sendo muito compreensiva nessa questão toda, mas é óbvio...

— Minha família tem sido livre por três gerações — interrompe Quinn. Ela coloca o chapéu-coco de volta em sua cabeça, na intenção de examinar mais de perto um expositor que, supostamente, contém o fêmur de uma bruxa não identificada. — Mas minha avó nasceu em uma fazenda chamada Loureiro. — Quinn semicerra os olhos, como se estivesse lendo uma etiqueta, mas seus olhos não se mexem. — Era uma plantação de arroz.

— Eu... sinto muito.

— Tenho certeza que sim. Mas de que vale *sentir muito* diante de fazendas como a Loureiro? — Quinn ainda encara a etiqueta de bronze, mas a calma perfeita de sua voz está prestes a se romper, sangrando pelas rachaduras. — Minha avó não precisou que você *sentisse muito*.

— Eu...

Quinn abruptamente endireita a postura e caminha até o próximo expositor, remendando as rachaduras em sua voz.

— No fim das contas, ela não precisou de ninguém. Ela e suas irmãs conseguiram chegar ao norte com a ajuda das receitas da Tia Nancy. Ela ensinou à minha mãe a se comunicar através de códigos e símbolos, como elas costumavam fazer, a manter seus segredos a salvo. As Filhas ainda usam alguns deles, porque não somos fortes o suficiente para correr o risco de nos revelarmos. Ainda.

Beatrice se pergunta exatamente o que Quinn e as Filhas poderiam fazer com o Caminho Perdido de Avalon, e depois se questiona se de fato quer saber.

— Enfim... eis o que minha mãe me ensinou: deve-se esconder as coisas mais importantes nos lugares que menos têm importância. Roupas de mulher, brinquedos de criança, canções... Lugares nos quais um homem nunca olharia. — Enquanto fala, Quinn abre com esforço um dos expositores de vidro, então corre os dedos pelas dobradiças da caixa de costura de uma mulher. — Se as bruxas da Velha Salem possuíam o feitiço para restaurar o Caminho, você realmente acha que elas iriam anunciá-lo? Deixá-lo listado no índice de um grimório? — Ela balança a cabeça, deixando a caixa de costura para trás e seguindo para o pedaço de bordado da criança pendurado na parede, amarelado e manchado. — Você está pensando como uma bibliotecária, não como uma bruxa. Ah! Venha dar uma olhada.

Para Beatrice, aquilo parece ser um pedaço de bordado completamente comum: uma casa torta emoldurada por um par de árvores obscuras, com três mulheres corpulentas em primeiro plano, ao lado de um punhado de animais espalhados. Letras desajeitadas estão escritas no topo do tecido: *Bordado por Polly Pekkala aos 12 Anos de Idade, em 1782*. Uma borda de trepadeiras escuras se entrelaça em todas as extremidades.

— Eu não vejo... ah!

Há uma torção nas trepadeiras do topo, uma anormalidade no padrão do bordado. As plantas se enrolam sobre si mesmas, formando três círculos entrelaçados.

Através dos óculos, Beatrice semicerra os olhos para a pequena cena. Ao analisá-la mais atentamente, percebe que cada um dos animais no quintal é do mais puro preto, com nós vermelhos no lugar dos olhos, e todas as figuras são mulheres. Uma delas tem um fio vermelho escorrendo de seu dedo;

a segunda segura algo envolvido em uma trouxa contra o peito, que pode ser tanto um bebê quanto uma batata enorme; a terceira e última tem uma fileira de pálidos nós franceses correndo de suas bochechas. *Sangue, leite e lágrimas.*

Beatrice se sente aquecida, leve, como se estivesse pairando a vários centímetros das tábuas empenadas do piso. É assim que ela se sente quando está na sala de arquivos e captura um vislumbre dourado, levando-o até a luz e fazendo-o reluzir suavemente. Pelo olhar no rosto de Quinn, Beatrice sabe que ela sente o mesmo: a alegria específica e quase maliciosa de encontrar a verdade enterrada sob séculos de poeira, truques e negligências.

Seus olhos se encontram, e Beatrice se esquece de contar os segundos. Algo caloroso e inominável voa entre elas.

(Não é inominável.)

Quinn corre os dedos sobre o linho vazio do céu acima da casinha. Ela sussurra um curto *ahá!* de satisfação e pega a mão de Beatrice. Ela a guia até a superfície do bordado. Beatrice está com tanto medo da possibilidade de sentir aquela coisa inominável no calor suado de sua palma, nas batidas em staccato de sua pulsação, que quase não percebe o relevo sutil e irregular de pontos sob as pontas de seus dedos.

Ela examina o bordado mais de perto. Existem palavras minúsculas e quase invisíveis escritas com linha branca.

As irmãs excêntricas, de mãos dadas,
Nossa coroa roubada, amarrada e a queimar,
Mas o que está perdido, que não se pode encontrar?

A rima que Mama Mags certa vez cantou para elas, o verso escondido no livro das Irmãs Grimm. Exceto que, desta vez, as palavras continuam:

O caldeirão borbulha, problemas e labuta,
Ao redor do trono, teça um círculo, irmã,
Donzela, Mãe e Anciã.

Beatrice estremece ao ler a última frase, imaginando se ela e as irmãs estão destinadas a trilhar esse caminho sinuoso, fadadas pelo sangue ou pela sina. Ela espera ser dominada por algum grande senso de destino, antes de se lembrar que é apenas uma ex-bibliotecária parada em um museu fraudulento que cheira a mofo, tentando salvar sua irmã excêntrica e selvagem.

Quinn puxa o caderninho de couro preto do bolso de Beatrice e o folheia até encontrar a página com o feitiço sobre cachorros latindo e ossos roídos.

— O solstício começa à meia-noite. Acredito que seja hora de chamar sua irmã.

As irmãs excêntricas, de mãos dadas,
Nossa coroa roubada, amarrada e a queimar,
Mas o que está perdido, que não se pode encontrar?

O caldeirão borbulha, problemas e labuta,
Ao redor do trono, teça um círculo, irmã,
Donzela, Mãe e Anciã.

Feitiço usado para encontrar o que foi perdido.
São necessários sangue da Donzela, leite da Mãe,
lágrimas da Anciã e uma vontade feroz.

Aguarde o meu sinal, dissera Bella, mas Agnes não sabe por qual sinal está esperando. Nas histórias, as bruxas sempre enviavam mensagens através de corvos ou sussurravam segredos dentro das curvas ocas de conchas de caramujos. Então, Agnes espera naquele quarto imenso na Oráculo do Sul, semicerrando os olhos pelas janelas, procurando por letras nas estrelas mordidas pela fumaça, ou por palavras escritas no vapor que se ergue do chão.

Quando o sinal chega, Agnes não tem como deixar de percebê-lo.

Ele começa como uma lamúria solitária vindo da rua lá embaixo, o uivo melancólico de um vira-lata. Depois, os companheiros do cachorro se juntam a ele, com ganidos, latidos e rosnados retumbantes, que se erguem em cada quarteirão da cidade em uma onda desconcertante. É como se cada cachorro de Nova Salem tivesse se juntado a uma única e sarapintada matilha. O barulho dos cães é seguido por gritos humanos e pelas blasfêmias de pedestres alarmados e de donos zangados.

— Pelos Santos, Bella. Já escutei.

O fio que a conduz até sua irmã mais velha está fino de tão esticado pelos quilômetros entre as duas, mas Agnes ainda consegue sentir o eco da vontade de Bella por trás do feitiço.

Agnes reúne os caminhos — três potes de vidro, tocos de cera de sete velas, uma caixa de fósforos, e uma caçarola de ferro fundido, que é a coisa mais próxima de um caldeirão que ela tem — e os embrulha com firmeza em um saco de lona.

Depois, Agnes, o saco e a bebê que nada silenciosamente dentro dela, saem para o barulho ensurdecedor da noite. As ruas estão tão cheias de gente — policiais aturdidos e homens gritando, mães impacientes segurando bebês aos gritos, crianças fujonas batendo palmas e berrando, encantadas: "CACHORRINHO!" —, que ninguém presta muita atenção em Agnes.

— Não há nada com que se preocupar — repete um dos policiais em um tom alto e falso. — É apenas uma revoada de gansos passando, ou um gato.

Mas, pelo brilho pálido no rosto dele, Agnes percebe que o homem não acredita nisso. Que ele é capaz de sentir as regras da realidade mudarem sob seus pés, o universo metódico de Nova Salem deformando-se e rachando como um globo de neve jogado em uma fogueira.

Ela puxa um pouco mais o capuz de sua capa e serpenteia pelos becos, o saco retinindo suavemente ao seu lado, as histórias de Mama Mags ecoando em seus ouvidos — aquelas sobre irmãs e feitiços lançados na véspera do solstício. Nas histórias, as irmãs são sempre colocadas umas contra as outras: a bela jovem e suas duas irmãs feias, a mais sábia e as tolas, a mais corajosa e as covardes. Somente uma delas escapa da bruxa malvada ou quebra a terrível maldição.

O pai delas era uma maldição. Ele as deixou cheias de cicatrizes e separadas, partidas em tantos pedaços que elas nunca conseguirão montar o quebra-cabeças outra vez.

Mas talvez, esta noite — apenas por um tempinho —, elas possam fingir. Talvez possam resistir de mãos dadas, antes perdidas, mas agora encontradas. Talvez seja o suficiente salvar sua irmã selvagem e excêntrica de um mundo que despreza mulheres excêntricas.

Agnes caminha até que os uivos dos cães se transformem em lamúrias e ganidos baixos, até que a lua se erga bem alta e clara acima dela, até que seus passos ecoem na escuridão vazia da Praça St. George. Mama Mags ensinou-lhe que a magia gosta de queimar pelo mesmo caminho duas vezes, como uma corça seguindo uma trilha, ou a água correndo para um rio. Pode ser que a torre apareça com mais facilidade no lugar em que foi invocada da última vez. Pode ser que desta vez ela permaneça.

Ela se ajoelha sob o pedestal vazio onde antes se erguia o Santo George, e arruma as velas em volta de si como se fossem as flores pálidas de um anel de fadas. Agnes posiciona os potes diante dela, três em sequência, e espera.

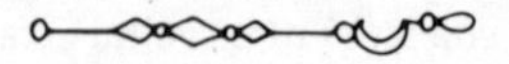

Já é meia-noite quando Beatrice retorna às ruínas da Velha Salem.

A Velha Salem à meia-noite não é a mesma cidade que elas visitaram ao meio-dia. Os esqueletos das paredes e das ruas estão mais evidentes à luz do luar, seus ossos desenhados em prata e sombra sob o musgo. O vento já aumentou, varrendo o calor preguiçoso do verão, assobiando estranhamente pelos becos e esquinas da cidade perdida. Ele puxa o cabelo de Beatrice, tão brincalhão quanto uma garotinha.

Ela e a Srta. Quinn estão de pé no círculo exposto de terra no meio da cidade perdida. Sete velas tremulam ao redor delas, esboçam sombras que se inclinam sobre seus rostos e que derretem no vento traiçoeiro.

A Srta. Quinn assente em aprovação.

— Bem característico de uma bruxa, Srta. Eastwood. Não se poderia desejar nada melhor.

— Achei que talvez o Caminho pudesse ter uma afinidade com a cidade, já que se ergueu aqui antes. Suspeito de que precisaremos de toda a ajuda que pudermos conseguir.

Deveria haver sete velas feitas da mais pura cera branca, em vez de cinco tocos diferentes roubados da pensão de Lilith (um deles foi decorado com morcegos pequenos e disformes; dois deles derreteram até o pires de estampa de salgueiro). Ela e suas irmãs deveriam estar lado a lado, de mãos dadas. Deveriam ser bruxas de verdade, com espíritos familiares, vassouras e chapéus pontudos, em vez de três jovens desesperadas.

— Sinceramente, isso é uma loucura. Não é possível que dê certo. Mesmo presumindo que temos as palavras e os caminhos, eu com certeza não sirvo para esse tipo de coisa. Não tenho o sangue, a convicção, a coragem...

Quinn solta um muxoxo mordaz.

— Por favor, para de fingir que é uma mulher covarde. Isso está ficando cansativo.

— *Fingir*...

— Você se atormenta e se preocupa, mas suas mãos estão firmes como pedra. — Os braços de Quinn estão cruzados, o queixo empinado. — Desde que chegamos à Velha Salem, você não gaguejou uma única vez.

Beatrice fecha a boca.

— Imagino que não.

Quinn dá um passo à frente, aproximando-se, seu rosto dourado como ouro.

— Por acaso uma covarde formaria uma sociedade secreta de bruxas? Por acaso ela transfiguraria estátuas e enfeitiçaria cemitérios? Por acaso ela estaria sobre as ruínas de uma cidade perdida em pleno solstício?

Beatrice sente como se a terra estivesse se inclinando sob seus pés, ou como se o céu estivesse desmoronando em volta de seus ouvidos, como se alguma verdade fundamental estivesse sendo revelada.

— Não, uma covarde não faria nada disso. — Sua voz é quase um sussurro. — Mas, ainda assim, ela poderia falhar.

— Mas você vai tentar de qualquer jeito.

— Sim.

— Pela sua irmã.

Ou talvez por todas elas: pelas garotinhas jogadas em porões e pelas mulheres mandadas para casas de correção, pelas mães que não deveriam ter morrido e pelas bruxas que não deveriam ter sido queimadas. Por todas as mulheres punidas por simplesmente querer o que não deveriam ter.

Mas Beatrice se contenta com outra resposta curta:

— Sim.

— É verdade que eu a enganei, mas Beatrice... — O desafio no rosto de Quinn se atenua, substituído por uma ternura melancólica que Beatrice considera muito mais perigosa. — Eu imploro que não engane a si mesma.

— Entendo. — Um breve silêncio se segue enquanto Beatrice recupera a voz que perdeu. — Pode me chamar de Bella.

Beatrice era o nome da mãe de seu pai, uma mulher que mais parecia uma cebola seca, que as visitava uma vez por ano no Natal e só lhes dava romances enormes sobre as vidas dos Santos. Uma Beatrice não conseguiria estar em uma floresta selvagem como aquela, sob a luz da lua quase cheia, manipulando o maior feitiço do século. Uma Beatrice não conseguiria fitar os olhos de Quinn à luz das velas, com o vento agitando seu cabelo solto sobre seu rosto. Mas talvez uma Belladonna conseguiria.

— Ah, então agora passamos a nos tratar pelo primeiro nome?

Os lábios de Quinn se curvam em um sorrisinho zombeteiro, mas aquela ternura permanece em sua voz.

— Mas é claro que sim. — Bella engole em seco uma única vez, com força. — Cleo.

Ela descobre que não consegue fitar Quinn nos olhos ao dizer o nome dela. Em vez disso, ela baixa o olhar para seu caderno, deslizando o dedo pelas palavras.

— Caso aconteça algum infortúnio, você deve correr.

— Obrigada, mas não farei isso — diz Quinn educadamente.

Bella tenta de novo.

— Se o feitiço der errado...

As duas sabem que seria imprudente Quinn ser encontrada em uma cena de óbvia bruxaria, ao lado da casca queimada de uma mulher branca.

— Então eu a aconselho a não deixar que nada dê errado. — Quinn fixa os olhos nos dela. — Não estou aqui como espiã, Bella. Nem como uma afiliada das Irmãs de Avalon. Estou aqui como sua... amiga. — Ela lhe lança um sorriso meio torto. — E porque, como diria minha mãe, eu sou a criatura mais amaldiçoadamente curiosa que já pisou nesta terra, e eu adoraria estar presente quando o Caminho Perdido de Avalon retornar a este mundo.

— Sua mãe parece ser uma mulher muito sábia — comenta Bella. Com um pouquinho de coragem, acrescenta: — Eu gostaria de conhecê-la algum dia.

— Mas você já conheceu! — Quinn suspira diante da expressão confusa de Bella. — Eu disse a você que minha mãe era dona de uma loja de temperos.

Bella cogita contestar, porque Quinn nunca lhe disse que a mãe era dona de um boticário clandestino disfarçado de loja de temperos enquanto, na verdade, liderava uma sociedade secreta de mulheres negras. Em vez disso, ela diz:

— Ah.

Quinn lhe dá um tapinha reconfortante.

— Ela achou você muito gentil.

Bella fecha os olhos, breve e fatalmente mortificada.

— Bem... Está na hora, não acha?

As mãos de Quinn deslizam para as dela, quentes e secas. Bella umedece os lábios, sente o açoitar frio do vento em sua língua, e diz as palavras que uma covarde jamais diria:

As irmãs excêntricas, de mãos dadas,
Nossa coroa roubada, amarrada e a queimar,
Mas o que está perdido, que não se pode encontrar?

Já se passaram sete minutos da meia-noite, quando a coleira de Juniper começa a queimar.

Ela cai de joelhos nas águas escuras das Profundezas, os dedos raspando o ferro quente, os dentes cerrados contendo gritos e blasfêmias.

Mais cedo, ela escutou os cães — mesmo enterrada embaixo de quase cinco toneladas de pedra e ferro, Juniper conseguiu ouvir aquele coro insano e sentir o calor perverso da bruxaria no ar —, mas sua coleira havia permanecido inerte e fria contra sua garganta coberta de bolhas. Agora, ela queima e, sob seu calor, Juniper sente os fios que a levam até suas irmãs, retesados e zumbindo com o poder.

Seu lábio se parte com a pressão de seu dente. O sangue quente, quente demais, escorre por seu queixo e pinga na água fria abaixo dela. Juniper escuta o suave *splash* quando a gota pousa, e se lembra de seu sangue pingando nos paralelepípedos da Praça St. George — depois, do vento fustigante, da torre sombria, do cheiro silvestre das rosas —, dos dedos de Bella em sua boca: *o sangue da Donzela.*

Ela sabe, então, o que suas irmãs estão fazendo.

— Ah, suas *tolas*. Suas belas pecadoras condenadas pelos Santos...

Juniper as amaldiçoa e chora ao fazê-lo, porque sabe que estão fazendo isso por ela. Mesmo que elas a tenham abandonado antes, mesmo que agora saibam o que ela é: uma assassina e uma vilã, pior do que um nada...

O simples pensamento a machuca. *Elas voltaram por mim.* Juniper sente algo se partir em seu peito, como se seu coração fosse um osso quebrado mal colocado, que deve ser quebrado mais uma vez para que possa sarar da maneira correta.

Por um momento, ela se imagina de braços dados com suas irmãs, triunfante diante do Caminho Perdido de Avalon. Ela sabe que isso nunca vai acontecer. Porque, embora consiga sentir a exatidão das palavras e dos caminhos, embora consiga sentir a vontade de suas irmãs queimando no fio entre elas, Juniper sabe que elas irão falhar.

Bella chama. A magia responde.

O caldeirão borbulha, problemas e labuta,
Ao redor do trono, teça um círculo, irmã,
Donzela, Mãe e Anciã.

O calor se concentra primeiro em suas palmas, espalhando-se como chamas recentes sobre seus braços, penetrando na concavidade de sua garganta. Os fios invisíveis entre Bella e suas irmãs — as ligações deixadas pelo feitiço inacabado meses antes — zumbem como as cordas de um violino sob seu arco.

O vento aumenta, e com ele chegam os pios de corujas e o cheiro selvagem da magia.

As irmãs excêntricas, de mãos dadas...

Ela sente Agnes a 160 quilômetros de distância, iluminada como uma tocha no centro de Nova Salem, os paralelepípedos cada vez mais quentes sob seus calcanhares. Ela sente as mãos firmes da irmã sobre os potes de vidro e o silvo nítido de lágrimas, leite e sangue conforme pingam.

Nossa coroa roubada, amarrada e a queimar...

Mas onde está Juniper? O fio entre elas está tênue e frágil, completamente frio.

Bella se ajoelha na terra exposta da Velha Salem, ainda pronunciando o feitiço, a magia queimando em seu corpo. Vapor sobe do solo enquanto ele ferve sob seus pés.

Mas o que está perdido, que não se pode encontrar?

As palavras parecem certas em sua boca, como chaves deslizando para dentro de fechaduras invisíveis. Mas o calor a está consumindo. Ela imagina suas veias brilhando cada vez mais quentes até ela pegar fogo, até ela se transformar em uma fogueira com voz de mulher.

Bella sente Agnes queimar junto a ela, os braços envolvendo a barriga com firmeza, o cabelo esvoaçando em volta da irmã, graças ao mesmo vento que espalha terra e folhas mortas ao redor dela própria.

Mas ela não sente Juniper. Há somente duas delas, e duas não são o bastante.

Da última vez que Bella lançou esse feitiço — quando era apenas uma bibliotecária chamada Beatrice que encontrou umas palavras que não deveriam existir —, ela havia ficado aterrorizada e em silêncio. Sem as palavras, o feitiço sufocou como um fogo abafado, e o único preço a se pagar foi um pouco de febre do Diabo, da qual rapidamente se curou.

Mas agora ela é Belladonna Eastwood, a irmã mais velha e a mais sábia, e Juniper precisa dela.

Ela volta ao começo do feitiço sem interromper o cântico. A floresta se torna indistinta ao redor dela, desaparecendo na neblina criada pelo calor. Seus lábios continuam a se mover, preces desesperadas misturando-se às palavras.

> *...ah, inferno... Que as Três nos abençoem e nos protejam... Ao redor do trono, teça um círculo, irmã...*

Ao longe, ela sente dedos frios sobre sua testa, palmas envolverem seu rosto. Um polegar percorre suas bochechas e ela se vira cegamente na direção dele. Se ela vai morrer, que seja sentindo a doce frieza desses dedos contra seus lábios, o sabor de tinta e cravos-da-índia em sua língua.

Chega um ponto em que Bella sabe que deveria voltar atrás. É como atravessar um córrego depois de uma tempestade, a água correndo em seus tornozelos, a consciência de que se você der mais um passo a correnteza irá puxá-la para baixo.

Bella dá mais um passo. Ela afunda.

Ela é o fogo. Ela é a dor. Ela é uma fenda no mundo através da qual outra coisa se derrama — magia, ou Deus, ou o calor de cada desejo não atendido e de cada sonho impossível que queima eternamente do outro lado de tudo.

Bella acha que talvez esteja morrendo.

Aquela outra coisa para. Ela estuda Bella, essa mulher à beira da morte, ajoelhada em um círculo de velas consumidas, os lábios ainda moldando as palavras que a estão matando.

Em algum lugar muito longe dali, uma coruja pia.

Bella abre os olhos. Através da névoa de calor e lágrimas, ela vê uma silhueta deslizando por entre as árvores, silenciosa como fumaça, mais escura do que a mais escura das noites. Seus olhos são um par de brasas queimando cada vez mais perto.

Quinn arqueja, mas os lábios de Bella se abrem em um sorriso, porque, embora esteja queimando, embora esteja falhando, pelo menos ela chegou até aqui. Pelo menos ela se ajoelhou sobre os ossos da Velha Salem e viu seu espírito familiar voando em sua direção.

Bella respira fundo. E recomeça.

> *As irmãs excêntricas, de mãos dadas...*

Juniper escuta as palavras ecoarem pelo fio e sente seu gosto ao se acumularem em sua boca. Ela mantém os dentes fortemente cerrados.

O feitiço precisa dela. Ela o sente ferver, quente demais, concentrando suas forças como um raio sem ter onde cair. Mas se Juniper falar, a coleira em seu pescoço irá matá-la.

Se ela *não* falar, o feitiço matará suas irmãs.

Desistam, pelo amor de Eva, salvem a si mesmas.

Elas não desistem. Porque são tolas, porque estão desesperadas, porque não irão abandoná-la uma segunda vez.

Juniper fecha os olhos e sussurra uma variedade de palavras muito sujas.

Com certa amargura, ela pensa em todas as razões nobres pelas quais queria restaurar o Caminho Perdido: recuperar o poder das bruxas para todas as mulheres, quebrar as correntes de servidão delas, incendiar toda esta maldita cidade. E, no fim das contas, Juniper se juntará ao feitiço porque quer salvar suas irmãs idiotas que, por sua vez, só estão fazendo isso para salvá-la.

Ela se pergunta se todos os grandes atos são secretamente feitos por razões tão triviais; se a mulher da limpeza será a primeira a encontrar seu corpo pela manhã, o rosto mergulhado nas Profundezas, com um anel vermelho em volta do pescoço.

Juniper reúne sua vontade em volta de si — uma coisa selvagem e com garras, ansiosa, desesperada e meio faminta — e pronuncia as palavras.

A coleira emite um fraco brilho alaranjado na escuridão, mas as palavras emprestadas ainda saem de sua boca em uma torrente constante. O laranja se transforma em um profundo tom de rubi, pintando a cela de sangue e sombras, e Juniper sente seu corpo cair para trás. A coleira sibila ao atingir a água. Sua boca se enche com o gosto amargo do esgoto. Sua vontade não hesita.

Algo enorme desliza de forma invisível ao seu lugar, uma grande chave girando em uma fechadura, e o mundo se divide.

A magia chega rugindo pela fenda, pelas três mulheres que resistem na Salem do passado e do presente. Juniper sente o calor do poder rachar os paralelepípedos sob os pés de Agnes e escurecer a terra sob Bella. Ao seu redor, as Profundezas começam a ferver.

E a coleira em volta de seu pescoço — construída para punir bruxas de rua e cartomantes, mulheres que só têm as rimas de suas mães, das quais só lembram metade dos versos — queima em um tom de vermelho, depois branco, então preto, e por fim, desintegra-se em um pó cinza.

O calor enfraquece.

Juniper sente a torre imponente, enraizada como uma árvore no meio de Nova Salem. E sente suas irmãs: Agnes, com a testa pressionada contra a pedra rachada e quente, os dois braços envolvendo a barriga, rindo e soluçando; Bella, amparada com firmeza nos braços de alguém, atordoada demais até para ficar aliviada. Vivas, as duas.

Nas águas frias das Profundezas, Juniper fecha os olhos, escutando as batidas distantes de seus corações. É um som pacífico e tranquilo, tão familiar quanto a chuva no telhado.

Ela acha que poderia permanecer desse jeito: suspensa, flutuando para longe do cheiro de sua própria carne queimada e da dor grande demais para ser sentida, mas uma voz a chama. É uma voz familiar, queixosa e rouca por causa da idade. Ela lhe diz para acordar, para ficar de pé.

Juniper não está com muita vontade de fazer isso, mas sabe muito bem que não deve desobedecer a essa voz. Ela acorda; fica de pé. Ela tenta não sentir o roçar do vento contra a pele em carne viva de seu pescoço.

Uma mão fantasmagórica toca sua própria mão. Juniper sabe que é uma alucinação causada pela febre, ou uma miragem, fruto da dor que pulsa como vinho dentro de seu crânio, mas ela também lhe é familiar. Quente, com os nós dos dedos proeminentes e a pele fina como papel.

A mão puxa Juniper para frente e envolve seus dedos em torno de um fragmento de pedra. Depois, posiciona a ponta da pedra na parede e a arrasta, desenhando um círculo em um movimento lento, produzindo um rangido. *Ao redor do trono, teça um círculo...*, pensa Juniper, meio embriagada, e murmura as palavras outra vez. Sua voz soa errada em seus ouvidos: densa e estrangulada.

A pedra cai de seus dedos quando ela termina o desenho. O formato rabiscado começa, muito fracamente, a brilhar.

Juniper semicerra os olhos para ele de um jeito estúpido, até que a voz solta o que parece ser um muxoxo e diz:

— *Vá em frente, garota.*

Juniper coloca a palma da mão dentro do brilho suave do círculo. A cela desaparece ao seu redor, mergulhando na noite estrelada.

Uma para a tristeza.
Duas para o prazer.
Três para um funeral.
Quatro para nascer.
Cinco para a vida.
Seis para a morte.
Sete para encontrar uma esposa divertida.

Feitiço usado para curar. São necessários casca de salgueiro e algodão-bravo.

Beatrice Belladonna fica levemente surpresa ao descobrir que não está morta.

Ela está caída de lado dentro de um círculo de cera branca, com os braços de alguém envolvendo-a firmemente e sussurrando em seu ouvido:

— Ah, graças aos Santos.

Ao ouvi-la, Bella compreende a quem pertencem os braços e a voz. Ela cogita desmaiar outra vez, somente para se deleitar com a sensação do corpo de Quinn contra o dela.

— Bella, eu acho... eu acho que ela quer a sua atenção.

Com um suspiro curto e particular, Bella abre os olhos.

Há uma coruja sobre a terra exposta diante dela, exceto que uma coruja comum jamais teve penas tão pretas que pareciam engolir a luz, recusando-se até mesmo a refletir os raios prateados do luar. Uma coruja comum jamais possuiu olhos da cor de brasas, de um vermelho profundo e solene. Por trás daqueles olhos, Bella sente um eco daquela coisa enorme que havia parado para estudá-la, como se a coruja fosse um carvão meio queimado que escapou de uma fogueira muito maior.

É a própria bruxaria vestindo a pele de um animal, costumava dizer Mags.

— Olá — diz Bella timidamente.

Como se cumprimenta um espírito familiar? O que se diz para a magia que tomou uma forma que lhe agrada?

O espírito familiar não responde, observando-a atentamente com aquele olhar vermelho. Ele ergue uma das patas e, pela primeira vez, Bella percebe o que ele segura com suas garras de obsidiana: uma pedra entalhada e chamuscada.

A coruja abre as garras e a pedra rola na direção de Bella. Atrás dela, Quinn solta um murmúrio curto e cansado, como uma mulher que já viu coisas estranhas e misteriosas o bastante em uma só noite, e que espera que elas logo chegarão ao fim.

Bella pega a pedra. A coruja a observa.

— O-obrigada? — murmura Bella.

Ela não sabe se corujas comuns têm a habilidade de piscar para alguém de um jeito desapontado e resignado ao mesmo tempo, mas esta aparentemente tem.

O espírito familiar perde a paciência com ela e se lança abruptamente na direção do céu. Bella se esforça para ficar de pé.

— Espere! Volte aqui, me desculpe!

Mas a coruja não vai embora. Ela apenas plana em um círculo baixo acima delas, as asas inclinadas. O animal as circula três vezes — Bella pensa no Símbolo das Três e no eco desse formato, na repetição de círculos no folclore —, antes de interromper o voo e voltar para Bella com as garras esticadas. Ela se prepara para o golpe, mas as garras pousam levemente em seu ombro. A coruja não pesa mais do que a ideia de uma coruja, apenas uma insinuação de ossos e penas.

Ela solta um pio baixo e melancólico. Bella enterra a ponta da pedra na terra escura e a arrasta, desenhando um amplo círculo, sussurrando as palavras mais uma vez. *Ao redor do trono, teça um círculo, irmã.* O círculo começa a emitir um brilho suave e perolado, como fogo-fátuo. Quinn solta outro murmúrio cansado.

Bella segura a mão dela e a conduz na direção da terra. Ela pressiona as palmas das duas contra o solo frio da noite, uma ao lado da outra, e a Velha Salem desaparece.

Elas não deixam nada para trás além de poças de cera, terra queimada e um fraco e doce cheiro de rosas.

Agnes não está morta, tampouco sua filha.

Ela se ajoelha no lugar que era a Praça St. George. Agora, os lampiões da rua brilham fracamente através de uma floresta de árvores retorcidas, impossivelmente distante. As estrelas se movem em padrões desarranjados acima dela, mais próximas e brilhantes do que ela já vira em Nova Salem. O céu está dividido por uma escuridão imensa, uma torre de pedra coberta por trepadeiras e roseiras, sua porta marcada com três círculos entrelaçados.

Agnes ergue o olhar para a torre, tocando sua barriga e pensando sonhadoramente: *feliz aniversário, minha garotinha,* até que duas mulheres aparecem naquele lugar que antes era a Praça St. George. Se há poucos minutos Agnes não tivesse visto uma torre inteira surgir do nada, deslizando para a realidade como um peixe fisgado do mar, ela talvez tivesse achado aquilo um tanto chocante.

— Bella! — Sua irmã está parada à porta da torre, ao lado de Cleópatra Quinn, suas palmas pressionando os círculos entrelaçados. — Como vocês... Isso é uma *coruja*?

Uma sombra alta está empoleirada no ombro de sua irmã mais velha, observando Agnes atentamente com seus olhos como brasas quentes.

— Sim, acho que sim — balbucia Bella. Seus próprios olhos estão febris e brilhantes demais, olhando ao redor de um jeito que deixa Agnes um pouco preocupada. — Acho que é uma *Strix varia*, mas com essa coloração é difícil ter certeza. Ovídio, aquele bobalhão, achava que elas eram vampiras ou maus presságios. Mas olhe só como ele é lindo!

Bella faz uma pausa em seu delírio para correr um dedo pelo peito de sua coruja. Um pensamento parece lhe ocorrer. Ela se vira, erguendo o olhar para a imensidão da torre, depois se volta para Quinn e Agnes.

— Estão sentindo alguma coisa? Algum tipo de poder despertando?

As três caem em um silêncio curto e incerto conforme esperam que alguma magia antiga e misteriosa inunde suas veias, preenchendo-as com a grandiosidade de suas antepassadas.

— Acho que não — diz Agnes.

— Não — diz Quinn.

— Eu também não sinto nada. Bem, talvez exista algum ritual ou chave lá dentro... ou uma série de pistas que podem revelar uma câmara secreta, como em um dos mistérios da Srta. Doyle! Ou quem sabe se lermos a inscrição em voz alta... — Bella se inclina para mais perto da porta, onde palavras foram escritas em uma língua que parece estrangeira. — *Maleficae quondam, maleficaeque futurae.*

Nada acontece.

Antes que Bella possa tentar mais alguma coisa, uma quarta mulher aparece na porta da torre. Sua combinação está em frangalhos, manchada de cinzas e grudada à pele úmida, revelando ferimentos escuros. A cabeça dela está baixa, o rosto escondido por um emaranhado de cabelo preto. Sua respiração é um ruído úmido.

A mulher endireita a postura. Quando ela se vira, Agnes vê o estrago vermelho em seu pescoço, uma mistura entre um cor-de-rosa sangrento e um branco pálido para a qual ela não consegue olhar por muito tempo.

Juniper está sorrindo para elas, os lábios rachados, os dentes ensanguentados. Seus olhos são de um verde acinzentado profundo, como as sombras das folhas de verão, e Agnes nunca os viu tão suaves e doces — até que eles pousam na criatura empoleirada no ombro de Bella.

— Ah, *merda*. — De alguma forma, a voz de Juniper está tanto úmida quanto ressecada, e é terrível ouvi-la. — Como foi que você conseguiu um desses antes de mim?

Então, com uma graciosidade estranha e enfraquecida, desmaia.

Bella não está morta. Mas acha que sua irmã talvez possa estar.

Agnes alcança Juniper primeiro.

— June? June, querida? *Ajude-me*, maldição! Vamos levá-la para dentro!

Bella precisa de um longo momento para se dar conta de que Agnes está falando com ela, e mais outro para se agachar ao lado do corpo da irmã caçula, que mais parece o de uma boneca quebrada.

Bella hesita em tocá-la — Juniper é uma ferida aberta, uma coleção de ferimentos, queimaduras e abusos —, mas ela e Agnes conseguem erguê-la desajeitadamente entre elas.

Quinn puxa com força a aldrava de ferro da porta da torre. Ela se abre com facilidade, como se algum zelador meticuloso tivesse mantido as dobradiças lubrificadas durante todos aqueles séculos.

Bella e Agnes deitam a irmã no chão frio de pedra, seu cabelo espalhado em volta de sua cabeça, no pescoço uma ferida aberta como se fosse uma segunda boca.

Bella olha um tanto ansiosamente para as sombras, esperando ver um cálice brilhante, uma varinha de marfim ou talvez uma poção mágica com o rótulo *Beba-me!*

Não há nada. Apenas uma escuridão agradável entrecortada por feixes prateados de luar, e um cheiro fraco e seco que faz o coração de Bella acelerar inexplicavelmente em seu peito.

— Logo alguém verá a torre, e então virão atrás de nós. O que faremos? — pergunta Agnes com uma voz hesitante, que é engolida pela vasta escuridão acima delas.

Mas Bella não está escutando a irmã. Ela está respirando aquele cheiro — poeira e pergaminho, couro e algodão, tinta feita de óleo, bugalho e fuligem — com uma suspeita selvagem crescendo em seu peito.

Ela pega uma caixa de fósforos no bolso de sua saia e risca a ponta no piso de pedra. As chamas tremeluzem, refletidas no âmbar profundo dos olhos de Quinn, iluminando um círculo pequeno demais de pedras. Bem na beirada do círculo, Bella consegue distinguir o contorno vago de estantes alinhadas nas paredes da torre. O brilho de potes de vidro. Bancos compridos e mesas lascadas cheias de folhas, ossos e coisas desconhecidas espalhadas sobre elas, como se alguma mulher bagunceira estivesse preparando truques de bruxa poucas horas antes.

Bella fica de pé, erguendo o fósforo mais alto com dedos trêmulos, desejando ter uma lamparina, uma tocha ou até mesmo uma vela.

Em seu ombro, a coruja agita suas penas. Ela se estica para a frente — Bella não sabe se uma coruja de verdade seria capaz de esticar o pescoço a uma extensão tão sobrenatural, ou se as regras são diferentes para espíritos familiares — e arranca o fósforo aceso dos dedos de Bella. A coruja faz um movimento habilidoso de jogar e apanhar com a cabeça e engole o fósforo inteiro, com chamas e tudo.

— Ah! Não...

Bella gesticula, impotente, mas é tarde demais. A luz dourada está resplandecendo no interior sombreado da coruja, e é como ver uma vela através de um vidro opaco. Ela brilha com mais força, espalhando-se até a coruja refletir o dourado escuro de uma fogueira bem alimentada. Apenas as pontinhas de suas garras e asas ainda mantêm um contorno preto. O espírito familiar abre as asas e alça um voo luminoso.

Três rostos se erguem para observar enquanto a coruja espirala torre acima. Em seu rastro reluzente, elas veem uma escadaria infinita que gira e serpenteia pelas paredes, tão incerta e desordenada que parece ter crescido na pedra em vez de ter sido construída. Plataformas e escadas menores brotam da escadaria como galhos, lustrosas e gastas pelo uso, e portas se aninham nas sombras, embora Bella não consiga imaginar que deem em algum lugar, senão no vazio lá fora. E abrigados entre as portas — em pilhas inclinadas e prateleiras arrumadas, em pele de bezerro e couro rachado, suas páginas douradas pela luz da coruja —, há livros. Mais livros do que Bella já vira em uma vida inteira dedicada a eles.

Quando o fósforo se apaga, sua coruja volta a ser uma piscina de tinta. Ela se empoleira em algum lugar acima delas, invisível a não ser pelo brilho vermelho de seu olhar.

Bella fecha os olhos. Há um leve sacolejo em seu peito. Ela leva um momento para identificá-lo como uma risada animada. O Caminho Perdido de Avalon não é um milagre, nem uma relíquia mágica, nem um artefato fantasioso. É apenas a verdade, escrita e encadernada, preservada contra o tempo e a maldade. É...

— Uma biblioteca — sussurra Quinn.

— Uma *biblioteca*? — Agnes é a única delas que ainda está agachada ao lado de Juniper, seus dedos segurando o branco úmido da combinação dela. — O que diabos devemos fazer com uma *biblioteca*?

Bella caminha na direção da estante mais próxima, semicerrando os olhos para as etiquetas iluminadas pelo luar e escritas em caligrafias arcaicas. *Maldições — mortais, perigosas, puramente recreativas.* A próxima etiqueta diz: *Controle do tempo — tempestades, enchentes, nuvens de gafanhotos*; logo acima está: *Crianças trocadas — feitas de argila, pedra, negociadas com as fadas.* A que está logo abaixo é: *Medicinal — queimaduras, mordidas, ferimentos.*

Quinn as lê por cima de seu ombro. Mesmo sob a luz fraca, Bella consegue ver o brilho astuto em seus olhos, o desejo em seu meio sorriso enquanto ela olha para os livros. Quinn é uma mulher que entende o valor das palavras, especialmente daquelas que não querem que sejam ditas.

Bella pega um livro encadernado em madeira de cerejeira, com dobradiças de latão ao longo da lombada. O título está gravado na capa em letras maiúsculas no estilo romano: *O LIVRO DE MARGERY MEM, uma Tradução de Suas Receitas Curativas.*

Ao abri-lo, Bella dá um passo na direção de um raio de luar, e vê as palavras perdidas e os caminhos esquecidos preservados em milhares de linhas de tinta organizadas. Bruxaria, pura como sangue de dragão e brilhante como poeira estelar, não pronunciada há séculos.

— Agnes, com isso aqui podemos fazer mais ou menos tudo o que desejarmos. Conversar com lobos, dar vida a estátuas ou transformar o prefeito Worthington em um gorgulho. — Ela se vira para Agnes, que ainda está agachada ao lado do corpo imóvel de Juniper, pálida de preocupação. — Mas vamos começar salvando a nossa irmã.

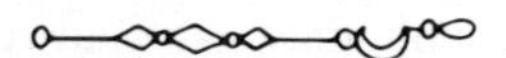

Juniper não sente muita falta de seu corpo. É uma coisa quebrada e queimada, tão completamente preenchida pela dor que quase não sobra espaço para ela mesma. Em vez disso, ela paira sobre ele, observando com uma afeição distante enquanto suas irmãs se preocupam com o estrago vermelho em seu pescoço e despem a combinação de algodão de sua pele ferida. Aquela Quinn está de pé acima delas, com ervas secas em uma das mãos e um livro na outra, lendo em voz alta.

Suas palavras puxam Juniper com força. Ela tenta ignorá-las, mas são como um carretel arrastando-a para baixo, para cada vez mais perto de seu corpo naufragado. Então suas irmãs assumem as palavras com vozes chorosas. *Uma para a tristeza, duas para o prazer, três para um funeral, quatro para nascer...*

Bella coloca um ramo verde sobre o pescoço de Juniper, ainda entoando o feitiço, batendo os nós dos dedos nas pedras.

As palavras são uma armadilha. Elas a prendem dentro do próprio corpo junto a cada ferimento e queimadura. Seus gritos são roucos e baixos.

A dor diminui a cada batida dos nós dos dedos das irmãs, a cada rodada de *uma para a tristeza, duas para o prazer*. Logo em seguida, ela sente um frescor maravilhoso, como a água de um riacho em um dia muito quente.

Juniper permanece imóvel, escutando as batidas regulares de seu sangue, os movimentos minúsculos e invisíveis de sua pele se recompondo, as bolhas se encolhendo. Acima dela, suas irmãs conversam, suas vozes caindo de uma grande altura bem em seus ouvidos.

— Logo eles estarão aqui. — Essa é Agnes, a voz tensa de medo.

— Quem? — Bella não soa absolutamente nada como Bella, a voz alegre, satisfeita e nem um pouco preocupada.

Juniper se pergunta se ela está bêbada.

— *Todo mundo*! A polícia, multidões com forcados, Hill e os amigos dele! Nós temos que ir!

Tem algo muito importante sobre Hill que Juniper precisa contar a elas, sobre bruxaria e sombras roubadas com olhos observadores, mas o pensamento afunda no frescor abençoado e desaparece.

Bella fica sóbria.

— Não vou deixar esta biblioteca nas mãos daqueles depravados.

Biblioteca?

Agnes solta um resmungo incompreensível, mas Quinn diz, com calma:

— Então esconda a torre. Se vocês conseguem amarrar chapéus a capas e escondê-las, por que não uma torre?

Há um breve silêncio enquanto as palavras *das cinzas às cinzas, do pó ao pó* sacolejam soltas dentro do crânio de Juniper.

— Isso é... brilhante, Cleo — diz Bella, com tamanha admiração na voz que quase chega a ser indelicado. — Mas uma de nós precisará sair para trabalhar na amarração e encontrar um lugar seguro para escondê-la. E para desenhar o Símbolo, a fim de nos dar uma maneira de sair daqui.

— Eu faço isso — diz Agnes calmamente.

Por alguma razão, a voz de Bella se torna fria.

— É claro. Havia me esquecido de que você já estava indo embora.

Depois disso, Juniper percebe que as vozes acima dela se misturam em um borrão, transformando-se em uma confusão de planos, murmúrios e exigências de *rápido, rápido*. Ela ficaria contente de apenas ficar deitada ali, deleitando-se na ausência da dor, só que...

— Esperem! — Sua voz ainda está errada, fina e rouca. — Obrigada. Por me salvarem.

Ela escuta um farfalhar de saias e o rosto de Agnes aparece acima dela.

— Fique quietinha, querida. — A voz dela é calorosa, baixa e mandona como o diabo, exatamente como quando eram crianças.

— Achei que vocês não viriam. Agora que sabem sobre o papai.

— Então é verdade. — Agnes não parece nem surpresa, nem especialmente chateada. Apenas cansada.

Juniper engole em seco e arqueja um pouco com a dor.

— É verdade.

— Ah, June. — Bella se ajoelha de seu outro lado, o rosto comprido e observador junto ao de Agnes. — Por quê? Depois de todos esses anos...

— Ele ficou doente. Depois do incêndio, ele estava sempre doente... o médico disse que seus pulmões estavam fracos. Dessa vez foi pior. Ele passou semanas de cama, tossindo sangue e muco. — Juniper se lembra de dormir no chão ao lado da cama dele, para que pudesse cuidar do pai durante a noite, e de escutar o ruído úmido de sua respiração. — O médico disse que não havia nada que ele pudesse fazer, e pediu a um advogado que fosse até nossa casa redigir um testamento; depois deu ao papai um frasco marrom para dor. O que quer que fosse o deixou...

Estranho. Debilitado. Fora de si. Às vezes ele olhava para ela com os olhos brilhantes e cheios de lágrimas, e a chamava pelo nome que sua mãe lhe dera. Certa vez, quando ela estava colocando a bandeja com o jantar em seu colo, o pai tocou seu pulso de uma maneira que fez o estômago de Juniper se revirar de náusea. Naquela noite, ela dormiu do lado de fora, deixando que o vento frio esfregasse seu corpo e a limpasse.

Os rostos de suas irmãs estão sérios e silenciosos sobre ela. Juniper fecha os olhos.

— Um dia, perto do fim, ele começou a falar sobre pecado, arrependimento, e sobre como estava triste por eu não ter nascido homem. Ele disse que pelo menos Dan cuidaria bem da fazenda. E foi então que eu soube que ele havia tirado nossa casa, tudo, de mim.

Mesmo agora, o fantasma daquela raiva é o suficiente para sufocá-la. Aquela terra pertencia a ela, era sua por direito de nascença e sangue.

— Então foi por isso — comenta Bella suavemente.

— Não. — Juniper engole em seco outra vez e sente a ferida em sua garganta. — Eu queria, mas não o fiz. Até que ele começou a se desculpar por... outras coisas. Pelo porão. Pela partida de vocês duas. Por nossa mãe. — Sua voz estremece na última palavra. Ela não sabe por quê. Ela nunca nem conheceu a mulher, nunca a reconheceu como nada além de uma mecha de cabelo no medalhão de Mama Mags, a razão pela qual suas irmãs vestiram preto no seu aniversário. — Ele disse que ele... que ele...

Naquele dia, Juniper entendeu que seu pai — sangue do seu sangue, seu inimigo, a única coisa que lhe restara — era um assassino. E então, quando as presas da cobra morderam a palma de sua mão, Juniper entendeu que ela e o pai tinham uma coisa em comum.

A mão quente de alguém desliza até a sua. Bella começa a falar, mas Juniper a interrompe.

— Vocês sabiam? As duas?

Acima dela, Juniper percebe que suas irmãs se entreolham e depois desviam o olhar.

— Na verdade, não — responde Bella.

— Sim — responde Agnes ao mesmo tempo.

Há uma breve pausa antes de Agnes acrescentar:

— Quando as contrações da mamãe começaram, Mama me mandou tocar o sino, mas o papai segurou o meu pulso... — Juniper escuta o amargor da culpa na voz dela. — Eu não sei se ele queria que aquilo acontecesse. Mas ele sabia como os partos dela haviam sido difíceis antes.

— Você devia ter me contado — diz Juniper, mas não sabe se teria preferido assim. Como teria sido crescer sabendo disso? Será que é por essa razão que suas irmãs sempre foram um pouco menos selvagens do que ela, um pouco mais apavoradas?

— *Você* devia ter *nos* contado — reclama Bella, irritada. — Antes de ser arrastada para a cadeia.

— Achei que se soubessem o que fiz, o que eu sou, vocês fossem...

Me odiar, me abandonar, me dar as costas e nunca mais voltar.

— Mas você com certeza não achou que ficaríamos surpresas. Ainda mais depois do que vimos.

Ao ouvir as palavras de Bella, Juniper sente aquela coisa invisível sair nadando das profundezas de onde quer que vivesse dentro dela. Ela não quer encará-la, quer mandá-la de volta para o buraco de onde saiu, mas Juniper está cansada, com dor e despedaçada com a confissão. A coisa se aproxima cada vez mais.

Agnes balança a cabeça.

— Ela não se lembra, Bell.

Juniper não quer perguntar. Mas pergunta.

— Do que eu não me lembro?

Agnes a olha nos olhos, cinza encarando o cinza.

— Do dia no celeiro. Quando papai descobriu... aquilo que ele descobriu. — Seus olhos se voltam para Bella com uma amargura fria, depois voltam para Juniper. — Nós fomos encurraladas contra a parede. Ele estava se aproximando. E então lá estava você, parada entre nós, magrela e feroz. Você disse para ele nos deixar em paz, ou sofreria as consequências, e ele riu de você. Então...

A voz de Agnes vai sumindo, mas Juniper se lembra.

Juniper se lembra: sua coluna arqueada enquanto encarava o pai.

Juniper se lembra: as presas da cobra sempre aguardando em seu bolso, desde que Mama Mags envolveu-as com os dedos e lhe disse para mantê-las escondidas e a salvo, só para garantir.

Juniper se lembra: de algo se rompendo dentro dela. Sua paciência, sua tolerância, a gota d'água.

Que rochas e ramos quebrem seus ossos, e serpentes parem seu coração. Naquela época, ela ainda não tinha sua bengala de cedro. Mas tinha um graveto de tabaco que pegou no chão do celeiro, coberta de sujeira e cocô de galinha, e tinha as palavras.

E tinha a vontade. Mais ou menos.

Naquele último segundo, enquanto observava seu pai se contorcer no chão do celeiro, uma cobra cinza como poeira enrolou-se no tornozelo dele, e a vontade de Juniper vacilou. Talvez ela não o odiasse o suficiente. Talvez ela apenas não quisesse odiar a si mesma.

Mais tarde, quando ficou sozinha exceto pelo chiado úmido da respiração do pai, Juniper escondeu a lembrança daquela cobra nos oceanos mais profundos de si mesma, onde não pudesse vê-la, porque suas irmãs tinham ido embora e ela não suportava a ideia de que era sua própria culpa.

Juniper sente as lágrimas escorrerem por suas têmporas, enterrando-se em seu cabelo. Seu pai havia mudado de comportamento depois do incêndio: mais quieto, mais cauteloso, menos inclinado a erguer a mão raivosa. Ela pensou que talvez fosse gratidão, por todas as horas repulsivas que Juniper passou trocando seus curativos e alimentando-o com uma colher. Mas ele era gentil com ela pela mesma razão que um homem é gentil com um cachorro raivoso: por medo de seus dentes.

No fim das contas, ele não estava assustado o bastante.

— Então é por isso que vocês nunca voltaram. — Porque as irmãs viram o que ela era. Um monstro, uma assassina. Um dragão vermelho com presas e garras, e apenas princesas eram resgatadas de torres. — É por isso que vocês nunca escreveram para mim.

Porém, a voz de Bella interrompe a dela.

— Mas eu escrevi, June. No começo, fiz isso uma vez por semana. Como você nunca me respondeu, achei que não queria mais saber de mim. Achei que talvez tivesse escutado... rumores.

Juniper se esforça para focar o rosto de Bella, um borrão com olhos tristes pairando acima dela.

Agnes reitera as palavras da irmã mais velha.

— A primeira coisa que eu comprei quando cheguei à cidade foi um cartão-postal. Você nunca me respondeu e, depois de um tempo, eu parei de tentar.

— Mas... ah.

Juniper se pergunta se seu pai pagou ao carteiro para sumir com aquelas cartas, ou se ele mesmo as queimou. Ela se pergunta se alguma vez retirou, sem saber, as cinzas dessas cartas do fogão à lenha, e se seu pai a observou fazer isso.

A proximidade entre elas sempre o incomodou. Quando eram crianças, ele sempre jogava uma contra a outra, favorecia a mais nova, culpava uma pelos pecados das outras, encontrando as rachaduras entre elas e deixando-as maiores. Mas nunca parecia durar. As três permaneciam uma coisa única, intacta. Então ele as separou e passou sete anos destruindo os últimos fios que as mantinham unidas.

Mas — Juniper fita os olhos cinzentos de suas irmãs, ali, com ela naquele momento — ele falhou.

— Agnes. Bell. Eu...

— Detesto interromper, mas já vai amanhecer. Nosso tempo é curto.

Quinn está na soleira da porta, apontando para a fina linha cinzenta visível no horizonte.

As irmãs de Juniper ficam de pé. Juniper gostaria que elas voltassem. Ela quer perguntar o que foi que aconteceu com as outras Irmãs, como foi que elas trouxeram de volta o Caminho Perdido, e se acham possível que o fantasma de Mama Mags a tenha visitado nas Profundezas — mas as pedras estão tão frescas contra sua pele, e seus olhos estão tão pesados.

Ela acorda uma única vez, brevemente, quando sente a mão de alguém tocar sua bochecha.

— Adeus, Juniper — diz Agnes. Então acrescenta de forma mais rígida: — Adeus, Bella.

— Se mudar de ideia, sabe onde nos encontrar.

Juniper não sabe se Agnes respondeu, porque já está adormecendo de novo.

Ainda há vozes ao seu redor, murmurando e sussurrando, mas não pertencem às suas irmãs. Elas pertencem a outros três alguéns, e soam como os suaves suspiros do folhear de páginas, o farfalhar de pétalas de rosas umas contra as outras, o silencioso toque de estrelas estranhas.

Agnes olha para trás uma última vez antes de deixar a torre.

Bella está com uma tesoura prateada em uma das mãos e um livro aberto na outra, aquela coruja misteriosa empoleirada em seu ombro como uma gárgula, parecendo a própria Anciã que voltou dos mortos. Juniper jaz pálida e imóvel sobre o chão de pedra: uma Donzela preparada para o sacrifício.

A visão delas puxa Agnes com força. Ela quer dar meia-volta e assumir seu lugar entre elas, interpretar o papel da irmã do meio e da Mãe — mas não o faz.

Ela empurra a porta e se ajoelha rapidamente sob as árvores cheias de sombras. Ela coloca um punhado de terra e serrapilheira dentro de um copo e sussurra as palavras sobre ele: *Das cinzas às cinzas, do pó ao pó.* E reza para que seja o suficiente.

A noite está silenciosa, exceto pelo farfalhar sussurrante das folhas e pelas batidas dos sinos da igreja, anunciando a missa da manhã do solstício. Os galhos das árvores roçam suas saias como dedos amigáveis, e até meio familiares. Ela se lembra de todas as vezes em que correu atrás de Juniper por entre os arbustos de louro-da-montanha e azevinho lá no Condado do Corvo.

Agnes sai da floresta e dá três passos antes de perceber que não está sozinha: passarinhos estão empoleirados em cada poste e em cada banco de ferro, amontoando-se nos peitoris e nos telhados da Universidade e da Prefeitura, tão silenciosos quanto penas caindo...

E, a alguns metros de distância, há uma mulher parada diante dela, exatamente onde os paralelepípedos se transformam na terra escura e coberta de folhas.

O rosto dela está inclinado para cima, encarando a torre, sua pele da cor de marfim sob o cintilar inquietante das constelações que duplicaram de tamanho e abandonaram seus padrões habituais, estranhamente brilhantes, apesar do vívido reluzir alaranjado da cidade.

Ela não está usando sua faixa branca de costume, ou a saia engomada, e seu penteado de Garota Gibson está um pouco menos bufante. Mas Agnes conhece esse rosto: é a Srta. Grace Wiggin, líder da União das Mulheres Cristãs, e famosa por fazer campanhas contra sufrágio, bruxaria, álcool, apostas, prostituição, imigração, miscigenação e sindicalização.

Agnes fica paralisada, sentindo-se como uma criatura selvagem capturada pela luz de uma lamparina. Devagar, o rosto de Wiggin se volta para ela, como se fosse difícil para a mulher tirar os olhos da torre. Lágrimas cintilam em seu olhar um tantinho saudoso.

— Foi você quem fez isso? — A voz dela está fina e soa perdida. Nada parecida com o tom estridente como um clarim do qual Agnes se lembra.

Agnes inclina a cabeça, sentindo uma onda hesitante de orgulho. *Eu fiz isso, com minhas irmãs.* Elas chamaram a torre de uma época imemoriável, gritaram por ela bem no meio da virtuosa e solene Nova Salem. De repente, Grace Wiggin e suas damas de companhia pareciam menos preocupantes, quase engraçadas.

Os olhos de Wiggin focam Agnes pela primeira vez, seus lábios se curvando.

— E você não temeu pela alma da sua criança? Será que você não tem os instintos maternos naturais?

Agnes pensa em estapeá-la.

— E quanto à senhorita, Srta. Wiggin? Não teme pela sua reputação, saindo sozinha à noite? Não tem vergonha?

Um lampejo de culpa estranho e infantil cruza o rosto da mulher.

— Saí para dar uma caminhada. Por acaso eu estava olhando para cima e vi as estrelas se moverem, mudarem, e os pássaros começaram a se reunir... Então senti o cheiro das rosas.

Mags sempre dizia que os solstícios e os equinócios eram os períodos em que a magia queimava mais próxima da superfície das coisas, quando qualquer confiante bruxa da floresta, ou qualquer mulher de coração selvagem deveria estar ao ar livre, com o luar sobre a pele e a noite em volta dos ombros.

O que uma jovem mulher respeitável estava fazendo na rua no solstício de verão, observando o céu? Por que os olhos dela continuavam relanceando para a torre, como mariposas atraídas pelas chamas?

Agnes tem a súbita suspeita de que Grace Wiggin não detesta nem um pouco a bruxaria.

— É linda, não é?

— É abominável. Perversa.

Mas as palavras têm um tom vazio e mecânico. Agnes espera, observando os músculos do rosto de Wiggin se contraírem de tensão, perguntando-se por quanto tempo ela vai continuar a falar em vez de gritar por ajuda, e se será o suficiente para que Bella faça a torre desaparecer.

Aquele olhar saudoso retorna para os olhos de Wiggin, só que com mais força.

— Quando eu era menina, minha mãe costumava fazer minhas bonecas dançarem. Implorei para que ela me ensinasse as palavras e ela assim o fez, e continuou me ensinando. Eu gostava de aprendê-las. Elas me faziam sentir...

Ela não diz como as palavras a faziam se sentir, mas Agnes sabe: como se sua voz tivesse poder e sua vontade tivesse importância.

— O que aconteceu com ela?

A amargura penetra o rosto de Wiggin, envelhecendo-a.

— Ela foi pega praticando abortos. — Agnes pensa em Mags e no caminho estreito atrás da casa dela, em Madame Zina com seus véus transparentes e falsas leituras de cartas. — Eles me fizeram ir ao enforcamento. Depois disso, eu virei um Anjo Perdido.

Uma ternura esquisita cria raízes no peito de Agnes. Ela se rebela contra esse sentimento — certamente seu círculo não precisa ser tão largo a ponto de incluir mulheres como Grace Wiggin, pelo amor de Deus —, mas é como se o rosto de Wiggin tivesse se tornado uma janela, ou talvez um espelho. Agnes consegue enxergar a garotinha assustada e magoada que ela já foi, com um coração cheio de ódio e nenhum lugar onde descarregá-lo.

— Escute. Você não precisa continuar fazendo... o que você faz. Você não precisa continuar ajudando um homem como Gideon Hill, só porque ele...

A menção ao nome dele destrói aquela coisa frágil que nascia entre elas. Os olhos de Wiggin são como lascas de pedra, e seus dedos apertam o xale em volta de seus ombros com mais força.

— Como *ousa*... o Sr. Hill é o mais nobre... o mais corajoso...

Uma raiva ardente e estranha sufoca as palavras dela.

Agnes se pergunta se Wiggin irá atacá-la, arranhando-a e sibilando como um gato, quando a torre desaparece.

As estrelas, a floresta emaranhada, a terra escura — tudo isso desaparece do mundo como moedas caindo em um bolso invisível. Nada resta do Caminho Perdido de Avalon, além de um vento malicioso e do cheiro selvagem de magia e rosas no ar. Wiggin cambaleia para o lado, boquiaberta, horrorizada. Ela se vira para Agnes, a pele pálida e amarelada sob os primeiros raios do verdadeiro amanhecer.

— Você vai queimar por isso — sibila ela. — Ele vai se certificar disso. — Então, ela grita: — Socorro! Alguém me ajude! Temos bruxas em Nova Salem!

Agnes sai correndo, parando apenas para desenhar um x nos paralelepípedos e sussurrar o feitiço de August ao amanhecer. Seu cabelo se ergue de seus ombros e o peso da bebê flutua de seus quadris, e ela corre com o frasco batendo em sua coxa e a voz de Wiggin ressoando em seus ouvidos, como uma maldição ou uma profecia.

Ela corre para o oeste, mantendo-se nas ruas laterais e nos becos estreitos, e desvia de acendedores de lampiões e dos coletores noturnos de dejetos humanos, escondendo-se nas soleiras das portas quando escuta o bater de cascos na pedra. Agnes faz uma pausa no cemitério, mordendo o lábio antes de escalar a cerca e serpentear de volta à área das bruxas, onde a árvore dourada continua de pé, enorme e reluzente, pesada demais para ser movida.

Agnes enterra o frasco de vidro na terra entre suas raízes. Ela entalha um símbolo no metal macio do tronco da árvore — três círculos entrelaçados — e sussurra as palavras. O símbolo começa a brilhar, muito fracamente, e os dedos dela pairam sobre ele, desejando tocá-lo e voltar para a torre, para a floresta e para a história audaciosa que suas irmãs estão escrevendo juntas.

Mas Agnes já está farta de tudo isso. Ela salvou sua irmã, e agora deve sobreviver por sua filha.

Ela caminha na direção de sua casa, cansada e com os pés doloridos. A princípio, Agnes se esconde quando vê policiais passarem por ela em seus garanhões cinzentos e altos, mas logo se dá conta de que eles mal reparam nela. Ela é um nada novamente.

23

A ponte de Londres está caindo, está caindo,
barras de ferro irão se arquear e arrebentar,
se arquear e arrebentar.
Minha bela donzela.

Feitiço usado para enferrujar.
São necessárias água salgada e mãos dadas.

Juniper acorda e se depara com uma série de mistérios. O primeiro deles é sua própria pele, da qual ela se lembra como uma coisa machucada e maltratada, como um conjunto de roupas esfarrapadas. Mas, sob suas mãos, ela a sente inteira e macia. Até mesmo o lugar onde a coleira de ferro entrou em combustão até virar cinzas — seus dedos tremem ao alcançar o pescoço — deveria ser uma ruína pegajosa e cheia de crostas, cuspindo gotas amarelas e vermelhas, mas não há nada a não ser protuberâncias de pele rígida.

O segundo mistério é o quarto, circular e ensolarado, que ela nunca vira antes em toda a sua vida. Há três camas dispostas sob três janelas em arco, e três tapetes de tear sobrepostos em um chão de madeira. Com certa alegria, Juniper pensa em contos de bruxas sobre três ursos e donzelas perdidas. O quarto possui uma certa legitimidade que Juniper não consegue bem nomear, até se dar conta de que o cômodo a faz se lembrar do sótão onde as três dormiam quando crianças. Foi a única parte da casa que ela ficou com pena de queimar.

O terceiro mistério é o mais sutil e o mais preocupante: a luminosidade está completamente errada. Parece ser meio-dia, mas o sol está entrando enviesado pelas janelas, forte e dourado como uma maçã madura. Juniper tem certeza de que é a luz do sol de outono, e se pergunta, um pouco tonta, se ela dormiu durante todo o verão.

Ela não encontra nenhuma resposta no espiralar silencioso dos grãos de poeira, ou nas gavinhas verdes das trepadeiras e das roseiras que se enrolam sobre os peitoris das janelas. Ela vasculha um baú ao pé de sua cama e encontra um manto de mangas largas, feito de lã natural, com um único fecho prateado no formato de um S, ou talvez de uma cobra. Ela o puxa sobre sua cabeça, ignorando os estalos e os gemidos de seus músculos, que prefeririam voltar a se deitar no colchão de penas, e desce a escada.

Os degraus terminam no topo de uma escadaria que espirala até lá embaixo. Ao longo de seu percurso vertiginoso, há portas e alcovas, cadeiras repletas de almofadas e janelas com bancos compridos sob elas. E livros.

Uma quantidade e uma variedade de livros que Juniper acha, sinceramente, exagerada.

Sentindo uma falta terrível de sua bengala de cedro vermelho, ela manca pela torre em uma espiral lenta, passando a mão ao longo das lombadas: pele de bezerro macia, couro quebradiço, algodão esfarrapado, pano de juta, pele de enguia, ferro, títulos gravados em dourado e preto carvão, algum material que sussurra docemente quando ela o toca, e outro que a espeta. Juniper fica um pouco surpresa por não encontrar sua irmã mais velha jogada nos degraus, morta de pura alegria.

Então, ao passar por uma porta delicadamente esculpida, Juniper escuta a voz de Bella.

— ...estava pensando que deveríamos começar com os textos medicinais. Este ano, a febre está terrível, e pense que jogada de mestre seria se nós a curássemos!

Juniper está no meio da escadaria de uma torre, bem ao lado da pedra da parede exterior. Pela lei natural das coisas, não deveria haver nada a não ser o ar livre atrás da pequena porta esculpida. Mas, quando ela a abre, encontra um quarto minúsculo em painéis escuros de carvalho, com uma mesa larga que, naquele momento, está soterrada de pergaminhos, livros e canetas-tinteiro espalhadas. Bella está inclinada sobre um dos lados da mesa, seus óculos empoleirados no nariz, e Quinn está sentada do outro lado, os lábios curvados graças a alguma piada particular.

— June! — Bella endireita a postura. — Quando você acordou? O que deu em você para descer toda essa escadaria sozinha?

Ela arrasta Juniper até uma cadeira com muitos murmúrios e gestos de mãos.

— Eu estou bem — diz Juniper, mas sua voz soa como o riscar da cabeça de um fósforo contra uma pedra: áspero e chiante. Ela recusa o xale e a almofada que a irmã lhe oferece. — Meu Deus. Bom dia, Cleo.

— Bom dia.

— Onde está aquele seu pássaro grande e preto, Bell? E como eu faço para conseguir um desses?

Bella dá a volta na mesa e se acomoda no braço da cadeira de Quinn.

— Está falando do Strix? Ele vem e vai quando quer. Às vezes, ele desaparece completamente quando volta para o outro lado.

— Hum. E onde está Agnes?

Sem pensar, Juniper busca a irmã, esquecendo-se de que o feitiço que as mantinha conectadas está agora finalizado. Mas o fio invisível entre elas ainda está lá. Ela consegue sentir a presença de Agnes em algum lugar da cidade, trabalhando duro.

Juniper demora muito tempo para perceber que Bella não lhe respondeu, que mesmo agora ela está arrumando uma pilha de papéis em sua mesa, em vez de olhar Juniper nos olhos.

— Agnes... não é mais uma afiliada às Irmãs de Avalon. Por decisão dela mesma.

— O quê?

— Ela ficou com medo e desistiu — esclarece Quinn.

Juniper sente um calor malcriado em sua garganta. As três deveriam estar juntas novamente, uma por todas e todas por uma.

— Mas ela estava aqui. Ela trouxe de volta o Caminho Perdido conosco. E agora você está me dizendo que ela simplesmente foi embora?

— Lembre-se de que Agnes não está mais protegendo só a si mesma. — É o mais perto que Juniper já ouviu Bella chegar de defender a irmã. — E ficou mais perigoso agora. Dê uma olhada.

De uma das pilhas em cima de sua mesa, Bella desdobra um cartaz que parece feito de cera e o entrega para ela.

Juniper encontra seus próprios olhos na página: seu rosto está desenhado com carvão entre o de suas irmãs. Juniper está com o cabelo emaranhado e rosnando, como a bruxa que vive na floresta e corre com os lobos; Bella tem um rosto fino e anguloso, como a bruxa que mora em uma casa feita de doces e come criancinhas; Agnes é toda feita de curvas e lábios, mais parecida com a bruxa que seduz os homens até sua cama e os deixa frios e pálidos pela manhã. A legenda diz: AS IRMÃS EASTWOOD: PROCURADAS POR ASSASSINATO E PELA MAIS PERVERSA DAS BRUXARIAS, e oferece uma generosa recompensa por informações a respeito de seus paradeiros.

Juniper encara seus rostos monstruosos e sente seu estômago se revirar de amargura. Se é uma vilã que eles querem, quem é ela para lhes negar isso?

Bella dobra o cartaz e o guarda.

— Quinn me disse que também há rumores. Teorias histéricas sobre sua fuga e uma torre preta vista no solstício. Aparentemente, a praça ainda está cheia de passarinhos. Algumas igrejas começaram a promover vigílias noturnas contra o retorno da bruxaria. Estão dizendo para as suas congregações que a febre é uma punição, ou de Deus ou do Diabo, e não parecem chegar a um acordo sobre qual dos dois... Ah, pare de sorrir desse jeito, June, isso é sério!

— Meu Deus, Bell, relaxe...

— Já houve dezenove prisões desde o solstício. — Quinn fala muito devagar e com muita clareza, como se pensasse que Juniper precisa das coisas mastigadas em palavras de uma única sílaba. — A maioria foram bruxas de rua inofensivas: uma abortista, uma cartomante, uma mulher que alegava falar com os mortos. Também houve ataques: mulheres espancadas até sangrar, por nenhuma razão além de algumas penas em seus bolsos ou um armário de temperos questionáveis.

Juniper não está mais sorrindo. Ela escuta Agnes lhe perguntando o que acontece depois, qual é o preço a se pagar.

— As Irmãs estão bem?

Quinn balança a cabeça como quem diz “mais ou menos”.

— Até onde eu sei, quatro delas ainda estão na casa de correção. Ainda não consegui encontrar Jennie. Algumas outras tiveram encontros desagradáveis com a polícia. As irmãs Hull estavam entre as dezenove que foram presas.

Juniper não consegue pensar em nada para dizer, mal consegue *pensar* graças à culpa nauseante que sobe por sua garganta. Mas Quinn ainda não terminou.

— Estão pedindo para que o prefeito renuncie. A Câmara dos Vereadores montou um comitê para investigar o aumento da bruxaria, liderado pelo Sr. Gideon Hill, que subiu drasticamente nas pesquisas.

Ao ouvir o nome de Hill, Juniper para de se sentir culpada, nauseada ou culpada. A única coisa que ela sente é medo.

— Ele foi me visitar nas Profundezas — diz ela, a voz rouca.

— Quem?

— Gideon Hill. E ele não é... ele não é... — Ela engole em seco diante da lembrança daqueles dedos de sombras pressionados entre seus lábios. — Ele é um bruxo.

Bella e Quinn ficam em silêncio enquanto Juniper balbucia sua história, mas ela percebe que não está contando direito. Ela lhes diz o que aconteceu — que ele se derreteu por entre as barras de ferro, que ele arrancou confissões dela, que ele riu —, mas parece não conseguir lhes contar como foi. Como os olhos dele tremulavam, furtivos e temerosos, como um estranho estava por trás do rosto dele. Como as sombras deslizaram como óleo por entre os dentes dela.

— Bem — diz Bella, ajeitando os óculos —, imagino que se a magia dos homens se provou eficaz para nós de alguma forma, faz sentido que um homem possa dominar um pouco de bruxaria.

— Não foi *um pouco* de bruxaria. Ele disse que toda sombra lhe pertencia, ele disse...

— Com certeza foi um blefe. Seria necessário um nível impensável de poder para se controlar uma cidade cheia de sombras. E imagino que os caminhos seriam sinistros. Teríamos ouvido falar se dezenas de cordeiros brancos tivessem desaparecido, ou se pilhas de ossos tivessem sido encontradas nas salas da Câmara Municipal, não acha?

Juniper enrijece a mandíbula.

— Eu sei o que eu vi. Nós temos, pelo menos, que descobrir quem diabos ele é. E mande uma mensagem para Agnes e as outras Irmãs, avise-as de que ele sabe o nome delas, e provavelmente onde elas moram e trabalham.

Bella dá outra batidinha no cartaz dobrado.

— Eu acho que Agnes sabe. Acredito que ela já estava planejando deixar a Oráculo do Sul e assumir um nome diferente. Caso ela precisasse se disfarçar, eu recomendei as garotas do Pecado de Salem. — Há uma suavidade em seu tom de voz, como se Juniper fosse um cavalo inquieto que precisava se acalmar. — Ela não conseguiria ser mais cautelosa do que já é.

Juniper desvia o olhar, observando o cômodo de painéis de madeira que não deveria existir. Há uma janela estreita e gradeada na parede leste, e a luz que brilha através dela é fria e pálida, como se ela se abrisse para o mês de janeiro, e não de junho.

— Então. É isso. — Juniper faz um *tcharam!* com as mãos. — O Caminho Perdido de Avalon. Ele é... nós fizemos... — A pergunta que ela quer fazer é meio infantil, mas não consegue se segurar. — Nós agora somos bruxas?

Nenhuma das duas ri de Juniper, embora a boca de Quinn se curve outra vez. Bella gesticula grandiosamente para os livros empilhados e para as anotações sobre a mesa.

— Com certeza nós temos caminhos e palavras o bastante para nos tornarmos bruxas, não é? Uma biblioteca inteira de feitiços e maldições, pragas e encantamentos, venenos, poções, truques, receitas... Quinn e eu estamos desenvolvendo um sistema para catalogar e traduzir tudo — Bella solta um pequeno suspiro de satisfação.

— Traduzir?

— Bom, poucos deles estão em inglês, e nenhum está no que se poderia reconhecer como inglês moderno. Temos alguns textos em latim e grego, porém significativamente mais em árabe, formas clássicas do persa, uma ou duas línguas turcas, e até mesmo algo que eu acho que deve ser uma versão escrita do mandinga, a língua do Antigo Mali. E então, assim que os traduzirmos, teremos que trabalhar com os truques de bruxa. Ervas que são nativas do Velho Mundo, por exemplo, mas que não crescem no Novo, ou ingredientes que já não existem mais: dente de dragão, escama de sereia, esse tipo de coisa. Levará tempo e esforço consideráveis, mas já encontramos um feitiço mais forte de proteção e outro para ferrugem... — Bella faz uma pausa em seu discurso entusiasmado e semicerra os olhos, preocupados, para Juniper. — O que foi?

Juniper dá de ombros e sente a nova cicatriz em seu pescoço repuxar.

— Acho que eu só não imaginava que o Caminho Perdido de Avalon seria um monte de trabalho escolar.

Bella solta um muxoxo para a irmã.

— As Últimas Três Bruxas do Oeste passaram seus derradeiros dias montando a maior biblioteca de bruxaria do mundo, a qual Agnes, Quinn e eu tivemos bastante dificuldade para recuperar. Sinto muito que tenha ficado desapontada.

— Mas mesmo depois que vocês traduzirem todos esses feitiços do grego, hieróglifos, ou o que quer que seja, têm certeza de que conseguiremos usá-los? Uma mulher precisaria de uma boa porção de sangue de bruxa, não é?

— Bom, quanto a isso... Cleo e eu não estamos mais convencidas de que a habilidade mágica seja uma questão de herança.

Bella bate, de fato, palminhas ao dizê-lo, como se simplesmente não pudesse se conter.

Juniper olha para Quinn, que traduz:

— Quando se trata de bruxaria, nós não sabemos se o sangue tem alguma importância.

Juniper solta um *humpf* cético, o que incita sua irmã a vasculhar uma pilha de pergaminhos. Ela desenrola um deles e aponta, um tanto teatralmente, para uma ilustração pintada em vermelho ferruginoso e marrom. A imagem mostra uma mulher cercada por pontas de chamas, a boca aberta em um grito silencioso, as saias já pegando fogo. Sob seus pés, onde Juniper esperaria encontrar arbustos secos ou toras de madeira, há uma pilha amontoada e carbonizada de livros.

Bella dá um tapa meio forte na ilustração.

— Afinal, por que as bruxas eram sentenciadas à fogueira? Por que não enforcá-las, decapitá-las ou apedrejá-las?

Na escola de um único cômodo da Srta. Hurston, Juniper aprendeu que as bruxas eram queimadas para lembrar as pessoas do fogo do inferno que as esperava na próxima vida. Mas, Juniper supõe que a Srta. Hurston também acreditava que a malcriação poderia ser remediada com orações e pauladas regulares de sua régua, então talvez essa informação não seja muito correta.

Sua irmã se aproxima mais dela, os olhos entusiasmados por trás dos óculos.

— E se tudo aquilo não começou com uma caça às bruxas? E se, no começo, fosse uma caça aos livros?

Juniper dá de ombros.

— Pode ser.

Bella solta um grunhido como um gato irritado.

— Pense, June! De acordo com Mags, do que é que todo feitiço precisa?

— Das palavras, da vontade, do caminho.

— E em que parte dessa lista é mencionada a herança de uma mulher? O seu sangue? — Bella gesticula um tanto descontroladamente para a porta entalhada, para a torre atrás dela, cheia de estantes infinitas de livros. — Eu não acredito nem um pouco que eles estavam queimando linhagens. Eu acho que eles estavam queimando *conhecimento*. Livros, e as mulheres que os escreveram. Eu acho... eu acho que eles roubaram as palavras e os caminhos de nós, e nos deixaram sem nada além da nossa vontade.

O rosto de Bella está repleto de uma intenção feroz, mas Juniper sente como se algo dentro dela tivesse sido todo perfurado e estivesse esvaziando devagar. Uma parte dela esperava imaturamente que elas fossem as tataranetas há muito perdidas da Mãe, as descendentes da Fada Morgana, de Lilith, ou até da própria Eva. Mas, no fim das contas, talvez elas não tivessem nascido para a grandeza. Talvez ninguém tivesse.

Bella ainda está teorizando, falando mais consigo mesma agora.

— Eu acho que a Donzela, a Mãe e a Anciã não eram particularmente poderosas por nenhuma razão além do conhecimento que possuíam. Eu gostaria... — A voz dela se torna um pouco acanhada, soando jovem. — Eu gostaria de poder perguntar a elas. Seria muito mais prático do que traduzir e transcrever tudo isso.

Secretamente, Juniper pensa que seria muito mais prático se o poder perdido das bruxas tivesse aparecido como uma vassoura enfeitiçada ou uma poção que se deve tomar na meia-lua, em vez de um amontoado de livros em línguas mortas.

Irritada, ela pega as anotações de Bella, admirando o diagrama de uma mulher cuspindo fogo pela boca.

— Esse é um feitiço para começar um incêndio?

— Parece que sim.

— Posso tentar?

— Você quer saber se pode começar um incêndio mágico em uma torre cheia de papel e couro?

Juniper pensa na questão.

— E se fosse um fogo bem *pequenininho*?

Bella a enxota do cômodo, dando-lhe ordens para comer e voltar para a cama.

Juniper desce mancando o resto da escadaria interminável, e relanceia com um pouco de ressentimento para as lombadas dos livros que ela não consegue ler, observando a estranha inclinação da luz que entra pelas janelas. Ela encontra pão e queijo, mas os leva para comer do lado de fora, descansando as costas contra a pedra da torre aquecida pelo sol.

Ela pensa em Agnes, de volta a algum tear, a cabeça abaixada. Pensa em Frankie, Victoria, Tennessee, e em todas as outras que estão presas na casa de correção, engaioladas como corvos. Não parece certo que Juniper esteja ali, sob os galhos retorcidos de Avalon, ferida, mas agora curada, enquanto as mulheres de Nova Salem são abandonadas para se encolher e rastejar, indefesas, sem nada além de suas vontades para protegê-las...

Então dê a elas as palavras e os caminhos. É como se alguém sussurrasse em seu ouvido, com uma voz que lembra o farfalhar de folhas de roseiras. Juniper se pergunta se as Profundezas soltaram algum parafuso em sua cabeça, ou se a torre é assombrada, mas então decide que não se importa, porque o fantasma tem um argumento excelente.

Ela queria que o Caminho Perdido fosse uma cura miraculosa, o movimento de uma varinha que transformaria todas as mulheres em bruxas. Mas se essa coisa de sangue de bruxa não existe — se nenhuma delas nasceu destinada à grandeza, e tudo o que têm são pilhas decadentes de livros e uma torre alta demais logo ao sul de algum lugar —, talvez elas próprias tenham que realizar o milagre.

Quando Juniper volta a subir as escadas fazendo um estardalhaço e anuncia sua intenção de voltar para Nova Salem e contar às mulheres sobre a bruxaria, igual a Johnny Appleseed se ele tivesse um saco de feitiços em vez de sementes, Bella não fica muito surpresa. Juniper sempre foi a irmã selvagem.

Bella sente a centelha da animação dela queimar pelo fio entre elas, incandescente — um fio que não deveria existir, que é o objeto de estudo de muitas páginas de anotações de Bella, de indagações e reflexões teóricas —, e sabe que terá que trancar a irmã no topo da torre se quiser impedi-la, e mesmo isso apenas a atrasaria. Juniper não é o tipo de donzela que fica esperando ser resgatada.

— Essa é uma péssima ideia — constata Bella, principalmente porque tem a vaga sensação de que gostaria de ter a oportunidade de dizer *eu avisei* depois que a poeira baixar. — As bruxas da Velha Salem chamaram o Caminho Perdido de volta, começaram a lançar feitiços e a amaldiçoar inimigos a torto e a direito, e olhe só no que deu.

Juniper dá de ombros.

— Então, serei mais cuidadosa do que elas.

— A sua reputação não é de cuidadosa, June.

— Por que exatamente nós fizemos tudo isso? Por que chamamos de volta o Caminho Perdido?

Juniper está com as mãos nos quadris, a cabeça inclinada, desafiando-a. A pele em volta de seu pescoço tem um brilho inflamado, e sua voz está mais grave e rouca do que de costume, como se ela guardasse um carvão quente na boca.

(Em St. Hale, eles ensinaram a Bella que a dor era a melhor professora do mundo. Por que é que Juniper parece não aprender nunca?)

— Para salvar você — responde Bella.

Ao seu lado, Quinn acrescenta algo em um sussurro que soa suspeitosamente como *sua mal-agradecida desgraçada*.

As bochechas de Juniper enrubescem de culpa, mas suas mãos permanecem em seus quadris.

— Sim, claro. Mas o que eu quis dizer foi... por que eu estava nas Profundezas para começo de conversa?

— Por assassinato? — sugere Quinn, e Bella deixa escapar uma risadinha antes de conseguir segurá-la.

Juniper faz um aceno irritado com a mão para as duas.

— Eles me jogaram nas Profundezas porque nós estávamos agitando as coisas. Estávamos fazendo essa cidade se lembrar de que já fomos bruxas antes, e que talvez pudéssemos ser de novo. — A rouquidão em sua voz fica mais baixa. — E estava *funcionando*. As pessoas estavam escutando. Mais do que isso... quantos nomes estão escritos no seu caderno? Você disse que foram dezenove prisões. Será que devemos ficar escondidas enquanto nossas Irmãs sofrem pelos nossos pecados? Será que somos tão covardes assim?

A palavra *covarde* envolve com firmeza o pescoço de Bella, como uma blusa que já não lhe serve mais. Ela encontra os olhos de Quinn. *Eu imploro que não engane a si mesma.*

— Não — diz ela com firmeza. — Eu não sou covarde.

Quinn suspira.

— Bom, isso é ótimo. Porque eu já forneci pelo menos meia dúzia de feitiços para as Filhas.

Juniper solta uma gargalhada enquanto Bella fica boquiaberta.

— Você já... mas...

Ela se sente velha e enfadonha, uma bibliotecária completa — e um pouco traída.

Quinn fica mais séria.

— Eu não contei a ninguém onde os consegui, ou como nos encontrar. Acho que minha mãe ao menos suspeita que o Caminho Perdido não está mais perdido, mas vocês não precisam se preocupar. Nós sabemos guardar segredos muito bem no sul da cidade.

— Eu... entendo. Bom. — Bella respira fundo. — Não é muito justo favorecermos mais nossas Filhas do que nossas Irmãs. Vamos empatar o jogo?

Juniper abre um sorriso tão largo que os lábios racham e sangram.

Naquela noite, assim que o roxo do crepúsculo se transforma no anoitecer e as primeiras estrelas se abrem como olhos brancos acima delas, Juniper abre a porta da torre. Seus bolsos estão repletos de truques de bruxa e sua capa esvoaça atrás dela, escura e comprida. Ela mal parece sentir as feridas e os machucados que ainda mancham sua pele.

O problema de salvar alguém, pensa Bella, é que a pessoa costuma se recusar a permanecer salva. Ela volta correndo para aquele mundo perigoso, convidando cada perigo e catástrofe, um tanto indiferente ao trabalho que deu resgatá-la, para começo de conversa.

— Aonde você vai primeiro? — pergunta Bella.

Juniper olha por cima do ombro, dando uma piscadela misteriosa.

— Ah, eu não quero estragar a surpresa. Você vai poder ler tudo nos jornais amanhã.

SUSPEITAS DE BRUXARIA ESCAPAM DA CASA SANTO JUDE DE CORREÇÃO PARA MULHERES; CINCO MULHERES ESTÃO À SOLTA

***O Periódico de Nova Salem*, 24 de junho de 1893**
...as cinco mulheres — das quais quatro foram presas na última lua cheia, no meio de um ritual satânico conduzido no

coração do cemitério de Nova Salem — ainda estavam em suas celas na casa de correção, na noite do dia 23. Pela manhã, os guardas encontraram as portas trancadas, mas as celas estavam vazias. Uma testemunha na rua relata ter visto seis morcegos saírem voando da casa de correção naquela noite. Outra testemunha alega que foi uma coruja, carregando uma corda dourada comprida. Todas concordam que viram uma mulher de cabelos pretos mancando pronunciadamente pela vizinhança.

Pedimos aos nossos leitores que denunciem qualquer aparição dessa jovem ou das suspeitas fugitivas — Victoria V. Hull e Tennessee T. Hull; Frankie U. Black; Gertrude R. Bonnin; e Alexandra V. Domontovich — ao Departamento de Polícia de Nova Salem.

INVASÃO AO PALÁCIO DA JUSTIÇA

Diário de Salem, 26 de junho de 1893
O Palácio da Justiça de Nova Salem deveria ser o lugar mais seguro da cidade para se guardar pertences, mas policiais confirmaram esta manhã que os objetos pessoais da Srta. James Juniper Eastwood — incluindo uma variedade de ervas e poções pecaminosas, bem como um medalhão antigo que continha cabelo humano — foram roubados...

Diversas outras mudanças foram feitas no Palácio durante a noite, incluindo o desaparecimento de muitos mandados de prisão e algemas, e a modificação vulgar de vários distintivos de policiais.

A EXIBIÇÃO ANTROPOLÓGICA DO DOUTOR MARVEL FECHA AS PORTAS

O Periódico de Nova Salem, 29 de junho de 1893
Após o desaparecimento da maioria de seus ocupantes, a Magnífica Exibição Antropológica do Doutor Marvel será fechada para o público.

Essa querida atração, destinada a educar o público sobre os muitos tipos fascinantes de pessoas do mundo, já está familiarizada com dificuldades e irregularidades. O próprio Doutor Marvel relatou ao *Periódico* as muitas ocasiões em que seus objetos de estudo resistiram aos seus esforços para educar o público. "No último verão, tive duas bruxas indígenas que fugiram, três ou quatro vezes, antes de eu encontrar a pequena sacola de conchas e ossos delas. E no Natal passado, uma garotinha húngara amaldiçoou seu domador, fazendo com que o menor dos raios de sol queimasse a pele dele. Mas nunca havia acontecido nada igual."

Na noite do último domingo, aproximadamente às 22h30, a Última Curandeira do Congo começou a rir. Ela continuou rindo até que muitos empregados saíram de suas camas para investigar, e descobriram que todos os membros da exibição haviam desaparecido. No lugar onde a Última Curandeira deveria estar, encontraram apenas correntes enferrujadas e um crânio branco e sorridente. Todos os empregados que viram o crânio naquela noite têm sido afligidos por pesadelos e insônia.

UMA DECLARAÇÃO PARA O NOVO CAIRO

Carta aberta dos editores do *Defensor de Nova Salem,* 04 de julho de 1893

As batidas policiais recentes, lideradas pelo Departamento de Polícia, deixaram sete prédios queimados no Novo Cairo, e destruíram o sustento de diversas famílias trabalhadoras. Os editores deste jornal desprezam completamente o argumento da Câmara de que essas batidas são necessárias para a segurança pública, e observam que nem uma única evidência de bruxaria foi encontrada em qualquer batida.

...Se as autoridades de Nova Salem insistirem em continuar com esse posicionamento controverso em relação ao nosso bairro, talvez seja a hora de o Novo Cairo seguir aquela sagrada tradição estadunidense: secessão.

Donzela, Mãe e Anciã,
Que a cama em que me deito vocês protejam.
Uma para vigiar,
Uma para rezar,
Uma para as sombras sempre afastar.

Feitiço de proteção. São necessários sal e sementes de cardo.

Nos dias de hoje, Agnes Amaranth é um nada.

Ela costumava ser alguma coisa — a cidade está coberta com seu rosto, belo e terrível, seu nome escrito em letras maiúsculas acima de seus crimes —, mas agora nem o rosto e nem o nome pertencem a ela. Graças às damas do Pecado de Salem, o cabelo de Agnes está da cor insípida e esquecível da água do esgoto, e seu rosto está esburacado e irregular como a superfície da lua. O Sr. Malton mal olhou para ela quando ela voltou a aparecer na tecelagem dos Irmãos Baldwin, pedindo emprego. Ele empurrou o livro de registros sobre a mesa e ela escreveu o primeiro nome que lhe veio à cabeça: Calliope Cole.

Toda vez que alguém o pronuncia ela leva um susto, porque não ouvia o nome da mãe desde que era criança. Na tecelagem, ela ganha a reputação de distraída, talvez um pouco simplória.

Agnes não se importa. Ela se mantém reservada, como costumava fazer antes desse verão cheio de irmãs e bruxaria. As tecelãs se contentam em ignorá-la.

Ou ao menos a maioria delas. Em seu primeiro dia, Yulia lhe ofereceu um aperto de mão amigável e de moer os ossos, depois semicerrou os olhos com firmeza para o cinza familiar de seus olhos.

— Ahá — grunhiu ela. — Foi inteligente usar outro nome. Também deveríamos procurar uma nova casa para as reuniões, não acha?

Agnes dá de ombros.

— Imagino que você devesse fazer isso. Desejo-lhe sorte.

Agnes observou o rosto de Yulia mudar da confusão para o desdém.

— Entendo. Eles prenderam minha filha por uma semana, só a alimentaram com pão velho e manteiga rançosa, e *ela* não está com medo.

Agnes se impediu de dizer qualquer coisa rebelde — por exemplo: *Que bom para ela*, ou *Ela deveria estar*, ou *E você? Você não está com medo pela sua filha?* —, e por fim Yulia a deixou em paz.

Ela deve ter dito às outras Irmãs para não perderem tempo com Agnes, porque depois disso elas lhe dão as costas e empinam os narizes quando ela passa. Apenas Annie Flynn continua lhe oferecendo seu casual e cordial aceno de cabeça. Uma vez ela até parou Agnes no beco para convidá-la para a primeira reunião das Irmãs desde o desastre da terceira demonstração.

— Ouvi dizer que suas irmãs estarão lá.

— Diga-lhes... Mande lembranças minhas a elas.

— Farei isso. — De alguma forma, a gentileza dela era pior do que o menosprezo de Yulia. — Meu primo tem procurado por você. Posso dizer a ele onde encontrá-la?

Agnes faz um gesto tolo e incerto com a cabeça, que pode ter sido um aceno afirmativo de cabeça.

Agora ela está hospedada na Pensão Três Bençãos, que tem o mesmo cheiro de repolho da Oráculo do Sul, mas custa dois centavos a menos por noite. Ela poderia ter pagado a mais e conseguido um quarto particular, mas havia levado seus potes de moedas cuidadosamente acumuladas para o cemitério e os deixado ao lado da árvore dourada. No outro dia eles haviam desaparecido.

Na noite seguinte, Agnes encontrou os potes devolvidos no peitoril de sua janela. Em vez de moedas, eles estavam recheados de sementes de cardo, sal e penas, com pedaços de papel bem enrolados escondidos nas tampas. Ela os desenrolou e encontrou palavras e caminhos, escritos na caligrafia elegante de sua irmã mais velha: feitiços para enviar mensagens através de tordos e tratar feridas, para acalmar bebês agitados e tirar manchas de leite de blusas, para "as sombras sempre afastar". Agnes leu esse último feitiço diversas vezes antes jogar sal e cardo ao longo da soleira da porta e sussurrar as palavras. Depois disso, ela enfiou os bilhetinhos debaixo do colchão. Ela sempre pensa em queimá-los — e se fizerem uma batida policial na pensão? E se uma das garotas os encontrar? —, mas nunca consegue.

À noite, ela sonha com irmãs. Durante o dia, tenta desesperadamente esquecê-las.

É difícil esquecer quando cada história na cidade — cada rumor, cada conversa sussurrada, cada matéria de jornal — parece ser sobre elas: as garotas que fugiram da prisão, a mulher que transformou o marido em um porco, a curandeira que ainda está à solta. Mas essas foram apenas as histórias testemunhadas por um número suficiente de pessoas a ponto de saírem no jornal. Agnes escuta dúzias de histórias que ganharam menos crédito: cólicas curadas e ossos remendados; relâmpagos conjurados e fechaduras arrombadas; máquinas quebradas e dívidas esquecidas. Nenhuma das mulheres parece ter qualquer dificuldade para lançar os feitiços recebidos. Agnes se pergunta se o sangue de bruxa delas despertou de alguma forma com o retorno do Caminho Perdido, ou se o sangue de bruxa nunca teve muita importância, no fim das contas. Ela se pergunta em quais teorias Bella e Quinn têm trabalhado, se Juniper já conseguiu seu espírito familiar, se as Irmãs estão planejando mais alguma demonstração e se Gideon Hill tem espiãs entre elas...

A bebê chuta dentro dela. *Deixe para lá, minha menininha. Somos só eu e você.*

No começo de julho, a tecelagem está tão quente que quatro garotas desmaiam antes do meio-dia. Às 17h, Agnes forma uma fila com as outras mulheres, de bochechas vermelhas e cabelos suados grudados em seus pescoços. Até o Sr. Malton está sem energia para beliscar ou lançar olhares maliciosos. Ele apenas fica sentado, se abanando e transpirando uísque. Agnes passa por ele com a cabeça abaixada, o cabelo da cor dos esgotos caindo na frente de seu rosto.

Ela sai para o beco e respira o ar limpo do verão.

— Agnes! É você?

O Sr. August Lee está esperando por ela, as mangas enroladas até os cotovelos, o cabelo dourado despenteado. Ele encara o cabelo de Agnes e as marcas de varíola em seu rosto com um ar de incerteza.

Ela abaixa a cabeça para ele, em um cumprimento formal.

— Meu nome é Calliope, senhor — responde, mas encontra os olhos dele com os seus, cinzentos como um trovão, e o alívio se espalha pelo rosto de August.

Ele dá dois passos à frente, hesitando como se quisesse se aproximar ainda mais, mas não tivesse coragem.

— É claro. Peço desculpas. Escute, eu gostaria de conversar com você.

— Sobre o quê?

— Eu só queria me desculpar. E ajudá-la, talvez.

Agnes sabe que deveria dizer a ele, e àquele seu cabelo dourado, para deixá-la em paz, para ir para casa e esquecer o nome dela, mas faz tanto tempo que ela não conversa com ninguém além das pulgas em seu colchão. Ela assente uma única vez e aceita o braço que ele lhe oferece.

A noite está densa e melancólica. Está quente demais para se ficar do lado de dentro por muito tempo, então os inquilinos dos prédios residenciais da Babilônia do Oeste estão amontoados em escadarias e sacadas, bebendo para se refrescar. Vários deles cumprimentam o Sr. Lee pelo nome. Alguns observam o balanço da barriga de Agnes e erguem as sobrancelhas para ele. O Sr. Lee não parece se importar.

Ele a conduz por três quadras a oeste até um par de portas duplas, de onde está saindo uma grande quantidade de barulho, música e luzes. Agnes ergue as sobrancelhas para ele.

— Não estou em condições de dançar, Sr. Lee.

— É claro que não, Srta. Calliope. Mas aqui ninguém irá nos ouvir.

Eles se acomodam em uma mesa no canto mais escondido do salão de dança, praticamente invisíveis sob a névoa de tabaco e éter. O Sr. Lee parece satisfeito em apenas observá-la em silêncio, as mãos pressionando a caneca gelada de cerveja.

— Por que está aqui, Sr. Lee? — pergunta ela, por fim. — Achei que já tivesse voltado a Chicago.

Ele olha para a multidão de corpos rodopiando e não a responde diretamente.

— Sabia que eu cresci na Babilônia do Oeste? Minha família dividia um quarto com Annie e a família dela. Éramos doze, enlatados como sardinhas em dois quartos. Meu pai trabalhava na Fábrica Boyle, lá nos Salgueiros. — A Boyle é um frigorífico escondido no lado oeste do Espinheiro, cheio de gordura, sobras e dedos perdidos. — As pessoas diziam que ele era batalhador, mas não era bem assim. Ele era um sonhador, sempre tagarelando sobre jornadas de trabalho de oito horas, direitos trabalhistas e utopias. O problema dos sonhadores é que eles geralmente terminam lutando. Ele começou a reunir homens em nossa casa, rascunhar direitos... Ele estava a meio passo de formar um verdadeiro sindicato quando eles o pegaram.

— Quem o pegou?

Agnes não sabe por que ele está lhe dizendo tudo isso, mas gosta do calor na voz dele quando fala sobre o pai. Ela se pergunta qual seria a sensação de lamentar a morte de um pai, em vez de apenas sobreviver a ele.

Lee toma um gole da cerveja, e então pousa a caneca exatamente sobre o anel úmido que havia deixado para trás.

— Achamos que foram os homens da Boyle. Disseram que foi um acidente, que ele estava brincando na linha de pendura. Mas nós o vimos depois. Eu não sei como um homem conseguiria dar um jeito de se enforcar com um gancho de carne sem uma ajudinha. — Ele toma outro gole, muito mais longo. Agnes quer cobrir a mão dele com a dela. Ela pressiona os dedos abertos na mesa. — Os advogados da fábrica vieram nos visitar alguns dias depois. Pediram para a minha mãe assinar uns papéis que juravam que a morte de seu marido havia sido suicídio. Eles se sentaram à mesa da nossa cozinha e lhe entregaram uma caneta. Ela olhou para mim, depois desviou o olhar... eu tinha 14 anos, já era velho o bastante para saber a verdade. Ela assinou os papéis e foi isso.

"Depois do que houve, eu evitava ficar em casa — continuou ele. — Comecei a me enturmar com os velhos amigos do meu pai, comecei a procurar problemas. E encontrei alguns em Chicago. — Ele coça a cicatriz ao longo de seu queixo. — E foi... bom, foi horrível, para ser sincero. Mais desagradável e cruel do que eu pensei que seria. Mas também foi grandioso fazer parte de alguma coisa. Encontrar uma batalha pela qual valia a pena lutar."

Há uma seriedade em sua voz que o faz soar jovem e desesperadamente ingênuo. Agnes se pergunta se ele também é um sonhador.

— Então, por que você ainda está aqui? — pergunta ela outra vez, em um tom mais baixo.

Ele dá aquele sorriso doce para ela, repuxado nas laterais pela cicatriz.

— Porque acho que encontrei uma batalha maior ainda. — Seus olhos se erguem para encontrar os dela. — E uma mulher que não desviará o olhar.

A vergonha azeda em seu estômago. *Será que não, August?* Por um longo tempo, Agnes não diz nada, fincando a unha de seu polegar na madeira macia da mesa e pensando em quando recuar e em quando lutar. Ela percebe que seu polegar está desenhando três círculos entrelaçados e para.

— Quando é que ela chega?

Lee está olhando para o ponto em que a mesa pressiona a barriga de Agnes.

— Na lua cheia de agosto. Mas a parteira disse que ela está grande, então talvez chegue antes.

Agnes não menciona o medo que se agita em sua barriga, a lembrança da pele de sua mãe, mais branca do que cera. Talvez Mama Mags pudesse tê-la salvado, talvez não. Certa vez, Mags disse-lhe que a família delas já perdeu mais mulheres na cama de parto do que homens no campo de batalha.

Lee abaixa mais um pouco o tom de voz, quase apreensivo.

— Quem era ele?

Agnes leva um longo minuto para entender de quem ele está falando. Ela não se preocupara com Floyd Matthews o verão inteiro.

— Ninguém. Um bom rapaz da cidade.

— Você o amava?

Pela aparente tensão em seus ombros, ela percebe que a pergunta tem grande importância para ele. Ela gostaria que não.

— Não, August. Eu não o amava. — O corpo inteiro dele parece suspirar de alívio. — Mas a pergunta mais intrigante é: ele *me* amava?

— Ele a amava? — pergunta August obedientemente.

Pela ruga entre suas sobrancelhas, ele está confuso.

— Somente parte de mim. E eu estou cansada de me contentar com partes, com meias medidas.

Agnes observa a boca dele abrir e fechar, e depois abrir novamente. De repente, ela tem certeza de que ele está prestes a fazer alguma declaração ou promessa, porque ele acha, pobre coitado, que a ama por inteiro. Porque ele não sabe quão fria e cruel ela é sob a maciez de sua pele, não sabe que ela faria *qualquer coisa* para sobreviver.

Ela se levanta da mesa, empurrando a cadeira para trás.

— Eu teria feito a mesma coisa que sua mãe fez. — Ela mira a frase como um tapa, e ele cambaleia para trás com a força do golpe. — Você nunca pensou no que teria acontecido se ela tivesse lutado? Em quão fácil é para os advogados tirarem uma criança de uma mulher sozinha? Você nunca pensou no que deve ter custado a ela escolher o filho vivo em vez do marido morto?

Ao ver a palidez repentina no rosto dele, Agnes sabe que ele nunca o fez.

— Às vezes, não se pode lutar. Às vezes, só se pode sobreviver.

Ele engole em seco.

— E mesmo assim você ainda está lutando.

Agnes coloca a pelerine de volta sobre os ombros.

— Se você e seus rapazes quiserem ajudar as Irmãs, converse com Annie ou Yulia, não comigo.

— Espere... por quê? O que você está fazendo?

Antes de ir embora, ela olha para trás uma única vez, um último relance ganancioso para seus cabelos emaranhados e para o ângulo de sua cicatriz.

— Sobrevivendo.

Nos dias de hoje, Juniper é um fantasma.

Ela é uma silhueta no peitoril da janela, uma assombração no beco, uma mulher que aparece e desaparece num piscar de olhos. Ela é um bolso cheio de truques de bruxa e uma voz que sussurra as palavras certas para a mulher certa, o baque de uma bengala nos paralelepípedos.

Ela quase não sai à luz do dia, e descobre que gosta mais da cidade à noite. É mais estranha e selvagem, cheia de vozes baixas e pés apressados. Isso a lembra de quando corria pela encosta da montanha depois de escurecer, confiante e livre, com a certeza de que se corresse rápido o suficiente, se transformaria em uma corça ou uma raposa, ou qualquer outra coisa que não uma garota.

Agora, Juniper corre pelos becos em vez de pelas trilhas dos cervos, e se esconde sob varais de roupas em vez de ramos de pinheiros. Agora, ela corre *na direção* de algo em vez de para longe, e não corre mais sozinha.

Há menos Irmãs de Avalon do que antes — algumas foram capturadas, algumas saíram da cidade meio passo à frente da lei, algumas estavam apenas assustadas —, e elas não têm mais nada parecido com uma sede. Em vez disso, elas se reúnem onde quer que possam: no sótão acima de uma chapelaria que cheira à cola e feltro; na sala de estar opulenta de Inez, onde bebem vinho em cálices de ouro e choram de rir; no porão de uma igreja que faz o coração de Juniper disparar.

Ela e Bella trazem para as Irmãs feitiços escritos no bom e claro inglês, e as palavras desaparecem dentro de mangas ou botas. Mais tarde, são sussurradas por aquelas que sabem ler para aquelas que não sabem; costuradas em lencinhos e bainhas; escondidas entre as páginas de livros de romance tão fúteis que provavelmente nenhum homem os tocará. Em troca, as Irmãs lhes dão pão e batatas assadas macias, tortas quentes embrulhadas em panos de pratos, cestas de maçãs. Elas não perguntam onde as Eastwood moram ou como desaparecem tão completamente que nem a polícia e nem as multidões furiosas — nem aquelas sombras sinistras e abomináveis — conseguem encontrá-las. Elas olham para Juniper e Bella com olhos reluzentes, esperando pelo próximo truque, pelo próximo milagre, pela próxima prova de que a bruxaria voltou.

Para o milagre desta noite, Juniper precisa de ajuda.

Ela caminha por uma rua escura a passos largos, apoiando-se na bengala fina que é uma péssima substituta da sua bengala de cedro, e duas mulheres andam ao seu lado: uma jovem enfermeira chamada Lacey Rawlins, que trabalha no Hospital Santa Caridade, e a Srta. Jennie Lind.

Jennie havia aparecido na última reunião das Irmãs parecendo... diferente. Suas saias estavam mais elegantes e esvoaçantes do que Juniper se lembrava, e ela usava uma peruca castanha em vez do próprio cabelo loiro como o estigma do milho. Mas foram seus olhos que mais impressionaram Juniper. Eles estavam mais frios e duros, como ferro forjado duas vezes.

— Onde diabos você esteve? — perguntou Juniper, dando um tapa tão forte nas costas dela que Jennie tossiu de leve.

— Eles me mandaram para... uma casa de correção diferente, depois me soltaram sob a custódia da minha família. Levei um tempo até conseguir fugir. — Ela olhou por cima do ombro de Juniper e sorriu para Inez. — Inez me ofereceu um lugar para ficar e tudo isso aqui. — Jennie gesticula para as saias requintadas.

No momento, Juniper não disse nada, mas depois havia pensado um pouco mais na questão. Por que Jennie seria enviada para um lugar diferente do das outras garotas? E por que ela seria libertada sem passar por um julgamento?

Naquela noite, antes das Irmãs saírem, ela puxou Jennie de lado.

— Por acaso você é a filha de algum membro fabulosamente rico da alta sociedade de Nova Salem? Quem mexeu os pauzinhos para tirá-la de lá assim que você foi capturada? E com quem você cortou relações agora?

Jennie piscou uma única vez para ela.

— Ah, nós já cortamos relações há muito tempo — murmurou ela, coçando o nariz torto.

— Hum. Bom, da próxima vez que estiver em casa, roube alguns castiçais para nós. O dinheiro viria a calhar.

Jennie abriu um sorriso genuíno.

— Sim, senhora.

Agora Jennie segue atrás de Lacey enquanto elas se esgueiram pelas portas duplas de ferro do Hospital Santa Caridade.

O lugar é até agradável por dentro — corredores de ladrilhos verdes e gesso branco, fileiras de portas com números bem pintados —, mas não parece haver nenhuma janela. O cheiro faz o estômago de Juniper revirar: água sanitária e ferimentos, lençóis manchados e ar rançoso.

Lacey para diante de uma porta no final do corredor. Juniper tenta não olhar muito de perto para as manchas marrons e amarelas em sua superfície. Ela quase consegue sentir o calor dos corpos febris por trás dela.

— Prontas? — pergunta Lacey, e elas estão.

As mulheres lançam três feitiços naquela noite.

O primeiro é para dormir, e é necessário lavanda triturada e uma antiga oração. *Agora eu coloco a ti para dormir.* Somente quando os ruídos abafados de corpos se silenciam é que elas se esgueiram pela porta e entram na enfermaria.

O segundo feitiço é para baixar uma febre, e é necessário amarrar uma linha vermelha em volta de dedos relaxados pelo sono. Juniper e as outras vão de cama em cama, dispostas em fileiras duplas intermináveis, ocupadas por mulheres, crianças e homens de bochechas coradas. Juniper acha isso estranho — qualquer doença natural com certeza afligiria mais as crianças e os idosos.

O terceiro feitiço é para curar, e é necessário casca de salgueiro, algodão-bravo e batidas com os nós dos dedos. Este se prova mais difícil do que os outros. Juniper sibila as palavras, suas veias queimando com a bruxaria, e as sente desaparecerem no ar, como se tivessem sido engolidas por alguma garganta fria e invisível.

Juniper sente um arrepio percorrer sua espinha. Ela olha para a escuridão retorcida das sombras e se pergunta se, de alguma forma, Gideon a está observando, mesmo neste momento, se ele está lutando contra este pequeno ato de misericórdia.

Ela andou perguntando por aí sobre Gideon Hill, e descobriu que a vida dele é inexplicavelmente comum. Quando garoto, usava seu primeiro nome — Whitt ou Wart, ou qualquer coisa tão lamentável quanto —, e passava o tempo lendo romances e sonhando acordado. Então, seu tio favorito faleceu, deixando-lhe uma grande soma em dinheiro e uma cachorra preta deplorável, e Hill se tornou consideravelmente mais sério. Não houve um intervalo de anos em que ele houvesse desaparecido para, talvez, estudar magias antigas nas bibliotecas do Velho Cairo; nenhuma avó perversa de quem ele pudesse ter herdado a bruxaria; nem uma única indicação de que Hill fosse outra coisa além de um cavalheiro careca de meia-idade que queria ser prefeito.

Juniper cerra os dentes e recita o feitiço outra vez. Ela força sua vontade contra o que quer que a esteja combatendo, dando as mãos a Jennie e Lacey, e a magia queima com certa relutância pelo cômodo. Pulmões tornam-se mais limpos ao seu redor, olheiras desaparecem sob olhos cansados, pulsações se estabilizam.

Juniper sorri para os corpos que agora dormem tranquilos e bem em suas camas de armar estreitas, apoiando-se pesadamente na bengala frágil. Ela já consegue ouvir as manchetes que os jornaleiros gritarão no dia seguinte (A BRUXARIA FAZ MILAGRES! AS FEBRES FORAM CURADAS!).

Ela manca noite adentro com suas Irmãs ao seu lado.

VESTÍGIOS DE BRUXARIA NO CARIDADE; FEBRE PIORA

***O Periódico de Nova Salem,* 12 de julho de 1893**
A Srta. Verity Kendrick-Johnson, porta-voz do Hospital Santa Caridade, confirmou ao Periódico que os pacientes na enfermaria do primeiro andar foram encontrados com vestígios conclusivos de bruxaria em seus corpos, e negou que qualquer membro da equipe do hospital tenha participado de tal perversidade.

A Srta. Kendrick-Johnson ainda aconselha as pessoas em busca de milagres a procurá-los em outro lugar. Nenhum dos pacientes enfeitiçados demonstrou o menor sinal de melhora. Sua condição talvez tenha, na verdade, piorado, e desde então, vários dos pacientes mais fracos faleceram. "Coloquem a fé de vocês na ciência e no estudo do homem", recomenda Kendrick-Johnson. "Não na poeira estelar e no pecado."

É FEITA PRISÃO RELACIONADA AO CASO PORTER

***Diário de Salem,* 06 de julho de 1893**
...a polícia prendeu a Srta. Claudia Porter por estar associada ao desaparecimento do próprio marido, o Sr. Grayson Porter. O Sr. Porter, um respeitado membro do Clube Rotativo e benfeitor deste mesmo jornal, está desaparecido desde o dia 25 de junho. "Deem uma olhada no curral", aconselhou a Srta. Porter, rindo, aos policiais que a prenderam, segundo relatos. "É preciso um porco para encontrar outro."

PRECISAMOS DE UMA NOVA LIDERANÇA

Carta ao editor do *Periódico de Nova Salem,* 15 de julho de 1893
Diante das manchetes diárias sobre transgressões e bruxaria correndo soltas por aí — diante do fracasso do Prefeito Worthington em prender ao menos uma das Eastwood —, fica claro para este que lhes escreve que a cidade de Nova Salem precisa de uma nova liderança. Eu convoco o Prefeito a renunciar ao cargo, para que possamos eleger uma luz mais brilhante contra essa nossa presente escuridão.

Cordialmente,
Bartholomew Webb

25

Meu bebezinho, fique quietinho, nada de falar.
Por meio de um tordo mamãe irá lhe chamar.

Feitiço usado para enviar uma mensagem. São necessárias uma pena da asa de um tordo e uma grande necessidade.

Nas semanas seguintes, Agnes nem sequer pensa no Sr. Lee. Ela não olha esperançosamente para o beco no final de cada turno; ela não sente nada em especial quando o Sr. Malton vira a página de seu calendário para o próximo mês, ou permite que seus olhos se demorem por tempo demais nas letras maiúsculas impressas no topo (AGOSTO... *August*). O truque para ser um nada é não desejar nada.

O sino que anuncia o fim do turno soa. Agnes forma uma fila com as outras garotas, apreciando a maneira como os olhos do Sr. Malton passam direto por seu cabelo cor de esgoto e por seu rosto marcado. Em vez disso, eles pousam na garota atrás dela na fila.

A garota começou há poucos dias. Ela também é um nada, mas não do tipo certo. Ela é jovem e parece faminta, com ossos marcados sob a pele cor de creme. Agnes praticamente consegue sentir o cheiro de desespero emanando dela.

Assim como o Sr. Malton.

— Você. Ona. — Ele a seleciona na fila como uma dona de casa escolhe uma galinha no mercado. — Venha ao meu escritório por um momento.

O Sr. Malton caminha até os fundos da tecelagem, as chaves chacoalhando em seus quadris, e Agnes para na entrada, os dentes cerrados, desejando que Ona não o siga.

O olhar de Ona cruza com o seu uma única vez, pretos como pólvora, e então ela o segue, como um cordeiro indo atrás do açougueiro.

Agnes desvia o olhar. Não é difícil depois de anos de prática. Ela simplesmente vira a cabeça e segue em frente, a voz de Mama Mags em seus ouvidos: *Toda mulher desenha um círculo em volta de seu coração.*

Ela não consegue se forçar a sair para o beco. Está presa na soleira da porta, sentindo-se idiota demais para ir embora, mas não idiota o bastante para dar meia-volta. Em vez da voz de Mags, ela escuta a da irmã: *Não me abandone.* Ela pensa no Sr. Lee, apaixonado por uma mulher que não desviará o olhar.

Agnes dá meia-volta. Talvez porque haja truques de bruxa queimando em seus bolsos, ou porque sua própria filha pode crescer e se parecer um pouco com Ona. Ou porque ela é uma bela de uma tola.

A porta do escritório do Sr. Malton está trancada. Agnes sussurra as palavras e o trinco enferruja até virar pó em sua mão.

O cômodo cheira a graxa de sapato e bebida. Ona está empoleirada bem na pontinha da cadeira, ombros rígidos e olhos duros como obsidianas. Malton paira sobre ela, uma das mãos sobre a mesa, a outra no encosto da cadeira.

Ele ergue os olhos ao ouvir o guincho das dobradiças, o ruído baixo da ferrugem escorrendo até o chão. Os lábios dele se curvam ao ver Agnes com suas cicatrizes de varíola e sua barriga inchada.

— Que diabos você pensa que está fazendo?

— Saia — diz Agnes para a garota na cadeira. Pelo lampejo de irritação nos olhos de Ona, Agnes percebe que a garota já havia se resignado a fazer o que era preciso, e que ela não se importa que haja testemunhas. — *Agora*, garota! — exclama Agnes, e Ona passa por ela e desaparece na tecelagem, uma sombra ossuda.

Malton encara a cena de queixo caído. Ele se vira para Agnes com um brilho terrível crescendo em seu olhar, uma cobiça que nada tem a ver com desejo.

— Gostaria de se explicar?

Agnes enrola uma mecha de cabelo entre seus dedos e sibila as palavras. A cor falsa desaparece, as cicatrizes de varíola se dissipam, e ela fica diante dele usando seu verdadeiro rosto mais uma vez.

— Boa tarde, Sr. Malton.

Ele se sobressalta tão violentamente que cai de costas na cadeira. Agnes pensa que poderia se acostumar rapidamente com homens se amedrontando em vez de flertando.

Malton a encara boquiaberto, como um peixe.

— Saia daqui, bruxa! — Ele arqueja, tateando o peito em busca da cruz de prata sob sua camisa.

Agnes solta um muxoxo.

— Tenho quase certeza de que isso só serve para vampiros. — Ela se inclina mais próxima a ele, apreciando a maneira como ele pressiona o próprio corpo contra a parede do escritório, como se ela tivesse uma auréola mortal em volta do corpo. — Se você gritar, eu juro que encontrarão um porco usando o seu terno quando vierem correndo.

Tecnicamente, ela não tem os caminhos para lançar o feitiço, mas pouco importa. Pela projeção do pânico nos olhos dele e pelo movimento seco de sua garganta, ela sabe que ele acredita nela. Agnes é uma bruxa, e as palavras de uma bruxa têm autoridade.

— Muito bem. Fique quietinho.

Ela anda ao redor dele, vasculhando gavetas até encontrar uma folha de papel e uma caneta. Ela escreve uma pequena lista, dando breves batidinhas em seu queixo com a caneta, depois remexe em seus bolsos atrás de uma folha seca de corriola.

Agnes dá a volta na cadeira para encarar o Sr. Malton.

— Se quiser sair deste escritório caminhando sobre duas pernas em vez de quatro patas, você fará três coisas para mim. — Ela ergue um dedo. — Primeiro, não contará sobre isso a ninguém.

Malton choraminga.

— Segundo, concederá a cada empregado seu um aumento de dez centavos por dia, a partir deste exato momento.

O choramingo fica mais alto.

— E terceiro, e preste bastante atenção nesta parte: você nunca mais tocará em uma mulher que não lhe queira, seja nesta tecelagem ou fora dela, pelo resto da sua vida miserável.

O choramingo do homem está tão estridente e alto que poderia ser confundido com uma chaleira fervendo.

— Agora, faça o juramento. — Ela o orienta a repetir suas três condições enquanto ele gagueja e balbucia. Depois ela perfura a carne suada do polegar dele com a caneta e pressiona corriola no sangue. — Marque a página com seu dedo e repita comigo.

A voz de Malton é um guincho fino conforme ele diz as palavras. *Juro pela minha vida, se for mentira, que por um raio eu seja atingido.*

O doce calor da bruxaria corre pelas veias de Agnes como uísque. Ah, como ela sentiu falta disso, da batida embriaga do poder em seu peito, da emoção de lançar sua vontade no mundo.

Os músculos de sua barriga se contraem, segue-se uma onda do que quase seria dor. Agnes mal sente.

— Se quebrar qualquer uma dessas promessas, seu coração irá parar dentro do peito e você cairá morto, e nem o céu nem o inferno acolherão seu espírito. — É uma mentira descarada, mas o Sr. Malton fica branco como algodão. — Então, comporte-se.

A atmosfera do lado de fora da tecelagem é suave e dourada, graças ao sol das 17h. A luminosidade não parece vir de nenhum lugar específico, como se a própria cidade emitisse um fraco brilho marrom-escuro. O vento que sopra pelo beco é frio demais para o verão, carregando um cheiro de folhas caídas e carvão, e de repente Agnes tem vontade de segui-lo até voltar à torre preta onde suas irmãs estão esperando.

Ela sente aquela onda na barriga novamente, um pouco mais forte, e repousa uma das mãos sobre ela. Ela se pergunta se deveria se preocupar, se talvez a bruxaria não seja saudável para o seu ventre a essa altura da gravidez — quando uma umidade quente escorre por suas coxas.

Ah, inferno.

Agnes cambaleia para trás, apoiando uma das mãos sobre a parede, enquanto uma onda de dor reverbera por seu corpo. A umidade escorre mais rápido.

A loja de Madame Zina fica a nove quadras ao norte e a oeste. Agnes fecha os olhos rapidamente.

Ela puxa o capuz de sua pelerine sobre o rosto, escondendo o brilho escuro de seu cabelo. Agnes cambaleia para o norte, sem pensar no brilho úmido e perolado da pele de sua mãe, ou naquela coisa estranha no rosto de seu pai enquanto ele a observava, ou em todas as outras mães mortas nas histórias de Mama Mags.

Em vez disso, ela pensa em suas irmãs, no rosto de June ao sentir a sobrinha chutar contra sua mão.

Ela está chegando, June.

Bella está sozinha na torre quando sente uma vibração de dor ecoando pelo fio, vinda de algum lugar e terminando em lugar nenhum. *Agnes.*

Ela está sentada de pernas cruzadas em um dos patamares da torre, lendo sob a última luz do crepúsculo de outono, com seu caderninho preto aberto ao lado de uma xícara de estanho. A dor reverbera em seu ventre vazio e se espalha por sua coluna.

Pode não ser nada. Bella sabe que as mulheres muitas vezes têm falsas dores de parto no final da gravidez, e que Agnes está esperando a chegada da filha na lua cheia de agosto. Mas há um certo peso nesta dor, um toque prenunciador como nuvens de tempestade se amontoando. Bella descobre que seus dedos estão vagando por uma prateleira a alguns metros de distância, onde se lê em uma etiqueta de latão: *Partos — prematuros, invertidos, natimortos.*

A dor retorna, um pouco mais forte.

Bella reúne em seu braço vários livros da prateleira sobre partos e desce as escadas em espiral até o primeiro andar. Sem pensar muito no que está fazendo ou por quê, ela começa a folhear os textos, reunindo caminhos e fazendo anotações. Lençóis de linho limpos e flores de jasmim. Um sino de prata e conchas brancas como pó. Um dente torto, menor do que uma pérola.

Ela espera. A dor encontra um ritmo, alcançando picos e depois diminuindo. Bella anda em círculos pela torre, arrumando estantes que não precisam ser arrumadas, tentando sentir pelo fio se Agnes está sozinha ou com amigos, se está com medo ou a salvo.

Em algum lugar acima dela, Bella sente o calor de olhos vermelhos observando-a.

— Está tudo bem, Strix. Tenho certeza de que ela está bem.

Sua voz está tão fina quanto o primeiro estalar frágil do gelo sobre o Big Sandy. Ela gostaria que Quinn estivesse ali.

O ar muda repentinamente, o que significa que alguém chegou à porta da torre. Ela se abre e uma silhueta de cabelos desgrenhados entra mancando, a bengala batendo contra o chão de pedras.

Pelo verde pálido dos olhos de Juniper, Bella sabe que ela também sentiu a dor e que está preocupada.

— Devemos ir até ela? — sussurra Bella.

Juniper balança a cabeça.

— Se precisar de nós, ela sabe onde nos encontrar.

— Sim.

Bella se empoleira em uma bancada. Juniper circula pela torre com seu andar gingado. Strix observa lá de cima.

Por fim, Juniper para e se senta ao lado de Bella na bancada. Sua mão roça, nem um pouco acidentalmente, a de Bella, e a irmã a segura. Juntas, elas esperam pela próxima onda de dor.

Antes de bater à porta de Madame Zina, Agnes sabe que ela não vai atender. A porta está pendurada meio torta na moldura, e o trilho da cortina está atravessado de um lado ao outro da janela. Alguém desenhou um cinzento x no vidro.

Agnes bate de qualquer maneira, porque não sabe mais o que fazer. Porque ela caminhou nove quadras com as coxas roçando uma na outra e o estômago apertando e afrouxando como um punho cerrado. Um arrepio começa a percorrer sua coluna.

A porta se abre para dentro sob seu toque. Para além dela, o cômodo está escuro e revirado, uma toca de potes derrubados e ervas espalhadas. Talvez Zina tenha fugido antes de terem vindo atrás dela, ou talvez ela esteja algemada nas Profundezas, mas ela definitivamente não está ali. Existem outras parteiras no lado oeste da cidade, mas muitas delas se mudaram ou fecharam as portas.

A dor aumenta, chega ao seu limite, depois enfraquece. Depois que a onda vem, é difícil ter quaisquer pensamentos que não sejam animalescos: correr, se esconder, ir para casa. Mas Agnes não tem um lar, somente um beliche estreito na pensão Três Bençãos com alguns feitiços escondidos sob o colchão.

Por nenhuma razão em particular, ela pensa em Avalon: naquela torre preta, coroada pelas estrelas, e naquela espiral infinita de livros. *Sabe onde nos encontrar*, disse Bella antes de ela ir embora.

Os pés de Agnes começam a se mover antes que ela saiba para onde a estão levando.

Não conta as quadras ao voltar caminhando para o leste. Apenas cerra os dentes e segue em frente, sentindo bolhas se formarem e estourarem em seus pés, a fricção sangrenta de suas coxas. As ondas de dor agora vêm com mais frequência e duram mais tempo, e Agnes se vê obrigada a parar e pressionar as costas na parede quente, enquanto transeuntes lhe lançam olhares alertas e preocupados. Ela mantém seu capuz bem puxado sobre o rosto.

O cemitério de Nova Salem fica trancado após o pôr do sol, mas o portão está aberto, balançando frouxamente nas dobradiças. Agnes olha para ele, oscilando ao parar, sentindo-se da mesma maneira que se sentiu quando viu a porta torta de Zina. *Não.*

Há homens aglomerados no cemitério, suas expressões tanto urgentes quanto vazias, com pás e tochas acesas em suas mãos. Eles parecem estar reunidos na área das bruxas, vasculhando e trabalhando ao redor de um emaranhado grande e cintilante. Agnes leva um longo segundo para reconhecê-lo como as raízes de uma árvore dourada, arrancadas do solo.

Não, não, não. A terra em volta da árvore está remexida, esburacada e errada de um jeito que Agnes não compreende. Ela encara a cena, cambaleando um pouco, até perceber que nenhum dos homens reunidos parece projetar uma sombra sobre a árvore.

Agnes dá meia-volta e vai embora, as mãos voando até o capuz. Ela caminha cegamente, fazendo curvas a esmo, tentando pensar em algum lugar ou alguém para que correr, mas a dor volta e ela cai de joelhos no meio de uma rua sem nome, pensando: *Não há tempo.*

Sabe disso como se houvesse um relógio de corda em algum lugar dentro dela, contando os segundos. A bebê está vindo muito rápido e ela está agachada ali, como um animal sem ter para onde ir, sem ninguém para ajudá-la. Agnes desenhou um círculo pequeno demais.

Tateia seu bolso e encontra um par de penas marrom-prateadas, suas extremidades desarrumadas e divididas. Ela as encara por um longo instante, tentando se lembrar o que podem significar, o que ela pode fazer com elas... antes da dor afastar depressa seus pensamentos, fazendo-os se esconder de novo.

Quando a dor diminui, Agnes ainda está segurando as penas. Ela se lembra das palavras de uma antiga canção de ninar escrita na caligrafia impecável da irmã: *Meu bebezinho, fique quietinho, nada de falar, por meio de um tordo mamãe irá lhe chamar.*

Agnes sussurra as palavras para as penas em sua mão, acompanhadas de um nome, e sente a centelha febril da bruxaria sob sua pele. As penas flutuam para cima, apanhadas por um vento misterioso, e desaparecem no cair da noite.

Agnes não sabe se a mensagem irá encontrá-lo, ou se ele irá respondê-la, ou se ela é uma tola por confiar no coração instável de um homem — mas a dor vem para afugentar suas preocupações.

Depois disso, o tempo se comporta de maneira estranha. Ele desliza vagarosamente para frente, então desaparece de vista, deixando-a presa em sua própria eternidade particular. Ela sabe que deveria se levantar, correr, encontrar abrigo, mas tudo o que consegue fazer é se curvar sobre sua barriga e sibilar maldições entredentes.

Passos. Uma voz preocupada.

— A senhorita está bem?

Agnes tenta dizer que está tudo bem, obrigada, só estou descansando, mas as palavras se perdem em um gemido.

A mão de alguém guia seu cotovelo. Seu capuz desliza para o lado quando ela se levanta, e Agnes escuta um arquejar ríspido.

— Ah, que os Santos nos salvem... a senhorita é...

Alguém grita seu verdadeiro nome rua abaixo.

A dor a engole outra vez. Quando ela se recupera, a rua está cheia de gente, de cavalos e homens em uniformes pretos.

— Agnes Amaranth Eastwood! A senhorita está presa pelo crime de bruxaria!

Mãos brutas a envolvem e a colocam sobre uma maca de lona, e algemas prendem seus pulsos. Agnes luta, contorcendo-se e chutando, puxando as mãos das algemas com tanta força que alguma coisa estala de forma úmida em seu pulso, mas de nada lhe serve.

Ela cai de costas, ofegando, e escuta vozes deliberando. Eles pronunciam palavras como *histérica* e *agitada*, e então um dos homens pressiona um retalho fedorento sobre sua boca.

A rua se torna cinzenta e distante, como se ela a estivesse observando do fundo de um poço vazio. Seus membros estão moles sobre a maca, mesmo enquanto a dor abre suas asas sulfurosas sobre ela. Vozes ainda estão falando ao seu redor, mas nenhuma das sílabas parece formar palavras.

Agnes repousa conforme eles carregam a maca e a colocam na traseira de uma carroça. Ela não compreende, não sabe para onde a estão levando — até que uma mulher usando um avental engomado se inclina sobre ela, e Agnes lê as palavras bordadas sobre seu peito em letras maiúsculas: HOSPITAL SANTA CARIDADE.

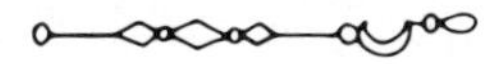

Algo está errado e Juniper sabe disso. Ela consegue sentir o sabor do medo da irmã pelo fio entre elas, o desespero preto como piche.

Juniper solta a mão de Bella. Ela pega um jarro de chumbo cheio de água e a derrama sobre o piso de pedra, ignorando o protesto da irmã. Juniper se ajoelha, a água encharcando o trançado frouxo de sua saia enquanto ela espera que o líquido pare.

Ela deveria ter algum pertence de Agnes para lançar o feitiço direito, mas não se importa. Com certeza há o suficiente de Agnes dentro dela o tempo todo: em seu sangue e em seus ossos, na teimosia característica que elas compartilham, em todas as horas de sua irmandade.

Espelho, espelho meu.

Juniper sente Bella observando por sobre seu ombro, partilhando sua vontade. Uma imagem tremula na superfície da água: Agnes, deitada de maneira inerte sobre lençóis brancos demais em um quarto branco demais, seu cabelo como uma piscina preta atrás de sua cabeça. Suas saias foram levantadas descuidadamente até a cintura, suas pernas estão gélidas e imóveis, um tanto indecentes. Seu rosto está perfeitamente sereno, meio sonolento. O único sinal de angústia é uma agitação esporádica em sua barriga, uma rigidez que estremece em seus membros molengas, e a escuridão terrível e magoada de seus olhos semicerrados.

Há outras pessoas no quarto com ela, os rostos borrados, os movimentos sombreados. Juniper vê alguém balançar a cabeça, um aceno desdenhoso de mão. Uma das silhuetas dá um passo para o lado e Juniper vê as algemas em volta dos pulsos da irmã.

Ondulações se formam na água quando Bella recua, horrorizada.

— *Ah, não, ah, não* — sussurra ela em um cântico inútil.

Juniper se levanta, empurrando-a ao passar por ela.

— Eu vou até lá.

— Assim eles prenderão as duas! — A voz de Bella é uma lamúria trêmula. — O que você acha que vai acontecer se invadir um quarto de hospital?

Juniper encontra os olhos da irmã e hesita. Ela não quer voltar para as Profundezas. Não quer sentir o frio abominável de uma gargalheira ou o deslizar escorregadio das sombras.

Mas ela não pode deixar Agnes e a bebê presas e sofrendo. Não consegue nem conceber essa escolha propriamente em sua cabeça.

Bella também não, não de verdade. Juniper percebe isso ao vê-la abaixar a cabeça, resignada.

— Pelo menos me deixe reunir alguns feitiços.

Juniper não espera. Ela puxa a porta da torre para abri-la e pressiona a palma da mão nos três círculos entrelaçados. Ela diz as palavras e pensa na árvore dourada, como fez inúmeras vezes antes.

Nada acontece.

Nada continua a acontecer.

— Bella — chama Juniper com calma. — Por que é que eu não consigo sair desta droga de torre?

Bella se aproxima correndo.

— Isso só pode significar que o símbolo desapareceu. O círculo em Nova Salem deve ter se partido.

As duas se entreolham por um longo momento, até que Juniper diz:

— Então você está dizendo que nós estamos...

— Presas. Sim.

O Caminho Perdido de Avalon é um navio sem âncora, à deriva em lugar nenhum, enquanto Agnes está presa em algum lugar.

Um denso silêncio recai entre elas, durante o qual fica claro que Bella não está prestes a se levantar de um pulo, gritar *ahá!*, e salvar todas elas.

Juniper manca de volta para a poça de água e se agacha ao lado dela, olhando para o poço escuro dos olhos de sua irmã. Ela reconhece o que vê ali: o desespero de uma mulher completamente presa, que sabe que ninguém está indo salvá-la.

26

Dance, bebezinho, até as alturas alcançar,
Mamãe está por perto, amor, não precisa se preocupar.
Gritaria e travessuras, travessuras e gritaria,
Fique e não desista, minha pequena estrela-guia.

Feitiço usado para estabilizar uma vida.
São necessários jacinto e uma estrela de sete pontas.

Agnes Amaranth sabe como um parto deveria ser. Já escutou a conversa entre jovens mães que trabalham ao seu lado na tecelagem, entre as garotas do Condado do Corvo que não haviam pedido a ajuda de Mama Mags. É doloroso, disseram, uma dor que perfura, que te parte ao meio, mas há outras mulheres junto a você para ajudá-la a suportá-la. Tias e parteiras, avós e irmãs, mães que pressionam a palma da mão fria em sua testa e murmuram canções de ninar meio esquecidas em seu ouvido.

Você não deveria estar sozinha. Não deveria estar trancada em um quarto de ladrilhos verdes, acorrentada e drogada, sem nada além da irritação grosseira das vozes de homens como companhia. Um médico com as mangas arregaçadas até os pulsos, as mãos nuas rosadas e, de alguma forma repulsivas, com crostas de sujeira sob as unhas; um ou dois assistentes com toalhas penduradas nos ombros e manchas inomináveis espalhadas nos aventais; um par de homens de uniforme, que a observam como se ela fosse um prêmio que eles pretendem empalhar e exibir sobre suas lareiras. Às vezes, uma enfermeira se junta a eles por um breve momento, jovem e com um olhar triste enquanto varre e arruma as coisas.

A dor ainda está lá, atravessando-a como o brado de um trompete através da névoa, mas Agnes não é capaz de responder. Só consegue ficar deitada ali, a saliva escorrendo pelo canto de sua boca, arranhando-se como um animal dentro da jaula de seu próprio corpo. Ela conta os ladrilhos do teto para se distrair. Reza. Murmura contos de bruxas para si mesma. Mas as mães desaparecidas parecem zombar dela, choramingando às margens da história enquanto suas filhas dormem junto às cinzas, fogem para florestas emaranhadas e se casam com feras.

A dor chega mais uma vez, urgente e intensa, e Agnes sente seu corpo se esforçar e falhar em alguma tarefa importante. Então, ela sente o roçar de dedos estranhos dentro dela, examinando, puxando, realizando alguma avaliação secreta e descobrindo que não está bom o bastante.

O médico suspira, precisamente como o Sr. Malton faz quando vê um tear emperrado. Agnes imagina seu sangue substituído por óleo, suas juntas por engrenagens. Uma máquina defeituosa em vez de uma mulher.

O médico se dirige aos policiais, e não a Agnes.

— Não houve nenhum avanço. Se os senhores quiserem que ela sobreviva para um julgamento, seria bom pensarmos em uma extração.

Um dos assistentes vasculha um carrinho de metal atrás dele e pega um longo objeto prateado. Pelo canto do olho, Agnes vislumbra a curva repulsiva de um gancho.

Ela se debate contra as algemas, seu grito selvagem reduzido a um gemido engasgado. Nenhum deles olha para ela, exceto a enfermeira, cujos olhos estão arregalados e tristes, as mãos apertando o cabo da vassoura.

Agnes quer mordê-la. Quer arranhar e amaldiçoar todos eles, fazer com que os séculos de Avalon desmoronem sobre suas cabeças — porém, ela havia abandonado tudo aquilo, convencida de que o preço a se pagar pelo poder era alto demais, mas falhando em calcular o preço de ficar sem ele.

Ela se pergunta se suas irmãs sentem o eco de sua raiva debilitada. Se elas viriam ajudá-la, se pudessem.

Agnes sente seus olhos se arregalarem muito levemente.

Ela descobre que, se concentrar toda a sua fúria na mão esquerda, consegue cravar as unhas em sua própria carne. Consegue enfiá-las profundamente em sua própria palma até que o sangue jorre, brilhante como rubi. Consegue abrir a mão, deixar o sangue escorrer até a ponta de seu dedo frouxo e desenhar um formato manchado no lençol embaixo dela: um círculo vermelho. Consegue até sussurrar as palavras, apesar de sua língua estar mole e úmida em sua boca.

Consegue rezar para que suas irmãs estejam assistindo.

Juniper observa a pele de sua irmã empalidecer cada vez mais, do marfim para o alabastro, e então para a cera. Suas feições permanecem relaxadas, mas seus dedos estão dobrados dentro da palma de sua mão, logo acima do ferro repulsivo de suas algemas. O punho de Agnes está cerrado com tanta firmeza que Juniper vê o brilho escuro do sangue se acumulando.

Ela se encolhe e desvia o olhar.

— Temos que dar um jeito de ir até lá, Bell. Convoque a torre de volta à praça, se for necessário. Desfaça a amarração.

Mas isso deixaria a biblioteca exposta e levaria todos os policiais e fanáticos a uma caça às bruxas pelas ruas. Será que elas ao menos conseguiriam alcançar Agnes antes de serem capturadas?

Ela espera que Bella se oponha, que se agarre aos seus livros como uma mãe protegendo milhares de seus filhos favoritos. Mas, quando ergue o olhar, vê que Bella está, inexplicavelmente, sorrindo. Seus olhos encaram a poça de água.

— Não acho que será necessário. Olhe.

Juniper olha.

O brilho vermelho sob as unhas de Agnes se transformou em um punhado de sangue. Um dos dedos está esticado em um ângulo doloroso, manchando o lençol com um carmesim intenso. O dedo se move devagar, como se Agnes precisasse de toda a sua força para mantê-lo em movimento, e Juniper leva um momento até se sobressaltar e ver o que a irmã desenhou.

Um círculo. Um caminho onde não havia nenhum.

— Aguente firme, Agnes — sussurra Juniper para a água.

Bella já está enchendo seus braços de potes de vidro, sacolas de papel, livros e anotações. Sua coruja desce silenciosamente até seu ombro, e ela estende a mão para acariciar suas penas cor de ônix. Juniper pensa que ela parece uma bruxa de verdade, como em uma das histórias de Mama Mags, prestes a amaldiçoar seus inimigos ou a cavalgar uma nuvem de tempestade na direção da batalha.

As duas voltam até a porta da torre e, desta vez, quando pressionam as palmas de suas mãos no símbolo entalhado, pensam em Agnes e no círculo de sangue, no caminho vermelho que a irmã desenhou para elas na escuridão.

A torre desaparece.

Agnes está sozinha.

Até que não está mais.

O ar do hospital se distorce nas laterais, um turbilhão vertiginoso, e então há duas mãos pressionando o círculo sangrento em seu lençol. Uma delas é comprida e estreita, as pontas dos dedos manchadas de tinta; a outra é larga, queimada de sol, marcada por cicatrizes pálidas de espinhos e moitas.

Suas irmãs.

Que estavam observando, que vieram quando ela as chamou.

Elas estão de pé acima dela como um par de anjos do Velho Testamento, do tipo que possuem espadas flamejantes e corações vingativos. Histórias espiralam na cabeça de Agnes novamente, só que desta vez ela não está pensando em mães mortas ou filhas perdidas. Ela está pensando em bruxas — nas mulheres que dispensaram sapatinhos de cristal, maldições e maçãs envenenadas, que lançaram suas vontades no mundo sem se importar com as consequências.

Há um momento de puro silêncio enquanto os homens reunidos encaram as três mulheres e a coruja preta. Então, ela escuta a voz de Bella, perfeitamente calma, e sente o cheiro característico de ervas sendo esmagadas entre seus dedos. Um estalido perverso rompe o ar, muito parecido com um pequeno osso se quebrando.

Os policiais caem de lado, apertando suas costelas e berrando. O médico avança na direção de Juniper, mas ela já está segurando o esfregão do hospital em suas mãos. O cabo se parte ao atingir o rosto dele com um ruído desagradável. Bella sussurra novamente e uma sonolência pesada recai sobre o quarto. A dupla de assistentes cai no chão, e os policiais berrando ficam quietos.

A enfermaria fica silenciosa, exceto pelo som abafado de corpos arrastados pelo chão. O médico acorda uma única vez, choramingando alto. Escutam-se mais alguns baques do cabo do esfregão e ele fica quieto.

Bella solta um muxoxo.

— Francamente, Juniper. O feitiço do sono teria funcionado muito bem.

— Claro. — Agnes consegue escutar a indiferença na voz de Juniper, seguida por uma última pancada satisfeita do cabo do esfregão.

Bella entoa um feitiço sobre a cabeça de Agnes — *Ela dorme profundamente sob céus brilhantes. Agnes Amaranth, acorde, levante-se!* — e emite um assobio agudo.

A droga deixa o corpo de Agnes como um nevoeiro se dissipando. Ela arqueja de alívio, seus membros doloridos pelas algemas. Ao esticar o pescoço, ela vê a enfermeira de olhos tristes segurando a porta estreita do que parece ser um armário de suprimentos, enquanto Juniper coloca os corpos desacordados lá dentro.

— Agora diga a eles que o médico não quer ser interrompido... ou melhor ainda, leve isso. — Juniper entrega a ela uma pequena sacola de lona. — Você se lembra das palavras? Depois que lançar o feitiço, corra para casa. Muito obrigada, Lacey.

Agnes quer perguntar de onde elas se conhecem, e se toda mulher daquela cidade é uma bruxa, mas outra onda de dor a manda para outro lugar, para dentro de si mesma, às cegas.

Quando a onda passa, suas irmãs estão paradas junto a ela. Suas mãos são gentis ao tocá-la, afrouxando seus dedos pegajosos de sangue, e seus olhos estão tão cheios de amor e preocupação que Agnes sente a dor diminuir um pouco. Uma coruja pia em algum lugar, um canto suave que a faz pensar nas noites de lua cheia no Condado do Corvo.

— Estamos aqui agora. — A voz de Juniper está baixa e rouca, o mais suave que ela consegue deixá-la. — Bella enfeitiçou a porta e Lacey colocou metade do hospital para dormir. Vai ficar tudo bem.

— Eu não deveria... Eu deveria... — A língua de Agnes ainda está lenta, sua fala arrastada. — O médico disse que a bebê não queria sair, que ela teria que ser *extraída*.

Bella solta um muxoxo, arrumando os potes de vidro em uma fileira organizada na mesa de cabeceira e pegando seu caderninho de couro preto.

— Tenho certeza de que ele achou isso. Mas preciso lembrá-la de que ele era apenas um homem. Enquanto nós — ela olha para Agnes por cima dos óculos e lhe dá um pequeno sorriso — somos bruxas.

Bella abre um livro grosso e pesado, intitulado *Obstetrix Magna*, e alisa as páginas com a mão levemente trêmula, desejando sentir-se tão segura quanto parecia.

— Juniper, pode resolver isso aqui?

Ela gesticula para as algemas de Agnes, mas Juniper já havia começado a entoar a rima, *irão se arquear e arrebentar, se arquear e arrebentar*, e as algemas começam a ficar vermelhas. O ferro enferruja e racha, como se muitas décadas de chuva e temporais tivessem se passado em meros segundos.

Juniper quebra as algemas com uma alegria feroz, a cicatriz branca reluzindo em volta de seu pescoço.

Agnes move os braços, envolvendo a própria barriga. Ela não grita nem geme, mas um grunhido baixo e animalesco escapa por entre seus lábios. Juniper olha para Bella, um pouco desesperada.

— Você não pode fazer nada?

Bella podia. Ela folheia o *Obstetrix Magna*, passando por ilustrações de úteros, veias e bebês com pequenos chifres de marfim ou chamas no lugar dos cabelos. Seus dedos encontram as páginas que ela havia marcado na torre, em que há feitiços que baixam febres e diminuem as dores durante o parto, que induzem o sangue a permanecer no corpo e estabilizam o coração do nascituro.

— Juniper. — Bella vasculha em sua sacola marrom e encontra uma latinha de banha preta. — Desenhe uma estrela de sete pontas em volta da cama, por favor.

Juniper pinta o formato irregular de uma estrela enquanto Bella anda em círculos, sussurrando e entoando o feitiço. Ela enfia flores de jasmim debaixo da língua de Agnes e jacintos em seus cabelos. Depois, toca sete vezes um sino de prata e observa o corpo de Agnes relaxar um pouco mais a cada repique suave.

É um feitiço poderoso. Bella sabe disso graças ao poder queimando em suas veias e ao cheiro fresco de bruxaria no ar. As bochechas de Juniper estão coradas devido ao esforço de ajudá-la, e Strix estende as asas em seu ombro.

Deitada sobre os lençóis, Agnes suspira, e o medo, como o de um animal enjaulado, desaparece de seu rosto. Seu olhar está límpido, lúcido pela primeira vez desde que elas chegaram.

— Obrigada — sussurra ela. — Eu não sabia se vocês viriam.

— Meu Deus, Ag. — Juniper balança a cabeça. — Tenha um pouquinho de fé.

— Eu costumava ter. Até...

Agnes lança um olhar amargurado para Bella.

— Isso foi há muito tempo — diz Juniper.

— Até o quê? — pergunta Bella, ao mesmo tempo.

Uma contração faz Agnes se curvar em volta de sua barriga, os lábios brancos, mas seu olhar permanece tão límpido e afiado quanto uma lâmina exposta.

— Até... você... *me trair* — diz ela, ofegante.

— *Eu* traí *você*?

— Você era a única pessoa para quem eu tinha contado sobre o bebê. Porque você era a única em quem eu confiava.

As palavras são venenosas, ditas para machucá-la, mas Bella não se retrai. Porque não são verdadeiras. Porque ela e a irmã desperdiçaram sete anos odiando uma à outra por crimes que nenhuma cometeu.

— Ah, Agnes. — Até para seus próprios ouvidos a voz de Bella soa cansada, desgastada pelo peso daquela única tarde de verão, sete anos atrás. — Eu nunca contei absolutamente nada para o papai.

O rosto de Agnes faz Bella pensar em um navio à deriva, as velas frouxas, como se a força que o impelia houvesse cessado de repente.

— Então como? Como ele descobriu?

— O garoto dos Adkins.

— Eu nunca contei merda nenhuma para ele...

Bella balança a cabeça.

— Mais tarde naquele dia, ele viu você na floresta. — Bella ouvira o *toc-toc* dele na porta e o grito de seu pai mandando-o entrar. Depois, vozes baixas erguendo-se rapidamente, e aquele garoto com cérebro de manteiga dizendo: *Tenho certeza, senhor, eu a vi enterrá-lo embaixo de um álamo-branco.* — Acho que ele tinha esperanças de que, se contasse para o papai, você seria pressionada a se casar depressa. — Os lábios de Bella se curvaram. — Ele não conhecia nosso pai. Depois que ele foi embora, papai foi atrás de você. Eu o segui.

Ela pensou que talvez pudesse ajudar de algum jeito, mas ficou completamente paralisada enquanto o pai se aproximava cada vez mais de Agnes. Enquanto Agnes gritava que Bella era uma mentirosa, uma pecadora, uma aberração. Sua história foi contada em meio a soluços confusos — ela fora até o porão da igreja buscar velas novas e encontrara Bella com a filha do pároco, seminua e com os lábios vermelhos, deleitando-se no pecado —, mas até mesmo uma história mal contada tinha poder. O pai delas entendeu. Ele também se voltou contra ela, e Bella implorou: *Por favor, não, por favor...*

Bella encontrara os olhos da irmã e não vira nada além de uma frieza terrível e intensa. Ela a havia entendido como ódio.

Agora ela pensa na rainha bruxa que lançou lascas de gelo em corações calorosos e olhos gentis, fazendo essas pessoas se voltarem contra quem mais amavam. Agora ela pensa que não é a única familiarizada com a traição.

— Eu nunca contei nada, Agnes. Eu juro.

Agnes fecha os olhos.

— Eu pensei... Eu não... Pelo Santos, Bell. — Sua voz é um sussurro áspero. — O que foi que eu fiz conosco?

— Você era apenas uma criança. — Bella tenta soar firme e calma, como se tudo isso fosse uma dor distante, há muito esquecida, em vez de uma lasca de gelo ainda cravada em seu peito.

— Assim como você. — Sem fôlego, Agnes agarra a circunferência rígida de sua barriga. — Eu não deveria ter dito nada. Mesmo se você *tivesse* contado, eu não deveria ter me voltado contra você.

Lágrimas se misturam com o suor no rosto de Agnes, e mais delas pingam da ponta do nariz de Bella. Ela se recorda, atordoada, de que na história, foram lágrimas de amor verdadeiro que derreteram o gelo.

— Me desculpe — murmura Agnes.

— Está tudo bem — sussurra Bella em resposta.

Outra contração assola Agnes antes que ela possa responder. Bella consegue ver a dor corroendo-a profundamente, mesmo com a bruxaria para amenizá-la, e um tremor de medo percorre seu corpo. Talvez até mesmo a bruxaria não seja o suficiente.

Com delicadeza, ela afasta mechas suadas de cabelo da testa de Agnes.

Agnes ergue o olhar para ela, pálida, cansada e assustada.

— Você vai ficar comigo?

— Sim — responde Bella. Em seu peito, ela sente aquela lasca fria de gelo derreter, transformando-se em uma água morna como sangue. — Sempre.

Juniper não sabe muita coisa sobre partos, mas sabe que não deveriam demorar tanto tempo assim.

Ela e Bella estão paradas uma de cada lado de Agnes, como um par de gárgulas de capas pretas em vigília. A princípio, tudo parece correr bem. Agnes arqueja, pragueja e luta contra algum inimigo invisível, as veias azuis e retesadas em seu pescoço. Mas a bebê não vem, e cada contração faz a irmã se retorcer como um trapo, arrancando algo vital de dentro dela. Bella folheia seus livros mais uma vez, sibila e murmura, jogando ervas em círculos cada vez maiores.

A bebê não vem.

Agnes deveria ser a irmã mais forte, mas Juniper percebe que sua força está chegando ao fim. Bella deveria ser a irmã mais sábia, mas está ficando sem as palavras. Juniper chega à conclusão de que só resta ela: a irmã selvagem e sua vontade desenfreada.

À sua volta, ela procura por qualquer coisa que possa ajudar sua irmã a se agarrar à vida, que possa amarrar uma mulher ao mundo. A palavra *amarrar* quica em sua cabeça como uma pedra arremessada em um rio, formando ondas que se estendem para o exterior, e Juniper pensa: *por que diabos não?*

Ela arranca um único fio de cabelo de sua cabeça. Depois, arranca outro de Bella. (*"Ai! Mas o que é..."*; *"Quieta."*) O último fio de cabelo que pega é de Agnes, que não parece perceber.

Juniper os enrola em seus dedos, três tons de preto brilhantes, e os torce em uma trança fina. Enquanto trança, ela entoa as palavras para si mesma:

Das cinzas às cinzas, do pó ao pó. Pequenas e velhas palavras, usadas para amarrar uma costura desfeita ou uma linha solta. Por que não uma vida?

Ao seu lado, Bella arqueja levemente.

— Uma *amarração*? Isso é... O que acontece se e-ela morrer e nos levar junto...

Juniper a ignora, e por fim Bella fecha a maldita boca e ajuda.

Elas dizem as palavras ao mesmo tempo, repetindo-as sem parar, erguendo e baixando a voz. A coisa entre elas zumbe como uma corda dedilhada, e de repente fica tão claro quanto a luz do dia para Juniper que aquilo também é uma amarração, desgastada pelo tempo. Ela até poderia se perguntar quem a fez e por quê, mas está ocupada demais se dedicando de corpo e alma à bruxaria.

Juniper vê o feitiço atingir Agnes e arrastá-la de volta à vida, mas Agnes não quer vir. Sua cabeça, brilhando de suor, está relaxada contra os lençóis, e seus olhos reluzem de algum lugar profundo dentro de sua mente.

Juniper sobe cuidadosamente na cama ao lado dela, encaixando-se em volta do calor e da dor do corpo de sua irmã. Ela enfia a bochecha no espaço entre o queixo e a gola de Agnes, igual fazia quando era criança, e continua repetindo as palavras. *O seu com o meu e o meu com o seu.*

— June. Querida. — A voz de Agnes é um zumbido em sua bochecha, um sussurro em seu ouvido. — Cuide dela. Prometa-me que vai cuidar dela.

As palavras hesitam nos lábios de Juniper. O feitiço fraqueja.

— Eu prometo — diz ela, e sente a promessa tecer um círculo ao redor de seu coração, uma amarração muito mais antiga e forte do que qualquer bruxaria.

Agnes se acalma depois disso, um último ato de rendição.

Juniper pensa nas manhãs em que Mama Mags voltava de um parto difícil, com sangue sob as unhas e uma angústia no olhar. Ela encarava as espirais brancas da névoa que se erguiam como fantasmas no vale, passando o polegar sobre o brilho do bronze de seu medalhão. *É assim que as coisas são.*

Agora, Juniper já tem idade o suficiente para saber que as coisas são, geralmente, uma grande merda. É crueldade e perda. Portas trancadas e escolhas perdidas. Irmãs separadas e mães desaparecidas.

E para que diabos serve a bruxaria, se não para mudar como as coisas são?

Juniper pressiona os lábios na escuridão cintilante do cabelo da irmã.

— Escute aqui, Agnes — sussurra —, não é assim que acaba. Não é assim que a história termina. Tudo isso, eu, você e Bell... é só o começo.

Um tremor percorre o corpo de Agnes, uma risada ou um soluço, mas seus olhos estão fechados. Os braços de Juniper apertam os ombros de Agnes, e sua voz está áspera e baixa.

— Não me abandone.

Agnes abre os olhos e Juniper vê uma centelha queimar em algum lugar bem lá no fundo daquela escuridão. Os dedos dela encontram os de Juniper de um lado e os de Bella do outro, as três formando um círculo entre elas.

Os lábios de Agnes começam a se mexer. *Das cinzas às cinzas, do pó ao pó...*

Agnes pronuncia as palavras até que não sejam mais palavras. Até que se transformem em mãos unidas e fios amarrados, um círculo tecido de irmã para irmã para irmã. Até que as regras do mundo se curvem sob o peso da vontade delas.

Agnes sente essa vontade vibrando dentro de seu peito, uma torrente de desejo. Ela quer viver. Quer ficar lado a lado com suas irmãs e gritar uma nova história escuridão adentro. Quer olhar nos olhos de sua filha e ver a selvageria de Juniper, a sabedoria de Bella, o movimento das estrelas e o crepitar das chamas, tudo aquilo que ela é e será, refletindo nela.

Agnes sabe que está chorando, que suas lágrimas sibilam em sua pele. Ela sabe que a dor é um animal que fugiu da coleira, mordendo e agitando-se dentro dela, e que traz sua filha para mais perto.

Ela sabe que o que elas estão fazendo — amarrando três vidas juntas, mantendo uma mulher viva mesmo enquanto sua pulsação vacila e dispara — é uma coisa impossível e imprudente, em que apenas sua irmã idiota pensaria, mas que estão fazendo mesmo assim. Porque ela não quer morrer e suas irmãs se recusam a permitir que isso aconteça.

Esse poder a preenche, chamuscando suas veias e tornando pretos os seus ossos. E também está em seu exterior, observando-a. Contemplando essa quase-mãe que não morrerá, que quebrará as leis do universo em vez de deixar sua filha sozinha.

Em algum lugar na escuridão, para além de seus olhos fechados, um falcão grita.

Então, ela escuta o bater silencioso de asas e sente o leve perfurar de garras. Agnes abre os olhos e vê o gancho feroz de um bico, o brilho ônix de penas. Um olho igual a um cometa, capturado e polido.

Na breve calmaria antes da dor e do poder ressurgirem, ocorre a Agnes que Juniper ficará com uma inveja insuportável e inconsolável.

A dor alcança o seu pico. O falcão grita outra vez, um guincho selvagem.

Um empurrão final, e então Juniper está comemorando e Bella soluçando.

— Ela é linda, Ag, é perfeita.

Por fim, alguém, uma nova pessoa que não existia até um momento antes, chora.

Ah, minha garotinha.

O tempo dá outro salto, e então Agnes está deitada em um amontoado macio de travesseiros, com uma coisa preciosa e ardente agarrada ao seu peito. Ela encara um rostinho pequeno e sulcado, vagamente altivo, como uma minúscula divindade que ainda não viu muita coisa do mundo, mas que já está desinteressada. Seus punhos são duas curvas rosadas, e seus olhos — abertos, encarando Agnes de volta solenemente, como se as duas tivessem sido instruídas a memorizar o rosto uma da outra — são de uma cor desconhecida, algo entre a cor da meia-noite e o cinza.

— Ela... ela está fumegando? — pergunta Juniper, e soa apenas levemente preocupada, como se talvez todos os bebês fumegassem nos primeiros dias.

Bella se apressa a pegar água fervida e panos de linho limpos, esfregando os vestígios de vermelho e o branco grudento.

— Tenho certeza de que ela está bem. Deve ser um efeito colateral de toda aquela bruxaria.

A cabeça da bebê ainda está lustrosa e úmida, mas Agnes já consegue ver que seu cabelo é de um tom inacreditável de ruivo, como o centro mais profundo de uma fogueira ou o olho ardente de um espírito familiar.

Agnes olha de soslaio para o pássaro que agora está empoleirado na grade da cama. *É um falcão-peregrino*, pensa ela, *todo cheio de ângulos afiados e curvaturas perigosas, preto como carvão.* O animal olha para a menina nos braços dela com a mesma ternura feroz que Agnes sente, um amor que possui dentes e garras.

Agnes pressiona os lábios nos cabelos cor de fogo da filha e sente sua vida se partir ao meio, dividindo-se perfeitamente em duas partes: o antes e o depois.

O colchão se mexe ao seu lado.

— Como irá chamá-la? — pergunta Juniper, soando reverente.

Suas mãos pairam acima da cabeça da bebê, sem tocá-la, como se não tivesse certeza se deveria ficar tão próxima de algo tão frágil e precioso.

Agnes já havia pensado em muitos nomes — Calliope por causa de sua mãe, Magdalena por causa de sua avó, Ivy para representar o poder, Rose para a beleza —, mas agora um nome diferente sai de seus lábios, desenrolando-se como um estandarte em um campo de batalha.

— Eva.

Um nome pecaminoso e chocante. Um nome que destruiu o Velho Mundo e entrou no Novo, livre e de cabeça erguida.

Juniper ri, um som baixo áspero.

— E o nome da mãe?

Agnes quer algo firme e com raízes profundas, algo que cresça na terra revirada e nas rochas derrubadas. Ela pensa na erva daninha resistente e prateada que estava sempre ameaçando tomar conta do jardim de ervas de Mama Mags: macela, como ela a chamava, ou...

— Everlasting. Eva Everlasting.

Juniper cria coragem e envolve a cabeça ruiva de sua sobrinha com a palma da mão.

— Eva Everlasting. Dê bastante trabalho a eles, querida — sussurra.

— Ela fará isso — promete Agnes. De repente, seus dedos apertam os lençóis que envolvem a filha. — E eu também, prometo. Queria pedir desculpas a vocês duas por fugir, por me esconder. Pensei... — Ela pensou que seria mais seguro passar despercebida ou se encolher de medo, ser um nada, em vez de alguém. Como sua mãe lhe ensinara. — Não vou ser uma mãe como a nossa.

Bella se acomoda do outro lado de Agnes.

— Ela não foi sempre daquele jeito. Você tinha 5 anos quando ela morreu, mas eu tinha 7. — Agnes sempre teve inveja de Bella por esses dois anos extras. — Eu me lembro de como ela costumava ser. Acho que ela pensou que, caso se tornasse pequena e silenciosa o bastante, estaria segura.

Ela estava errada. Bella não precisa dizer isso em voz alta.

Agnes engole o sal em sua garganta e se inclina com muito cuidado sobre sua irmã. Um silêncio floresce entre elas, a bonança suave que vem depois da tempestade. Agnes já está mais do que exausta, mas não consegue fechar os olhos. Ela está fascinada pela curvatura, feito uma concha, da orelha de sua filha, pelo caimento delicado de seus cílios vermelhos contra o formato macio de seu rosto.

Ela analisa o contorno suave da bochecha da filha, tentando ver alguma alusão à mandíbula quadrada de sua irmã, quando o falcão abre as asas ao seu lado, como se quisesse se defender de algum ataque invisível. A coruja no ombro de Bella faz a mesma coisa, os olhos arregalados e redondos.

— Minha nossa!

Bella se retrai com o bater de asas, e tenta deslizar o dedo sobre o peito de Strix para acalmá-lo, mas a coruja alça voo. O falcão se junta a ela, planando em círculos com suas asas da cor da meia-noite. O padrão que traçam é um alerta, como urubus sobrevoando alguma coisa moribunda. Em suas penas, uma luz surge, e reluz em um tom fraco de âmbar, como o sol nascente ou o brilho distante e elétrico da Feira.

Agnes está olhando para os pássaros, agarrando-se à sua filha, quando escuta um baque alto na porta da enfermaria.

— Agnes! Você está aí? — Mais batidas de um punho desesperado. — *Hissopo*, pelo amor de Deus!

Bella olha para Agnes, que assente. Ela destranca a porta e o Sr. Lee tropeça para dentro do quarto.

Seu cabelo está embaraçado e escuro por causa da chuva, seus olhos arregalados. Há uma mancha cinzenta em uma de suas bochechas e um cheiro exalando de suas roupas, como uma sombra em seu encalço: acre e azedo, perigoso de um jeito que Agnes não compreende.

— Ela está viva? A bebê está... — Os olhos de August vagam entre as três, fixando-se em Agnes e na trouxa enrolada com esmero que ela segura contra o peito. O alívio no rosto dele toma conta dela como a alvorada.

— As duas estão ótimas, obrigada — diz Juniper, mal-humorada.

Porém, August não parece ouvi-la. Ele se aproxima da lateral da cama e se ajoelha, ainda olhando para ela com aquele deleite completamente escancarado. Sobre o lençol, Agnes vira a palma da mão para cima e ele pressiona a testa nela.

— Desculpe — diz ele para o colchão. — Eu recebi sua mensagem, mas você não estava lá. Eu procurei por todos os lados. Por fim, alguém me disse que você tinha sido levada, mas eu não sabia para onde...

— Está tudo bem. — Ela acaricia a testa dele com o polegar, porque ela pode, porque gosta do peso da cabeça dele em sua mão e da curvatura de seu pescoço inclinado. — Minhas irmãs estavam comigo.

A amarração vibra entre elas como o ronronar de um gato, e Agnes se dá conta de que estava completamente errada.

Ela pensava que a sobrevivência era uma coisa egoísta, um círculo estreito demais ao redor de seu coração. Pensava que quanto mais pessoas permitisse dentro desse círculo, mais formas o mundo teria de machucá-la, mais possibilidades de falhar com as pessoas ou de elas falharem com você. Mas e se fosse o contrário, e houvesse mais pessoas para ampará-la em momentos difíceis? E se houvesse um ponto de inflexão invisível em algum lugar ao longo do caminho, quando uma se torna três, que se tornam infinito, quando há tantas de você dentro do círculo que você se torna invencível como uma hidra, capaz de vencer todos os obstáculos?

August está quieto, a cabeça ainda aconchegada na mão dela, como se tudo o que ele quisesse na vida fosse sentir o calor de sua pulsação.

— Bom. — Juniper pigarreia. — Sem querer interromper, mas já está na hora de irmos. Antes que alguém perceba que o hospital inteiro está dormindo ou siga este idiota até aqui.

Mas ela soa menos rabugenta, até mesmo como se o aprovasse, como se gostasse de ver um homem de joelhos.

August ergue o olhar, uma sombra surgindo em seu rosto.

— Para onde vocês vão? Para aquela torre?

Juniper dá de ombros para ele, já lhe dando as costas para desenhar um círculo na parede de azulejos brancos. Os pássaros ainda planam acima dela como um presságio sombrio.

— Vocês não podem voltar para lá.

— Como é que é? — Juniper se vira para ele, o queixo projetado para frente. — E por que diabos não?

Porém, Agnes já sabe por quê, visto que finalmente reconheceu o cheiro que exala das roupas de August: rosas-silvestres e fogo.

— Porque — responde August — a torre está pegando fogo.

PARTE TRÊS

AMARRADA E A QUEIMAR

Entre na água comigo.
Minha filha que vermelho veste.
Entre na água e troque por branco suas vestes.

Canção usada a fim de parar um sangramento após um parto difícil. São necessárias água duplamente benta e a constelação do Serpentário.

James Juniper olha para o homem ajoelhado ao lado da irmã — para a mancha cinzenta em sua bochecha e para a inclinação derrotada de seus ombros — e, com muita gentileza, lhe diz:

— Besteira.

— Não é...

— É sim. Avalon teria que estar em algum lugar para que pudesse ser queimada, e por acaso eu sei que não está em lugar nenhum.

— *Está sim.* A torre está no meio da Praça St. George e está pegando fogo. Olhe pela janela! Dá para ver a claridade daqui!

Juniper não quer olhar pela janela, não quer descobrir que a luz vermelha e brilhante sob as nuvens não é do sol nascente.

— Olha, nós fizemos um feitiço de amarração para a torre e o enterramos em um lugar protegido. Então sinto muito se eu não...

— June — chama Agnes, sua voz cansada e embargada, num tom muito baixo para não acordar a filha.

Juniper lança um olhar de *olha só o que você fez* para August.

— Está tudo bem, Ag. Tenho certeza de que o Sr. Lee *se confundiu.*

— June. — Há uma tristeza na voz dela que faz Juniper querer gritar ou enfiar os dedos nos ouvidos, qualquer coisa para não ouvir o que a irmã diz em seguida. — Havia homens no cemitério. A árvore foi arrancada. Acho que eles devem ter encontrado a amarração.

Juniper não diz nada. Ela encara a irmã e depois August, que está tentando, com muito esforço, ficar de pé.

— Está uma loucura lá fora. Passei por pessoas carregando tochas, gritando que finalmente queimariam as bruxas até elas saírem da toca. Disseram que a torre preta tinha voltado e que Gideon Hill iria queimá-la.

— Besteira — repete Juniper, mas a palavra vacila em sua língua.

Agnes está olhando para ela com um brilho úmido de lágrimas nos olhos, e Bella está com as duas mãos sobre a boca.

Juniper desvia o olhar das irmãs, querendo olhar para qualquer outra coisa. Seus olhos se deparam com o círculo de sangue, que agora está seco e craquelado, sobre os lençóis ao lado da irmã.

O truque para se fazer uma idiotice é fazê-la muito rapidamente, antes que alguém possa gritar *espere!*

Juniper pressiona o círculo com a palma da mão e diz as palavras, e então é puxada para a escuridão em chamas.

Juniper ainda não tinha ido ao Inferno — embora, segundo seu pai, o clérigo, a Srta. Hurston, e o Departamento de Polícia de Nova Salem, seja só uma questão de tempo —, mas imagina que quando chegar lá, ele será muito parecido com a Praça St. George naquele momento: fogo, cinzas e destruição.

A porta sob sua palma está queimando, chamas azuis lambendo a madeira carbonizada, devorando tanto a inscrição quanto o símbolo. Ela recua, puxando a mão sobre seu peito, e olha para a torre que era sua esperança e seu lar. O fogo irrompe de todas as janelas, alimentado pelas páginas de dez mil livros e pergaminhos, por todas as palavras e caminhos de bruxas preservados por tantos séculos. Trepadeiras e roseiras secam e queimam, soltando-se da pedra em longas espirais de cinzas. As árvores vestem coroas vermelhas famintas, como rainhas condenadas, e pássaros crocitam e batem as asas em círculos agitados.

Sob o rugido ávido das chamas, Juniper pensa escutar um som lamuriento, baixo e distante, como vozes de mulheres unidas em algum lamento triste. Ou talvez o som venha de seu próprio coração enquanto ela assiste à última esperança das bruxas erguer-se no céu com asas de cinzas e brasas.

Através do nevoeiro branco da fumaça e do sibilar da chuva, Juniper vê pessoas cercando a praça. Homens e mulheres com tochas acesas nos punhos erguidos, o símbolo de Hill ganhando vida de forma terrível. Graças à oscilação do calor e da luz, ela não consegue discernir se suas sombras são de fato suas. Talvez ela nem se importe.

Atrás das pessoas e das tochas — com chamas alegres dançando em seus olhos, sua pele pálida corada —, está Gideon Hill. Uma loira esbelta está agarrada ao braço dele, olhando-o com uma devoção tão vazia que Juniper sente um arrepio.

A boca de Hill se move, proferindo proclamações, ordens ou feitiços. A multidão está hipnotizada demais por seus próprios prazeres violentos para se perguntar por que as chamas estão queimando de um jeito tão sobrenaturalmente quente, apesar da chuva, ou para notar a mulher na base da torre, seu cabelo chamuscado pelo fogo, suas lágrimas evaporando antes de deixar seus olhos.

Apenas Hill a vê. Suas narinas se inflam como um cão de caça captando um rastro há muito procurado, e seus olhos se erguem sobre as cabeças de seu rebanho cruel e furioso. Juniper os sente como ganchos sobre sua pele.

— Vocês foram mais espertas do que eu pensava, bruxinha. — Cinquenta homens e labaredas ardentes a separam de Hill, mas a voz dele é um sussurro em seu ouvido. — Mas não espertas o bastante.

O som de sua voz a arrasta de volta até as Profundezas, fazendo-a sentir sombras de dedos afastando seus dentes. Ela cospe. A saliva chia ao atingir o chão.

Através da névoa, ela vê o brilho branco do sorriso de Hill. Ao lado dele, Grace Wiggin franze a testa de leve, como se percebesse que a atenção dele está em outro lugar.

A risada dele faz o ar tremular ao lado de Juniper. É um som de alívio, quase inebriado, e ela se lembra do brilho terrível que vira em seus olhos.

— Quando escapou, eu soube que você devia ter encontrado a torre de algum jeito. Que a havia arrastado de volta do lugar de onde aquelas feiticeiras a levaram. Você a escondeu bem, mas tudo que está perdido pode ser encontrado, certo?

Juniper pensa nas proteções que elas haviam colocado com tanto cuidado em volta da área das bruxas: sal e cardo. Ela imagina mãos de sombras arrancando e puxando até que tudo fosse desfeito.

— Você me deu o que eu mais queria, James Juniper. — A voz dele é fria, mas sincera, e Juniper é atingida pela certeza de que ele está dizendo a verdade. — Eu lhe agradeço muito.

A risada dele ecoa pela praça, e ela quer se lançar contra a multidão e envolver o pescoço dele com as mãos, amaldiçoá-lo para que fique cego, surdo e mudo — mas ela capta um brilho escuro a seus pés: sombras, com muitos braços, lânguidas como serpentes bem alimentadas, deslizando na direção dela sobre a terra ressecada. Ela se vira, pressiona a mão queimada nas cinzas quentes da porta e diz as palavras uma segunda vez...

E então, ela está ajoelhada no silêncio fétido da enfermaria do hospital, com lágrimas quentes escorrendo através do carvão em suas bochechas.

Pela curvatura derrotada dos ombros de Juniper, pelo fedor de cinzas e rosas que ela trouxe consigo, Agnes sabe que August estava dizendo a verdade.

Alguém começa a chorar: Bella, lamentando como se sua própria carne e sangue estivessem queimando junto à biblioteca. Suas mãos procuram o círculo no lençol.

Juniper a agarra com firmeza pela cintura.

— É tarde demais. Acabou, Bell. Ele venceu.

A voz dela está ainda mais rouca do que antes, queimada duas vezes pelo fogo. Bella cede diante do aperto da irmã caçula, chorando, e Juniper a consola. August olha para o chão, um estranho se intrometendo no luto das três.

Elas permanecem assim, suspensas em sua tristeza como mosquitos no âmbar. Com uma clareza fria, Agnes sabe que logo alguém irá acordar do feitiço e soar alarme. Baderneiros e policiais aparecerão, procurando por mais bruxas para queimar, e encontrarão três irmãs e uma bruxinha com cabelos da cor de sangue vivo. Eles a arrancarão dos braços de Agnes.

Ela olha para sua filha — seu cabelo secando em redemoinhos brilhantes de vermelho, suas bochechas redondas e relaxadas enquanto dorme — e pensa: *Deixe só aqueles infelizes tentarem.*

— Nós temos que ir — diz ela com muita calma. Nenhuma das duas se mexe, atoladas no egoísmo da tristeza. Agnes ergue a voz. — Nós temos que ir *agora*. Antes que eles venham atrás de nós e de Eva.

Ao ouvir o nome da sobrinha, Juniper ergue a cabeça, piscando os olhos chamuscados.

— Para onde? Eles estarão vigiando a estação de trem e as linhas de bonde, e aposto que as ruas estão lotadas. Talvez a gente consiga chegar ao Pecado de Salem, talvez...

— Nós podemos ir à casa de Cleo no Novo Cairo — interrompe Bella, soando surpreendentemente firme, apesar do ranho e das lágrimas. — As pessoas agora têm medo do sul da cidade, e eles têm recursos para nos esconderem. — Agnes suspeita que não é apenas a lógica que motiva a decisão da irmã. Bella franze o cenho para as nuvens do lado de fora da janela. — E também é lua cheia — acrescenta ela, vagamente.

Juniper balança a cabeça.

— Vamos ter de andar devagar, e eles estarão procurando por três mulheres e um bebê. É longe demais.

Bella talvez tivesse discutido, mas Agnes se vira para August e simplesmente pede:

— Ajude-nos. Por favor.

Ao ver a curva calorosa do sorriso dele, ela sabe que August não entendeu seu pedido como uma ordem, e sim como um ato de confiança cega, o tipo de coisa que se poderia pedir de camarada a camarada enquanto estivessem de costas um para o outro, cercados.

Os olhos dele encontram os dela e os prendem com firmeza.

— É longe. — Ele olha para o esfregão que está encostado na parede, levemente lascado após Juniper usá-lo da maneira errada. — A não ser que... vocês conseguem...?

A risada de Juniper tem um som amargo.

— Não.

— Bom, eu poderia pedir aos meus camaradas para ajudar. — Ele fica quieto, seu cenho se franzindo de preocupação. — Mas será bem difícil. Tem certeza de que você já deveria estar se mexendo tão cedo depois do...

Os olhos dele se voltam, nervosos, para os lençóis ensanguentados no canto.

A voz de Agnes se torna completamente seca.

— Vou dar um jeito, Sr. Lee.

— Tem certeza? Sempre ouvi dizer que uma mulher não deveria...

O grito de um falcão o silencia. Agnes acaricia a asa de seu espírito familiar.

— Você duvida de mim? De verdade?

O Sr. Lee cambaleia para trás, como um homem pego por uma rajada de vento feroz. Ele olha para ela — para o falcão-peregrino preto empoleirado ao seu lado, para a bebê de cabelos ruivos agarrada ao seu seio nu, e para o calor ardente de seus olhos —, e aquiesce de forma tão profunda que é quase uma reverência.

— Nunca mais duvidarei — sussurra. Ele se vira para sair e grita por cima do ombro: — Encontrem-me atrás do hospital em meia hora!

Bella já viu as carruagens funerárias antes — carrocerias pintadas de preto, com os dizeres HOSPITAL SANTA CARIDADE escritos em letras maiúsculas brancas na lateral —, mas sempre imaginou que ainda levaria muitas décadas até que ela mesma andasse em uma dessas.

Também imaginou que estaria sozinha, e morta, em vez de espremida ao lado de suas irmãs nas tábuas do chão, vivíssima e rezando para que a bebê não chorasse enquanto faziam um estrondo ao sacolejar pela cidade.

O Sr. Lee as encontrou atrás do hospital com muitos de seus amigos — rapazes malvestidos e de má reputação, que pareciam bastante versados na arte do caos —, um terno preto barato e um par idêntico de cavalos bem fortes, que foram persuadidos a puxar a carruagem apesar do cheiro de podridão e arsênico. O Sr. Lee ajudou cada uma delas a entrar no coche. A mão dele permaneceu ao redor da de Agnes, a boca entreaberta, mas o cocheiro incitou os cavalos, e August desapareceu na escuridão.

Agora, a cidade passa em lampejos macabros pelas janelas altas: a labareda de uma tocha acesa em uma mão exposta, gritos de maldições e orações, o bater de pés ao marchar em uma sincronia antinatural. O cheiro azedo da fumaça úmida se agarra à sua pele como graxa, encobrindo até mesmo o fedor de cadáver da carruagem.

Um floco de cinzas flutua pela janela e se acomoda sobre a bochecha de Bella, tão macio quanto neve. Ela se pergunta que mistério ou magia ele já conteve, e que agora havia se perdido nas chamas. Suas lágrimas deslizam silenciosamente por suas têmporas e escorrem por seu cabelo.

A carruagem sacoleja sobre os trilhos do bonde e sobre buracos onde faltam paralelepípedos, a rua tornando-se mais irregular sob as rodas. O barulho lá fora se transforma de gritos furiosos em sussurros preocupados. O barulho dos cascos dos cavalos cessa e a carruagem oscila até parar.

Nós de dedos batem duas vezes no telhado da carruagem, e as três Eastwood — *quatro*, pensa Bella, captando a curva delicada da bochecha da sobrinha sob a luz do luar — cambaleiam ao sair para a noite.

Elas estão em uma rua que Bella não conhece, paradas nas sombras escuras entre dois lampiões a gás. Corpos se movem na escuridão em volta delas, passos apressados e vozes sussurradas. Bella escuta o barulho de trincos girando nas fechaduras, e até mesmo o baque abafado de um martelo pregando persianas sobre uma janela para mantê-la fechada, enquanto o Novo Cairo se fecha como um navio antes da chegada de uma tempestade.

O cocheiro inclina a boina para elas, dirigindo-se a Agnes mais do que às outras duas.

— O Sr. Lee suplica-lhes que, assim que estiverem acomodadas, mandem notícias ao Amigo do Trabalhador, Srtas. Eastwood. Ele me garantiu que as senhoritas têm seus próprios métodos para isso.

Agnes puxa a capa manchada em volta de seu próprio corpo e assente majestosamente.

— Obrigada, senhor. — Ela hesita, de repente parecendo mais mulher do que bruxa. — E pode agradecer a ele por mim? Diga-lhe...

Mas ela não parece saber o que gostaria de dizer a August.

O cocheiro inclina, solene, o chapéu para ela outra vez.

— Farei isso, senhorita. — E acrescenta, com bem menos formalidade: — É bem a cara de August se apaixonar pela mulher mais procurada de Nova Salem.

Ele agita as rédeas e o murmúrio ofendido de Juniper (*"Pensei que* eu *era a mulher mais procurada de Nova Salem"*) se perde no bater abafado dos cascos dos cavalos.

Bella olha para cima, semicerrando os olhos atrás de seus óculos sujos para a placa à distância na rua.

— Ah... por aqui.

Bella vai para o sul e suas irmãs a seguem prontamente, caminhando a passos rápidos como ratinhos sob a lua cheia.

Não há ninguém sentado nos degraus em frente às casas ou jogando cartas nas esquinas. Os bares estão escuros e vazios. As únicas pessoas pelas quais elas passam são grupos de homens carregando porretes e martelos, e mulheres vestindo longas capas, com expressões duras e corajosas, o que faz Bella pensar que existem motivos para a polícia não gostar de patrulhar o Cairo depois do pôr do sol.

Ela vira em duas esquinas e dá meia-volta uma única vez antes de encontrar a Rua Noz. Mas o mercado noturno não se parece com o que ela se lembra: as barracas e os tapetes estão sendo enrolados, mercadorias são empacotadas apressadamente em sacolas de lona e caixotes, capas pretas são puxadas sobre saias coloridas. Bella e suas irmãs atraem os olhares — três mulheres brancas, dois pássaros pretos e uma bebê ruiva —, mas Bella os ignora.

Ela encontra a loja de Araminta e cambaleia pela porta, sem forças e hesitante. A própria Araminta (*a* mãe *de Quinn*, pensa Bella com um pequeno gemido interno) está sentada atrás do balcão.

— O que é que está acontecendo... — começa ela, mas então avista o rosto de Bella. Seus olhos se voltam para Agnes, pálida demais e tremendo na noite cálida. — Vou chamá-la.

As três esperam, oscilando de leve, até que Quinn aparece, vestindo uma camisa de homem abotoada até a metade sobre sua camisola.

— Bella!

Ela estende os braços na direção de Bella, como se quisesse abraçá-la, mas naquele momento Agnes solta um gemido e cai de lado sobre uma estante com pequenas gavetas de madeira.

Logo a loja está cheia de vozes baixas e mãos estendidas, de arrastar de pés conforme elas se apressam até o quarto dos fundos e fazem um catre com travesseiros e colchas sobressalentes. Elas acomodam Agnes no meio dele enquanto Araminta entoa um feitiço para a febre e outro para a perda de sangue, os pés se arrastando, um mapa de estrelas desenhado às pressas com giz sobre o chão. Juniper embala Eve, os dentes mordendo o lábio inferior, parecendo desajeitada, feroz e cheia de um amor pesado e recém-descoberto.

Araminta pressiona a palma da mão sobre a testa de Agnes enquanto a canção termina e assente uma única vez. Juniper se aconchega ao lado de Agnes, a bebê envolta em uma trouxa no meio delas, e Araminta se levanta e caminha devagar até Quinn e Bella.

— Esses bastam para esta noite. — Ela olha para a filha e o canto de sua boca se curva. — Vocês duas deveriam dormir um pouco.

Quinn assente e começa a subir um lance de escadas estreito, e Bella a observa ir com um aperto silencioso em seu coração.

Na metade da escada, Quinn se vira. Ela encontra os olhos de Bella e estende a mão, a palma para cima. Um convite, uma pergunta, um desafio. Bella escuta a voz de Juniper: *Será que você é tão covarde assim?*

Bella não é.

A mão de Quinn está quente e seca. Ela conduz Bella escada acima até um quarto que ela reconhece. Lá está a cama com a colcha cor de açafrão, que se tornou cinzenta na escuridão. Lá está o travesseiro onde Bella acordou com a lembrança do calor ao seu lado.

Quinn se senta ao pé da cama e tira a camisa de homem, deslizando-a pelos ombros. Seus longos braços ficam expostos, parecendo veludo na escuridão, a camisola fantasmagoricamente branca. Ela parece uma Santa viva, o lampião da rua pintando uma auréola brilhante sobre sua cabeça.

Bella pensa que provavelmente deveria ir embora.

(Bella não quer ir embora.)

Quinn alisa a colcha embaixo dela, um convite gentil. Bella não se mexe nem fala, como se seu corpo fosse um animal rebelde prestes a traí-la ao menor afrouxar das rédeas.

— Você pode ir, se quiser. — A voz de Quinn é cuidadosamente neutra. — Tem espaço ao lado de suas irmãs.

— Não, obrigada — sussurra Bella.

Ela vê o lampejo branco dos dentes de Quinn no escuro. O queixo dela se inclina em um movimento de *venha aqui*, e esse convite é menos gentil, mais caloroso, doce e muito mais perigoso.

Bella solta um murmúrio indistinto, engole em seco e tenta de novo.

— O Sr. Quinn...

— Não mora nesta casa, nem nunca morou. — Bella a encara, confusa, e Quinn lhe explica com gentileza: — Nós dois crescemos juntos e, quando ainda éramos muito jovens, entendemos que nenhum de nós estava interessado nos... nos acordos de costume. Ele mora em Baltimore com um cavalheiro amigo dele, muito gentil, e um cachorro mimado chamado Lord Byron.

— Eu... ah. — Bella nunca havia imaginado antes qualquer outro acordo que não o de costume. Ela se sente, ao mesmo tempo, jovem demais e velha demais, terrivelmente ingênua.

Ela olha outra vez para o espaço ao lado de Quinn. Bella se senta.

— Sabe, tudo se foi. — A voz de Bella está rouca graças à fumaça que engoliu. — Não sobrou nada. Toda a magia de bruxas reunida, perdida em uma única noite. Teria sido mais seguro se nós a tivéssemos simplesmente deixado escondida onde as Últimas Três a colocaram, mas não fizemos isso. *Eu* não fiz isso. E agora tudo se foi, assim como nossa esperança.

Bella pensa em todas as mulheres que a seguiram até essa perigosa toca de coelho, em todas as Irmãs aguardando os caminhos e as palavras para mudarem as histórias tristes que lhes foram dadas.

— O que foi que eu fiz? — A pergunta sai trêmula e com lágrimas grossas.

— Acho que quis dizer o que foi que *nós* fizemos... — diz Quinn secamente. — Quem foi mesmo que encontrou o feitiço em Velha Salem?

— Você, é claro, eu não quis...

— Então também é culpa minha?

— Não!

— E, para começo de conversa, quem foi que acabou na cadeia e precisou que a salvassem? E quem acabou tendo um parto prematuro e manteve todas vocês distraídas no pior momento possível? Também é culpa das suas irmãs? — Quinn balança a cabeça. — Se quer culpar alguém por um incêndio, procure pelos homens que seguram os fósforos.

— Eu... acho que você tem razão.

Quinn se vira de lado na cama, encarando Bella.

— Vamos recapitular o que você de fato fez, Belladonna Eastwood. Você trouxe de volta o Caminho Perdido de Avalon e espalhou seus segredos por metade da cidade. Salvou a vida das suas duas irmãs. Você defendeu alguma coisa. Você perdeu alguma coisa. Mas... — Quinn ergue as mãos, uma de cada lado do rosto de Bella, e faz seus óculos deslizarem por suas têmporas. Bella acha necessário lembrar seu coração de continuar batendo e seus pulmões de continuarem enchendo-se de ar. — Acho que você também ganhou alguma coisa.

Quinn já está próxima o bastante para que Bella consiga sentir o calor de sua pele, ver a dilatação preta de suas pupilas.

Bella quer desesperadamente beijá-la.

O pensamento chega sem parênteses, uma torrente selvagem de desejo à qual Bella sabe muito bem que é melhor não ceder. Mais tarde, ela será punida, ferida, espancada ou trancafiada, até aprender a esquecer novamente. Porém — e ela não sabe por que é que essa simples aritmética nunca lhe ocorreu antes —, já não está sendo punida em sua solidão? E, se dói de qualquer jeito, certamente ela deveria pelo menos desfrutar do pecado pelo qual está sofrendo.

Bella baixa o olhar para suas próprias mãos, firmes como pedras. Ela sente a batida regular de seu coração. Eles a ensinaram a ter medo, mas em algum momento de sua jornada ela acabou se esquecendo da sensação.

Ela leva a mão até a bochecha de Quinn, e encaixa sua palma em volta da curva do queixo dela. Quinn fica paralisada, quase sem respirar.

— Posso beijá-la, Cleo? — Bella não gagueja.

Quinn deixa escapar blasfêmias.

— Isso é um s...?

O fim da pergunta de Bella se perde, roubado com seu fôlego.

É mais uma conflagração do que um beijo: da necessidade e do desejo há muito adiados, da esperança perdida e do abandono selvagem de dois corpos colidindo enquanto o mundo se incendeia em volta delas.

Em meio ao desatar urgente e atrapalhado de botões e fechos, ao ritmo acelerado de suas respirações, ao toque da luz das estrelas sobre a pele e ao sabor secreto de sal, um pensamento traiçoeiro ocorre a Bella: que ela incendiaria Avalon sete vezes seguidas, desde que isso a levasse a esse momento, a esse quarto e a essa cama cor de açafrão.

Mais tarde, quando as duas estão deitadas juntas como um par de mãos unidas, uma encaixada perfeitamente ao lado da outra, Bella ainda está acordada. Ela resiste ao puxão suave do sono o máximo que consegue, porque quanto mais cedo for dormir, mais cedo o amanhecer chegará, acompanhado de todas as suas duras verdades. Ela já sente o peso do mundo pairando sobre elas, esperando para se acomodar.

— Cleo? — O nome tem gosto de cravos-da-índia na língua de Bella. — Pode me contar uma história?

E Cleo lhe conta.

Como Tia Nancy roubou as Palavras

Esta é a história de como Tia Nancy roubou todas as palavras para suas filhas, netas e bisnetas. Tia Nancy era uma mulher muito, muito idosa — ou talvez ela fosse uma mulher jovem, ou uma aranha, ou uma lebre, ou os quatro ao mesmo tempo —, com cabelos como nuvens de teias de aranha e olhos como botões pretos reluzentes, quando a mais nova de suas bisnetas gritou que queria aprender a usar as letras.

Tia Nancy faria qualquer coisa pelas netas, então foi até o homem da casa grande e perguntou se ele, por favor, poderia ensiná-la a escrever. O homem riu dela, dessa velhinha com cabelos de teias de aranha. Havia até mesmo uma aranha preta pendurada ao lado da orelha dela, observando-o com minúsculos olhos vermelhos. No fim das contas, o homem jurou que a ensinaria a ler e a escrever se ela lhe trouxesse o sorriso de um coiote e os dentes de uma galinha, as lágrimas de uma cobra e o grito de uma aranha.

Tia Nancy sorriu e lhe agradeceu muito amavelmente, e o homem riu outra vez, porque ela era tão velhinha e tão tola que nem sabia reconhecer uma tarefa impossível quando ouvia uma.

Ela mancou de volta até sua cabana na floresta. Sentou-se na varanda, olhou para as estrelas e cantou uma curta canção:

Lebre e raposa astuta,
Chapim e cágado,
Que venha um, que venham todos,
Até onde Tia Nancy tem morado.

E todos os animais da fazenda e da floresta começaram a se arrastar adiante enquanto ela cantava, porque Tia Nancy conhecia muitas palavras e caminhos.

No dia seguinte, ela voltou à casa grande com o sorriso de um coiote, os dentes de uma galinha, as lágrimas de uma cobra e o grito de uma aranha. Mas o homem desprezou seu pagamento, alegando que era um truque ou um ardil, que ela era uma bruxa e que ele a veria queimar em um poste antes de ensiná-la uma única letra. O homem ordenou-lhe que saísse, e Tia Nancy saiu.

Porém, todas as noites depois do ocorrido, enquanto o homem lia livros para seus filhos antes de dormir, uma aranha o observava da janela, preta como a noite e com olhos feito brasas. E, com o tempo, Tia Nancy ensinou as letras para suas bisnetas.

Esconda-se, esconda-se, esconda-se comigo,
Esconda-se, esconda-se em casa.

Canção usada para afastar um olhar indesejado.
São necessárias empatia e a constelação da Coroa do Sul.

Beatrice Belladonna acorda um pouco antes do amanhecer, com a cabeça ainda descansando sobre a carne macia do ombro de Cleo. Ela continua adormecida, seu coração batendo lenta e regularmente no ouvido de Bella.

Bella se apoia sobre um cotovelo e a analisa, sem contar os segundos: o arco inteligente de suas sobrancelhas, o brilho polido de sua pele, o cantinho oco onde suas clavículas se encontram. Ela pensa em todas as longas tardes que passaram juntas em Avalon, fazendo anotações e traduzindo, à deriva em um mar particular de palavras e caminhos.

Agora, tudo isso virou cinzas. Homens provavelmente estão vagando pelos escombros neste exato momento, esmagando o que restou com suas botas. Rindo da esperança perdida das bruxas.

O pensamento é como uma facada em sua barriga.

De repente, ela se levanta, e coloca seu vestido fedorento da noite anterior. Ela olha uma única vez para o corpo adormecido e esparramado de Cleo, uma oferenda em um altar indigno, depois desce as escadas estreitas na ponta dos pés.

Suas irmãs ainda estão dormindo, aninhadas bem próximas uma à outra. A amarração entre elas parece zumbir enquanto Bella passa, e por um segundo atordoante ela sente dois corações baterem junto ao dela, dois peitos subindo e descendo, como se elas não estivessem mais completamente separadas uma da outra. Isso deveria preocupá-la, mas há uma legitimidade nessa ligação, como três fios trançados juntos.

Em um espelho no corredor, Bella vê a sombra pálida de seu próprio reflexo. Seu rosto está sutilmente diferente, como se Cleo tivesse lançado algum feitiço enigmático durante a noite: seu cabelo está solto e comprido, suas bochechas quentes, seus lábios rosados. Se essas eram as consequências de sua pecaminosidade, talvez ela devesse pecar com mais frequência.

Bella deixa seu reflexo para trás e entra na loja de especiarias propriamente dita. Ela remexe um pouco atrás do balcão até achar uma tesoura prateada opaca, e começa a avançar na direção da porta, quando uma voz a detém.

— Já está de saída, Srta. Belladonna?

Ela se vira e encontra a mãe de Quinn empoleirada em um banquinho, com uma caneca fumegante aninhada em uma das mãos e uma seda preta em volta da cabeça. A mulher solta um muxoxo.

— Sem nem ao menos agradecer.

Bella esconde a tesoura atrás das costas, como uma garotinha culpada.

— Obrigada, Srta...

— Srta. Araminta Andromeda Wells. E aonde exatamente você estava indo?

— Eu... a lugar nenhum.

A Srta. Wells a contempla por um segundo, ou talvez por um século. Ela suspira.

— Venha aqui, garota. — Bella nem considera desobedecê-la. — Eu a mandaria ir pelos túneis, mas as portas só se abrem para as Filhas, e você não tem a marca. — Ela dá um tapinha no pulso de Bella, exatamente onde Cleo tem as cicatrizes com padrões de estrelas. — Isto vai ter que bastar.

Bella fica completamente imóvel enquanto a Srta. Wells cantarola uma melodia baixinho. Ela retira uma caneta-tinteiro do bolso de seu roupão e desenha uma figura sobre a maciez branca da palma de Bella: uma espiral de linhas e diamantes, uma coroa estrelada. Bella acha que é a mesma figura que Cleo desenhou na parede de tijolos da Avenida Santa Maria do Egito, quando elas fugiram dos desordeiros. Ela fecha a mão com força ao redor das marcas, quentes com bruxaria.

— Obrigada, Srta. Wells.

— Cleo é uma boa garota — comenta Araminta de forma um tanto obscura. Acrescenta: — Bom, não, ela não é. Sempre foi curiosa como um gato e duas vezes mais furtiva. Mas ela é minha, e merece... — Ela deixa a voz morrer, franzindo e desfranzindo os lábios, antes de concluir: — Certifique-se de voltar para ela.

Bella lhe faz uma reverência solene, a mão sobre o próprio coração.

As ruas do Novo Cairo estão silenciosas, as casas bem fechadas diante da loucura de homens com tochas acesas. O cheiro rançoso e morto de fumaça paira no ar.

O odor fica mais forte conforme Bella se aproxima do coração da cidade, abafando os sons, obscurecendo os primeiros raios cinzentos do amanhecer. Algumas pessoas já estão nas ruas — jornaleiros e empregadas, trabalhadores seguindo rumo a oeste, acendedores de lampiões e varredores de rua —, mas eles se movem com ombros curvados e olhos vermelhos, como se a cidade inteira estivesse se recuperando de uma noite de fúria ébria. Seus olhos atravessam Bella como se ela fosse feita de vidro. Nenhum deles parece notar o pássaro de asas pretas que a acompanha lá do alto.

Uma quadra ao sul da praça, ela começa a perceber uma poeira branca que se acumula nas fendas entre os paralelepípedos, sedimentando-se nas sarjetas. Por um segundo atordoante, ela a confunde com neve, antes de reconhecê-la pelo que realmente é: cinzas.

Na última esquina, Bella se esconde na entrada de uma loja fechada. Um montinho de cinzas se acumulou na soleira, com uma única pétala de rosa no topo. A pétala sobreviveu ao incêndio apenas com as beiradas levemente chamuscadas, o centro ainda de um cor-de-rosa macio. Bella se inclina e a enfia no bolso da saia.

Ela mantém a mão sobre a pétala enquanto espia a praça a partir da esquina da loja.

A torre se ergue alta e pavorosa, estranhamente nua sem sua capa de roseiras e trepadeiras. As janelas são buracos desolados, que revelam o coração vazio do lugar que já havia sido uma biblioteca, um refúgio, um lar. A floresta ao redor é um cemitério fumegante, com tocos queimados de árvores inclinados como lápides.

Bella tem a impressão de ouvir mulheres chorando, suave e continuamente, mas as únicas pessoas ali são homens que retiram as ruínas ainda fumegantes com pás e ancinhos, examinando as cinzas com certa hesitação, como se esperassem que bruxas vingativas saíssem voando das brasas em vassouras flamejantes.

Alguém está parado entre eles, encarando o cadáver da torre com um pequeno sorriso satisfeito, como um homem no final de uma longa e árdua jornada. Ele acaricia as costas do cachorro preto ao seu lado, que está com o rabo escondido entre as pernas.

Gideon Hill.

Da última vez que Bella o viu, ele estava ordenando a prisão de sua irmã. Agora, a visão deste homem é como outro golpe de faca em sua barriga, uma onda quente de ódio.

Ela retira a tesoura prateada de sua saia e a contempla. Ela não é mais uma bibliotecária, e sua biblioteca nada mais é do que cinzas, mas certamente ainda pode enxotar um cliente malcomportado. Certamente é mais fácil perder alguma coisa do que encontrá-la.

Bella ergue o olhar para Strix, planando em círculos, tão alto acima da praça que poderia ser confundido com um corvo, a menos que o brilho ardente de seus olhos fosse percebido.

Bella sussurra as palavras de sua avó e faz um único corte com a tesoura no ar. Um feitiço simples, usado por uma bruxa da floresta para esconder suas poções, ou por uma criança para esconder suas travessuras insignificantes, para segredos guardados e verdades não ditas.

A torre preta e as árvores-lápides desaparecem na dobra de algum outro lugar. Desta vez, não há nenhuma amarração para mantê-la por perto, nenhum pote de terra e folhas, e a torre vai afundando cada vez mais, uma moeda lançada em um oceano sem fim.

Os homens de Hill seguram as pás e os ancinhos, olhando estupidamente de uns para os outros, mas não são eles que Bella observa. Ela está olhando para o próprio Hill. O pescoço dele se retesa, o sorriso satisfeito se torna um rosnado. Quando ele se vira, tufos de seu cabelo sem cor voam em seu rosto.

— Onde está? Quem...?

Bella desfruta de um segundo de satisfação feroz, mas a expressão dele está errada de algum jeito, desvairada de uma forma que faz Bella voltar a se esconder atrás da entrada da loja. O rosto dele a faz lembrar de seu pai, quando uma delas o contrariava — uma fúria vermelha, estendida sobre uma camada fina de um medo cinzento.

Porém, Hill não foi contrariado. Ele já ganhou tudo o que podia ser ganhado. O que há para temer em uma ruína desaparecida?

Um movimento retorcido na escuridão chama a atenção de Bella. A sombra da soleira da porta se contorce conforme ela a observa: mãos, dedos e uma cabeça disforme começam a brotar. Bella não se mexe, não respira, enquanto a sombra passa por ela. Não parece vê-la, mas a cabeça gira de um lado para o outro, como um cão de caça farejando um rastro.

Bella corre.

— Esta noite, eu acho. Assim que estiver bem escuro. Algum daqueles túneis leva para fora da cidade?

Agnes acorda ao ouvir o murmúrio suave de vozes e ver a inclinação amarelada da luz do dia. Através de uma porta, ela vê Bella e Cleo sentadas juntas em uma mesa de cozinha desgastada, as pernas entrelaçadas.

Cleo não responde de pronto, mas coloca a mão sobre a mesa, sem exatamente tocar a de Bella.

— Sim. Mas eu preferiria que você ficasse. — A voz dela é suave, mas, de alguma forma, urgente e íntima. De repente, Agnes se pergunta onde foi que sua irmã mais velha dormiu na noite anterior.

— Mas nós estamos colocando vocês em perigo só por estarmos aqui. — Agnes observa a mão de Bella rastejar na direção da de Cleo como se tivesse vida própria. — Alguém com certeza notaria três mulheres brancas e uma recém-nascida morando na loja de especiarias da sua mãe, independentemente de quão bem nos disfarçamos ou nos escondamos. E agora sabemos que nossas proteções contra Hill não durarão para sempre.

— Então, encontraremos outros esconderijos e nos deslocaremos entre eles. Podemos renovar as proteções duas vezes ao dia. As Irmãs ajudarão, e talvez as Filhas... e quanto ao homem de Agnes, que deixou vocês na minha porta de maneira tão eficiente?

O homem de Agnes. Que arranjo novo e um tanto atraente: possuir um homem, em vez de ser posse dele.

Bella bufa.

— E como vamos conseguir comida e roupas? Nossas economias queimaram com todo o resto e, se você reparar, nenhuma de nós tem mais um emprego...

— Eu tenho. E se pararem de publicar minhas histórias, podemos roubar, revirar o lixo ou pedir esmola. Daremos um jeito. — Cleo faz uma pausa, os olhos perpassando o rosto de Bella, então baixa o tom de voz. — Você não é covarde.

Bella engole em seco, olhando para a mão de Cleo que ainda está entre as duas, e então desvia o olhar.

— Não é uma questão de covardia ou coragem. É pura lógica. Nós perdemos. Ele ganhou. Achávamos que éramos o começo de uma nova e grandiosa história, mas estávamos erradas. É a mesma velha história, e se continuarmos a contá-la, todas nós queimaremos na fogueira. As bruxas sempre queimam.

Escuta-se um imenso e crítico *humpf* vindo da porta oposta. Agnes leva um susto e o ar acima dela se agita. Asas pretas, o brilho de garras: seu falcão, que havia retornado do outro lado de algum outro lugar a fim de pairar sobre Agnes e Eva.

Ele se acomoda no encosto de uma cadeira, e encara a mulher pequena de rosto afilado que está parada na soleira da porta. As lembranças de Agnes da noite anterior estão fragmentadas e febris, mas acha que se lembra daquele rosto pairando sobre ela, cantando para que ela voltasse a ficar bem.

Agora, a mulher está com as mãos nos quadris, o rosto enrugado e implacável.

— Eu deveria saber. Vocês passaram o verão inteiro cutucando um ninho de vespas de encrenca, mas assim que a encrenca chega, vocês correm para as colinas.

Bella abre a boca, mas outra voz grita acima da dela.

— Não vamos correr de *merda* nenhuma.

A réplica de Juniper é tão alta e abrupta que Eva acorda com um ronco assustado. Agnes se esforça para se levantar — todo o seu corpo parece errado, mole, inchado e dolorido —, e tenta envolver a filha outra vez com a manta, antes que seu choro acorde os vizinhos, ou possivelmente a cidade inteira. Mas parece que brotaram braços e pernas extras em Eva durante a noite, todos se debatendo em direções diferentes.

Juniper se levanta com dificuldade, o cabelo arrepiado de forma selvagem.

— Está tudo bem, minha menina, titia June está aqui.

Titia June pega Eva dos braços de Agnes, embalando e afagando a sobrinha. O choro de Eva diminui até virar queixas murmuradas e Juniper sorri para ela. É um sorriso meigo e meio sonolento, um que Agnes não via no rosto da irmã desde que eram meninas.

— Desculpe — sussurra Juniper. — Eu só quis dizer que não vou a lugar algum. Eu quero lutar.

— Nós sabemos, June. — Bella passa uma das mãos sobre o rosto. — Mas existe a hora de lutar e a hora de sobreviver. Se nós formos embora agora...

— E deixar esses idiotas ganharem? Não, senhora.

O rosto de Juniper não está mais meigo.

Mas um leve franzir de cenho cruza seu rosto enquanto olha para a bebê aninhada em seus braços. Juniper parece sobrecarregada e um pouco confusa por causa desse fardo, como se de repente se visse arrastando uma carga pesada completamente por acidente.

— E... vai ficar pior, não vai? Eles virão atrás de todas nós, de cada mulher que sabe mais do que deveria, que não sorri quando lhe é ordenado. — Juniper soa insegura, testando o caminho por um terreno desconhecido. — Tenho a impressão de que a Srta. Araminta está certa. Nós as colocamos nessa confusão, e não podemos abandoná-las agora.

Um silêncio breve e levemente atônito se segue após tal declaração. Agnes se pergunta quando foi que sua selvagem irmã caçula começou a pensar sobre deveres e obrigações, causas e consequências. Talvez tenha sido em algum lugar na escuridão das Profundezas. Ou exatamente agora, com o peso de sua sobrinha nos braços.

Bella é a primeira a se recompor.

— Isso é muito... louvável. Mas eu fui à Praça St. George hoje de manhã...

— Você *o quê*?

— ...e vi Gideon Hill. Há algo de errado com ele, algo doentio... você estava certa. Ele ficou furioso quando fiz a torre desaparecer, quase enlouquecido. Ele vai continuar nos perseguindo. E o que vai acontecer em novembro, se ele for eleito? O que vai acontecer quando ele tiver mais do que apenas multidões furiosas e sombras?

Agnes vê Bella olhar de relance para a mão de Cleo outra vez, com os olhos nebulosos de preocupação, e entende que a irmã não está com medo por si mesma.

Agnes pensa em August correndo pelo tumulto crescente, à procura dela, e no alívio em seu rosto quando ele a encontrou; em Eva olhando em seus olhos, solene como uma Santa; na voz de Juniper embargada ao prometer cuidar dela. No risco terrível de se amar alguém mais do que a si mesma, e na força secreta que isso lhe concede.

— Bom — diz ela suavemente —, eu vou ficar.

Acima dela, o falcão pia.

Vários pares de olhos giram na direção dos dois. Bella ajeita seus óculos.

— Pensei que você já estivesse farta de tudo isso.

Agnes dá de ombros. Isso foi antes de Eva, antes de seu espírito familiar sair voando da escuridão até ela, antes de sua vida se dividir em *antes* e *depois*.

— Você não está preocupada com ela? — Juniper aponta com o queixo para Eva, que faz um barulhinho fraco e impaciente, como uma abelha, e que talvez seja um ronco.

— Sim — responde Agnes, porque de fato está.

Ela passou metade da noite acordada, consumida por medos errantes e incertezas, convencida de que o milagroso subir e descer das costelas de sua filha pararia assim que ela fechasse os olhos. Mas por trás daquele medo havia outra coisa, algo implacável, com garras e presas, que ela não sabia como explicar.

Eu estou amedrontada e sou amedrontadora. Eu estou temerosa e sou algo a se temer. Ela encontra os olhos da Srta. Araminta, escuros e sábios, mordazes e gentis, e pensa que talvez todas as mães sejam ambas as coisas ao mesmo tempo.

Ela dá de ombros para as irmãs novamente.

— Sim. Mas mesmo assim vou ficar.

O rosto de Juniper se ilumina. Seus olhos se voltam para Bella.

— E então?

Bella ergue as duas mãos para o ar.

— E então *o quê*? Você duas podem fazer todas as declarações corajosas que quiserem, mas de que elas servem? De que *nós* servimos? Sem Avalon...

— Vocês ainda têm mais palavras e caminhos do que nove em cada dez mulheres — interrompe Araminta. — E — seus olhos deslizam até o falcão empoleirado em sua cadeira — eu conheço um espírito familiar quando vejo um.

Bella abre a boca e depois volta a fechá-la.

— E como sabe disso?

Araminta abre um sorriso furtivo meio torto, e pela primeira vez Agnes vê um pouco de Cleo no rosto dela.

— Porque eu sou a décima mulher.

E ao dizer isso, um animal surge do nada a seus pés: uma lebre preta com olhos cor de âmbar. Juniper sussurra uma blasfêmia de admiração. Agnes arqueja. Bella parece apenas atenta.

— Resta mais bruxaria no mundo do que vocês pensam, garotas — diz Araminta, os olhos fixos nos de Bella. — Do tipo que não se pode queimar, por nunca ter sido escrita.

Cleo fala pela primeira vez desde que sua mãe apareceu.

— E se elas ficarem, nós vamos ajudá-las? As Filhas ficarão ao lado das Irmãs, *Ohemaa*?

Agnes franze a testa ao ouvir a última palavra, mas Araminta solta um pequeno grunhido, como se o título fosse uma flecha apontada com precisão.

Ela curva a cabeça para a filha em uma reverência, e Cleo sorri em resposta. Ela se vira para Bella.

— O que você me diz? — A voz de Cleo está novamente baixa e calorosa demais, seus olhos brilhantes de um dourado ardente. — Uma por todas?

Agnes quase sente pena da irmã, sujeitada ao calor daquele olhar. Os olhos de Bella examinam o rosto de Cleo, e o que quer que tenha encontrado faz um rubor se espalhar até seu pescoço. Os dedos da irmã rastejam por aqueles últimos centímetros e envolvem os de Cleo com força.

— E todas por uma — sussurra ela.

29

O que é agora e sempre e será por eras e eras,
pode não sê-lo para sempre.

Feitiço usado para desfazer. São necessários
uma agulha e um ovo quebrado.

Durante três dias, Beatrice Belladonna e suas irmãs permanecem nos quartos escuros nos fundos da Especiarias e Variedades da Araminta. São dias longos e cansativos: Agnes dorme, acorda e volta a dormir, sua febre aumentando e diminuindo como uma maré teimosa; Eva se reveza entre uma satisfação angelical e acessos de gritos ressentidos, como se tivessem lhe prometido alguma guloseima e depois a negado cruelmente; Bella fica sentada por horas a fio com seu caderninho preto sobre os joelhos, escutando as lições de Araminta Wells sobre constelações, feitiços cantados e o ritmo da bruxaria. Juniper está quase sempre ausente, entrando e saindo em horários esquisitos, enchendo seus bolsos com ervas e ossos do estoque da loja.

As noites também são longas, mas Bella não as acha cansativas. São risadas abafadas e lábios, mãos e quadris escondidos sob a colcha cor de açafrão. São horas roubadas do tempo, que não foram queimadas pelo futuro nem maculadas pelo passado.

(Embora, às vezes, o passado serpenteie até ali. Às vezes, Bella acorda de sonhos com porões e celeiros queimando. Às vezes, ela se retrai ao toque de Cleo como se fosse cera quente, e Cleo fica completamente imóvel até que a pulsação da outra se estabilize. Depois, ela a abraça com cuidado, como se a pele de Bella fosse feita de açúcar cristalizado.)

Na tarde do quarto dia, Bella está começando a ter esperanças de que elas podem estar seguras. De que suas irmãs não foram tolas de ficar nesta cidade cruel e faminta. De que talvez ela possa acordar todas as manhãs com a bochecha sobre o ombro de Cleo.

Até que Juniper entra na loja cambaleando, a boca fina e os olhos duros.

— Lá fora. As sombras estão... se reunindo. Ficando mais densas. Não sei se elas conseguem sentir o nosso cheiro, nos rastrear ou seja lá o que for, mas acho que é hora de ir embora.

Elas saem enquanto o sol se põe, cobrindo a Rua Noz com tons de violeta e cinza. As mulheres seguem Cleo pelos túneis: Bella, depois Agnes com Eva embrulhada em seu peito com firmeza, do jeito que Araminta lhe ensinou, e por último Juniper, praguejando e tremendo. Mesmo antes de passar um tempo nas Profundezas, ela já não gostava muito de ficar debaixo da terra. Agora detestava.

Elas voltam à superfície muito após o anoitecer, saindo em fila de um prédio minúsculo — pelo lado de fora, parece um depósito de jardim ou um viveiro de pombos —, depois passam por uma cerca viva e entram em uma avenida tranquila no leste da cidade.

— Aqui está perto o bastante? — sussurra Cleo.

— Sim — responde Bella.

— Deem notícias quando estiverem acomodadas.

— Pode deixar.

Cleo fica sem ter o que dizer. Ela apenas encara Bella, observando seu rosto — e Bella nunca gostou tanto dos próprios traços como naquele momento, sob o suave olhar dourado de Cleo —, antes de tocar a aba de seu chapéu-coco.

— Que as Três as abençoem e as protejam.

Bella e suas irmãs ficam sozinhas na rua escura.

Aparentemente, o leste da cidade não foi perturbado pelos tumultos e prisões que assolam o restante de Nova Salem. As casas possuem frontões nobres, gramados aparados e o brilho lustroso das famílias ricas. As janelas emitem luzes suaves de lamparinas e o tilintar do cristal nas ruas vazias. A risada de um homem flutua de uma das casas, despreocupada e perfeitamente satisfeita.

As irmãs de Bella se amontoam atrás dela com suas roupas emprestadas e suas capas pretas, parecendo refugiadas de algum mundo mais sombrio e selvagem. Uma coruja e um falcão planam no alto, acima delas.

Ela as conduz até uma casa de tijolos vermelhos na Rua St. Jerome, levemente mais mal-acabada e velha do que as outras da vizinhança. Ela bate duas vezes, e o silêncio que se segue é o suficiente para que ela duvide de cada decisão que a levou até ali.

Então, a porta se abre e um senhor idoso usando um pulôver as encara.

— Ah, Srta. Eastwood! Perdão... *Srtas.* Eastwood. — O Sr. Henry Blackwell sorri para as três como se fossem convidadas inesperadas para o jantar, em vez das criminosas mais procuradas da cidade. — E esses são...? Minha nossa!

Os espíritos familiares voam até seus ombros em uma torrente de penas pretas e olhos ardentes, de garras curvadas como azeviche esculpido. O sorriso amável do Sr. Blackwell se transforma em medo ao olhar para os pássaros. Ele se recompõe.

— Acredito que não tenhamos sido apresentados.

— Este é *Strix varia*... Eu o chamo de Strix. E este é Pan. — Bella gesticula para o falcão-peregrino no ombro de Agnes. — Vem de *Pandion haliaetus*. A águia-pesqueira, sabe?

Atrás de si, ela escuta Juniper murmurar algo sobre a injustiça de suas irmãs terem encontrado seus espíritos familiares primeiro, só para lhes darem nomes estúpidos e longos.

O Sr. Blackwell não parece ouvi-la. Ele faz uma curta reverência para cada uma delas.

— Entrem, por favor.

O corredor tem um carpete grosso sobre as tábuas escuras de carvalho. Assim que a porta se fecha atrás dela, Bella começa a falar.

— Peço desculpas por surpreendê-lo desse jeito. Sei que é uma imposição, e terrivelmente perigoso, mas eu e minhas irmãs precisamos de um lugar para...

O Sr. Blackwell, entretanto, está acenando a mão por cima do ombro para ela.

— Ah, não é problema nenhum. Para dizer a verdade, eu estava muito preocupado com a senhorita.

Bella não está nem um pouco convencida de que este bondoso Sr. Blackwell de óculos entenda a gravidade do risco que corre.

— Se nos encontrarem aqui, o senhor provavelmente será preso. Sua casa pode ser confiscada, e a biblioteca pode despedi-lo.

O Sr. Blackwell chega ao fim do corredor e se inclina para examinar uma estante de livros, passando o polegar por lombadas encadernadas em tecido até chegar a uma pequena estátua de bronze de um cachorro, a cabeça lustrosa pelo uso. Blackwell solta um pequeno *ahá!* e inclina o cachorro para frente. Algum mecanismo invisível é acionado e emite um chiado, e a estante inteira desliza suavemente até desaparecer. Atrás dela, há um quarto escuro e sem janelas, com um telhado inclinado e muitos colchões grossos de plumas.

O Sr. Blackwell pigarreia educadamente.

— Eu limpei um pouco na semana passada; pelo menos consegui tirar a maioria das teias de aranha. Desconfiei de que poderiam precisar dele. — Diante da expressão muda e boquiaberta de Bella, ele acrescenta: — Meu avô construiu esta casa. Ele me disse que sempre haveria alguém precisando se esconder, e que sempre deveria haver um Blackwell por perto para escondê-lo.

Bella está procurando por palavras que possam expressar adequadamente sua gratidão e alívio, quando Juniper, com sua voz rouca e seca, diz:

— Ora, *cacete*, senhor.

O Sr. Blackwell as conduz até a cozinha, rindo disfarçadamente.

Muito mais tarde naquela noite, depois de Bella e suas irmãs terem consumido uma quantidade francamente espantosa de pequenos sanduíches sem casca, e de Agnes ter se retirado para o quarto secreto com Eva, com olhos arroxeados e insones, Bella e o Sr. Blackwell estão sentados em um par de poltronas idênticas, com um tabuleiro de damas ignorado e uma garrafa de Chardonnay nada ignorada entre eles.

— Obrigada. Por nos deixar ficar. — Ela parece precisar de um esforço incomum para pronunciar as palavras. — É uma casa adorável.

O Sr. Blackwell pega uma das peças de ébano do tabuleiro e a examina de forma um tanto melancólica.

— Durante um tempo pensei que ela poderia ser sua também, se a senhorita me aceitasse.

Bella leva vários segundos para processar tal declaração, e mais outros tantos para responder.

— O senhor *o quê*?

— Ah, apenas por uma questão de conveniência! A senhorita não tinha família e eu não tinha esposa, então pensei que poderíamos ser companheiros agradáveis o bastante, apesar da diferença de idade. É claro que, assim que a vi com a Srta. Quinn, muitas coisas ficaram claras para mim. — Blackwell olha para ela, a testa franzida. — Espero não tê-la angustiado com minhas palavras.

— Não, é só que... Nunca pensei...

O Sr. Blackwell lhe dá mais um de seus sorrisos amáveis, mas os cantos de sua boca estão curvados para baixo.

— Em algum momento do seu passado, alguém fez a senhorita desacreditar do seu próprio valor, Srta. Eastwood. — À distância, através da efervescência do Chardonnay, Bella escuta a voz do pai dizendo a palavra *nada*. — Eu gostaria muito de dizer a ele umas boas verdades.

— Eu... obrigada. — Ela pensa em Juniper, no sibilar de escamas sobre a palha, no pecado que a irmã carrega por todas elas. — Mas não é mais possível.

O Sr. Blackwell assente, nem um pouco surpreso.

— Que bom.

Ela pensa nos olhos de Cleo sobre seu rosto antes de se separarem, estudando-a como se Bella fosse preciosa, até mesmo essencial.

— Ou necessário.

— Melhor ainda. — O Sr. Blackwell ergue sua taça. — Transmita os meus mais sinceros agradecimentos à Srta. Quinn.

Eles bebericam o vinho. Bella imagina uma versão de sua vida na qual ela nunca conheceu Cleópatra Quinn, na qual se casou com o Sr. Blackwell e viveu naquela agradável casa de tijolos vermelhos até se tornar uma anciã de verdade, lendo contos de bruxas perto da lareira no inverno e sonhando com mundos melhores. Ela pensa na velha história da bruxa que guardou seu coração em uma caixa de prata e a enterrou sob a neve, para que nunca pudesse ser machucada. Um arrepio percorre sua espinha.

Blackwell coloca sua taça entre as peças de dama.

— As senhoritas realmente o encontraram?

Pela reverência suave em sua voz, ela sabe do que ele está falando.

— Sim — responde Bella, sem conseguir evitar a pitada de orgulho em sua voz.

— E ele de fato se foi?

— Sim. Embora... — sussurra ela agora, um tom grave em sua voz. Bella retira o caderninho preto do bolso de sua saia e passa o polegar pela capa. — Há pouco tempo me disseram que nem toda a bruxaria se perdeu naquela noite.

— Ah, é?

É o mesmo *ah, é?* que ele costumava lhe oferecer durante o almoço na biblioteca da Universidade, que lhe permitia discursar o quanto quisesse sobre as vidas dos Santos ou a caligrafia execrável dos monges. Bella dá um pequeno sorriso saudoso ao pensar naqueles dias tranquilos e seguros, e conta a ele mais ou menos tudo o que há para contar.

Ela lhe conta sobre a Velha Salem, o pedaço do bordado e a coruja voando por entre as árvores em sua direção; sobre viver na biblioteca perdida de Avalon, fora do tempo e do espaço, e estar em meio a suas cinzas; sobre os feitiços de Araminta, que contam com estrelas e canções em vez de rimas e ervas, e sua suspeita crescente de que a bruxaria não é uma coisa única, mas sim várias coisas: todos os caminhos e palavras que as mulheres encontraram para impor suas vontades ao mundo.

Ela lhe conta muito mais do que o necessário, e ele a escuta com acenos ponderados da cabeça, sorrisos breves e alguns *minha nossa*.

— Eu esperava perguntar a Araminta sobre o processo de escarificação e seus nomes maternos, mas então as sombras de Hill apareceram no Novo Cairo. Ah! As proteções!

Bella fica de pé tão abruptamente que sente o sangue latejar em seu crânio. Ela cambaleia até a porta da frente e derrama uma linha de sal e cardo na soleira da porta. *Donzela, Mãe e Anciã. Que a cama em que me deito vocês protejam.*

Ela está na sexta janela quando percebe os grãos amarelados de sal que já estão espalhados nos peitoris.

— O senhor já tinha protegido a casa?

O Sr. Blackwell parece um pouco envergonhado.

— Tenho certeza de que nem de perto tão bem quanto a senhorita. É que aquela febre... agora alguns estão chamando-a de Segunda Peste... ela está se espalhando para o norte. Pareceu-me misteriosa, então achei que talvez um pouco de mistérios pudesse mantê-la longe. — Ele ajeita os óculos sobre o nariz. — Minha tia-avó me ensinou um ou outro encantamento simples.

Bella adoraria perguntar mais sobre tudo isso — um homem praticando bruxaria, uma doença misteriosa —, mas, naquele momento, Juniper surge de trás da estante. Ela está enrolada em uma capa preta, mancando terrivelmente sem a sua bengala de cedro vermelho, seus olhos de um cinza esverdeado, a cor do mar antes de uma tempestade. Ela para a fim de lhes fazer uma mesura, depois se esgueira pela porta da frente e desaparece na noite cada vez mais profunda.

— O que ela vai *fazer* a uma hora dessas?

— Qualquer coisa que puder. Qualquer coisa que nos ajude. — Bella suspira. — Imagino que leremos a respeito nos jornais de amanhã.

Juniper nunca deu muita importância à leitura (ou a nenhuma das outras lições básicas da Srta. Hurston), mas durante as semanas seguintes, ela adquire o hábito de ler o jornal no café da manhã. Ou, pelo menos, as manchetes: IRMÃS EASTWOOD AINDA FORAGIDAS; CHEFE DE POLÍCIA DE NOVA SALEM PEDE DEMISSÃO EM MEIO A RUMORES DE ATAQUE DE NERVOS; COMÍCIO DE HILL É INTERROMPIDO POR LATIDOS DE CÃES E FORTES VENTANIAS.

As outras Irmãs dizem a Juniper que o Prefeito Worthington está pressionando o *Periódico* a não publicar as histórias mais histéricas: que as irmãs Eastwood conseguem se transformar em pássaros pretos ou, possivelmente, morcegos; que a própria Anciã está vivendo no sul da cidade, na companhia de mulheres negras; que a Mãe deu à luz a uma criança diabólica com cabelos da cor do próprio Inferno.

— Aposto que os imbecis gostariam de apenas ter nos dado o direito de votar quando pedimos com educação — comenta Electa Gage, com uma satisfação nem um pouco tímida. — Agora é tarde demais.

Na semana anterior, a Câmara Municipal emitiu uma declaração de que a questão do sufrágio não poderia, de jeito algum, ser cogitada no cenário atual.

— E sinceramente — dissera o Sr. Hill aos jornais —, se é isso o que acontece quando as mulheres ganham um pouco de poder, temos sérias dúvidas quanto à prudência de lhes conceder mais.

Após esse pronunciamento, muitas das afiliadas à Associação de Mulheres de Nova Salem haviam procurado as Irmãs, com os dentes cerrados, em busca de palavras e truques de bruxa.

As Irmãs quase não se reúnem mais. Em vez disso, elas conversam por tordos e sinais de fumaça, por cartas que só podem ser vistas por olhos amigos e bilhetes que pegam fogo depois de lidos. Elas se encontram apenas para trocas furtivas de feitiços e esconderijos, e se dispersam antes que sejam encontradas pelas coisas que as caçam: as multidões de homens com distintivos de latão e tochas, os policiais com mandíbulas de aço e cavalos brancos, as sombras sem olhos que se contorcem de grades de esgotos, tentando alcançá-las.

Porém, agora elas são presas que possuem seus próprios dentes e garras. Têm os feitiços que roubaram de Avalon antes que a torre queimasse, ainda costurados em bainhas ou escritos em livros de receitas; têm as palavras e os caminhos que lhes foram ensinados por suas avós, tias e vizinhas, agora compartilhados entre elas; têm o latim infantil de August e as canções de Araminta, orações cantadas de duas russas de olhos escuros, e até mesmo algumas danças de arrastar os pés da mulher Dakota. E Bella ainda está reunindo mais. Em todo lugar que elas vão, ela pergunta por histórias, feitiços ou canções, quaisquer caminhos que elas encontrem para conversar com a grande batida vermelha do coração do outro lado, e os acrescenta cuidadosamente à sua coleção. O caderninho preto de Bella se tornou uma espécie de grimório de fragmentos, metade livro de feitiços, metade diário. Juniper já viu a irmã escrevendo nele noites adentro, e suspeita que ela esteja acrescentando narrativas completamente desnecessárias. Ela imagina que isso seja o resultado de ler muitos romances quando garota.

Assim, Juniper e suas Irmãs fogem, mas elas fogem com sal e dentes de cobra em seus bolsos, rosa-de-gueldres e raízes de erva-do-espírito-santo, cera de abelha, penas pretas e pedaços de couro curtido. Elas emaranham seus perseguidores em teias de aranha e vinhas de roseiras, atravessam multidões e saem do outro lado, com rostos diferentes. Desaparecem em portas de aparência comum e reaparecem horas depois, cheirando a raízes e terra.

Nem todas conseguem escapar. Há prisões e apreensões, surras e barbaridades. Um homem em Alta Belém encontra truques de bruxa na caixa de costura de sua esposa e a amarra ao pé da cama até as autoridades a levarem; uma das garotas de Pearl é encontrada sangrando, mal conseguindo respirar, com a marca da bruxa desenhada nas costas; no oeste da cidade, um bando de rapazes de olhos cruéis ateia fogo em um cortiço inteiro, alegando ter seguido um gato preto de olhos vermelhos até lá.

Entretanto, manter uma bruxa atrás das grades se prova uma tarefa difícil. Casas de correção sofrem com fechaduras enferrujadas e barras destruídas, algemas sumidas e chaves roubadas. Guardas são encontrados dormindo, desaparecidos ou terrivelmente confusos, convencidos de que estão perdidos nas profundezas de uma floresta. Celas são achadas vazias, exceto pelo cheiro selvagem de bruxaria.

Agora, o cheiro está em todo lugar. A cidade inteira cheira a terra molhada e coisas verdes, carvão, ervas esmagadas e roseiras selvagens. Ele se ergue como vapor dos becos entre os cortiços e os gramados das casas elegantes, como se um dragão enorme despertasse sob a cidade, soprando fumaça pelas frestas. As ruas se erguem sobre os ossos das raízes de árvores que crescem mais rápido do que deveriam, e cardo e ervas daninhas brotam entre os tijolos. Às vezes, à noite, as estrelas brilham com mais intensidade do que deveriam, como se não houvesse lampiões a gás e lâmpadas zumbindo abaixo delas, como se brilhassem sobre uma floresta escura ou uma campina vazia. O vento é forte e frio demais para os últimos dias do verão, como se o fantasma de Avalon ainda perambulasse pela cidade, assombrando-a.

Por um instante, Juniper começa a acreditar que tudo ficará bem. Que as mulheres da cidade permanecerão firmes e fortes contra as turbas e as sombras, que Gideon Hill perderá a eleição em novembro e voltará a se esconder debaixo de qualquer que seja a pedra de onde ele saiu. Mas seus estoques de truques de bruxa estão acabando, e todas as parteiras e botânicas foram forçadas a deixar a cidade. A doença também está piorando — até o *Periódico* agora a chama de Segunda Peste —, e o pânico se agrava com ela. As sombras serpenteiam cada vez mais densas e escuras, como moscas bem alimentadas, e o rosto de Gideon Hill sorri para elas de cada janela e parede. *Nossa luz contra a escuridão.*

Juniper e suas irmãs conseguem ficar quatro noites na casa do Sr. Blackwell, até Agnes avistar um homem sem sombra parado na Rua St. Jerome, encarando inexpressivamente as janelas, à espera. Naquela noite, elas se despedem do Sr. Blackwell, que lhes dá muitas garrafas de vinho e uma bengala em formato de gancho para Juniper. Uma Filha as escolta até o norte pelos túneis, onde ficarão com Inez e Jennie na quase mansão que o falecido marido de Inez convenientemente lhe deixou de herança.

Passam dois dias ali, até punhos baterem à porta no meio da noite. Bella sussurra as palavras para embaralhar os corredores e as portas da casa, transformando-a em um labirinto sinuoso — um feitiço que lhes foi ensinado pela tagarela empregada grega de Inez — enquanto todas as cinco saem furtivamente pela porta da cozinha.

Elas passam a noite seguinte debaixo de uma ponte, aconchegadas uma à outra, com o calor de seus feitiços distorcendo a atmosfera ao seu redor, e mais outro punhado de dias de volta ao Novo Cairo, na casa muito bem protegida de Vivica, tia de Cleo. Porém, em algum momento as sombras sempre as encontram, e elas sempre fogem.

No final de agosto, Juniper percebe que sua lista de anfitriões dispostos está diminuindo, portas batendo e fechaduras sendo trancadas antes de elas chegarem. Em parte, é o medo, que cresce como o fedor de esgoto pela cidade conforme as multidões de Hill ficam mais ousadas e a peste piora. Em parte, é Eva, que acorda durante a noite em horários inconvenientes, e cujo cabelo permanece de um vermelho chamativo, não importa quantos feitiços ou tinturas elas apliquem. Às vezes, o problema é a Srta. Quinn. No fim das contas, mesmo as sufragistas que parecem simpáticas à causa das mulheres negras hesitam diante da ideia de acolher uma delas em suas próprias casas.

Certa vez, pediram para que elas fossem embora depois que a dona da casa flagrou Cleo e Bella no banheiro, mais ou menos vestidas. Depois do ocorrido, elas passaram a se comportar melhor, mas ainda havia uma coisa ardente e insaciada entre elas. Aquilo deixava as pessoas inquietas.

Para dizer a verdade, deixava Juniper inquieta. Não havia dúvida de que as bochechas de Bella estavam coradas e de que sua gagueira desaparecera, mas Juniper se lembrava das exortações do clérigo sobre homem e mulher e a ordem natural das coisas. Certa noite, ela perguntou a Agnes a respeito, e a irmã a mandou, com todas as letras, cuidar da própria vida.

— Afinal, o que há de errado em amar alguém? — sibilou. — Será que ela não merece um pouco de felicidade?

Depois disso, Juniper se rendeu e decidiu cuidar da própria vida.

Na manhã seguinte, encontrou Agnes sussurrando para um tordo no peitoril da janela, observando-o voar na direção do amanhecer, como se metade de seu coração voasse com ele. Na próxima vez em que elas precisam fugir, Agnes diz, calmamente:

— Conheço um lugar.

Ela as conduz até um dos aglomerados tortuosos e desordenados de cortiços na Babilônia do Oeste, a apenas algumas quadras ao norte da Oráculo do Sul. Uma mulher magra e de aparência cansada abre a porta, seu cabelo grisalho e quebradiço. Ela se retrai por um instante ao ver três mulheres, uma criança e um par de pássaros misteriosos parados em seu corredor, antes de convidá-las a entrar, apresentando-se como a Srta. Florentine Lee.

Seu apartamento é um único cômodo apertado, com paredes manchadas pelos anos cozinhando com banha e pela proximidade com outros apartamentos. Uma janela pequena proporciona um quadrado restrito de luz do sol, obscurecida por varais de roupas e varandas.

O Sr. August Lee está esperando na mesa da cozinha. Ele fica de pé quando elas entram, e sua expressão ao ver Agnes é... bom. Juniper decide que é assunto particular. Ela se entretém com sua própria bengala, perguntando-se, um pouco amargamente, como foi que suas irmãs encontraram tempo para procurar romances, além de toda a bruxaria e aos direitos das mulheres. Ela tenta se imaginar olhando assim para alguém, desse jeito meigo e ansioso, mas, em vez disso, se pega pensando na encosta da montanha do Condado do Corvo, fresca e verde.

Naquela noite, a Srta. Lee lhes oferece um ensopado de repolho com presunto, que Juniper duvida que tenha mais do que o cheiro do presunto. A mãe de August as observa comer com olhos de algodão desgastado, seu olhar passando de Agnes para Eva e para August, sem dizer uma única palavra.

Ele retira os pratos da mesa após o jantar e sua mãe o repreende.

— Não precisa...

— Está tudo bem, mãe.

Ela cede com um sorriso frágil. Há algo tenso e cauteloso na maneira como a Srta. Lee e o filho falam um com o outro, como se pisassem de leve sobre uma ferida ainda não totalmente cicatrizada.

Bella e June se aninham em uma pilha de colchas maltrapilhas no chão, e Agnes fica com a cadeira de balanço. Eva, porém, recusa-se a se acalmar, seu costumeiro choramingo transformando-se em um choro escandaloso que perfura o crânio de Juniper.

Agnes pragueja.

— Ela não quer comer. Não entendo... ela sempre teve tanto apetite.

A Srta. Lee se inclina sobre Agnes.

— Posso? — pergunta, colocando dois dedos na testa de Eva. — Ela está quente. Uma febre tira qualquer apetite.

A palavra *febre* flutua pelo cômodo como cinzas errantes, ardentes demais para serem tocadas. Ninguém diz nada por um longo momento, o rosto de Agnes fica completamente pálido e August a observa com uma expressão desamparada. Ele dá um passo na direção dela, mas Juniper chega antes, pega a sobrinha nos braços e lança um olhar de *entra na fila* para August.

Naquela noite, Eva pega no sono com a bochecha esmagada contra o peito de Juniper, o rosto corado. Juniper tem certeza de que é um produto do cômodo abafado e pequeno demais.

Pela manhã, Juniper acorda e vê dedos de sombra deslizarem pela janela, espreitando por entre as vidraças, tentando entrar.

Elas fogem.

Agnes finge para si mesma que sua filha não está doente. Que o crescente rubor vermelho em suas bochechas é uma consequência do ar ruim dos cortiços ou das fraldas muito apertadas, que a irritabilidade aguda em seu choro é apenas fome, indigestão ou cansaço. Mas ela vê o jeito como suas irmãs olham para Eva, sente a preocupação delas como uma nuvem se aglomerando na amarração entre elas — e sabe que está se iludindo.

Bella consulta seu caderninho preto e separa longas listas de rimas e encantamentos, cataplasmas e remédios. Juniper visita a loja de especiarias de Araminta e algumas parteiras que estão se escondendo, e volta com camomila e casca de salgueiro, algodão-bravo e perpétua do campo. A princípio, parecem ajudar. Os olhos de Eva perdem aquele brilho perigoso e vítreo, e sua expressão altiva de costume retorna. Até que sua respiração fica mais pesada outra vez, sua temperatura subindo como se algo invisível devorasse os feitiços. Uma tosse aparece, úmida e persistente, o bastante para que sua respiração às vezes chie durante o sono.

— Sem dúvida, é a peste — declara Yulia, alguns dias depois.

Estão hospedadas com uma das muitas dezenas de Domontovich espalhadas pelo oeste da cidade, apertadas em um sótão quente acima de um bar.

— Você não sabe disso — retruca Agnes.

Yulia dá de ombros, impassível.

— Ah. Era assim que a minha prima falava, antes de levarem ela para o Santa Caridade.

— Ninguém vai levar Eva a lugar algum.

Há uma tensão silenciosa no ar entre as duas, e Pan aparece no ombro de Agnes, uma massa de escuridão que se transforma em um falcão. Yulia olha para a águia-pesqueira — seu bico cruel, seu olhar ardente — e cede.

Elas se sentam com suas Irmãs a uma mesa redonda no meio do sótão, marcada e riscada pelos anos de uso no bar lá embaixo. É a maior reunião que ousaram fazer em semanas: Cleo está sentada com o joelho pressionando o de Bella, Gertrude e Frankie dividem um banco comprido com as irmãs Hull, e Inez e Electa estão perdidas no meio de um grupo de mulheres que parecem Valquírias e só podem ser parentes de Yulia. Agnes não deixa de notar que a maioria das mulheres está um pouco distante das Eastwood, como se elas fossem ou muito perigosas, ou muito respeitadas para serem tocadas.

Após a mais recente rodada de prisões, Juniper as chamou usando tordos, porque as mulheres não estão mais sendo mantidas em casas de correção. Eles as jogaram nas Profundezas, com coleiras e rédeas de bruxa em volta de seus pescoços, onde a bruxaria não consegue alcançá-las. As sombras parecem mais intensas ao redor do Palácio da Justiça, cortantes e pretas, como os dentes irregulares de uma armadilha.

As Irmãs conferenciam por horas, sugerindo feitiços, ações defensivas e estratagemas improváveis. Algumas delas têm filhas ou irmãs nas Profundezas, e seus olhos queimam como carvões em seus crânios. Agnes pensa em amplos círculos sendo desenhados, em amarrações entre mulheres e *uma-por-todas*, e estremece um pouco diante da força de tudo isso.

Em algum momento depois da meia-noite, Juniper fica de pé.

— Bom, é um começo. Agora, quais truques de bruxa vocês trouxeram?

As mulheres reviram seus bolsos e esvaziam sacolas de papel pardo sobre a mesa. Pela curva de preocupação nos ombros de Juniper, Agnes sabe que não é o suficiente.

Ela está franzindo o cenho e abrindo a boca, quando Inez diz:

— Espere um instante.

Ela coloca um objeto comprido e fino sobre a mesa, sorrindo para Juniper. Inez parece mais velha e um pouco mais magra do que na primavera, suas bochechas menos joviais e rechonchudas. Ela e Jennie também estão fugindo.

Juniper franze a testa enquanto seus dedos abrem um embrulho de seda. Ela fica boquiaberta ao ver o que encontra ali dentro. Juniper encara a mesa por um tempo, ergue o olhar para Inez, depois o baixa novamente.

— Você fez isso? — A voz dela está rouca.

— Bom, eu providenciei as joias, já que sou a única afiliada das suas queridas Irmãs com dinheiro sobrando para gastar como eu quiser. Mas Annie encontrou a árvore e Yulia encontrou o marceneiro. Foi ideia das suas irmãs... — Ela se interrompe. — Você gostou?

Seja lá o que Juniper esteja sentindo neste instante, Agnes suspeita de que a palavra *gostou* é pequena demais para descrever. Os olhos dela reluzem em um tom de verde primaveril, e suas mãos tremem quando ela as estende na direção da coisa sobre a mesa. Ao levantá-la contra a luz, Agnes vê uma bengala comprida de teixo polido, de textura nodosa e pintada de preto. Uma linha entalhada espirala pela bengala, terminando em uma cabeça curvada: uma cobra, com um par de pedras granadas no lugar dos olhos.

Juniper gira entre Agnes e Bella, muda e reverente.

Bella dá de ombros.

— Bom, honestamente, você não podia ficar zanzando por aí com aquela bengala fraca do Sr. Blackwell. Essa vai lhe servir muito melhor.

A amarração entre elas vibra com uma alegria feroz, o bastante para fazer com que Agnes se esqueça por um momento de que elas estão sendo caçadas e perseguidas por uma cidade que as odeia.

Até que uma voz baixa e cansada chama:

— *Hissopo.*

Jennie Lind cambaleia para dentro do sótão. A expressão em seu rosto faz com que as mulheres reunidas sintam como se uma corrente fria percorresse seus corpos.

— O prefeito Worthington renunciará amanhã — comunica ela de maneira rápida e brusca, um golpe misericordioso. — A Câmara convocará uma eleição especial até o fim da semana.

Toda a alegria desaparece do rosto de Juniper.

— Como você sabe? Tem certeza?

A boca de Jennie se retesa, mas Inez responde por ela.

— O prefeito Worthington é o pai de Jennie — explica suavemente. — Ela tem certeza.

A explosão de arquejos e sussurros que se segue a tal declaração é o suficiente para acordar Eva, que começa seu choro agudo e inadequado, e as Irmãs de Avalon trocam murmúrios amedrontados e afirmações obscuras. *Ouvi dizer que ele estava em primeiro nas pesquisas.*

Os murmúrios diminuem até se tornarem um silêncio pesado enquanto cada mulher ali sente a pressão do peso de uma bota invisível sobre seu corpo.

— Bom, não há nada a se fazer esta noite. — Juniper se senta em uma cadeira, a bengala sobre os joelhos. — Vão para casa, meninas. Durmam um pouco.

Elas saem sozinhas ou em duplas, até que somente Yulia e sua prima permanecem junto às Eastwood. Já é tarde, mas ninguém parece querer ir dormir. Elas se sentam em volta da mesa, quietas e pensativas, escutando o assobio fraco dos roncos de Eva.

— Yulia? — chama Bella, a cabeça descansando sobre o ombro de Cleo, os olhos tristes e distantes. — Por que não nos conta aquela história que você mencionou antes?

Yulia se recosta na cadeira, balançando-a sobre duas pernas, e começa.

O Conto da Morte da Bruxa Imortal

Era uma vez uma jovem donzela que se casou com um príncipe em um grande castelo. Ela era muito feliz com seu príncipe, que era jovem e belo, até o dia em que ele foi para a guerra e a deixou sem nada além de um beijo e uma ordem para nunca descer às masmorras.

Com o tempo, o beijo foi perdendo a força, assim como a ordem. Certo dia, a donzela desceu às masmorras, onde encontrou uma mulher muito, muito velha definhando em correntes de ferro. Sua pele estava pálida e flácida, pendendo como pano solto de seus ossos, e seus gemidos eram dignos de pena. A velha implorou por água salgada e pão, e a donzela obedeceu, porque não suportava ver tamanho sofrimento. A senhora bebeu a água e então cuspiu nas correntes, que derreteram.

A mulher escapou rapidamente de sua cela, agora não mais uma débil anciã, mas uma bruxa perversa. Ela soltou uma gargalhada triunfante e foi embora do castelo, em busca de vingança contra o príncipe que a havia mantido prisioneira por tanto tempo. A donzela roubou um cavalo do estábulo de seu marido e foi atrás da bruxa, com lágrimas de remorso escorrendo pelo rosto.

Mas a donzela não conseguiu alcançar a bruxa, e acabou perdida na floresta de inverno, as pegadas do cavalo desaparecendo atrás dela. Por fim, ela se abrigou em uma casinha redonda, empoleirada em longas palafitas, como as pernas magras de uma galinha.

Dentro da casa, a donzela encontrou outra bruxa, que lhe disse o nome da velha mulher que ela havia libertado das masmorras: Koschei, a Imortal. Há muito tempo, Koschei amarrou a própria alma a uma agulha, a agulha a um ovo, e o ovo a um baú de prata, que ela enterrou bem fundo na neve. Todos aqueles longos anos de vida a deixaram louca, mas também muito poderosa. Somente esmagando a caixa, quebrando o ovo e partindo a agulha é que sua alma se dividiria.

A donzela deixou a casa de pernas de galinha com uma esperança no coração e um mapa na mão. Ela enfrentou muitas penúrias em sua jornada, mas finalmente encontrou o baú de prata, o ovo e a agulha, e destruiu todos os três na encosta da montanha. Assim, a Bruxa Imortal encontrou a Morte, e a donzela resgatou seu belo príncipe.

A Dama de Espadas
Forjou uma adaga afiada
Num único dia de inverno da temporada.

Feitiço para pontas afiadas. É necessária
uma coroa de ferro frio.

No dia primeiro de setembro, James Juniper e suas irmãs estão escondidas nos corredores de veludo e seda do Pecado de Salem.

O ar ainda é quente do verão, mas há uma fragilidade nele, um sussurro como o farfalhar de folhas caindo, ou como o escavar de pequenas criaturas se entocando. Juniper quer ir embora, quer seguir esse sussurro até as margens do Big Sandy, mas permanece trancada com o perfume sufocante do Pecado de Salem.

Nem mesmo Juniper se atreve a sair no dia da eleição.

Jennie Lind estava certa: o prefeito renunciou na semana anterior. O *Periódico* publicou uma charge de um sujeito curvado e franzino fugindo de um prédio em chamas enquanto cidadãos inocentes gritavam nas janelas — Juniper se pergunta se o cartunista omitiu a sombra do prefeito por acidente ou por exatidão —, e anunciou uma eleição especial no dia primeiro de setembro.

O número de discursos, comícios e ativistas de porta em porta havia triplicado. Novos cartazes de campanha cobriam as ruas — *Vote Clement Hughes para uma Salem Mais Segura!*; *Vote James Bright para um Futuro Mais Brilhante!*; *Vote Gideon Hill: Nossa Luz Contra a Escuridão!* —, e todos os jornais de grande circulação publicavam edições duplas cheias de editoriais e entrevistas, e das predições de um gato velho que havia, supostamente, previsto com exatidão os resultados das últimas quatro eleições. Até mesmo as notícias sobre bruxarias recentes foram jogadas para a segunda ou a terceira página.

Juniper sentiu que a semana anterior foi como uma trégua estranha. As sombras pareciam farejá-las com menos agilidade, como se estivessem distraídas com outros assuntos, e as multidões de Hill pareciam mais preocupadas em coagir votos do que em caçar bruxas. Até aquela Wiggin usou sua coluna semanal no *Periódico* para defender Hill: *"o homem mais nobre que já tive o privilégio de conhecer, que me tirou da escuridão e me trouxe para a luz."*

As Irmãs e as Filhas fizeram o que puderam, mas nenhuma delas tem o direito ao voto. A Liga das Mulheres Negras arrecadou dinheiro para pagar os impostos de votação de maridos, filhos e pais. A Associação de Mulheres de Nova Salem foi de porta em porta entregar pequenos panfletos educativos, até jogarem chá quente no rosto de uma delas. Bella escreveu uma carta ao editor, contestando as "*atitudes medievais do Sr. Gideon Hill e seus seguidores*", e assinou-a como *Outis*, ou seja, "ninguém" em grego. Uma das irmãs Hull desenhou um cartaz um tanto repulsivo, porém eficaz, de Gideon Hill atormentando uma jovem donzela nas celas das Profundezas, sua cadela covarde transformada em um cão de caça, sua expressão branda agora um rosnado desvairado. A donzela está desmaiada em suas correntes, com um ar inocente e meigo, acima das palavras UMA INQUISIÇÃO MODERNA: VOTE CONTRA A TORTURA!

— Essa garota era para ser eu? — perguntou Juniper, apontando para a donzela.

— Eu tomei certas liberdades artísticas — admitiu Victoria.

Agora, não há nada a fazer, senão esperar. Juniper e suas irmãs estão sentadas no quarto confortável e maltrapilho dos fundos do Pecado de Salem, observando o sol desbotar do bronze para o cobre para o rosê. Strix e Pan farfalham nas sombras ou planam em círculos perto do teto, agitados e preocupados.

As garotas de Pearl circulam a intervalos irregulares, raramente falando. Juniper até poderia ter ficado encucada com esses horários estranhos e os variados estados de nudez, mas Frankie Black a puxara de lado há algumas semanas e lhe explicara, com todas as letras, que tipo de estabelecimento era o Pecado de Salem, fazendo com que Juniper soltasse café pelo nariz e reconsiderasse muitas de suas suposições sobre decência, moralidade e pecado.

Entretanto, não há muito movimento esta noite. A maioria dos homens mais ricos do norte da cidade está enfiada em salas de reuniões e gabinetes elegantes, bebendo champanhe à espera dos resultados das eleições, assim como todo mundo.

De vez em quando, Juniper se levanta para reforçar as proteções nas soleiras e nos peitoris, sussurrando as palavras como se fossem orações. Bella está sentada com seu caderninho preto sobre os joelhos, sem escrever nada, e Agnes cochila com Eva em uma poltrona macia. Eva dorme, um sono agitado, o rosto corado e a testa franzida em sulcos furiosos.

Uma mulher brava é uma mulher inteligente, dizia Mags. Juniper sente uma grande onda de tristeza ao pensar que Mags nunca conhecerá sua bisneta. Ela envolve em seus dedos o medalhão sobre seu peito, aquecido por sua pele.

Ela deve ter pegado no sono, porque acorda e encontra o quarto mergulhado na escuridão da meia-noite, iluminado por uma única vela. Ela fica sentada perto de Bella por um momento, sentindo a respiração das duas entrarem em um ritmo perfeito e sabendo, sem precisar olhar, que a de Agnes as acompanha. Juntas, elas observam o movimento sutil das sombras no beco lá fora, procurando por dedos estendidos ou cabeças sem olhos.

Quando Juniper acorda pela segunda vez, ela escuta o *toc-toc* de nós de dedos na porta dos fundos. A vela agora é uma poça espalhada transbordando do pires, e a janela está ficando cinzenta com o amanhecer.

Bella corre até a porta e a Srta. Cleópatra Quinn entra. Todas as três irmãs a encaram, uma pergunta silenciosa pairando entre elas.

Cleo não diz nada. Apenas olha para as três com olhos tristes e cansados.

— Ah, *merda* — sussurra Juniper.

Agnes lhe lança um dos seus novos olhares de cuidado-com-a-língua-tem--crianças-aqui, mas seu rosto está pálido. Pan pousa sobre o braço de sua poltrona, as penas do pescoço eriçadas.

— Foi por pouco, pelo menos? — sussurra Bella. — Haverá uma recontagem?

Cleo afunda em um sofá vazio.

— Acredito que a manchete do *Periódico* desta manhã tenha se referido ao resultado como "maioria esmagadora dos votos". O *Defensor* prefere o termo "catástrofe".

Juniper sente algo se partir delicadamente em seu peito, um último fio de esperança se rompendo. Ela pensa no rosto de Hill — não em sua máscara sorridente, mas no rosto verdadeiro por baixo dela, cheio de gengivas vermelhas e um medo atormentado. Ele já possuía um poder obscuro e furtivo, que espreitava em becos e roubava almas. O que ele faria com o tipo de poder que pode exercer em plena luz do dia?

Uma voz pragueja suavemente na porta atrás delas: a Srta. Pearl está parada ali, agarrando com força, em volta da garganta, um penhoar de seda colado ao corpo, e encarando Cleo. Pela primeira vez, Juniper percebe as linhas de expressão nos cantos de seus olhos, as dobras tenras de pele em seu pescoço.

Bella se acomoda no sofá ao lado de Cleo.

— Ele não vai assumir por enquanto. Ainda temos tempo, podemos nos preparar.

Ela soa como uma mulher tentando argumentar com uma espingarda ou uma armadilha para ursos. No canto do quarto, Strix emite um som baixo e triste.

Cleo balança a cabeça uma única vez.

— Considerando as grandes dificuldades da cidade, como bruxas à solta, assassinos que não foram presos, evidências recentes de magia obscura etc., ele vai assumir o controle de imediato. A Feira está acabando mais cedo, as forças da polícia estão se expandindo. Nesta manhã, ele fez um pronunciamento nos degraus do fórum.

Ela retira um panfleto do bolso de sua saia e o entrega para elas.

Bella arqueja ao ler o papel. Agnes suspira. Juniper pragueja.

De forma a proteger nossos AMADOS CIDADÃOS contra o flagelo contínuo da BRUXARIA, a cidade de Nova Salem se vê obrigada a adotar uma série de novas LEIS:

De caráter imediato

1. **Toda e qualquer praticante de BRUXARIA (incluindo bruxas da floresta, bruxas de rua, cartomantes, aborcionistas, parteiras, sufragistas, prostitutas, radicais, ou outras mulheres anormais) estará sujeita à prisão imediata e a um JULGAMENTO À FOGUEIRA.**
2. **Toda e qualquer pessoa que auxilie (ofereça ajuda, simpatize com, aloje, alimente ou socorra) uma praticante conhecida de BRUXARIA estará sujeita à prisão, com pena prevista de noventa (90) dias e uma multa estabelecida em cem (100) dólares.**
3. **Toda e qualquer pessoa ou estabelecimento que venda materiais conhecidos por estarem associados à prática de BRUXARIA — ervas, poções, ossos, feitiços, animais para sacrifícios, substâncias corpóreas, giz, velas de cores específicas, textos satânicos — estará sujeito à prisão, com pena prevista de sete (7) anos, e à apreensão de todos os seus bens.**
4. **Os INQUISIDORES GEORGIANOS serão reagrupados em caráter imediato, e lhes serão concedidos todos os poderes e privilégios antigos, historicamente associados à sua ordem, com o único propósito de fazer cumprir as leis anteriores, com prioridade especial concedida às infames IRMÃS EASTWOOD.**

As palavras *julgamento à fogueira* flutuam terrivelmente na visão de Juniper.

— Eles não podem fazer isso.

Cleo ri. Não é uma risada muito agradável.

— Eles já fizeram.

— Mas não é legal. Não pode ser. Eu não era a mais aplicada das alunas, mas a Srta. Hurston nos fez recitar a Constituição na segunda série.

— A *Constituição*? O que você acha que é a Constituição? Um feitiço mágico? Um dragão, talvez, que descerá para a defender no momento em que mais precisar? — Cleo se endireita na cadeira. Juniper acha que nunca viu o rosto dela tão cheio de desdém. — Posso garantir-lhe que ela sempre foi somente um pedaço de papel, e que sempre serviu a apenas pouquíssimas pessoas.

Juniper abre a boca para rebater ou se desculpar, ela não sabe bem qual dos dois, mas Cleo já está se levantando, pegando seu chapéu-coco.

— Vou para casa. Tenho que contar para minha mãe, e ajudá-las a se preparar para... o que quer que esteja a caminho.

— Cleo, espere...

Bella estende a mão para ela, mas Cleo recua. Ela alcança a porta, olhando para Bella com o rosto rígido.

— Será pior para mim e para o meu povo. Sempre é.

Ela atravessa as proteções delas e sai para o amanhecer cinzento como ferro.

Há um breve e tenso silêncio, interrompido pela Srta. Pearl.

— Acho que vocês também deveriam ir.

Ela segura a lista de novas leis com suas unhas pintadas. A palidez em seu rosto faz sua boca parecer uma ferida vermelha e reluzente.

Juniper sente suas próprias sobrancelhas se erguerem.

— Como é que é?

Pearl dobra o panfleto em quatro partes e o enfia na parte da frente de seu vestido. Seus dedos tremem levemente.

— Saiam. Agora. Abrigar bruxas e prostitutas acaba de ficar muito mais perigoso, e não posso arriscar ter ambas ao mesmo tempo.

Juniper e suas irmãs a encaram, mudas e acusadoras. O talho vermelho em seus lábios se afina.

— Sei que não é justo ou certo. Mas eu devo mais às minhas garotas do que a vocês três. Quero que saiam até o meio-dia. — Seu penhoar de seda farfalha quando ela se vira para sair. — E levem um pouco de tônico para a criança. Falem com Frankie antes de irem.

Agnes e suas irmãs não têm para onde ir, então vão à pensão Oráculo do Sul.

Elas andam pela cidade com suas capas bem próximas ao corpo, e seus rostos disfarçados com os cremes e poções da Srta. Pearl, caminhando cuidadosamente, distantes uma da outra. Elas passam por igrejas com portas escancaradas, os sinos tocando em comemoração; por homens com distintivos de latão brindando uns com os outros nas ruas; por um grupo de mulheres com faixas brancas distribuindo coroas de flores e rosas.

Na ponte, elas são forçadas a esperar no meio de uma multidão que aplaude enquanto uma procissão de cavalos brancos passa. O próprio Gideon Hill cavalga no centro, parecendo sério e, de alguma forma, nobre, transformado pelo brilho da adulação em algo maior do que ele mesmo, maior do que um homem: um ícone pintado ou um anjo. Agnes se curva para encobrir a filha, envolvida firmemente contra seu peito, e observa Gideon através de olhos semicerrados. Ela quase se surpreende com o tamanho de seu ódio por ele, e com quão familiar *é esse sentimento em seu peito*: o ódio amargo *e inútil dos fracos pelos poderosos, dos pequenos pelos grandes.*

Elas encontram a Oráculo do Sul meio abandonada, estranhamente deserta. A porta da proprietária balança de maneira suave na brisa, revelando um quartinho bagunçado e vazio. Nos corredores, todas as portas estão marcadas com um cinzento x, mas elas não sabem se foi por causa da peste ou da bruxaria.

É um grande risco voltar ali, onde Gideon e suas sombras certamente já as espionaram antes, mas Juniper argumentou que a completa ousadia dessa atitude já seria uma proteção por si só. E nem Bella nem Agnes conseguiram pensar em outro lugar para onde fugir.

O nº 7 está completamente vazio. Os objetos de Agnes foram remexidos ou jogados no chão, como se um gigante desastrado tivesse pegado o quarto nas mãos e o sacudido uma ou duas vezes. Há um odor enjoativo de comida podre no ar, mas, fora isso, se parece muito com o quarto onde as Irmãs de Avalon assinaram seus nomes no caderno de Bella pela primeira vez.

Juniper coloca as proteções na soleira da porta e nos peitoris da janela, enquanto Bella recolhe as pilhas de roupa suja e os lençóis emaranhados, tentando colocar alguma ordem no lugar.

— Bom, é só por uma ou duas noites. — Bella com certeza tentou soar animada e incentivadora, mas estava mais para desolada. — Talvez amanhã possamos entrar em contato com as Irmãs. Para discutir nossa estratégia.

Talvez Juniper ou Agnes a tivessem respondido, mas Eva tosse enquanto dorme e começa a chorar, os punhos cerrados, minúsculas lágrimas formando pérolas nos cantos de seus olhos.

Como se ela soubesse o que está por vir, como se soubesse que não existe mais essa coisa de Irmãs de Avalon.

Em Gileade há um bálsamo
Que cura os feridos por inteiro.

Canção usada para curar uma doença persistente.
São necessárias camomila e a constelação do Grande Carro.

Três dias depois, Agnes Amaranth está sozinha na Oráculo do Sul.

Ela pensa no verão, tentando identificar em que momento elas deveriam ter parado, desistido e fugido. Talvez depois que Avalon foi incendiada, ou depois que Juniper foi presa. Quem sabe antes mesmo de tudo isso, assim que viram a silhueta da torre no céu e sentiram em suas bochechas o vento selvagem de outro lugar.

Tudo o que Agnes sabe com certeza é que elas deveriam ter ido embora antes da eleição. Agora há Inquisidores patrulhando as ruas noite e dia, policiais armados em cada parada de bonde e estação de trem. Agora, mulheres são presas e arrastadas por multidões que as ridicularizam, com vestidos rasgados e coleiras em seus pescoços; gritos de mulheres aprisionadas ecoam das Profundezas. Agora, o expurgo de Hill já começou, e é tarde demais para fugir.

Ambas as irmãs de Agnes saíram para fazer o que podiam, o que não é o bastante. Juniper partiu ao anoitecer para importunar as patrulhas de Inquisidores, distraindo-os em uma perseguição animada, concedendo a seus alvos tempo para fugir. Ela beijou a bochecha de Eva e caminhou a passos largos até o corredor, com a mandíbula cerrada, apertando com firmeza a bengala de teixo preto.

Bella partiu ainda antes da irmã, escoltada até os túneis por uma mulher impassível, de pele da cor do carvalho, para conversar com Cleo e as outras Filhas. Os jornais relataram que o Prefeito Hill estava recrutando "cidadãos preocupados" para ajudar a apaziguar a inquieta parte sul da cidade, reunindo um pequeno exército de homens e tochas na periferia do Novo Cairo. Cleo e sua mãe tentavam proteger o que podia ser protegido, colocando crianças e idosos em um lugar seguro.

— Vou perguntar a Araminta se ela ainda tem um pouco de camomila sobrando. Ou qualquer outra coisa que possa... — Bella parecia não saber como terminar a frase, então apenas lançou um olhar preocupado para Eva.

Agnes e suas irmãs haviam lançado todos os feitiços e encantamentos que conseguiram encontrar para baixar a febre e aliviar sua tosse violenta. A cada noite, Agnes pegava no sono entoando feitiços como se fossem orações, acariciando o vermelho sangrento dos cachos de sua filha, mas nenhum deles parecia durar.

Agora, seus truques de bruxa haviam acabado. Agora, cada respiração de sua filha chia como folhas mortas deslizando pelo concreto, como se o próprio outono tivesse descido furtivamente por sua garganta e se entocado em seu peito pequenino. Agora, Agnes se curva em volta do corpo de Eva na cama estreita, desejando que sua pele esfrie.

Ela acha que um pouco de luz do sol poderia ajudar, um pouco do ar puro de setembro nos pulmões, mas mantém as portas e janelas fechadas com firmeza, e desenha um círculo de sal ao redor da cama. No dia anterior, um novo cartaz de "procura-se" aparecera nas ruas, oferecendo uma recompensa generosa para "*uma criança de cachos ruivos, roubada cruelmente de sua legítima mãe; suspeita-se das Eastwood*". Juniper trouxera o cartaz para casa amassado em seu punho.

Assim, Agnes permanece escondida, esperando.

Em algum momento depois do amanhecer, Eva cai em um sono mais profundo. A princípio, Agnes fica agradecida após uma longa noite de tosse e agitação. Porém, quanto mais a filha dorme, menos agradecida Agnes passa a ficar. Os braços de Eva estão moles sobre a colcha, o peito ruborizado, os punhos minúsculos abertos. Até mesmo as linhas de expressão em sua testa se desfizeram.

Agnes acaricia sua pele nua com o nó de um dedo. Eva não se mexe.

O medo a percorre da cabeça aos pés. Pan aparece em seu ombro, emitindo um grito penetrante de falcão. As pálpebras de Eva meramente estremecem.

— *Não* — diz Agnes com firmeza e calma.

Não é assim que a história termina. Ela não se acovarda na escuridão enquanto sua filha morre. Não se acomoda e deixa que a maré do mundo faça o que quiser com ela, como sua mãe fez.

Ela se levanta e anda de um lado para o outro, vasculhando em potes vazios e revirando todos os bolsos que encontra. Um punhado de espinhos, sementes de pimenta-preta, alguns raminhos de ervas, retorcidos e quebradiços. Não é o suficiente. Tem que haver alguém nesta cidade com os truques de bruxa ou as palavras que ela precisa, ou alguém que os encontre para ela. Ela pensa em círculos, amarrações e mãos unidas. No Sr. August Lee, que veio quando ela o chamou.

Ela procura no bolso de sua saia pela última pena de tordo, esfarrapada e retorcida. Ela espeta a palma de sua mão com a ponta côncava e sussurra as palavras. *Meu bebezinho, fique quietinho, nada de falar.*

O calor serpenteia por suas veias. Agnes destranca a janela e lança a pena para o céu com um nome sussurrado.

— Diga a ele para me encontrar — ela hesita, evitando dizer as palavras *Oráculo do Sul* em voz alta, no caso de alguma sombra hostil estar ouvindo no beco — na esquina da Lamentação com a Dezesseis.

Agnes esfrega uma tintura cinzenta no cabelo e amarra um avental de empregada na cintura. Ela envolve a filha em uma manta cinza de lã — a cabeça dela pende, sem força, uma linha fina e branca reluzindo sob o ruivo de seus cílios — e sai para o corredor, atravessando as proteções. Por um longo momento fica parada ali, lutando consigo mesma, antes de erguer a mão e bater à porta do nº 12.

Uma dupla de garotas loiras e de bochechas redondas atende à porta, tão parecidas que só podem ser gêmeas. Todas as suas calorosas tias e primas do Kansas devem estar no trabalho. Ambas encaram Agnes, e nenhuma delas reconhece sua antiga vizinha como a empregada de cabelos grisalhos de pé no corredor.

— Preciso que alguém fique de olho na minha filhinha enquanto dou um pulo na mercearia. Por favor, só por um instante. Ela está doente.

As garotas se entreolham, comunicando-se com a mesma linguagem silenciosa que Agnes outrora compartilhava com suas irmãs. Elas concordam e, com mãos trêmulas, Agnes coloca Eva em seus braços. É melhor mantê-la escondida do que arriscar que alguém na rua aviste uma mecha ruiva.

Agnes se apressa pela rua, a cabeça baixa e os ombros curvados, tentando parecer inofensiva, tímida e esquecível. De vez em quando, seu olhar se cruza com o de outra mulher, e ela vê a mesma inocência desesperada em seus rostos. Isso faz com que uma onda de fúria percorra seu corpo.

Ela chega à esquina da Santa Lamentação com a Dezesseis antes de August. Em vez de esperar, ela dá a volta na quadra, abaixando a cabeça educadamente para uma dupla de patrulheiros Inquisidores.

Quando ela retorna, ele ainda não chegou. Dúvidas terríveis invadem sua mente — será que ele foi preso ou se atrasou? Será que ele já estava nas Profundezas, declarado simpatizante de bruxas? —, mas ela mantém os pés em movimento e o rosto relaxado. Um lampejo sombreado diz-lhe que Pan está planando em algum lugar acima dela.

Ela dá a volta na quadra outra vez. Desta vez, a ausência de August é um sino badalando em seu peito, um aviso fraco. Se pudesse ir até ela, ele teria ido: estava escrito na curva de seu sorriso, no brilho em seus olhos quando ele a olhava.

Será que seu tordo falhara de alguma forma? Será que havia se perdido, ou sido comido, ou — seu coração para no meio de uma batida, um silêncio sem fôlego — interceptado?

Agnes sente algo caindo dentro dela de uma altura gigantesca, uma onda de adrenalina silenciosa.

Ela corre. Corre como se houvesse lobos ou sombras em seu encalço. Seu corpo se sacode com a corrida, seus seios começam a ficar doloridos, sua barriga enfraquece, mas ela não para.

Eva, Eva, EvaEvaEva.

Ela escancara a porta da pensão com violência, subindo os degraus pesadamente. Agnes não se incomoda em bater no nº 12. A porta se choca contra o gesso rachado.

— Onde ela está? Ela está segura?

As garotas loiras estão abraçadas no chão, os ombros tremendo enquanto soluçam. Uma delas ergue o olhar para Agnes com lágrimas reluzindo em suas bochechas, um dos olhos inchando com a promessa de um machucado.

— Eles b-bateram logo depois que você saiu. Disseram que...

Agnes, entretanto, não consegue ouvi-la, porque está escutando o silêncio sob a voz da garota, a ausência terrível do som que ouviu durante cada segundo dos últimos sete dias: o ruído seco e desesperado da respiração de sua filha.

O silêncio cresce dentro dela. Pressiona suas costelas e estala em seus ouvidos, até que Agnes não seja nada além de pele pálida envolvendo um grito silencioso.

— Quem? — Sua própria voz tem um trinado distante e abafado.

Desta vez, quem responde é a outra garota, passando um braço em volta da irmã.

— Inquisidores. Dois deles, usando aqueles uniformes com uma cruz vermelha. Eles bateram e Clara atendeu, então disseram que estavam procurando por uma menininha. — Ela desvia um pouco os olhos, hesitante. — Disseram que uma b-bruxa tinha arrancado ela diretamente dos braços da mãe e fugido com a menina.

Seu braço aperta a irmã, como se pensasse que Agnes poderia sequestrar uma delas desta vez.

— E para onde — sua voz ainda está perfeitamente calma, e apenas as pontinhas de seus dedos estão tremendo — eles a levaram?

— Não sei — diz a garota. — Eles... eles falaram que se você tivesse qualquer pergunta, deveria ir resolver com o prefeito.

O prefeito. A garota soa incerta ao dizê-lo, porque até mesmo uma menininha sabe que prefeitos não se encontram com bruxas. Mas Agnes reconhece as palavras pelo que são: um convite.

Uma armadilha, na qual ela cairia voluntariamente e de olhos abertos, porque ele roubou sua filha e não há nada que ela não faria para tê-la de volta.

As garotas se agarram uma à outra, assustadas. Somente quando uma delas arqueja é que Agnes se dá conta de que Pan se materializou em seu ombro, as garras penetrando sua pele através da blusa.

— O que... o que é isso? Você *é* uma bruxa!

— Sim — responde Agnes em um tom distante. — E eles deveriam ter pensado nisso antes de pegarem o que é meu.

E assim ela volta à rua, tropeçando nos paralelepípedos ao abrir caminho por entre estranhos. Agnes atravessa o Espinheiro e segue na direção da Praça St. George quando lhe ocorre, com um estalo distante de irritação, que suas irmãs irão segui-la até a armadilha. Que sentirão seu medo através da amarração entre elas e virão correndo, e então Gideon Hill terá todas as três — *quatro*, pensa Agnes engolindo um grito — Eastwood na palma da mão.

Ela pensa em como é cansativo amar e ser amada. Não pode nem mesmo arriscar sua própria vida direito, porque sua vida não pertence mais somente a ela.

Uma sombra cheia de penas atravessa seu caminho. *Pan.* O que ele é de verdade? Um pedaço da própria magia, que veio voando do outro lado e se amarrou à sua alma. Uma criatura com sabedoria de outro mundo, que particularmente não se importa com o que é ou não possível.

Agnes estica o pescoço para o céu.

— Alerte-as para mim, Pan. Diga-lhes para ficar longe. — Ela sente a centelha quente dos olhos dele sobre ela. — Por favor.

O falcão grita para ela em resposta, um som arrepiante e selvagem, completamente deslocado na expansão civilizada de Nova Salem.

Agnes corre.

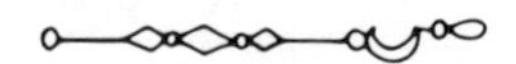

A princípio, Bella pensa que é o estrondo de um trovão fora de época caindo sobre a cidade, ou talvez um terremoto distante. Alguma coisa grande e destruidora, cega e furiosa.

Então, ela percebe que é o coração de sua irmã se partindo ao meio.

O feitiço de proteção morre em seus lábios.

— Que as Três me abençoem e me protejam — sussurra ela.

A Srta. Araminta Wells e outras duas mulheres olham para ela, aborrecidas.

— Achei que iríamos lançar essas proteções juntas — diz Araminta, a voz arrastada.

Elas estão paradas na ponta norte da Rua Noz, os dedos cobertos de sal, os bolsos pesados com cardo e giz. As afiliadas mais perspicazes e inteligentes das Filhas de Tituba se reuniram para lançar qualquer proteção ao seu alcance enquanto outras se ocupam de levar os cidadãos mais jovens e mais velhos do Novo Cairo para dentro dos túneis, de olhos vendados. Bella lhes forneceu todas as palavras e caminhos que conseguiu, e uma lista de endereços e esconderijos dispostos a abrigá-las até que o ataque de Hill terminasse.

Araminta segurou a lista, correndo o polegar sobre os nomes escritos com uma caligrafia elegante: *Srta. Florentine Lee, Travessa da Fiandeira 201, quarto nº 44 (3 pessoas). Sr. Henry Blackwell, Rua St. Jerome, 186 (15 pessoas).*

— Continuo esperando que você me desaponte — reclamou ela, antes de sair apressada para pegar suprimentos em seu porão.

— Vindo da minha mãe, isso é mais ou menos uma declaração de amor — sussurrou Cleo, próxima a ela.

Agora, Araminta franze a testa enquanto observa Bella.

— O que foi? *Quem* foi? — Ela pronuncia as palavras com força, como uma mulher acostumada a notícias ruins e presságios sombrios.

— É Agnes. — Porém, Bella pensa: *É Eva*. Certamente nenhuma outra coisa poderia partir o coração de sua irmã daquele jeito. Vislumbra a boca de Cleo entreaberta de preocupação, mas não parece conseguir se concentrar em nada além da dor no coração de sua irmã. — Sinto muito. Eu disse que ficaria, mas preciso ir.

— Vá, garota — diz Araminta. — Terminaremos sem você. — Sua boca se contorce por mais um instante, como se alguma coisa desagradável estivesse presa em seus dentes. — E chame as Filhas, se precisar de nós.

Ela toca o bolso em seu peito, e Bella escuta o farfalhar de um papel dobrado.

Bella se vira para Cleo e aperta a mão dela uma única vez, com força demais.

— Me encontre esta noite. Na Oráculo do Sul.

Se Cleo responde, sua voz se perde no baque frenético dos pés de Bella e no murmurar de feitiços que ela entoa enquanto corre.

Ela segue o eco da fúria de Agnes até o norte, saindo do Novo Cairo. Na Rua Dois, ela se agarra ao estribo de um bonde em movimento e sobe a bordo, olhando ao redor com tanta ferocidade que o condutor decide desviar o olhar.

A cidade embranquece ao seu redor. A polícia caminha de um lado para o outro, balançando seus cassetetes alegremente, e Inquisidores desfilam em seus uniformes recém-feitos. Nenhum deles repara em uma mulher curvada de cabelos grisalhos agarrada ao bonde enquanto ele passa chacoalhando, ou na sombra esvoaçante das asas de uma coruja acima deles.

Bella vê a abóbada da Prefeitura à frente e sente o sabor azedo do medo em sua garganta. Por que Agnes estaria na praça? Por que ela deixaria a segurança do seu círculo de proteções?

Ela pula do bonde e esbarra em uma mulher de aparência comum, empurrando um carrinho de bebê cheio de babados, mancando a cada dois passos. Só depois que a mulher sibila em seu ouvido é que ela percebe que o carrinho está vazio.

— Pelos Santos, Bella, você parece mais velha do que Mags.

— June! Você sentiu? Sabe o que está acontecendo?

Sob o disfarce, o rosto de Juniper está manchado e pálido.

— Algo ruim. Parece que ela está correndo para cá, mas só Deus sabe por quê.

De repente, um pássaro mergulha entre elas, um pedaço desgrenhado da meia-noite. Bella levanta o braço e sente a ferroada de garras, então se dá conta de que o pássaro não lhe pertence.

— *Pan*? O que está fazendo aqui? Onde está Agnes? Alguém vai nos ver!

Ele a ignora, seus olhos vermelhos e acusatórios. Pan abre o bico e uma voz humana ecoa dele.

— *Fiquem longe. Por favor. Fiquem longe.*

A voz pertence, impossível e indiscutivelmente, à irmã delas.

Pan fecha o bico e desaparece em um redemoinho de cinzas e fumaça, deixando as duas cercadas de murmúrios e olhares arregalados. Bella limpa uma mancha de fuligem de seus óculos.

— Eu não sabia que eles podiam fazer isso.

Vozes e passos apressados começam a surgir ao redor delas. Juniper agarra a manga de Bella e a arrasta até um beco.

— O que vamos fazer?

Bella bufa, meio histérica.

— Você não prestou atenção em nenhum dos meus contos de bruxas?

Juniper a força a seguir em frente, sussurrando palavras e cuspindo por cima do ombro. A saliva sibila nos paralelepípedos e se ergue como névoa atrás delas, encobrindo sua fuga.

— Nas histórias, geralmente o melhor a se fazer é seguir seja lá o que diabos o animal falante disser.

Que o Diabo venha lhe matar
E a sua coroa dourada quebrar.

Uma maldição fatal. São necessários cicuta e ódio.

O escritório do prefeito é cheio de couro engraxado e painéis de carvalho. As paredes estão cobertas de pinturas em molduras douradas, exibindo as habituais associações entre cavalos, Santos e homens de perucas empoeiradas. Um Santo George de Hyll, de aparência especialmente nobre, luta contra um dragão da cor do fogo do inferno, com cães de caça latindo ao seu lado.

Uma escrivaninha de cor escura ocupa pesadamente o centro do cômodo. Entre pilhas organizadas de papéis e o brilho preto de um tinteiro, um tordo está exposto em cima dela. Uma sombra com garras se projeta sobre ele, prendendo suas asas em ângulos precisos e medonhos. O peito do passarinho estremece em pânico.

Agnes Amaranth desvia o olhar, engolindo em seco com força. Pan crocita baixinho em seu ombro.

O Sr. Gideon Hill está parado diante da janela alta, observando a correria e o alvoroço da rua lá embaixo, a mão apoiada na coleira de ferro da cadela ao seu lado. A inclinação da luz das 17h desenha sombras profundas atrás das pessoas.

A cachorra encara Agnes primeiro, o rabo balançando fraca e covardemente. O Sr. Hill se vira para Agnes com um sorriso artificial, como se ela fosse uma convidada indispensável, mas cansativa.

— Ah, Srta. Agnes Eastwood, presumo. — O disfarce de Agnes é bem desleixado: a trança despenteada pelo vento sobre seu ombro já está voltando ao seu tom natural de preto lustroso, e seus olhos já estão fervendo com o prateado outra vez. — Mas certamente a Srta. Tattershall deveria tê-la acompanhado, não?

— A recepcionista?

— Sim.

Agnes dá de ombros, sem tirar os olhos dele.

— Ela está dormindo.

A cabeça da mulher havia batido na mesa com um baque oco como o de um melão se partindo, mas seus olhos permaneceram pacificamente fechados. Agnes acha possível que tenha exagerado — Bella mencionou princesas que dormiram durante séculos, cavalheiros que cochilaram e perderam guerras inteiras —, mas descobre que não se importa muito.

— Que generoso da sua parte.

Hill não parece nem um pouco aliviado quanto ao destino da Srta. Tattershall. O olhar que ele lança a ela é... estranho. Quase cauteloso, como se esperasse que Agnes tirasse uma pistola ou um feitiço dos bolsos de sua saia.

Seus bolsos, entretanto, estão vazios, exceto pelos resquícios fracos de sua bruxaria: ervas esmigalhadas, alguns fósforos úmidos de suor, o toco de cera de uma vela.

— Minha filha, Sr. Hill. Onde ela está?

Ela se pergunta se ele percebe o tremor em sua voz, e se ele o confunde com medo.

Hill caminha até a ilha escura que é sua escrivaninha e se senta, a cadela o seguindo mansamente. Ela se enrosca embaixo da cadeira, e olha para Agnes com tristes olhos escuros enquanto seu dono une as mãos, formando um campanário acima do tordo. O pássaro se contorce, desesperado, encurralado.

— Se a senhorita ler com atenção as novas leis da cidade, descobrirá que elas especificamente revogam os direitos parentais de bruxas conhecidas ou de simpatizantes — comenta ele.

— Ela é minha. Pertence a *mim*.

Cada cacho vermelho como rubi em seus cabelos, cada unha delicada. Agnes sente a ausência do peso da filha como uma ferida se espalhando por seus braços.

Os olhos de Hill ainda estão alertas, perspicazes, como se ele estivesse cutucando um animal enjaulado para ver do que ele é capaz.

— Ela pertence à cidade de Nova Salem, Srta. Eastwood. Ela será...

Agnes quebra o fósforo em seu bolso e sibila as palavras que August lhe ensinara meses antes, quando a cidade ainda zumbia com a primavera e ela ainda pensava que feitiços e irmandade poderiam alterar o funcionamento cruel do mundo.

Ela não precisa pegar emprestada a vontade de suas irmãs desta vez, não precisa nem mesmo de seu espírito familiar empoleirado como uma gárgula de olhos vermelhos em seu ombro. Sua própria vontade seria capaz de demolir cidades inteiras.

O cômodo se estilhaça. Cacos de vidro brilhantes voam pelo ar enquanto cada vidraça do escritório de Hill se quebra e explode.

No silêncio que se segue, a brisa de setembro assobia pelos buracos abertos nas janelas, jogando no ar partículas reluzentes de pó de vidro. A tinta se derrama do tinteiro quebrado e forma poças como sangue preto sobre a escrivaninha.

Agnes sente uma gota úmida escorrer por seu queixo, um ardor em sua bochecha. Hill parece completamente ileso.

Ele tira uma lasca de vidro da manga de sua blusa e continua falando com perfeita tranquilidade:

— ...acolhida pela Casa dos Anjos Perdidos de Nova Salem até o momento em que uma mãe mais adequada for encontrada. Ou — e no intervalo minúsculo que se segue a essa palavra, ela sente as mandíbulas da armadilha dele se fechando ao seu redor — até que eu lhe conceda um perdão por seus crimes e restitua a custódia legal da menina à senhorita.

Agnes fica completamente imóvel. As garras de Pan se curvam em seu ombro.

O sorriso de Hill é a mentira alegre de uma marionete: vermelho e branco pintado sobre madeira podre.

— Mas primeiro, diga-me: a senhorita e suas irmãs ainda visitam a torre?

— Se nós... Por que faríamos isso?

— Bom, Srta. Eastwood, estou procurando pelas três há semanas.

— O senhor e todo mundo nesta maldita cidade.

Um verão na companhia de Juniper havia devolvido um pouco do Condado do Corvo à sua voz. Ela quase deseja que a irmã estivesse ali agora, meio cheia de tolices e com uma coragem gigantesca, antes de se lembrar que quer que Juniper permaneça bem longe.

— Quando eu procuro por uma coisa, eu a encontro. — Hill ergue o queixo e as sombras no escritório se agitam, dedos contorcidos e mãos estendidas brotando da escuridão. — Mas eu não as encontrei. Tive vislumbres... a Srta. James correndo por aí, algumas casas mais bem protegidas do que deveriam... mas nada certo. Se a criança não tivesse ficado doente, se o seu mensageiro não tivesse voado para as minhas mãos... Quem sabe? — O tordo arqueja sobre a mesa, seu bico entreaberto. — Eu me perguntei se as senhoritas talvez não tivessem trazido a torre delas de volta, e escondido melhor sua amarração desta vez.

Agnes quase ri. Não foi uma bruxaria antiga que as manteve escondidas — foram apenas as mulheres comuns de Nova Salem: lavadeiras, empregadas e donas de casa que abriram as portas de suas casas, apesar do risco.

— Bom, não trouxemos.

E por que ele se importaria se elas o fizessem? Por que ele quer saber se elas estavam escondidas nas ruínas incendiadas de uma torre que já foi uma biblioteca?

— Eu me pergunto se a senhorita está me dizendo a verdade. — Seu sorriso de marionete se torna menos convincente. A madeira podre aparece através da pintura. — Vocês três se tornaram muito experientes em bruxaria, e muito rápido. — Os olhos dele disparam até Pan, depois se desviam. — As senhoritas, por acaso, receberam instruções?

— Não.

Suas professoras foram necessidades desesperadoras e décadas de fúria; as palavras acumuladas por suas mães e avós, passadas de uma para a outra.

— Não *minta* para mim.

Agnes escuta o toque de medo na voz dele, e o suor queima suas palmas. Seu pai nunca era tão perigoso quanto quando estava com medo, e ele estava sempre com medo: de que elas pudessem escapar de seu alcance, de que ele fosse fraco, de que alguém em algum lugar estivesse rindo dele.

— Se a senhorita ama sua filha, irá me dizer agora mesmo: conversou com elas? — *Há algo de errado com ele*, dissera Juniper. *Algo doentio*. Somente agora é que Agnes consegue perceber, o horror e a loucura vazando pelas rachaduras. — Elas ainda estão lá? Ainda estão se escondendo de mim?

A sombra dele se alonga atrás de seu corpo, arrastando-se e subindo pela parede de painéis de madeira. Ela se agita com cabeças e membros, braços esticados em ângulos distorcidos e não naturais. Em cima da escrivaninha, o tordo se contorce e esvoaça mais desesperadamente, as pontas das asas desenhando padrões ensandecidos na tinta derramada, as costelas frágeis achatando-se quando a mão-sombra as pressionam. A cadela choraminga em um tom alto e pesaroso.

— Pare! Não sei do que o senhor está falando, juro que eu não sei!

Escuta-se o som terrível de algo sendo quebrado, como porcelana esmagada sob uma bota, e depois o silêncio. O tordo está completamente imóvel.

Hill observa o rosto de Agnes por mais um instante persistente, antes de relaxar os ombros. Suas sombras voltam a se encolher em dimensões mais plausíveis. Ele remenda as costuras soltas de sua máscara.

— Ótimo. É claro que eu não achei realmente... mas nunca se sabe. Agora, Srta. Eastwood... — Ele cutuca o tordo, empurrando-o até uma cesta de lixo junto a um caco de vidro pontudo, mas decide colocar o estilhaço organizadamente de volta à mesa, como um homem arrumando suas canetas. — Chamei a senhorita aqui para lhe fazer uma oferta. Estou disposto a perdoar seus crimes e lhe conceder a custódia da Srta. — ele se dirige a uma folha datilografada — Eva Everlasting Eastwood... minha nossa, que trava-línguas... se a senhorita estiver disposta a me ajudar a localizar e prender suas irmãs. Acho que essa caça às bruxas já demorou o bastante. Logo as pessoas ficarão descontentes, talvez até em dúvida, se eu não lhes entregar as bruxas.

É claro que a escolha é essa. No fim das contas, a escolha é sempre essa — sacrifique outra pessoa, troque um coração por outro, compre sua própria sobrevivência pelo preço da de outra pessoa. Salve a si mesma, mas deixe sua irmã para trás. *Não me abandone.*

Agnes sente a água fria se acumular ao redor de seus tornozelos, subindo depressa.

— E o que... o que acontecerá com minhas irmãs?

— Isso quem vai decidir é o tribunal.

A água agora está na altura de sua barriga.

— E o que acontece se eu disser não?

— Então sua filha continuará mortalmente doente, sob os cuidados duvidosos dos Anjos Perdidos. A senhorita esperará nas Profundezas até que eu capture as suas irmãs, o que eu farei, mais cedo ou mais tarde, e elas queimarão do mesmo jeito. Só que a senhorita queimará ao lado delas.

A água já está na altura de seu pescoço, gelada e preta. Eles não afogaram as bruxas algumas vezes, naqueles tempos muito antigos?

— E se... e se eu as convencesse a deixar a cidade, em vez disso? Nós desapareceremos. O senhor nunca mais ouvirá nossos nomes outra vez. Não lançaremos mais nenhum feitiço enquanto vivermos.

O sorriso dele a lembra do jeito que o Sr. Malton sorria quando dizia para elas que seus turnos foram cortados, ou que seus salários foram reduzidos: tranquilizador e falso.

— Sinto dizer que isso não satisfaria meus eleitores. Tenho certeza de que a senhorita entende. — Seu tom de voz se torna reflexivo. — As pessoas são assim. Você lhes conta uma história e elas exigem um final. Será que alguém conheceria o nome da Branca de Neve se a Mãe dela nunca tivesse calçado os sapatos de ferro quente? Ou de Maria, se a Anciã nunca tivesse entrado no forno? — O sorriso de Hill agora é sincero. — No fim, as bruxas sempre queimam. Sabe?

Agnes sabe. A água fria já se fechou muito acima de sua cabeça.

— Por favor. — Ela detesta o sabor das palavras em sua boca, mas as diz mesmo assim. Às vezes, implorar era o suficiente para transformar o punho do pai em uma palma aberta, um tapa em um grito. — Por favor, só a devolva para mim. Ela está doente.

Lágrimas se acumulam e escorrem.

— Eu sei, querida. — O sorriso dele é venenoso e doce. — Você não gostaria que eu a fizesse ficar boa de novo?

Será que ele conseguiria? Era óbvio que ele conhecia uma bruxaria que ela e suas irmãs não. Quem poderia dizer que poderes ele possuía?

Sua resposta parece inevitável, uma escolha feita no momento em que ela encarou pela primeira vez os olhos de meia-noite de Eva. Não há nada que ela não faria por sua filha.

— O que vai ser, Srta. Eastwood?

Agnes tenta imaginar sua vida depois dessa escolha: cinzenta e apática, solitária, exceto pelo sabor amargo de sua própria traição, as pontas desgastadas de uma amarração que se partiu. O verão de 1893 se tornaria um borrão e desapareceria, o sonho de uma garotinha de quando as três eram uma única coisa, inteira e intacta.

Mas ela teria Eva. Agnes sussurraria palavras e caminhos para a filha, disfarçados de canções e histórias, na esperança secreta de que a próxima geração pudesse reaver suas espadas caídas e continuar a batalha. Foi o que Mama Mags fizera, e sua mãe antes dela: sacrificar-se para sobreviver, e deixar esse sacrifício de herança para suas filhas.

Agora, Agnes fará a mesma escolha. O sorriso de Gideon Hill cintila para ela no pedaço da vidraça que ainda está sobre a mesa. A ponta brilha como um cristal, afiada como um osso estilhaçado.

Uma ideia muito tola lhe ocorre. Uma negociação mais ousada, uma terceira escolha.

Eles a capturariam, é claro, e não haveria uma fogueira quente o bastante para a bruxa que assassinou o prefeito de Nova Salem, a Luz Contra a Escuridão deles. Entretanto, sem Hill e suas sombras, suas irmãs com certeza conseguiriam salvar Eva, conseguiriam fugir da cidade e criá-la em segredo, cercada por pedras e roseiras selvagens.

Ela precisará ser muito rápida. Agnes cai de joelhos, como se dominada pelo luto, e Pan se assusta em seu ombro. Hill diz alguma falsidade sobre entender a dificuldade de sua posição, mas Agnes não consegue ouvi-lo sobre o barulho do sangue em seus ouvidos. Ela tira um toco de cera de vela do bolso e desenha um x no assoalho de madeira polida.

Agnes cobre o rosto com as mãos e sussurra as palavras contra suas palmas, uma frase difícil em latim. O calor cresce em seu peito, queimando a água gelada, fazendo-a retroceder. Seu cabelo flutua suavemente, como se a gravidade fosse uma deusa distraída que a esqueceu durante esse único segundo desesperado. Debaixo da cadeira dele, a cadela de Hill solta um ganido.

Ela pensa em suas irmãs: Juniper, que não hesitaria, e Bella, que não erraria o feitiço. Ela pensa em sua filha.

Agnes salta. O caco de vidro está em sua mão, dirigindo-se ao olho esquerdo de Hill antes que ele possa se retrair, quase antes que ele possa piscar. A ponta separa o dourado fino de seus cílios. Ela se prepara para a perfuração úmida no olho dele, o raspar do osso contra o vidro...

Porém, isso não acontece. O estilhaço *se desvia* do rosto de Hill e atinge a mesa em vez disso, cortando a palma de Agnes. Há um momento sufocante enquanto os dois encaram o pedaço de vidro coberto de vermelho, antes de uma dúzia de mãos-sombra a agarrarem. Elas envolvem seus pulsos e tornozelos, escorregadias e frias, e a empurram de costas contra a mesa, seus membros torcidos e estendidos. Agnes pensa no tordo, sempre se retorcendo.

Gideon Hill a fita com um par de olhos úmidos e rosados, totalmente ileso. Ele balança a cabeça para ela, demonstrando pena.

— Eu admiro o seu espírito, Srta. Eastwood. De verdade. Mas, por favor, entenda: não serei ferido por rimas infantis ou pedaços de vidro. Vou lhe perguntar pela última vez...

Uma silhueta preta mergulha entre eles, garras estendidas. Unhas dilaceram. O sangue aflora. Então a cadela está latindo de maneira histérica, Hill está gritando e outra mão-sombra se ergue no ar, tentando alcançar o falcão.

Mas Pan já desapareceu, de volta para o outro lugar. Hill foi deixado arquejando e impotente, piscando para afastar o sangue dos olhos e tocando os três cortes irregulares e profundos que Pan talhou em seu rosto.

Hill cambaleia, sua máscara pintada se rachando. Sob ela, Agnes vê um medo cru e selvagem.

— Não! *Não!* Como ousa me tocar?! Como ousa... Cale *a boca,* Cane!

A cachorra preta para de latir.

O vermelho pinga do queixo de Hill. Seu rosto já está além do medo, além da fúria, cinzento e imóvel. Agnes percebe vagamente que conhece essa expressão, que já a viu refletida nos rostos de suas irmãs: a resignação terrível de alguém que está acostumado à dor. De alguém que já sofreu golpes demais, jovem demais, e que está sempre à espera do próximo.

Hill encontra os olhos dela, e Agnes se pergunta se ele irá matá-la agora. Se ele irá esmagá-la como um passarinho em seu punho pelo crime de vê-lo sangrar.

As sombras intensificam o aperto ao redor de seus tornozelos, pressionam suas costelas. Ela sente o roçar e o estalo da cartilagem, o ranger de osso contra osso... até que ele estala os dedos e dispensa as sombras, fazendo Agnes cair para trás sobre a mesa.

Ele enfia a mão no bolso em seu peito e Agnes se retrai, pensando em pistolas, facas ou varinhas mágicas, mas o que ele retira é uma coisa pequena, macia e perfeitamente inofensiva: um pequenino cacho de cabelo. Agnes pensa que é marrom, ou talvez um castanho-claro, até que a luz o ilumina. O cacho brilha em um tom profundo de vermelho, da cor de uma fogueira.

Ela preferiria uma faca.

— Se quiser ver sua filha novamente, se quiser que ela se recupere da febre, você e suas irmãs estarão na Praça St. George amanhã, antes do pôr do sol.

Agnes olha para o sangue ainda pingando de suas feridas. É um sangue comum: vermelho e úmido.

— Sim — sussurra ela. — Tudo bem.

— Ótimo. Agora *saia daqui.*

Agnes obedece.

Desta vez, ela não corre. Ela caminha, firme e ereta, seguindo os fios que a conduzem de volta até suas irmãs, mal percebendo quando transeuntes saem de seu caminho correndo. Agnes deveria estar desesperada, arrependida de cada escolha que a levou até ali, até a última e a pior delas. Mas não está.

Em vez disso, está simplesmente pensando. Revirando as peças sem parar em sua mente, como se fossem pedras: o medo no rosto dele, antigo e horrível; uma história infantil sobre bruxas que não morreram quando deveriam; o corte do vidro na palma de sua mão e o brilho do sangue de Hill.

Um pensamento está se formando em sua mente, emergindo como um leviatã da escuridão:

Você não é invencível, Gideon Hill.

E se ele não é invencível — se ele pode sangrar, ferir-se e morrer como qualquer outro homem —, então ele nunca deveria ter tocado em um único fio de cabelo de sua filha.

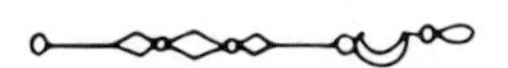

Juniper sente sua irmã se aproximando cada vez mais, como uma tempestade que se forma no céu. Bella e Cleo esperam com ela, aconchegadas juntas à meia-luz da pensão Oráculo do Sul, seus olhos se encontrando às vezes, e então se desviando. O quarto está quieto, exceto pelo farfalhar esporádico de saias e o roçar de penas na escuridão.

Passos retumbam como marretas nas escadas. A porta range.

Agnes entra no quarto parecendo cinquenta anos mais velha e cem anos mais cruel. Suas unhas estão encrustadas de sangue e hematomas escuros marcam seus pulsos. Leite escorre por sua blusa, e a visão daquelas manchas é como uma faca entre as costelas de Juniper.

Pan crocita no ombro de Agnes, um som baixo e triste, e Strix lhe responde.

— O que aconteceu? Onde está Eva?

A voz de Juniper falha ao dizer o nome da sobrinha: Eva, que é uma ruivinha inocente, que é pequenina, furiosa e perfeita de uma maneira que Juniper não entende, mas que deseja ferozmente proteger. Que ainda poderia estar segura com a mãe, se não fosse por Juniper e seu talento para causar problemas.

Agnes não parece tê-la ouvido.

— Vamos precisar de mais velas. Acho que eu tenho três. Talvez os fósforos possam servir. E o sangue da Donzela, as lágrimas da Anciã... Deus sabe que o leite eu tenho.

Ela se apressa pelo quarto enquanto fala, vasculhando as gavetas.

Os olhos de Juniper encontram os de Bella.

— Agnes? — chama Cleo gentilmente. — Para que você precisa de velas?

Agnes encontra um punhado de tocos de vela em um caixote embaixo de sua cama e os arruma em um círculo apressado, murmurando consigo mesma. Ela parece completamente transtornada.

— Agnes. — A voz de Bella é ainda mais gentil do que a de Cleo. — O que você está fazendo?

Juniper, porém, já sabe o que é. E Bella também, a julgar por seus dedos trêmulos.

— Ela está convocando o Caminho Perdido de Avalon. De novo.

Agnes não para, nem mesmo ergue o olhar.

— Mas *por quê*? — Bella soa à beira das lágrimas.

— Porque eu gostaria de falar com as Últimas Três.

Um silêncio curto acompanha tal declaração. Até Cleo está boquiaberta, sua compostura de jornalista enfim abalada.

— Entendo — diz Juniper, o mais casualmente que consegue. — A questão é, e não digo isso para irritá-la: as Últimas Três estão mortas.

Agnes solta um murmúrio fraco de irritação diante de um detalhe tão minúsculo.

— Mortas *de verdade*. Excepcionalmente mortas. Há lendas e histórias sobre o quão mortas elas estão. Talvez você já tenha ouvido algumas delas.

— Já ouvi — reconhece Agnes. — Ainda assim...

Pelo visto, essa resposta é demais para Bella, que fala com a voz de choro:

— O que há de errado com você, Agnes? Não restou nada da torre.

Agnes continua sem erguer o olhar.

— E quanto à história de Yulia? E quanto à bruxa que amarrou seu coração a uma agulha, ou a um ovo, ou ao que quer que seja, e viveu para sempre?

— É uma fábula. Um *mito*.

— E quantos de nossos feitiços vieram de fábulas? E se for mais do que um mito?

Pela expressão de Bella, ela parece estar realmente considerando arrancar os cabelos de frustração.

— Não é possível.

Agnes ergue a cabeça de seu círculo de velas e fita os olhos das irmãs. Ela deveria estar parecendo uma mulher enlouquecida pelo luto, destruída e desesperada, mas em vez disso, parece um anjo expulso do Céu, lutando para se reerguer com sangue nos dentes, pronta para entrar em guerra contra o próprio Deus.

— Eu não dou a mínima — diz ela com todas as letras.

Agnes retira de seu bolso um caco de vidro manchado de vermelho e o entrega a Juniper. Seus olhos dizem *por favor*, e Juniper não consegue dizer não. Ela desliza o vidro sobre sua palma exposta, cortando-a profundamente, e abre a mão para deixar que seu sangue pingue nas tábuas empenadas do assoalho da Oráculo do Sul.

Céu vermelho ao anoitecer, para a bruxa é um prazer.
Céu vermelho ao amanhecer, uma ameaça a perceber.

Feitiço usado para criar tempestades.
São necessários tecido vermelho e terra molhada.

Beatrice Belladonna segura a mão da irmã antes que o sangue caia.

— Pelos Santos, *pensem* — sibila ela. — O que vai acontecer se vocês materializarem uma torre no topo de uma pensão?

Nem Agnes nem Juniper parecem muito preocupadas. Juniper está até um pouco ansiosa, como uma criança esperando fogos de artifício.

Bella reprime um impulso de sacudir as duas até que seus dentes chacoalhem.

— Há pessoas morando aqui! E muitas! Vocês não podem simplesmente jogar uma biblioteca em cima delas! Só a Mãe sabe o que isso faria com as nossas proteções. E eu ainda não entendo porquê, em primeiro lugar, iríamos querer chamar Avalon...

— Ele a pegou. — A voz de Agnes está calma, mas prestes a desmoronar, como um grito distante.

— Quem? — Bella, entretanto, sabe a resposta.

— Gideon Hill. E ele está assustado, Bell. Mesmo com suas sombras, sua cidade e minha filha, ele ainda tem medo de alguma coisa. — Agnes ergue o olhar para ela. — De *Avalon*. Mesmo com todos os livros queimados. — Com a ponta dos dedos, Bella aperta a pétala de rosa seca como papel em seu bolso, a única coisa que salvou das cinzas. — Ele me perguntou se elas ainda estavam lá. E eu pensei: elas *quem*?

— Às vezes, quando tudo estava muito silencioso em Avalon, eu ouvia vozes. Ou pensava que ouvia. — Juniper fala bem devagar, tateando o caminho até a beira do impossível. — E lá nas Profundezas, eu ouvi... alguém.

Ela não olha para Bella, como se esperasse desdém ou pena, mas a irmã está calada. Ela está se lembrando das vezes em que ficou sozinha no silêncio sob o aroma de rosas da torre, quando sua atenção vagava e ela ouvia sussurros murmurados e furtivos nas sombras. Palavras ditas em vozes cobertas de poeira e hera, que logo desapareciam de novo.

Escuta-se o farfalhar de lã conforme Cleo se vira na cama.

— Você quer dizer... fantasmas?

Bella sente uma pontada de alívio ao ver que Cleo parece disposta a cogitar a possibilidade, em vez de se esgueirar para fora do quarto silenciosamente.

— Não acho que poderiam ser. Que tipo de fantasma duraria quatrocentos anos?

Fantasmas eram espectros persistentes, almas especialmente obstinadas, que se apegavam à vida por algumas horas depois da morte. Eles não assombravam torres ou castelos durante séculos, a não ser em contos e rumores.

Cleo dá de ombros.

— Algum tipo de espírito ou memória, então? Talvez preservados por...

— Não me interessa o que elas são ou não. Vou encontrá-las.

Agnes toca a frente úmida de seu vestido e estende a mão para o chão com dedos pegajosos de leite.

— *Espere*! Por favor. — Com a mão livre, Bella segura a de Agnes, ficando de pé entre suas irmãs, seus punhos segurando os delas com força. — Vou ajudá-la. Mas não aqui.

— Onde, então? — A voz de Agnes sugere que ela deveria decidir rapidamente.

Onde elas poderiam invocar uma torre queimada sem serem vistas ou capturadas? Que lugar em Nova Salem estava livre tanto de Inquisidores quanto de pessoas inocentes?

Então, Bella se lembra de quando estavam fugindo do norte da cidade, na semana anterior, e pararam nos portões da Feira Centenária, trancados com um cadeado. Havia sido fechada depois da eleição, mas o desmonte fora adiado por causa da crise na cidade. A visão daquela longa avenida, vazia, exceto pelos corvos e poças espalhadas refletindo o cinza ofuscante do céu de setembro, fez com que um calafrio melancólico percorresse o corpo de Bella.

— A Feira — sussurra ela.

Seus olhos cruzam com os de Cleo por um momento, e a memória daquela tarde de junho floresce entre elas, doce e cintilante, de quando as duas se balançaram juntas na cabine de vidro da roda-gigante. Bella sente uma onda de arrependimento por ter desperdiçado aqueles minutos preciosos com preocupações, em vez de extrair cada grama de felicidade do mundo enquanto podia.

Bella vê um pouco de seus próprios pensamentos melancólicos refletidos no rosto de Cleo, antes que ela se levante e coloque metodicamente o chapéu-coco na cabeça. Ela ergue o queixo.

— Vamos, Srtas. Eastwood?

Bella tenta dizer para Cleo que ela deveria fugir, que não precisa segui-las tão longe naquela loucura, mas as palavras ficam presas em sua garganta como se ela tivesse engolido pedras. Em vez disso, ela se vê pegando a mão de Cleo enquanto as quatro descem apressadamente os degraus da Oráculo do Sul e saem para o dia desvanecente.

A entrada mais próxima para o subterrâneo fica duas quadras a leste, depois de passar por uma série de degraus de pedra e por uma porta em que se lê *Casa de Chá da Srta. Judy:* FECHADO. Cleo exibe o padrão de suas cicatrizes para a porta e ela se abre para a escuridão fria.

Em silêncio, elas seguem a luz de bruxa de Cleo, da cor do olho de um tigre. Bella pensa nas mãos que esculpiram os túneis como veias sob a cidade, nos corpos trabalhando, invisíveis e desprovidos de liberdade. Pensa nos caminhos que as pessoas constroem para si mesmas quando não há nenhum, nas coisas impossíveis que elas tornam possíveis. Bella olha para o branco dos nós dos dedos de Agnes e começa a acreditar só um pouquinho.

Elas saem pela porta de uma casinha no lado norte da cidade. Já passou da hora do toque de recolher, e todas as portas estão trancadas, as cortinas, fechadas. Não há ninguém para notar quatro mulheres desfilando pelos becos com espíritos familiares em seu encalço. Ninguém para ouvir a batida constante da bengala de teixo preto sobre os paralelepípedos.

Ninguém para vê-las parar sob o alto arco da entrada da feira, ou para se perguntar como abriram o portão apesar do cadeado robusto de ferro e da corrente pesada em volta das barras.

Dificilmente elas poderiam ter escolhido um cenário melhor para invocar espíritos mortos-vivos. O esqueleto da Feira se ergue ao redor delas como os restos mortais de alguma criatura pré-histórica: a roda-gigante, apagada e esquelética; as cordas pendentes das lâmpadas; os estandes e as tendas vazias, lonas balançando com o vento. O único barulho é o som seco dos velhos ingressos rodopiando pela avenida e o crocitar dos corvos.

Em vez de se pôr, o sol parece estar ficando cinzento, como se alguém envolvesse uma gaze manchada ao seu redor, mas a torre, ainda assim, ficaria muito visível.

— Deveríamos esperar chegar a noite de vez. — A voz de Bella ecoa sinistramente.

— Por que não a criamos nós mesmas?

Juniper pega um lenço vermelho do bolso de sua saia. Ela cospe na terra a seus pés e sussurra para a terra molhada. *Céu vermelho ao anoitecer, para a bruxa é um prazer.*

Ela chama e a tempestade responde. Acima delas, as nuvens escurecem como hematomas.

Os corvos observadores ficam em silêncio, desaparecendo no céu escuro atrás deles. Strix e Pan planam em círculos, visíveis apenas graças ao fogo em seus olhos.

— Que tal?

O rosto de Juniper está corado com o calor da bruxaria, os olhos reluzindo.

— Vai servir.

Agnes se ajoelha na pedra fria e, pela segunda vez, arruma os tocos de vela e os fósforos em um círculo. Bella e Juniper se ajoelham ao lado dela. Agnes deixa três gotas de leite ralo caírem no círculo. Juniper esfrega sua palma ensanguentada no chão.

O vento se intensifica. Ele ergue os cabelos delas dos ombros, três sombras pretas se entrelaçando, e golpeia as asas da coruja e do falcão acima delas.

Na primeira vez que Bella lançou esse feitiço, ela estava em seu escritório na Biblioteca da Universidade de Salem, tola e solitária. Na segunda vez, ela estava com Cleo, nas ruínas selvagens da Velha Salem, cheia de uma esperança desesperadora. Agora, está ali: nos terrenos vazios da Feira, com suas irmãs, sua amante e seu espírito familiar, e elas têm tudo o que resta depois que a esperança se desvanece — uma coisa queimada e duradoura, como a terra depois de um grande incêndio.

Terá que ser o suficiente.

Bella estende suas mãos para suas irmãs.

Juniper franze o cenho.

— Isso faz parte do feitiço?

— Não — admite Bella.

Juniper segura a mão dela com força e os fios entre elas parecem zumbir, como uma corda finalmente afinada. A lágrima de Bella desliza quente como brasa por sua bochecha e cai silenciosamente dentro do círculo.

Elas dizem as palavras juntas, uma canção infantil sobre irmãs excêntricas e coroas perdidas. Uma rima perigosa demais para ser escrita, que foi sussurrada, cantada e costurada em segredo, passada em fragmentos através dos séculos. Bella pensa no verso desbotado que encontrou escrito no final de *Contos Infantis e Caseiros de Bruxas*, colocado ali por uma dupla diferente de irmãs. Ela gostaria de poder agradecê-las.

O calor as atinge e se enrosca atrás de suas costelas enquanto as Eastwood pronunciam as palavras. Elas desenham três círculos cujas bordas se sobrepõe, e o calor se torna uma chama, que se torna uma labareda.

A vontade de Agnes é como uma bigorna, uma avalanche: fria e inevitável. Seu falcão-peregrino solta um grito de guerra e Strix o imita, seus olhos queimando o céu. Assim que Bella pensa que sua pele irá se rasgar e rachar com o calor, o feitiço termina.

A torre se ergue na escuridão sobrenatural do terreno da feira de Nova Salem. Espirais de cinzas flutuam em silêncio ao redor de suas saias, e galhos queimados cruzam-se acima delas. No chão, três círculos emitem um brilho branco.

Bella se inclina, pegando um pouco de cinzas e terra com um pote de vidro. Ela faz a amarração e Cleo lança o feitiço de banimento, e assim — com o som fraco de uma tesoura prateada cortando o ar — a torre desaparece de novo, guardada ordenadamente em lugar nenhum, como um lenço dobrado de volta em um bolso.

Cleo guarda a tesoura de volta em seu bolso.

— Pronto. Agora depressa. Tenho certeza de que alguém viu alguma coisa, mesmo com as nuvens, e não pretendo estar aqui quando vierem dar uma olhada.

Agnes e Juniper já estão agachadas outra vez sobre os círculos desenhados, seus rostos pálidos e macabros sob aquela luz sinistra, parecendo ilustrações de bruxas perversas em jornaizinhos baratos, olhando maliciosamente por cima de um caldeirão borbulhante.

Bella hesita e olha para Cleo, sua capa agitando-se no vento do outono, a mão apertando o pote de vidro com força.

— Obrigada — diz Bella suave e inadequadamente.

— Esperarei por vocês na Oráculo do Sul.

Cleo tenta abrir um de seus sorrisos impetuosos, mas ele se deforma sob o peso da preocupação. Seus lábios são quentes contra a bochecha gelada de Bella, e então ela se vai.

Depois de algum tempo, depois de uma rima sussurrada e de uma alteração no ar, o terreno da feira fica completamente vazio. Um transeunte, caso tivesse passado algum, poderia espiar pelo portão de ferro e não notaria nada além de uma quantidade incomum de corvos amontoados nos fios elétricos e telhados, e do cheiro fraco e selvagem de cinzas e rosas no vento.

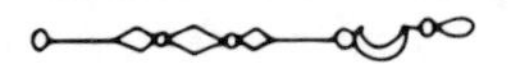

Agnes não vira Avalon depois do incêndio, mas viu a cor sangrenta do céu enquanto o lugar queimava e exalava a fumaça de milhares de livros em chamas. Ela não fica surpresa por se encontrar no meio de uma ruína, com uma porta carbonizada sob sua mão e uma torre devastada pairando sobre ela.

Ainda assim, sob o cheiro estagnado de cinzas e fogo, é possível sentir uma fragrância mais úmida e verde. Ela se afasta da porta e vê gavinhas de plantas serpenteando sobre as pedras escurecidas pela fumaça: trepadeiras de rosas, da qual brotavam minúsculos botões e espinhos pálidos. A grama estende seus dedos macios através das cinzas, e o musgo rasteja como veludo verde sobre as raízes chamuscadas das árvores.

Os únicos sons são o farfalhar de asas, o arquejar de suas respirações e — será que Agnes está imaginando? Será que seu coração está evocando esperanças à toa? — o suave e misterioso murmurar de vozes femininas.

Juniper bate o pé no chão como se estivesse batendo em uma porta.

— Ei, fantasmas! Acordem!

Bella solta um resmungo estrangulado.

— Eu já disse que elas não são fantasmas, June. E mesmo se fossem, duvido muito que chamá-las aos berros daria algum resultado...

— Bom, então qual é o seu plano?

— Garotinha de Azul — responde Agnes.

Há um breve silêncio.

— Não sei se... — diz Bella, hesitante. — Esse é um feitiço para acordar os doentes ou adormecidos. Não tenho certeza se ele tem força o bastante para acordar almas perdidas dos mortos, mesmo que almas assim *de fato* existam. Talvez se o modificarmos de alguma forma, se acrescentarmos certas palavras ou caminhos mais poderosos...

Agnes, porém, já está se curvando sobre a terra, colocando a palma da mão entre os brotos verdes e macios da grama.

— Não sei se as palavras e os caminhos importam tanto assim, Bell. — Ela escuta Bella soltar um protesto baixo e característico de uma bibliotecária. — Ou talvez importem, mas não tanto quanto a vontade. — Agnes engole em seco uma única vez. — E eu juro que a vontade não me falta.

Suas irmãs entoam o feitiço com ela. *Garotinha de azul, sua trompa venha soprar.*

Há um pouco de Mama Mags nas palavras, seus olhos brilhantes de pardal e seus dentes manchados pelo tabaco. Agnes gostaria de poder invocar seu espírito de onde quer que ele esteja adormecido ou vagando, somente para poder chorar junto a seu peito mais uma vez.

Suas irmãs hesitam na última frase, incertas de quem exatamente estão acordando, mas Agnes preenche a lacuna.

— Donzela, Mãe e Anciã, acordem, levantem-se! — diz, depois dá um assobio agudo e alto.

É um feitiço pequeno, como Bella disse, a cura de uma bruxa da floresta para um bebê letárgico ou para um vestígio de febre do Diabo. Agnes, porém, o alimenta com toda a sua vontade, até sua pele queimar e seu sangue ferver, até que a magia afunde na terra preta de lugar nenhum e encontre... um pulsar silencioso. Um segredo, um sussurro.

As irmãs ficam em silêncio. O calor se esvai da pele de Agnes.

— Funcionou? — A voz de Juniper soa alta demais na quietude de lugar nenhum.

Agnes a ignora, ainda buscando aquele sussurro secreto na escuridão, mas ele se foi. Desapareceu. Lágrimas escorrem de seus olhos, borrando a terra verde acinzentada diante dela.

Até que...

— Destruído, tudo destruído, depois de tanto trabalho...

— ...é vergonhoso o que fizeram com este lugar...

Vozes, petulantes e estranhas, com sotaques cadenciados e ciciados. Bem do outro lado da porta da torre.

Uma delas ordena que as outras se calem, e então:

— Na nossa época, escutar atrás da porta poderia causar orelhas transformadas em chirivia e lábios costurados. Entrem, se assim quiserem.

James Juniper é a irmã selvagem, corajosa como uma raposa e curiosa como um corvo. Ela é a primeira a entrar na torre.

Lá dentro, ela encontra uma ruína: flocos de cinzas e carvão, o esqueleto de uma escadaria ainda presa às paredes, fuligem escurecendo cada degrau de pedra.

E três mulheres.

Há uma certa estranheza nelas, um brilho turvo, como o luar se movendo sobre a água, mas que parece desaparecer enquanto Juniper as observa, até que se tornem tão sólidas e reais quanto a pedra sob seus pés.

A primeira coisa que Juniper pensa é que nenhuma delas se parece com as ilustrações nos livros de histórias. Elas são ou mais feias ou mais belas, Juniper não consegue decidir, cheias de cicatrizes, pintas e pequenas imperfeições que separam a vida real do faz de conta. E nos desenhos, as Três são sempre um conjunto complementar, como uma única mulher capturada e preservada em três idades diferentes. Às vezes são irmãs; às vezes são avó, mãe e filha.

Juniper acha que as mulheres na torre provavelmente não compartilham nenhum ancestral além da primeira bruxa.

Uma delas é curvada e dourada, com mechas grisalhas no cabelo e delicadas frases de manuscritos pintadas nas costas de suas mãos marcadas por veias. Suas vestes são de mangas largas, como as de um monge, e pretas como tinta.

Uma delas é bela e negra, com cicatrizes talhadas em suas bochechas e uma espada amarrada transversalmente sobre um dos ombros. Sua armadura é feita de escamas sobrepostas, de um tom de preto reluzente como sangue velho.

Uma delas é pálida e misteriosa, com galhadas de marfim brotando de seus cabelos escuros emaranhados e dentes amarelados pendurados em um colar em volta de seu pescoço. Seu vestido está rasgado e maltrapilho, preto como uma noite sem lua.

A mulher encontra os olhos de Juniper, que sente um arrepio de reconhecimento.

Juniper sempre gostou mais das histórias de donzelas. Elas deveriam ser criaturas doces e gentis, que trançam coroas de margaridas e preferem se transformar em loureiros em vez de perderem sua inocência; mas a Donzela não é nenhuma dessas coisas. Ela é a mulher feroz, a mulher selvagem, a bruxa que vive livre nas florestas indômitas. É a sereia e a *selkie*, a virgem e a valquíria; Ártemis e Atena. É a garotinha de capa vermelha que não foge do lobo, mas caminha de braços dados com ele pelas profundezas da floresta.

Juniper a reconhece pelo verde feroz de seus olhos, pela curva maliciosa de seu sorriso. Uma serpente cobre seus ombros como uma faixa de veludo preto, como se a cobra entalhada no teixo da bengala de Juniper tivesse ganhado vida. O sorriso de Juniper poderia ser o da própria Donzela, afiado e branco, refletido através dos séculos.

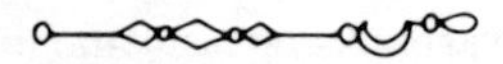

Agnes Amaranth é a irmã forte, tão inflexível quanto uma pedra e duas vezes mais dura. Ela é a segunda a entrar na torre.

Agnes nunca gostou muito de histórias de mães. Elas a fazem pensar em sua própria mãe e desejar que ela tivesse sido outra pessoa, alguém que teria feito seu pai dar no pé logo na primeira vez que ele ergueu a mão para ela. Alguém como a própria Mãe.

Mães deveriam ser criaturas fracas e choronas, mulheres que dão à luz a seus filhos e vagam pacificamente para a morte; mas a Mãe não é nenhuma dessas coisas. Ela é a mulher corajosa, a mulher implacável, a bruxa que trocou a cama do parto pelo campo de batalha, a cozinha pela faca. É a sanguinária Boadiceia e a insensível Hera, a mãe que se tornou um monstro.

Nenhuma das histórias menciona o marrom lustroso de sua pele ou as linhas suaves de cicatrizes em suas bochechas, mas Agnes a reconhece por sua mandíbula duramente retesada, pela linha inflexível de sua coluna. Uma píton preta envolve um de seus braços, o corpo pesado e os olhos vermelhos.

Agnes inclina a cabeça em uma reverência, e a Mãe inclina a dela em resposta, duas soldadas se encontrando no campo de batalha.

Beatrice Belladonna é a irmã sábia, quieta e inteligente como uma coruja nas vigas. Ela é a última a entrar na torre.

Ela nunca acreditou em histórias de anciãs, nem quando era garota. Há muito tempo, decidiu que a Anciã era uma amálgama de mitos e fábulas, uma expressão coletiva do medo, em vez de uma mulher idosa de fato.

Mulheres velhas deveriam ser caducas e confusas, avós esquecidas que mimam seus netos e sempre têm uma sopa borbulhando no fogão; mas a Anciã não é nenhuma dessas coisas. Ela é a mulher perspicaz, a mulher astuta, a bruxa sábia demais, que conhece as palavras de toda maldição e os ingredientes de toda poção. Ela é a Baba Yaga e a Black Annis, a Malévola que distribui maldições em vez de presentes de batismo.

Bella a reconhece pelas pontas de seus dedos: manchadas de tinta, pintadas com palavras em uma dúzia de línguas mortas. Uma víbora pequena se enrola em volta de um de seus pulsos.

— Bem-vindas, Srtas. Eastwood. — Sua voz é abafada e doce, o sotaque um retalho de centenas de línguas vivas e mortas.

— Demoraram bastante — diz a mulher com a galhada na cabeça, a voz como presas de cobra e roseiras.

— Bom — Juniper dá de ombros —, estávamos ocupadas. E vocês estavam mortas.

A Donzela faz um barulho sibilante, como se essa reclamação fosse bastante tola.

A Mãe intervém, sua voz dura como ferro.

— Por que nos acordaram? Do que é que vocês precisam?

Ela olha para Agnes ao perguntar, seus olhos percorrendo as manchas de leite em sua blusa. Há uma escuridão em seu rosto que faz Bella pensar em lâminas afiadas.

— Ajudem-nos — sussurra Agnes, antes de enterrar o rosto nas mãos e começar a soluçar.

34

Maleficae quondam,
maleficaeque futurae.

Propósito desconhecido.

James Juniper segura a irmã pelos ombros e a faz se sentar com cuidado nas pedras chamuscadas. Entre soluços, Agnes tenta explicar sobre Gideon Hill e a eleição, sobre Eva, o voto para as mulheres e o incêndio da biblioteca, mas Juniper não tem certeza se o que ela diz faz muito sentido.

As Três a observam com preocupação em seus olhos discrepantes. As Três, que nem mesmo deveriam ter olhos, que deveriam estar mortas, mas não estão. Juniper observa a Donzela, sua pele branca coberta de camurça, e resiste ao impulso de tocá-la, de ver se sua mão atravessa sua carne.

— Silêncio, criança — diz a Mãe, por fim.

Os soluços de Agnes param. A Mãe bate o pé uma única vez e um vento repentino açoita a torre, limpando as pilhas de cinzas e o cheiro da fumaça. A Donzela agita uma das mãos e musgo surge por entre as rachaduras do chão de pedra, verde e macio como a primavera. A Anciã se acalma, soltando o ar pelo nariz, o que faz Juniper pensar em Mama Mags.

— Comece do começo — ordena, e Juniper se pergunta de que começo ela está falando.

Do dia em que convocaram a torre na Praça St. George e se reencontraram? Ou de sete anos antes, quando ela correu pela estrada esburacada atrás de suas irmãs, implorando para que não a abandonassem? Ou talvez o começo da história delas seja igual ao meio e ao fim: *Era uma vez três irmãs.*

Agnes começa com Eva, o que Juniper imagina ser o começo de uma história diferente. A irmã conta às Três sobre a febre que elas não conseguiram curar e a mensagem do tordo que ela não deveria ter mandado. Agnes lhes conta sobre Hill segurando a mecha ruiva do cabelo de sua filha, e Juniper sente a dor na amarração entre elas, uma ferida aberta salpicada com sal.

— E mesmo se conseguíssemos encontrar Eva, não acho que poderíamos curá-la. Hill é poderoso, e não só de um jeito comum. Ele tem seguidores, e umas sombras que se esgueiram pela cidade...

Um silêncio recai sobre as Três quando ela diz a palavra *sombras*. Até mesmo as serpentes param de serpentear e de se enroscar, seus olhos como brasas fixos em Agnes. A Mãe pragueja em uma língua que Juniper pensa ser um dialeto do Inferno.

— Parece até que você já o conheceu — comenta Juniper, a voz arrastada.

A Donzela mostra os dentes em uma expressão que não tem qualquer semelhança com um sorriso.

— Ah, eu o conheci — sibila ela.

— Foi ele quem nos venceu em Avalon — resmunga a Mãe.

— E foi ele quem nos queimou depois. Ouvi dizer que ele foi santificado por isso — conclui a Anciã. — Imbecil — acrescenta, reflexiva.

Juniper acha que nunca ouviu um silêncio parecido com o que se seguiu: há certa intensidade e frieza nele, uma profundidade que só poderia existir após o pôr do sol do outro lado de lugar nenhum, quando seis bruxas e seus espíritos familiares acabaram de descobrir que têm um inimigo em comum.

— Merda — diz ela. Depois, mais enfaticamente: — *Merda*.

Bella se recupera primeiro, agarrando-se aos últimos fios puídos do bom senso.

— Mas como? Não existe essa coisa de Fonte da Juventude ou Pedra Filosofal. Como é que ele ainda está vivo? Como é que *vocês* estão vivas?

— Não estamos, tecnicamente falando. — A Donzela acaricia sua serpente com um dedo branco. — Vivas, quero dizer.

— Nunca gostei de ser chamada de Anciã. Já me esqueci do nome que minha mãe me deu, mas tenho certeza de que não era esse. E ela não é nenhuma donzela.

A Anciã aponta com o queixo para a Donzela, que sorri de uma forma nada donzelesca.

— Eu sou Mãe — reflete a mulher de armadura. — Mas também sou mais do que isso.

Bella ajeita seus óculos.

— Mas o feitiço para trazer de volta o Caminho Perdido de Avalon... É necessário uma donzela, uma mãe e uma anciã, não é?

A Anciã dá de ombros.

— Toda mulher costuma ser pelo menos uma delas. Às vezes todas as três, e algumas outras mais.

Bella pisca várias vezes, atônita.

— Então nós não fomos chamadas. Ou... escolhidas.

Juniper imagina que ela está se lembrando daquilo que as atraiu umas para as outras naquele dia, o puxão no fio entre elas.

A Anciã faz um som que só pode ser descrito como uma gargalhada. Ela recupera o fôlego, tenta responder, mas se acaba em outro acesso de risos.

— *Escolhidas*? Se vocês três foram escolhidas, foi apenas pelas circunstâncias. Pelas suas próprias necessidades. Isso é tudo o que a magia realmente é: o espaço entre o que você tem e o que você precisa.

Bella parece uma mulher escolhendo entre as muitas dúzias de perguntas que lhe ocorrem, mas Agnes é mais rápida.

— O que vocês sabem sobre Gideon Hill?

As Três se entreolham, e o silêncio volta a pairar sobre elas.

A Donzela ergue o queixo, o cabelo deslizando sobre seus ombros pálidos.

— Mais do que sobre qualquer outra pessoa viva.

Os olhos da Mãe percorrem novamente os vestígios de leite na blusa de Agnes.

— O bastante para ajudá-las, eu espero.

A Anciã dá um suspiro longo e desanimado.

— Deixem-nos começar do começo.

O Conto das Últimas Três Bruxas do Oeste

Era uma vez três bruxas.

A primeira bruxa era uma estudiosa de Samarcanda, que dedicou sua vida ao estudo das palavras e da bruxaria, dominou centenas de línguas e milhares de poções, e conversou com príncipes e cãs em dois continentes.

A segunda bruxa era uma escrava zanje, que foi vendida em Constantinopla, usou a bruxaria de seus ancestrais e de seus captores para libertar a si mesma e a suas filhas, e abriu um caminho sangrento pelo mundo como chefe de um bando de mercenários.

A terceira bruxa era uma camponesa de Blackdown Hills, abandonada com seu irmão na escuridão profunda das árvores. Alguns anos depois, o garoto voltou para seu vilarejo. Sua irmã, entretanto, nunca mais foi vista, nem se ouviu falar dela, a não ser como uma sombra de olhos verdes, um rumor de dentes brancos.

Em suma, elas eram três bruxas comuns de suas épocas. Talvez um pouco mais desesperadas e um tantinho mais instruídas, mas certamente não eram lendas.

Nenhuma delas sequer teria sido lembrada, se não fosse pela peste. Uma doença medonha e misteriosa que se esgueirou para dentro de cada vilarejo, percorreu cada rua de cada cidade e deixou corpos inchados em seu rastro.

A maioria das bruxas ajudou onde pôde, mas a doença chegou depressa e matou mais depressa ainda, e mesmo a mais inteligente das bruxas não conseguiu salvar a todos. Esse fracasso — todas as pessoas que elas não conseguiram salvar, e os maridos, tias e vizinhos que deixaram para trás, enlouquecidos pelo luto — tornou-se a sua ruína.

Rumores começaram a se espalhar: de que a peste era sobrenatural; de que, de alguma forma, era obra das bruxas; de que tal mal tinha que ser expurgado do mundo. E quando um herói surgiu, prometendo ser uma luz contra a escuridão, vestido de branco, mas seguido por sombras pretas, as pessoas o seguiram.

George de Hyll não era um Santo naquela época. Era apenas um bruxo, nem um pouco diferente das bruxas que ele caçava — só que ele era um homem, e o poder de um homem lhe era concedido por Deus.

— Mas... como é que um homem conseguiu praticar a bruxaria? — interrompe Bella.

A Donzela ri para ela.

— Acha que a magia se importa com o que você tem entre as pernas? Ou com a maneira como você arruma o seu cabelo?

Bella não interrompe novamente.

Seus seguidores queimaram os livros primeiro, séculos de aprendizado engolidos em questão de segundos. Então, George perguntou: Mas e quanto às mulheres que carregam as palavras e os caminhos em suas mentes? Aquelas que certamente irão ensiná-los a suas filhas e irmãs?

E assim eles vieram atrás das bruxas. As bruxas da floresta, em suas cavernas e árvores ocas, as parteiras e as profetisas, as sibilas e as estudiosas. As bruxas lutaram contra eles com todas as maldições e azarações que conheciam. Porém, quanto mais força usavam para lutar, mais assustadas as pessoas ficavam, e maiores se tornavam os exércitos de George. As bruxas queimaram ao lado de seus livros.

Todas as palavras e caminhos que haviam sido preservados foram colocados discretamente em canções e rimas, transformados em fábulas. As mulheres as cantavam para as crianças e as ensinavam para suas irmãs, e mesmo os vizinhos observadores e as sombras vigilantes achavam que não era nada demais.

O expurgo continuou. O mundo mudou. As ervas e as ervas daninhas cresciam desenfreadamente nas encostas das colinas, pois não havia ninguém para cuidar delas. As árvores e os animais se tornaram silenciosos, pois não havia ninguém para conversar com eles. Ninguém mais via dragões nos ventos matinais.

Não demorou muito até que as bruxas recuassem para alguns dos últimos redutos restantes: a Floresta Negra, na Saxônia; a ilha flutuante de Lemúria; um certo pântano assombrado ao sul da Inglaterra, às vezes chamado de Avalon.

Certa noite, a Mãe e a Anciã cambalearam até aquele charco sombrio, desgastadas pela guerra e sem esperanças, e encontraram a Donzela. A julgar por seus espíritos familiares, elas sabiam que compartilhavam algum parentesco, senão de sangue, então de alma, e compartilharam uma refeição ao redor de uma fogueira naquela noite.

E ali, na floresta selvagem, no amargo fim da era da bruxaria, as três começaram a planejar.

A Donzela tinha um lugar: as profundezas da floresta, onde os destroços de uma torre estavam bem escondidos.

A Mãe tinha a força para defendê-la, pelo menos por um tempo.

A Anciã tinha algo que valia a pena defender: todas as suas décadas de estudo, todas as suas palavras e caminhos. Ela escreveu cada feitiço do qual se lembrava, até mesmo aqueles de que só recordava metade, depois saiu pelo mundo a fim de coletar todos os livros não queimados e pergaminhos sobreviventes que conseguisse encontrar.

O boato se espalhou entre as bruxas restantes, e mulheres chegavam todos os dias com partes de feitiços e receitas chamuscadas. Em troca, as Três lhes ensinavam o máximo de bruxaria que podiam: para se esconder e para machucar, para dar à luz e para destruir, para sobreviver. Algumas delas ficaram — queriam defender o monte, proteger a torre, patrulhar as fronteiras frágeis de seu reino meio secreto —, mas na maioria das vezes fugiam de volta para o campo.

As Três também possuíam a ajuda de seus espíritos familiares, como se a própria magia não quisesse ser esquecida. Quando a torre ficou pronta, suas serpentes entrelaçaram seus corpos em três círculos e marcaram o símbolo com fogo na porta. Depois de um tempo, as Três descobriram que tinham um jeito de voltar à torre, mesmo que viajassem para muito longe.

E de fato viajaram. A Anciã passou semanas nos salões de terracota da mesquita de Jené. A Mãe completou as três tarefas postas pelos bibliotecários de Constantinopla. A Donzela visitou Cambridge e conseguiu roubar uma ala inteira de sua biblioteca, a qual anexou à torre.

Entretanto, cada vez menos bruxas as encontravam ao longo dos anos. As Três sentiram o gosto de cinzas no vento e sabiam que George de Hyll estava a caminho.

Mais tarde, os contadores de histórias diriam que as Três perderam a batalha em Avalon. Que Hyll e seus Inquisidores as arrastaram aos gritos até o poste e destruíram o poder da bruxaria para todo o sempre.

Porém, se as Três — as bruxas mais inteligentes, experientes e sagazes de sua época — quisessem escapar, elas o teriam feito. Em vez disso, elas esperaram.

Esperaram com seus espíritos familiares a seus pés e palavras em seus lábios. Elas lutaram contra George de Hyll durante três dias e três noites, enquanto suas filhas, irmãs e amigas desapareciam nas colinas. E quando suas forças chegaram ao fim, as Três entalharam sua promessa na porta da torre — *Maleficae quondam, maleficaeque futurae* — e se ajoelharam diante de Hyll, os pescoços curvados.

Ele as queimou no dia seguinte, de costas uma para a outra, as chamas amarelas e brancas tremeluzindo em seus olhos. As Três não gritaram enquanto queimavam: elas cantaram. Uma canção sobre rosas e cinzas, sobre morrerem juntas na batalha, de mãos dadas.

Como aquelas palavras nunca haviam sido ditas antes e não eram nenhum feitiço que ele conhecesse, e porque homens são tolos quando pensam que venceram, George de Hyll as ignorou. Ele não entendeu que as Três haviam passado anos aprofundando-se cada vez mais na bruxaria, estudando feitiços de cada canto e recanto do mundo. Que haviam começado a se perguntar, em primeiro lugar, de onde vieram as palavras e os caminhos, e a escrever seus próprios encantamentos.

O feitiço que cantaram naquela noite era uma amarração, muito mais estranha e ousada do que qualquer outra já feita. Elas amarraram suas almas uma à outra, e então à sua amada biblioteca. Conforme seus corpos queimavam, suas almas fugiram para o outro lado de lugar nenhum — e levaram Avalon com elas. As Três levaram a torre e os livros, as árvores e as estrelas, até mesmo o vento traiçoeiro do outono.

George se enfureceu ao vê-las escapar. Durante anos e anos, ele expurgou da face da terra qualquer vestígio das Últimas Três Bruxas do Oeste ou do Caminho Perdido de Avalon. Ele encontrou boatos e canções, pedacinhos de rimas, mas nunca mais viu aquela torre preta outra vez.

As Três esperaram. Elas estudaram, discutiram e choraram, desesperaram-se e sonharam, imortais, até que, por fim, se colocaram para dormir. Permitiram que suas próprias formas se enroscassem entre as raízes pretas e a terra escura, enfiando-se entre pedras e páginas frágeis de livros. Almas não foram feitas para durarem séculos.

As Três, porém, não se permitiram desaparecer completamente. Elas esperaram, ainda se agarrando ao mais fino fio de si mesmas, pelo dia em que seriam chamadas de volta ao mundo. Quando o que estava perdido fosse encontrado outra vez, e a bruxaria retornasse.

Isso, entretanto, nunca aconteceu.

35

Joaninha, joaninha, voe para bem longe de sua casa.

Feitiço usado para voar. São necessários sorveira e o brilho das estrelas.

Se James Juniper fechar os olhos, pode fingir que é uma garotinha de novo, enroscada com suas irmãs sobre o tapete puído ao lado do fogão, enquanto Mama Mags lhes conta histórias. Pode fingir que é tudo faz de conta e mitos.

Até que Bella diz, hesitante:

— Não é verdade. Já trouxeram Avalon de volta, não? Antes de nós?

A Anciã quase sorri para ela.

— Bom, não seria de muita ajuda esconder a biblioteca se ninguém nunca mais conseguisse encontrá-la. Deixamos as palavras com nossas filhas antes de elas fugirem, para que pudessem nos chamar de volta quando o mundo estivesse seguro outra vez. Só que nunca mais foi seguro. Ainda assim, elas nos chamavam de tempos em tempos.

— Velha Salem — sussurrou Bella.

— E antes disso, em Wiesensteig, na década de 1560, e na igreja Auld Kirk Green no final do século. Navarra no começo dos anos 1600. Em qualquer lugar onde houvesse pelo menos três bruxas com a vontade. Mas, no decorrer dos séculos, havia cada vez menos mulheres que se lembravam das palavras e dos caminhos. Então, a era das bruxas não passava de histórias, e nós ouvimos esses contos serem distorcidos e obscurecidos ao longo dos anos, até que todas as bruxas fossem consideradas perversas. — A Anciã ainda sorri, mas os cantos de sua boca estão retorcidos e tristes. — Ele quase nos pegou em Salem. Tituba e seu conventículo nos baniram de volta para lugar nenhum pouco antes das chamas nos devorarem.

Bella pressiona o bolso de sua saia, onde Juniper consegue distinguir o formato de seu caderninho preto.

— Eu encontrei as palavras escritas no livro das Irmãs Grimm, meio apagadas...

— As Grimm eram garotas inteligentes — diz a Mãe afetuosamente. — Jacobine e Willa invocaram a torre e nos acordaram de nosso sono muito depois de Velha Salem, mas não estavam interessadas em palavras e caminhos poderosos... talvez já soubessem, naquela época, o problema que isso poderia criar. Elas só queriam nossas histórias. Ouvi dizer que obtiveram um bom lucro com isso.

— Ninguém nos chamou desde então. — A Donzela suspira. — Nós achamos que talvez ninguém nunca mais o fizesse. Contentamo-nos com a ideia de que pelo menos *ele* nunca nos encontrou. — Os olhos dela perpassam as prateleiras queimadas e as escadas caindo aos pedaços, depois se voltam para as Eastwood. Seu tom esfria consideravelmente. — Isto é, até pouco tempo atrás.

Um silêncio curto e pesaroso recai sobre elas enquanto escutam os sussurros das cinzas, o uivo oco do vento entrando pelas janelas.

Agnes quebra a quietude.

— Gideon Hill. — Ela diz o nome dele com cuidado, do jeito que uma mulher acariciaria o fio de uma lâmina recém-afiada. — E Santo George de Hyll. Eles são o mesmo homem?

— São a mesma alma, pelo menos — explica a Anciã.

— Como isso é possível?

As Três trocam um olhar que Juniper reconhece: é a maneira como três irmãs se entreolham quando percebem que causaram muitos problemas.

— Deveríamos ter sabido — diz a Anciã. — Ele nos observou lançar nosso último feitiço. Quando a torre nos seguiu escuridão adentro, ele entendeu o que havíamos feito. Naquela época, Hyll era um bruxo formidável, o bastante para tentar uma amarração por conta própria.

Os lábios da Donzela deslizam por debaixo de seus dentes.

— Mas nós não estávamos buscando a imortalidade! Só estávamos tentando sobreviver, nunca foi nossa intenção...

— Não importa qual era a nossa intenção. — Os olhos da Mãe encaram a expressão grave no rosto de Agnes. — Na primeira vez que nos chamaram de volta ao mundo, disseram-nos que George de Hyll morrera uma década antes, e que fora santificado pouco tempo depois. Mas então nós o vimos. Ele tinha um rosto e um nome diferente: Glennwald Hale, um Inquisidor e um clérigo, mas ainda assim o reconhecemos.

— Nós o havíamos mostrado o segredo de almas amarradas. E ele percebeu que poderia amarrar sua alma a qualquer coisa que quisesse, não apenas a pedras, rosas ou livros. — A víbora da Anciã desliza de seu pulso até seu pescoço, esfregando sua bochecha de obsidiana na dela em um gesto que parece quase de consolo. — Ele amarrou a si mesmo a corpos vivos, um após o outro. Tudo o que ele precisava eram as cinzas do corpo que estava deixando, e alguma coisa do corpo que estava roubando. E vontade o suficiente, imagino, para subjugar a outra alma que ainda vive dentro dele. — Ela acaricia a cabeça de seu espírito familiar. — Imagino que ele ataque os jovens e indefesos com mais frequência, para facilitar a amarração.

De repente, Juniper se sente enjoada, como se tivesse levantado o tronco de uma árvore e encontrado algo repulsivo e morto embaixo dele. Ela se lembra das histórias que ouviu sobre o menino sonhador, que adorava ler, e cujo tio favorito morreu quando ele era jovem. Como ele mudou depois disso, tornando-se menos sonhador e mais calculista. Como ele pediu aos seus professores que o chamassem por seu nome do meio: Gideon.

Juniper se pergunta qual era a sensação de ter um espírito antigo roubando sua vontade, apropriando-se do seu corpo e marchando com ele por aí, como uma marionete de madeira. Ela pensa na longa fila de corpos que se estendem atrás dele, colhidos como frutas maduras que têm seu interior removido, descartados tão facilmente quanto cascas de maçã. E o que aconteceu com as almas que ele subjugou? Será que elas desapareceram quando seus corpos morreram, ou foram arrastadas com ele de corpo em corpo, aprisionadas em um inferno criado por ele?

— *Infeliz.* — Sua voz está áspera e duas vezes mais rouca. — Então ele só vem pulando de criança em criança, um pouco mais esperto e um pouco mais cruel a cada vez...

— Conquistando poder, conquistando bruxaria, e... — Bella arqueja levemente. — Encobrindo seus próprios rastros. Roubando registros e queimando livros, apagando quaisquer palavras e caminhos que ainda restem.

Seu tom de voz deixa claro que ela inclui tais atos entre seus crimes mais pérfidos.

Até agora, Agnes não piscou ou se retraiu. Ela permanece com o rosto inexpressivo, implacável.

— Ainda assim, ele está assustado. Do que ele tem medo?

— Do mesmo que todo homem poderoso tem medo. — A Anciã dá de ombros. — Do dia em que a verdade virá à tona.

— Do dia em que ele receberá o que merece — diz a Donzela.

A Mãe encontra os olhos de Agnes e Juniper vê algo passar entre eles, o reluzir de uma lâmina jogada.

— De nós.

Pela primeira vez desde que sua filha foi roubada, Agnes sente seus lábios se curvarem. Não é o seu sorriso de sempre — sua boca parece ter dentes em excesso e sua mandíbula dói —, mas há uma alegria furiosa preenchendo o vazio que seu coração deixou para trás.

— E por quê? — Seu tom é quase um ronronar.

— Porque ele nos queimou, mas nossas almas ressurgiram das cinzas, e ele sabe disso. Porque nós sabemos exatamente o que ele é, e como derrotá-lo. — O sorriso da Anciã é de um veneno sutil, do tipo que não tem nenhum sabor ou cheiro. — Porque toda amarração pode ser destruída.

— Como?

— Da mesma maneira que se faria com qualquer outra amarração: destrua os caminhos. Mate o corpo que ele usa agora...

Juniper pigarreia de forma áspera.

— Se você está nos dizendo que o segredo para matá-lo é *matá-lo,* eu juro por Santa Hilda que vou amaldiçoá-la.

Bella e a Anciã lhe dão um tapa ao mesmo tempo.

— ...Depois garanta que sua alma seja banida — continua a Anciã friamente. — Imagino que ela irá querer ficar mesmo sem a amarração, só por uma questão de hábito e despeito.

— E como banimos uma alma?

— Nós escrevemos as palavras especialmente para ele — diz a Donzela. — Depois que vimos o que ele havia se tornado. Mas ele já estava forte naquela época, envolto em sombras roubadas, e nenhuma bruxa jamais conseguiu chegar perto o bastante para lançar o feitiço.

— Eu chegarei — afirma Agnes. — Ensine-as a mim.

E a Donzela assim o faz. Agnes fica surpresa ao descobrir que estas palavras também lhe são familiares, uma rima infantil tornada assustadora sob uma torre incendiada e raios oblíquos de luar. *Todos os cavalos e homens do rei, não conseguiram montar Georgie outra vez.*

Agnes repete as palavras para si mesma, sentindo-as em sua língua. Elas têm gosto de terra de túmulo e vingança, como uma morte que está há muito tempo atrasada. As garras de Pan se fecham ao redor de seu ombro, perfurando sua pele.

Você não é invencível, Gideon Hill.

Bella ajeita seus óculos no nariz.

— E quanto a vocês três? Amarraram a si mesmas a Avalon e a torre foi queimada, por que suas almas não se separaram?

Os olhos da Anciã não cintilam — olhos cintilantes são gentis, feitos para avós que assam biscoitos de gengibre e fazem cachecóis de crochê —, mas eles brilham.

— Você acha que eu amarrei a minha alma eterna aos *livros*? A papel e tinta? — O brilho se intensifica. — Nós nos amarramos às próprias palavras, Belladonna. Não desapareceremos até que as crianças esqueçam suas rimas e as mães não tenham mais canções de ninar, até que a última bruxa esqueça a última palavra.

— Ah. — O rosto de Bella se ilumina com um brilho ardente, característico de uma bibliotecária. — Então as palavras sobreviveram. Ainda estão por aí em algum lugar. Poderiam ser reunidas de novo, preservadas.

— Ou reescritas. Cada feitiço que existe foi primeiro dito em voz alta por uma bruxa que precisava dele.

Bella bate palmas de verdade.

— Então a biblioteca poderia ser... ah, mas daria tanto trabalho.

A Anciã bufa.

— Sempre dá.

— Sempre?

— Avalon não foi a primeira biblioteca. Alexandria, Antióquia, Avicena... Eles continuam a nos queimar. Nós continuamos ressurgindo.

Bella abre a boca de novo, mas Agnes se levanta, espanando as cinzas da biblioteca de suas saias.

— Obrigada a todas. — Ela faz uma reverência com a cabeça para a Donzela, a Anciã e especialmente para a Mãe. — Mas preciso ir agora.

Agnes olha para suas irmãs. De repente, ela se dá conta de que elas podem ficar ali, se quiserem, escondidas em segurança do outro lado de algum lugar. Afinal, Eva não é filha delas.

Bella e Juniper, porém, já estão se levantando, seus ombros quentes ao lado dos dela. Juniper olha um tanto melancolicamente para a torre, para a noite cada vez mais profunda de lugar nenhum em volta delas, livre do fedor e do barulho de Nova Salem. Agnes se pergunta se ela está pensando em suas noites no Condado do Corvo, vivas e enluaradas, no tempo em que ela tinha um lugar para chamar de lar.

Juniper esfrega seu sapato nas cinzas.

— Talvez possamos conversar de novo algum outro dia. Depois que Hill receber o que merece.

A Donzela olha para Juniper de um jeito que faz Agnes lembrar que ela viveu e escutou o mundo durante séculos. Ela ainda é a Donzela selvagem da floresta, mas também há uma certa sabedoria em seus olhos.

— Ele nem sempre foi... o que é agora — diz ela suavemente.

— Um monstro — acrescenta Juniper. — E um verdadeiro imbecil.

A Donzela se retrai, mas não discorda.

— Ele não costumava ser assim. Não sou tão tola a ponto de pensar que ele poderia se redimir, mas eu queria... — Ela morde o lábio com aqueles dentes afiados. — Queria que ele morresse ouvindo seu verdadeiro nome. Poderia dizer para ele, antes do fim?

Seus chifres roçam o cabelo preto embaraçado de Juniper quando ela sussurra em seu ouvido. Juniper franze a testa, então assente, solene como uma Santa.

Elas já estão quase na porta, suas palmas estendendo-se para os resquícios carbonizados do Símbolo das Três, quando Juniper se vira.

— Vocês voavam de verdade? Em vassouras, como nas histórias?

As Três sorriem para ela em perfeita sincronia, e em seus olhos Agnes vê o brilho prateado da luz das estrelas, a seda úmida das nuvens, a lembrança de milhares de noites assoladas pelo vento planando acima do giro lento do mundo.

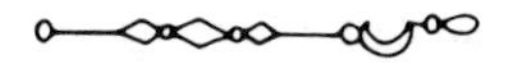

As estrelas se distorcem acima delas, e então Bella e suas irmãs estão agachadas no chão de um cômodo desconhecido. Suas palmas estão pressionadas contra um círculo irregular entalhado nas tábuas do assoalho, e um teto abobadado paira sobre elas. Há fileiras de bancos de madeira ao seu lado, bem polidos pelos anos de uso. Faz muito tempo desde que Bella pôs os pés em uma igreja pela última vez, mas ela se lembra da quietude do ar, do cheiro acolhedor de velas e vinho.

Uma voz murmura suavemente uma rima, e uma luz quente e dourada preenche a igreja. Bella pisca contra as lágrimas em seus olhos e busca a fonte da claridade: a Srta. Cleópatra Quinn, sentada de pernas cruzadas e recostada no púlpito, sua varinha brilhando como o olho laranja de um gato.

— Pelo visto, as senhoritas não tiveram pressa nenhuma — diz ela sarcasticamente.

Mas Bella escuta o alívio caloroso por trás das palavras. Ela não se dá ao trabalho de olhar para nenhum outro lugar, nem mesmo de se levantar. Ela rasteja pelo corredor e abraça as pernas de Cleo, descansando a bochecha sobre seus joelhos.

— Recomponha-se, mulher. — A voz de Cleo é áspera, mas seus dedos são delicados ao tocar o rosto de Bella. — Vocês encontraram o que precisavam?

— Ah, Cleo, nós as vimos! *Conversamos* com elas! Com as Três em pessoa! Preciso de uma caneta. — As pontas dos dedos de Bella zumbem com a necessidade de escrever tudo, de transferir as maravilhas e curiosidades da última hora para a segurança do papel e da tinta. Ela olha de um jeito meio desesperado para as sombras, como se uma caneta-tinteiro pudesse se materializar ali. — Onde estamos?

— Na Igreja da Mãe Betel, no Novo Cairo. Nós fizemos o melhor que podíamos para protegê-la, mas não devemos nos demorar.

— Nós?

Quinn ergue a varinha iluminada e outros rostos surgem da escuridão, alinhados junto aos bancos: as irmãs Hull, com os capuzes cobrindo bem seus rostos; Jennie Lind, parecendo sombria com um olho roxo; Yulia e suas filhas, sentadas ao lado de Annie Flynn; uma garota magrela e ossuda, que encara Agnes com uma mistura de ressentimento e gratidão; e mais meia dúzia de outras mulheres, de ombros eretos e olhos firmes.

As Irmãs de Avalon. Ainda suas irmãs.

Juniper abre um sorriso largo e feroz. Agnes olha ao redor, encarando-as com o rosto pálido.

— O que vocês estão fazendo aqui?

Yulia aponta para Cleo com o queixo.

— Ela nos chamou. Disse que vocês três estavam fazendo uma coisa muito estúpida. — A voz de Yulia fica rouca. — Que pegaram sua menininha.

Agnes engole em seco várias vezes.

— Agora vocês irão resgatá-la?

Agnes assente uma única vez, seus olhos como aço quente.

Yulia grunhe. Bella espera que as Irmãs façam perguntas, do tipo *como?* ou *com que exército?* Porém, elas simplesmente permanecem sentadas e esperam. Bella luta contra o impulso vergonhoso de chorar.

Cleo a salva ao lhe dar um tapinha gentil no ombro.

— Vocês falaram com elas?

— Sim. Quero dizer, com seus espíritos. Elas inventaram uma amarração que rompe com as amarras corpóreas comuns da alma. Amarraram-se à biblioteca... ou à própria bruxaria, suponho. E eu estava certa sobre as rimas terem sido um meio de preservar os feitiços durante o expurgo. Elas disseram que...

— Disseram que Gideon Hill é imortal e é um bruxo — interrompe Juniper, talvez sabiamente. — Além de ser um pé no saco. Também nos disseram como matá-lo. — Ela se acomoda preguiçosamente em um banco em frente a Yulia, cruzando a bengala sobre o colo. — O único problema será pegá-lo com a guarda baixa e dar um jeito de nos livrarmos daquelas malditas sombras. — O olhar dela pousa sobre a luz ardente da varinha de Cleo. Seus olhos se estreitam, refletindo. — Hum.

Bella balança a cabeça.

— Isso é só um feitiço de dona de casa para emitir luz. Não tenho certeza se poderia fazer muita coisa além de irritá-lo.

— Mas e se houvesse mais de nós? E se o pegássemos de surpresa? Se pudéssemos encurralá-lo em algum tipo de discurso público, talvez, ou em uma marcha? Um homem como ele é obrigado a promover algo do tipo em algum momento.

A voz de Agnes se sobrepõe à de Juniper, fina e cansada.

— Temos até o pôr do sol de amanhã.

Bella e Juniper a encaram.

— Hill fez um acordo comigo. — Agnes engole em seco. — Eu supostamente deveria trair vocês e entregá-las para ele até o pôr do sol de amanhã, se quiser ter Eva de volta, viva e bem. — Ela diz o nome da filha com cuidado, como se fosse um caco de vidro ou unhas curvadas em sua boca, prontos para cortá-la.

— Ah. — Juniper esfrega as palmas das mãos em seu rosto. — E o que você respondeu?

Agnes engole em seco outra vez, a garganta retesada sob as sombras compridas da luz da varinha.

— Eu concordei.

Juniper assente, despreocupada.

— Boa menina. Embora isso não nos dê muito tempo para planejar. Alguma de vocês sabe um jeito de fazer nosso prefeito sair em público, cercado pela nossa gente? Jennie? Inez? — Um par de linhas de expressão aparece entre suas sobrancelhas. — Onde está Inez?

— Eles a capturaram ontem — responde Jennie, a voz levemente trêmula. — Electa também. Estávamos tentando levar comida para as garotas nas Profundezas, mas as sombras as agarraram com firmeza. Tentei ficar com elas, tentei ajudá-las, mas Inez me disse para correr. Ela... insistiu.

Jennie toca o machucado inchado em volta de seu olho.

Juniper não diz nada, mas as linhas entre suas sobrancelhas se aprofundam. Seus ombros se curvam, como se um grande peso tivesse se acomodado sobre eles. Bella se dá conta de que ela não se parece muito com a jovem magoada e selvagem de 17 anos que chegou mancando à cidade seis meses antes. Há uma seriedade em suas feições, um peso em seus membros. Como se Juniper tivesse visto o preço de sua rebeldia e não tivesse mais certeza se queria pagá-lo.

Bella sente o calor dos dedos de Cleo em seu ombro e, por um segundo feroz, deseja que as duas pudessem fugir. Pudessem deixar a cidade, o país, o próprio mundo.

Pelo canto do olho, Bella vê a postura voltar aos ombros de Juniper. Seus olhos se incendeiam. É uma expressão desconcertante, tão familiar para Bella quanto a luz que geralmente antecede alguma coisa perigosa ou ilegal.

— Sabem — comenta Juniper com as mulheres reunidas —, não há nada mais público do que uma boa e velha queima de bruxas. E já estamos quase no equinócio.

Seu tom de voz é informal, quase relaxado, mas Bella sente o frio da premonição em seu estômago. Ela consegue sentir os contornos da ideia de Juniper através da coisa entre elas, ainda sem forma, mas assustadora.

Agnes franze a testa para a irmã caçula, daquele jeito repressor que diz *nem-pense-nisso*, e Bella sabe que ela tem a mesma sensação.

— E então?

— E então... — Juniper se levanta e caminha pelo corredor, a bengala retinindo no chão. Ela dá meia-volta para encará-las e abre bem os braços, como uma antiga sacerdotisa oferecendo a benção com as mãos sujas de sangue. — Vamos dar a esta cidade o que ela quer.

PARTE QUATRO

O QUE ESTÁ PERDIDO

Chuva, chuva, vá embora
Volte outro dia, volte outra hora.

Feitiço usado para adiar uma tempestade iminente. É necessária pura sorte.

Beatrice Belladonna nunca entendeu o quão breve um único dia poderia ser, até que fosse o seu último. É como se as horas tivessem criado asas durante a noite.

Ela está agachada no sótão escuro e cheio de poeira de uma casa abandonada na Rua Seis, cercada por um pequeno mar de livros e papéis, anotações rabiscadas às pressas, e feitiços inacabados para enferrujar, dormir e emitir luz solar, para crianças trocadas e vassouras voadoras. Tocos de vela formam poças precariamente próximas às pilhas de capas mal dobradas em uma dúzia de tons de carvão e tinta, ainda cheirando ao verão. No meio dessa bagunça, Bella está sentada dentro de um círculo de sal, os dedos apertando uma caneta e as mangas enroladas até o pulso, tentando ignorar as horas que passam como penas caindo.

Seu surrado caderninho de couro preto está apoiado em uma caneca de café frio, as pontas das páginas dobradas e cheias de marcações. Bella pensa que se o plano delas der errado, ele pode ser o único registro sobrevivente dos acontecimentos que não foi distorcido pela campanha de Hill. Não é muita coisa — metade é um livro de memórias, e a outra é um grimório, com rimas e contos de bruxas intercalados, como um álbum de recortes do verão que tiveram —, mas seus dedos percorrem a capa amorosamente.

Ela abre na primeira página, em que uma placa de identificação foi colada com cuidado no centro:

Beatrice Belladonna Eastwood
Bibliotecária Assistente
Biblioteca da Universidade de Nova Salem

Ela risca metade da placa e acrescenta quatro linhas acima dela:

Nossas Próprias Histórias
O Conto Completo e Verdadeiro
das Irmãs Eastwood no Verão de 1893

Por
~~Beatrice~~ Belladonna Eastwood
Bibliotecária ~~Assistente~~
~~Biblioteca da Universidade de Nova Salem~~
Avalon

Ela não consegue riscar a palavra *bibliotecária*. Era seu lar e refúgio, aquilo que ela se tornou quando não era mais a filha de seu pai ou a protetora de suas irmãs. Agora, Bella pensa em si mesma como uma bibliotecária estranhamente desprovida de uma biblioteca, obrigada a construir a sua própria.

Mas ela não pode construí-la. Levaria anos e décadas — uma vida inteira de pesquisa e coleta, de rastreio de cada canção de ninar murmurada e rima meio esquecida —, e ela não tem esse tempo. Bella só tem algumas horas finais para reunir as palavras de que elas mais precisam.

Suas irmãs saíram para encontrar os caminhos e as vontades, zanzando pela cidade como aranhas tecendo teias furiosas, mas o sol já se inclina em direção à tarde. As sombras sobem pela parede como água fria, cheirando a primeiras geadas e últimas chances.

Bella se pergunta se as celas das Profundezas são menores do que o seu quarto no Internato de St. Hale. Se o desespero está à sua espera lá embaixo na escuridão, pronto para engoli-la inteira. Ela flexiona as mãos, lembrando-se da mordida profunda das cordas amarradas em volta delas.

O alçapão se abre com um rangido, e o cheiro de cravos-da-índia e tinta invade o sótão.

— Cleo!

Bella se senta mais ereta em seu ninho de papel e dá uns tapinhas inúteis no cabelo para ajeitá-lo.

Cleo joga um grande saco de papel pardo em cima da cama ao lado dela. Ossos tilintam quando ele cai.

— Agora só restam parcas sobras. A loja está praticamente vazia. Comprei o que consegui e troquei ou implorei pelo resto. Diga a Juniper que ela me deve... Comprei aquelas presas de cobra de uma bruxinha de Orleans, e eu juro por Deus que ela me deu *arrepios*. — Inquieta, Cleo remexe nos bolsos de sua saia enquanto fala, como se sua mente estivesse em outro lugar. — Também falei com as Filhas. Minha mãe me pediu para dizer-lhe que esse plano todo é, em suas próprias palavras, "mais idiota do que carregar tijolos com um balde", e está "condenado ao fracasso"...

— Se ao menos ela se sentisse à vontade para ser honesta comigo — murmura Bella.

— ...mas que ela estará lá. Junto de todas as Filhas que se voluntariarem. — Cleo dá um sorriso meio torto. — Embora nenhuma delas goste muito da ideia.

— De qual parte da ideia elas não gostam?

— A parte em que três mulheres brancas que conhecem todos os nossos segredos acabam caindo nas garras de Gideon Hill. Vocês poderiam nos trair.

— Ah. — Bella percebe que seus próprios dedos estão inquietos agora. Ela se esforça bastante para não pensar em julgamentos de bruxas e confissões arrancadas através da tortura. — Bom, não iremos traí-las. *Eu* não irei traí-las.

— Foi o que eu disse a elas — comenta Cleo descontraidamente, mas há tanta confiança em sua voz que Bella sente seus olhos arderem. Depois de uma breve pausa, Cleo pergunta: — Como estão as coisas por aqui?

Bella gesticula para as folhas amassadas.

— Uma bagunça. Fiz o melhor que pude sem a biblioteca, mas não sei se será o suficiente. Não sei se *nós* somos o suficiente. Esta é de longe a pior ideia que Juniper já teve, e olha que ela já teve muitas. Quando eu tinha 9 anos, ela tentou esconder um filhote de raposa dentro de casa para ser seu animal de estimação. Certa vez, pulou do telhado com a vassoura da cozinha em uma das mãos porque queria voar. Mags teve que lhe dar pontos. — Bella sabe que está tagarelando, dizendo tudo, exceto aquilo que ela precisa dizer. Com bastante esforço, ela consegue parar. — Precisamos conversar, Cleo.

— Precisamos mesmo. — Cleo sorri, as mãos de volta aos bolsos.

— E-eu gostaria que você deixasse Nova Salem.

A língua de Bella parece ter o tamanho errado, relutante em formar as palavras. As sobrancelhas de Cleo se erguem em dois arcos idênticos.

— É um pouco tarde para isso, não acha?

— Pare de sorrir, estou falando sério. Você já arriscou mais por nós... por mim... do que qualquer mulher em sã consciência, e esse plano da June...

— O plano em que eu desempenho um papel extremamente ousado e heroico? Sem o qual a coisa toda desmorona?

— Poderíamos encontrar outra pessoa!

— Vocês realmente não poderiam.

— Cleo, por favor. Eva não é sua sobrinha, Agnes e June não são suas irmãs, eu não sou... nada sua.

— Bella. — A voz de Cleo está mais suave, seu sorriso substituído por uma sinceridade perigosa.

Bella desvia o olhar, entrelaçando os próprios dedos para se impedir de estendê-los.

— Não suporto a ideia de você ser capturada ou ferida por minha causa.

Escuta o farfalhar suave de saias, o ranger das tábuas do assoalho.

— Beatrice Belladonna Eastwood. Olhe para mim.

Bella olha. Cleo está apoiada sobre um dos joelhos dentro do círculo de sal, os olhos ardentes e o lábio preso entre os dentes. Ela está segurando algo com cuidado na palma de sua mão, seus dedos curvados formam uma gaiola que estremece levemente.

Bella se sente tonta, delirante, como se estivesse de volta à roda-gigante, balançando pelo céu.

— O que você está...

Cleo abre a mão. Um anel está posicionado exatamente no centro de sua palma, manchado e danificado. O diamante de vidro está rachado e muito lascado, quase como se tivesse caído de uma grande altura e passado um verão abandonado no cimento coberto de ervas daninhas, até que uma bruxa habilidosa o encontrou novamente.

— Acho que isto é seu, se você o aceitar. — A voz de Cleo está mais hesitante agora, mais aguda do que o normal. — Assim como eu sou sua.

Bella descobre que seus dedos estão se estendendo por conta própria, trêmulos sobre a palma aberta de Cleo.

— Achei que um casamento era o bastante para você. Achei que você não cometesse o mesmo erro duas vezes.

Cleo dá de ombros.

— Talvez eu estivesse errada.

— Tenho certeza de que isso é uma novidade para você — comenta Bella, sem fôlego, oscilando bem alto acima da cidade.

— Não irá se repetir.

A mão de Bella paira sobre a de Cleo, hesitante. Ela fecha os olhos diante do pulsar repentino de lembranças: *Tum-tum*. O pai encarando-a com um olhar mortal. *Tum-tum*. O silêncio sufocante de St. Hale, suas mãos amarradas numa oração forçada. *Tum-tum*. A voz de Cleo aconselhando-a a confiar com menos facilidade. *Tum-tum*. As cinzas de Avalon em volta de seus tornozelos, o sabor do fracasso em sua boca.

Tum-tum. Sua mãe, que escolheu apenas o que era aceito e apropriado, que escondeu cada parte excêntrica ou rebelde de si mesma, até se tornar uma pálida imitação do que já fora um dia.

Bella abre os olhos. Ela olha para Cleópatra Quinn: corajosa e sincera, inteiramente ela mesma.

Bella aninha a cabeça dela entre suas mãos manchadas de tinta e a puxa para cima. Seus lábios se encontram em uma torrente de calor e sal.

Cleo se afasta, levemente ofegante. Seu polegar afasta a trilha de lágrimas da bochecha de Bella.

— Isto é um sim, Srta. Eastwood?

Bella assente uma única vez, e Cleo desliza o anel danificado, quebrado e perfeito em seu dedo.

Bella ri um tanto histericamente.

— Você também não precisa de um?

Ela tateia seus bolsos, mas não encontra nada além de alguns fósforos usados, um pavio de vela... e uma única pétala de rosa, retirada das cinzas da biblioteca. Ela cheira vagamente à bruxaria e fumaça.

Bella a tira do bolso e envolve gentilmente o dedo de Cleo, prendendo a pétala entre os nós de seus dedos.

— Aí está. Agora você é uma mulher respeitável.

O restante da conversa é silencioso, conduzido pela linguagem muda da pele e das batidas de corações.

Mais tarde — talvez vários dias depois ou somente uma hora; Bella perdeu a noção da passagem veloz do tempo —, o alçapão range outra vez, e a voz rouca de Juniper preenche o sótão.

— Já está pronta, Bell? Agnes deve voltar a qualquer... Santos nos salvem! — Os passos de sua irmã param na escada. — Será que agora é realmente um bom momento, senhoritas?

Quando nem Cleo nem Bella respondem, já que estão ocupadas com outra coisa, Juniper bufa, irritada. Elas escutam o barulho de passos na escada e um grito que vai se distanciando:

— Volto em meia-hora e quero todo mundo vestido de novo. Temos uma certa baderna para causar.

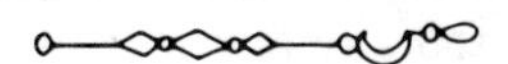

Da última vez que Agnes visitou o Amigo do Trabalhador, era o começo do verão. Ela era boba e acanhada, meio embriagada pela esperança. Eva ainda dormia em segurança sob suas costelas, e Agnes usava uma capa que combinava com seus olhos.

Desta vez, é o começo do outono, e Agnes usa uma calça masculina e uma capa maltrapilha cor de lama, o cabelo escondido sob uma boina e as feições embrutecidas pela magia. Desta vez, ela se sente como uma árvore atingida por um raio, ou um pêssego sem caroço: oca, vazia. Desta vez, Eva se foi.

Da primeira vez em que ela o conheceu, o Sr. August Lee era irresponsável e destemido, com o sorriso de um apostador e nada a perder. Desta vez, seu rosto está marcado por linhas de expressão recentes, seus olhos estão sóbrios, quase assustados, como se ele tivesse encontrado algo que não quer perder.

Ele está sentado de frente para Agnes, com seu cabelo de palha e suas vestes cinzentas de lã, as mãos segurando firmemente um pedaço de papel. Uma cesta coberta está entre eles sobre a mesa, cheirando à argila e água do rio.

Agnes aponta com a cabeça para a lista em sua mão.

— E então? — Sua voz é fria e monótona.

Ele esfrega a mão sobre a barba, a testa franzida.

— Pelos Santos, Agnes. Eu não a vejo há mais de uma semana. Nenhuma mensagem, nenhum tordo — Agnes se retrai ao ouvir o eco de pequenos ossos se partindo —, e agora você aparece com as compras do próprio Diabo e uma lista de exigências, parecendo uma...

Mas ele desiste de dizer com o que ela se parece. A própria Agnes tem evitado se olhar em espelhos e janelas, relutante em encarar a ferida aberta em seu rosto.

— Onde está Eva? — pergunta ele. Agnes sabe que a voz dele é gentil, mas seus ouvidos doem como se August tivesse gritado o nome. — Aqui. Dê uma olhada.

Do bolso em seu peito, ele retira uma coisinha lustrosa e a coloca de pé sobre a mesa: madeira escura, entalhada no formato desconfiado de um falcão empoleirado. Pela curva do bico e pelo padrão estreito e elegante das asas, Agnes sabe que é um falcão-peregrino, e pelo ângulo observador do corpo do animal, sabe que é Pan, destinado a proteger sua filha.

Ela imagina August preocupado com isso nas noites mais longas, olhando para a escuridão da cidade, iluminada pelos lampiões, na esperança de que ela e Eva estivessem seguras. Ela o imagina virando a madeira em suas palmas e escolhendo entalhar o formato da alma de Agnes, perigosa e obscura, esculpindo cada uma das garras sem se retrair.

— Meu pai teria sido um marceneiro, se pudesse. Ele me ensinou um pouco da técnica — explica August, a voz ainda gentil.

A cabeça dela ainda ressoa como se ele tivesse gritado. Sem querer, Agnes estende a mão para o pequeno falcão, os dedos trêmulos, depois fecha os olhos e pressiona a palma aberta sobre a mesa.

— Eu... Eu não posso... — Ela solta um suspiro longo, estabilizando-se. — Preciso saber se consegue lançar os feitiços que lhe demos, Sr. Lee.

Ela o escuta respirar fundo, vê seus ombros se curvarem.

— Não sou um bruxo.

— Fontes confiáveis me disseram que todo mundo é bruxo, basta receber as palavras e os caminhos adequados. — Agnes aponta com a cabeça para a cesta coberta. — Garanti que ambos fossem fornecidos ao senhor.

Os olhos de August relanceiam para a cesta e então voltam para o rosto dela. Agnes deseja, estupidamente, poder tirar o encantamento de seu rosto e permitir que o olhar dele pouse em suas feições verdadeiras, sentir o calor da atenção dele sobre sua pele. Talvez ela o encontre novamente depois que tudo acabar, se tiver sorte o suficiente para haver um *depois*. O futuro se estreitou em sua mente, desaparecendo até o momento em que ela tiver a filha nos braços outra vez.

August franze a testa ao observá-la.

— Agnes, você não vai me dizer o que está acontecendo? Por que precisa que eu faça tudo isso? — Ele lê a lista, os lábios formando as palavras *fogo* e *crianças trocadas*. — Por que vocês mesmas não lançam os feitiços?

— Estaremos ocupadas fazendo outras coisas.

— Que coisas?

— Queimando, espero.

— *Como é que é*?

Em ocasiões anteriores, Agnes adorou deixar o Sr. Lee sem palavras, mas agora seus lábios mal se curvam. Agora, o sol está baixando e o tempo delas está acabando.

— Porque não há outro jeito. Porque as bruxas sempre queimam no final. Porque *eu quero minha filha de volta*.

A última frase é um rosnado estrangulado. O barman lança um olhar repreensivo de *briguem-lá-fora-rapazes* para a cabine deles.

Tudo desaparece do rosto dele: a mágoa, a irritação e a confusão. Ele a encara por um segundo longo e intenso.

— Quando? Quem? — Mas não importa quando e August já sabe quem. — Vou matá-lo. — Sua voz é despreocupada, mas inteiramente sincera. A cicatriz pálida brilha ao longo de seu queixo.

— Não — responde Agnes com a mesma despreocupação. — Você não vai matá-lo.

Ela olha para a estátua entalhada do falcão, para a curva letal de seu bico, e sabe que não precisa dizer quem o fará.

Ela respira fundo outra vez, com menos firmeza.

— Não quero o seu ultraje, nem a sua preocupação, nem o seu conselho. Quero a sua ajuda. Eu a tenho?

Ela está levemente surpresa pela facilidade com que a palavra *ajuda* desliza por entre seus lábios. Será que é esse o significado de se ter um círculo mais amplo: precisar de alguém, e que também precisem de você?

August a analisa, sem desviar o olhar: as mechas de cabelo preto como uma cobra escapando por debaixo da boina, a linha rígida de sua boca, o aço em seus olhos. Quem ele vê? Uma garota perdida, uma mulher histérica? Uma mãe que enlouqueceu de pesar?

Entretanto, não é pena o que ela vê em seus olhos. É algo muito mais caloroso, muito mais perigoso.

— Minha ajuda é sua. — A voz dele é baixa demais, rouca graças a coisas não ditas. — Estou sob seu comando, Agnes Amaranth.

Agnes sente um calor inebriante percorrê-la, como vinho no verão. Os homens realmente deveriam tentar oferecer mais juras de fidelidade em vez de flores.

Ela permite que seus dedos toquem as costas da mão dele. August a vira com a palma para cima, e os calos de ambos deslizam um contra o outro, encaixando-se suavemente. Os dedos dele envolvem os dela com cuidado, como se a mão de Agnes fosse um pássaro prestes a se assustar.

Agnes pensa que deveria ir embora. Pensa em círculos e custos, fraquezas e desejos. Então, pensa que essas podem ser suas últimas horas como uma mulher livre, e imagina que pode se demorar só mais um pouquinho neste porão cheirando à cerveja, com o calor da mão dele em volta da sua.

Ela sente seus corpos inclinando-se um em direção ao outro, atraídos por alguma gravidade oculta.

— Será perigoso. — As palavras saem atravancadas, levemente ofegantes. —Se o plano der errado, se falharmos... você poderá perder tudo.

August solta um pensativo *hummm*.

— E o que eu ganho se vencer?

Ainda um homem que não consegue recuar de uma aposta, ainda um homem que gosta de probabilidades baixas. Apesar de tudo, Agnes sente um sorriso inevitável curvar os cantos de seus lábios.

— Um beijo.

Ela percebe que a distância entre eles está diminuindo; o azul impetuoso dos olhos dele se fragmenta em centenas de tons de ardósia e lápis-lazúli, seus lábios abrem-se em uma esperança selvagem...

Agnes para a um único centímetro do rosto dele.

— Esteja na Casa dos Anjos Perdidos ao anoitecer. Quando vir Pan, é porque chegou a hora.

Enquanto ela se afasta, August sussurra uma série fraca, porém sincera, de blasfêmias, correndo os dedos pelo dourado brilhante de seu cabelo.

Agnes se levanta, endireitando a boina, e enfia o falcão de madeira no bolso de sua saia. Ele bate gentilmente contra seu quadril.

— Ah, e vamos precisar de três galhos. Da boa e robusta madeira de sorveira, se for possível.

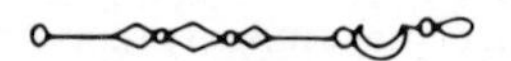

Da última vez que Juniper visitou a casa de Inez Gillmore, o lugar brilhava, coberto de dourado. Suas Irmãs estavam com ela, rindo da própria ousadia, do borbulhar do champanhe em suas línguas.

Agora, a casa está escura e quieta, exceto pelo baque da bengala de teixo preto de Juniper sobre os ladrilhos. Ela caminha por pilhas de cristais estilhaçados, páginas rasgadas de livros e cortinas emaranhadas. A casa foi revirada pelo menos duas vezes desde a prisão de Inez. Não é seguro se demorar por ali, mas Juniper não vai ficar por muito tempo.

Ela não está sozinha. A Srta. Jennie Lind está sentada à mesa lustrosa da sala de jantar, encarando o nada, seu rosto emoldurado por longos cachos castanhos. O hematoma ao redor de seu olho está salpicado com manchas amarelas e cinzentas, como uma fruta podre.

— Você não precisa vir junto, sabia? — Juniper não pretendia soar tão dura. Ela recomeça: — O que eu quero dizer é...

Ela não sabe, porém, como falar o que pretende. Que Jennie não precisa continuar a segui-la em problemas cada vez maiores, como aquela bruxa italiana que atravessou os nove círculos do Inferno. Que ela é a primeira amiga que fez na vida, e que só pensar em vê-la ferida por causa delas faz Juniper ficar sem fôlego.

— O que eu quero dizer é que esta luta não é sua — diz ela em vez disso. — Você não é como nós. Tem uma casa para onde fugir... um pai rico, um lugar onde ficará segura...

— Não tenho, não. — O sorriso de Jennie é breve e amargo.

— Por que não?

— Porque... — Jennie faz uma pausa tão longa que Juniper acha que ela não pretende continuar. Até que ela solta um suspiro pesado e encontra os olhos de Juniper. — Porque meu pai e minha mãe são inflexíveis em sua crença de que criaram um filho, em vez de uma filha. — Jennie deixa que a declaração paire no ar por um momento, antes de acrescentar gentilmente: — Eu nunca tive um irmão, Juniper.

Juniper sente a cabeça girar.

— Mas por que... ah.

Ah. Ela se sente, ao mesmo tempo, muito idiota, levemente ressentida, perplexa, curiosa e chocada. Juniper se lembra do prazer no rosto de Jennie na primeira vez que ela conseguiu lançar um feitiço de mulher, e do silencioso retesar de seu queixo quando a acusaram de usar magia de homem, do verão inteiro que ela passou lado a lado com Irmãs a quem não podia confiar seu segredo. Juniper acrescenta *envergonhada* à sua lista.

Antes que possa expressar qualquer uma dessas coisas, Jennie tira a peruca castanha da cabeça. Embaixo dela, Juniper vê que seu cabelo da cor do estigma do milho foi brutalmente cortado. Ele é um conjunto de tufos arrepiados, como se não pudesse aceitar tal abuso em silêncio.

— Quando fui presa, eles me jogaram na casa de correção para homens, queimaram minhas saias e fizeram isso.

Jennie gesticula para o cabelo. Juniper imagina figuras sombrias segurando-a, o brilho prateado de tesouras, cachos loiros macios flutuando no chão da prisão. E então, Juniper não sente mais nada além de tristeza e uma fúria extrema.

— Mais alguém sabe?

— Inez. — Jennie diz o nome dela com tanto zelo, que Juniper acha que tem algumas coisinhas que não sabia sobre Jennie Lind. — E a Srta. Cady Stone, é claro.

— *Aquela* velha...

— Sim. Ela conhecia meu pai. Depois que ele me expulsou, ela me contratou como secretária da Associação de Mulheres. Ela não é... ela é melhor do que você pensa.

Há um breve silêncio enquanto Juniper se esforça para rever outra meia dúzia de suas crenças.

— Jennie, eu...

— Esta luta. — Ela esfrega a ponta de seu nariz quebrado. — Para apenas... viver, ser... é uma luta com a qual eu já estava comprometida antes mesmo de nascer. Não posso desistir. — Ergue os olhos para os de Juniper, depois os desvia. — E eles capturaram Inez. — Outra pausa. — Eu a amo.

Juniper para de andar de um lado para o outro depois disso. Ela se senta na outra ponta da mesa lustrosa de jantar, a bengala cruzada sobre os joelhos, pensando em amarrações, sangue e na lógica incomum do amor: uma por todas e todas por uma; uma troca equilibrada que resulta no infinito. Pensando em como é confuso que ela tenha começado esta luta por causa da raiva — do despeito, da fúria e de um ódio ressentido —, e que irá terminá-la por algo completamente diferente.

Já anoiteceu quando ela aparece, surgindo da escuridão: uma coruja preta com olhos ardentes, que fala com a voz de sua irmã:

— *Chegou a hora.*

Agora eu coloco a ti para dormir.
E rezo a Deus para a tua alma cobrir.

Feitiço usado para fazer dormir. São necessários lavanda triturada e um sussurro.

Se esta fosse uma das histórias de Mama Mags, James Juniper acha que seria mais ou menos assim:

Era uma vez três irmãs.

Elas nasceram em um reino esquecido, que cheirava a madressilvas e lama, onde o Big Sandy corria largamente e, em suas margens, os plátanos reluziam brancos como os ossos dos nós dos dedos. As irmãs não tinham mãe, apenas um péssimo pai, mas tinham uma à outra — poderia ter sido o suficiente.

As irmãs, porém, foram expulsas do reino, destruídas e separadas.

(Nas histórias, as coisas sempre aparecem em *três*: enigmas e chances, crueldades e desejos. Juniper acha que aquele dia no celeiro foi a primeira grande crueldade na história delas. Esta noite, enquanto corre pelas ruas de Nova Salem, as sombras compridas e frias de setembro, o cheiro de folhas meio apodrecidas escondido sob o odor de fumaça e mijo da cidade, ela sussurra para si mesma: *um*.)

As irmãs sobreviveram à sua destruição. Aprenderam a engolir a raiva e a solidão, o coração partido e o ódio, até que um dia se reencontraram em uma cidade longínqua. Juntas, ousaram sonhar com um mundo melhor, onde mulheres não fossem destruídas, irmãs não fossem separadas e a raiva não precisasse ser engolida repetidas vezes. Elas começaram a construir um novo reino com rimas e rumores, contos de bruxas e vontade. Poderia ter sido o suficiente.

Seu novo reino, porém, lhes foi roubado, queimado até não ser nada além de ruínas e cinzas. (*Dois*, sussurra Juniper.)

As três irmãs sobreviveram ao incêndio. Elas se esconderam em sótãos e porões, esgueirando-se como segredos pelas ruas, perseguidas por sombras e tochas. Talvez elas devessem ter desaparecido completamente — engolido sua raiva e se dispersado da cidade como um pesadelo, se mudado para algum vilarejo na encosta da colina que estivesse precisando de uma bruxa para curar tosses e encantar suas plantações, completamente esquecidas. Poderia ter sido o suficiente.

Sua menininha, porém, lhes foi roubada. (*Três*, sussurra Juniper à meia--luz. Qualquer um que conheça histórias sabe que depois do *três* vem o fim, a retaliação. O julgamento final.)

Agora, as três irmãs correm na direção de seu julgamento, com o sol poente às suas costas e sussurros e maldições em seus encalços. Elas não usam nenhum disfarce e, inclusive, vestiram-se a caráter: capas maltrapilhas e escuras, saias de veludo preto e seda cor de obsidiana. *Bruxas completas*. Juniper se pergunta se alguém as vê e se questiona sobre a ausência de chapéus pretos pontudos.

Elas jogam sal e flores de papoula enquanto correm, embaralhando becos e borrando placas atrás delas, para que seus perseguidores fiquem andando em círculos na mesma quadra diversas vezes sem saber por quê, ou descubram becos sem saída que eram passagens abertas no dia anterior. As irmãs sabem que isso não irá salvá-las, mas não pretendem ser salvas.

Juniper tem a impressão de que a própria cidade as ajuda como pode. Galhos de tílias se curvam atrás delas, e raízes deixam as calçadas arqueadas e traiçoeiras depois que elas passam. Corvos as observam com olhos muito brilhantes, mergulhando na frente de bondes e de transeuntes no momento certo para distraí-los, enquanto três bruxas passam correndo. Juniper acha que pode ser apenas sua imaginação, ou os espíritos das Últimas Três, ou o próprio coração vermelho da bruxaria, ajudando-as, sussurrando em seu encalço: *simsimsim*.

As três convergem para a ponte, atravessam o Espinheiro e entram juntas na Praça St. George. Está vazia na escuridão do crepúsculo, a não ser pelo arrulhar suave de pombos e pelo sussurro do vento de setembro.

Elas caminham até o meio da praça, onde antes ficava o próprio Santo George de Hyll. Agora, não há nada ali, exceto um pedestal de mármore, completamente vazio. Juniper sobe nele e estende as mãos para ajudar as irmãs.

Sua visão se duplica quando elas olham para ela, e Juniper vê suas irmãs, mas também duas estranhas que parecem ter saído diretamente de um conto de bruxas em uma noite de inverno.

Uma delas é sábia e cautelosa, com sua coruja de olhos vermelhos empoleirada em seu ombro como um demônio que escapou do Inferno. Fios de seu cabelo escapam do coque, e sua capa é como uma piscina de tinta em volta de seus pés. Um anel de vidro quebrado reluz em um de seus dedos. Ela não se parece mais com uma bibliotecária.

Uma delas é forte e feroz, com seu falcão-peregrino em um dos braços e a morte nos olhos. Sua trança pende sobre um de seus ombros como veludo, seu vestido é costurado com uma dúzia de tons preto fúnebre. Ela não se parece mais com uma tecelã.

E a própria Juniper, selvagem e perversa. Seu cabelo curto balançando logo acima dos ombros, seus braços nus e pálidos. Uma cicatriz prateada sobe por sua perna esquerda e outra envolve seu pescoço, recentemente curada dos dois incêndios aos quais sobrevivera até agora. Com certo distanciamento, ela se pergunta o que o terceiro irá lhe custar.

Ela gostaria de ter um espírito familiar. Gostaria de estar em casa, vagando entre as macelas e urtigas ao redor da cabana de Mama Mags. Gostaria que o Sr. Gideon Hill se engasgasse com um osso de galinha e as poupasse de uma porção de problemas.

Em vez disso, ela sorri, olhando para suas irmãs.

— Prontas?

Ela não precisa nem perguntar. Juniper consegue sentir suas vontades queimando através da amarração entre elas, seus corações acelerados em uma sincronia perfeita, suas bocas repletas das mesmas palavras.

— Obrigada — diz Agnes suavemente.

Elas lançam dois feitiços naquela noite. O primeiro cheira à lavanda e sonhos à meia-noite. As três derramam suas vontades nas palavras, suas peles febris, seus lábios recitando — *Agora eu coloco a ti para dormir* —, e Juniper sente o feitiço minar e se erguer como águas profundas ao redor delas. A praça se torna assustadoramente silenciosa, como se até os ratos, as baratas e os insetos caíssem em um sono sobrenatural.

Porém, o feitiço não é para eles. A coruja e o falcão alçam voo. Suas garras se curvam como se agarrassem uma fita invisível no ar, e então eles desaparecem no azul fresco do céu, carregando consigo o feitiço de suas senhoras.

Juniper sabe que a coruja aparecerá no peitoril de uma janela do Palácio da Justiça. As sombras densas que se contorcem em volta das Profundezas não estarão esperando nesse peitoril em particular, porque alguém — uma das empregadas que limpa as celas, talvez — deixou uma linha de sal sobre ele, a janela entreaberta.

A coruja voará através da abertura, as palavras delas vertendo de seu bico aberto, planando sobre os surpresos policiais, os guardas e as secretárias do turno da noite. Antes que possam soar o alarme, antes mesmo que possam piscar, confusos, para a coruja cor de carvão voando pelos escritórios, eles cairão em um sono profundo e inerte, do qual não acordarão durante muitas horas, ou possivelmente dias. Os prisioneiros trancafiados nas Profundezas abaixo deles — os bêbados e rebeldes da cidade, os radicais e revolucionários, e especialmente as bruxas — não escutarão nada, exceto o farfalhar silencioso de asas e os baques ocos de crânios caindo sobre mesas.

O falcão não seguirá a coruja até o Palácio da Justiça. Sua senhora tem outros assuntos a tratar na cidade. Juniper olha de soslaio para o rosto de Agnes, e se pergunta se a irmã consegue ver através dos olhos de seu espírito familiar: os tijolos encardidos de fuligem da Casa dos Anjos Perdidos, o turbilhão frio das sombras de Hill em volta do edifício. O Sr. August Lee escalando uma janela com um punhado de palavras de bruxa no bolso e uma massa de argila que se parece — caso se semicerre os olhos enfeitiçados numa luz fraca — com uma bebezinha.

Quando os espíritos familiares de suas irmãs retornam, Juniper começa o segundo feitiço.

A ponte de Londres está caindo, está caindo.

Ela bebe água salgada de um frasco em seu bolso, amarga e batizada com uísque, e cospe nos paralelepípedos. Suas irmãs estendem as mãos para as dela e entoam as palavras com Juniper, até verem a ferrugem vermelha subir pelos postes de lamparinas que cercam a praça, até que o ar tenha gosto de sangue velho e do passar dos anos.

A coruja e o falcão também carregam esse feitiço. Voltam ao Palácio da Justiça, passam pelos corpos desmaiados de guardas, e descem os degraus até as celas lotadas das Profundezas.

Juniper imagina como deve ser a sensação de acordar naquela escuridão fétida e ver olhos cor de âmbar a observando. Ver as barras pretas de ferro da sua cela — tão reais, tão definitivas um momento antes — enferrujarem até não restar nada, exceto flocos laranjas boiando na superfície suja da água.

Depois, a coruja abrirá seu bico e falará com uma voz feminina.

— *Corram, irmãs* — dirá a voz. — *Não há nada a perder a não ser suas correntes.*

Algumas das mulheres nas celas reconhecerão aquela voz, áspera e rouca. Uma delas — uma mulher de bochechas coradas, cujas peles elegantes foram substituídas por uma combinação branca e suja — gargalhará alto e atravessará as barras enfraquecidas de sua cela.

Antes que a mulher possa alcançar os degraus, a coruja falará novamente, e pedirá um favor a elas.

Juniper sabe que algumas mulheres irão ignorá-lo: aquelas com crianças famintas ou amantes ansiosos, aquelas que querem apenas correr e continuar correndo. Outras, porém, querem algo a mais, algo com sabor de piche e sangue, de raiva não engolida. Essas mulheres ficarão, escutarão e — talvez — farão o que Juniper lhes pede.

Na praça, Juniper escuta o ressoar alto de cascos de ferro, vê o brilho furioso de tochas acesas erguendo-se nas paredes brancas da Prefeitura, e sabe que o tempo delas acabou. Ela segura com força as mãos das irmãs e permanece com a cabeça erguida, esperando que o fim de sua história venha correndo encontrá-las.

Quando Agnes olha para Gideon Hill, ela vê dois homens. Talvez três.

O primeiro é aquele que o restante da cidade viu: o prefeito franzino e de olhos úmidos, que agora está montado em seu cavalo branco, seu fiel cão de caça trotando ao seu lado, uma cruz vermelha pintada sobre o prateado brilhante de seu escudo. Ele deveria parecer ridículo, como um banqueiro brincando de se fantasiar, mas, de alguma forma, suas feições se tornam mais grandiosas no reflexo reluzente de seu escudo. Ele parece uma pintura que ganhou vida, um Santo que veio salvar suas almas.

O segundo homem que ela vê é aquele que suas irmãs veem: uma criatura antiga e sobrenatural, que fala com sombras e se alimenta de almas. Um monstro que assassina mulheres e rouba crianças, que cortou um cacho ruivo do cabelo de sua filha somente para provocá-la.

O terceiro homem que ela vê é seu pai: um monstro. Um covarde. Um homem prestes a receber sua retaliação.

Uma dúzia de fileiras de Inquisidores entram marchando atrás dele na praça, de olhos fervorosos e uniformes brancos engomados sob armaduras prateadas. Hill para seu cavalo de maneira pretensiosa diante do pedestal, a cadela parada rigidamente ao seu lado, sua coleira, apertada demais, castigando o pescoço.

Hill olha de relance para as três irmãs que ainda estão de costas uma para a outra. Três linhas vermelhas cruzam seu rosto, repuxando e retorcendo a pele macia de seus lábios.

Agnes não percebe que se jogou na direção do pescoço dele, os lábios abertos em um rosnado animalesco, os dedos curvados como garras, até sentir suas irmãs segurando-a. Ela grita e Pan grita com ela em algum lugar acima deles, o guincho de um falcão ecoando pela praça. Alguns Inquisidores se retraem.

Hill ergue o queixo.

— Inquisidores... prendam essas mulheres. Por assassinato! Por crueldade! Pela mais perversa das bruxarias!

Escuta-se o raspar e o retinir de homens em armaduras se movimentando atrás dele, o pesado arrastar de correntes. Mãos enluvadas se estendem na direção de seus tornozelos, um pouco hesitantes, como se nem mesmo as armaduras de prata e cinquenta amigos fossem o bastante para mantê-los a salvo das bruxas mais procuradas de Nova Salem.

Um deles segura uma das pontas da capa de Juniper e ela lhe dá um chute sem olhar para baixo. Agnes escuta um esmagar abafado, que pode ter sido um nariz humano.

— Onde ela está, Hill? — A voz de Agnes é firme e baixa.

Os cantos da boca de Hill se contraem, como se ele quisesse muito sorrir, mas soubesse que estaria saindo do roteiro.

— Silêncio, bruxa! — grita ele em vez disso.

Agora, há muitas mãos em suas saias, puxando-as para baixo. Juniper está praguejando e chutando. Bella sussura *ah, meu Deus, ah, meu Deus* sem parar. Agnes ergue a voz muito mais alto.

— Onde ela está? Você prometeu me devolver minha filha!

Desta vez, o sorriso escapa, uma curva cruel nos lábios vincados pelas marcas das garras de Pan.

— Bruxas não têm filhas, Srta. Eastwood.

Agnes não está nem um pouco surpresa. Ela sabe que homens poderosos só cumprem suas promessas quando é necessário, e nunca lhes é necessário.

Porém, está surpresa com a fúria que toma conta dela ao ouvir que não tem filha, quando sua barriga ainda está flácida e vazia após carregá-la, quando seus seios ainda doem com a certeza da maternidade. Também fica surpresa com o som que ela mesma faz: um uivo agudo.

Juniper se lança sobre os Inquisidores, os punhos se chocando contra as armaduras, e Agnes ataca Hill pela segunda vez. Mãos a interceptam, enrolando-se em sua capa e em suas saias, arrastando-a até os paralelepípedos. As garras de Pan arranham elmos e escudos, e vozes masculinas praguejam. Ao seu lado, os murmúrios de Bella se tornaram mais intensos, *ah, inferno, ah, inferno,* intercalados com o sibilar de feitiços. Vários Inquisidores caem no chão, picados por abelhas, dormindo, ou arranhando suas próprias bocas costuradas.

Mas há tantos deles, e tão poucas Eastwood.

Logo Agnes está ajoelhada ao lado de suas irmãs, com um punho revestido de armadura enlaçando sua trança e algemas de ferro ao redor de seus pulsos. Coleiras rangem e estalam em volta de seus pescoços, frias como gelo, e Agnes sente a grande batida vermelha da magia se tornar cinzenta e distante. Pan e Strix desaparecem. Os fios que a conduzem até Juniper e Bella se afrouxam, substituídos pelo repuxar pesado das correntes que ligam uma coleira à outra. Agnes escuta o arquejar entrecortado da respiração de Juniper, sente o arrepio na coleira dela, e deseja poder segurar sua mão.

Hill desmonta com um movimento fluido. Seu escudo reflete a última luz amarelada do dia que acaba. Seu rosto é severo, como o Deus do Velho Testamento descendo do Céu para castigar mortais pecadores com alguma calamidade, mas Agnes vê a arrogância em seus passos. Atrás dele, a cadela lambe os dentes nervosamente, sem olhar para elas.

Agnes fecha os olhos.

— P-por favor, senhor — implora ela, porque Hill espera que ela o faça, porque homens são tolos quando pensam que venceram. Porque pode ser que funcione. — Por favor.

Ele nem se incomoda em respondê-la, apenas dá as costas para as três bruxas e fala com seus homens.

— Amarrem suas línguas, para que não possam lançar suas perversidades, e me sigam.

Ele não assiste aos Inquisidores enquanto se aproximam das irmãs com rédeas de bruxa de metal barulhentas, enquanto polegares apertam suas mandíbulas e forçam suas bocas a se abrirem, enquanto Juniper pragueja e cospe até ser silenciada pela mordaça entre seus dentes. A estrutura se fecha em volta da cabeça de Agnes como uma gaiola, a mordaça pressionando sua boca como uma língua de metal.

Hill não assiste elas descerem a Rua Três até o Palácio da Justiça, meio arrastadas, meio empurradas, enquanto a multidão noturna cresce em volta delas e rumores disparam pelo ar como pássaros com bicos cruéis — *Ouvi dizer que elas fizeram metade da cidade cair em um sono encantado*; *ouvi dizer que o Sr. Hill baniu da praça o Diabo em pessoa; por que não queimá-las agora, antes que seu mestre retorne?* —, e os murmúrios da multidão se transformam em escárnio e depois em hostilidade. A princípio, jogam frutas podres e insultos, depois, garrafas e pedras. Juniper pragueja através da rédea e Bella aperta com força seu anel de latão quebrado, e ainda assim Hill não olha para trás.

Se o tivesse feito, poderia ter visto a promessa fervilhando nos olhos de Agnes: *Esta é a última vez que você me ouvirá implorar, seu infeliz.*

As três irmãs não são trancafiadas na escuridão encharcada das Profundezas, como o Sr. Hill pretendia, porque, ao chegarem ao Palácio da Justiça, não encontraram nem um único pedaço de metal ou ferro que não estivesse enferrujado. As barras das celas pareciam fileiras de dentes quebrados; as portas pendiam das dobradiças apodrecidas em ângulos bizarros; molhos de chaves eram apenas círculos de ferrugem vermelho-alaranjada sobre o chão.

Em vez disso, os Inquisidores trancaram as irmãs nos andares superiores, geralmente reservados para os filhos bêbados de vereadores ou empresários, cujos advogados com certeza criariam uma confusão a respeito das condições de insalubridade. As celas são secas e limpas, com penicos e janelas com barras, que dividiam o luar em perfeitas faixas prateadas.

Agnes permite que a lua toque a pele machucada de seu rosto com seus dedos frios, traçando o ferro horroroso de sua rédea de bruxa e da coleira, descendo pelo branco puro de sua combinação. Ela sente falta do peso de sua capa e de suas saias; sente saudades de suas irmãs, trancadas em celas separadas. No geral, porém, não sente absolutamente nada.

Mags costumava lhes contar uma história sobre uma bruxa que arrancou seu próprio coração e o enterrou bem fundo. Agnes sabe exatamente como ela deve ter se sentido, zanzando por aí sem nada no peito além de uma ausência.

O luar desaparece, substituído por asas pretas chamuscadas.

Agnes abre os olhos e vê Pan empoleirado no peitoril da janela estreita. De alguma forma, ele parece translúcido, como se mal estivesse ali, como se ela não o estivesse vendo de fato, apenas seu reflexo em um espelho manchado e sujo. A coleira queima levemente seu pescoço, um alerta crescente.

Agnes rasteja até chegar o mais próxima dele que consegue, até o limite de sua corrente. Pan abre o bico e uma voz fala através dele, um eco fraco.

— *Ela está comigo. Está segura.* — Uma voz de homem, baixa e firme, que faz o vazio em seu peito se repuxar.

Pan se desfaz em fumaça e névoa. Sua coleira esfria. O luar brilha outra vez.

Agnes desaba na pedra seca, tremendo de alívio, exaustão e risadas descontroladas, porque ela sabe da mesma coisa que a bruxa da história sabia: sem seu coração, não podem a machucar.

38

Rosas são vermelhas,
Violetas são azuis,
O Diabo pagará,
E tu também não verás luz.

Feitiço usado para vinganças.
São necessários espinhos e sangue.

O arquivo da Universidade de Salem inclui algumas centenas de baús repletos de registros relacionados aos julgamentos das bruxas nos expurgos, e Beatrice Belladonna já leu a maioria deles. Ela sabe o que está por vir melhor do que suas irmãs. Sabe que a história cava uma cova rasa e que o passado está sempre à espreita para se repetir.

Primeiro: a convocação do tribunal.

Eles se reúnem em uma câmara pequena e escura no Palácio da Justiça: o juiz, pálido e de lábios finíssimos, parecendo um cogumelo enorme enfiado em um colarinho branco; um júri de homens brancos em ternos bem passados; um repórter e um cartunista do *Periódico*. O próprio Gideon Hill, sorrindo fracamente, com sua cadela debaixo do banco. Três cadeiras estão dispostas no meio da câmara, sujas e velhas, com correias de ferro aguardando como mãos abertas. As Eastwood são acorrentadas aos seus assentos por uma dupla de Inquisidores que devem ter sido escolhidos graças às suas expressões solenes e cabelos bem repartidos, o perfeito oposto humano às bruxas desgrenhadas entre eles.

Bella já consegue escutar o rabiscar animado da caneta do cartunista, ver as charges que serão publicadas no *Periódico* durante semanas: três mulheres amarradas e curvadas, seus membros nus e indecentes, seus cabelos despontando em ângulos rebeldes através das rédeas. A maioria das pessoas desdobrará seus jornais e soltará um muxoxo diante da visão de bruxas tão perversas.

Porém, alguns poucos perceberão a fúria em seus olhos, ardendo mesmo através da caricatura fria, e suspeitarão que por trás de cada bruxa há uma mulher injustiçada.

Segundo: as evidências contra elas.

Gideon começa com um discursinho hipócrita sobre pecado, insubordinação e a tendência do mal a florescer onde os homens de bem não fazem nada. Depois entra uma procissão de testemunhas, seus discursos estendendo-se desde o puramente fantasioso — um barman de nariz vermelho que alega ter visto Agnes dançando "de maneira muito imprópria" com um cavalheiro de cauda bifurcada; uma dona de casa que foi supostamente seduzida pelos "encantos imorais" de Bella a visitar uma casa de prostituição no sul da cidade — até o desconfortavelmente plausível.

Há uma série de visitantes descontentes da Feira que viram o truque do chapéu de Juniper; um punhado de médicos do Hospital Santa Caridade, inclusive um que observa Juniper com uma expressão ansiosa, esfregando uma cicatriz rosada em sua testa; um jornaleiro que alega ter visto Bella voando em uma vassoura enquanto beijava uma mulher negra, o que pelo menos é uma meia-verdade; um rapaz bonito e sério chamado Floyd-alguma-coisa, que declara que Agnes é uma sedutora e uma víbora, e que, até onde ele sabe, a criança levada sob custódia pode pertencer à metade dos cavalheiros de Nova Salem. Ele olha para Agnes ao dizê-lo, com uma certa maldade ferida e brutal. Agnes devolve o olhar suavemente, imóvel, quase entediada.

Madame Zina Card manca até o banco das testemunhas, parecendo magra e fraca. Sim, diz ela, Agnes Amaranth procurou seus serviços como abortionista. Sim, ela se arrepende de seu papel em tamanha perversidade.

A Srta. Munley, da Biblioteca da Universidade de Salem, testemunha que Bella abusou de sua posição para obter conhecimentos místicos, e observa que todos os materiais desse tipo já foram submetidos ao escritório do prefeito para serem destruídos. Bella espera sentir a dormência da traição, mas tudo o que sente é pena, tristeza e cansaço.

A Srta. Grace Wiggin é a última testemunha.

— A senhorita conversou com uma dessas mulheres na noite do solstício, correto?

— Sim, senhor.

— E sobre o que conversaram?

— Ela me perguntou se eu gostaria de me juntar a elas em seus propósitos obscuros.

Wiggin ergue um olhar recatado para Hill, uma criança ansiosa para agradar. Ele abre um sorriso sério e encorajador para ela.

— E que propósitos eram esses, minha querida? Seja forte e nos diga.

Grace passa um lencinho rendado em sua testa.

— Acabar com o governo dos homens — responde ela, trêmula. — Provocar uma segunda peste.

O tribunal explode em arquejos e sussurros. Hill sorri.

— A cidade lhe agradece por sua bravura, Srta. Wiggin.

Não há interrogatório, nem defesa. Isto é um julgamento de bruxas, afinal de contas, e bruxas têm ainda menos direitos do que mulheres. Bella não pode fazer nada além de suar e ficar de pé sobre as pernas doloridas, ouvindo sua própria condenação com um gosto de ferro em sua língua.

Terceiro: a confissão.

Na verdade, Bella não sabe por que Hill se dá ao trabalho. Mesmo que elas se arrependam, que aleguem inocência ou que fiquem em silêncio, queimarão do mesmo jeito. Ela imagina que seja apenas um final apropriado para a história que ele está contando.

Um Inquisidor abre os fechos de suas rédeas. A máscara cai no chão, e Bella vomita quando a língua de metal desliza de sua boca.

Então, Gideon Hill lhes faz uma série de perguntas: Por acaso elas se arrependerão diante de Deus? Darão os nomes de suas companheiras no pecado? Passarão a eternidade no Inferno?

Ao ouvir a última pergunta, Juniper ri, um som que parece uma dobradiça enferrujada rangendo com o vento. Com os lábios inchados, ela abre um sorriso para ele.

— Pergunte por mim quando chegar lá, Hill. Estarei lhe esperando.

Hill a observa por um momento longo e maçante, antes de assentir para um de seus Inquisidores.

Depois disso, ele faz todas as perguntas de novo, mas está mais difícil de ouvi-las. Bella acha que devem ser os gritos.

Ela se pergunta se Hill espera que a dor as destrua, e uma parte delirante de Bella quer cair na gargalhada. As três conhecem a dor perfeitamente bem. A dor jantou com elas à mesa, dormiu ao seu lado, e cresceu com elas como se fosse a quarta irmã. O que são agulhas quentes e martelos frios para as Irmãs Eastwood?

Sobre o cheiro de ferro de seu próprio sangue, Bella pensa que Araminta Wells terá de continuar esperando para se desapontar.

Depois disso, Bella dissocia por um tempo. (St. Hale lhe ensinou esse truque.)

Quando volta a si, Gideon Hill está no banco do juiz, sussurrando. O juiz fica de pé, corado e surpreso, o colarinho pendendo frouxo.

— Este tribunal, convocado no dia 21 de setembro de 1893, declara as irmãs Eastwood culpadas de todas as acusações. — Ele bate o martelo uma única vez. — Elas queimarão ao anoitecer de amanhã.

Acima do barulho repentino — dos murmúrios e das aprovações, das blasfêmias dos policiais que estão lutando com Juniper para colocá-la de volta em sua máscara de ferro —, Bella espera que ninguém perceba que Agnes está sorrindo.

Da primeira vez que Gideon Hill visitou Juniper em sua cela, ela estava confusa e machucada, atônita ao encontrar um bruxo nas Profundezas de Nova Salem.

Desta vez, ela é a bruxa. Desta vez, ela está esperando por ele.

A lua já está alta no céu quando ela escuta o baque suave de botas, o clique de garras. Os passos param do lado de fora de sua porta.

Ela pensa em feras que vinham atrás de donzelas no meio da noite, em cavaleiros que arrancavam princesas de suas torres como frutas de um galho.

Um expirar sibilado, uma sombra retorcida, e então Gideon Hill e sua cadela estão dentro da cela. Juniper percebe que ele não se parece muito consigo mesmo, ou talvez se pareça mais: suas feições são as mesmas, mas os músculos sob elas estão dispostos de maneira diferente. Seus ombros não estão mais caídos, sua coluna não está mais encurvada.

Juniper olha para ele através das barras de ferro de sua rédea, esperando.

Ele agita as mãos e duas sombras de cinco dedos se desgarram preguiçosamente da janela e se aproximam de Juniper. Ela não recua quando elas deslizam por seus tornozelos nus e rastejam como mãos subindo pelo algodão fino de sua combinação. Sua coleira arde sob o toque delas, e sua respiração fica presa na garganta — mas as sombras passam adiante, enroscando-se como serpentes em volta da rédea.

A mordaça desliza da boca de Juniper. Ela contrai a mandíbula e escuta o estalar úmido de tendões e ossos.

— Vejo que continua fazendo visitas antes de o sol nascer. Acho que não dá para ensinar novos truques a um cachorro velho, não é mesmo? — Os olhos de Hill se aguçam ao ouvir a palavras *velho*, procurando por mensagens subliminares ou ameaças veladas em seu rosto. *Não o deixe descobrir*, alertou Agnes. — Ainda não estou a fim de confessar nada, se é por isso que está aqui.

Juniper sabe que não é. A perspicácia abandona as feições de Hill. Ele lhe dirige um estranho sorriso torto, quase sarcástico.

— Imaginei que não. Posso me sentar?

Juniper faz um grande gesto para o banco à sua frente, as algemas retinindo. Ela tenta manter o desdém em seu rosto, mas há uma tensão em seu estômago, um sussurro de incerteza. Ela esperava que Gideon se vangloriasse, zombasse ou até mesmo se enfurecesse, que a atormentasse como um gato com uma presa encurralada. Era o que seu pai fazia enquanto as arrastava até o porão, embriagado com seu próprio poder.

O rosto de Gideon não se parece muito com o de seu pai. Ele está atento sob o luar, ávido de um jeito que Juniper não entende.

— Você deve me odiar — comenta ele.

Juniper sente suas sobrancelhas se erguerem.

— Você torna isso fácil demais.

Uma risada suave vem das sombras.

— Sim, bom... Fazemos o que é necessário para sobreviver, e nem sempre é algo agradável. Achei que poderia entender isso melhor do que ninguém.

Juniper não diz nada. Ela pensa nas escamas escorregadias de uma cobra, no pavor confuso no rosto de seu pai perto do fim.

— Estava me perguntando, Srta. Eastwood, se eu poderia lhe contar uma história. E então lhe fazer uma pergunta.

Juniper pensa em lhe dizer precisamente onde ele pode enfiar essa história. Pensa em lhe mostrar os lugares inchados e vermelhos onde as agulhas a perfuraram profundamente, os hematomas escuros ao longo de seus joelhos e nós dos dedos, e dizer-lhe que já fez perguntas o suficiente.

Hill parece ver a resposta no rosto dela, porque retira algo do bolso em seu peito: um medalhão gasto de bronze.

— Aqui. Uma oferta sincera. — Ele coloca o medalhão de Mama Mags ao lado dela sobre o banco. Juniper se esforça para não agarrá-lo com muita avidez, não pressioná-lo com muita força contra seu peito. — Em troca, só lhe peço um pouco do seu tempo.

Apesar das horas que passaram separados, o medalhão está quente sobre sua pele. Ela se recosta na parede e escuta.

O Conto do Irmão e da Irmã

Era uma vez um irmão e uma irmã que se amavam muito, porque não tinham mais ninguém para amá-los.

A irmã disse ao irmão que nem sempre fora assim — ela se lembrava do calor dos braços da mãe, do estrondo da risada do pai —, mas o garotinho conheceu somente a versão faminta e detestável dos pais, com brasas mordazes no lugar de corações.

Com o tempo, eles ficaram mais famintos e mais detestáveis, até que um dia sua mãe os levou até a escuridão mais profunda da floresta. Ela lhes deu um único pão, feito mais com serragem do que com trigo, e lhes pediu para esperarem até ela voltar. Os dois esperaram, enquanto as corujas planavam e os texugos se entocavam, enquanto a floresta se transformava de azul em preta e as lágrimas congelavam em suas bochechas, mas sua mãe nunca mais voltou. E o garotinho descobriu que ele também tinha uma brasa mordaz queimando em seu coração.

O garoto e sua irmã se embrenharam ainda mais para dentro da floresta. Eles comeram o mísero pão e partilharam as últimas migalhas com um corvo preto que os observava das árvores. O corvo os encarou com um olhar demorado e vermelho, depois os conduziu por um caminho sinuoso, até encontrarem uma casinha escondida sob as raízes de um antigo carvalho.

Juniper acha que conhece esse conto. Na versão que sua irmã lhe contou, a casa é feita de biscoitos de gengibre.

A casa era torta e tinha uma aparência selvagem, assim como a mulher que morava nela.

— Uma bruxa — sussurrou o garoto para sua irmã, mas ela não pareceu se importar.

A bruxa os fez se sentar à mesa e envolveu seus pulsos com os dedos. Ela soltou um muxoxo ao sentir seus ossos sob a pele e os alimentou com doces.

Quando os dois estavam tontos e embriagados graças às barrigas cheias, a bruxa disse-lhes que podiam ficar se quisessem.

A irmã do garoto concordou na mesma hora. Durante os sete anos seguintes, a garota estudou com a bruxa na floresta e se tornou cada vez mais selvagem e estranha, até quase se tornar ela mesma uma criatura da floresta, até parecer não se lembrar da mãe e do pai que os abandonaram ali.

O garoto também estudou, mas não se esqueceu da mãe ou do pai, e sempre procurou pelas palavras e pelos caminhos que o permitiriam voltar para eles. Para isso, ele precisava de mais do que os velhos livros e rimas da bruxa. Precisava de feitiços que pudessem subjugar vontades e comandar corações, que pudessem mudar a natureza de uma alma.

Em um certo dia de inverno, a bruxa encontrou o garoto, que já não era mais um garoto, em um bosque de sorveiras. As árvores estavam cheias de estorninhos, mas eles estavam estranhamente silenciosos. Nenhum deles projetava uma sombra no chão. A bruxa observou enquanto o garoto ordenava que cantassem, depois que voassem, e então que se jogassem na terra congelada, seus pescoços torcidos e inclinados em ângulos estranhos.

Então, a bruxa pediu que o garoto fosse embora, pois o temia, assim como temia o custo de seus caminhos. O garoto concordou sem reclamar, não porque ela lhe pediu, mas porque já aprendera o que precisava. Ele pediu à sua irmã que fosse junto, mas ela recusou. Ela escolheu ficar na floresta sem ele. O garoto partiu com uma brasa ardente queimando em seu peito.

O garoto, que já não era mais um garoto, voltou ao seu vilarejo. Ele encontrou sua mãe e seu pai ainda vivos, menos famintos agora que não tinham mais duas bocas para alimentar. Sua mãe gritou ao vê-lo. Antes que ela pudesse amaldiçoá-lo por ser um fantasma ou expulsá-lo pela segunda vez, o garoto roubou sua sombra e sua vontade. Seus olhos ficaram vazios e distantes, e ela sorriu ao estender os braços para ele.

— Bem-vindo ao lar, meu filho.

Assim, o garoto, sua mãe e seu pai viveram felizes para sempre.

Por um tempo.

Eu me lembro, eu me lembro, do dia cinco de dezembro!
Não conheço nenhuma razão por que uma única estação
Deveria, algum dia, ser esquecida.

Feitiço usado para recordar o que foi esquecido.
São necessários salitre e uma única lágrima.

James Juniper achava que Gideon Hill era exatamente igual ao seu pai: um homem covarde de merda, que só se sentia completo quando quebrava alguma coisa.

Agora ela o acha mais parecido com ela. Ou com o que ela poderia ter se tornado, se nunca tivesse reencontrado Agnes e Bella, se nunca tivesse ficado lado a lado com suas Irmãs ou segurado Eva em seus braços com firmeza: uma criatura cruel e destruída, que não sabia fazer mais nada além de sobreviver.

Gideon Hill está encarando o teto, as mãos entrelaçadas frouxamente em seu colo. Sua cadela está olhando fixamente para Juniper com aqueles olhos pretos e tristes. Juniper não acha que essa seja a cor natural deles.

— Ninguém nunca adivinhou o que ela é — diz Juniper suavemente para a cela, a atmosfera ainda carregada e densa graças à história.

— Eu a escondo muito bem.

Os dedos de Hill acariciam a coleira de ferro em volta do pescoço da cadela, que se retrai.

— Achei que bruxos fossem amigáveis com seus espíritos familiares.

Hill balança a cabeça para o teto.

— É o que dizem as histórias, não é? Mas se você quiser o verdadeiro poder, precisar deixar os sentimentos para trás. Precisa aprender a ver o seu espírito familiar não como um bichinho de estimação ou uma companhia, mas como uma ferramenta. E se uma ferramenta não funciona como deveria, se ela resiste à mão de seu mestre... — Ele dá de ombros de uma forma que deveria parecer indiferente, mas não é.

Juniper tenta imaginar que tipo de maldade seria preciso causar até que a própria bruxaria resistisse a você, até que seu próprio espírito familiar arreganhe os dentes para você. Será que foi quando ele amarrou sua alma à de alguém pela primeira vez e roubou o corpo para si mesmo? Ou foi ainda antes disso, quando ele forçou um bosque cheio de estorninhos a se jogarem para a morte?

Seus olhos pousam na pele em carne viva sob a coleira da cachorra, e ela se pergunta se o objeto é mais importante do que parece. A primeira coleira de bruxa, talvez, criada por alguma reencarnação muito antiga de Gideon Hill para controlar sua cadela de caça excêntrica. Então, ela se pergunta o que aconteceria se a cachorra estivesse livre.

Gideon ainda está olhando para cima, esperando pacientemente por sua próxima pergunta.

— O que aconteceu? Depois do viveram-felizes-para-sempre? — pergunta ela por fim.

Gideon suspira. Ele ergue uma das mãos e sua sombra se estende e serpenteia pelo chão da cela, dedos e articulações se curvando em formatos estranhos.

— As palavras e os caminhos necessários para isso são... poderosos. Há um preço a se pagar... sempre há, quando se trata de poder. Entenda que isso não é uma questão de certo ou errado, é apenas a maneira como o mundo funciona. Se quiser ser forte, se quiser sobreviver, precisa fazer sacrifícios.

Não foi isso que Mama Mags lhes ensinou. *É possível identificar a maldade de uma bruxa pela maldade de seus caminhos.*

— Então, quem pagou o preço para você?

Ele baixa o pescoço para olhar diretamente para ela, ponderando alguma coisa.

— Uma febre se alastrou pelo vilarejo de meus pais naquele primeiro inverno. — A palavra *febre* ressoa nos ouvidos de Juniper, como um sino tocando à distância. — Não foi nada de extraordinário, mas as parteiras e as mulheres sábias não conseguiram curá-la. Uma delas veio xeretar, tirou algumas conclusões... eu também roubei a sombra dela. E a doença se espalhou ainda mais. Os aldeões ficaram mais violentos. Histéricos. Eu fiz o que foi preciso para me proteger. — Essa frase passa uma sensação despreocupada, como um seixo bem polido, como se ele a tivesse dito para si mesmo repetidas vezes. — Mas então, é claro que a febre continuou se alastrando... Eu ainda não sabia como controlá-la. Quais pessoas eram dispensáveis e quais não eram. Agora estou mais cuidadoso.

O ressoar nos ouvidos de Juniper fica mais alto e ensurdecedor.

Uma *doença misteriosa*, como haviam chamado as Três. Juniper se lembra das ilustrações nos livros escolares mofados da Srta. Hurston, mostrando vilarejos abandonados e cemitérios lotados, carroças abarrotadas de corpos inchados. Será que fora esse o preço de Gideon? Será que o mundo inteiro havia pagado pelos pecados de um único garoto transtornado e amargurado?

E... será que estava pagando outra vez? *Agora estou mais cuidadoso.* Juniper pensa na respiração penosa de Eva, nas fileiras intermináveis de macas no Hospital Caridade, na febre que assolava os cortiços, as casas geminadas e os becos escuros da cidade, afligindo os pobres, os negros e os forasteiros — os dispensáveis. *Ah, seu infeliz.*

Hill, porém, não parece escutar sua respiração entrecortada.

— As pessoas ficaram mais assustadas, furiosas. Elas marcharam até o meu vilarejo com tochas, procurando alguém para culpar. Então, eu lhes dei um culpado. — Hill levanta as duas mãos, as palmas para cima, como quem diz: *O que você queria que eu fizesse?* — Eu lhes contei uma história sobre uma velha bruxa que vivia em uma cabana escondida nas raízes de um velho carvalho. Contei que ela falava com demônios e cozinhava peste e morte em seu caldeirão. As pessoas acreditaram em mim. — A voz dele está perfeitamente imparcial, não há culpa nem tristeza. — Queimaram seus livros e depois ela própria. Quando deixaram meu vilarejo, eu fui com elas, cavalgando à frente do grupo.

Resumindo: o jovem George de Hyll destruiu o mundo e depois colocou a culpa em suas colegas bruxas, como um garotinho que foi pego com a boca na botija. Ele sobrevivera a qualquer custo, a todo custo. *Ah, seu grandessíssimo infeliz.*

— E a sua irmã? Elas também a capturaram?

Juniper, porém, acha que não. Ela acha que a irmã dele escapou, que se refugiou no outeiro solitário de Avalon e escreveu para si mesma uma dúzia de novas histórias. Até o dia em que seu irmão apareceu com um exército às suas costas e a queimou pelo crime de não amá-lo o bastante.

— Não.

— Você chegou a vê-la de novo?

— Uma vez. Perguntei novamente se ela me acompanharia, se ficaria ao meu lado... eu poderia tê-la protegido... mas ela disse não. Mais uma vez.

Juniper sempre imaginou os últimos dias de Avalon como uma grande batalha, um conflito entre as forças do bem e do mal, Santo contra pecadoras. Agora, em vez disso, ela imagina um irmão e uma irmã se encarando através das chamas, ambos assombrados pela mesma história desprezível. A Donzela, que encontrou um caminho melhor, que *criou* um caminho para si mesma entre os corvos, as raposas e as coisas selvagens. O Santo, que nunca encontrou caminho nenhum, a não ser os cruéis.

Juniper se pergunta o que custou à Donzela rejeitar o irmão que amava. Ela se pergunta o que custou ao Santo queimar a única pessoa que o amou na vida.

Gideon Hill está observando Juniper novamente, e ela acha que consegue ver um pouco do que lhe custou no azul vazio dos olhos dele.

— Você me lembra ela — diz ele muito suavemente.

Juniper desvia o olhar.

Ele ajeita a postura no banco, a voz clara e rápida outra vez.

— O que me leva à minha pergunta, James Juniper: você ficará comigo? Ou também queimará?

Seu pescoço se vira depressa de volta para ele. Ela sente sua boca se escancarando e a fecha com cuidado.

— Como é que é?

— Já estou sozinho há... muito tempo. Isso me cansa. Não tenho nem esposa, nem família, nem amantes.

— E quanto à Srta. Wiggin? Ela não é sua filha?

Hill solta um resmungo baixo e zombeteiro.

— Ela é útil para mim, do jeito dela. Uma vontade dócil, um rostinho bonito. Excelente para a política. Conheci muitas mulheres como ela ao longo da vida.

Juniper poderia apostar que ele conheceu centenas, talvez milhares. Quão monótono deve parecer o mundo após séculos devorando almas, esgueirando-se de corpo em corpo como uma doença. Quantas esposas será que ele enterrou? Quantos filhos viveram menos do que ele? Para Gideon, Grace Wiggin não deve passar de uma efeméride, apenas mais uma criatura em uma coleira sob seu domínio.

— Você, por outro lado, é um espécime mais raro. Livre, feroz, impetuosa. E uma vontade dessas... nunca se perguntou por que nunca roubei sua sombra? — O sorriso dele é caloroso, quase admirador. — Eu poderia transformá-la em uma bruxa e tanto.

— E minhas irmãs?

O sorriso dele diminui um pouco.

— As pessoas precisam novamente de um culpado. Alguém precisa queimar. — Debaixo daqueles olhos vermelhos e úmidos que ele roubou, Juniper pensa ter um vislumbre de sua verdadeira identidade: um garotinho perdido na floresta que não quer ficar sozinho. — Mas não você.

Pela curva do sorriso de Gideon, Juniper percebe que ele está confiante de sua resposta, confiante de que ela abandonará suas irmãs e sobreviverá. Afinal de contas, foi o que ele fez.

É o que a própria Juniper talvez tivesse feito, quando era uma coisinha ferida e insensível. Agora, ela quer muito mais do que apenas sobreviver.

Ela finge considerar a ideia, prendendo os lábios entre os dentes com um olhar angustiado. Hill se levanta e dá um passo à frente, os olhos ávidos, esperançosos, as mãos se erguendo como se quisesse abraçá-la. Juniper espera até ele estar perto o suficiente, até ela conseguir ver o pulsar acelerado em sua garganta.

— Eu já lhe disse antes, Hill. — O sussurro de Juniper é baixo e sincero. — *Vá se foder.*

Mãos-sombra a empurram com força contra a parede de pedra. A coleira queima ao toque da bruxaria, mas agora o pescoço de Juniper está deformado e cheio de cicatrizes, meio entorpecido para a dor. Com certo distanciamento, ela pensa que homens como Gideon deveriam parar de destruir as pessoas, porque às vezes elas retornam duas vezes mais forte.

O rosto de Hill paira vertiginosamente diante dela: pálido como giz, tão furioso quanto um estorninho recém-nascido, o garotinho perdido substituído pela alma antiga e podre.

— Ela me rejeitou e queimou por isso — sibila ele na cara dela. — E você também queimará, James Juniper.

Ele desaparece em um redemoinho de sombras, e ela fica sozinha.

Juniper permanece sentada por um bom tempo depois disso, sem conseguir dormir. Ela toca o medalhão quente em seu peito, pensando em todas aquelas longas horas que passou no túmulo de Mama Mags, à espera de um fantasma que nunca apareceu, pensando na voz que ela escutou da última vez que foi trancafiada. Desejando poder ouvi-la de novo.

Então ela pensa: *por que não*?

Juniper passa a corrente por cima da cabeça e abre o medalhão. Metade é ocupada por um rosto no qual ela nunca permitiu que seus olhos se demorassem por muito tempo.

Ela permite agora. A fotografia está borrada e opaca, o rosto florescendo das sombras. Ela é bonita, como Agnes. Cheia de sardas, como Bella. Juniper nunca encontrou muito de si mesma em sua mãe, mas acha que elas compartilham uma certa curva em seus queixos, uma impetuosidade em seus olhos. Uma mão pesada repousa sobre o ombro dela. A fotografia é pequena demais para mostrar a quem pertence, mas Juniper conhece cada cicatriz e cada nó dos dedos de seu pai.

Na outra metade do medalhão, há uma única mecha de cabelo, grisalha como a penugem do cardo: macia e branca. Juniper a acaricia.

Ela sabe que é loucura. Sabe que é o sonho tolo de uma garota assustada. Porém, sussurra as palavras mesmo assim: *Garotinha de azul, sua trompa venha soprar.*

Ela hesita ao chegar na parte em que se deve pronunciar um nome. Juniper acha que é preciso ser respeitosa ao invocar os mortos. Então, chama a avó pelo verdadeiro nome: *Magdalena Cole, acorde, levante-se*!

Nada acontece, exceto que sua coleira fica incandescente, e Juniper pragueja.

Até que um vento sopra pela janela da cela, cheirando a tabaco, terra e meia-noite. Cheirando ao seu lar.

Juniper engole em seco com muita dificuldade.

— Mama Mags?

Ninguém lhe responde. Entretanto, sente um toque frio percorrer sua testa — o vento sobre sua pele ou o roçar de lábios fantasmagóricos.

— Ora, maldição! — A voz de Juniper está rouca, densa pelas lágrimas. — Você fez isso, não fez? Amarrou a si mesma a esse medalhão?

Das cinzas às cinzas, do pó ao pó. As palavras são o ranger das tábuas, o sussurro do luar.

Não passa de um feitiço de uma bruxa da floresta para consertar costuras rompidas, mas talvez não sejam as palavras que realmente importem. Talvez a magia seja apenas o espaço entre o que você tem e o que você precisa, e Mama Mags precisava deixar algum pedacinho pálido de si mesma para proteger suas netas.

De repente, Juniper pensa em outra coisa, em outra amarração que Mama Mags pode ter feito. Na força invisível que levou Juniper e suas irmãs até a Praça St. George naquele dia de março, nos fios que ainda se estendem entre elas. Não foi sorte, nem destino ou um direito de nascença, apenas os resquícios fracos do dom de sua avó.

Juniper descansa a cabeça em suas mãos e sente as lágrimas deslizarem por seus pulsos. *Shh, shh,* sussurra o vento. *Está tudo bem, minha garotinha.*

Juniper chora até a brisa cessar e o cheiro de tabaco desaparecer da cela, até a coleira esfriar em volta de seu pescoço e a brasa mordaz em seu coração finalmente queimar até se transformar em cinzas frias, sopradas então pelo vento.

40

Quando ao topo da colina chegou,
Sua trompa bem alto e forte ela soprou.

Feitiço usado para gritar. São necessárias ousadia e rainhas-dos-prados murchas.

O céu está do mesmo tom de azul-claro das porcelanas chinesas antigas, e o vento açoita de todos os lados ao mesmo tempo, como se o teto do mundo tivesse sido retirado para deixar entrar uma corrente de ar. A cidade parece nova em folha, reluzente de tão limpa.

Se Agnes Amaranth deve queimar, pelo menos este é um bom dia para isso.

Seus pés estão descalços e frios nas ruas de paralelepípedos, e seu cabelo comprido e solto esvoaça em volta de seu rosto. Uma de suas irmãs caminha à sua frente e a outra atrás. Ela quase consegue fingir que são crianças novamente, subindo a encosta da montanha atrás do emaranhado de penas de corvos do cabelo de Juniper.

Porém, em vez de calicô e algodão, elas estão vestindo uma lã grosseira com um x cinzento pintado em seu peito. Em vez de rirem e gritarem, estão em silêncio, suas mandíbulas presas firmemente em suas gaiolas de ferro. Em vez do farfalhar suave das folhas e do cantarolar da água do riacho, estão cercadas pelo ranger e retinir de suas próprias correntes e pelo sibilar febril de uma multidão.

Agnes nunca viu uma multidão tão grande. É como se cada edifício de Nova Salem tivesse sido virado e chacoalhado até que seus ocupantes caíssem e se aglomerassem nas ruas. Há trabalhadores com as mangas arregaçadas e clérigos com seus chapéus-coco inclinados para trás. Damas da alta sociedade com capas forradas de pele ao lado de bêbados com olhares maliciosos e narizes com veias à mostra, famílias inteiras esparramadas em toalhas de piquenique de várias cores. Todas essas pessoas vieram assistir às bruxas queimarem.

Seus olhos estão brilhantes e vazios, reluzindo como pedras molhadas em seus crânios. Suas sombras são como poças de óleo atrás delas: viscosas e disformes.

Nem todos os olhos estão vazios, entretanto, e nem todas as sombras estão deformadas. Agnes encontra outros rostos espalhados pela multidão: as garotas Domontovich junto de sua mãe, corpulentas e loiras; Annie, no meio de um grupo de garotas da tecelagem; Ona, a garota magricela, observando com olhos furiosos entre elas; Frankie Black, Florence Pearl e mais seis mulheres do Pecado de Salem; Rose Winslow ao lado das irmãs Hull; Gertrude, a mulher Dakota, e Lacey, a enfermeira do Hospital Caridade; Inez, disfarçada com uma capa pesada e uma peruca branca, tão abraçada a Jennie Lind que as duas parecem ser uma única pessoa; e muitas outras mulheres que foram libertadas das Profundezas, seus olhos escuros e os lábios repuxados, esperando.

As Irmãs de Avalon, que não eram suas irmãs de verdade, mas que ainda assim vieram quando foram chamadas.

Assim como os outros. Agnes vê fileiras de rapazes de aparência infame, os quais se lembrava de ter visto no Amigo do Trabalhador, parecendo ansiosos demais para começar uma confusão. Há grupos de mulheres negras reunidas, com capas compridas e expressões soturnas — Cleópatra Quinn está ao lado de sua mãe, seus olhos como um par de tochas acesas encarando Bella —, e até mesmo algumas damas da Associação de Mulheres. A Srta. Cady Stone está atrás de Jennie Lind, de queixo erguido.

Mais — muito mais — do que Agnes ousou esperar, todas ali por Eva. E também por mais do que Eva: porque estão cansadas de crianças roubadas e mulheres desaparecidas, de se humilhar e se esconder, de ataques e prisões. Porque nenhuma delas é forte o bastante para enfrentar Gideon Hill sozinha, então vieram juntas.

Annie Flynn encontra o olhar de Agnes e faz uma reverência com a cabeça, de uma soldada para sua general, de uma bruxa para outra. Annie olha de relance para outra pessoa e Agnes o vê: o Sr. August Lee.

Ele está usando uma boina puxada bem baixa sobre seu cabelo loiro de ninho de pássaro e um cachecol vermelho enrolado sob o queixo. Os olhos dele ardem para ela, como se ele não visse a marca de bruxa pintada em seu peito ou a focinheira de ferro sobre seu rosto, como se ela fosse uma rainha subindo ao trono em vez de uma condenada marchando para a morte. Ele segura um frasco prateado em uma das mãos e algo bem embrulhado na curva de seu braço. O embrulho se contorce muito levemente.

Agnes para de andar, ignorando o puxão da coleira em seu pescoço e Juniper praguejando ao tropeçar na perna ruim. A multidão se movimenta, alguém dá um passo para o lado, e ela vislumbra um cabelo vermelho, um punho pequenino e rosado se erguendo. Seu coração, a salvo.

Eva. As enfermeiras e freiras da Casa dos Anjos Perdidos ainda não devem ter notado que estão cuidando de um pedaço de argila. O feitiço quebrará e desaparecerá em poucas horas, mas então será tarde demais. Ela e Eva estarão livres entre as estrelas.

Alguém puxa a corrente delas para frente. Agora, a coleira parece leve como um laço de renda em volta de seu pescoço.

A Praça St. George foi transformada no cenário de uma peça barata. Um palanque foi colocado sobre o pedestal de George, construído com uma madeira tão verde que há seiva pingando de todas as cabeças de prego. No meio da estrutura, uma estaca aponta para cima como um dedo acusador, abarrotada de pinheiros e carvalhos brancos, reluzindo com óleo de lamparina.

Um segundo palanque se ergue, a montante em relação ao primeiro, cheio de fileiras de homens com rostos severos, que usam togas de juízes e armaduras de Inquisidores. Grace Wiggin é a única mulher entre eles, a faixa branca perfeitamente arrumada cruza seus seios; sua expressão está fixa e vazia. Agnes ergue os olhos para Wiggin ao passar, desejando que ela olhasse para baixo e visse seu próprio reflexo ali: uma mulher acorrentada e com rédeas, privada de suas palavras e de seus caminhos. Wiggin não olha para baixo, mas uma linha fina aparece entre suas sobrancelhas.

Um homem em um traje cinza está na base dos degraus, levantando bem alto uma tocha acesa. Tal visão — o espiralar oleoso da fumaça, o ferro envelhecido — faz Agnes se sentir desconectada do tempo. Como se ela tivesse saído de um universo de bondes e eleições, e caído em alguma era mais obscura de castelos, cavaleiros e fogueiras à meia-noite.

Seus pés estão dormentes sobre os degraus. A estaca está aninhada entre os ossos projetados de suas costas. Dois homens enrolam correntes frias ao redor de suas cinturas, apertando-as com força, enquanto outro deles abre suas rédeas e algemas, e deixa apenas as coleiras. Bruxas sempre foram ao encontro de Deus com as línguas livres para se arrepender e as mãos livres para rezar. Agnes não pretende fazer nenhum dos dois.

Enquanto está ali, ao lado de suas irmãs, ela tem a impressão de que tudo sempre iria acabar desse jeito: as três de costas uma para a outra, cercadas por todos os lados. As irmãs excêntricas, queimadas e amarradas. Ela tem a impressão de que isso já aconteceu dessa forma antes, e irá acontecer de novo, até que não haja mais bruxas para queimar ou homens para queimá-las.

A multidão se desfoca e oscila diante dela. Ela capta relances de movimento — o lampejo vermelho do cachecol de August conforme ele abre caminho entre os observadores espremidos, dando a volta no palanque; o tremular escuro das saias de Cleo conforme ela se aproxima —, mas então tudo fica obscurecido por um homem de traje da cor de madressilvas murchas.

A sombra de Gideon Hill se estende dois passos atrás dele, lânguida e inchada. Ela estica os braços bem alto e se derrama pela borda do palanque, desce até a multidão, envolve tornozelos e sobe furtivamente por saias. A cachorra de Hill estremece ao seu lado, os olhos arregalados na cabeça franzina.

— Última chance para confessarem, senhoritas — anuncia ele para todas as três, mas seus olhos se demoram em Juniper.

Nenhuma delas responde. Agnes não consegue sentir suas irmãs por causa do ferro frio em volta de seu pescoço, mas sente a tensão angustiante no pressionar de seus ombros contra os dela.

Hill se aproxima de Juniper.

— Arrependa-se — diz ele calmamente. — O perdão ainda é possível. — Sua voz é urgente, quase desesperada.

Juniper sorri para ele.

— Não — responde. — Não é.

O queixo de Hill se retesa. Ele lhes dá as costas em um turbilhão de capa cor de creme. A cachorra demora a segui-lo, olhando com tristeza para as Eastwood.

— Está tudo bem, garota. Só mais um pouquinho. — A voz áspera de Juniper sussurra.

A cadela, então, vai atrás de seu mestre.

Agnes sente o baque surdo de botas e patas descendo os degraus do palanque, o zumbido cortante da multidão. As estrelas aparecem acima delas, fracas e distantes graças às chamas das tochas acesas.

Hill assume seu lugar na plataforma em frente à delas. Ele aninha a mão da Srta. Wiggin em seu braço, e ela olha para ele com um êxtase tão vazio que o estômago de Agnes se revira. Pelo menos seu pai nunca as forçou a amá-lo. Pelo menos ele nunca lhes arrancou suas identidades ou almas. Ela se pergunta se, em algum lugar nas profundezas de seu corpo de boneca de porcelana, Grace o odeia.

Hill examina os cidadãos reunidos, o rosto sério e pesaroso. Agnes acha que ele vai fazer outro discurso sobre moralidade, Satã e a modernidade, mas Hill não o faz. Em vez disso, ele permite que seu olhar pouse no homem que carrega a tocha abaixo dele. Ele assente uma única vez e um silêncio terrível recai sobre a praça.

A tocha sibila e estala. Em algum lugar na multidão, um bebê chora. Os pensamentos de Agnes giram em círculos vertiginosos... *uma mulher sábia guarda sua chama dentro de si... desculpe, Mags... depressa, August...*

Do outro lado da estaca, a voz de Bella soa suave e tranquila, como se ela estivesse sentada atrás de uma escrivaninha em vez de amarrada a um poste no meio da praça da cidade.

— A propósito, traduzi aquela inscrição. Aquela entalhada na porta: *Maleficae quondam, maleficaeque futurae.* — Ela ignora o *meu Deus, Bell* suavemente murmurado por Juniper. — Quer dizer "bruxas do ontem e bruxas do amanhã".

— E o que isso significa? — pergunta Agnes.

— Acho que significa que as bruxas retornarão um dia, não importa quantas de nós eles queimem. — Agnes consegue ouvir o sorriso na voz de Bella, mordaz e discreto. — Acho que significa... nós. Todas nós.

Então, a tocha toca a pira, as chamas lambem o céu como garras de tigre, e as irmãs Eastwood queimam.

Agnes Amaranth já queimou antes. Ela está familiarizada com a fumaça castigando seus olhos como cacos de vidro, com a maneira com que o calor sobe por seu corpo em ondas, erguendo seu cabelo dos ombros e chamuscando as pontas. Com a maneira em que suas próprias lágrimas se transformam em vapor em suas bochechas.

Da primeira vez, Agnes se salvou. Ela desenhou um círculo com a água do riacho ao redor de suas irmãs, disse as palavras e o calor desapareceu. As três haviam ficado completamente imóveis enquanto o fogo lambia e serpenteava em volta delas, como se fosse um lobo recém-domesticado que ainda pudesse mordê-las.

Desta vez, é August Lee quem as salva. Ela vê o rosto dele através da camada dourada de chamas: os olhos fixos, os lábios se movendo, um dos braços ainda envolvendo Eva com firmeza. O frasco prateado pinga sobre os paralelepípedos, o conteúdo espalhado em um círculo amplo em volta do palanque.

Agnes consegue ver o brilho do suor reluzindo na testa de August e a tensão em seus ombros, como se ele estivesse suportando um peso imenso. No fundo, tudo o que a bruxaria precisa mesmo é de vontade, e isso ele tem de sobra para não deixá-la queimar.

O palanque sibila e estala sob seus pés, e as chamas crepitam alto noite adentro, mas não parecem tocá-la, como se sua pele estivesse revestida por uma armadura de água corrente. Apenas sua coleira parece quente, aquecendo-se diante da presença da magia e latente contra sua garganta.

A multidão grita, resmunga e comemora ao redor de August, as bochechas coradas e os olhos brilhando vermelhos. Suas sombras se fundiram em uma única criatura atrás deles, com várias cabeças e vários membros, como uma hidra, triunfante. Hill lhes olha sem qualquer expressão no rosto, como se para ele não fossem nada além de marionetes vazias.

Quando ele volta a encarar as Eastwood, há chamas vermelhas ardendo em seus olhos, talvez até um traço de tristeza — mas há também um grande alívio por tal ameaça à sua vida interminável e enfadonha ter finalmente chegado ao fim.

Logo, porém, seu alívio vacilará. Logo sua testa se franzirá. Ele queimou muitas e muitas mulheres ao longo dos séculos, e certamente todas elas gritaram.

As Eastwood não gritam. As chamas as envolvem como mãos, destruindo seus vestidos brancos de lã. Suas correntes brilham, incandescentes... mas sua pele está intacta e lisa, sem bolhas. Logo Gideon Hill perceberá que suas bruxas não estão queimando.

Porém, elas não estão prontas. Precisam somente de um pouquinho mais de tempo.

Agnes respira fundo, o que deveria queimar seus pulmões, mas eles não queimam. Ela sente o gosto da fuligem, das cinzas e da bruxaria de August em sua língua. Ela pensa em Eva, bem embrulhada nos braços dele, banhada pela luz da fogueira de sua mãe: *Preste atenção, minha garotinha.*

Ela grita para a noite, alta e corajosamente, desafiadora.

— É uma confissão que você quer?

Bella escuta a voz de sua irmã, mas quase não a reconhece. Ela retumba e estala, incontrolável, tomada de fúria. O som vibra nos ossos de Bella, uma corda repuxada baixa demais para ser ouvida.

— Eu confesso de bom grado, Sr. Hill: sou uma bruxa.

A multidão zombeteira fica completamente em silêncio ao ouvir o som de sua voz. Eles encaram as chamas com rostos cautelosos, como caçadores que escutam sua presa correndo entre as samambaias, ferida, mas ainda assim perigosa. Gideon Hill está imóvel na outra estrutura.

Bella sente o palanque estremecer sob seus pés, como se alguém o escalasse, como se alguém estivesse tentando fazer algo muito ousado e heroico, sem o qual a coisa toda desmoronaria. *Que as Três a abençoem e a protejam.*

— Sou uma bruxa — grita Agnes pela segunda vez, mais alto, projetando sua voz para a noite. — Assim como minhas irmãs, assim como minha filha será um dia, e a filha da minha filha. — Sua voz fica mais rouca ao mencionar Eva, como se a coleira ao redor de seu pescoço tivesse se estreitado.

Atrás delas, escuta-se o som de passos, depois o sussurro de palavras e o chiar de água salgada sobre o ferro quente. Suas correntes racham com uma ferrugem estranha. Suas coleiras fervem diante do toque da bruxaria.

Bella morde a bochecha até sentir o gosto de sangue, mas Agnes não parece se incomodar nem um pouco com a coleira. Sua cabeça está recostada na estaca, seus olhos estão fechados, sua voz firme.

— Assim como toda mulher que diz o que não deveria ou que deseja o que não pode ter, que luta pelo que é seu por direito.

Todos os olhos estão em Agnes, hipnotizados. Ninguém percebe que há uma quarta bruxa no palanque, cantando sua canção para desviar olhares indesejados. Ninguém percebe que suas correntes e coleiras ficam mais fracas, com fissuras se abrindo nelas e tornando-as tão quebradiças quanto ossos antigos.

Agnes faz um movimento desdenhoso com os ombros, como se estivesse se desvencilhando de um toque indesejado, e a corrente se quebra. Ela dá um passo à frente, os pés descalços e ilesos sobre a madeira preta, o cabelo agitando-se nas chamas, e Bella escuta o som precipitado de centenas de pessoas prendendo a respiração juntas.

Ela fica surpresa ao sentir uma pontada de pena delas: todas pensaram que estavam no tipo de história em que bruxas perversas eram capturadas e queimadas no final, em que todas as crianças eram colocadas para dormir em segurança, com o cheiro da fumaça em seus cabelos. Deve ser perturbador se descobrir no tipo de história em que as bruxas, em vez disso, fazem amizade com as chamas, quebram suas correntes e riem para as estrelas com dentes afiados.

Agnes ergue o braço e o fogo envolve sua pele exposta como uma armadura dourada. Ela aponta para Gideon Hill, que observa a cena da plataforma, o rosto retorcido, a boca entreaberta para rosnar ordens para os seus Inquisidores acima do latido frenético de sua cadela. Grace Wiggin ainda se agarra ao braço dele, olhando apavorada para Agnes. Mas há um leve brilho em seus olhos, como se uma parte pequena e traiçoeira dela estivesse contente de ver uma bruxa escapar das chamas.

Sob a coleira que se desfaz, bolhas se formam no pescoço de Bella, cada floco de ferrugem queima ao pousar em sua pele. Ela não consegue ver Cleo ao seu lado, mas escuta a voz dela sussurrar em seu ouvido:

— Aguente firme, amor, estou quase lá... *A ponte de Londres está caindo, está caindo...*

Agnes ainda está apontando para Hill. Bella só consegue ver a parte de trás de sua cabeça, mas pode sentir o sorriso feroz e delirante no rosto da irmã.

— Sou uma bruxa, Gideon Hill. — Sua voz é baixa, perigosa, o estremecer do rabo de um gato antes do bote, o último giro de um falcão-peregrino antes do mergulho. — *Assim como você!*

Assim que Agnes diz isso, muitas coisas acontecem em sequência, como um castelo de cartas que desaba após uma última carta colocada.

As coleiras de bruxa caem de seus pescoços, reduzidas à ferrugem e maldade. Bella consegue sentir as almas de suas irmãs zumbindo alto pela amarração entre elas e a magia novamente fervilhando do outro lado de todas as coisas.

Uma coruja e um falcão aparecem no céu cheio de fumaça, pretos como espadas ou corações, e o primeiro grito verdadeiro ecoa pela praça.

Gideon Hill grita ordens. Inquisidores de branco e vermelho correm na direção do palanque, bem quando a maior parte da multidão luta para se afastar. Eles colidem uns contra os outros, sem perceber os grupos de pessoas que nem se mexeram. Que estão paradas como estátuas ou sentinelas, observando a fogueira. À espera.

Bella cambaleia para longe da estaca e cai nos braços da Srta. Cleo Quinn.

— O que aconteceu com o seu anel, mulher? — murmura Cleo no cabelo de Bella. — Eu só a perdi de vista por dez minutos.

— A culpa é sua, na verdade, por me perder de vista.

— N*ão cometo o mesmo erro duas vezes.*

As mãos de Cleo encontram as dela e as apertam com tanta força que os ossos dos nós de seus dedos rangem.

Juniper sai mancando do fogo, ergue os braços bem alto e começa a rir. É uma risada áspera, diabólica, como a do corvo quando saqueia o milharal, como a da aranha trapaceira africana enquanto tece sua teia. Bella capta a curva selvagem de seu sorriso quando a irmã olha para a multidão.

— Acredito que minha deixa esteja chegando, amor — sussurra Bella. — Você trouxe a varinha?

Cleo coloca um pedaço fino de azevinho na palma da mão dela, bem quando Juniper grita uma única palavra:

— *Cicuta*!

Bella dá um passo à frente para ficar entre suas irmãs enquanto a multidão responde ao comando de Juniper.

Ela observa uma centena de mulheres enfiarem suas mãos em uma centena de bolsos, sacolas e cestas, e retirar uma centena de chapéus de musselina preta, veludo cinza, seda escura e renda gasta. Seus braços se erguem conforme cada bruxa da cidade de Nova Salem coloca um chapéu alto e pontudo, e sussurra as palavras.

Vindas de lugar nenhum, saias e capas caem em cascata sobre seus corpos. Vestidos elegantes com drapeados de chiffon, e vestidos simples de algodão cujas mangas foram arrancadas, capas pretas com longas caudas de penas, e vestidos de festa decorados com peles escuras de martas. Alguns deles foram costurados pelas Irmãs de Avalon, outros foram retirados de baús de cedro e guarda-roupas, para a ocasião. Alguns não são de fato pretos, mas sim azul-marinho ou verde-escuro, mas sob a luz instável das estrelas isso não importa. A multidão vê mulheres com chapéus altos e vestidos escuros, e sabe exatamente o que elas são.

Pode-se rir de uma bruxa. Pode-se queimar três delas. Mas o que se faz com uma centena?

Aparentemente, a maioria das pessoas corre.

Hill não está correndo. Ele continua na plataforma, gritando ordens para seus Inquisidores. Ele agarra um punhado de sombras e as puxa como se fossem cordas de marionetes ou linhas de pesca. Metade da multidão para abruptamente, oscilando e piscando, fraca demais para se libertar da vontade dele.

Talvez as marionetes de Hill tivessem se mantido firmes e derrotado as bruxas de Nova Salem, mas Bella encosta a varinha de azevinho na tocha e a ergue bem no alto. A multidão abaixo faz a mesma coisa, retirando pedaços finos de carvalho, macieira, bétula e abrunheiro. As mulheres que não têm fósforos pegam emprestado o calor daquelas que têm, encostando as pontas de suas varinhas umas nas outras.

Bella entoa o feitiço sem qualquer vestígio de gagueira. Uma centena de vozes se junta a ela: *Rainha Ana, Ana Rainha, você senta no sol...*

Palavras simples e insignificantes, que uma mulher poderia cantar enquanto espia sua caixa de costura numa noite de inverno. Palavras que falam sobre afastar a escuridão, sobre a luz do sol penetrando as sombras.

Formosa como o lírio, branca como a luz da varinha.

Cada varinha abaixo dela lança uma luz própria, desde o tom mais pálido do amanhecer ao mais sangrento pôr do sol, do brilho prateado da lua ao dourado da chama de uma vela. As luzes se encontram e se fundem, unindo-se para formar uma onda ofuscante como o sol do meio-dia.

As sombras fogem diante da luz de bruxa, desenrolam-se de tornozelos e soltam as bainhas de saias para correrem como água suja pelos paralelepípedos. Elas formam uma poça ao redor de Hill, uma escuridão que se contorce, que sibila e que espirra como óleo numa frigideira.

O feitiço se torna mais brilhante. As sombras se encolhem até ficarem do tamanho de uma única pessoa de pé, depois de um velho enrugado, então de uma criança, e, por fim, de nada.

Gideon Hill está sem sua sombra, exposto, banhado pela luz do sol, sua cachorra arreganhando os dentes para o céu em um rosnado ou um sorriso.

Uma agitação corre pela multidão. Bella vê rostos se voltarem para cima, boquiabertos, semicerrando os olhos úmidos para a luz de bruxa. Suas sombras se estendem, mansas, embaixo deles outra vez, inofensivas e comuns. Se o feitiço terminar agora, ela acha que a maioria das pessoas ficaria feliz em cambalear de volta para casa, assombradas pela lembrança de um ódio que não lhes pertencia. O feitiço, porém, não termina.

Rainha Ana, Ana Rainha...

As bruxas não pararam de entoar as palavras quando a sombra de Hill desapareceu. A luz do sol agora está ofuscante, quente, fervendo sobre a lã preta e as capas de outono, o próprio feitiço se transformando em algo maior do que ele mesmo, algo que engole mentiras e irradia a verdade.

Gideon Hill começa a mudar. O loiro insípido de seu cabelo escurece até se tornar um preto opaco. Seu queixo fica mais pronunciado, sua pele recua e revela um corpo magro e esfomeado. Provavelmente sua verdadeira alma se manifestando no corpo roubado. Bella fica surpresa com o quão jovem e desesperada ela aparenta ser.

A cachorra ao seu lado também muda, a ilusão de seu mestre se dissipando. Suas patas e mandíbula se tornam mais compridas, seu pelo, mais grosso, e suas orelhas, eretas: uma loba esguia, com pelo preto e olhos vermelhos ardentes.

A multidão está paralisada, encarando seu salvador. Sua luz contra a escuridão, seu aspirante a Santo. A palavra *bruxo* é sussurrada entre eles.

Bella baixa sua varinha com uma alegria feroz e atordoante pulsando em suas têmporas. Se falharem agora, pelo menos a verdade ainda será contada. O homem que passou séculos distorcendo a história e contando mentiras ainda estará exposto para todo mundo ver.

Aos olhos do mundo, seu pai morreu como um homem bom. Gideon Hill morrerá como um vilão.

Bella se vira para Juniper, que observa Gideon Hill com uma expressão estranha no rosto, quase triste.

— Sua vez, June.

Juniper está observando o garoto na plataforma — o menino cruel e assustado que deveria ter morrido há muito tempo —, quando sua irmã lhe informa que chegou sua vez.

Cleópatra Quinn coloca duas coisas em suas mãos: uma bengala de teixo preto e duas presas compridas e curvas.

Juniper pula do palanque com seu vestido chamuscado e maltrapilho agitando-se atrás dela como asas queimadas. Ela pousa descalça sobre os paralelepípedos, o pé ruim torcendo sob seu peso, o joelho batendo na pedra. As presas se cravam profundamente em sua palma, e o sangue forma uma poça em sua mão.

Juniper permanece agachada, golpeada pela multidão em pânico. Ela espalha seu sangue pela bengala de teixo preto e sussurra as palavras pela terceira vez em sua vida.

Que rochas e ramos quebrem seus ossos, e serpentes parem seu coração.

Palavras cruéis e venenosas que queimam sua garganta e chamuscam sua língua. Palavras que exigem uma vontade furiosa por trás. Juniper sempre teve uma xícara de ódio transbordando dentro dela, um poço de fúria que nunca seca, mas agora ela tem a impressão de que deve buscar mais fundo para encontrar o que precisa; de que talvez, no fim das contas, seu poço não seja tão interminável assim.

Entretanto, ela pensa em Eva, nas Três, em todas aquelas pobres pessoas morrendo nas macas do Hospital Caridade, e encontra a vontade necessária.

A bengala se retorce em sua mão, a estrutura de madeira substituída por escamas lisas, a cobra entalhada subitamente quente em sua palma. A serpente olha para ela uma única vez com seus olhos de vidro, e Juniper assente. *Vá.*

Juniper fica de pé com dificuldade enquanto a cobra passa despercebida entre pés inquietos. Gideon Hill está inclinado sobre a grade da plataforma, encarando a multidão abaixo, à procura. Seus olhos a encontram e uma quietude recai sobre ele.

O rosto dele é familiar para ela. É o rosto que Juniper viu em todos os espelhos e vidraças por onde passou ao longo dos anos. É o rosto de uma criança traída e destruída, agarrando-se ao ódio porque é a única coisa que lhe resta.

Como seria permanecer como aquela criança desolada durante séculos, completamente sozinha?

A cobra de teixo preto já está se enroscando na madeira da plataforma, deslizando cada vez mais próxima. Gideon está ocupado demais encarando Juniper para ver sua própria morte rastejar até ele.

Porém, a vontade de Juniper vacila. A cobra já está perto o bastante para dar o bote, mas ela se enrosca em si mesma, a postos. À espera.

Os Santos sabem que ele merece. Seu pai também merecia, nas duas vezes, mas ela poupara sua vida naquele dia no celeiro. Ela o deixou viver mais sete anos, até que ele consumiu cada pedacinho de benevolência e bondade que lhe restara. Na segunda vez, ela não hesitou.

Ela passou o verão fugindo, sendo caçada e assombrada, à procura de algum lugar onde poderia despejar todo aquele ódio que ainda restava em seu coração. Talvez ele tenha, finalmente, acabado. Talvez ela esteja cansada da vingança conquistada e infligida, de sacrifícios, pecado e custos altos demais.

Juniper sente a cobra se transformando de novo em madeira preta, o veneno parando de pingar.

Acima dela, Gideon vê a fraqueza em seu rosto. Seus olhos reluzem, triunfantes. Com uma certeza fria, Juniper sabe que ele não hesitará, que ele pagará qualquer preço somente para viver e continuar vivendo.

Gideon a observa, e sorri diante do que vê.

O que ele não vê é a mulher ao lado dele na plataforma, sua sombra estendendo-se a seus pés, onde ela pertence, sua vontade finalmente *sua* outra vez: a Srta. Grace Wiggin.

Enquanto eu estava morrendo sobre a terra,
Ergui minhas mãos para ela,
Que nem mesmo fechou meus lábios ou meus olhos.

Feitiço usado para um último arrependimento.
É necessária a mais dolorosa das traições.

Agnes Amaranth a vê.

Agnes está na beirada do palanque, de costas para sua própria pira. Ela vê as sombras de Gideon se dissiparem, seu poder subjugado. Vê a Srta. Grace Wiggin se afastar dele como uma pipa cuja linha foi cortada.

A princípio, o rosto dela permanece frio e vazio, até que a verdade começa a fervilhar em sua expressão. Primeiro vem a confusão, depois a repulsa, como se ela quisesse arrancar a própria pele de seu corpo. Então, a raiva: genuína e incandescente, com dentes e garras, completamente estranha nas feições dóceis da Srta. Grace Wiggin.

Ela se vira para encarar o homem que a acolheu e depois roubou sua vontade, o pai que amaldiçoou a própria filha. Naquele momento, ela se parece menos com uma mulher e mais com uma harpia. Como um desfecho há muito atrasado, como um julgamento final de vestido branco.

Agnes imagina que Gideon Hill sempre escolheu suas vítimas com cuidado: os pequenos e estranhos, os solitários e fracos. Velhas senhoras que viviam na floresta e moças com corações excêntricos. Seu próprio sobrinho sonhador e que adorava ler. Ele os queimou e os culpou, engoliu-os inteiros, cuspiu as sementes, e nem uma única vez olhou para trás e se preocupou que uma delas pudesse germinar e dar frutos venenosos. Que até mesmo os fracos podem se transformar em inimigos poderosos, se forem numerosos o bastante.

Agora, uma luz vermelha cintila nos olhos de Wiggin. Seus dedos apalpam as saias, procurando por alguma arma ou caminho, mas não encontram nada. Então, suas mãos pousam na faixa branca que vai do ombro ao quadril. Ela acaricia devagar as letras perfeitamente bordadas, quase maravilhada, antes de passar a faixa por cima de sua cabeça. Wiggin segura a seda branca como uma espada estendida em suas mãos. As mulheres são boas em criar seus próprios caminhos quando não têm nenhum.

Hill não percebe o que está prestes a acontecer. E mesmo que tivesse percebido — se ele se virasse e visse a faixa entre as mãos de Wiggin e a fúria em seu rosto —, Agnes duvida que ele teria acreditado antes que fosse tarde demais.

Wiggin joga a faixa sobre a cabeça de Hill e ela se acomoda suavemente em sua garganta. Antes que ele possa puxá-la, antes mesmo que possa lançar um olhar irritado para baixo, ela se enrola com força em seu pescoço.

— Que os Santos nos salvem — diz Bella ao encarar Hill, as mãos cobrindo a boca.

Cleo puxa o ar por entre os dentes.

— Mas não ele.

Abaixo delas, Juniper está encarando Hill e Wiggin boquiaberta. Sua bengala de teixo preto desapareceu, mas Agnes não vê a cobra em lugar nenhum.

Um dos Inquisidores na plataforma percebeu que a líder da União das Mulheres Cristãs está estrangulando o prefeito. Pelo visto, ele desaprova tal atitude, mesmo que o prefeito não se pareça mais tanto com o que deveria, e dá um passo à frente.

— *Não!* — grita Agnes, desesperada, embora seja inútil.

A cadela de Gideon — agora alta e de olhos vermelhos, não mais uma cachorra, mas sim uma loba com uma coleira de ferro em volta do pescoço — se volta para o Inquisidor. Seus dentes se fecham a centímetros de sua pele, os pelos eriçados. Sua coleira brilha em um tom alaranjado, punindo-a, mas ela não recua.

Mais Inquisidores se juntam ao primeiro. Antes que possam atingir a loba, um raio escuro de penas ataca, as garras em riste. Pan se junta à loba, seguido por Strix. Os três espíritos familiares conseguem manter afastados os homens, que estão aos berros, com dentes, garras e olhos ardentes. Atrás deles, a faixa de Wiggin aperta ainda mais o pescoço de Gideon Hill. A loba uiva em agonia ou triunfo.

O rosto de Hill vai do branco ao vermelho ao violeta, escurecendo até ficar da cor de um hematoma inchado, como carne podre. Seus lábios mordidos, manchados pela espuma, ainda se movem em algum último feitiço inútil. Suas pernas chutam com cada vez menos força, seu traje da cor das madressilvas está sujo de saliva e mijo. Sua loba cambaleia.

Mesmo com toda a sua maldade e poder, com todos aqueles séculos de aprendizado, a morte veio buscá-lo do mesmo jeito. Agnes pretende assistir até o final, até que as pernas dele parem de chutar e seu coração pare de bater, mas alguém grita seu nome.

— Agnes Amaranth!

Ela ignora.

Porém, Agnes escuta um bebê chorando, e ela conhece esse choro. Está escrito em seu coração e entalhado em seus ossos. Ele ecoa em seus sonhos, assombrando-a.

Ela dá as costas à sua vitória fria e vê August Lee subindo os degraus do palanque com o nome dela nos lábios e sua filha aninhada no peito.

Agnes não tem consciência de que estendeu as mãos para ela até sentir o peso incontestável de Eva em seus braços e escutar a torrente interminável de bobagens em sua própria voz (*Minha garotinha, meu amorzinho, está tudo bem, mamãe está aqui, vou protegê-la*). Suas costelas doem como se alguma coisa com penas estivesse tentando escapar, como enormes asas.

Ela sente o cheiro de serragem e o peso cuidadoso de braços se fechando em volta dela. Agnes apoia a bochecha no peito de August e os braços se acomodam. A pele dele ainda está quente da bruxaria.

No espaço entre eles, ela olha para baixo e fita os olhos solenes de sua filha, cintilando com estrelas, chamas e o começo de milhares de novas histórias. Era uma vez uma menina que foi sequestrada e resgatada. Era uma vez uma menina que foi criada por três bruxas. Era uma vez uma menina que se ergueu como uma fênix das cinzas de sua mãe e voou na direção da luz de um novo mundo.

August solta Agnes e coloca um galho macio na palma de sua mão.

— Sorveira-brava, como você pediu. — Tem um cheiro natural e verde, e está fria naquela atmosfera ardente. — Eu e os rapazes manteremos a multidão afastada.

Agnes ergue o olhar para ele, para este homem que a ama por inteiro, este cavaleiro que se confundiu na própria história e se apaixonou pela bruxa, em vez de pela princesa. Aqui está ele, ao lado dela no fim do conto, sujo de cinzas e suando; está perfeitamente claro para Agnes qual é a próxima cena nesta história.

Ela o beija. Apesar dos gritos da multidão e das chamas muito próximas, apesar da pontada de dor em seus lábios e do azul surpreso nos olhos dele. Ele ergue a mão, inseguro, pairando acima da linha de seu queixo. Os lábios dele são hesitantes contra os dela. Agnes pressiona com mais força, dentes contra pele, fazendo-o se lembrar do que ela é. Ele arde junto a ela, cheio de desejo e calor, os dedos se enroscando em seu cabelo.

Acaba rápido demais, quase uma promessa em vez de um beijo, a esperança traduzida na pele.

Ela solta o colarinho dele, e August toca seus lábios mordidos com uma expressão de quem acabou de ter uma revelação religiosa, ou que bateu a cabeça há pouco tempo.

— Agnes... — A voz dele está prazerosamente rouca.

Ela encontra os olhos dele e ergue o queixo, desafiando-o.

— Venha me encontrar, Sr. Lee. Quando tudo isso acabar.

August coloca a mão sobre o coração, e ela sabe que ele irá. Confia nisso de corpo e sangue.

Agnes segura sua vassoura de sorveira-brava em uma das mãos e estende a outra para sua irmã. Os dedos de Bella se apertam ao redor dos seus.

— Onde está June? Ainda precisamos banir a alma dele.

Agnes vê Juniper. Ela ainda está parada lá embaixo no meio da multidão, encarando Grace Wiggin, que finalmente foi arrastada para longe por Inquisidores mordidos e sangrando. A seus pés, Gideon Hill está morto. Sua loba está enroscada ao lado dele, o nariz fino sobre seu peito, os olhos fechados.

Juniper deveria estar triunfante, alegre, ou pelo menos obstinadamente satisfeita — em vez disso, ela está paralisada, encarando-o. Há um medo pálido em seu rosto que faz os pelos dos braços de Agnes se arrepiarem. Ela já viu sua irmã furiosa, já a viu chorando, rindo, mentindo, e fazendo centenas de outras coisas. Mas nunca a viu com medo.

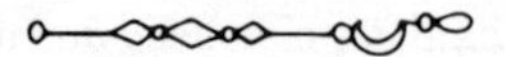

Juniper sabe qual é a aparência de um homem quando ele morre. Ele parece doente, apavorado e, finalmente, arrependido, como um aldeão sovina quando o Flautista de Hamelin vem receber sua recompensa. Parece impotente, fraco, e incapaz de machucá-la outra vez.

Gideon Hill não tem essa aparência.

Seu rosto é como um hematoma preto e seus olhos parecem rubis vermelhos raiados de sangue, mas, perto do fim, sua expressão é calma, quase entediada. Pouco antes de morrer, ele encontra os olhos de Juniper — enquanto a multidão grita e entra em pânico em volta deles, enquanto os dedos de Wiggin ficam brancos ao puxar a faixa, o rosto iluminado por aquele ódio selvagem e assassino — e sorri.

Os punhos de Hill oscilam na beirada de madeira exposta da plataforma. Seus dedos se afrouxam enquanto ele morre e uma fita reluzente flutua livremente: uma única mecha de cabelo, macia como a penugem dos pássaros.

Vermelha como sangue.

Todos os cavalos e homens do rei,
Não conseguiram montar Georgie outra vez.

Feitiço usado para banir uma alma. É necessária
uma morte há muito atrasada.

De todas as almas que James Juniper viu neste verão — quatro, pelas suas contas —, a de Gideon Hill é a mais abominável.

Ela escorre de sua boca aberta como alcatrão quente e forma uma poça na plataforma abaixo dele, úmida e preta. Juniper imagina que é isso o que acontece quando uma alma se demora por tempo demais, alimentando-se de sombras roubadas: ela apodrece, como um órgão doente.

A alma dele vai escorrendo para longe de seu corpo, para longe de sua loba que está deitada junto a ele — um espírito familiar não deveria desaparecer quando seu mestre morre? —, e pinga por entre as tábuas.

Ela cai nos paralelepípedos e corre como água suja pelas rachaduras. É difícil ter certeza por causa dos pés inquietos da multidão, mas Juniper acha que ela está indo em direção ao norte. Na sua direção.

Ela olha para o palanque atrás de si, onde suas irmãs estão delineadas por chamas. Bella e Cleo estão lado a lado, os galhos de sorveira em suas mãos. August grita para seus homens, protegendo o palanque da multidão violenta.

Agnes está olhando para o rosto de sua filha, e sorri com tanto amor que a garganta de Juniper se fecha. Ela pensa que tudo isso — as Profundezas e Avalon, a cicatriz em seu pescoço e as brasas em seu coração — valerá a pena, se ao menos Agnes e Eva conseguirem sair juntas desta cidade duplamente amaldiçoada.

Então, Juniper pensa na mecha de cabelo ruivo caindo da plataforma. No sorriso nos lábios de Hill enquanto morria. Na voz da Anciã dizendo *"alguma coisa do corpo que estava roubando"*.

No fim das contas, ela entende que a alma de Gideon não está vindo em sua direção. Está indo para o palanque, para a única coisa verdadeiramente pura que Juniper já viu neste mundo, para a única coisa que nem ela nem suas irmãs jamais teriam coragem de machucar.

Eva.

E Juniper entende que só lhe resta uma única escolha, e que é uma escolha perdida.

Primeiro, ela amaldiçoa — Gideon Hill e suas sombras de merda, a si mesma e suas escolhas terríveis, o mundo que exige um preço tão alto apenas para viver —, depois diz as palavras.

Das cinzas às cinzas, do pó ao pó, o seu com o meu e o meu com o seu.

As palavras que Mama Mags usou para amarrar costuras rompidas, depois irmãs, depois sua própria alma. Com certeza elas funcionariam agora, para Juniper.

Amarrações geralmente envolvem caminhos e meios, objetos e afinidades complicadas, mas Juniper tem somente o gosto das rédeas de Gideon Hill entre seus dentes, as cicatrizes de sua coleira ao redor do pescoço, e sua própria vontade, que não hesita.

Quando a alma dele passa por ela, Juniper estende os braços e a envolve em seus dedos. Ela se contorce em suas mãos, lutando para escapar, mas a vontade de Juniper é um martelo e uma bigorna, uma pedra e uma marreta. Ela não a solta. Juniper diz as palavras de novo, e a sombra se torna flácida e fria em suas mãos.

Juniper luta contra a vontade de jogá-la no chão e pisoteá-la como se fosse uma barata. Mas não poderia fazer isso mesmo que quisesse: a alma de Hill está subindo depressa por seus braços, rastejando para a parte superior de seu corpo. Ela sente a coisa se estender por sua clavícula e se enroscar em seu pescoço, pressionando seus lábios como um dedo frio e descendo por sua garganta. É como beber o lodo de uma lagoa ou a lama de janeiro, densa, repugnante e abominável. Juniper vomita ao sentir os vestígios oleosos da alma dele dentro de si.

Uma risada ecoa de algum lugar dentro de seu crânio, familiar de uma forma doentia, e uma voz sussurra: *Eu queria que você ficasse comigo, James Juniper, e agora você ficará para sempre.*

Ele a engole por inteiro. O mundo fica escuro como a barriga de uma baleia.

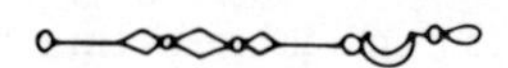

Bella vê a sombra se aproximar do palanque.

Ela vê sua irmã entrar — de maneira estúpida, corajosa e perfeitamente previsível — em seu caminho. A escuridão sobe por seus braços e desliza para dentro de sua boca, estendendo gavinhas pretas por suas bochechas e preenchendo seus olhos com sombras. Através do fio entre elas, Bella sente um frio sufocante e venenoso.

Juniper enrijece, a boca aberta em um grito silencioso, os dedos arranhando o próprio peito como se uma erva daninha tivesse criado raízes dentro dela. O grito de Bella se perde no caos ensurdecedor da multidão.

Apenas Cleo a escuta.

— O que foi? Ah, pelos Santos.

Ela vê Juniper, a coluna curvada em um ângulo não natural, as unhas cravadas na própria pele. Seus olhos estão pretos como túmulos.

Bella está ciente de que seus próprios lábios se mexem, entoando um cântico esbaforido de *ah, não, ah, não, ah, não.*

— Ele está roubando o corpo dela, exatamente como fez com os outros.

— Sua irmã tem uma vontade forte. Talvez ela consiga impedi-lo.

— Ela não vai conseguir. — Bella sabe, porque sente isso pela amarração entre elas. Ela prende a respiração. *A amarração.* — Não sozinha.

Bella impulsiona sua vontade na direção de Juniper, cada pedacinho de medo, fúria e amor desesperado que ela possui, e reza para ser o suficiente.

Juniper se retrai. Seu pescoço se vira abruptamente na direção do palanque e seus lábios se afastam de seus dentes em um rosnado que não pertence a ela... e então acaba. Juniper endireita a postura. Seus ombros se empertigam, familiares e obstinados. A escuridão desaparece de seus olhos e o prateado límpido retorna, inteiramente característicos dela.

Juniper encontra o olhar preocupado de Bella e lhe dirige um meio sorriso cansado. Bella sente uma torrente vertiginosa de alívio.

Até ver um movimento ao lado da irmã. A loba preta — aquela que estava deitada ao lado do corpo de seu mestre na plataforma — agora está ao lado de sua irmã, olhando para ela com olhos muito, muito vermelhos.

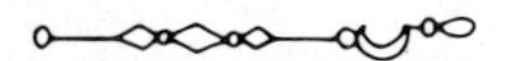

Juniper imagina que sempre ter conseguido o que queria durante algumas centenas de anos mimou o Sr. Gideon Hill. Ele se acostumou a vontades fracas e palavras sussurradas, a mulheres amarradas e queimando.

Juniper, porém, conheceu o rancor assim que nasceu. Ela sabe tudo a respeito de chances escassas e escolhas perdidas, de coragem e determinação. Ela firma os pés no chão e continua acreditando.

No fim das contas, ele ainda pode ter ganhado — Gideon Hill, que uma vez fora George de Hyll, que vinha roubando almas durante séculos, antes mesmo de Juniper, ou sua mãe, ou a mãe de sua mãe nascerem —, mas Juniper não está sozinha.

A vontade de Bella preenche seu coração como o primeiro vento quente da primavera. Ela afasta o frio, força Hill a ceder dentro dela até que ele não passe de uma lasca de gelo entre suas costelas.

Uma voz sibila dentro de sua cabeça, num tom de zombaria. *Por quanto tempo acha que pode me conter? Por quanto tempo consegue resistir a mim?*

Não para sempre, e ela sabe disso — ele é um tumor em seu peito, esperando pelo momento em que sua atenção vacile ou que sua vontade enfraqueça —, mas Juniper não precisa do *para sempre.*

Tempo o bastante, seu infeliz, pensa ela, e dá um passo para frente. É mais difícil do que deveria, como se houvesse um fardo puxando-a com força na direção contrária, como se seus músculos não fossem dela. Um peso quente se apoia em sua perna. Juniper olha para baixo e encontra um par de olhos vermelhos tristes: o espírito familiar de Gideon Hill, ainda usando a coleira de ferro. Ainda amarrada ao seu mestre, seguindo-o fielmente para seu próximo corpo.

Pela última vez.

Juniper enterra os dedos no pelo escuro de seu pescoço e as duas caminham até o palanque, até suas irmãs e a estaca, até as chamas que se agitam como dedos no céu, acenando.

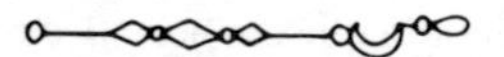

Bella observa sua irmã voltar ao palanque como se caminhasse com água até os joelhos. Como se cada passo lhe custasse um grande esforço, mas ela estivesse disposta a continuar mesmo assim.

Há pessoas correndo e se empurrando ao redor dela — cavalheiros bem-vestidos fugindo apavorados, Inquisidores aos berros com manchas de sangue nas túnicas brancas, homens com olhares ensandecidos apanhando pedras e garrafas quebradas, à procura de bruxas perversas para matar —, mas nenhuma delas parece disposta a tocar a jovem e a loba preta.

Bella estende as mãos para pegar as de sua irmã enquanto ela sobe os degraus, mas Juniper se afasta de seu toque. Suas mãos se fecham em punhos, como se estivessem manchadas com alguma coisa imunda. Ela enterra uma delas no pelo preto da loba ao seu lado.

— June! O que aconteceu? Ele se amarrou a você de alguma forma?

Juniper dá de ombros e não olha Bella nos olhos.

— Não.

— Então como... o que...

— Eu o amarrei a mim.

Bella cogita cair no choro.

— Ah, June, *por quê*?

Juniper continua sem olhar para ela. Bella segue a direção de seus olhos e vê Agnes acalmando Eva, que chora. Juniper dá de ombros novamente.

— Foi necessário.

— Bom, podemos dar um jeito de consertar isso. Podemos encontrar uma maneira de bani-lo, ou de contê-lo. Um feitiço de proteção, talvez, ou de cura...

— Não há tempo, Bell — diz Juniper com muita gentileza, como uma médica dando notícias tristes à sua paciente. Ela aponta com o queixo para Agnes e Eva. — Cuide dela, está bem? Ela precisa ter uma vida melhor do a que tivemos. Uma mãe que esteja presente, talvez até um pai que valha alguma coisa. — Juniper semicerra os olhos, estudando August, que está montando guarda nos degraus do palanque com uma barra de ferro na mão e a expressão furiosa de alguém completamente preparado para sacrificar a própria vida. — Ela também vai precisar de você e de Cleo, para lhe ensinar as palavras e os caminhos. Acho que Mags gostaria disso.

Juniper sorri para sua irmã mais velha. É o tipo de sorriso que possui despedidas e arrependimentos escondidos nas extremidades. Bella não gosta nem um pouco dele.

— June, o que exatamente...

Juniper se aproxima de Bella mancando e lhe dá um beijo na bochecha, seus lábios rachados e quentes. Bella fica em silêncio.

Juniper passa por ela e para na frente de Agnes. A irmã franze a testa para o lobo que caminha ao seu lado, e aponta para as estrelas com o galho de sorveira na mão. Juniper, porém, balança a cabeça. Sua mão paira acima da penugem da cabeça de Eva, sem tocá-la propriamente; seus dedos tremem de leve.

Agnes lhe faz uma pergunta e Juniper responde, ainda portando aquele sorriso em forma de adeus. Também beija Agnes na bochecha.

Somente quando ela se vira e encara as chamas — o cabelo esvoaçando no calor, os olhos firmes —, é que Bella entende o que a irmã vai fazer.

Juniper não tem muito tempo, mas tem o suficiente para se despedir de suas irmãs.

Agnes segura Eva em um dos braços e o galho de sorveira em outro, franzindo o cenho para Juniper.

— Onde está Gideon? Por que essa coisa está seguindo você? — Seus olhos se voltam para a loba que ainda caminha pacientemente ao seu lado. — É hora de irmos, June.

Agnes aponta para o céu.

Juniper se lembra de ficar na cama entre suas irmãs quando era criança, escutando os resmungos e os passos pesados de seu pai no andar de baixo. Agnes acariciava o cabelo dela, afastando-o de sua testa, e sussurrava: *vai ficar tudo bem*.

Mesmo quando era criança, Juniper sabia que era mentira. Mas era o tipo de mentira que se tornava verdade ao ser contada, porque pelo menos havia alguém neste mundo que a amava o suficiente para mentir.

Agnes franze a testa com tanta ferocidade para ela que Juniper acha que a irmã deve saber o que vem a seguir, que deve perceber pelo tremor da mão dela pairando sobre sua filha.

— Qual é o problema?

Juniper se inclina para beijar sua bochecha.

— Vai ficar tudo bem.

Ela se vira para encarar as chamas.

Juniper hesita. Em parte, porque Gideon Hill pragueja e grita dentro dela, lutando para se libertar de sua vontade como um cachorro louco com sua coleira, mas principalmente porque ela gosta de estar viva e quer continuar assim.

Ela gostaria de poder ficar bem aqui onde está, com o toque cortante e gelado do vento em seu cabelo, o movimento selvagem das estrelas sobre sua cabeça e a batida dos corações de suas irmãs ao seu lado.

Ela gostaria de poder fugir. Montar em seu galho de sorveira e desaparecer com suas irmãs, para que nunca mais vissem ou ouvissem falar delas. Elas poderiam voltar para casa, para as montanhas enevoadas e os riachos gelados, e construir sua torre nas profundezas da floresta verdejante. Poderiam deixar que as vinhas de amoras-silvestres crescessem tão altas quanto os arbustos de roseiras em volta delas, e criar Eva juntas na escuridão rodeada de folhas, a salvo e escondidas.

Ela gostaria de ser um daqueles pássaros de fogo das histórias de Mags, que alguma coisa pudesse ressurgir de suas cinzas.

Juniper não consegue resistir por muito mais tempo. A alma de Gideon Hill corre como veneno por suas veias, fixando-se em seus ossos. Pelo menos, parece ser um final adequado: sua mãe morreu por ela e agora Juniper morrerá por Eva. Talvez Eva seja aquela que finalmente redimirá todas essas gerações de dívidas, todos os sacrifícios das mulheres que vieram antes dela.

Juniper respira fundo pela última vez. Dá um tapinha na cabeça da loba preta, como se ela fosse um cão de caça fiel.

Hill se retorce como uma faca dentro dela, mas ela ainda sente uma certa ressalva nele, uma tranquilidade calculada. Talvez ele não acredite de verdade que ela fará isso, mesmo agora, porque ele não é capaz de se imaginar amando alguma coisa mais do que a si mesmo.

Ou talvez ele ache que sobreviverá. Talvez ele planeje se esgueirar de seu corpo em chamas da mesma maneira que abandonou o anterior, agarrando-se ao mundo até encontrar alguma criatura de vontade fraca à qual se amarrar.

Ele não sabe que as Eastwood conversaram com as Últimas Três, que possuem o segredo para aniquilá-lo. Que todos os seus pecados finalmente vieram cobrar seu preço.

Juniper umedece os lábios rachados.

— Você teve muitos nomes, Gideon Hill. — Ela o sente parar de lutar, escutando. — Gabriel Hill. Glennwald Hale. George de Hyll. Sempre Gs e Hs, então imagino que tenha sentido falta dela. — Ele se enrosca com mais firmeza dentro dela, frio, terrível, e começa a sentir um pouquinho de medo. — Sua irmã, Gretel, manda lembranças, Hansel.

Juniper sente um tremor percorrer a alma dele, uma onda de confusão, saudade e, por fim, medo, conforme ele entende que esta será sua morte verdadeira e definitiva, que todas as suas artimanhas e todos os seus roubos acabarão aqui, esta noite, na fogueira que ele mesmo acendeu.

Juniper avança para as chamas, que estão à espera, e elas a abraçam, quentes e próximas. Ela escuta Agnes gritar, Bella chorar.

— June, *não*! Segurem ela!

Então, não há nada exceto o som do fogo e as palavras em sua própria boca. *Todos os cavalos e homens do rei...*

Em volta das rosas vamos cirandar,
Um bolso cheio de buquês vamos guardar,
Cinzas, cinzas,
Vamos todas nos levantar.

Feitiço usado para amarrar uma alma. São necessários uma morte prematura e um lugar.

Agnes Amaranth grita. A loba uiva. A multidão ruge. E sob todo aquele barulho desesperado, Agnes escuta o som suave e inevitável de seu coração se partindo.

Ela deveria ter pensado melhor antes de desenhar um círculo mais amplo. Deveria ter entendido o que isso lhe custaria.

Agnes corre na direção das chamas, mas recua ao ouvir o estalar de dentes pretos. A loba de Gideon se coloca entre ela e a fogueira. Não há raiva nas profundezas vermelhas de seus olhos, apenas uma obediência exausta.

Agnes curva o corpo em volta de Eva para protegê-la do sibilar das cinzas.

— August! — Ele já está ao seu lado, atraído por seu grito. Pela maneira como ele pragueja, ela sabe que August já viu Juniper no coração incandescente da fogueira, o cabelo esvoaçante formando uma auréola escura ao redor de sua cabeça, a combinação de lã completamente carbonizada. — Me ajude... a droga da loba...

Agnes não parece ser capaz de transformar suas palavras em frases — a dor de Juniper ecoa pela amarração entre elas, profunda e quente —, mas August a compreende. Agnes finge ir para a esquerda, e a loba a acompanha, enquanto August salta por trás dela.

Ele mergulha nas chamas sem pensar duas vezes ou hesitar, como se fosse sua própria irmã quem estivesse queimando, e Agnes sente um desejo fugaz e louco de que seu pai surgisse ao seu lado para que ela pudesse lhe mostrar como o amor deveria ser.

A loba rosna e segue August até as chamas, sua boca tenta alcançar uma bota ou uma perna. Um segundo longo demais se passa, enquanto a loba puxa August para trás e ele se recusa a ser puxado. Os dois saem rolando da fogueira, levemente fumegantes, tossindo, vomitando...

Sem Juniper.

— Ela não quer largar o poste! — A voz de August está áspera e rouca, o rosto coberto de fuligem.

Agnes volta a olhar para a fogueira, semicerrando os olhos diante do calor crescente. Os braços de sua irmã abraçam firmemente a estaca. Agnes consegue sentir a força de sua vontade pela amarração, correndo como aço sob a dor. A boca de sua irmã está aberta, seus lábios formam palavras que Agnes reconhece mesmo através das chamas brilhantes e da névoa da fumaça. *Todos os cavalos e homens do rei...*

As palavras para banir uma alma. As palavras que as Últimas Três haviam escrito para Gideon Hill, séculos antes.

Agnes entende o que Juniper precisou fazer, o que está fazendo agora, e por que não se permitirá ser salva.

Agnes sente as extremidades de seu coração partido rasparem uma contra a outra. Cá estava ela pensando que havia escapado da armadilha de Hill, que havia recusado seu preço alto demais. Porém, no fim das contas, ela apenas o adiara. No fim das contas, ainda é uma escolha entre sua vida ou sua liberdade, sua irmã ou sua filha, e alguém ainda precisa pagar.

Agora, August está batendo inutilmente nas chamas com sua camisa, o peito sujo de fuligem e cinzas. Ele grita para seus homens lá embaixo na praça e implora por água, mas eles estão ocupados contendo a multidão enlouquecida. Desta vez, não haverá um círculo de água fria ou palavras sussurradas para salvar Juniper.

Pan e Strix rondam a fogueira, indo e voltando acima de Juniper. Outros pássaros se juntaram a eles — os pombos e os corvos comuns da cidade, que vieram testemunhar esse último grande ato de bruxaria, estranhamente silenciosos.

Agnes escuta o uivo baixo e triste da loba, como um sino ressoando à distância, e sabe que é tarde demais. O cabelo de Juniper já pegou fogo, uma coroa ensanguentada, e sua combinação está se desfazendo em seu corpo em pedaços de cinzas. A fumaça evapora de forma densa e gordurosa de sua pele.

Agnes é a irmã forte, a irmã imperturbável que não se retrai, mas agora ela desvia o olhar. Não consegue suportar a visão de sua irmã queimando.

Juniper está desmoronando. Sua alma se desprende de seu corpo, escapando como fumaça pelas rachaduras de um prédio em chamas. Ela quer segui-la, mergulhar na doce escuridão enquanto sua pele queima e chia, mas Juniper fica. Ela diz as palavras.

Todos os cavalos e homens do rei, não conseguiram montar Georgie outra vez.

As palavras são como dedos cutucando um nó: pacientes e persistentes. Elas vasculham entre suas costelas, encontram o emaranhado preto da alma de Hill e a forçam a abandonar este mundo, puxando-a na direção do grande silêncio do além. Ele resiste, é claro — Juniper o sente arranhar e gritar, demonstrando uma raiva três vezes maior, reduzido a nada além da vontade muda de continuar existindo —, mas os lábios dela continuam se mexendo, o feitiço firme como a batida de um coração e quente como o fogo do Inferno. Talvez sejam as vontades de suas irmãs unidas à dela.

Talvez seja Mama Mags sussurrando em seu ouvido. *Continue, minha querida.*

Ou talvez, morrer por outra pessoa valha mais do que viver por si mesmo.

Sua combinação queima primeiro. Depois seu cabelo. Ela tivera a esperança de não sentir nada — seu pai sempre dizia que se curar doía mais do que se queimar, que ele havia rezado para viver durante o incêndio e rezado para morrer depois que acabou —, mas a dor lambe cada pedacinho de sua pele como uma língua áspera. Ela mordisca e abocanha, enterrando os dentes até seus ossos.

De repente, ela se lembra de que em breve não será mais capaz de dizer as palavras. Sua língua já está rachada e inchada, e a fumaça se acumula como vidro moído em sua garganta, mas Hill ainda se agarra a ela como barro na sola de uma bota. Juniper o sente se animar com a esperança maligna de que ela possa morrer antes que sua alma seja completamente banida.

Ela poderia mesmo. Só que, às vezes, se você alcançar as profundezas do coração vermelho da magia, um pedacinho dela também a alcança. Às vezes, se você pressionar as regras por tempo o suficiente, elas quebram.

Os olhos de Juniper estão fechados, mas ela sente chegar: uma escuridão alada. Uma silhueta que cheira à bruxaria e lugares selvagens. Ela se empoleira em seu ombro e roça penas quentes em sua bochecha.

Juniper pensa que esse é exatamente o tipo de sorte de merda que ela tem: conseguir, enfim, seu espírito familiar, mas morrer antes de colocar os olhos nele.

Ela tenta tocar suas garras com a mão, mas há algo errado com seus braços, suas mãos, sua pele e os tendões entre eles. Tudo o que ela consegue fazer é lhe dizer as palavras e esperar que, de algum jeito, isso seja o suficiente.

— Todos os cavalos e homens do rei...

É a sua própria voz que entoa as palavras de maneira forte e clara através das chamas, mas elas não saem de seus lábios rachados e fumegantes. É o seu espírito familiar que transmite as palavras para ela, proclamando-as em alto e bom som, mesmo enquanto a garganta de Juniper se fecha e seus lábios se queimam.

Algo se afrouxa em seu peito, um nó se desfazendo. O grito de Hill soa muito distante, como se ele estivesse em um trem entrando em um longo túnel. Agora, a única coisa que o mantém neste mundo é a própria vida de Juniper, que também não durará muito.

O calor das chamas se dissipa. Assim como o estalar da madeira queimando, o sibilar de sua própria pele. Até mesmo a dor desaparece, e ela sabe, então, que está morrendo.

Juniper é a irmã selvagem, a irmã perspicaz, a que nunca era capturada, a que estava sempre fugindo; mas ela não pode fugir desta vez.

Ela escuta um recitar enquanto morre, distante e familiar. Uma rima infantil que costumava entoar com suas irmãs nas noites de verão, quando eram crianças e inteiras, quando o mundo era gentil, verde e pequeno, quando achavam que poderiam ficar de mãos dadas para sempre, invictas.

Bella sente sua irmã morrendo, mas não consegue acreditar. Como é possível que Juniper morra? Juniper, que é tão jovem e tão corajosa, que parece duas vezes mais viva do que todo mundo ao seu redor? E se é possível que ela morra — se aquele é, de fato, seu corpo queimando na pira, sua dor ressoando alto no fio entre elas —, então o mundo é um lugar muito mais cruel do que Bella havia imaginado, e ela não quer mais saber dele.

Ela entende exatamente como as Últimas Três devem ter se sentido no fim da era das bruxas, sabendo que algo feroz e belo estava deixando o mundo; tão desesperadas para preservar nem que fosse uma pequena parte disso, que permitiram que seus corpos queimassem ao seu redor.

Porém — Bella respira fundo —, não suas almas.

As Três roubaram a vitória do Santo George no último segundo. Elas amarraram suas almas a uma torre de palavras e desapareceram em lugar nenhum, a fim de aguardar, eternamente, que a próxima era das bruxas começasse. De qualquer forma, o que é a magia, senão um caminho quando não há nenhum?

Cleo envolve com força os ombros de Bella, mantendo-a firme. Bella se liberta de seu aperto e gira para encará-la.

— A pétala de rosa que eu lhe dei, aquela que coloquei em seu dedo... você ainda a tem?

A expressão de Cleo diz-lhe que essa é uma pergunta muito estranha de se fazer enquanto sua irmã queima e a cidade mergulha no caos, mas ela enfia a mão no bolso de sua saia e retira a pétala, ainda mais amassada e seca, porém inteira.

— Mudou de ideia, amor?

— Nunca. — Bella aninha a pétala em sua palma. Que coisa pequena e frágil para se colocar a alma de sua irmã. — Agnes!

Agnes cambaleia, pálida, enceguecida demais pelas lágrimas para ver a rosa na mão de Bella, abalada demais para entender a intenção ávida em seus olhos. Então, Bella diz as palavras e a esperança se ergue como o sol no rosto de Agnes.

São as palavras que as três cantavam quando eram crianças, dançando sob os vaga-lumes. São as palavras que as Três escreveram para amarrar suas almas à própria bruxaria, e que foram passadas através dos tempos como uma rima infantil, sem ser esquecida.

Em volta das rosas vamos cirandar, um bolso cheio de buquês vamos guardar, cinzas, cinzas, vamos todas nos levantar.

Cleo se junta ao recitar de Bella, depois Agnes. August vem em seguida, sua voz baixa e hesitante, e então Strix e Pan bem acima deles. Mais vozes os acompanham, numerosas demais para se contar, entoando as palavras na multidão abaixo: as Irmãs de Avalon e as Filhas de Tituba, a Associação de Mulheres e o sindicato dos trabalhadores, as empregadas e as tecelãs, todas as bruxas de Nova Salem que atenderam ao chamado das Eastwood.

Juntos, eles chamam a magia e a magia lhes responde, fervendo em suas veias. Bella espera até que o feitiço atinja o pico, como uma onda em seu peito, depois fecha o punho em volta da pétala, esmagando-a. Ela lança os resquícios para a noite.

O céu não se abre. Nenhuma torre preta aparece. Porém, um vento repentino se ergue, cortante, verde e perfumado como uma rosa. O vento se enrosca nas saias de Bella e faz as chamas crescerem. Ele paira sobre a pira, esperando.

Bella sente o momento exato em que Juniper morre.

O fio que a conduz até sua irmã caçula fica frouxo. Agnes grita. O uivo da loba para abruptamente. Bella vê uma sombra pálida se erguer da fogueira, como uma névoa, antes que o vento de bruxa a carregue para longe.

Por um momento, ela pensa ouvir o som de vozes, quase como se três mulheres dessem as boas-vindas a uma quarta; ou talvez ela apenas espere ter escutado. O feitiço termina, o vento cessa e um silêncio estranho recai sobre a praça, como se até mesmo a pessoa mais tola da multidão soubesse que alguma coisa séria e grandiosa acabou de acontecer.

Bella sente seus joelhos baterem no palanque, depois a pontada das lágrimas e o calor dos braços de Cleo ao seu redor.

Bella é a irmã sábia, a que adora ler, a irmã inteligente, mas não sabe se isso foi o suficiente.

Agnes quer entrar na fogueira e queimar com sua irmã. Quer gritar até que sua garganta fique em carne viva com os gritos, até que a cidade inteira seja obrigada a parar, olhar e observar o que fizeram. Quer ir a lugar nenhum e chamar o nome de Juniper.

Entretanto, agora há pessoas subindo os degraus depressa. Alguns dos Inquisidores mais devotos e seus seguidores conseguiram se reagrupar e passar pelos homens de August, que corre para interceptá-los, a barra de ferro movendo-se para frente e para trás. Agnes sabe que ele não conseguirá segurá-los por muito tempo. Ela baixa os olhos para Eva, que agora está acordada e franze a testa ferozmente, depois pega os galhos de sorveira e se levanta.

Ela tenta não pensar em nada a não ser na força fria da madeira em sua mão e no cheiro forte de seiva. Não quer pensar no terceiro galho que deixa jogado no palanque, sem uma condutora. Nem no rosto de Juniper quando a Anciã lhes ensinou o feitiço para voar. Nem na maneira como a irmã olhou para o céu enquanto estavam amarradas à estaca, perspicaz e sábia, como se a lua fosse um amor há muito perdido, que ela logo reencontraria.

O palanque se torna um borrão diante dela, embaçado pelas lágrimas. Ela cambaleia até Bella, que está nos braços de Cleo, quase desmoronando, e pressiona um dos galhos em sua mão.

— Vamos, Bell. É hora de ir.

Parece que Bella também gostaria de se deitar e deixar que as chamas a levassem, mas não o faz. Lentamente, ela fica de pé, como se tivesse envelhecido muitas décadas, e estende a mão para Cleo. Ela a ajuda a se levantar, mas não solta sua mão.

— Você ainda pode vir conosco.

Cleo balança a cabeça uma única vez.

— Precisam de mim aqui. As Filhas têm um trabalho a fazer e, sem Hill, há uma chance de agir abertamente. — Ela toca o rosto de Bella, o polegar roçando sua bochecha. — Irei assim que puder.

Então, ela retira um toco de giz do bolso e faz um desenho no palanque, cantando uma canção. As extremidades de Cleo estão borradas, parcialmente invisíveis.

— Não me deixe esperando, Srta. Quinn — diz Bella, e o calor em sua voz faz Agnes desviar o olhar.

Seus olhos encontram August, que foi forçado a recuar para o topo da escada, a barra de ferro ainda balançando. Sua boca está vermelha e inchada. Um fio cintilante de sangue escorre de um corte em sua têmpora. Ele lança um olhar selvagem para Agnes, e ela sabe que ele pretende ficar ali até que ela tenha partido em segurança, ou até que não consiga mais ficar de pé. Esse último olhar é o mais perto que eles podem chegar de um adeus.

Agnes pega a mão de Bella e sussurra as palavras. *Joaninha, joaninha, voe para bem longe de sua casa.*

Uma sensação suave e leve se espalha desde as pontas dos dedos de Agnes até suas costelas, como se seu sangue tivesse sido substituído por uma névoa ascendente.

Ela e sua irmã (Agnes vacila diante da palavra no singular, da ausência daquele *s* delicado no final) montam em seus galhos de sorveira e sentem seus pés descalços se levantarem do palanque. Elas se erguem no ar como fumaça. Ou como bruxas nos tempos longínquos, quando elas voavam com as nuvens como capas e as estrelas em seus olhos.

Elas seguem as espirais de fuligem e cinzas, com seus espíritos familiares voando ao seu lado, e deixam para trás a cidade que as odeia, as pessoas que as amam e a irmã que morreu por elas. É apenas em sua própria cabeça que Agnes escuta uma garotinha selvagem implorar para ela: *não me abandone.*

Conforme elas voam mais alto, o ar se torna límpido e frio, livre da fumaça, iluminado pelo luar. O mundo parece vasto e ilimitado ao redor de Agnes, como uma casa cujas paredes e janelas foram derrubadas, e ela aperta sua filha com mais força contra o peito. Ela tem a impressão de escutar um murmúrio abafado vindo da trouxa embrulhada, quase como uma risada.

Esse som pesa mais do que o luto no peito de Agnes, como uma balança de latão se desequilibrando. Elas perderam coisas demais — uma biblioteca que foi invocada e então incendiada; uma irmã que foi encontrada e então perdida para sempre —, mas não tudo. Não o som de sua filha voando com o brilho da lua em sua pele, rindo.

Abaixo delas, a praça da cidade parece pequena e indistinta. Agnes vê rostos virados para cima, sente o puxão de centenas de olhos observadores. Ela quase consegue ver as novas histórias serem lançadas como sementes de dentes-de-leão atrás delas, criando raízes na cidade lá embaixo. Histórias sobre sombras roubadas e depois libertadas, sobre vilões, lobas e mulheres que caminham voluntariamente para a fogueira. Sobre duas bruxas voando quando deveriam ter sido três.

Uma coruja e um falcão-peregrino voam ao lado delas. Agnes se pergunta se algum dos observadores notou uma terceira criatura voando com elas, preta como o pecado, quase invisível na noite. Ou talvez eles vejam, mas achem que não seja nada demais. Afinal, todo corvo é preto.

Talvez, de uma distância tão grande, eles não consigam ver a maneira com que os olhos do corvo queimam como as últimas brasas obstinadas de uma fogueira quase extinta, ou a maneira como ele encara algum ponto distante no céu, como se estivesse voando ao encontro de alguém bem do outro lado de lugar nenhum.

PARTE CINCO

O QUE FOI ENCONTRADO

44

Quantos quilômetros até a Babilônia?
Cem quilômetros daqui até lá.
Consigo chegar antes do anoitecer?
Consegues ir e voltar.

Feitiço usado para uma viagem segura.
São necessários uma vela acesa e setenta passos.

No equinócio da primavera de 1894, ainda há neve nas ruas de Chicago. Ela se acumula nos meios-fios, suja e escura, esperando para se derreter em cima de botas e encharcar as bainhas rastejantes de capas, enquanto o vento se esgueira por colarinhos e abas de chapéus.

Agnes Amaranth não se incomoda. Logo terá ido embora.

Ela entra no beco no comecinho da noite, com a capa bem amarrada em volta de seu pescoço e as orelhas cheias do zumbido e do cantarolar das vozes de mulheres. Agnes veio para Chicago atrás de uma história que leu nas primeiras páginas dos jornais, bem abaixo de todas as manchetes históricas sobre bruxas e fogueiras (O CAOS REINA EM NOVA SALEM; REVOLTA VODU ABALA RICHMOND; CONVENTÍCULO ENCONTRADO EM ST. LOUIS — SERÁ QUE A SUA CIDADE SERÁ A PRÓXIMA?). É uma história sobre uma humilde costureira de botões da Fábrica de Roupas Hart & Shaffner, que se opôs à decisão de seus empregadores de cortar o salário das mulheres e incitou uma greve. Tal greve foi respondida com surras brutais, e pelo menos uma mulher acusada de bruxaria foi queimada — uma prática ilegal, mas que ficou impune. Agnes suspeitava que toda essa brutalidade não chegaria nem perto de acabar com a rebelião das costureiras, apenas a fortaleceria, como aço forjado.

E ela estava certa. No porão escuro de um centro comunitário, Agnes conheceu um grupo de mulheres de queixos retesados e colunas de ferro, cheias de olheiras graças a turnos longos demais, os nós dos dedos inchados depois de muitas horas curvados em volta de uma agulha. Seu inglês era restrito e inconstante, misturado com sequências cadenciadas de palavras estrangeiras e vogais desconhecidas, mas trouxeram suas filhas para que traduzissem para elas. Tanto mulheres quanto crianças olharam para Agnes com um misto de ceticismo e esperança.

Com uma voz que parecia fumaça de cachimbo e chumbo, uma das mulheres mais velhas perguntou:

— E quem é você, exatamente?

Os braços de Agnes estavam nus debaixo da capa, e ela os abriu amplamente.

— Uma irmã. Uma amiga. Uma mulher que deseja um mundo melhor. — Ela lhes deu o seu mais característico sorriso de bruxa. — Tenho aqui comigo alguns caminhos e palavras que podem ser úteis. Pelo que li, vocês já têm a vontade.

Houve sussurros e trocas de olhares. Algumas mulheres saíram arrastando os pés, recusando-se a acrescentar bruxaria à lista de seus crimes, mas outras se aproximaram. Outras se lembraram das palavras que suas mães cantavam para elas nas noites de inverno e dos feitiços que suas tias lançavam no solstício. Outras já haviam sentido o gosto do poder e queriam mais.

Agnes lhes entregou as palavras em pedaços bem finos de papel, enrolados com firmeza. Havia palavras para amarrar línguas e quebrar máquinas, para curar dores ou causá-las, para começar incêndios e caminhar ilesa pelo fogo. Os papéis desapareceram dentro de mangas e debaixo de aventais, à espera do momento certo, como facas escondidas.

Uma das garotas — jovem e de aparência feroz, com olhos pretos desconfiados, como os de uma raposa-do-ártico — encarou o papel em suas mãos com tanta intensidade, que Agnes pensou que ele fosse entrar em combustão espontânea. As pontas de seus dedos estavam brancas onde ela segurava o papel.

Por isso, Agnes não fica nem um pouco surpresa ao ouvir passos suaves seguindo-a pelo beco sujo de neve. Ela não olha para trás. Vira em uma travessa ainda mais estreita, com varais de roupas entrecruzados e alinhados com as soleiras sombrias das portas, e então dá meia-volta.

— Bessie, não é?

A garota se retrai, os olhos arregalados e ferozes, mas balança a cabeça.

— Eles me chamaram de Bessie quando cheguei aqui. Meu nome é Bas Sheva.

O sotaque dela faz Agnes pensar em neve profunda e peles suntuosas, e um pouco em Yulia. As Domontovich ficaram em Nova Salem, morando na ala oeste da casa muito bem protegida de Inez e Jennie. Agnes as visitou uma vez durante o inverno, e descobriu que a mansão havia sido transformada em um abrigo ensolarado e espaçoso. Um lugar para onde fugir, disponível para qualquer mulher que desejasse fazer isso.

— Como posso ajudá-la, Bas Sheva?

A moça não responde, mas seus olhos percorrem com avidez cada centímetro de Agnes, desde seu sedoso cabelo lustroso até o preto maltrapilho de sua capa. Eles se demoram em seu rosto, como se estivesse comparando-o mentalmente com as gravuras nos cartazes de "procura-se" e nas charges dos jornais.

— Você é uma delas, não é?

Agnes já descobriu que não é prudente anunciar sua identidade. Caçadores de bruxas têm brotado como cardo pelo país inteiro, assim como cartazes de "procura-se" que anunciam quantias bastante gratificantes em troca de informações que possam levar à sua prisão. Ela viaja disfarçada, sob nomes falsos e magias para confundir, e nunca permanece por muito tempo no mesmo lugar. Embora tenha vindo a Chicago muitas vezes durante o inverno.

Por isso, quando Bas Sheva pergunta seu nome, Agnes arregala os olhos e pergunta:

— Delas quem?

A garota olha fixamente para ela.

— Das Três Primeiras — diz, o tom baixo e rápido.

Agnes deveria negar. Entretanto, há algo nessa garota — o desespero, a fúria, ou os hematomas de marcas de dedos que envolvem seu pulso — que faz Agnes assentir uma única vez.

O rosto de Bas Sheva se ilumina. Ela umedece os lábios.

— Então eu me pergunto se... eu quero...

Agnes suspeita que a dificuldade dela não é tanto o inglês, e sim a intensidade de seu desejo, a forma vazia de sua fome. O brilho em seus olhos faz Agnes se lembrar demais de sua irmã caçula.

— Aqui, garota. Diga essas palavras e desenhe um círculo, assim você encontrará o lugar aonde precisa ir. — Agnes dá um passo à frente e entoa para ela uma rima sobre irmãs excêntricas e coroas roubadas. Ela não escreve as palavras, pois são preciosas demais, perigosas demais para arriscar qualquer outra coisa além de um sussurro. E também não é necessário. Os lábios da garota se movem sobre as sílabas como mãos examinando uma chave. — Mas não esta noite. É o equinócio. Estaremos ocupadas.

A garota inclina a cabeça numa reverência, hesita, e retira um pequeno amuleto de estanho de sua saia: um estojo delicado, com uma série de símbolos ramificados e arraigados que parecem letras. Ela o coloca na mão de Agnes.

— Minha bisavó conhecia certas palavras que não deveria. Pendure isso na porta do quarto de sua filha. É para proteção.

Agnes o guarda no bolso e pressiona sua palma sobre ele.

— Obrigada.

Agnes observa Bas Sheva ir embora — os ombros empertigados, o cabelo escuro e embaraçado pelo vento —, e se permite fingir por um momento que ela é uma outra jovem em uma outra cidade. O vento seca suas lágrimas antes que possam cair.

Ela já avançou alguns metros no beco, quando escuta uma voz baixa e provocante atrás dela.

— Boa noite, senhorita.

Ela semicerra os olhos para a porta mais próxima, mas não consegue distinguir a forma parada ali. A voz sussurra outra vez e, de repente, duas silhuetas entram em foco: um homem barbudo com um sorriso de apostador e um cachecol vermelho, e uma garotinha de bochechas rosadas empoleirada na curva de seu braço. Cachos que parecem chamas caem por baixo de seu gorro de lã.

A garota ergue os braços para Agnes e faz uma exigência, com o tom de uma rainha cujos serviçais a deixaram esperando por mais tempo do que ela está acostumada.

— Ma*mãe*!

— Olá, meus amores.

Eva se joga em seus braços com um resmungo de satisfação, e imediatamente agarra o cabelo de Agnes com os dois punhos.

O Sr. August Lee as observa com seu sorriso torto e repuxado. Ele voltou para Chicago seis semanas antes, com um grupo bem pequeno de homens de Nova Salem, na intenção de espalhar a bruxaria das mulheres entre seus velhos amigos e rebeldes, e de verificar se talvez, no fim das contas, certas concessões não poderiam ser obtidas na Companhia Palácio dos Carros dos Pullman. Ele afirma que seu trabalho terminará antes do verão, quando ele se juntará a Agnes em qualquer que seja a próxima luta que ela tenha encontrado para eles.

— Vocês dois não deveriam estar escondidos no Clube da Eternidade?

A Srta. Pearl havia providenciado para Agnes o nome e o endereço de uma senhora simpatizante da causa das bruxas e dos trabalhadores, que estava disposta a oferecer um abrigo seguro em troca de algumas palavras, caminhos e ervas difíceis de se encontrar.

August dá de ombros.

— Alguns Inquisidores apareceram fazendo perguntas, procurando confusão.

— E eles encontraram?

Os olhos de August faíscam como uma pederneira ao encontrar os dela.

— Um pouquinho. Na verdade, mais do que eles esperavam. — Ele toca o queixo, onde um hematoma está começando a se formar sob sua barba. — Dei um jeito neles, mas achei melhor sair do clube para não atrair ainda mais atenções indesejadas. Além disso — ele pega um dos dedos do pé de Eva e o balança —, Vossa Senhoria queria a mamãe.

Agnes dá um beijo no gorro de sua filha e respira seu cheiro de verão, de luz do sol e suor apesar do vento frio congelante. Ela ergue os olhos para o céu, onde a escuridão surge rapidamente.

— Talvez eu devesse ficar esta noite, se...

August a interrompe com um aceno de mão.

— Não, vocês duas podem ir. Vou encontrar um lugar para ficarmos e desenhar um círculo para vocês voltarem. — Ele toca o queixo de Eva com gentileza, e ela balbucia alegremente para ele. — Mande lembranças para elas.

Agnes o beija — e se ela se demora mais tempo do que o estritamente decente, se a mão dele está mais baixa e quente em sua cintura do que deveria, ela descobre que não se importa.

Ela se vira e retira um giz branco de seu bolso. Agnes faz um desenho perfeito na parede: três círculos brancos entrelaçados. Durante meio segundo, os dedinhos de sua filha se demoram ao lado dos seus sobre os tijolos sujos de fuligem, antes de as duas serem puxadas para outro lugar, ou talvez para lugar nenhum.

45

Em Orleans, há uma casa que de Sol Nascente é chamada.
Tem sido a ruína de muitas mulheres,
Juro por Deus que não serei tentada.

Feitiço usado para evitar a concepção. São necessários um alvorecer vermelho e uma estrela desenhada.

No equinócio da primavera de 1894, a cidade de Nova Orleans já atravessou a primavera e está flertando descaradamente com o verão. O ar é suave e intenso, perfumado com o cheiro das magnólias, e o sol se deita como um gato, quente sobre ombros nus.

Beatrice Belladonna já está na cidade há três semanas, hospedada em um quarto alugado no Upper Ninth Ward, e espera ficar ainda mais tempo.

Agora, ela está sentada a uma escrivaninha larga, a brisa cutucando suas pilhas intermináveis de anotações. Mais da metade delas foi escrita com a caligrafia desleixada e inclinada da Srta. Quinn, rabiscada às pressas durante suas muitas reuniões e entrevistas — que sempre parecem acontecer no meio da noite, em cemitérios ou campanários abandonados, e são bastante perigosas —, e depois enfiada desajeitadamente em um bolso ou uma bolsa quando as autoridades chegavam.

Cleo desconsidera as preocupações de Bella com acenos graciosos de seus longos dedos.

— Escrever um livro é um negócio perigoso quando feito do jeito certo.

Durante o inverno, Cleo recebeu um proveitoso contrato da John Wiley & Sons para escrever um livro narrando a ascensão repentina e perturbadora da bruxaria entre os meeiros e as mulheres livres do sul. Seu editor queria um relato macabro sobre bruxas canibais e rainhas vodu, um livro tão escandaloso que provocaria desmaios e discursos enormes sobre a decadência moral da nação, que venderia como água.

Cleo pretende agradá-lo até certo ponto. O título de seu trabalho é *Os Terrores do Sul*, e até agora possui muitos contos arrepiantes sobre senhores de engenho amaldiçoados e xerifes assombrados, sobre *boo hags*, fantasmas e cortesãs com sorrisos venenosos, embora não tenha, é claro, nomes e locais específicos.

O livro também contém uma série de ilustrações impressas. Acima dos desenhos de mutilações e assassinatos, há céus pretos salpicados de estrelas brancas em padrões muito característicos. Se, por acaso, uma pessoa entender de constelações e não possuir qualquer intenção de machucar bruxas e mulheres, as estrelas podem lhe revelar certas palavras e caminhos que a John Wiley & Sons nunca teve a intenção de publicar.

Bella atua mais como datilógrafa e assistente, reunindo notas e organizando capítulos, mas também dedica várias horas ao seu outro projeto, muito mais ambicioso e secreto: restaurar o que foi queimado, reencontrar o que foi perdido. Reconstruir a Biblioteca de Avalon.

Bella e Cleo reúnem feitiços aonde quer que vão, escondidos em boatos e histórias, preservados em rimas, hinos e amostras de bordados, e os registram o mais precisamente possível. Bella já começou a escrever inúmeros livros novos de feitiços: grimórios e guias, livros sobre o tempo, curas, beleza e morte. Ela escreveu as palavras e os caminhos de pequenos feitiços de donas de casa — encantamentos para separar os ovos estragados dos bons, ou para remover manchas persistentes de lençóis brancos —, bem como maldições para parar corações, envenenar poços ou curar ossos.

Muitos dos feitiços soam estranhos aos ouvidos de Bella, bem diferentes das rimas de Mama Mags. Eles aparecem em formatos estranhos e línguas improváveis — orações em espanhol, músicas em crioulo e histórias em choctaw, padrões estrelares, danças e batidas de tambores —, e nem todos conseguem ser traduzidos com facilidade para a tinta e o papel. Bella começa a crer que a Biblioteca de Avalon era, em primeiro lugar, somente uma parte da bruxaria. Que as palavras e os caminhos são aqueles que uma mulher possui, quaisquer que sejam, e que uma bruxa é apenas uma mulher que precisa de mais do que tem.

O Sr. Blackwell concorda. Bella lhe envia páginas de anotações e ideias em intervalos de duas semanas, e ele responde com longas cartas manchadas de chá e vinho, repletas de perguntas úteis e possibilidades. Ele também inclui atualizações regulares sobre como estão Nova Salem e as Irmãs de Avalon. Bella fica maravilhada com a frequência com que o nome da Srta. Electa Gage aparece. Ela não ficará surpresa se logo receber notícias de um noivado.

Na maioria dos dias, Bella sente esperança, orgulho do trabalho que realizaram em apenas seis meses — mas, às vezes, uma certa melancolia toma conta dela. Em alguns dias, quando volta para a torre, ela se sente sobrecarregada pelo cheiro das cinzas e do luto, assombrada pelo coração vazio daquele lugar. Nesses dias, o que elas conquistaram parece se tornar insignificante diante da imensidão do que perderam.

A torre, porém, não está mais perdida, nem é mais uma ruína. As árvores que a cercam estão repletas de brotos verdes, e as roseiras já subiram até a primeira janela. Ainda não há nenhuma flor, mas Bella viu botões vermelhos firmemente fechados escondidos entre os espinhos, à espera.

Bella e Agnes varreram as cinzas e retiraram pedaços queimados da torre. Elas esfregaram as marcas chamuscadas com detergente e penduraram galhos de lavanda e erva-dos-gatos nas janelas. O Sr. August Lee apareceu com uma série de ferramentas úteis — muitas das quais possuíam nomes de empresas entalhados, e certamente não lhe pertenciam —, e ajudou as irmãs a derrubarem e curtirem a madeira de que precisavam. Agora está tudo perfeitamente empilhado, secando. Talvez no verão elas voltem a ter uma escada e os primeiros indícios de estantes. Tudo o que possuem agora é uma escada de corda que leva até o quartinho circular no topo da torre, onde três camas ainda formam uma circunferência perfeita.

Bella e Cleo já passaram muitas noites na torre — quando Cleo desperta alguma fúria em particular, ou quando Eva passa por uma de suas longas fases de se recusar a dormir, a não ser que a coloquem no colo e passeiem com ela sob as árvores, cantarolando *Greensleeves*, de Mozart. Bella gosta de lá. Embora às vezes, após uma visita a Avalon, encontre correções e acréscimos em suas anotações, escritos com uma letra atrevida e assinados com três círculos entrelaçados.

Esta noite Bella não está trabalhando em feitiços ou histórias, mas sim datilografando as páginas finais de seu primeiro e mais precioso livro. Durante o inverno inteiro, ela transcrevera e editara seu caderninho preto, acrescentando e cortando detalhes, e atormentara Agnes e Cleo onde sua própria memória lhe falhava, às vezes se desesperando com o medo de nunca conseguir transformar aquilo em algo remotamente parecido com um livro.

Ninguém nunca irá publicá-lo — que editora arriscaria a condenação moral e legal da Igreja, da maioria dos grandes partidos políticos, do governo, e de todos os órgãos de aplicação da lei? — e, mesmo que publicassem, grande parte dos leitores não acreditaria em quase nada da história. Entretanto, este será o primeiro livro que ela dará à Biblioteca de Avalon: metade estória e metade grimório; metade história e metade mito. Um novo conto de bruxas, para um novo mundo.

O título foi o que demorou mais. Cleo sugeriu gentilmente que *Nossas Próprias Histórias* era um pouco vago, e Bella passou o mês seguinte reclamando e adiando a decisão.

— *Uma Reivindicação dos Direitos das Bruxas*? *O Guia da Bruxaria Moderna para Todas as Mulheres*? *O Livro de Memórias das Três Primeiras*...

— Vocês com certeza *não* são as Três Primeiras Bruxas do Oeste, mesmo que as pessoas lhes chamem assim.

— Não, é claro que não, eu só...

— Além disso, no fim das contas, as Últimas Três também não eram as últimas de nada — acrescentou Cleo, pensativa. — A história é um círculo, mas as pessoas sempre procuram por começos e finais.

Ela saiu e deixou Bella pensando em finais, começos e círculos. Bella pensou no Símbolo das Três entalhado na porta de Avalon e na frase esculpida acima dele, e descobriu que daria um título perfeitamente adequado, se tomasse algumas liberdades com o latim.

A luz do dia já está desaparecendo quando Bella arranca a página final da máquina de escrever e a coloca cuidadosamente sobre a pilha. Ainda falta acrescentar um último capítulo, mas sua parte já está feita.

A lua se ergue na janela como uma moeda prateada, e os sinos da igreja anunciam a missa da véspera do equinócio. Cleo ficará fora até tarde, participando de uma reunião do braço de sua organização em Orleans, as Filhas de Laveau. Bella passará o equinócio em outro lugar.

Ela arruma sua papelada e abre um pequeno espaço em sua escrivaninha. Bella coloca uma única rosa sobre a madeira exposta e, ao lado dela, um anel polido de ouro.

O anel não é tão bonito assim — não tem diamantes nem nada entalhado —, mas o metal é quente ao toque, mesmo dias depois de sua fundição. Bella encontrou um ourives no Garden Quarter, que permitiu que ela examinasse o ouro antes de fundi-lo. Bella sorriu e agradeceu, e então amarrou feitiços em cada grama de metal. O anel deveria oferecer certa proteção contra olhares inimigos e desejos maldosos, contra ferro frio e brasas quentes, pesadelos, cachorros cruéis e ossos quebrados.

Ela ajeita um pedaço de papel sob o anel: *Isto é seu, se você o aceitar. Assim como eu sou sua.*

Bella coloca uma pelerine e um chapéu historicamente errôneo, preto e pontudo, e desenha um círculo de carvão nas tábuas do assoalho. Ela sussurra as palavras e vai para outro lugar.

Epílogo

Imagino que, como fui eu quem começou esta história, eu deveria ser aquela a terminá-la.

É o equinócio da primavera de 1894, e estou sentada à porta da torre, recostada na madeira aquecida pelo sol, as roseiras pinicam a pele macia dos meus braços e a grama do prado roça as solas descalças dos meus pés. Um corvo está empoleirado no meu joelho, observando-me escrever com a cabeça inclinada e um olho como a chama de uma vela.

A fazenda não mudou muito no ano em que estive fora: as montanhas continuam parecendo deusas verdes de todos os lados, e o rio Big Sandy ainda serpenteia como uma cobra por entre elas. Corujas ainda piam três vezes ao nascer da lua, e cornisos ainda florescem nas sombras azuis intensas. A cabana de Mama Mags afundou mais um pouco na terra, como uma senhora idosa se acomodando mais profundamente em sua cadeira de balanço, e seu canteiro de ervas tornou-se selvagem e cheio de ervas daninhas. Porém, fora isso, quase consigo acreditar que o tempo não passou. Que ainda tenho 17 anos e estou sozinha, vivendo enquanto espero o dia em que meu pai finalmente morrerá.

Entretanto, agora não estou sozinha. Também não estou vivendo: eu morri no equinócio de outono, na Praça St. George, e a morte não tolera contestações insolentes ou devoluções.

A bruxaria, porém, nada mais é do que uma maneira de quebrar as regras, de criar um caminho quando não há nenhum. Minha alma permanece, com as Últimas Três, amarrada ao Caminho Perdido de Avalon, às pedras cobertas de roseiras, aos livros queimados e à própria bruxaria. Não é a mesma coisa que estar viva — eu não como nem bebo, exceto para lembrar a mim mesma que posso fazer isso, e agora não durmo, apenas me desintegro. Assim que me distraio, eu me desfaço como um carretel que caiu no chão, perdendo-me entre as raízes e a pedra. Mas imagino que seja muito melhor do que estar morta.

Nos dias ruins, eu tenho Corvus. Meu espírito familiar é uma criatura das margens e dos meios-termos, já que é metade magia, metade pássaro, e mais da metade travessura. Ele ri com sua risada de corvo para mim quando me angustio pensando se estou viva ou morta, destruída ou a salvo. Somente olhar para ele me faz lembrar que ainda consigo sentir os raios do sol na minha pele e respirar o cheiro forte e úmido da primavera, e se isso não é o suficiente, bom, é tudo o que tenho.

Nos primeiros dias depois que morri, desperdicei meu tempo remoendo minhas decisões. Imaginei que caminhava para as chamas, a fumaça preenchendo minha boca, minha garganta, meus pulmões. Imaginei todas as paisagens que eu nunca veria e as confusões que nunca causaria. Mas então, Bella e Agnes chamaram a torre de volta de lugar nenhum e eu segurei minha pequena sobrinha nos braços, e todos esses arrependimentos desapareceram como jornais baratos na chuva.

A fazenda ainda não é minha, legalmente falando. O nome do meu primo imbecil ainda consta na escritura. Mas agora ele não fica muito por aqui.

A princípio, ele pensou em reconstruir a casa do meu pai e alugá-la, ou pelo menos arrendar os campos, mas seus planos nunca deram certo. Carpinteiros descobriram que seus piquetes de demarcação desapareciam e suas ferramentas enferrujavam durante a noite; sementes plantadas apodreciam e colheitas murchavam sem motivo. Roseiras-silvestres cresciam duas vezes mais altas e com três vezes mais espinhos do que em outros lugares do país, ocultando a estrada de barro e erguendo-se como paredes espinhentas pelas fronteiras. Por fim, meu primo desistiu e deixou minha terra sossegada.

Por isso, não havia ninguém por perto para reparar em três mulheres e três pássaros pretos esgueirando-se pela floresta. Ninguém para ver a torre aparecer no terreno dos fundos, iluminada por estrelas de outra época e de outro lugar, coberta pelos resquícios queimados de roseiras. (Às vezes, Bella ficava muito preocupada em deixar Avalon no Condado do Corvo, e sugeria que encontrássemos um lugar ainda mais remoto e protegido, mas eu queria ficar em casa, e minhas irmãs não têm me negado muitas coisas ultimamente.)

Eu raramente me afasto muito da torre. Até posso, mas me sinto fraca e ansiosa quando fico longe por longos períodos, como um xale mal tricotado que pode se descosturar a qualquer momento. E nunca me falta companhia. Bella e Cleo vêm visitar para ajudar Agnes e trazer suprimentos, sentando-se perto da lareira, lado a lado, para escrever, seu silêncio interrompido por blasfêmias sinceras e pelo rabiscar de frases inadequadas.

Agnes e August ficam comigo quando não estão por aí, ensinando bruxaria para mulheres e trabalhadores. Às vezes, eles deixam Eva na torre, o que geralmente faz eu me sentir em desvantagem e encurralada, embora ela seja apenas uma.

Também há outras que minhas irmãs trazem com elas. As garotas errantes e perdidas, as párias e as foras da lei. Garotas fugindo de seus pretendentes, pais, tios ou vizinhos; de casamentos, internatos e conventos; do desalento, do desespero e do chamado para entrar em rios com pedras nos bolsos.

Eu lhes dou um lugar para se esconderem e descansarem, para juntarem os cacos de si mesmas. E, às vezes, se pedirem, eu lhes dou mais. Eu as ensino quais ervas colherem e quais palavras dizerem, quais feitiços funcionam melhor na lua cheia de maio e quais precisam do calor do verão. Ensino tudo de bruxaria que aprendi com Mags e cada feitiço que Bella e Cleo recuperam, depois as envio de volta para o mundo como sementes de cardo espalhadas ao vento. Tenho esperanças que elas criem raízes e cresçam, belas e cheias de espinhos.

Eu suspeito que crescerão. Já consigo sentir o mundo se deslocar ao meu redor, mudando como um barranco sob a maré crescente. Os jornais que Bella traz para casa falam de fábricas queimadas e homens desumanos encontrados mortos, de um grupo de costureiras capturado espalhando feitiços rebeldes, e de uma cidade mineradora no Colorado onde nenhum homem se atreveu a pisar. No oeste do país, as Guerras Indígenas vão de mal a pior — bom, de acordo com o meu ponto de vista —, e há rumores de rebeliões no Velho Cairo.

Acho que, no fim das contas, algo se ergueu das minhas cinzas. Isso faz eu me questionar se aquelas histórias de fênix eram realmente sobre pássaros, para começo de conversa.

Algum dia, a retaliação virá, como sempre vem. Sei que o mundo não mudará com tanta facilidade, que mais mulheres queimarão antes que isso aconteça, mas pelo menos tive a oportunidade de ver o começo. Bella diz que posso permanecer neste mundo pelo tempo que eu quiser, já que estou morta e tudo o mais.

Porém, não acho que ficarei mais do que seria natural. Um dia, quando Eva já estiver adulta e minhas irmãs estiverem mais velhas, talvez quando as garotas perdidas passarem a me visitar com menos frequência porque o mundo estará menos cruel, eu simplesmente me deite para descansar ao lado da Donzela, da Mãe e da Anciã. As Três se tornarão Quatro, e as Eastwood serão apenas mitos, rumores e contos de bruxa à luz da lareira.

Agora já anoiteceu. Logo o ar se retorcerá e duas mulheres aparecerão ao meu lado. Suas bochechas estarão coradas com o calor da bruxaria, suas capas esvoaçando no vento do outono que ainda sopra em Avalon, mesmo na primavera. Uma delas será alta e magra, com uma aparência sábia e olhos brilhantes por trás dos óculos; uma delas será bela e inflexível, com uma menininha agarrando-se com firmeza ao seu peito.

Sorrirei para elas e verei, por um momento, não minhas irmãs, mas as primeiras notas de uma canção meio familiar, as primeiras frases de uma história que já foi contada antes e será contada outra vez:

Era uma vez três bruxas...

Agradecimentos

Se eu fosse narrar um conto de como foi escrever este livro, seria mais ou menos assim: era uma vez uma garota que tinha uma história para contar. Ela já havia contado histórias antes, então embarcou corajosamente nessa aventura. Em muito pouco tempo, ela se viu perdida em alto-mar, cercada por reviravoltas e arcos narrativos fracos, metáforas duvidosas e temas inconstantes. A garota tinha as palavras, mas perdeu seu caminho e sua vontade.

Felizmente, ela não estava sozinha. Havia sua agente, Kate McKean, para responder até mesmo aos e-mails noturnos mais dramáticos com bom senso e tranquilidade. Nivia Evans, sua editora, para ver a história que ela estava tentando contar e ajudá-la a traçar um curso rumo a ela. Lisa Marie Pompilio, para torná-la bela; Roland Ottewell e Andy Ball, para deixá-la correta; Ellen Wright e o restante do time da Orbit/Redhook, para compartilhá-la com o mundo.

Havia Andy Ball, Edward James e Niels Grotum, para oferecer consultas do latim de última hora; o pátio da Madison County Public Library, para oferecer sol e silêncio; os Moonscribers, para oferecer engenhosidade e vinho.

Havia os mais generosos e perspicazes leitores beta que alguém poderia ter: Laura Blackwell, E. Catherine Tobler, Lee Mandelo e Ziv Wities. Sem eles, a garota certamente teria afundado, e temo que todas as almas estariam perdidas.

Havia Taye e Camille, para ajudá-la com as crianças e para tomar um brunch; um estoque constante de amor e trocadilhos de seus irmãos; uma fé interminável de seus pais, mesmo quando ela já não acreditava mais em si mesma.

Havia Finn e Felix, que estavam ocupados demais escrevendo suas próprias histórias para se preocuparem muito com a da mãe deles.

E havia Nick. Sua estrela-guia, sua bússola, seu farol, seu era-uma-vez e seu felizes-para-sempre. Que atravessou todas as tempestades navegando ao lado dela, e jamais duvidou que a garota os levaria em segurança até o porto.

Depois de um ano em alto-mar — depois de uma centena de noites sombrias sob constelações desconhecidas, depois de prazos perdidos e capítulos rascunhados —, ela conseguiu. A garota estava na costa, sem dormir e cheia de cafeína, mas havia contado sua história.

Ela pensou que poderia contar mais uma.